A
ESCOLA
6
do BEM e do MAL
O Único e Verdadeiro Rei

CB049581

Soman Chainani

Ilustrações: Iacopo Bruno

Tradução: Lígia Azevedo

GUTENBERG

Esta edição foi publicada mediante acordo com a HarperCollins Children's Books, uma divisão da HarperCollins Publishers.

Título original: *The School of Good and Evil, vol. 6: Only True King*

EDITORA RESPONSÁVEL
Flavia Lago

PREPARAÇÃO DE TEXTO
Bia Nunes de Sousa

REVISÃO
Marina Bernard

ILUSTRAÇÕES
Iacopo Bruno

CAPA
Alberto Bittencourt

DIAGRAMAÇÃO
Waldênia Alvarenga

Dados Internacionais de Catalogação na Publicação (CIP)
Câmara Brasileira do Livro, SP, Brasil

Chainani, Soman

A Escola do Bem e do Mal: o Único e Verdadeiro rei / Soman Chainani ; ilustração Iacopo Bruno ; tradução Lígia Azevedo. -- 1. ed. -- São Paulo : Gutenberg, 2022. -- (A Escola do Bem e do Mal ; v. 6)

Título original: *The School of Good and Evil, vol. 6 : Only True King.*

ISBN 978-85-8235-645-6

1. Ficção - Literatura infantojuvenil I. Bruno, Iacopo. II. Azevedo, Lígia. III. Título. IV. Série.

22-99472 CDD-028.5

Índices para catálogo sistemático:

1. Ficção : Literatura infantojuvenil 028.5
2. Ficção : Literatura juvenil 028.5

Eliete Marques da Silva - Bibliotecária - CRB-8/9380

A **GUTENBERG** É UMA EDITORA DO **GRUPO AUTÊNTICA** 

São Paulo
Av. Paulista, 2.073, Conjunto Nacional
Horsa I . Sala 309 . Cerqueira César
01311-940 . São Paulo . SP
Tel.: (55 11) 3034 4468

Belo Horizonte
Rua Carlos Turner, 420
Silveira . 31140-520
Belo Horizonte . MG
Tel.: (55 31) 3465 4500

www.editoragutenberg.com.br
SAC: atendimentoleitor@grupoautentica.com.br

Para todos os leitores, do Bem e do Mal.

Na Floresta Primitiva
Há duas torres erguidas
Na Escola do Bem e do Mal,
A Pureza e a Malícia.
Quem nelas ingressar
Não tem como escapar
Se um Conto de Fadas
Não vivenciar.

1

O COVEN

Doce velho

Algumas histórias já nascem erradas. Algumas histórias são podres por dentro.

Como a que matou sua mãe, Hester pensou, enquanto corria pela floresta escura. A mãe estava cuidando da própria vida quando dois jovens vândalos comeram o teto da casa dela. Sozinha no berço, Hester tinha acordado de sua soneca e olhado para o rosto de duas crianças com aparência de ogro, as bochechas gordas cheias de doce e migalhas. Elas deram uma olhada na bebê que haviam acabado de tornar órfã e fugiram como covardes, deixando aquela família e aquele lar destruídos. E ainda tinham sido *recompensados* pelo feito, celebrados como heróis e lendas, enquanto a mãe dela queimara no forno. Desde então, sempre que Hester percebia uma injustiça, uma história que acabava mal, sentia cheiro de doce velho e azedo.

Como agora.

A história em questão era curta, a declaração de um fato simples, mas o corpo todo de Hester se eriçou, como um gato entre cobras. Ela não sabia quanto tempo fazia que estava ali, na Floresta Sem Fim. Mas, depois de dias viajando pelo subterrâneo desde a Terra dos Gnomos, a mensagem de Lionsmane já a esperava quando ela emergiu.

O casamento do Rei Rhian e da Princesa Sophie será realizado conforme planejado, neste sábado, ao pôr do sol, no castelo de Camelot. Todos os cidadãos da Floresta estão convidados.

Tinha sido escrito em dourado, como as outras mensagens do Rei Rhian, contrastando com as nuvens. Rhian era um mentiroso de carteirinha, e cada frase dele era uma armadilha. Mas aquela mensagem não tinha a mesma pompa das outras. Era direta e simples... só que, ainda assim, escorregadia de uma maneira que Hester não sabia definir.

Uma sombra apareceu ao lado dela.

"Isso é idiotice, Hester. Precisamos voltar *agora*", disse Anadil, usando um capuz preto que escondia o cabelo branco e os olhos vermelhos. "Sophie nos traiu. Vai se casar com Rhian ao pôr do sol. *De hoje*. É o que a mensagem diz. E o sol está descendo rápido. Ou voltamos para Camelot e impedimos o casamento, ou vamos todos *morrer*."

Hester a ignorou, olhando para as luzes de Borna Coric, mais à frente. Quando ela e as amigas adentrassem o novo reino, precisariam ser cuidadosas. Como todos os cidadãos da Floresta, o povo de Borna Coric devia estar atrás de alunos da Escola do Bem e do Mal.

Uma segunda sombra se colocou ao seu lado.

"Ani está certa", disse Dot, também de capuz preto. "Além do mais, não vamos conseguir entrar nas cavernas. É *impossível*. Se voltarmos agora, podemos entrar escondidas no trem Campo Florido em Ravenbow. Chegaremos a Camelot a tempo de impedir o casamento..."

"E deixar Merlin?", Hester disse. "Esta foi a tarefa que Reaper nos deu. Resgatar o feiticeiro das Cavernas de Contempo. Resgatar nossa principal arma. Nossa missão não tem a ver com o casamento. Não tem a ver com Sophie. Tem a ver com *Merlin*. E se tem uma coisa em que nosso coven faz é cumprir o prometido."

Ela seguiu em frente, mas Anadil bloqueou seu caminho.

"O prometido vai perder o sentido se Rhian se tornar o Único e Verdadeiro Rei!", exclamou a bruxa pálida. "Ele precisa de duas coisas: fazer com que todos os cem reinos queimem seus anéis e fazer de Sophie a sua rainha. Caso consiga ambas, vai poder reivindicar os poderes do Storian. Se o casamento vai ser realizado ao pôr do sol, isso significa que todos os anéis já se foram! O casamento de Rhian e Sophie é o último passo. Foi o que ela nos disse na Terra dos Gnomos. Quando ela for rainha, Lionsmane vai se tornar o novo Storian. Rhian vai poder escrever o que quiser e tornar realidade! Vai poder apagar reinos, matar nossos amigos, e inclusive *a gente*, com um golpe da pena! Será o fim da nossa história..."

"Os anéis não podem estar todos extintos, porque Nottingham ainda tem um. O pai de Dot tem um", Hester apontou, com frieza. "O xerife não queimaria seu anel pelo Rei Rhian. Ele o odeia mais do que nós. Mesmo que o xerife morresse, o anel iria para Dot. E iremos até os confins da terra para proteger Dot *e* o anel. Faremos o mesmo por Merlin."

Hester forçou passagem, puxando ainda mais o capuz na cabeça.

"Ainda não entendeu? Sophie vai se casar com ele!", Anadil exclamou. "Ou para se salvar, ou para ser rainha de Camelot..."

"Acha mesmo que Sophie se casaria com Rhian?", Hester perguntou, desafiadora. "Depois de nos ajudar a *fugir* dele?"

"Foi o que Rhian escreveu!", Dot argumentou. "É o que a história dele diz!"

"A história *dele*", repetiu Hester, olhando para o céu. "Tem algo estranho na mensagem. Até descobrirmos o que é, vamos nos ater ao plano. Além do mais, se tem uma coisa que aprendi sobre Sophie é que ela é uma bruxa melhor que a gente. Tenho certeza de que o rei está sob o controle dela."

"Hester, o sol vai se pôr em menos de uma hora...", Anadil insistiu.

"Mais um motivo para encontrarmos Merlin logo. Ele é nossa melhor chance de derrotar Rhian. Foi por isso que o rei o prendeu nas cavernas."

"E por que Rhian não *matou* Merlin? Até onde sabemos, ou ele já está morto, ou já usou seu Desejo de Feiticeiro, e estamos caminhando para a morte."

"Desejo de Feiticeiro?", perguntou Dot. "É aquela coisa da Caverna de Aladim?"

"Esse é o Desejo do Gênio, sua idiota. Não é à toa que foi reprovada na matéria da Lesso", disse Anadil. "Todos os feiticeiros têm um desejo. Eles o usam para escolher como e quando morrer..."

"De jeito nenhum que Merlin teria usado seu desejo conosco em risco", Hester a repreendeu, aproximando-se dos portões de Borna Coric. "Ele está por aqui. E precisa da nossa ajuda."

"Você não está pensando direito, Hester. Vamos dizer que ele esteja nas cavernas", Anadil concedeu. "As Cavernas de Contempo são armadilhas temporais. Só alguns segundos dentro delas e a pessoa já sai anos mais velha. Merlin sumiu há *semanas*."

"Então voltem sem mim", Hester as desafiou, atravessando os portões.

Hester parou no lugar.

Anadil e Dot também.

O chão da floresta desapareceu, substituído pelo céu. As bruxas não estavam mais em um caminho de terra: estavam sobre o pôr do sol, uma tela em tons de roxo e cor-de-rosa. Em vez de lá no alto, a mensagem de Lionsmane agora estava aos seus pés. O anúncio do casamento do Rei Rhian era o único caminho. Conforme as bruxas avançavam por ele em um silêncio confuso, Hester voltou a sentir cheiro de doce velho e baixou os olhos para procurar a podridão nas palavras de Rhian.

"Hester?", Dot disse, olhando para cima.

Hester piscou.

Não era só o céu que havia virado de cabeça para baixo.

Todo o reino de Borna Coric estava de cabeça para baixo.

Ela sabia que aquela era uma terra de pernas para o ar, em que o mundo ficava dependurado, mas uma coisa era saber e outra bem diferente era ver com os próprios olhos. Ali, a terra ficava ancorada no céu, o caminho era o teto, enquanto o céu estava no lugar do chão. Pés de feijão-roxo brotavam para baixo a partir da terra no teto, estendendo-se até o chão plano de nuvens.

Perto dos pés de feijão, havia chalés de ponta-cabeça, e neles os moradores também invertidos, assim como seus móveis e pertences, contrariando a lei da gravidade. Escadarias e polias de videiras roxas conectavam os pés de feijão como se fossem estradas, enquanto uma ponte de flores ligava o vilarejo à praça principal. As bruxas seguiram na direção do movimento e da série de lojas construídas em meio a estátuas, tudo de ponta-cabeça. Agora Hester via que eram estátuas reais, as cabeças de pedra do rei e da rainha de Borna Coric e de seus filhos viradas para o céu no chão, seus pés no alto do reino. De perto, Hester notou que o rosto esculpido do rei e o da rainha pareciam estranhamente jovens. Quase tão jovens quanto o dos filhos.

"Bizarro", Anadil murmurou. Enquanto as pessoas se alvoroçavam mais acima, e ao contrário, as duas bruxas se mantinham escondidas, à sombra das estátuas. "Vão notar a gente, Hester. Somos as únicas de cabeça para cima. Fora que dizem que as cavernas são cercadas por um mar venenoso. Não vejo nem água, quanto mais um mar."

"Deve estar atrás de tudo isso", Hester disse, na ponta dos pés, mas vendo apenas lojas e estátuas adiante. "Temos que passar sem que ninguém nos reconheça."

"E, depois, cruzar um mar venenoso que nem sabemos onde está", Anadil acrescentou. "Sem mencionar entrar em cavernas amaldiçoadas."

"Se estivesse com seus ratos, você seria útil, em vez de ser um peso morto", Hester disse.

"Um está morto. Um está desaparecido. O outro encontrou Merlin e disse a Dovey onde ele está. Meu rato é o motivo de estarmos neste lugar. Quem é peso morto aqui?", Ani retrucou.

Mas Hester já seguia em frente, esticando o pescoço por cima das lojas de ponta-cabeça. Dentro da Padaria Borna, clientes ao contrário enchiam as cestinhas com baguetes, brioches e bolos também ao contrário. Dentro do Costuras Invertidas, nuvens de mariposas roxas tiravam roupas remendadas dos cabideiros de cabeça para baixo e entregavam às pessoas que estavam esperando. Na porta ao lado, no Salão de Beleza da Sylvie, havia homens e mulheres sentados em cadeiras invertidas, folheando jornais e com o rosto perfeitamente normal, como se o corpo deles tivesse nascido para ficar naquela posição, enquanto sílfides cortavam o cabelo deles.

"O mundo já não está de cabeça para baixo o bastante sem estar literalmente de cabeça para baixo?", Anadil perguntou.

"Talvez assim eles consigam ver as coisas com mais clareza", Hester disse.

"Hum, eu diria que esse pessoal é tão cego quanto o resto", acrescentou Anadil.

Hester seguiu os olhos da amiga até uma construção arruinada, pendurada à beira de um pé de feijão-roxo, como uma bola de Natal – Teatro Borna, dizia na fachada –, com a cúpula invertida e todo o público sentado de cabeça para baixo, assistindo a um feitiçocast da coroação do Rei Rhian, em tons de cinza. Enquanto a cena familiar de Rhian junto a Sophie, sua princesa, em um vestido cheio de babados era repassada, o público atentava a cada palavra dele, enquanto vendedores de ponta-cabeça empurravam souvenir do Leão: canecas, camisetas, bonés, broches...

"É isso que eles fazem para se divertir? Assistem à coroação daquele canalha de novo e de novo?", Hester perguntou, sem conseguir ouvir o discurso de Rhian à distância.

"Deve passar a cada hora", disse Anadil, inclinando a cabeça para ver melhor. "Mas é estranho. Não me lembro de terem transmitido a coroação por feitiço."

Uma família de pele morena usando batas coloridas passou pelo caminho no céu, com a cabeça para cima, como as bruxas, olhando para o Teatro Borna e o restante do reino invertido. *Turistas drupathis*, Hester pensou, e ela e Ani forçaram um sorriso, que foi retribuído, mas seguido por olhares estranhos voltados para Dot. Dot, que espreitava logo atrás, comia melancolicamente folhas de videira transformadas em chocolate com um acender de dedo.

"As pessoas vão notar seu brilho!", Hester sibilou, levando-a mais para a sombra. "E chega de mau humor!"

"É que... o que você disse antes...", Dot começou a falar. "Se meu pai morrer, o anel de Nottingham não vem para mim. Ele mudou o testamento depois que libertei Robin Hood. E não acho que tenha mudado de novo." Ela transformou mais folhas em chocolate, com o dedo erguido tremendo. "Se Rhian vai se casar com Sophie, talvez já tenha o anel do meu pai. Por minha causa. Porque meu pai não confiava em mim. O que significa que, por minha culpa, meu pai pode... pode estar..."

Pela primeira vez, a fachada fria de Hester se abrandou. "Não é o que nosso coven acha", ela disse, cobrindo o brilho de Dot com a mão e o abafando. "Foque em tudo o que fizemos para chegar aqui. Cada uma de nós fez sua parte. Os lobos não teriam nos ajudado se você não os tivesse subornado com neve de chocolate. O tapete mágico não teria nos levado através daqueles túneis se Ani não o tivesse ameaçado com um feitiço de desenrolamento. Continuamos vivas, Dot. Estamos quase chegando a Merlin. O que quer que seu pai pensasse de você quando alterou seu testamento, já não pensa mais. Ele te ama, Dot. O bastante para se unir a Robin Hood, o arqui-inimigo dele, para te manter a salvo. Onde quer que esteja, seu pai ia querer que você concluísse sua missão."

Dot pensou a respeito, olhando para os próprios sapatos, antes de inspirar fundo e jogar o chocolate longe. "Só para deixar claro: ainda acho que Sophie voltou para Rhian. Como a mensagem diz. Que nem quando ela voltou para Rafal. Ela passa tempo demais com Agatha e Tedros juntos, fica com ciúme e acaba beijando qualquer cara que aparece, ainda que seja um porco mentiroso e assassino."

"Poderia ser pior", Hester disse. "Ela poderia beijar uma Cobra."

Dot riu, com desdém.

Uma brisa soprou, fazendo as bruxas puxarem ainda mais os capuzes e estremecendo o feitiçocast no teatro. Então Hester sentiu algo nela... algo que deixou seus músculos tensos e fez sua tatuagem de demônio se contrair...

"O mar", ela disse, virando-se para as amigas. "Está próximo."

Ela as conduziu adiante, e as três avançaram pelo piso escuro do céu, como morcegos, tomando o cuidado de evitar a luz das lanternas invertidas que começavam a se acender nos pés de feijão. Hester guiou o coven, passando pelo Teatro Borna e ouvindo a voz de Rhian ficar mais alta, sentindo o cheiro do mar mais e mais forte...

"Espera! Olha o vestido dela!", Dot soltou.

"Xiu!", Ani sussurrou.

"Não é o vestido que Sophie usou na coroação de Rhian", Dot insistiu. "Tem certeza de que é uma reprise?"

Hester parou na hora.

Anadil também.

Elas inclinaram a cabeça juntas, estudando o feitiçocast invertido, enquanto Rhian e Sophie apareciam em close, a imagem de ambos translúcida.

"Cidadãos da Floresta, não esperava que um dia como hoje chegasse. Esta manhã, fiquei sabendo que Japeth de Foxwood, meu irmão, meu suserano, está mancomunado com Tedros e Agatha, e trama contra meu trono", disse Rhian. "Pensei que meu irmão fosse a Águia do meu Leão. Em vez disso, é só outra Cobra. Mas o Leão sempre vence. Quando virem esse feitiçocast, Japeth já estará trancado na masmorra, para nunca mais ser visto. A Floresta está sitiada por rebeldes, e não podemos confiar nem no meu próprio sangue. Sou o único que pode nos proteger. Sou o único que pode punir nossos inimigos. Manterei a Floresta segura sozinho."

"Dot está certa. Não é a coroação", Anadil disse. "É... *agora*."

"É o fim da Cobra", Dot disse. "Pelo menos Rhian fez *uma* coisa certa."

Mas Hester continuava avaliando o rei: a frieza na voz, o vazio nos olhos, o movimento dos filetes de seu gibão, como escamas... Ao lado dele, Sophie tinha um sorriso neutro no rosto, como se fosse uma marionete. O rei a segurou com mais força.

"Mas um traidor não pode impedir nosso reino de atingir a glória", ele continuou. "E, embora tenha perdido um suserano, logo terei uma rainha. Meu casamento com meu verdadeiro amor procederá conforme o planejado, e transmitiremos por feitiçocast para que toda a Floresta veja. Prometo isso a todos. Com Sophie e eu juntos, *tudo* em nosso mundo será possível."

Ele olhou para Sophie, que manteve um sorriso perfeito no rosto e proclamou, olhando para a frente:

"Vida longa ao Leão! Vida longa ao Único e Verdadeiro Rei!"

A cena congelou antes que palavras se impusessem magicamente sobre ela.

O Casamento do Rei Rhian e da Princesa Sophie

A transmissão por feitiçocast terá início em 30 minutos

"Estávamos certas, viu?", Dot sussurrou para Anadil. "Sophie vai mesmo se casar com Rhian!"

Mas Hester estava concentrada na imagem congelada do rei, avaliando os buracos negros que eram sua pupila, a curvatura sinuosa de seus lábios... Devagar, ela passou a focar em Sophie, presa aos braços dele, a luz em seus olhos extinta, a bruxa morta e ausente.

De repente, Hester voltou a sentir o cheiro.

O cheiro azedo e enjoativo que sobrecarregava seus sentidos.

De doce velho.

"A Cobra é o Leão... O Leão é a Cobra...", Hester percebeu, devagar.

Anadil franziu a testa. "Hester?"

"O que foi?", Dot perguntou.

A bruxa tatuada se virou para elas, com o rosto pálido.

"O mundo está mesmo de cabeça para baixo."

2

SOPHIE

A garota sem passado

Sophie não queria mais matar o garoto com quem estava prestes a se casar.

Tampouco conseguia compreender por que em algum momento quisera matá-lo. Até onde podia ver, ele era lindo, eloquente e absolutamente seguro, como um rei deveria ser. E, logo, ela seria sua rainha. A rainha.

Não que ela tivesse a menor ideia de como aquilo havia acontecido. O passado estava nebuloso, suas lembranças se esquivavam. A qualquer tentativa de acessá-las, se iniciava uma terrível dor de cabeça, como se um ferro fosse fincado em seu cérebro, e a única forma de não sentir dor era voltando para o presente, como se tivesse acabado de nascer, de novo, de novo e de novo. Esforços para recordar como chegara àquele ponto – uma garota sem passado – só levavam a mais dor, e não demorou muito para que ela desistisse de tentar acessar suas memórias.

Tudo o que Sophie sabia era que havia acordado naquele vestido branco lindo e que naquela noite se casaria com o Rei Rhian, o Leão de Camelot, guardião de Lionsmane, salvador da Floresta

Sem Fim. Sophie ainda não havia tido um momento a sós com seu prometido: os dois só haviam ficado juntos para gravar o feitiçocast, que ela tivera dificuldade em compreender... algo sobre um irmão que se voltara contra ele e sobre rebeldes na Floresta, terminando com sua própria promessa de lealdade ao Leão, seu futuro marido, como Rhian havia instruído que fizesse. Mas já era o bastante para que ela soubesse que o amava, de corpo e alma. Sentada ao lado dele, sentira seu perfume gelado e se aquecera a seu brilho quase perfeito demais. Quando o feitiçocast terminou, ele passou os dedos frios pela bochecha de Sophie e abriu um sorriso ao dizer, com os olhos parecendo os de uma cobra: "Nos vemos no altar, minha querida". Sophie sentiu um friozinho na barriga, como se ele fosse o príncipe encantado.

Qualquer garota morreria para estar em seu lugar, ela pensou enquanto empoava o nariz no trocador da rainha e olhava no espelho para o reflexo de sua coroa de tranças douradas e o vestido branco intrincado que escondia quase todos os centímetros de sua pele. Sophie não sabia de onde o vestido tinha vindo ou quem o havia feito, mas, agora que estava prestes a encarar toda a imprensa da Floresta para responder a perguntas antes do casamento, desejava que ele fosse um pouco mais ousado, com alças em vez de mangas ou um pouco de cor na cintura...

O vestido se alterou imediatamente, como se guiado por seus pensamentos, e as mangas se transformaram em alças finas sobre seus ombros, enquanto um toque de azul envolveu sua cintura, formando um cinto de borboletas de seda. Sophie não se abalou. A magia do vestido não a surpreendeu: era como se aquilo já tivesse lhe acontecido antes e ela só não conseguisse recordar quando. Sophie olhou para os próprios olhos no espelho e vislumbrou uma faísca, um brilho esmeralda, como uma luz no fim do túnel... Então sumiu, tão rápido quanto tinha vindo.

"A imprensa está esperando pela princesa", uma voz disse.

Sophie se virou para o capitão da guarda, de pé à porta do quarto; o ouro em seu gibão estava manchado de sangue seco. Ele disse que seu nome era Kei, quando a havia despertado. Era muito bonito, com olhos de falcão e queixo quadrado, mas tinha uma expressão taciturna e torturada, como se fosse assombrado por um fantasma.

Seguiram até o salão de baile, Kei sempre firme ao seu lado. Sophie notou que ele a olhava, como se esperasse que dissesse alguma coisa. Como se tivessem um segredo. Aquilo a incomodava.

Um guarda entrou na frente deles, o cabelo ralo e o rosto cheio de cicatrizes. "Capitão, o mapa com a localização dos rebeldes foi totalmente queimado!"

Kei contraiu levemente o maxilar. "Pode ter sido um criado ou um cozinheiro. Vou interrogá-los."

"Mas era o mapa do rei! Temos que contar a..."

"Retorne a seu posto", o capitão ordenou, voltando a guiar Sophie adiante.

Ela não sabia do que se tratava, mas, o que quer que fosse, fez Kei parecer ainda mais azedo que antes.

Ele percebeu que Sophie o olhava.

Pela primeira vez, o rosto do capitão se alterou. Seu olhar parecia penetrar a mente dela...

"Está aí?", ele sussurrou.

Sophie olhou em seus olhos grandes e escuros... então saiu de seu transe. "Claro que sim! Onde poderia estar?", ela disse. "Agora pare de cara feia e olhares estranhos. Você é o capitão da guarda. É o novo suserano do rei. Aja de acordo, ou vou sugerir que sua majestade encontre alguém que aja."

A expressão de Kei se endureceu. "Sim, princesa."

"Ótimo", disse Sophie. "E aproveite para limpar o gibão. A menos que haja um golpe se desenrolando no castelo, não há motivo para exibir seu sangue como parte do uniforme."

"O sangue de Rhian", Kei explicou.

"Como?", perguntou Sophie, parando na hora.

"É o sangue de *Rhian*", Kei repetiu, de novo com aquele olhar penetrante.

"Então devolva a ele, por favor", Sophie retrucou, marchando em frente.

Sophie sorriu, e seu vestido branco se abriu como a cauda de um pavão. Rhian ficaria orgulhoso dela.

Já estava se adaptando ao papel de rainha.

"Princesa Sophie, o que acha do aprisionamento do irmão do rei?", perguntou alguém de cabelo azul com crachá da *Folha de Pifflepaff*. "Está confiante de que todos os traidores foram retirados do reino?"

"Mal conhecia o irmão de Rhian", Sophie respondeu, sentada em um trono elevado, sob uma enorme cabeça de leão. "Tenho plena confiança de que o Rei Rhian vai manter Camelot e a Floresta a salvo. Agora, se não se importam, estou aqui para responder a perguntas do casamento desta noite. É tudo de que desejo falar. O resto, deixo com o rei."

Enquanto os repórteres que atulhavam o Salão Azul tentavam fazer suas perguntas aos gritos – "Princesa Sophie! Princesa Sophie!" –, Sophie deu uma olhada para as duas mulheres idênticas escondidas nas sombras mais ao fundo, descalças e em roupas cor de lavanda. Elas lhe fizeram um breve aceno de cabeça, em aprovação. Com a testa grande e nariz comprido, as duas tinham o mesmo sorriso satisfeito no rosto, como se tudo estivesse correndo de acordo com o plano. "Somos as Irmãs Mistrais", elas haviam dito a Sophie antes de deixar os repórteres entrarem ("É só responder às perguntas", dissera a que se chamava Alpa. "É só deixar as coisas correrem naturalmente", completara a outra, chamada Omeida).

A voz de um repórter cortou seus pensamentos.

"E quanto às provas que o Rei Rhian entrou no Conselho do Reino para rejeitar o poder do Storian?", perguntou um homem do *Jornal dos Vilões da Floresta de Baixo*. "Nossa reportagem sugere que, na semana passada, noventa e nove dos cem reinos fundadores destruíram seus anéis, e seus líderes rejeitaram o Storian e juraram lealdade ao Rei Rhian. O Rei Rhian acreditava na lenda do Único e Verdadeiro Rei? Pretende reivindicar os poderes do Storian? É por isso que os reinos estão queimando seus anéis pelo Rei Rhian?"

"É óbvio que a Pena falhou com nossa Floresta", Sophie respondeu, e os repórteres começaram a anotar furiosamente. "O Storian deveria contar histórias que nos inspiram e movem o mundo adiante. Mas, recentemente, está focado nos alunos de uma escola que se acomodou e se tornou obsoleta. Foi por isso que deixei o cargo de reitora. A Pena não representa mais o povo. É hora de o Homem ascender a seu lugar. *Um rei*. Alguém que possa dar a todos uma chance de glória."

As palavras saem sem qualquer esforço dela, como se tivessem vida própria.

"O último anel pertence ao Xerife de Nottingham, que não é visto desde o ataque durante a execução de Tedros", comentou alguém do *Notícias de Nottingham*. "Há alguma informação quanto ao paradeiro dele ou a segurança do seu anel?"

"Não ficou sabendo? O xerife vai se casar com Robin Hood", disse Sophie, com malícia.

Toda a imprensa riu.

"A princesa acredita no mito do Único e Verdadeiro Rei?", perguntou o *Flautista de Hamelin*. "A lenda de que o Storian depende do equilíbrio do Homem e da Pena. Um equilíbrio protegido por nossos líderes e seus anéis. Desde que esses líderes os utilizem, Homem e Pena estarão sob controle. Cada um desempenha um papel equivalente na escrita do destino. Mas, se o Homem abandonar a Pena, se todos os cem governantes queimarem seus anéis e jurarem lealdade a um único rei... então esse equilíbrio será extinto. O Storian perderia seus poderes para esse rei."

"E já seria hora!", Sophie retrucou. "Homens devem venerar um Homem. Não uma Pena."

"Mas o que vai acontecer se Rhian for *mesmo* o Único e Verdadeiro Rei?", o *Observador de Ooty* perguntou. "Lionsmane se tornaria o *novo* Storian. A pena do rei Rhian. Com os poderes do Storian, ele poderia usar essa pena como uma espada do destino. Ele poderia escrever o que quisesse e fazer com que se tornasse realidade. Poderia apagar quem quer que o desafiasse. Poderia acabar com reinos inteiros..."

"A única coisa com que o Rei Rhian talvez queira acabar é com repórteres intrometidos", Sophie brincou, dando uma piscadela. "Além do mais, como você disse, ele tem apenas noventa e nove anéis, e não cem."

A imprensa riu de novo.

"O que podemos esperar do casamento?", uma mulher de dentes grandes da *Podres do Castelo* perguntou.

"Ouvi dizer que dez mil lanternas flutuaram no ar no casamento de Rapunzel, e que Branca de Neve participou de um desfile com animais da floresta no dela." Sophie sorriu. "O meu vai ser ainda melhor." Ela se levantou do trono. "Dito isso, devo ir..."

"Princesa Sophie, alguém comentário sobre o fato de que os rebeldes que saquearam os reinos não eram alunos da escola, mas mercenários pagos pelo Rei Rhian? E de que os ataques eram um plano do rei para fazer com que os líderes queimassem seus anéis?"

O Salão Azul ficou em silêncio. Devagar, a multidão de repórteres se abriu, revelando uma adolescente que chupava um pirulito vermelho. Seu crachá era escrito à mão e pontuado com um coração.

Camelot Courier

"Diga a Agatha que Bettina mandou um oi", a menina disse, com um sorriso.

Sophie sentiu a ordem saindo de sua boca como uma flecha:

"*Prendam-na!*"

Kei e quatro guardas partiram para cima de Bettina, com a espada em punho...

A jovem desapareceu, deixando apenas o pirulito vermelho para trás, que se estilhaçou ao cair sobre o piso de mármore.

Os repórteres olharam uns para os outros, tensos, e uma brisa fria percorreu o salão.

"Ao que parece, agora os jornalistas locais também são mágicos", Sophie disse, sem se perturbar. "Vamos ver como nossa pequena feiticeira se sai quando ela e o resto da equipe do *Courier* forem presos por mentira e traição. Agora, se me dão licença, tenho que me preparar para o casamento."

Sophie deixou o salão. No segundo em que pisou no corredor, as duas Irmãs Mistrais já estavam com ela, ladeando-a como sentinelas e levando-a de volta aos aposentos da rainha. Pouco a pouco, Sophie sentiu o andar relaxar, a cabeça ficar mais leve, o senso de direção e de propósito desaparecer. Tudo o que ela havia dito à imprensa lhe escapou, como fumaça saindo pela chaminé. De repente, Sophie não se lembrava de onde estava vindo ou para onde estava indo, como se o tempo tivesse sido reiniciado.

Ela conseguia ouvir alguns comentários das irmãs: "repórteres vistos em Putsi", "onde Bettina está", "a menina usou um feitiço de desaparecimento", "alguém deve estar ajudando", "contar a Japeth".

O cérebro de Sophie faiscou.

Japeth... Conheço esse nome...

Mas a ideia desapareceu na névoa, com todo o resto.

O que está acontecendo comigo? Sophie vasculhou a própria mente, atrás de uma âncora a que se agarrar. *Quem sou eu? O que estou fazendo aqui?* Um arrepio subiu pela espinha. Então seu nariz começou a formigar. Sentia cheiro de lavanda... e de pepino... Por um momento, via claramente, como se tivesse ido além da luz esmeralda que tinha vislumbrado... De novo, uma dor de cabeça esmagadora a atingiu, mas, dessa vez, Sophie lutou contra ela, arranhando as lembranças, tentando se agarrar a elas...

"Aquela menina, Bettina. Do que ela estava falando?", Sophie soltou. "Sobre Rhian ter planejado os ataques..." A dor irradiou por seus dentes e sua mandíbula. Sophie foi mais fundo. "E Agatha... Ela me mandou dar um oi para Agatha... Rhian mencionou o mesmo nome durante o feitiçocast... *Agatha*... Ela não é uma rebelde! É minha *amiga*..."

As irmãs levantaram as mãos ao mesmo tempo, torcendo-as no ar, como se apertassem um parafuso.

A dor de cabeça de Sophie explodiu, uma pontada tão profunda que seu corpo se dobrou, prestes a desmaiar.

As Mistrais a ampararam e seguiram em frente com ela.

"Você precisa descansar", disse Alpa. "Foque no casamento, querida. Depois que tiver se casado com o rei, seu trabalho estará concluído."

"Você vai poder descansar *para sempre*", disse Omeida.

As irmãs trocaram um olhar sagaz.

"Foque no casamento", Alpa repetiu.

O casamento, Sophie pensou.

Depois posso descansar.

Focar no casamento.

A dor arrefeceu, e um alívio glorioso a inundou.

Sim... o casamento resolveria tudo.

3

TEDROS

Cardume secreto

Tedros e Agatha estavam entre dois túmulos. O anel no dedo do príncipe refletia a luz do sol se pondo, e a superfície prateada com símbolos gravados que combinavam com os do Storian brilhava.

"Esse anel pertence a Camelot", disse Agatha, perplexa. "Seu pai não teria deixado para você se não fosse seu por direito. O que significa que *você* é o herdeiro, Tedros. Como ele te criou para ser."

Tedros piscou para o anel, absorvendo aquilo, antes de afiar os olhos e levantá-los para Agatha. "Então quem está sentado no trono?"

"Não é o herdeiro, isso é certeza", respondeu sua princesa, usando um vestido preto amarrotado. "Precisamos chegar a Camelot e mostrar às pessoas que a Cobra as enganou. Além de impedir nossa melhor amiga de se casar com ele."

"Ela merece se casar com ele", Tedros murmurou. "Se meteu nessa confusão sozinha quando voltou para Rhian."

"Para ajudar a gente..."

"Não sabemos disso."

"Eu sei", Agatha retrucou, com firmeza. "Vamos voltar para Camelot. Para o seu trono. E para minha amiga."

Tedros olhou para os dois túmulos no bosque, cada um marcado com uma cruz de vidro:

um do pai, revirado e vazio, e outro de Chaddick, intocado e nas sombras. A camisa se agarrava ao peito de Tedros, empapada em suor, e a calça estava suja de terra do túmulo do pai. A dor assolava seu corpo, tanto pela exaustão da jornada quanto pelos ferimentos que havia sofrido por parte dos inimigos, agora mais tranquilos ao saber que o pai estava do lado dele. Tedros havia seguido seu coração até Avalon, confiando na última mensagem do pai – "*Desenterre-me*" –, o que o havia levado até ali, ao túmulo do Rei Arthur, no refúgio secreto da Dama do Lago. Mas não havia nenhum corpo a ser encontrado. Em vez disso, Tedros encontrara a alma do pai, magicamente preservada por Merlin, de modo que pudesse aparecer para o filho uma última vez e lhe legar o anel que o salvaria. Que salvaria Camelot. Pois, desde que Tedros portasse aquele anel, a Cobra não poderia ser o Único e Verdadeiro Rei. A Cobra, que havia matado o próprio irmão para reivindicar o poder do Storian. Mas fora tudo em vão. Com o anel, o pai de Tedros havia garantido que uma Cobra nunca assumiria o lugar do Storian. Que Lionsmane nunca substituiria o livre-arbítrio pela vontade de Japeth. Que o Homem nunca se tornaria a Pena. Com o anel, o pai de Tedros havia dado a ele uma última chance de recuperar o trono.

Um verdadeiro teste de coroação de um rei.

O príncipe notou que Agatha olhava inquieta para o céu, seus sapatos pretos oscilando sobre a terra.

"O sol logo vai se pôr", ela comentou, preocupada. "Como vamos chegar a tempo? Precisamos nos mogrificar em pássaros... ou usar Sininho e as fadas da escola para voar... Elas estão esperando no lago, com sua mãe..."

"Nem assim vamos chegar ao pôr do sol", Tedros apontou. "Estamos a pelo menos meia dia de viagem, mesmo voando."

"Talvez a Dama do Lago saiba alguma maneira..."

"A Dama do Lago, que perdeu a magia e quase me matou. Duas vezes. Vai ser sorte se ela nos deixar ir embora", disse Tedros, com o dedo aceso prestes a lançar uma centelha para a Dama do Lago. "Vamos encontrar minha mãe e usar as fadas para voltar voando para a escola. Então poderemos planejar nosso ataque."

"Não vou deixar Sophie com a *Cobra*!", Agatha explodiu, com os olhos lacrimejando. "Não quero nem saber se estarei sozinha contra todos os capangas dele. Vou recuperar minha amiga."

Tedros pegou a mão dela. "Olha, sei o que Sophie significa para você. É por isso que estou disposto a ir até os confins da terra para mantê-la a salvo, ainda que eu e ela estejamos mais para inimigos que para amigos. Mas não temos como chegar a Camelot a tempo. Não temos como encolher cento e sessenta quilômetros."

Agatha puxou a mão de volta. "Sua mãe sabe algum feitiço? Ou Hort? Nicola? Eles estão com ela! Talvez tenham algum talento útil..."

"O talento de Hort é arrebentar as próprias roupas. O talento de Nicola é nos lembrar de como é inteligente. Minha mãe é sem noção e vive fugindo das responsabilidades. E quanto ao seu talento? Foi você que nos salvou daquele camelo cuspidor de fogo."

"Ouvindo o que ele desejava. Isso não vai nos teletransportar até o outro lado do..." Os olhos de Agatha brilharam. "*Desejos!*" Ela passou correndo por Tedros. "Anda! Antes que seja tarde demais!"

Seus olhos acompanharam Agatha enquanto ela desviava das árvores e desaparecia na escuridão do bosque. Tedros sabia que não adiantava perguntar. De pé entre o túmulo de seu pai e o de seu cavaleiro, o príncipe deixou que o dedo apagasse antes de respirar fundo e reunir toda a força que ainda tinha nas pernas para ir atrás dela.

Ele seguiu o barulho dos passos de Agatha através da floresta, o estalar dos galhos no chão. Quanto mais se embrenhava entre os carvalhos, mais recordava o caminho. Logo viu sua princesa ajoelhada à beira da lagoa, escondida no mato. Assim como a havia visto da primeira vez em que estivera ali.

Na época, fora Hort quem levara Agatha à lagoa, quando estavam se escondendo de Rafal, no abrigo da mãe e de Lancelot. Tedros tinha se escondido atrás de uma árvore para ouvir enquanto o furão repreendia Agatha por não seguir seu coração e sacrificar Tedros em vez de lutar por ele, uma revelação que fez o príncipe se dar conta do quanto ela precisava dele e do quanto ele mesmo precisava dela, bem quando os dois mais duvidavam. Fora naquela lagoa, a uma curta distância dos dois túmulos, que o amor de ambos fora selado. O amor que nunca seria separado, independentemente dos males que houvesse à frente.

Tedros se agachou ao lado dela, sentindo a lama mole debaixo das botas. Sob o véu pesado das árvores, a lagoa cintilava ao pôr do sol. Agatha encontrou os olhos azuis de seu príncipe no espelho que era a água.

"Onde eles estão?", Tedros perguntou, procurando na superfície.

A lagoa permaneceu imóvel, na ausência de seus habitantes.

Os lábios de Agatha tremularam quando o brilho do sol desapareceu do reflexo. "Mas..."

Tedros passou a mão no cabelo dela. "Vamos voltar para os outros..."

Então o brilho mudou de cor, passando de dourado a prateado, como pepitas pulsando em uma sincronia ritmada. De repente, a cintilação começou a se mover, agitando a lagoa em um padrão entrecruzado, como fogos de artifício subaquáticos, na direção do príncipe e da princesa, cada vez mais perto, cada vez mais forte, até irromperem na superfície mil peixinhos, cuspindo água como uma fonte iluminada.

"Continuam aqui", disse Tedros, observando os peixes do desejo se aproximarem da princesa, como se a conhecessem muito bem. "Seu cardume secreto."

"Se eu botar o dedo na água, eles pintarão o maior desejo da minha alma", Agatha disse, sem ar. "E meu maior desejo é encontrar uma maneira de regatar Sophie antes que ela se case com a Cobra. Se houver uma maneira, os peixes vão nos mostrar qual é!"

Agatha enfiou o dedo na água.

Em um instante, os peixes do desejo se dispersaram, cintilando em cores diferentes à medida que suas nadadeiras se juntavam, como peças de um quebra-cabeça. A princípio, Tedros não entendia o que via, os peixes mudavam de tonalidade e se rearranjavam febrilmente, como se ainda ponderassem sobre o desejo de Agatha. Mas, pouco a pouco, suas cores se definiram e eles assumiram seus lugares, formando uma pintura com suas escamas lisas e sedosas...

Um jardim real brilhava ao pôr do sol, e a silhueta do castelo de Camelot contrastava com o céu cor-de-rosa e roxo. Multidões de espectadores bem-vestidos se reuniam, pessoas e a criatura da Floresta observando alguma coisa atentamente, que nem Tedros nem Agatha conseguiam distinguir, devido ao tumulto. Havia algo mais na imagem, em primeiro plano e muito claro, flutuando sobre a multidão: um par de bolhas, cada uma do tamanho de uma bola de cristal e com uma figura diminuta dentro.

"Somos nós", Agatha disse, olhando para seus clones nas bolhas.

"Não somos nós", Tedros retrucou. "Nós somos maiores, vivemos na terra e respiramos ar."

Agatha se virou para ele. Sua distração desfez o feitiço, e os peixes se separaram, enquanto cores deixavam suas escamas.

"Não chega a ser surpresa. Da primeira vez que tentei usar peixes do desejo depois que meu pai morreu, a imagem me mostrou chorando nos braços de Lancelot. Justo Lancelot, que acabou com meu pai", disse Tedros. "Peixes dos desejos não são confiáveis."

"Ou sua alma ansiava por outro pai, e Lancelot era o mais próximo que você tinha naquele momento", Agatha argumentou. "Peixes do desejo são confiáveis, sim. Aquela imagem significava alguma coisa. E é *essa* imagem que vai nos levar até Sophie."

"Levitar em bolhas em tamanho diminuto?", o príncipe retrucou. "E de jeito nenhum que eu ia querer *abraçar* Lancelot..."

Mas Agatha não olhava mais para ele. Olhava para os peixes, que tinham se rearranjado em uma seta branca que apontava diretamente e de maneira inequívoca para... Tedros.

"Sua vez", disse Agatha.

O príncipe fez uma careta. "É capaz de me mostrarem fazendo um bolo com a Cobra", ele disse, mas enfiou o dedo na água.

Nada aconteceu.

Os peixes se fecharam ainda mais na seta, apontando insistentemente para a mão de Tedros.

"Não falei? São doidos esses peixes", Tedros garantiu.

"É o dedo errado", a princesa disse. "Olha."

Os peixes do desejo apontavam para outro dedo da mão de Tedros.

O dedo com o anel do Rei Arthur.

O coração de Tedros começou a bater mais rápido.

Sem dizer nada, ele mergulhou o dedo e sentiu a água morna preencher os veios frios e metálicos do anel...

Uma onda de choque iluminada se espalhou pela lagoa.

O príncipe e a princesa trocaram um olhar.

"O que foi isso?", perguntou Tedros.

Mas agora os peixes formavam uma multidão prateada, firmes ao redor do círculo de aço, tentando beijar o anel com suas boquinhas agitadas. A cada beijo, os peixes piscavam, como se um poder secreto tivesse lhes sido transferido. Logo, eles pulsavam como estrelas na escuridão, cada vez mais rápido, seus corpos carregados de uma magia magnífica, de uma força misteriosa. Tedros aguardou que se dispersassem, que formassem a imagem de seu desejo, como haviam feito com o da princesa, mas, em vez disso, os peixes se apertaram ainda mais, em uma massa irregular, úmida e compacta, beijando seu anel. Devagar, eles escorregaram por sua palma, seu pulso...

"Espere!", Tedros disse, rouco, puxando a mão, mas Agatha o segurou no lugar, enquanto os peixes deixavam a lagoa e pegavam seu cotovelo, seu bíceps, sua axila... "Solta", ele gritou, resistindo a Agatha.

"Confie em mim", ela o tranquilizou.

Os peixes estavam em seu ombro, sua garganta, seu queixo... seus corpos entrelaçados de repente parecendo vidro, revelando seus coraçõezinhos pulsantes. De repente, todos juntos, os peixes começaram a inflar. Como balões, eles formaram um globo transparente e gelatinoso, que se expandia em todas as direções, empurrando o rosto de Tedros para dentro.

"*Socorro!*", ele gritou, mas a bolha quente e escorregadia tampou sua boca, seu nariz, seus olhos, sufocando-o com o cheiro salgado. Tedros ainda sentia que Agatha o segurava, mas não conseguia mais vê-la. Não conseguia ver nada. Ele fechou os olhos; seus cílios estavam cobertos de escamas incômodas e seu peito arfava, com uma respiração rasa, os últimos resquícios de ar lhe escapando...

Então tudo parou. A pressão. O cheiro. Como se sua cabeça estivesse separada de seu corpo. O príncipe abriu os olhos e se viu *dentro* da bolha de peixes, flutuando sobre a lagoa.

Agatha estava ali com ele.

"Não falei? Era só confiar em mim", e sorriu.

Então a princesa começou a encolher. Depois, o príncipe também, seu corpo todo diminuindo, centímetro a centímetro, até o tamanho de uma xícara de chá. A bolha se fechou sobre eles, deixando espaço o bastante apenas para os dois.

Tedros olhou para a própria calça. "É melhor isso não ser permanente."

No mesmo instante, a bolha se dividiu em duas, e cada uma delas se fechou, separando príncipe e princesa em suas próprias esferas.

"Agatha?", Tedros a chamou, sua voz estrondosa contra as paredes líquidas.

Ele viu que a princesa o chamou de volta, porque seus lábios se moviam, mas apenas um gritinho lhe chegou.

Raios de luz eram refratados pelas bolhas, e Tedros viu a lagoa se abrir como um portal e revelar um castelo e um céu cor-de-rosa e roxo que lhe era familiar... ele havia zombado dos peixes e agora a imagem que haviam formado ganhava vida...

Confie em mim.

Tedros olhou para Agatha, com os olhos arregalados...

Ele não teve tempo de gritar. As duas bolas atravessaram o portal como se tivessem sido atiradas por um canhão e desapareceram no brilho do sol distante.

4

O STORIAN

Altar e graal

A Pena que conta a história é só isso: uma narradora, sem um lugar nela. Não deveria ser uma personagem, uma arma ou um prêmio. Não deveria ser celebrada, ou perseguida, nem mesmo levada em consideração. A Pena deve ser invisível, fazer seu trabalho em um silêncio humilde, sem viés nem opinião, como um olho que tudo vê comprometido apenas em desenrolar a história até o fim.

No entanto, aqui estamos nós: o que era sagrado já não é.

A Pena está sob cerco.

Meu espírito está enfraquecido, meus poderes esvanecem.

Devo contar minha própria história ou arriscar que o Homem a apague para sempre.

O Homem, que, depois de milhares de anos confiando nos meus poderes... agora pretende tirá-los de mim.

Ninguém sabia em que lugar dos jardins o casamento aconteceria, pois não havia palco, altar, sacerdote ou qualquer sinal do noivo ou da noiva. Mas, conforme o sol mergulhava no horizonte, os guardas deixavam os convidados entrarem: homens, mulheres, crianças, anões, trolls, elfos, ogros, fadas, goblins, ninfas e mais cidadãos da Floresta – todos vestindo suas melhores roupas enquanto atravessavam os portões do castelo de Camelot.

Depois da morte do Rei Arthur, os jardins haviam decaído, mas, com o novo rei, sua glória havia sido restaurada, um vasto país das maravilhas de cores e perfumes. Lado a lado, os convidados inundavam o laranjal, os caminhos do Jardim Afundado, os gramados do Rosal, todos orbitando o longo Espelho d'Água, coroado com uma estátua de mármore do Rei Rhian, forjando a Excalibur no pescoço da Cobra mascarada. Sapatos enlameados manchavam a grama e esmagavam os arbustos; crianças irrequietas quebravam galhos e comiam lilases; uma família de gigantes quebrou uma laranjeira. Ainda assim, os guardas continuavam deixando os convidados entrarem, enquanto o sol se punha, restando primeiro apenas metade e depois um quarto, e o cheiro de corpos suados preenchia o ar.

"Isso não vai acabar?", a Imperatriz de Putsi grunhiu, tampando o nariz enquanto as pessoas se acotovelavam, quase derrubando ela e seu casaco de penas de ganso no Espelho d'Água. "Açougueiros, moleiros e criados de Putsi recebendo o mesmo tratamento que sua imperatriz! A realeza de Sempre e Nunca lançada às massas e deixada à própria sorte! Depois de tudo o que fizemos por Rei Rhian! Depois de queimarmos nossos anéis em seu nome! Quem já ouviu falar em plebeus em um casamento real?"

"Foram os plebeus que o *tornaram* rei", respondeu Marani de Mahadeva, vendo um troll da montanha fazer xixi nas tulipas. "E, agora que queimamos nossos anéis, nossa voz não tem mais peso que a deles."

"Queimamos os anéis para salvar nossos reinos. Em troca da proteção do rei", a Imperatriz de Putsi respondeu. "Seu castelo foi atacado, assim como o meu. Seus filhos talvez estivessem mortos se você não tivesse aberto mão do anel. Seu reino está a *salvo* agora."

"Está mesmo? Como podemos estar protegidos se o Conselho do Reino não pode mais votar contra o rei?", Marani insistiu. "Um rei que meus conselheiros acreditam estar atrás do poder do Storian?"

"A ideia de um Único e Verdadeiro Rei é um conto da carochinha, que foi espalhado pela família Sader. E, se a bobageira deles fosse séria, você, entre todas as pessoas, deveria gostar. O Storian não fez nada por Reinos do Mal, como o seu, ou pelos Nuncas da Floresta. Se Rhian tivesse o poder do Storian, poderia fazer ao Mal um grande Bem." A imperatriz se endireitou. "Rhian é um rei valioso para ambos os lados. Ele vai nos ouvir, com ou sem nossos anéis. Sempre vai nos colocar acima do povo..."

Algo atingiu o rosto dela, e a imperatriz levantou os olhos para um menino gorducho no alto de uma escadaria, que atirava groselhas nos convidados.

"Como fez hoje?", Marani perguntou, com o rosto impassível.

A imperatriz ficou muda.

O menino que atirava groselhas foi golpeado pela reitora e colocado no lugar com o restante dos alunos que haviam vindo de Foxwood.

"Comporte-se, Arjun! Ou vou pedir ao Rei Rhian que jogue você na masmorra com o irmão dele", a Reitora Brunhilde o repreendeu, tirando a munição do aluno. "E posso garantir que você não duraria meio segundo em uma cela com RJ. Não tem um grama de Bem no corpo daquele menino."

"Pensei que o nome do irmão de Rhian fosse Japeth", Arjun retrucou.

"Até o nome soa Mal", a reitora murmurou. "Abreviei o nome de nascimento dele para RJ. Ele acabou na Casa Arbed porque, como você, não se dava bem com a mãe. Tentei trazê-lo para o Bem. Fiz tudo o que pude. Até o irmão achava que ele tinha jeito. Mas, no fim, parece que Rhian aprendeu a mesma lição que eu: alguns do Mal não podem ser consertados."

"Ainda não acredito que estamos aqui. Um casamento real!", comemorou um garoto mais velho e com os olhos fundos. "Um menino como a gente agora é rei!"

"E vai se casar com uma garota bonita como Sophie", disse um menino careca, com o colarinho cheio de caspa. "Não se esqueça disso, Emilio. É o motivo pelo qual quero ser rei."

"Acha que também vou ser rei um dia, Reitora Brunhilde?", Arjun perguntou. "Ou pelo menos príncipe?"

"Não vejo motivo para não ser", a reitora respondeu. "As coisas são diferentes agora. A maior parte dos casamentos reais proíbe a presença de cidadãos ordinários. Mas Rhian respeita a todos, do Bem e do Mal, Meninos e Meninas, Jovens e Velhos. Enquanto ele for o rei, todos vocês têm uma chance de obter a glória. Fui eu quem o educou, e agora educo vocês."

"Podemos conhecer o Rei Rhian? Pegar o autógrafo dele?", Emilio perguntou.

"Também quero!", outro menino interrompeu.

"Eu também! Eu também", o resto do grupo clamou.

A reitora corou. "Tenho certeza de que Rhian se lembra com carinho de mim... Jorgen! Pare de beliscar as fadas!"

Arjun aproveitou para tirar mais algumas groselhas do bolso e as atirou por cima do parapeito.

"Pare com isso!", Emilio sibilou.

"Se eu acertar aquela bolha de feitiçocast, todo mundo que está assistindo à transmissão nos outros reinos vai me ver!", Arjun disse. "Vou ficar famoso! Como o rei."

"De que bolha você está falando?", Emilio perguntou, confuso. "O feitiçocast vem do escudo sobre o jardim. Aquela neblina cor-de-rosa ali. É o que transmite a cena para todos os cantos da Floresta."

"Então o que é aquilo?", Arjun apontou.

Emilio apertou os olhos para uma esfera aquosa que flutuava entre os corpos na multidão, aproximando-se da beirada do Espelho d'Água...

Mas o último resquício de sol se pôs, e não deu mais para ver a bolha, perdida na névoa branca que subia do lago.

Com o cair da noite, a névoa ficou mais densa, espalhando-se sobre as águas em ondas cor de neve. Atrás do Espelho d'Água, a guarda de Camelot se pôs em formação, sob o comando de Kei; as silhuetas de armadura ainda estavam visíveis contra a neblina. Em uma escadaria mais atrás estavam Alpa e Omeida, as Irmãs Mistrais, usando capuz em meio à multidão, os olhos fixos na estátua de Rhian, as duas murmurando baixo o mesmo encantamento. Como se seguisse sua deixa, a estátua começou a emitir um tom de dourado radiante e uma luz ondulante se espalhou pelo rosto esculpido do rei e pela Cobra esmagada em seus braços. A névoa sobre o Espelho d'Água se dissipou, revelando a superfície magicamente congelada, coberta de pétalas de rosa azuis e douradas, e o gelo transformado em palco.

Uma música suave começou a tocar em uma tonalidade estranha, a melodia de uma marcha nupcial que soava mais como uma marcha fúnebre.

Então um borrão de movimento foi refletido pelo gelo.

Os convidados levantaram a cabeça.

Constelações brotaram no céu, Leões se repetindo infinitamente até onde a vista alcançava, mudando de pose a cada piscar das estrelas. Contra os padrões celestiais, duas estrelas apareceram: a noiva e o rei, sendo trazidos por mil borboletas brancas batendo as asas no vestido dela. Sophie usava sapatinhos de vidro e um colar de rubis, e tinha o rosto escondido por véu delicado. O noivo usava um manto de pele branca, que esvoaçava atrás dele, como uma capa, fechado com uma corrente de leões dourados. O punho da Excalibur brilhava em sua cintura. A coroa de Camelot estava firme em sua cabeça. Ele daria um excelente Rei Rhian, esse jovem, com o cabelo acobreado, a pele cor de âmbar, os olhos verde-água...

Mas nós sabemos que não é o caso.

"Rhian" só estava desempenhando o papel do irmão, com o cabelo rebelde cortado curto, a pele pintada, os olhos magicamente tingidos. A noiva também parecia estar interpretando, com seu sorriso vago, a mão o segurando como antes segurou a de outro garoto, com quem pretendia se casar: um jovem Diretor da Escola com cabelo de gelo a quem ela acreditava amar com todo o coração. Mas agora não havia amor em seus olhos verdes e grandes. Não havia nada além do reflexo de seu noivo, satisfeito com o olhar vazio dela.

O jovem casal flutuou na direção da estátua, "Rhian" segurando Sophie tão firme quanto o Rhian de pedra segurava a Cobra. Os dois se aproximaram do chão, banhados pela luz da estátua; todos os olhos da Floresta neles. O rei assomou sobre a noiva, colocando uma mão em seu pescoço e puxando a boca da moça para a sua. A multidão ficou em silêncio enquanto ele a beijava, com o tempo congelado. Olhando mais de perto, como eu posso, daria para notar as bochechas arrepiadas de Sophie... suas pernas trêmulas... a dureza nos lábios do noivo, repelido pelo gosto da noiva...

Os pés de ambos tocaram a água congelada.

A multidão ficou em silêncio.

A estátua do Rei Rhian começou a sacudir e estremecer. As beiradas do Espelho d'Água se estilhaçaram, cacos de gelo voaram, o palco de vidro vibrou sob os pés dos noivos. De repente, a estátua de Rhian saiu do chão, levando o Espelho d'Água consigo, e a piscina compacta e congelada flutuou no ar, cada vez mais alto, conduzindo os dois para muito acima dos jardins, como bonequinhos de noivos em um bolo de casamento.

Palmas irromperam por toda parte, era a multidão expressando tudo o que guardara até então.

O casamento do rei tinha começado.

Orbitando o terreno, o escudo do feitiçocast piscava, registrando e transmitindo cada momento para a Floresta. Se apurasse os ouvidos, ainda se podia ouvir a alegria de reinos mais além, ecoando ao vento...

"Rhian" se afastou da noiva. Viu-se um lampejo dourado sob o manto, pulsando onde o coração deveria estar. Ele enfiou a mão sob a seda e tirou de lá um casulo de luz. Só eu sei o que estava escondido ali: um pequeno scim, disfarçado de Lionsmane – a Pena do rei, a minha suposta rival –, que agora se destacava da luz, afiada de ambos os lados e dourada como o sol sob o céu noturno, na palma do rei.

De sua ponta saiu um pó cintilante, cor de minério puro, formando o contorno de cachorrinhos se aninhando, passarinhos se beijando, flechas atravessando corações. As crianças na multidão pulavam, com as mãos para o alto, tentando tocar os símbolos do amor antes que se desfizessem e caíssem como uma chuva dourada, polvilhando o cabelo delas com faíscas. Sophie levou as mãos ao peito, como se encantada com a visão dos jovens felizes.

(Talvez o mais claro sinal de que aquela Sophie era uma fraude, assim como seu noivo.)

Enquanto isso, "Rhian" falava de seu palco flutuante.

"O Storian era o equilíbrio da Floresta. A Pena encarregada de contar as histórias que moviam nosso mundo adiante. Isso até o último Para Sempre. Tedros, o 'rei'. Ou, como vocês o conhecem: Tedros, o covarde, a fraude, a *cobra*. Ele não é um rei, não importa o que a Pena diga. Vocês aprenderam isso do modo mais difícil. Mas é o que acontece quando damos rédeas livres ao Storian. O destino nos deixa vulneráveis e sem controle. O destino nos conduz a falsos ídolos. Mas o Storian já não é nosso futuro. Tampouco os ventos do destino. A *vontade* do Homem é o futuro. A vontade do Homem levará todos à glória. E, esta noite, o Homem se torna Pena. *Minha* pena. Escreverei as histórias do futuro. Recompensarei aqueles que merecem ser recompensados e punirei aqueles que merecem ser punidos. O poder agora é meu. O poder é do *povo*."

A multidão urrou enquanto Lionsmane subia mais alto no céu, piscando mais forte que uma estrela. Sophie bateu palmas, mas seus olhos não davam nenhum sinal de compreensão.

O rei a puxou para mais perto.

"Mas, enquanto existir, o Storian é uma ameaça. Se lhe dermos poder, seremos desviados de nosso caminho. Há mais Tedros, há outros como ele. Por isso, não devemos apenas rejeitá-lo... mas destruí-lo. Todos os reinos da Floresta Sem Fim renunciaram à fé na velha Pena, com exceção de um. Os cem reinos fundadores quebraram seu vínculo com ela, com exceção de um. Esta noite, antes do nosso casamento, o último reino também quebrará seu vínculo. O centésimo reino queimará seu anel, despojando a Pena de seus poderes e transferindo o poder sobre o destino do Homem para mim. Esta noite, vocês não ganham apenas uma rainha." Seus olhos cortaram a escuridão. "Esta noite, o Único e Verdadeiro Rei vive."

Chamas saíram da ponta de Lionsmane: uma bola de fogo azul, que subiu alto na escuridão, depois caiu, passando pelos convidados exuberantes antes de parar diante da guarda de Camelot. Um soldado de armadura próximo a Kei deu um passo à frente. O fogo iluminava as rugas em torno de seus olhos gananciados e do cabelo sujo que escapava do elmo. Os Leitores perspicazes seriam capazes de reconhecê-lo rapidamente: não era realmente um guarda. Era Bertie, o antigo assistente do Xerife de Nottingham, agora guardião de seu anel. Do anel que estava nas mãos de Bertie, brilhando sobre uma almofada preta, e cujo aço gravado refletia os contornos das chamas.

Ainda consigo sentir o calor daqui.

Pouco a pouco, as pessoas ficaram em silêncio, sentindo a importância do momento, dando-se conta de que elas também juravam lealdade ao Homem, e não a mim. Sophie pareceu sair de seu transe, como se, lá no fundo, um fragmento de passado tivesse se destacado em sua mente.

"O último resquício do poder do Storian", o rei declarou, com os olhos fixos no anel de Bertie. "O último obstáculo entre Homem e Pena."

Bertie deu um passo à frente, olhando para o rei.

"Rhian" assentiu.

Meu espírito grita de dentro da casca...

O velho amigo do xerife abre sua palma. O anel de Nottingham cai no fogo.

Tlim! Fsss! Tlac!

É o fim do anel.

Tudo o que resta de mim é um sussurro.

Pela primeira vez, o rosto do rei se abranda, a fachada régia se desfaz, como se ele também tivesse mergulhado na memória.

"Com minha Pena, juro escrever a Floresta como deveria ser. E dar a todas as suas histórias o fim que merecem." Seu olhar recaiu sobre a Reitora Brunhilde, no meio da multidão. "Incluindo a minha."

A reitora retribuiu o olhar de "Rhian", sentindo um arrepio frio descer por sua espinha. Ela olhou mais atentamente para ele...

"Ele te viu!", Arjun gritou, puxando-a. "Rhian se lembra de você!" Quando a reitora voltou a se virar para o rei, ele já tinha recuperado a pose e voltado para a noiva.

"Não há mais anéis. Não há mais compromissos a honrar", ele disse, tocando a bochecha de Sophie. "Com exceção de um."

Ele ergueu os olhos, devagar.

Da ponta de Lionsmane, surgiram duas alianças douradas.

Uma voou para a mão do rei.

Outra, para a da noiva.

Lionsmane brilhou mais forte no céu, testemunha daquele momento, ao mesmo tempo altar e graal.

"Com este anel, eu te desposo", o rei disse a Sophie.

E colocou a aliança no dedo dela.

O poder que me resta enfraquece, minhas palavras falham na página, como se não pudessem suportar outro golpe.

Sophie ainda parecia perdida nos olhos dele.

"Com este anel, eu te desposo", ela repetiu.

Sem hesitar, colocou a aliança no dedo dele.

"Assim, pelo poder da Pena, da Pena *do Homem*", o rapaz proclamou, olhando para o céu, "peço a Lionsmane que confirme os laços deste casamento. Que coroe Sophie minha rainha. Que nomeie a mim, Rhian de Camelot, o Único e Verdadeiro Rei da Floresta!"

Lionsmane brilhou mais forte, usando toda a força que eu havia perdido. De repente, ganha vida, torna-se *eu*, e meus poderes roubados vão para as mãos do rei. Contra o céu da noite, a pena dele pinta a coroa de uma rainha, cinco faixas de pedras preciosas cobertas por um aro de flor de lis.

No mesmo instante, a coroa ganhou vida, uma torre de diamantes deslumbrante, como se o desejo do rei a tivesse tornado realidade. Pousou na cabeça de Sophie, que tocou suas ranhuras, o brilho ofuscante das pedras refletido em suas mãos. Uma estranha bolha de luz passou por ela, que virou a cabeça para segui-la, antes de se recordar no que *devia* focar: na multidão entoando seu nome... no seu casamento com o rei, quase concluído...

Quanto ao rei, ele continuava totalmente concentrado na pena, avivada com o poder de uma centena de chamas. Seus olhos estremeciam, triunfantes.

Os anéis estavam todos destruídos.

A rainha tinha sua coroa.

A profecia estava completa.

Ele ergueu as mãos e as estendeu para Lionsmane, a Pena pela qual havia roubado, traído e assassinado, a Pena que agora podia tornar realidade seus maiores desejos. Sua palma reivindicou o ouro quente, desfrutou de seus poderes, da imortalidade. Um rugido subiu por sua garganta e foi liberado para o céu...

Mas a luz da pena se apagou, e o metal ficou frio nas mãos dele.

A coroa desapareceu da cabeça de Sophie.

Assim como a coroa na cabeça do *rei*.

As alianças também sumiram.

Ao longo dos jardins, a multidão ficou perplexa.

Sophie saiu de seu transe e olhou para o noivo.

"Rhian" estava congelado, com os dentes cerrados.

Aqui, na torre da escola, uma onda de calor ilumina meu aço.

Porque resta um anel.

Um anel que impede a total transferência dos meus poderes. Um anel que o rei desconhece.

E que está mais próximo do que pensa.

O último cisne em meu aço bateu as asas, cada vez mais forte, compensando por todos os outros cisnes perdidos, por todos os outros reinos que entregaram seus anéis.

Sobre o castelo de Camelot, relâmpagos prateados castigaram o céu, implodindo a estátua de Rhian e fazendo o palco congelado desabar. As pessoas lá embaixo gritavam, abaixando-se para se proteger.

O Espelho d'Água congelado se estilhaçou no chão, lançando o noivo e a noiva em direções opostas. Pedaços de gelo voaram, atingindo o público.

"Cuidado!", Kei gritou, pulando em cima de Sophie.

O que restava da estátua de Rhian abriu uma cratera na terra atrás dela, formando uma montanha de entulho.

Um silêncio denso, cheirando a fogo e gelo, assentou-se sobre os jardins.

Devagar, adultos, crianças e criaturas saíram dos esconderijos.

Kei levantou a cabeça. Sophie estava encolhida debaixo dele, com os olhos trêmulos e vazios de alguém que não sabia onde estava ou quem era. Ela notou o rei, caído de bruços perto das ruínas da estátua, com Lionsmane firme na mão. A visão de "Rhian" a ancorou...

De repente, a Excalibur se soltou da bainha na cintura do rei, por vontade própria, e voou alto sobre o castelo. A ponta da espada brilhava como a ponta de uma pena, antes de cair e se fincar nos escombros da estátua. Ela aterrissou no topo da pilha, com a lâmina para baixo e o punho ereto, tal qual uma cruz em um túmulo.

Como por mágica, o punho se abriu, revelando um rolo de pergaminho. Aos olhos do rei e de sua princesa, e com a multidão chocada ao redor, o pergaminho se desenrolou sozinho, mostrando um documento composto por palavras desbotadas e o selo de Camelot.

O luar iluminou o decreto.

A voz do Rei Arthur trovejou do além.

O primeiro teste é passado.
A Excalibur foi tirada da pedra.
Um novo rei foi nomeado.
Mas dois reivindicam a coroa.
A espada volta à pedra,
pois apenas um é o verdadeiro rei.
Quem?
O futuro que vi envolve muitas possibilidades...
Assim, é meu desejo que nenhum deles seja coroado
até o fim do torneio.
O Torneio dos Reis.
Três testes.
Três respostas a encontrar.

Uma corrida a concluir.
Meu último teste para a coroação.
A Excalibur coroará o vencedor
e tirará a cabeça do perdedor.
O primeiro teste está vindo. Preparem-se...

O documento se desfez e se espalhou, como areia ao vento. O punho da espada de Arthur voltou a se fechar, e ela ficou ao luar, sobre a pilha de pedras.

Um novo altar.

Um novo graal.

Por um momento, fez-se total silêncio, enquanto desconhecidos e amigos olhavam embasbacados uns para os outros nos jardins. Os alunos da Casa Arbed se viraram para a reitora, mas ela tampouco tinha palavras. Os líderes da Floresta também pareciam ter perdido a língua – a Imperatriz de Putsi; a Marani de Mahadeva; a Rainha de Jaunt Jolie; os Reis de Foxwood, Maidenvale e Bloodbrook; e outros –, espalhados no gramado coberto de gelo e incertos quanto ao que haviam acabado de ouvir.

Até mesmo o brilho vago de Sophie tinha enfraquecido. Seus olhos estavam estreitos e ela parecia cada vez mais perto de se libertar...

Então todos eles notaram uma figura se erguer das ruínas e escalar a pilha de pedras: o rei, sem coroa e sujo de terra, com Lionsmane fria nas mãos, as bochechas em um tom violento de vermelho. Ele apoiou um pé na pedra do alto e puxou a Excalibur com força, usando uma única mão.

A espada não se moveu.

O rei guardou Lionsmane no manto e voltou a puxar a espada, dessa vez com ambas as mãos, mas o resultado não foi diferente. Suor brilhava em sua testa. Ele ergueu os olhos para o céu, de onde a voz do Rei Arthur tinha soado.

"*Dois* reis?", o rei gritou, escarnecendo. "Que truque sujo é esse? *Eu* tirei a Excalibur da pedra. *Eu* sou o rei! Quem ousa dizer que há outro?"

Uma esfera aquosa atingiu o rei, depois outra, derrubando-o da pedra. As bolhas se expandiram, e as duas figuras diminutas dentro delas cresceram, voltando ao tamanho natural antes de estender as mãos e abrir caminho pelas paredes aquosas, deixando as esferas para trás. Tedros subiu a pilha de pedras, com a camisa molhada colada nos músculos, e sua princesa a seu lado.

"*Eu*", ele declarou. "E, se houve um truque, foi o que fez essa espada ir parar com a Cobra."

O filho de Arthur ergueu a mão ao luar, e o anel prateado roubou seu brilho.

"O último anel perdura. O anel de Camelot. O anel do meu pai", declarou Tedros, e sua voz trovejante ressoou pelo terreno do castelo. "Eu sou o herdeiro. *Eu sou o rei*."

O povo da Floresta prendeu o fôlego, os olhares se alternando entre os dois reis insolentes. Sophie se manteve imóvel, muito embora seu corpo quisesse correr para o lado do noivo... para o rei *dela*... De joelhos, sobre rosas destruídas, ela olhou para Kei, que tinha no rosto a mesma expressão assombrada que ele estava no castelo. Devagar, os olhos de Sophie voltaram a Tedros, no alto das pedras. Kei conhecia aquele rapaz... ela também conhecia...

Tedros olhou feio para seu rival. "Você ouviu o rei. A Excalibur retornou para a pedra. A coroa não lhe pertence mais", ele disse. "Três testes. A espada vai coroar o vencedor. Chega de joguinhos. Chega de mentiras... Que comece o *torneio*."

Caído de bruços, "Rhian" olhou para o príncipe, com certa fragilidade visível no rosto. Um toque de medo.

Que então desapareceu.

Ele se virou para Kei.

"*Mate-o*", ordenou.

O olhar de Kei endureceu. Ele e os piratas foram para cima de Tedros. Um raio de luz disparou do anel no dedo do príncipe, restaurando a bolha protetora e aprisionando Tedros dentro dela. O príncipe gritou para Agatha: "Pegue Sophie!".

Mas Agatha já estava a caminho: avançou sobre a melhor amiga e a agarrou. Os vestidos branco e preto se fundiram, como dois cisnes entrelaçados. Os olhos das duas se encontraram, escuros e claros, em uma conexão eterna. Bem e Mal. Menino e Menina. Velho e Novo. Verdade e Mentira. Passado e Presente. Sophie arfou, a cor retornou às suas bochechas, o fogo ardeu em seus olhos...

Mas, de repente, eles gelaram, como se uma porta se fechasse. Sophie pegou Agatha pelo pescoço e a derrubou no chão.

Erguendo a cabeça, Agatha viu as Irmãs Mistrais em uma escadaria atrás de Sophie, movimentando as mãos para controlá-la, como se fosse uma marionete. Sophie pegou um caco de gelo que mais parecia uma adaga. Sorrindo, as Mistrais fizeram um movimento de mão. Sophie atacou Agatha, e a adaga de gelo mergulhou no peito de sua melhor amiga.

Uma parede de água, fina como um fio de cabelo, ergueu-se e impediu que a adaga atingisse o coração de Agatha.

Por um momento, tudo o que Agatha ouviu foi a própria respiração rasa, a própria pulsação. Sentiu os braços de seu príncipe puxá-la para trás, os dois a salvo na bolha dos peixes do desejo, e o anel de Arthur brilhando na mão de Tedros, como um talismã. Atrás da bolha, uma porta se abriu, revelando as águas cinzentas de um lago... sua costa vasta e branca... três sombras à distância...

Mas o olhar de Tedros se mantinha em Sophie, do outro lado da bolha. Ela mostrava os dentes, como um animal com raiva, o punho fechado em torno da adaga de gelo, atacando a parede de água de novo e de novo, tentando forçar a mais leve rachadura.

Com delicadeza, "Rhian" se aproximou por trás e conteve a mão de sua princesa. Sophie olhou para ele, de novo com olhos apaixonados, totalmente sob seu feitiço.

Lágrimas rolaram pelas bochechas de Agatha. "O que você fez com ela? Seu monstro! Sua aberração! O que você fez com minha amiga?"

O rapaz a ignorou, mantendo os olhos em Tedros. Uma enguia se esgueirou de suas vestes, tão pequena que ninguém no público notou quando deslizou pela rachadura que Sophie tinha conseguido abrir na bolha.

Tedros a agarrou imediatamente.

O scim falou com a voz da Cobra, de modo que apenas o príncipe e Agatha pudessem ouvir.

"Sua magia fraca não vai protegê-los do que está por vir", o scim provocou. Do lado de fora da bolha, seu mestre olhou feio para Tedros. "Seu covarde chorão. Seu tolo de rosto bonito. Você não é um líder. Ninguém na Floresta está do seu lado. E ainda acha que pode ganhar em uma disputa contra mim?"

"Em uma disputa *justa*, sim", Tedros retrucou, sustentando o olhar de seu arqui-inimigo. "Quanto à Floresta, logo todos saberão que seu 'rei' não é quem diz ser."

"Ah, é?", perguntou o scim. "Vamos ver se acreditam em *uma* palavra sua. De Tedros, o rebelde. Tedros, a *Cobra*."

"Não preciso dizer nada. Eles vão saber, quando você perder a cabeça para a Excalibur", o príncipe insistiu, apertando mais a enguia. "Vou concluir os testes. Vencer o torneio. E a espada vai *me* coroar."

"Como da última vez? A espada nunca deixará que seja rei, porque não há nada de régio em você. *Nada*."

A raiva tomou conta de Tedros. "Sou o filho de Arthur. Sou o *herdeiro*."

"Há um único final possível para sua história", a enguia disse, com frieza. "Você acabará morto e esquecido. O anel virá para minhas mãos. Os poderes do Storian serão meus. Você e todos os que ama serão apagados."

"É o que veremos no fim do torneio", Tedros retrucou.

"Rhian" não hesitou. "Vou te matar muito antes."

Tedros olhou bem nas pupilas pretas dele. "Sei quem você é, *Japeth*. Como seu irmão certamente soube antes de você assassiná-lo e tomar o nome dele. Consigo acreditar que Rhian era filho de Arthur. Pelo menos ele tinha uma alma. Pelo menos queria ser do Bem. Mas como um animal como *você* pode, ser meu irmão? Como alguém tão sujo como *você* pode ser filho do meu pai?"

"Não é óbvio?", o scim respondeu.

A Cobra sorriu, seu rosto diante do rosto do príncipe, diante da bolha aquosa, sua voz soando lá dentro, como um sussurro envenenado...

"Eu não sou."

As palavras foram um chute no peito de Tedros. Ele esmagou o scim, transformando-o em gosma. Só conseguiu perguntar, sem ar: "*Quem é você?*". Mas Agatha já o puxava para o portal e a água do lago inundava seus pulmões. A pergunta do príncipe ecoou nas profundezas escuras.

5

AGATHA

Nevando pergaminhos

Sua melhor amiga já havia tentado matá-la.

No primeiro ano delas na escola.

E de novo no terceiro.

Afinal de contas, Sophie era uma bruxa, e Agatha era uma princesa.

Mas, daquela vez, tinha sido diferente, Agatha pensou, agarrando a água, ficando sem ar. Porque quem quer que tivesse tentado matá-la do outro lado do portal... *não era* Sophie.

Agatha irrompeu na superfície, buscando ar. Procurou por Tedros no lago, e seus olhos se encheram de água antes de localizar três figuras nas sombras da costa de Avalon, gritando para ela.

Mas já estava submersa de novo, rondando as profundezas cinzentas atrás de seu príncipe. Estivera agarrada a ele, e de repente o perdera, distraída por seu temor em relação a Sophie.

Agatha procurou em todas as direções. Não havia sinal dele no lago vasto e imóvel. Ela voltou à superfície, em busca de ar.

"Tedros!", gritou para o lago.

"Agatha!", Nicola gritou de volta, da costa.

"Onde está Tedros?", Agatha perguntou.

"Não estou vendo!", Hort disse.

"Ele não está com você?", Guinevere perguntou, ansiosa.

Agatha voltou a mergulhar. O pânico fechou sua garganta. Ela deixara Tedros para trás? Em meio a sua preocupação com Sophie, tinha condenado seu príncipe? Nadou em volta, seus membros se debatendo...

Focos de luz piscaram à frente, como uma explosão de pérolas.

Um cardume de peixes do desejo veio com tudo em sua direção, Tedros enjaulado no meio deles. Os peixes engoliram Agatha, depois saltaram para fora da água e cuspiram o príncipe e a princesa para a costa tomada pela neve. Os dois aterrissaram nos braços um do outro, molhados e gelados. Com piruetas no ar, os peixes voltaram para a água.

Aliviada, Agatha agarrou seu príncipe, que ainda se perguntava: "Quem é ele? *Quem?*".

"Ouvimos o que ele disse", Hort falou, aproximando-se. "A Cobra..."

"Hã? Como pode tê-lo ouvido?", Agatha perguntou, confusa.

"Nós dois ouvimos", disse Nicola, juntando-se ao namorado. "Ele não é seu irmão. Não é filho de Arthur."

"Mas é filho de quem então?", perguntou Hort, ignorando a expressão perplexa de Agatha. "O cristal de sangue disse que Rhian e Japeth eram filhos de Evelyn Sader e do Rei Arthur. O sangue de Rhian não pode ter mentido. O que deixamos escapar então? Japeth disse mais alguma coisa? Não conseguimos ouvir tudo."

"Porque você ficava voltando o feitiço-espelho para Sophie", Nicola o repreendeu.

"Feitiço-espelho?", Tedros perguntou, interessado.

Hort suspirou, impaciente. "Vimos a Dama do Lago abrir o portal quando a bola de cristal se estilhaçou. O portal que permitiu que entrassem no refúgio secreto dela. Antes que o portal se fechasse, fiz um feitiço-espelho, como Hester ensinou. Assim pudemos seguir vocês, como se estivéssemos lado a lado. Vimos tudo, desde a visita ao túmulo do seu pai até os peixes do desejo e a espada anunciando o Torneio dos Reis."

"Fico surpresa que tenhamos visto qualquer coisa além do rosto de Sophie", Nicola comentou.

"Fico surpreso que você não seja capaz de me dar crédito por ter pensado no feitiço", Hort retrucou. "Queria ver o que a Cobra fez com minha amiga. Ela está sob efeito de uma maldição. Deu pra ver as Irmãs Mistrais controlando Sophie quando ela atacou Agatha."

"Nem sabia que as Irmãs Mistrais usavam magia", Agatha comentou, agora com o coração tranquilo o bastante para que seu cérebro pudesse acompanhá-lo. Olhou para o furão, seu cabelo tingido de loiro, a pele pálida, ao lado da namorada, cujos cachos pretos estavam polvilhados de neve. "Elas nunca tinham usado antes. Se tinham essa possibilidade, por que não fugiram da masmorra quando Tedros as prendeu?"

"Não dá pra usar magia na masmorra de Camelot", Guinevere recordou, chegando com Sininho no ombro, que se iluminou ao ver Tedros. "Embora conheça as irmãs há muito tempo, não me recordava de que tinham poderes."

"Como podem estar controlando Sophie?", Agatha perguntou.

"Como Arthur conseguiu dar seu anel a Tedros tão depois de sua morte? Como ele sabia que Tedros precisaria dele? Como a Excalibur voltou à pedra depois de ter sido retirada?", a mãe do príncipe retrucou, inclinando-se para a frente e tocando o aço gravado no dedo do filho. "De fora, essas coisas parecem impossíveis. Mas a magia tem as próprias regras. Os próprios segredos. Se as três irmãs estão controlando Sophie, temos que descobrir qual é o segredo."

"Só vi duas irmãs", Hort falou.

"Eu também", Nicola confirmou.

"A terceira deve estar tramando algo", Guinevere disse, desconfiada. "As Irmãs Mistrais ficam sempre juntas, a menos que haja uma boa razão."

Sininho fez festa para Tedros, carinhosamente, mas ele continuou focado em Agatha. "Sophie ia te matar", o príncipe disse, baixo, ainda assustado. "Nada teria impedido."

"Foi sorte o portal se abrir", Agatha admitiu, olhando para os amigos. "Assim que vimos vocês, soube que podíamos voltar."

Guinevere ficou pálida. "Você nos viu? De Camelot?"

"Qual o problema?", Agatha perguntou.

A mãe de Tedros se levantou. "A Cobra estava a centímetros de você. Se puderam ver este lugar através do portal, ele também pôde. Você o ouviu: com ou sem torneio, ele quer Tedros morto. Precisamos partir. *Depressa*."

"O anel de Camelot não vai proteger Tedros?", Hort perguntou. "Como aconteceu lá? Ele teria morrido, se não fosse por isso."

"Acha que não posso com aquele canalha?", Tedros retrucou. "Que preciso da proteção do anel?"

"Olha, não foi isso que eu quis dizer, mas já que perguntou: sim", Hort respondeu.

"Quaisquer que sejam os poderes do anel, os peixes do desejo sabiam acessá-los. Nós *não* sabemos", disse Guinevere, seguindo na direção da escadaria. "É melhor não colocar todas as nossas esperanças no anel. Certamente está vinculado ao Storian, como todos os outros anéis. E, ainda que sejamos seus últimos defensores, a Pena não vai inclinar a história a nosso favor. Não é assim que o Storian trabalha. É por isso que Japeth pretende substituí-lo por uma Pena que possa controlar. Além do mais, mesmo que o anel proteja Tedros, não protege Agatha ou o restante de nós."

"Ela está certa", Tedros disse, tenso, puxando Agatha para a escadaria, com Hort e Nicola em seu encalço.

Enquanto Tedros ajudava sua princesa a subir, Agatha sentiu o anel de Arthur quente contra sua palma e olhou para o lago uma última vez, sua costa silenciosa e deserta, as águas totalmente calmas.

Então ela a viu.

A silhueta careca sob a superfície da água, observando os intrusos deixarem seu reino. A Dama do Lago olhou nos olhos de Agatha por um longo momento, os olhos pretos arregalados e gelados, antes de voltar a submergir e desaparecer.

A mão de Agatha ficou gelada na de seu príncipe.

Ela nunca tinha visto aquele sentimento no rosto da Dama do Lago.

Algo que a princesa conhecia muito bem.

Que estava sentindo agora mesmo.

Medo.

"Elas não conseguem voar mais rápido?", Agatha sussurrou para Tedros. Os dois estavam envoltos por um casulo de fadas, com Hort, Nicola e Guinevere.

Sininho respondeu com gritinhos raivosos, a luz de suas asas mais fraca que o normal, assim como a da outras fadas, para que o casulo não chamasse atenção à noite.

"Ela disse que deixou as fadas comerem enquanto esperava por nós", Tedros explicou. "Só que a única comida disponível em Avalon eram aquelas maçãs verdes. Elas devem estar embriagadas de tanto açúcar."

O casulo se afastava dos portões de Avalon, jogando seus passageiros de um lado para o outro.

Os cinco membros da equipe tinham concordado que era melhor sair de Avalon, muito embora cada um deles tivesse uma ideia diferente de para onde ir.

"Nas Colinas de Pifflepaff?", perguntou Hort. "A terra do algodão-doce?"

"Podemos obter respostas lá", Tedros insistiu, virando-se para Agatha. "O pergaminho que anunciou o torneio... Vimos meu pai escrevendo nele, lembra? Quando pulamos na bola de cristal e voltamos no tempo. Meu pai estava à sua mesa. Ele escreveu em *dois* pergaminhos. Em um, o teste de coroação original. O segundo devia ser o secreto. O segundo teste! O que significa que..."

"Espera. Como ele saberia que precisaria de um segundo teste?", Nicola interrompeu. "Como saberia que você fracassaria no primeiro?"

"Me fiz a mesma pergunta", Agatha murmurou, olhando para Nicola. "Só que... aquela frase do anúncio do torneio..."

"A que não fazia muito sentido?", Nic perguntou. "*O futuro que vi envolve muitas possibilidades*?"

"Talvez, de alguma forma, ele soubesse", Agatha arriscou. "Talvez soubesse que isso tudo aconteceria."

"Arthur não era vidente", Guinevere garantiu.

"Não é preciso ser vidente para saber de um filho secreto à espreita", Hort sugeriu. "De alguém que pode desafiar o trono de seu outro filho."

"Mas a Cobra acabou de dizer que *não é* filho de Arthur", Nicola o lembrou.

"Olha, tudo o que importa é que meu pai tinha um segundo pergaminho pronto", Tedros interrompeu, voltando a sua linha de raciocínio. "O do torneio. Não sabemos quais são os testes, mas a Biblioteca Viva nas Colinas de Pifflepaff tem um arquivo inteiro sobre meu pai, desde o período na escola até o treinamento com Merlin, a época que passou com Sir Ector e Sir Kay, a retirada da espada da pedra e a coroação. Ele manteve o arquivo atualizado, para que eu tivesse um lugar ao qual recorrer caso algo lhe acontecesse. Um lugar onde me sentiria próximo dele... A biblioteca pode fornecer pistas dos testes. Para que eu esteja pronto. E temos que começar em algum lugar."

"É arriscado demais", Guinevere insistiu. "O Rei das Colinas de Pifflepaff e seus guardas estão do lado de Japeth. Eles mantêm os registros antigos da Biblioteca Viva bem protegidos. Além do mais, se você tiver perguntas sobre seu pai, sou uma fonte tão útil quanto qualquer arquivo. Arthur confiava em mim."

"Isso antes ou depois de ele colocar sua cabeça a prêmio?", Tedros murmurou.

"Chega, Tedros. Estou tentando te manter vivo", Guinevere disse, com severidade. "Se não me quiser aqui, é só dizer e vou embora."

"Sua mãe está certa", disse Agatha, tocando o príncipe. "A biblioteca é uma armadilha mortal."

"Então continuo sendo um fugitivo", Tedros disse, soltando-se. "Ainda que a Excalibur tenha voltado para a pedra. Ainda que a coroa de Japeth tenha desaparecido. Ainda que a voz do meu pai tenha se erguido do túmulo e *dito* que tenho direito ao trono." Suas bochechas estavam rosadas. "Com certeza alguns reinos devem questionar quem é o rei agora. Alguns líderes devem ter descoberto que ele é a Cobra. Alguém vai ficar do meu lado..."

Um raio de luz cortou o céu acima do Mar Selvagem, como um cometa.

A nova mensagem de Lionsmane iluminou o céu.

"Acho que não", Hort disse.

Agatha teve a mesma sensação ao ler a arenga da pena.

Tedros acha que pode roubar a coroa. Mas o povo é sábio. Há apenas um rei. Seu Rhian. O rei do povo. Juntos vamos vencer o torneio. Pelo Leão. Pela Floresta!

"*Vamos?*", repetiu Tedros.

"Ele está mantendo o povo ao seu lado", Agatha explicou. "Antes que o torneio comece."

"O povo não decide o vencedor. É uma disputa. Alguém vai chegar primeiro", Tedros disse. "E é esse alguém que a Excalibur vai coroar."

"Não sabemos quais são os testes, Tedros", disse Agatha. "Se o povo ficar do lado dele, talvez possa *ajudar.* Aí não vai ser só você contra Japeth. Vai ser você contra toda a Floresta."

"Mas isso é trapaça!", Tedros disse. "A Excalibur não vai coroar alguém que trapaceia!"

"Já coroou antes", a princesa apontou.

Tedros olhou feio para os dizeres da Cobra. "Então posso encarar os testes de maneira honesta e justa, agir como um rei, e ainda assim perder a cabeça?"

"Japeth pode ter a Floresta ao lado dele, mas você tem a gente. Tem sua família. Seus amigos. Pessoas que lhe são leais de verdade", Agatha o encorajou. "Vamos dar um jeito de vencer."

"Só temos que manter você em segurança até lá", Nicola disse a Tedros. "Com ou sem torneio, a Cobra quer sua cabeça."

"Há tantos modos de perder a cabeça", Hort comentou.

Sininho o mordeu.

"Boa, Sininho", Tedros disse.

Com a segurança do príncipe em mente, o furão propôs voltar ao esconderijo subterrâneo da Terra dos Gnomos.

"Vamos ficar presos lá *pra sempre,* porque os scims da Cobra vão nos encontrar, como da última vez, e cercar a saída", disse Nicola.

"Você tem mesmo que cagar em todas as minhas ideias?", Hort retrucou. "Qual é a *sua* sugestão?"

"Voltar à Escola do Bem e do Mal, onde podemos nos juntar aos alunos e professores e pelo menos ter algo que se assemelhe a uma defesa", a namorada dele respondeu.

"Não", Agatha disse na mesma hora. "É o primeiro lugar onde os guardas de Japeth vão procurar. Desta vez, não vamos ter xerife ou saco encantado para nos salvar."

Um estrondo agudo soou atrás deles...

Por entre o casulo de fadas, Agatha viu cerca de vinte cavalos montados por guardas de armadura atravessando os portões de Avalon.

As fadas embriagadas de açúcar ficaram alertas e voaram mais alto e melhor, escurecendo as asas para esconder seus passageiros.

"Mais alguns minutos e estaríamos mortos", Tedros sussurrou.

Agatha não se sentia aliviado. Os homens de Japeth já estavam atrás deles. O que significa que Tedros não precisava apenas vencer a Cobra insidiosa nos três testes. Também precisava sobreviver por tempo o bastante para concluí-los. Ela sentiu um aperto no coração. Se pudesse passar pelos testes no lugar dele... se pudesse protegê-lo...

Ela afastou a ideia.

Não tinha aprendido a lição quanto a lutar as batalhas de Tedros?

Os testes eram para *ele*. Não para ela.

Tedros precisa de uma princesa, Agatha disse a si mesma. De uma sentinela ao lado. Não de alguém resmungando, alguém preocupado, ou alguém que duvida. Além do mais, havia sinais de que tudo poderia acabar bem. Para começar, eles continuavam vivos. Continuavam juntos. O casamento de Sophie com a Cobra não fora concluído: as alianças tinham desaparecido antes que ela se tornasse rainha. E, com sorte, o restante de seus amigos – as bruxas, Beatrix, Kiko, Willam, Bogden e os outros – também estava vivo, em algum lugar. Tedros ainda tinha uma chance. Agatha precisava deixar que o destino se desdobrasse como deveria. Precisava deixar que seu príncipe se tornasse rei.

No entanto, passar todo o controle a Tedros teria que esperar. Não podiam ir à Biblioteca Viva, como ele pretendia. Era perigoso demais, Agatha insistiu. A opção que acabou prevalecendo foi a dela: voar até a Floresta de Sherwood, a parte mais densa da Floresta Sem Fim, que era mágica e não podia ser influenciada pela Cobra, seus homens ou os scims. Poderiam acampar ali até que o primeiro teste se revelasse, muito embora Agatha não tivesse a menor ideia de como isso aconteceria. (A voz de Arthur ressoaria do céu uma vez mais? Como ganhar uma disputa quando nem se sabe onde ela começa?) Por ora, tudo o que podiam fazer era esperar, e o covil de Robin Hood era o melhor lugar para isso. Além do mais, iam se reunir com ele, possivelmente seu último protetor, já que Lancelot e o xerife estavam mortos, assim como a mãe de Agatha, o Professor Sader, a Professora Dovey e Lady Lesso, e Merlin continuava desaparecido. Os adultos não se saíam bem em seu conto de fadas, Agatha pensou sombriamente enquanto olhava para Guinevere, uma das poucas que restavam, acomodada entre o filho e as fadas enquanto sobrevoavam Foxwood. No entanto, Guinevere não parecia uma adulta. Aos olhos de Agatha, faltava-lhe robustez e estabilidade, como se todos os anos no paraíso com Lance a tivessem deixado despreparada para a vida real.

"Desculpa por cagar nas suas ideias", Agatha ouviu Nicola sussurrar para Hort. "É só que... você ficou todo agitado depois que viu Sophie no feitiço-espelho. Você nunca olha daquele jeito pra mim."

"Sophie não me quer", Hort retrucou, então se virou para a namorada. "Tá, isso não soou bem. Sou péssimo com as palavras. Por isso fui um professor de História sofrível na escola. Vou reformular: se a Cobra te botar em um vestido de noiva, vítima de um feitiço terrível, vou ficar todo agitado também." Ele deu uma piscadela para Nic.

"Você é mesmo péssimo com as palavras", ela riu.

"Com tudo, na verdade", Hort disse, e deu um beijo nela.

Agatha não pôde evitar sorrir... então notou que Guinevere a olhava.

"O que foi?", Agatha perguntou.

"Estava pensando... Arthur deu o anel a Tedros. Tinha um segundo pergaminho pronto. Ele *quer* que Tedros vença. Então por que o torneio?", a rainha perguntou. "Por que não dizer ao povo que Tedros é o herdeiro?"

"Porque ninguém acreditaria nele", Tedros disse, baixo. "Todos sabem que fracassei como rei da primeira vez. Sabem que, se a Excalibur me rejeitou, deve ter tido um motivo."

"O povo só sabe o que viu", Agatha disse.

O príncipe olhou para ela.

"Sei quem você é", Agatha prosseguiu. "Todos nós sabemos. Mas você está certo: o *povo* não sabe. O povo não pôde conhecer o verdadeiro Tedros na primeira vez que você usou a coroa. Você estava ocupado demais tentando se manter no trono para *ser* o rei de fato. Dessa vez vai ser diferente. Há uma Cobra no trono, posando de Leão, e você precisa salvar o povo dele. Só o verdadeiro rei pode sobreviver a esse tipo de teste. Só o verdadeiro rei pode provar que é o Leão, com tudo contra si. Essa é sua segunda chance, Tedros. A Excalibur voltou para a pedra. Mas a espada não pode te escolher até que tenha passado no teste de seu pai. Em *todos* os testes de seu pai."

Tedros olhou bem no fundo dos olhos de seu verdadeiro amor, muito sério.

"E ainda assim a Excalibur pode não te escolher", Nicola apontou. "A Cobra pode vencer a disputa. Mesmo que não seja o caso, Rhian deve ter conseguido sacar a Excalibur da primeira vez por causa de algum embuste dele e do irmão. O mesmo embuste que fez a Dama do Lago beijar Japeth achando que ele era o rei. Como saber que Japeth não vai conseguir fazer isso de novo? Nesse caso, a espada nem teria a chance de escolher você."

"Obrigado pelos comentários", Tedros grunhiu, olhando para Hort. "O namoro de vocês deve ser muito divertido."

"Quem ouve pensa que você vai se casar com a Miss Alegria, né?", Hort retrucou.

O casulo de fadas deu uma guinada, e Sininho soltou um gritinho agudo.

"Ela disse para a gente ficar quieto", Tedros sussurrou, olhando para baixo. "Falcões de Foxwood. Com a coleira real. Devem estar atrás de nós."

Com cuidado, o casulo voou mais para cima, enquanto Agatha observava a gangue de falcões, com coleiras em vermelho e dourado, voar baixo sobre os vales de Foxwood. Eles examinaram as casas, até que seu líder deu o sinal e todos mergulharam, entrando por uma janela aberta e interrompendo uma jovem fada-madrinha que trabalhava em sua bola de cristal e tirando-a dela. Os falcões voaram até um bosque alguns quilômetros adiante e soltaram a bola de cristal sobre uma pilha de outras. Pássaros chegavam com diferentes coleiras reais e despejavam bolas de cristal sobre a pilha, enquanto guardas de Camelot, usando armaduras, destruíam os vidros com tacos e derretiam os cacos.

"Só pode haver um motivo para Japeth destruir bolas de cristal", Nicola disse para Agatha, quando estavam a salvo, escondidos nas nuvens. "A história que você testemunhou no cristal de sangue de Rhian. Sobre Arthur e Evelyn Sader. Está na cara que Japeth não quer que você veja mais nada."

Tedros refletiu a respeito. "O modo como ele sorriu para mim. O modo como disse '*Eu sei*'. Ele fez com que pensássemos que era meu irmão. Fez com que pensássemos que era filho do meu pai."

"Mas ele *tem* que ser filho de Arthur. O cristal de sangue não pode ter mentido", disse Agatha. "Adentrei o sangue de Rhian. Vi o passado dele. Vi Evelyn Sader colocar a corda em volta do pescoço de Arthur enquanto ele dormia. Ela o encantou para ter o filho dele. Pelo que vi, Arthur *era* pai de Rhian. Evelyn Sader *era* mãe de Rhian."

"No entanto, Japeth acabou de nos dizer que Arthur não é pai dele", Nicola refletiu. "E Arthur ter dado o anel a Tedros prova isso. O anel de Camelot pode ir *apenas* para o herdeiro."

"Talvez Arthur tenha ignorado essa regra", Hort sugeriu. "Por saber que Evelyn o enganou, digo. Talvez ele tenha ignorado o herdeiro de verdade e dado o anel ao herdeiro que queria."

"Não", Tedros e Guinevere disseram juntos, trocando olhares.

"É a lei da Floresta", o príncipe acrescentou. "Meu pai nunca a ignoraria, independente das circunstâncias."

"Então estamos de volta ao início", Agatha murmurou. "O sangue de Rhian diz que Japeth e Rhian são filhos de Arthur e Evelyn Sader. Todos os outros indícios apontam o contrário. Ainda não temos ideia de quem é a Cobra."

"Hum... Rhian e Japeth podem ter pais diferentes?", Hort perguntou.

"Eles são *gêmeos*!", Tedros retrucou, esperando que os outros também zombassem de Hort. Só que Agatha parecia pensar a respeito, assim como Nicola, que olhava diretamente para a princesa, lembrando-se de todos os detalhes de *O conto de Sophie & Agatha*. As histórias de gêmeos às vezes eram muito estranhas... tão estranhas quanto a história de Agatha e sua melhor amiga...

"Talvez a resposta tenha a ver com Sophie", Agatha sugeriu, pensando na amiga. "Foi o sangue dela que curou a Cobra. E ele precisa de Sophie como sua rainha. Por que ela? O que o sangue dela tem de especial? Por que Japeth precisa de Sophie para ser rei?"

"Você é a especialista no assunto", cutucou Tedros.

Agatha suspirou. "Queria que as bruxas estivessem aqui. Elas sabem mais de magia que qualquer um de nós."

"É melhor as bruxas irem atrás de Merlin", disse Guinevere. "Se é que ele ainda não foi morto. Ou usou seu Desejo de Feiticeiro."

"Desejo de Feiticeiro?", perguntou Agatha.

"Um único desejo que todo feiticeiro mantém escondido, onde só ele pode acessar", disse a rainha. "Um desejo que pode ser usado para o que for, desde que dito em voz alta, mas em geral é guardado para escolher o momento exato da sua morte."

"Merlin ameaça usá-lo desde que eu era criança", Tedros murmurou. "Sempre que eu dava um chilique, ele dizia: 'Não me faça usar meu Desejo de Feiticeiro, garoto!'."

Guinevere olhou para o filho. "Vamos torcer para que as bruxas o encontrem vivo."

"Talvez tenhamos algo a nosso favor", disse Hort. "Se fosse meu pai, o primeiro teste seria algo em que me saio bem. Como abrir fechaduras. Ou espiar garotas."

Nicola franziu a testa.

"Meu pai guardava muitos segredos de mim", disse Tedros. "Não sei se a gente se conhecia muito bem."

Agatha aguardou que ele continuasse falando, mas Tedros apenas colocou a cabeça entre os joelhos, curvando-se para a frente. Guinevere olhou para Agatha, como se quisesse que a outra insistisse. Mas a princesa não o fez, refletindo que também não conhecia bem o próprio pai, ainda que ele sempre tivesse estado presente.

Ninguém teve tempo de pensar mais, porque as fadas começaram a descer.

Tinham chegado à Floresta de Sherwood.

Por insistência de Tedros, as fadas os deixaram perto do A Bela e a Festa.

"Devem ser umas seis da manhã. Não vai ter ninguém lá. E, mesmo se houvesse, não iam nos deixar entrar assim", Agatha disse, notando a aparência desleixada do grupo, enquanto se esgueiravam entre as árvores muito próximas umas das outras.

"Podemos levar para viagem", disse Tedros, passando uma mão pelo cabelo grosso e dourado. "Preciso comer."

Agatha tinha aprendido a não discutir com rapazes famintos e deixou que Tedros liderasse o grupo na direção do chalé verde-escuro escondido a um arbusto à frente. Ela sentiu o cheiro do orvalho quente do crepúsculo, o doce aroma das folhas roçando seu pescoço, então se deu conta de que era o príncipe, passando uma mão por sua cintura e dando um beijo furtivo em sua bochecha.

"Te amo", ele sussurrou.

Agatha olhou para ele e viu que, em seu ritmo voraz, haviam deixado os outros para trás. Ela levantou os olhos para os de Tedros e deixou que ele a puxasse para o peito e a beijasse. O hálito quente e mentolado dele encheu a boca de Agatha. Tedros a puxou para trás de uma árvore.

"Eu prometo", ele sussurrou, com os olhos azuis em chamas, "que vamos nos casar. Você vai ser minha rainha, Agatha. Porque você merece um final feliz. E vou dar um jeito de chegar lá. Confie em mim. É tudo o que peço. Preciso que confie em mim."

Agatha estava sem ar, surpresa com o ardor nos olhos de Tedros e com uma paixão que nunca havia visto nele antes.

"Você deve estar faminto", Agatha disse, beijando-o de novo.

Tedros saiu de trás da árvore com ela, bem a tempo de se juntarem aos outros.

Agatha ainda sentia o gosto dele. Sua pele continuava quente e seu cabelo estava todo bagunçado. Por um segundo, esqueceu por que estavam ali. Esqueceu que um monstro estava com sua melhor amiga e tentava matá-los. Tudo em que conseguia pensar era na expressão dos olhos do príncipe.

O som de batidas fortes a tirou do transe. Tedros e Hort martelavam a porta do bangalô verde com telhado de terracota praticamente babando. Agatha achou que a porta fosse se abrir na hora, e Masha Mahaprada, mestre em gastronomia, fosse aparecer em uma nuvem de penas douradas para dar um tapa em cada um.

Em vez disso, a porta só foi destrancada.

O príncipe a empurrou, o grupo reunido às suas costas. "Deixem que eu fale..."

Agatha parou na hora. Assim como o restante deles.

O salão do A Bela e a Festa, antes resplandecente, com lustres mágicos, toalhas de mesa feitas de penas de pavão, beija-flores cantarolando, fondues com ovos de ouro de gansa, pães com manteiga batida por fadas e cascatas de chocolate, agora estava completamente vazio.

"Fechamos, meus queridos", disse uma voz de um canto.

Agatha se virou para uma raposa matronal de avental branco que varria o chão, com dois filhotinhos agarrados a ela.

"Impossível", Guinevere disse. "Como o restaurante mais famoso de toda a Floresta pode ter fechado?"

"Ninguém mais vem à Floresta de Sherwood, meu bem", a raposa respondeu, sem parar de varrer. "Não desde que Robin Hood se aliou ao xerife. Todo mundo tem medo de que o xerife faça com que paguem suas dívidas. Por que acham que amavam Robin por aqui? Enquanto ele e o xerife estavam brigando, ninguém precisava pagar impostos. Já fazia anos. Vinham todos se esconder na floresta. Há um motivo para a última frase da música do A Bela e a Festa ser '*Pague sempre em dinheiro!*'." A raposa riu. "No momento em que Masha ouviu que o xerife estava mancomunado com Robin, foi embora daqui, como todos os outros. Não pagar impostos não é a única coisa errada que acontece em Sherwood, se é que vocês me entendem. Tive que ficar, por causa dos filhotes. Não posso sair daqui até que estejam maiores. Acho que posso arranjar algo pra vocês, se estiverem desesperados." Ela levantou a cabeça...

Mas já não havia ninguém ali.

"Precisamos falar com Robin", Agatha insistiu, enquanto Tedros trotava ao seu lado, os dois tirando os galhos mais baixos da frente.

"Não é à toa que não vimos ninguém", constatou o príncipe.

"Este lugar era um antro de vícios. Era trabalho de Robin manter o xerife longe", Guinevere comentou, tentando acompanhar os dois. "Arthur também vinha aqui. Em especial logo depois de ter sido coroado, para escapar da pressão. Foi assim que ele e Robin ficaram amigos. A floresta toda era um esconderijo pecaminoso, onde as pessoas podiam fazer o que queriam. Incluindo o Rei de Camelot."

"O que acontece em Sherwood fica em Sherwood", disse Hort.

"Até o xerife chegar. Então ninguém mais ficou em Sherwood", falou Nicola.

Agatha mordeu o lábio. "Tem uma Cobra no comando da Floresta e tudo com o que as pessoas se importam são os *impostos*?"

Tedros a pegou pelo pulso e parou na hora.

Agatha olhou para onde ele estava olhando.

As casas nas árvores tinham sido derrubadas. O lar de Robin e seus Homens Alegres fora destruído e posto no chão, as lanternas de papel que antes conectavam toda a aldeia rebelde agora não passavam de detritos flutuando à luz da manhã, como confete. Agatha encontrou um pôster escrito à mão em uma árvore:

PROCURA-SE
ROBIN HOOD

VIVO OU MORTO
PELO POVO

POR ACABAR COM A DIVERSÃO!

Agatha se virou para os outros. "Para o Flecha de Marian. *Agora*."

Quando eles chegaram à clareira, o coração de Agatha estava na garganta.

Então veio o fedor.

Um cheiro pútrido de ovos podres e esterco, que fez com que tampassem o nariz e respirassem brevemente pela boca.

O Flecha de Marian tinha sido bombardeado com lixo, a conhecida pintura do jovem Robin Hood beijando Marian, na parede exterior, havia sido vandalizada, de modo que ele agora beijava o xerife. O lema do lugar – "Deixe todos os problemas para trás" – tinha sido riscado, e agora se lia:

VOCÊS SÃO O PROBLEMA

Havia mais pichações na porta.

CAPACHO DO XERIFE

ROBIN DE NOTTINGHAM

TRAIDORES ALEGRES

Com os punhos cerrados e a respiração presa, Agatha abriu a porta. Um cheiro de ácido queimado a atingiu com tudo, fazendo seus olhos lacrimejarem no mesmo instante. Ela ouviu Hort e Nicola tossirem, seus passos próximos dos dela, enquanto avançavam pelo retiro noturno de Robin Hood, agora transformado em cinzas. Agatha acendeu a ponta do dedo, e o brilho safira de Hort e o amarelo-claro de Nicola a acompanharam, iluminando os tocos de mesa e os fragmentos de cadeira carbonizados. Canecas de cerveja e pratos estilhaçados eram esmagados por seus pés. Ainda se viam os pedaços da lousa em que ficavam os pratos do dia: PF do Robin, Hidromel da Marian...

"Esperem...", disse Nicola.

Agatha seguiu o brilho dela até o bar, onde Marian costumava atender. Havia algo ali, em meio às cinzas, algo que abriu um buraco no estômago de Agatha...

Uma pena.

Uma pena verde.

Os joelhos dela fraquejaram.

"Ele está morto, não é?", Hort disse, baixo.

Os dedos trêmulos de Agatha tocaram a pena, pensando no homem que havia sacrificado suas amizades, sua casa e sua *vida* para ajudá-la. Não, Robin, não. Outro adulto cortado de seu conto de fadas. Outro adulto morto porque havia ficado do lado dela. Ela segurou bem a pena. Os Leitores viriam a conhecer o verdadeiro Robin Hood? O Storian sobreviveria para contar a ver...

A pena de Robin cintilou.

Algo caiu dela.

Um pó verde salpicou o balcão, rearranjando-se em um padrão sobre as cinzas.

O brasão se infiltrou nas cinzas e desapareceu.

Agatha ficou olhando boquiaberta para o bar chamuscado.

Isso aconteceu mesmo?

Estou imaginando coisas?

Eles ouviram um ruído contínuo e monótono contra o telhado. *Plim. Plim. Plim.* A dança da chuva, uma tempestade chegava.

Agatha ainda olhava para o bar, tentando recordar os detalhes da mensagem que Robin tinha deixado.

Então ela ouviu. Mais alto que a chuva.

Um farfalhar vigoroso na parte de trás do bar.

Uma porta de armário se estremecendo... *chacoalhando.*

"Eu é que não vou abrir", Hort disse.

Nicola não hesitou. Colocou-se diante de Hort, puxou o ar, nervosa, e abriu a porta com tudo...

"Minha nossa", Hort soltou.

Dentro do armário estavam três Homens Alegres de Robin, presos com corda e amordaçados com guardanapos, o rosto e o peito cobertos com palavras raivosas em tinha vermelha.

HOMENS DO XERIFE

Hort e Nicola logo acorreram, soltando as cordas, tirando as mordaças e ajudando-os a ficar de pé. O pescoço de Agatha ficou vermelho de raiva. Homens Alegres amarrados como se fossem porcos? Eles que haviam sido os *heróis* daquele lugar? Tudo porque as pessoas queriam que Robin e o xerife continuassem inimigos para não ter que pagar impostos? Quando Tedros fosse rei, ela encontraria os responsáveis e garantiria que fossem punidos...

Tedros.

"Onde está Tedros?", Agatha perguntou, quase sem ar.

O príncipe e a mãe não tinham entrado no bar.

O pânico tomou conta de Agatha. Através da porta entreaberta, ela notou um movimento lá fora de algo branco caindo... pedras... ou flechas.

Plim. Plim. Plim.

Não era chuva.

Ela empurrou uma cadeira destruída para fora do caminho, correndo tanto que perdeu um sapato e bateu contra a porta da frente, caindo na terra de fora. "*Tedros!*"

Ele estava ali.

Exatamente onde Agatha o havia deixado.

De pé sob as árvores, com a mãe.

Cercado por milhares e milhares de pergaminhos, cobrindo a floresta.

Era todos idênticos: uma única folha, amarrada com um fio prateado, com o selo do Leão.

O selo de Arthur.

Agatha ficou olhando, enquanto mais pergaminhos caíam do céu, cobrindo o chão da Floresta de Sherwood, enroscando-se nas árvores. A tempestade mágica se estendia para além das árvores, ao longo do céu cor-de-rosa e dourado, pelos reinos próximos e distantes.

Lentamente, Agatha se voltou para Tedros, os olhos dela estavam arregalados.

Então ela notou o pergaminho aberto na mão dele, pendendo na lateral do corpo, os dedos sujos de cera do selo do pai.

Tedros piscou para Agatha, com o rosto pálido.

"Parece que descobrimos qual é o primeiro teste."

6

SOPHIE

A boa moça

Excalibur.

Era o nome dela, Sophie pensou, olhando para o punho da espada que despontava da montanha de pergaminhos que cobria o jardim.

Eles haviam caído do céu com a alvorada, despertando Sophie com seu *plim-plim* ao cair nas flores. Ela ouviu uma voz de menino no jardim, uma sequência de gritos. Quando chegou à janela, com o cabelo todo bagunçado e a maquiagem da noite anterior borrada, a neve tinha diminuído e alguns últimos pergaminhos caíam em um mar formado por muitos mais, que ia muito além do castelo: passava pela igreja e pelos estábulos e chegava às Colinas de Camelot.

Os olhos de Sophie se mantiveram na espada, que brilhava sobre as pedras cobertas por pergaminhos. Mal se recordava do que havia acontecido na noite anterior. Seu cérebro estava mais confuso que nunca, mas de algumas coisas ela tinha certeza.

Não me casei.

Pergaminhos não deveriam cair do céu.

O nome da espada é Excalibur.

Uma dor de cabeça a atacou, como se tentasse apagar aqueles fatos, como se estivesse determinada a retornar ao estado de tábula rasa. Era como se seu cérebro fosse torcido por um torno de ambos os lados.

Mas Sophie estava consciente da dor agora. Uma rachadura tinha se aberto. Coisas haviam escapado.

Não me casei.

Pergaminhos não deveriam cair do céu.

O nome da espada é Excalibur.

Sophie olhou com mais atenção para a espada.

Criadas se apressaram para o jardim, acompanhadas por guardas. Armadas de vassouras e baldes, as mulheres de touca e vestido branco recolheram os pergaminhos, enquanto os guardas as observavam com olhos inflexíveis. "O rei não quer que reste nenhum pergaminho", grunhiu um deles. "Não quer que a princesa os veja."

Sophie sentiu que seu próprio olhar endurecia, sobrepujando sua confusão mental.

O que ele não quer que eu veja?

O rei havia ordenado que ela ficasse em seus aposentos e trancado a porta. Ela não pretendia desobedecê-lo. Até agora, seu corpo nem sabia como.

Então a neve caíra.

E algo mudara.

Seu peito começou a bater mais rápido, mais ardente.

Não me casei.

Pergaminhos não deveriam cair do céu.

O nome da espada é Excalibur.

A dor a atingiu como um martelo, mas Sophie já se dirigia à porta.

Precisava sair do quarto.

Precisava descobrir o que o rei estava escondendo.

Seu dedo brilhou em cor-de-rosa, e ela o apontou para a fechadura.

Precisava saber o que havia nos pergaminhos.

Como os guardas estavam supervisionando as criadas, Sophie avançava pelo corredor sem ser notada, ignorando as pontadas na cabeça, que ficavam piores a cada passo. Seu sangue parecia pulsar tão forte nas têmporas que ela quase não ouviu as vozes no vestíbulo da Torre Azul, logo abaixo. Sophie espiou pela balaustrada.

"Tenho um horário marcado com ela", disse uma mulher com cabelo trançado cor de mel, sobrancelhas finas e olhos castanhos e severos. Usava um vestido creme e um diadema de cristais, e carregava uma bolsa de conchinhas. "E, considerando que vim aqui por exigência sua, e fui chamada em cima da hora para lhe ajudar a passar no primeiro teste, espero que o horário seja respeitado."

"A princesa Sophie está doente", disse um rapaz bronzeado, diante da porta aberta. Do lado de fora, Kei, taciturno como sempre, selava dois cavalos. Do lado de dentro, o rapaz olhava feio para a mulher, enquanto vestia uma capa para montaria sobre o traje azul e dourado. "Trouxe o que pedi?"

Meu príncipe, Sophie o reconheceu, tomada pelo amor. *Meu rei.*

No entanto, ele não usava coroa.

Uma vaga lembrança se insinuou dentro dela: coroas desaparecendo... um casamento interrompido... uma adaga de gelo no punho...

Sophie olhou para a mão, mas não havia nenhuma aliança em seu dedo.

O que aconteceu ontem à noite?

Ela olhou mais atentamente para seu amado, absorvendo o verde estranho de seus olhos, a cor quase irreal, a magreza sinuosa de seu corpo, o contorno branco como leite de sua orelha, como se apenas um ponto de sua pele não tivesse sido tingido...

Uma sensação hesitante se aprofundou dentro dela.

De repente, os olhos do rei brilharam. Ele os voltou para o segundo andar. Sophie se abaixou, sentindo uma dor diferente na cabeça, como se a puxasse para trás, determinada a fazer com que voltasse para o quarto. De repente, Sophie não conseguia lembrar por que havia saído de lá. Não conseguia lembrar o motivo daquela sensação de ansiedade ou o que estava fazendo escondida atrás da balaustrada. Mas ficou no lugar, confiando na importância daquilo. Confiando no que quer que a tivesse levado até ali.

Devagar, ela se ajeitou para olhar para baixo.

"Estão todos em choque, claro", a mulher disse ao rei. "A Excalibur voltando à pedra. A voz de Arthur vinda do túmulo. Um torneio para decidir quem será o rei, quando achávamos que já tínhamos um... Mas a Floresta está do seu lado. Por enquanto. Estão pagando cem para um pela vitória de Tedros."

"É generosidade demais", o rei retrucou.

"Tedros tem seus defensores. E muitos que agora o veem sob uma nova luz", a mulher observou. "Essas pessoas se perguntam se ele é o verdadeiro rei de quem Arthur falou. Se é o Leão, e não a Cobra que o rei o fez parecer. Meu conselho é: vença o primeiro teste de uma vez. Porque se Tedros vencer..." Ela olhou bem nos olhos do rei. "Aí as pessoas vão começar a duvidar *de verdade*."

"É por isso que você veio me *ajudar*", o rei disse, com a voz gelada, e estendeu a palma aberta. "Me dê logo."

"A princesa Sophie parecia muito bem ontem à noite", a mulher respondeu, ignorando a mão estendida do rei. "A menos que o sumiço da coroa dela também a tenha perturbado. A menos que ela esteja questionando por que Tedros tem o anel de Camelot, e não o rei. A menos que se pergunte por que o fantasma de Arthur iniciaria um torneio quando seu herdeiro já ocupa o trono. Talvez tudo isso a tenha deixado preocupada. Como aconteceu comigo."

"Sophie não está recebendo visitas", repetiu o rei.

"Foi Sophie quem quis me ver", a mulher respondeu.

"Impossível", disse o rei.

"Por quê?", ela insistiu. "É impossível que sua rainha recorra a outra rainha? É impossível que Sophie queira ter controle sobre a própria vida?"

"Me entrega isso logo, Jacinda."

"*Rainha* Jacinda", a mulher o repreendeu. "Acho muito apropriado que as Rainhas de Camelot e Jaunt Jolie sejam amigas. *Diplomacia* é o verdadeiro trabalho de uma rainha. Esta manhã mesmo me reuni com líderes do Conselho do Reino cujas terras foram inundadas por pergaminhos com o primeiro teste de Arthur. Claro, os outros líderes ainda preferem você a Tedros, já que salvou o reino deles de ataques." Ela sorriu. "É uma pena que não sejam eles quem vão coroar o vencedor."

"Estou indo a Putsi", o rei a cortou. "Trouxe ou não?"

"Vou poder ver Sophie ou não?", a mulher retrucou. "Vai ser rápido, Rei Rhian. Não é nada de especial."

O rapaz voltou seus olhos cortantes para Jacinda.

Rhian, Sophie pensou. *Esse é o nome dele. Rhian. O meu rei.*

Quanto à Rainha de Jaunt Jolie, Sophie não conseguia se lembrar nem um pouco dela. Com certeza não se recordava de ter marcado uma reunião. Tampouco compreendia muito do que a mulher dissera ao rei. *Arthur? Tedros? Torneio?* Nada disso superava a dor em sua cabeça, que piorava a cada segundo. Tudo o que Sophie havia absorvido escapara de novo pelas rachaduras no cérebro.

"Acho que não há mais interesse na diplomacia..." A rainha suspirou, cedendo ao olhar de Rhian. "Vou ajudar com o primeiro teste, pelo mesmo motivo que concordei em queimar meu anel. Porque impediu que a Cobra enforcasse meus filhos. Mas agora a dívida está paga. Depois disso, não terá mais poder sobre mim. Compreendido?"

A rainha abriu a bolsa bruscamente e enfiou a mão lá dentro. Então tirou uma chave branca e preta, que pareceu estremecer na sua mão, como um filhotinho recém-nascido. Sophie tentou ver melhor, através da balaustrada. A chave era feita de... *pelos.*

Rhian a pegou e a enfiou no bolso. "Podemos remarcar sua reunião com Sophie. Talvez para quando Tedros estiver morto e você não esteja mais tão *preocupada* com meu direito ao trono." Ele guiou a rainha em direção à porta. Ela se soltou dele, tensa, fechando a bolsa...

Foi quando Sophie notou.

O pergaminho dentro da bolsa da rainha.

Ela se sentiu atraída por ele, como uma mariposa pela luz.

Pergaminhos não deveriam cair do céu.

Pergaminhos não deveriam cair do céu.

Pergaminhos não deveriam cair do céu.

O rei e a rainha estavam quase à porta...

"Jacinda! Querida! Meu bem!"

Os dois congelaram. Então olharam para cima, para a jovem desgrenhada, ainda de camisola.

"Perdão, Jacinda. Estava me sentindo muito mal pela manhã, mas melhorei agora", Sophie disse, forçando as palavras a saírem, apesar da dor. "Podemos manter nossa reunião? O rei ficará aliviado em saber que estou bem o bastante para conversarmos. Não é mesmo, querido?"

Sophie sorriu para Rhian, o cabelo todo bagunçado, o batom manchado como o de um palhaço.

O rei lhe lançou um olhar tão frio que ela achou que se transformaria em pedra.

Sophie apostara que, o que quer que aguardasse o rei em Putsi, era importante demais para que sua repentina aparição o impedisse de ir. Ela estava certa, e o rei partira com seu capitão, como planejado, em vez de ficar e supervisionar sua conversa com a Rainha de Jaunt Jolie.

O que ela não havia considerado era que ele destacaria alguém para supervisioná-la em seu lugar.

Agora, acomodada com Jacinda na sala de visitas da Torre Azul, com chá de gengibre e docinhos, Sophie tinha que suportar os olhos vigilantes das Irmãs Mistrais, sentadas em sofás ao canto, com bloquinhos e penas nas mãos.

"Não prefere falar... a sós?", a Rainha de Jaunt Jolie perguntou a Sophie, que havia se arrumado, e o vestido branco tinha retornado a seu estilo empertigado e cheio de babados. "Talvez possamos conversar nos seus aposentos..."

"Trata-se de uma reunião *agendada* entre dignitárias, não?", interrompeu Alpa, do canto.

"Todas as reuniões *agendadas* devem ser registradas", Omeida acrescentou. "Além do mais, ultimamente tivemos problemas no castelo. Um mapa precioso foi queimado. Por um intruso, durante uma coletiva de imprensa. Temos que ficar de olho em todo mundo. Incluindo *rainhas*."

A Rainha de Jaunt Jolie se virou para elas. "Acreditei que as intenções do Rei Rhian eram nobres ao buscar os poderes do Único e Verdadeiro Rei. Mas agora que sei que são as Irmãs Mistrais que o estão aconselhando, fico aliviada que não tenha dado certo."

"Continua guardando rancor, é?", comentou Alpa.

"Tudo porque Arthur não aceitou casar sua filha mais velha com o filho dele", completou Omeida.

"Vocês se aproveitaram de Arthur quando ele estava de luto, sozinho. Vocês o isolaram e envenenaram sua mente. Fizeram com que ele acreditasse que era o Único e Verdadeiro Rei", a rainha retrucou. "De repente, Tedros e minha Betty não podiam mais brincar juntos. Ele não aceitava se encontrar comigo ou com qualquer outro líder. Se Arthur já não era tão respeitado nos últimos meses de vida, foi por causa de *vocês*. É por isso que ninguém confia em vocês."

"Até agora", disse Alpa, com um sorrisinho. "Mas parece que encontramos o Único e Verdadeiro Rei no fim das contas."

"No entanto, ainda falta um anel", a rainha disse. "Que está com um filho de Arthur, o qual me lembra muito mais do rei que *eu* conheci do que o rapaz que vocês aconselham no momento. Se o Único e Verdadeiro Rei realmente existe, talvez seja *Tedros*."

A expressão de Alpa ficou sombria. "Nós avisaremos ao Rei Rhia que, da próxima vez que seus filhos estiverem em perigo, ele poderá deixar que o destino deles se concretize."

Pela primeira vez, a rainha pareceu abalada.

Sophie não fazia ideia do que elas estavam discutindo. Tudo o que sabia era que precisava do pergaminho na bolsa da rainha. O resto havia se perdido com o baque surdo e constante em sua cabeça. Já tinha quase esquecido quem era a mulher sentada à sua frente.

O pergaminho, ela se lembrou, agarrando-se ao pensamento que já lhe escapava. *Preciso do pergaminho.*

Novos pensamentos vinham, pensamentos que não eram dela, forçando palavras a saírem de sua boca. Atrás da rainha, Sophie podia ver as Mistrais, movimentando ligeiramente as mãos sobre os blocos de anotações.

"O que queria discutir?", Sophie perguntou a Jacinda, servindo chá na xícara da rainha.

Parecia que seu cérebro tinha sido dividido em dois: uma parte motivava suas palavras e ações, enquanto outra tentava se prender ao motivo pelo qual estava ali.

O pergaminho.

O pensamento começou a lhe escapar...

Que pergaminho?

Mais palavras vinham, sua dor de cabeça evaporava, tudo parecia fluir perfeitamente.

"Como está sua filha mais velha?", Sophie perguntou, confiante e controlada, como se comportara com a imprensa. "Pena que não tivemos a chance de ficar amigas na escola."

"Betty não foi levada", Jacinda respondeu, amarga. "Foi outra garota de Jaunt Jolie. Uma tal de Beatrix, que vivia tentando ser amiga dela, com o intuito de adentrar os círculos reais. Mas foi tudo para melhor. Betty não precisa daquela escola ou do Storian. Encontrou sua própria maneira de contar histórias..."

"Não está feliz por ter queimado o anel? Se Betty não precisa da escola ou do Storian, o mesmo vale para o resto da Floresta", Sophie comentou, animada, sem ter ideia do que estava falando.

A rainha ficou olhando para Sophie. "Tem algo de errado com você. Me diga, o que está acontecendo? Mesmo que as duas bruxas ouçam. Podemos ir para Jaunt Jolie. Meus Onze são guerreiros destemidos que poderão mantê-la a salvo. E tenho o apoio de outros líderes, do Bem e do Mal. Posso protegê-la, Sophie."

Jacinda voltou a olhar para as Irmãs Mistrais, como se esperasse que elas se revoltassem ou atacassem, mas Alpa e Omeida não disseram nada, só continuaram movimentando as mãos sobre os blocos de notas.

"Gostaria de baba ao rum?", Sophie perguntou, oferecendo um bolinho com creme em cima. "O novo chef do castelo é maravilhoso."

"Não sabia que você gostava de doce", a rainha retrucou, áspera. "E isso aí parece empapado e malfeito." Jacinda olhou nos olhos de Sophie. "Vi você na execução de Tedros. Você e a reitora. Sei de que lado realmente está."

A mente de Sophie congelou. O roteiro foi abortado.

Atrás da rainha, as Irmãs Mistrais espelhavam a pausa.

"Eu e a reitora?", Sophie perguntou, usando as próprias palavras. "Que reitora? Que execução? Desculpe, não sei do que está falando."

A rainha encarou os olhos vazios da outra. "O que aconteceu com você?", ela sussurrou, pegando o pulso de Sophie. "Por que está aqui, e não com Agatha?"

O calor do toque.

O conforto da pele.

O som do nome.

Agatha.

Aquilo atravessou a confusão mental de Sophie, como um raio caindo em um lago.

Pergaminhos não deveriam cair do céu.

Pergaminhos não deveriam cair do céu.

Pergaminhos não deveriam cair do céu.

Ela viu as mãos das Irmãs Mistrais se moverem de novo, seus rostos tensos. Mas o roteiro já estava em curto-circuito.

"Não estou me sentindo muito bem", Sophie disse, levantando-se.

Ao fazer isso, ela bateu na bolsa da rainha, que caiu no chão. "Opa", Sophie disse, abaixando-se para pegá-la, mas só empurrando-a mais para baixo do sofá.

"Pode deixar que...", a rainha começou a falar.

"Não se preocupe", Sophie falou, já de joelhos, esticando-se sob o sofá. "Pelo visto dei um belo chute... ah, aqui está." Ela se levantou e devolveu a bolsa à rainha. "Minhas conselheiras vão acompanhá-la." Sophie sorriu para as Irmãs Mistrais, que pareciam mais tranquilas agora, como se as coisas tivessem voltado aos trilhos.

A Rainha de Jaunt Jolie avaliou o rosto de Sophie uma última vez. "Eu queria..." Ela balançou a cabeça, como se tentasse finalizar o pensamento.

Sophie deu um beijo na bochecha da mulher. "Obrigada", ela sussurrou.

Então, antes que pudessem dizer algo mais, a princesa voltou para seus aposentos, como uma boa moça.

Havia algo na cabeça dela.

Algo que controlava a dor.

Sophie tinha entendido aquilo quando estava com a rainha. Primeiro, as irmãs, fingindo tomar notas. Toda vez que moviam as mãos, ela perdia o controle, e as palavras de outra pessoa saíam por sua boca, os pensamentos de outra pessoa ocupavam sua mente. Caso tentasse voltar às próprias ideias, pensar por si mesma, a dor vinha com tudo.

Mas a dor atacava mesmo quando as Mistrais *não* estavam presentes. Ela a sentia agora, rastejando por sua mente, esperando para dar o bote.

O que significava que as Mistrais eram capazes de controlar a dor...

Mas não eram sua fonte.

A fonte era sua cabeça. Estava *dentro* de em sua cabeça.

Sophie ainda não sabia o que exatamente a causava. Mas sabia como mantê-la distante...

É só não pensar.

Portanto, em vez de pensar no pergaminho que tinha na mão, Sophie focou em seus passos – *plim, plim, plim, plim,* como o barulho da chuva – no caminho para seus aposentos. Seu vestido branco pinicava sua pele, certamente suspeitando de algo, mas sossegou assim que ela entrou no quarto banhado pelo sol e fechou a porta.

Sophie tentou trancá-la, mas a fechadura estava quebrada. Por culpa dela, claro, que a tinha queimado para sair de lá. Sua cabeça já começava a latejar, sentindo uma travessura em andamento.

Ela ouviu passos se aproximarem no corredor.

Vozes ficarem mais altas.

Então algo estranho aconteceu.

Uma faixa de renda branca se soltou do vestido, ganhando vida. Por um momento, Sophie achou que fosse atacá-la, pois o vestido parecia ter vontade própria. No entanto, ela apenas se deslizou pela fechadura quebrada e se transformou em um ferrolho de pedra branca, bloqueando a entrada.

Não havia tempo para pensar em por que o vestido estava a ajudando.

A dor já disparava, como um alarme.

Sophie abriu o punho e desenrolou o pergaminho amassado contra o espelho na parede, deixando as letras grossas em tinta preta à luz do sol.

Assim tudo começa, com o primeiro teste vindo
Uma corrida entre dois reis para continuarem vivos

Pois do além não se pode governar
Ou um reino sem cabeça comandar

Uma vez, de mim um homem se aproximou
E por vontade própria sua cabeça entregou

O patife insensato algo estava querendo
Tentou conseguir e acabou morrendo

O que o homem queria, só meu real herdeiro saberá
Onde crescem árvores feiticeiras ele encontrará!

Sophie não conseguia entender nada, a cabeça prestes a explodir como um balão. Homens sem cabeça... árvores feiticeiras... A dor se intensificou e pareceu prestes a partir seu cérebro em dois. Ela enfiou o pergaminho no bolso. Devia significar alguma coisa. Algo que a dor não queria que ela descobrisse.

De repente, ouviram-se batidas fortes na porta.

"Sophie!", Alpa gritou.

Mãos sacudiram a maçaneta, mas a porta continuava bloqueada.

"Não faça nenhuma idiotice!", Omeida ameaçou. "O rei vai saber! Ele vai ver! Onde quer que esteja, vai voltar para te punir!"

Sophie ficou olhando para a porta. A dor obscurecia todos os pensamentos menos um.

Ele vai ver?

Punhos bateram com mais força, mas o ferrolho aguentou firme.

"Abra a porta!", Alpa insistiu.

Como o rei pode me ver se não está aqui?, ela pensou. *A menos que...*

Ela olhou para o pergaminho, aberto contra o espelho.

Então, lentamente, seus olhos focaram seu próprio reflexo.

Sophie ouviu os guardas chegando, as irmãs ordenando que arrombassem a porta... mas estava perdida em seus próprios olhos, avaliando as íris verde-claras, as pupilas pretas e grandes. A dor martelava sua cabeça, mais forte, com mais raiva, como se soubesse que estava chegando perto. Ela não conseguia respirar, sua mente era empalada de todas as direções, pontos de luz marcavam sua visão, seu corpo parecia a segundos de desmaiar. Mas Sophie não cedeu. Continuou olhando em seus próprios olhos, explorando cada vez mais fundo, buscando na escuridão e na luz por algo que não era seu... até finalmente encontrar.

Escondidas como duas cobras em um buraco.

Guardas atacavam a porta com machados e tacos, estilhaçando a madeira.

Sophie já havia acendido o dedo.

O brilho cor-de-rosa se refletiu em suas pupilas, como uma tocha em uma caverna.

Ela ouvia os gritos, as enguias escamosas, dando punhaladas cada vez mais fortes atrás de seus olhos, tentando recuperar o controle.

Mas agora Sophie via a verdade. A dor se tornara um prazer.

Ela ergueu um dedo e enfiou na orelha.

Sorriu para o espelho, como um demônio se encarando.

Isso vai doer.

O ferrolho de pedra se rompeu.

A porta se abriu com tudo, e os guardas e as Mistrais entraram.

Uma brisa soprava no quarto, entrando pelas cortinas empapadas de sangue, pela janela escancarada.

No parapeito, havia dois scims, esmagados.

Mas a verdadeira mensagem havia sido deixada lá fora.

Respingada em vermelho, na neve branca dos pergaminhos, nos vestidos brancos das criadas no chão, que estavam atordoadas por um feitiço.

Quatro palavras sangrentas.

Os resquícios de uma princesa.

O aviso de uma bruxa.

TODOS VOCÊS VÃO MORRER

7

TEDROS

Mahamip

"É o primeiro teste para se tornar rei", começou Hort, com a boca cheia de algodão-doce, "e você não sabe o que *significa*?"

Tedros o ignorou, chutando os pergaminhos espalhados pelo bosque de algodão-doce, logo depois da fronteira da Floresta de Sherwood. Ele não precisava responder ao furão. Não precisava responder a ninguém. Era o herdeiro. Era o rei.

No entanto, havia fracassado no primeiro teste antes mesmo de começar.

O Cavaleiro Verde. Por que tinha que estar relacionado com o Cavaleiro Verde?

Era a única parte da história do pai que ele não aprendera. De propósito. E o pai sabia daquilo.

Foi por isso que meu pai colocou no teste? Para me punir?

Tedros afastou a ideia e tentou procurar pistas no texto. *O patife insensato algo estava querendo... Tentou conseguir e acabou morrendo... Onde crescem árvores feiticeiras ele encontrará...*

Ele não conseguia se concentrar. Sua mente girava.

O que o Cavaleiro Verde queria?

Por que nunca perguntei ao meu pai?

Japeth sabe?

E se ele terminar antes de mim? Será que já está no segundo teste? E se eu chegar tarde demais?

Uma mão apertou a dele.

Tedros olhou para Agatha, que tinha algodão-doce azul e cor-de-rosa no cabelo.

"Tenho certeza de que Japeth também não sabe qual é a resposta", a princesa lhe garantiu, os lábios polvilhados de açúcar. "Como saberia?"

"Bom, não podemos ficar perambulando pela Floresta até eu descobrir do que se trata", disse Tedros, vendo Hort e Nicola pegar algodão-doce das árvores e servir um para o outro. "Estamos no caminho para as Colinas de Pifflepaff. Onde fica a Biblioteca Viva. Precisamos ir até o arquivo do meu pai. É o único lugar onde posso descobrir o que o Cavaleiro Verde queria."

"Tedros, já decidimos que é perigoso demais..."

"*Você* decidiu. E é mais perigoso perder logo no primeiro teste!", o príncipe insistiu. "Se Japeth não sabe a resposta, o primeiro lugar em que vai procurar é na Biblioteca Viva. Deveríamos ter ido para lá quando sugeri, em vez de perder tempo com os Homens Alegres!"

"Eles estavam morrendo de fome e não tinham para onde ir!", exclamou Agatha. "Só lhes demos algumas sobras do A Bela e a Festa e ajudamos a consertar a casa deles. Era a coisa certa a fazer."

"Até eu sei isso, e olha que sou do Mal", Hort disse atrás deles, com a boca azul.

"Vamos para a Biblioteca Viva. É uma ordem", Tedros disse, firme, e seguiu em frente.

Ele olhou para o alto, para as fadas que o acompanhavam e vigiavam tudo por cima das árvores de fios de açúcar, enquanto Sininho gritava com qualquer uma que escapasse para provar um pouquinho. Atrás de si, ouvia Agatha garantindo a Guinevere que protegeria o príncipe, não importava quão perigoso fosse o plano dele.

Ter uma princesa não deveria ser assim, Tedros pensou. Em todas as histórias que conhecia, eram os príncipes que as protegiam. Sim, Agatha era rebelde, e era por isso que ele a amava. Mas às vezes Tedros queria que ela fosse menos rebelde e mais princesa, ainda que se sentisse um ogro por pensar assim. Ele afastou um ramo cor-de-rosa e seguiu em frente. De uma coisa tinha certeza: Agatha não tinha como passar no primeiro teste por ele. Dali em diante, teriam que fazer as coisas do jeito *dele*.

Pouco tempo depois, o príncipe espiou entre um último aglomerado de ramos de algodão-doce.

O Pavilhão Pifflepaff era todo azul e rosa, e nada mais. Havia lojas azuis "de menino" – Vinhos Viris, Intrépidos Peleiros, Barbeiros Bonitões – e lojas cor-de-rosa "de menina" – Meias de Seda, Livraria da Boa Moça, Escovas e Pentes Ingênuos. Na correria da manhã, homens de azul se mantinham separados das mulheres vestidas de cor-de-rosa, incluindo as varredoras que recolhiam os pergaminhos que restavam no chão do pavilhão. (O pai de Tedros anunciara o primeiro teste em todos os reinos possíveis.) As árvores que ladeavam as ruas eram parecidas com as da floresta que estavam, mas com tufos de algodão-doce em forma de sino, em azul ou cor-de-rosa, das quais apenas o sexo apropriado poderia comer. Os pifflepaffianos pegavam o doce de passagem, os homens, azul, as mulheres, cor-de-rosa, como se sobrevivessem à base do algodão-doce que lhes fora designado. Ninguém cruzava a linha, os limites não se confundiam. Meninos eram meninos e meninas eram meninas. (*Talvez Agatha aprenda com aquilo*, Tedros pensou, rabugento.)

O vendedor de uma barraquinha azul de café a havia dividido em duas, TIME RHIAN e TIME TEDROS, e cada uma tinha suas bebidas temáticas. O time Rhian podia desfrutar do Latte Leão (cúrcuma, leite de castanha de caju e cravo), Lionsmane Dourado (horchata com ganache de chocolate) e Elixir do Vencedor (café expresso, maca e mel). O time Tedros contava com Língua de Cobra (matcha em pó, leite de aveia quente e manteiga clarificada), Storian Fresco (café gelado e canela) e Príncipe Sem Cabeça (avelã, mocha e leite de cabra). O corredor Rhian estava lotado de homens fazendo pedidos, pegando suas bebidas e batendo papo com os amigos. A mesa Tedros estava vazia. "*Quem vai vencer o torneio?*", lia-se nos potes de gorjetas, um com o nome de Rhian, cheio de moedas de cobre e prata, e o outro com o nome de Tedros, com algumas moedinhas.

Tedros sentiu o sangue esquentar.

A Floresta achava que ele não tinha chance.

Ainda que a Excalibur tivesse voltado para a pedra. Ainda que o pai dele tivesse falado do além-túmulo para lhe darem uma chance. As pessoas ainda achavam que Tedros perderia.

Por quê?

Porque tinham visto Rhian tirar a espada da pedra quando Tedros não conseguira fazê-lo. Porque tinham visto Rhian reprimir os ataques a seus reinos enquanto Tedros fracassara. Porque a pena de Rhian lhes dizia o que queriam ouvir enquanto a pena pela qual Tedros lutava dizia apenas a verdade, por mais que doesse. Eram todos truques da Cobra, mas o povo não sabia. Por isso ninguém achava que Tedros ganharia. Para a Floresta, ele era um perdedor.

Era por isso que *tinha* que vencer o primeiro teste.

Tedros apertou os olhos por entre as árvores.

A Biblioteca Viva, uma acrópole colossal, erguia-se em uma colina sobre o pavilhão, e sua cúpula e seus pilares azuis brilhavam ao sol da tarde. Na escadaria que flanqueava a entrada, havia guardas pifflepaffianos, que, apesar do chapéu cômico, que parecia cobertura de bolo, estavam armados com bestas carregadas, tinham o emblema do Leão no peito, sobre o coração, e um espelhinho de bolso, que voltavam contra qualquer um que entrasse ou saísse da Biblioteca.

"Seis guardas", Tedros disse, virando-se para os outros. "Com pareadores."

"Pareadores?", perguntou Agatha.

"A Biblioteca Viva contém registros ancestrais de todas as almas da Floresta", Tedros explicou. "Pareadores registram os que entram e saem, caso alguém tente adulterar ou roubar um arquivo. São espelhinhos que revelam aos guardas o nome de cada pessoa e de que reino vem."

"Se vão saber quem somos, como vamos entrar?", Nicola perguntou.

Tedros desviou o rosto. "Ainda não resolvi isso."

"Não há outra maneira de descobrir o que o Cavaleiro Verde queria?", Nicola insistiu, olhando para o pergaminho que despontava do bolso do príncipe. "Não tem nada que você não esteja lembrando, ou que seu pai tenha lhe dito..."

"Não, não tem", Agatha defendeu Tedros. "Caso contrário, não estaríamos aqui."

"É o *pai* dele", Hort retrucou, então se virou para Guinevere. "E o seu *marido*. Como podem não saber uma parte tão crucial da história do Rei Arthur? Até os mais idiotas conhecem a história do Cavaleiro Verde. Ele aterrorizava a Floresta, porque queria algo do Rei Arthur. Algo secreto. Sabemos o que aconteceu com ele, mas ninguém nunca descobriu o que queria. Bom, Arthur descobriu, claro. E agora vão me dizer que também não sabem do que se tratava? Como a própria família do Rei Arthur pode não saber? Vocês não conversavam? No jantar, durante as férias, ou durante as coisas que as famílias Sempre fazem e que as leva a se sentirem tão superiores às famílias Nunca? Se fosse meu pai, pode apostar que ele teria me contado o que o Cavaleiro Verde queria, ainda que fosse segredo."

Guinevere fez uma careta. "Eu não estava no castelo quando o Cavaleiro Verde apareceu."

"De grande ajuda você foi para Arthur", Hort resmungou, então olhou para Tedros. "Qual é a sua desculpa?"

"Ele não precisa dar nenhuma desculpa", Agatha interferiu.

"Preciso, sim", Tedros disse, cortando-a.

Ele precisava dizer em voz alta.

O motivo pelo qual o pai escolhera aquele primeiro teste.

"O Cavaleiro Verde foi ao castelo nas semanas que se seguiram à fuga de minha mãe com Lancelot", o príncipe explicou. "Eu estava brigado com meu pai. A princípio, pus a culpa nele tanto quanto nela. Por ter deixado que ela fosse embora. Por não tê-la feito feliz. Por ter deixado nossa família se desfazer." Tedros olhou para Guinevere, que teve dificuldade em não desviar o rosto. "Depois voltei a falar com ele. Mas só quando retornou, depois de derrotar o Cavaleiro Verde. Nunca falamos a respeito. Foi um grande feito, claro. Ele sempre tocava no assunto, tentava fazer com que eu lhe perguntasse os detalhes. Estava louco para contar o que havia acontecido. E eu queria saber. Queria que me contasse do que o Cavaleiro Verde estava atrás. Mas nunca perguntei. Era uma maneira de punir meu pai, de lembrar que era culpa dele que minha mãe tinha ido embora. Não queria ser o filho a quem ele pudesse se confidenciar. Não mais. Foi por isso que meu pai fez desse o primeiro teste. Porque falhei com ele em vida. Porque escolhi a raiva e o orgulho, e não o perdão."

Até mesmo Hort ficou em silêncio.

De repente, Tedros sentiu o arrepio da solidão. Agatha e seus amigos só podiam levá-lo até certo ponto. No fim, era ele quem estava sendo julgado. Seu passado. Seu presente. Seu futuro.

"Não podemos mudar o que já aconteceu. O que importa é encontrar a resposta *agora*. O que importa é vencer o primeiro teste", Agatha disse, ríspida. Tedros conhecia aquele tom. Sempre que a princesa se sentia impotente ou assustada, tentava controlar as coisas ainda mais. Ela passou pelo príncipe e apertou os olhos para a Biblioteca. "Se o Cavaleiro Verde é um assunto que ficou pendente entre você e seu pai, ele deve ter deixado a resposta em algum lugar. E você vem dizendo que a resposta tem que estar aqui. Tem razão, Tedros. Não importa se é perigoso. Precisamos passar pelos guardas."

"E pelos espelhinhos deles", Nicola recordou.

"Não há por que falar no plural", Tedros corrigiu Agatha. "Vou sozinho."

"Eu vou com você", Agatha insistiu.

"Já vai ser difícil passar pelos guardas sozinho. Como passaremos os *dois*?", o príncipe argumentou.

"Do mesmo jeito que entrei na masmorra de Camelot. Do mesmo jeito que Dovey nos livrou da execução", disse Agatha. "Com uma distração."

"E minha mãe?", Tedros perguntou. "Não posso deixá-la no meio da Floresta, com um furão e uma aluna de primeiro ano..."

Guinevere não estava prestando atenção.

Ela e Nicola observavam algo na floresta: um esquilo com a coleira real, carregando uma noz na boca, arfando e bufando por entre as árvores, como se já tivesse percorrido um longo caminho.

A velha rainha e a aluna de primeiro ano trocaram um olhar.

"Na verdade, Nicola e eu temos outro assunto a tratar", Guinevere disse.

"U-hum", concordou Nic.

As duas foram atrás do esquilo.

Hort piscou, atordoado. "Bom, se vocês vão para a Biblioteca e elas vão atrás de um roedor, o que é que eu vou fazer?"

Ele se virou e viu que Tedros e Agatha o encaravam.

"Ah, não", disse Hort.

O fluxo de pessoas na entrada da Biblioteca estava tranquilo. Um guarda disfarçou um bocejo, com a besta pendendo ao lado do corpo; outro cutucava o nariz com uma flecha; um terceiro olhava uma mulher bonita com seu pareador...

Um raio azul o arrancou de suas mãos, derrubando-o nos degraus da Biblioteca.

Outro derrubou o pareador do guarda ao lado. Eles ergueram os olhos.

Um menino com cabelo loiro e cheio, sem camisa, sem calça e com uma fralda de algodão-doce, pulou na frente deles, chacoalhando a bunda.

Eu canto, ê! Garoto, ô!
Garoto, garoto, ô, ô
A musiquinha de sempre,
Pra trás e pra frente
Ô, ô, garoto, garoto, ê!

Ele esperou que os guardas atacassem.

Os guardas só ficaram olhando, boquiabertos.

Ele pigarreou.

Então, sapateou junto.

Sou um capitão pirata
Uh, ah, uh, ah
Minha namorada é a Nic
Uh, ah, uh, ah
Tenho uma amiga que chama Sophie
Ô, ô, garoto, garoto, ê!

Ele encerrou balançando as mãos. "*Olé!*"

Os guardas nem se moveram.

Hort franziu a testa. "Então tá."

A fralda rasgou quando ele se transformou em um homem-lobo peludo de mais de dois metros de altura.

"Grrr", Hort disse, sem muita vontade.

Os guardas avançaram.

"Nunca falha." Ele suspirou e fugiu, derrubando árvores enquanto fazia com que os guardas o seguissem.

Enquanto isso, um rapaz e uma moça subiram correndo os degraus azuis da Biblioteca, com a cabeça baixa. Tedros tinha sujado a camisa de algodão-doce, para que adquirisse um tom azul manchado, e escondido os cachos loiros sob fios de açúcar azul, para parecer menos um príncipe e mais um elfo sem-teto. De sua parte, Agatha havia manchado o vestido preto de algodão-doce rosa e coberto o cabelo com uma montanha de fios fofinhos. Juntos, eles se dirigiram às portas da biblioteca, onde depararam com uma placa gigante.

SÓ PARA MENINOS

Segundo as leis das Colinas de Pifflepaff

"Separados, mas iguais"

"Só pode ser brincadeira", Agatha disse.

Mas, à frente, havia uma fila de homens vestidos de azul esperando para passar por um bibliotecário – um bode idoso cujo crachá dizia GOLEM – com um pareador, que lhes entregava seus próprios crachás com nome antes de deixar que entrassem. Depois, ele se virou para a fila de mulheres que haviam chegado por outra entrada.

"Preciso usar a porta das mulheres", Agatha sussurrou, voltando lá para fora.

Mas os guardas tinham voltado a seus postos, e não se via Hort em nenhum lugar. Antes que a vissem, Tedros a puxou de volta para a fila dos meninos. Os outros homens olhavam feio para ela, estalando os dedos e cerrando as mãos em punho.

"Ele parece uma menina, né?" Tedros riu. "Mas vocês ficariam surpresos!"

Agatha franziu a testa para ele, mas os homens olharam ainda mais feio, aproximando-se.

"Vão em frente. Podem conferir." O príncipe deu de ombros, oferecendo Agatha a eles.

Ela bufou, com vontade de lhe dar uma sova, mas os homens pararam na hora. Eles olharam para Agatha, considerando a oferta de Tedros. Então balançaram a cabeça com um grunhido coletivo e voltaram a cuidar da própria vida.

"Falei que podia confiar em mim", Tedros sussurrou para a princesa.

"Valeu", Agatha disse, enquanto se aproximavam do bode, verificando e entregando crachás aos outros, "mas como vamos passar por *ele*?"

Atrás do balcão do bode, na escadaria que levava para a biblioteca em si, havia mais guardas com o distintivo do Leão. Tedros sentiu um aperto no peito. Havia guardas lá dentro e guardas lá fora. No momento em que o bode visse o nome deles, estariam mortos.

"É arriscado demais", Tedros disse, pegando o pulso de Agatha e a puxando para a porta. "Precisamos fugir."

"Espera. Ainda não", Agatha resistiu, avaliando o velho bode, que distribuía mais crachás.

"Ele vai pegar a gente!", Tedros sibilou.

Agatha focou o homem sardento à frente deles, que estava discutindo com o bode. "Confia em mim", ela disse ao príncipe.

Sempre as palavrinhas mágicas..., Tedros pensou.

"Meu nome é Patrick", o homem sardento protestou, apontando para o crachá no peito. "Aqui diz Poot."

"Como deveria", disse Golem, passando à fila das meninas. "Bem-vinda, Hatshepsut!"

"Meu nome é Hanna", corrigiu uma mulher.

Mas o bode já havia voltado a Tedros e Agatha, que eram os próximos na fila dos meninos.

Tedros prendeu o fôlego enquanto se aproximavam, com o bode de pelo irregular os olhando através das lentes grossas dos óculos.

"É bom ver garotos robustos entrando na biblioteca, em vez de fazendo coisa errada", disse Golem, com a voz rouca e alta, focando-se em Agatha. "Apesar de que, à primeira vista, poderiam achar que você é uma menina, o que seria um problema. Meninos devem ser meninos e meninas devem ser meninas, de cabo a rabo. Eu deveria entregar você, menino. Os guardas atrás de mim sem dúvida estão aguardando meu veredicto..."

Tedros sentiu que a mão de Agatha ficava suada.

"Mas imagino que deva chamar você de menino mesmo assim", o bode concluiu. "Mesmo que meninos gostem de se vestir de menina, ainda são meninos, e portanto devem usar a entrada dos *meninos*. Mas, se o menino *sente* que é uma menina, deveria usar a porta das *meninas*, correto? Só o que você sente contradiria o que é, e não se pode mudar o que se é até saber como se sente. É bastante complicado. Se tivéssemos uma princesa de boa reputação para consultar... As melhores princesas são capazes de encontrar respostas de uma forma que bodes comuns não são." Ele olhou para Agatha, como se torcesse para que ela pudesse resolver a questão.

"Acho que a questão de qual porta usar deveria ser escolha da pessoa", disse Agatha, olhando para o pareador no balcão.

Tedros viu que a nuca dela ficava vermelha, em antecipação à passagem do espelhinho.

"Vocês dois ainda devem estar na escola", o bode continua falando, apesar da fila de homens inquietos atrás deles. "Meu irmão mais novo é bibliotecário da Escola do Bem e do Mal. É lá que vocês estudam?"

"Não", responderam Tedros e Agatha, rápido demais.

O bode os olhou demoradamente. "Não?" Depois ergueu o pareador para eles, retorcendo os bigodes. "Então vamos ver quem vocês são..."

Tedros sentia que o estômago tinha subido à garganta. Por que não haviam fugido? Certamente havia outras maneiras de descobrir a resposta e vencer o primeiro teste do pai, de descobrir o que o Cavaleiro Verde queria. Não havia como enganar um pareador! Agatha os havia colocado em uma armadilha mortal...

"Erga-se, jovem Teedum de Coomat!", soou a voz estrondosa do bode, que primeiro colou um crachá nele, depois em Agatha. "E seja bem-vindo, jovem Agoff!"

Os dois ficaram surpresos com o nome que aparecia no crachá dela.

AGOFF DE WOODLEY BRINK

"Indico a exposição no quinto andar, sobre capelães notáveis", o bode continuou falando. "O de Camelot por acaso é um grande amigo meu. O nome dele é Pospisil. Não que vocês dois saibam alguma coisa sobre Camelot, já que Teedum é de Coomat e Agoff é de Woodley Brink. Por outro lado, sou só um saco velho e trêmulo que anda confundindo os nomes, ou pelo menos é o que todo mundo em Pifflepaff diz. Imagine se criminosos condenados viessem à biblioteca... Eu nem notaria."

Ele sorriu para ambos.

Tedros viu que Agatha sorria também, e que ela e o bode se olhavam nos olhos.

Se tivéssemos uma princesa de boa reputação para consultar...

O coração de Tedros bateu mais forte.

"Querido Golem", a princesa disse, mantendo a voz baixa, "poderia nos dizer onde encontrar informações sobre o reinado de Arthur?"

"Imaginei que poderiam ter vindo por causa disso", o bode respondeu, ávido. "No terceiro andar, ala leste. Mas receio que o Rei de Pifflepaff tenha fechado o arquivo de Arthur para reformas. Não há como acessá-lo, a menos que se aproveite a porta quebrada da escadaria sul. Mas não consigo imaginar alguém tolo o bastante para fazer isso."

"Nem eu", disse Agatha.

Golem deu uma piscadela e fez sinal para que seguissem em frente, então se virou para a fila das meninas. "Próxima!"

Agatha puxou Tedros para a escadaria à frente.

"Como sabia que podia confiar nele?", Tedros sussurrou.

"Sempre podemos confiar em bibliotecários", a princesa sussurrou de volta.

Eles ouviram o bode carimbar um livro e colar outro crachá.

"Olá, Methuselah!"

A porta da escadaria sul estava mesmo quebrada, de modo que Tedros e sua princesa puderam subir até o terceiro andar sem deparar com nenhum guarda.

Quando chegaram, Tedros teve o primeiro vislumbre dos corredores da Biblioteca Viva, e ele e Agatha tiveram que parar, maravilhados.

O chão, as paredes e o teto alto eram um mosaico de azulejos quadrados azuis e cor-de-rosa alternados, uma extensão da obsessão de Pifflepaff por gênero, e as cores pastel se revezavam tão incansavelmente que parecia que estavam dentro de um bolo de aniversário. Então Tedros notou as legiões de ratinhos brancos, os carrinhos lotados de cubos de papel, por todo o piso, as paredes e o teto, enquanto um morcego grande supervisionava tudo de um canto. Cada rato verificava o número dos cubos, encontrava o quadrado azul ou cor-de-rosa correspondente e depois abria aquela espécie de cofre e guardava o pergaminho lá dentro.

Imitando-os, Tedros pressionou um quadrado cor-de-rosa qualquer e sentiu que se soltava. Ele puxou o cubo de papel de número 1851, depois abriu com cuidado o fino pergaminho, que estava tomado por uma caligrafia muito elaborada.

Príncipe Kaveen de Shazabah

Idade:	23
Pais:	Sultão Adeen de Shazabah
	Mumtaz Adeen de Shazabah
Endereço atual:	Prisão de Shazabah
Educação:	Escola do Bem (Líder)

Uma longa descrição de seus ancestrais se seguia, da qual se depreendia que Kaveen era bisneto de Aladim. Outro nome familiar chamou a atenção de Tedros: "*O Príncipe Kaveen foi casado por um curto período com a Princesa Uma, hoje professora de Comunicação Animal na escola do Bem...*".

Um rato passou com o carrinho por cima do pé de Tedros, sem ter percebido a presença dos dois ali, então ergueu os olhos pretos e brilhantes para eles.

"*Mup mup mop mip*", ele fez.

Tedros e Agatha trocaram um olhar perplexo.

O rato ergueu uma plaquinha.

ESTÃO PROCURANDO O ARQUIVO DE QUEM?

"Na verdade", Agatha começou a dizer, "estamos procurando o arquivo do Rei Arthu..."

"Japeth de Foxwood. Precisamos do arquivo dele", Tedros a interrompeu, bruscamente. Ele olhou para Agatha. "Já que estamos aqui..."

O rato pegou um livro de registros e procurou nele.

"Bem pensado", Agatha sussurrou para Tedros, com um sorriso. Era o tipo de sorriso que princesas davam a príncipes espirituosos que pensavam rápido dos livros que Tedros adorava quando pequeno. O tipo de sorriso que sua princesa quase nunca lhe dava. *Talvez aquele reino estivesse mesmo influenciando Agatha*, Tedros pensou. Mas ele não tinha certeza se gostava daquilo.

"*Japethee*", o rato repetiu, apontando para o livro. "*Matu cuatro matu matu.*" Cantarolando, o rato empurrou o carrinho parede acima; suas patinhas iam avançando pelas beiradas dos azulejos enquanto ele escalava as colunas e passava pelas fileiras, até chegar a um quadrado azul lá no alto, perto do morcego de cabeça para baixo. "*Matu cuatro matu matu*", o rato repetiu.

Tedros olhou para Agatha, esperançoso, depois de novo para o rato, que abriu o azulejo, tirou o arquivo e o jogou para as mãos do príncipe, à espera. Era o número 2422. Tedros quase rasgou o pergaminho fino ao tentar abri-lo.

Sir Kay

Pais: Sir Ector de Foxwood
Lady Alessandra de Camelot
Falecido (Jaz no cofre 41 do Banco de Putsi)

Sir "Kay", nome que o pai lhe deu, era o irmão de criação de Arthur, que viveu na casa de Sir Ector antes de se tornar Rei de Camelot. Mais tarde, Kay foi nomeado o primeiro cavaleiro do Rei Arthur, vindo a deixar a Távola Redonda algumas semanas depois. De acordo com os registros de Camelot, Kay era o único filho de Sir Ector, cujo nome completo foi registrado como

Tedros fechou o pergaminho. "É o arquivo errado", ele grunhiu. "*Japeth.* Queremos o arquivo de Japeth. Não do irmão de criação do meu pai."

O rato desceu pelos azulejos e pegou o arquivo dele, claramente incomodado com a maneira como Tedros o segurava, então se afastou soltando uma enxurrada de guinchos: "*Matu cuatro matu matu. Mip mudu mop!*".

Tedros olhou de lado para a princesa.

"Valeu a tentativa." Ela suspirou, empurrando-o adiante.

"Rato?", Tedros chamou.

O carrinho parou na hora.

"Que tal *Rhian* de Foxwood?", Tedros sugeriu.

O rato soltou um resmungo amargo para o príncipe e voltou a abrir o livro. Continuou resmungando enquanto passava pelas páginas, até chegar à que queria. Então franziu a testa, olhou algo com atenção e fechou o registro.

"*Mahamip*", disse.

Tedros balançou a cabeça, sem entender.

O rato rabiscou algo atrás de uma placa e a mostrou.

DESAPARECIDO

"*Mahamip*", o rato repetiu, irritado.

"Outro beco sem saída", Tedros murmurou.

"Não desista ainda", disse Agatha, olhando para a frente.

O príncipe acompanhou seu olhar.

Mais além das paredes de mosaico e dos ratos perambulando com seus carrinhos e pergaminhos, cortinas pretas com cordões amarelos separavam uma ala. A marquise à entrada estava toda torta.

A HISTÓRIA DO REI ARTHUR
Curadoria do Rei Arthur de Camelot
& August A. Sader da Montanha de Vidro

"August Sader?", Tedros perguntou, surpreso.

Agatha se virou para ele. "Se o Professor Sader ajudou seu pai..."

"Ele pode tê-lo ajudado a ver o futuro!", disse Tedros, compreendendo.

"O que significa que talvez seu pai soubesse que viríamos", a princesa disse, sem ar. "Você estava certo, Tedros! Ele tinha um plano para te ajudar, e começa bem aqui!"

O príncipe olhou nos olhos dela, os dois tomados pela esperança.

Então ouviram o som de martelos.

8

AGATHA

Desejo de Feiticeiro

Do outro lado das cortinas, havia um grupo de castores de macacão azul e capacete amarelo, sentados no chão branco, ou dormindo ou comendo sanduíches de presunto.

A maior parte da enorme ala leste já tinha sido desmontada – os bustos de Arthur haviam sido ensacados, as tapeçarias dobradas, as paredes esvaziadas. Tudo o que restava eram as indicações: A Távola Redonda de Arthur, O casamento com Guinevere, O bebê Tedros.

Agatha viu outros dois castores mais adiante, em cima de escadas, cada um com um balde de tinta na mão.

"Ah, não", ela soltou.

Tedros seguiu seu olhar até os trabalhadores, que pintavam novas indicações:

A Ascensão de Rhian
O Resgate de Quatro Pontos
A Morte da Cobra

Sob as escadas, havia bustos de Rhian embrulhados e cabeças de Leão em bronze esperando para ser penduradas, assim como quadros da coroação do novo rei, da reivindicação da Excalibur e da batalha com a Cobra.

Ouviram-se mais marteladas. Agatha virou o pescoço e viu que o intervalo do almoço da primeira equipe de castores tinha terminado, e agora eles estavam golpeando a marquise sobre o arquivo de Arthur, com o intuito de substituí-la por outra.

O FILHO DE ARTHUR:
A ASCENSÃO DO NOVO LEÃO
Um Tributo ao Rei Rhian de Camelot

Pó e flocos de tinta caíam sobre a cabeça de Agatha e Tedros. Sabendo que estavam sendo vistos, Agatha tentou puxar o príncipe na direção da escada, mas ele não cedeu. Seus olhos grandes e azuis acompanhavam a ruína do arquivo do pai: os retratos espalhados, as relíquias em uma pilha, as histórias sujas de cal, tudo pronto para ser substituído por itens relacionados a seu rival.

"Você ouviu o bode. A reforma é ordem do Rei das Colinas de Pifflepaff", disse Tedros. "Ele deve estar puxando o saco de Camelot para cair nas boas graças de Rhian. E queimou seu anel pelo mesmo motivo. Assim como os outros. Ficaram todos fracos." O rosto do príncipe ficou vermelho. "Meu pai construiu este arquivo aqui para que ficasse em segurança. Merlin queria que ele o deixasse na Galeria do Bem, com as relíquias do próprio feiticeiro, mas meu pai achava que a escola era um lugar mais vulnerável. Que ninguém nunca profanaria a Biblioteca Viva, muito menos em nome de seu 'filho'." Tedros olhou para Agatha. "Chegamos tarde. Quaisquer pistas que pudesse haver já se foram."

Mas ela olhava para um corredor escuro, distante dos castores.

"O que foi?", Tedros perguntou.

Agatha seguiu para o corredor, os ouvidos atentos e os olhos estreitos.

A cada passo, o som ficava mais alto.

O som de uma voz inconfundível.

Uma voz que ela conhecia tão bem quanto a de seu príncipe ou a de sua melhor amiga.

"O Cavaleiro Verde veio em um domingo. Atravessou a floresta e seguiu direto para o castelo do Rei Arthur..."

A voz falhou, mas retornou um segundo depois.

"'Vamos fazer um acordo', disse o cavaleiro ao rei..."

A voz voltou a falhar.

Vinha de trás de uma parede preta, com uma superfície brilhante e lisa e letras brancas pintadas nela.

Com Tedros logo atrás, Agatha entrou na sala pintada de preto. As paredes lá dentro estavam cobertas de estrelas de cinco pontas em verde fluorescente, cada uma delas cravejada de pontinhos prateados.

Agatha reconheceu os pontos. Eram o que cobria seus livros de história da escola, em vez de palavras... eram como seu professor preferido trazia o passado à vida.

Ela contou vinte estrelas nas paredes, cada uma com um número ao lado, ordenadas em sequência. "COMECE AQUI!", estava escrito perto da primeira.

Enquanto isso, dois castores de chapéu de construtor arrancavam as estrelas da parede, ativando assim a narração do Professor Sader.

"*Arthur se levantou do trono e...*"

"*A espada desceu sobre...*"

"*Foi a decisão errada...*"

Os castores jogaram mais estrelas em seu balde imundo.

Agatha ficou vermelha de fúria. Estava cansada daquele reino machista, e agora os idiotas ainda jogavam no lixo as pistas para o primeiro teste de Tedros! Ela foi para cima dos castores. Tedros não foi rápido o bastante para impedi-la.

"Seus fantoches cegos, peludos e descerebrados!", Agatha vociferou, empurrando-os. "Saiam daqui!"

Os castores congelaram, como se nunca tivessem sido tocados por um humano. Eles olharam torto para Agatha, torcendo o nariz. Um deles apertou a insígnia do Leão que usava no macacão, a qual brilhou dourada, então sussurrou algo em sua direção. Em seguida, os dois voltaram a arrancar estrelas.

"Temos que ir", Tedros alertou, puxando Agatha.

Então eles ouviram um grito.

Os castores estavam na última estrela, a única que restava nas paredes pretas. Quanto mais a puxavam, mais teimosamente ela permanecia no lugar, soltando algumas faíscas, que chamuscavam a pele deles. Então Agatha se deu conta de que havia algo mais acontecendo: quanto mais puxavam a estrela, mais a superfície verde se desgastava. Os pontos prateados se desprenderam e revelaram uma estrela branca e brilhante por baixo.

O coração de Agatha pulou dentro do peito.

Aquela estrela.

Parece com...

Com grunhidos idênticos, os castores puxaram a estrela com toda a força que tinham. As faíscas geraram uma explosão, que mandou os dois roedores para o chão. Tedros olhou boquiaberto para os castores desacordados, depois para a estrela branca solitária na parede. "Isso é..."

"Só há uma maneira de descobrir", disse Agatha, prendendo o fôlego.

Ouviam-se botas no corredor, e o som de vozes.

Vozes humanas.

Depressa, Agatha levou Tedros até a parede, sentindo o coração dele martelar no peito. Se fosse a estrela da Merlin, devia ter respostas. Se não fosse, eles acabariam desacordados no chão, como os castores. Agatha não sabia qual das duas opções era mais provável. Mas de uma coisa tinha certeza: valia a pena arriscar.

Ela piscou para o príncipe. "Está pronto?"

"Estou", disse Tedros.

Os dois estenderam as mãos espalmadas para a estrela e a pressionaram.

A estrela sumiu.

Em um instante, as paredes saltaram para a frente, como se estivessem vivas, o preto cada vez mais perto, até quase colar ao rosto, às costas e às laterais de Agatha e Tedros, como se estivessem fechados em um caixão. Ela sentiu a pedra fria no nariz e na bunda, e o braço suado de Tedros encostado no seu.

"O que está acontecendo?", conseguiu dizer Tedros.

A caixa preta tombou na velocidade da luz, derrubando os dois. Aconteceu tão rápido que Agatha engoliu um grito, enquanto o negócio virava noventa graus, deixando os dois apoiados nas costas, com o novo teto rente ao rosto.

De repente, a estrela branca reapareceu em meio à escuridão, como uma luz no fim do túnel, como se de alguma forma brilhasse de outra dimensão.

Uma voz ecoou, calma e clara.

"*Olá, Tedros. Olá, Agatha. Se estão me ouvindo, é porque já percorreram um longo caminho. Deve ser estranho ouvir a voz do seu velho Professor Sader do além-túmulo, mas garanto que isso é igualmente estranho para mim. Porque não sou eu quem sabia que vocês poderiam ouvir essa mensagem. Como já lhes disse, não consigo ver o futuro além do período de vocês na escola. Para mim, seu conto de fadas termina na noite em que Rafal vai atrás de vocês. Minha visão não me diz se sobrevivem ao encontro, não me dá pistas do que acontece com vocês.*

Quem acredita que sua história vai continuar por muito tempo depois que eu tiver ido embora, até o momento em que Tedros deve provar que tem direito ao trono de Camelot, é o Rei Arthur. Em busca dessa comprovação, vocês virão aqui, a esta sala, atrás de informações sobre a história dele. Informações que as pessoas desconhecem e que não tenho permissão para compartilhar com elas. De fato, esta seção do arquivo permanece desgraçadamente incompleta. Como acontece com a maior parte dos contos de fadas, o público só vai conhecer o começo da história de Arthur e do Cavaleiro Verde.

Mas não vocês. Vocês saberão mais. Vocês saberão a história inteira.

Foi o último pedido que Arthur me fez, em seu leito de morte: que deixasse as informações disponíveis para que só vocês pudessem encontrá-las. Como Merlin é parte desta história tanto quanto o rei, pedi ajuda ao feiticeiro para esconder o que agora devo lhes revelar. É a magia dele que permite que estejam aqui comigo agora.

Antes de Arthur morrer, perguntei-lhe por que ele mesmo não contava a história a Tedros. O rei disse que seu filho devia ouvir os fatos de alguém em quem confiasse. Fatos que Tedros não queria ouvir do pai. No entanto, desconfio que haja outro motivo para o rei querer que fosse eu a contar a história. Arthur sabia que ela não devia ser narrada por um dos envolvidos. O ser humano é emotivo demais, não consegue se desprender de seu ego. Só se atinge a verdade com perspectiva e tempo.

Com a bênção do feiticeiro e do rei, sou eu quem vai lhes dar as respostas que buscam. Por isso, recostem-se, esvaziem a mente e testemunhem o conto de Arthur e do Cavaleiro Verde..."

Na escuridão, uma história fantasma apareceu, como se um dos livros do Professor Sader ganhasse vida. Enquanto o príncipe e a princesa flutuavam, uma floresta exuberante apareceu em volta deles, ocupando todas as dimensões, ao mesmo tempo ricamente detalhada e porosa, como uma simulação da realidade que não estava completa. Um homem alto e corpulento, com a pele verde vívida, da cor de grama nova ou de uma cobra de jardim, aproximava-se pela floresta. O Cavaleiro Verde tinha olhos grandes e pretos, a testa larga e lisa, e uma barba densa e escura que combinava com seu cabelo ondulado. Músculos e veias saltavam em seu peito nu e eram visíveis através da calça verde colada ao corpo. Ele tinha um machado folheado a ouro pendurado no cinto.

"*A esta altura, vocês já devem saber o início da história*", a voz do Professor Sader narrava. "*O misterioso Cavaleiro Verde apareceu na Floresta e seguiu até Camelot, onde insistiu em ter uma reunião particular com o rei. Arthur não tinha o costume de receber desconhecidos, muito menos aqueles faziam exigências portando um machado, mas o Cavaleiro Verde chegou poucos dias depois que Guinevere havia trocado o rei pelo melhor amigo dele. Não podia ser coincidência que tivesse vindo na sequência da fuga da rainha...*"

A cena evaporou, sendo substituída pela sala do trono do Rei Arthur. Não havia guardas, conselheiros ou membros da corte ali. O rei havia atendido o pedido do cavaleiro para que se encontrassem a sós, e agora estava encurvado em seu trono dourado, com os olhos injetados e envoltos por rugas, e o cabelo grisalho malcuidado. A barba estava cheia de migalhas, e o colarinho estava manchado. A Excalibur estava apoiada no trono, mosqueada e opaca. Agatha se lembrou da aparência de Tedros quando ela tentara terminar o relacionamento dos dois e juntá-lo com Sophie. O príncipe havia desaparecido por dias e retornara no mesmo estupor infantil, como se Tedros e o pai só parecessem verdadeiramente vivos na segurança do amor. Tedros havia recebido Agatha bem quando achou que ia recuperá-la – cansado, mas renovado –, e o pai dele agora olhava para seu convidado verde da mesma maneira.

"Sabe onde ela está?", Arthur perguntou, sem ar. "Leve-me até ela imediatamente. Pago qualquer preço."

O Cavaleiro Verde pareceu confuso. "A maior parte dos reis desconfiaria de um desconhecido verde. Principalmente o Leão de Camelot, cujo reino está fundamentado em sua vitória sobre a Cobra. Mas o poderoso Arthur me pede ajuda, convencido de que sou seu amigo." Ele endureceu os olhos para o rei. "Não se lembra de mim, não é?"

"Tenho certeza de que me lembraria de um homem verde desse tamanho", disse Arthur prontamente. "Se é de fato homem, e não monstro."

"Diria que sou mais homem que a maioria dos reis", o cavaleiro respondeu com olhos inabaláveis. "Quanto à sua pergunta, vamos dizer que eu *poderia* encontrar a rainha. Mas como isso mudaria as coisas? Faria com que ela o amasse? Faria com que voltasse correndo para o seu lado?"

Arthur não sabia o que responder.

"Pobre Leão. Não demorará muito para que me chame de Cobra", o Cavaleiro Verde disse. "Mas lembre-se: a verdadeira Cobra estava na sua *cama*."

Os olhos do rei piscaram. "Então por que veio?"

"Para pedir sua permissão", o Cavaleiro Verde respondeu.

"Permissão para quê?"

"Para matar Merlin", explicou o cavaleiro.

A resposta foi tão inesperada que Agatha soltou uma risada chocada – risada essa que o próprio rei ecoou, inclinando-se para a frente no trono.

Então percebeu que o cavaleiro estava falando sério.

"Posso perguntar o *motivo*?", indagou o rei.

"Posso perguntar como não foi capaz de segurar sua esposa?", retrucou o cavaleiro.

O humor de Arthur azedou. "Você tem três segundos para desaparecer da minha frente."

"Não, não é assim que funciona", o Cavaleiro Verde disse. "Se eu for embora agora, punirei seus reinos e infligirei terror como nunca viu, até que me implore para voltar, buscando um acordo. O mesmo acordo que lhe ofereço hoje. Se deseja poupar seu povo, sugiro que o aceite."

Arthur pareceu assustado com a criatura que agora lhe dava ordens.

"Os termos são simples", prosseguiu o Cavaleiro Verde. "Pode me atacar uma única vez com sua espada. Aqui mesmo. Agora mesmo. Em troca, voltarei amanhã e atacarei Merlin da mesma maneira."

"Se eu te atacar, não terá como retornar amanhã", Arthur retrucou, ficando de pé.

"Um verdadeiro rei faria mais do que apenas se vangloriar", o Cavaleiro Verde provocou.

"Você quer que eu o ataque?", Arthur perguntou, sacando a Excalibur. "Pois bem." Do altar do trono, apontou a espada para o cavaleiro. "Sorte a sua que há degraus entre nós. Estou lhe oferecendo misericórdia, seu patife insolente. E sugiro que aceite."

"Entendo", o cavaleiro falou. "Não acredita que meus termos sejam reais. Está tão perdido em sua arrogância que ignora a ameaça à sua frente. Está tão insuflado por seu povo que deixaria a Cobra escapar, porque é covarde demais para atacar. Ações têm consequências, Vossa Majestade. E a *falta* de ações também."

Agatha conseguia ver Tedros de canto de olho. As bochechas dele estavam vermelhas e a mandíbula estava cerrada. Aquela era a mesma acusação que faziam ao príncipe. A mesma armadilha que levara à ascensão da nova Cobra, que agora o colocava em perigo.

"Estou lhe dando o direito de me atacar", o cavaleiro insistiu. "Também é seu direito fechar os olhos, claro. Deixar que me vá e cause estragos em seu nome. Mas não diga que não avisei. Assim como tenho certeza de que preferiu fechar os olhos quando sua esposa deixou claro que não o amava."

Arthur baixou a espada. O sangue fez seu rosto corar. O ar saía quente pelas narinas. "Não sabe nada a respeito da minha esposa."

"Sei mais do que o rei, ao que parece", disse o cavaleiro. "Não sou eu quem ainda acha que ela vai voltar."

Agatha podia ver a tensão em Arthur, que lutava para resistir à isca.

"Vá embora", o rei ordenou. "Vá embora *agora*."

"Pobre do seu remedo de filho, o Verruga", disse o cavaleiro.

"Não fale do meu filho...", Arthur retrucou.

"A mãe sumida. O pai fraco...", o Cavaleiro Verde continuou falando. "O irmão escondido."

O rei gelou.

Assim como Tedros, ao lado de Agatha.

"O que disse?", o rei sussurrou.

O cavaleiro sorriu para ele. "Vida longa ao *verdadeiro* herdeiro. Vida longa ao *rei.*"

"Sua cobra", Arthur sibilou, já se movendo. "Seu MENTIROSO!" Ele desceu os degraus, com as vestes esvoaçando e a espada acima da cabeça, como um anjo assassino. Com um rugido primitivo, agitou-a nas sombras, pegando um último raio de sol...

A lâmina cortou o pescoço do Cavaleiro Verde.

Agatha e Tedros congelaram, assistindo à cabeça verde rolar pelo tapete, esperando que o corpo morto caísse.

Mas algo estranho aconteceu.

Algo que fez Arthur derrubar a espada, em choque.

O corpo do cavaleiro *não* caiu.

Em vez disso, deu alguns passos lentos para trás, recolheu a cabeça cortada e a pôs debaixo do braço.

"Na mesma hora amanhã", a cabeça do cavaleiro falou. "Traga Merlin."

Então deixou a sala do trono, com a cabeça na mão, deixando Arthur perplexo e sozinho.

A cena escureceu.

Devagar, Agatha olhou para Tedros, que olhava para o vazio, imóvel.

"Ele perdeu a cabeça", Agatha comentou. "Como alguém pode viver sem a cabeça?"

Mas o príncipe tinha outra coisa em mente. "Não faz sentido", ele disse, abalado. "Meu pai me deu anel porque sou o herdeiro." Tedros se virou para Agatha. "Então por que o Cavaleiro Verde sugeriu que não sou?"

"O cavaleiro mentiu", Agatha argumentou. "Você ouviu seu pai..."

A voz do Professor Sader retornou, e um novo panorama se apresentou.

"É desnecessário dizer que o rei não tinha nenhuma intenção de entregar seu feiticeiro, por isso bloqueou a entrada do castelo com mil guardas. No entanto, o Cavaleiro Verde acreditava que ele e Arthur tinham feito um acordo. O rei havia feito seu ataque, e agora era a vez do outro atacar Merlin. Se Arthur se recusasse a honrar esses termos, seu povo pagaria o preço."

Em volta de Tedros e Agatha se via um cenário de destruição: o Cavaleiro Verde, com a cabeça restaurada, tocava fogo em castelos e carruagens, devastava exércitos com seu machado, iniciava avalanches para destruir aldeias, aterrorizava as ruas dos reinos do Bem e do Mal. Ele se recuperava facilmente de cada flecha que perfurava seu peito verde, de cada espada que lhe tirava o sangue... sua pele se curava na hora, uma força invencível. Multidões se reuniram na praça de Camelot e nos portões do castelo, escarnecendo do bloqueio dos guardas, gritando insultos, exigindo que o rei saísse e matasse o monstro verde.

Agatha se lembrou de Japeth e seu irmão atacando a Floresta e aterrorizando as pessoas para que se voltassem contra Tedros. Eles tinham sido tão bem-sucedidos quanto o Cavaleiro Verde.

"*O passado é o presente e o presente é o passado*", o irmão da Cobra havia dito. "*A história anda de um lado para o outro.*"

Coincidência?, Agatha se perguntou. Ou Rhian e Japeth tinham alguma ligação com o Cavaleiro Verde? Ligação que tornava o primeiro teste tão significativo para Japeth quanto para Tedros? Seria o Cavaleiro Verde a chave para resolver a questão de quem *realmente* eram Rhian e Japeth?

A cena dentro da caixa preta estava mudando. Agora mostrava os aposentos do Rei Arthur. Ele se encontrava à janela, observando a fumaça subir de reinos distantes, ouvindo os protestos nos portões do castelo.

"É melhor me entregar", disse uma voz.

Arthur se virou e deparou com Merlin à porta. O feiticeiro usava capa roxa, chapéu pontudo amassado e sapatos violeta. Sua barba comprida e cheia estava mais desgrenhada que nunca.

"Não seja ridículo", disse Arthur, voltando a se virar para a janela.

"Foi o acordado", disse Merlin.

"Nossos cavaleiros não estão tendo sorte contra ele", Arthur confessou, tenso. "Lancelot os deixou na mão. Foi embora sem avisar. O capitão deles se revelou um traidor, um adúltero e um *desertor*. Não é de surpreender que não consigam derrubar esse tolo. Terei que ir para a batalha eu mesmo."

"Com a sua morte, ele virá atrás de mim de qualquer maneira", Merlin disse.

O rei ficou quieto por um momento.

"Por que ele quer te matar?", Arthur perguntou.

"Temos um passado", o feiticeiro respondeu.

"Que tipo de passado?"

"É pessoal."

Arthur continuou olhando pela janela.

"Ele acha que lhe devo algo." O feiticeiro suspirou. "Algo que só pode ter com minha morte."

"E o que é isso? O que ele quer?"

"Receio que eu não possa lhe dizer."

Arthur se virou para ele. "Estou fazendo toda a Floresta sofrer em *seu* nome, e *não pode me dizer o que é?*"

"Tudo o que posso dizer é que esse martírio precisa terminar. Entregue-me, como foi acordado", disse Merlin. "Isso é entre mim e o cavaleiro."

"Então vá, velhote!", Arthur explodiu. "Vá embora, como Gwen foi! Como Lance! Você e seu passado *pessoal*. Resolva as coisas sem mim!"

"Já teria feito isso, mas quem fez o acordo foi *você*", Merlin respondeu. "Você precisa me entregar. Ou o terror prosseguirá."

"Por que fui metido nisso? Não tem nada a ver comigo!", Arthur exclamou. "O Cavaleiro Verde age como se eu devesse me lembrar dele. Como se devesse saber quem ele é."

"E você sabe?", Merlin perguntou.

"Claro que não!", o rei retrucou. "Por que eu? Por que *eu* tenho que entregar você?"

"Não é óbvio?", perguntou Merlin, baixo. "Ele quer ver nós dois sofrendo."

Arthur olhou para o feiticeiro.

"Merlin? É você?", perguntou uma voz suave, de criança.

Um menino de oito ou nove anos entrou, com os olhos azuis pesados de sono, o cabelo dourado bagunçado, o pijama amassado. "Pode fazer um chocolate quente pra mim? Com muito marshmallow e creme doce, que nem se..."

O jovem príncipe notou o pai à janela. "Ah. Achei que estivesse sozinho." Ele fez menção de ir embora.

"Espere, Tedros...", Arthur começou a dizer.

O menino se virou para o pai. "Por que ainda está aqui? Vá encontrar a mamãe! Você prometeu! Assim como prometeu que manteria a Floresta a salvo. Mas não está fazendo isso também! Não está fazendo nada!"

E saiu furioso do quarto.

Arthur não foi atrás de Tedros. A dor embaçava seus olhos, e ele parecia ainda mais infantil que o filho.

Ao lado de Agatha, a respiração de Tedros saía entrecortada, enquanto revivia cada momento, vendo Merlin se aproximar do pai.

"Você perdeu sua esposa, Arthur. Perdeu seu melhor amigo", o feiticeiro disse, com delicadeza. "Não o perca também."

Uma lágrima rolou pela bochecha do rei.

"Vou mandar chamar o Cavaleiro Verde", disse Merlin, tocando o rei. "Amanhã, à alvorada, na Floresta do Desfecho. Onde ninguém vai nos ver."

O rei continuou olhando à distância... então se virou. "Na Floresta do Desfecho? Ninguém sabe como encontrá-la, a não ser nós dois..."

Mas Merlin já tinha ido.

Enquanto a cena se desfazia, Tedros parecia mais confuso que nunca. "Ainda não sabemos o que o Cavaleiro Verde queria de Merlin. Ou qual é o segredo. O que significa que ainda não temos uma pista para o primeiro teste."

"A história ainda não acabou", disse Agatha, vendo as cores voltarem a preencher a escuridão.

Tedros soltou o ar. "Sua família também era assim complicada?"

"Você nem imagina", Agatha disse, forçando um sorriso.

No aperto da caixa preta, Agatha segurou a mão do príncipe.

"Sabemos o final da história", Tedros disse. "Merlin sobrevive. Meu pai também. O Cavaleiro Verde morre." Ele olhou para a princesa. "Então por que sinto que algo horrível está prestes a acontecer?"

Agatha não tinha nada a oferecer para reconfortá-lo quanto a isso.

Porque estava com a mesma sensação.

Uma floresta roxa surgiu diante deles. As folhas e flores de cada árvore, moita e arbusto em tons de ameixa, violeta, lilás, ametista e lavanda.

"*Tedros conhece bem a Floresta do Desfecho, porque era onde Merlin costumava lhe dar aulas*", o Professor Sader disse.

"Quando conseguia encontrá-la", o príncipe murmurou.

"*Se o Celestium era aonde o feiticeiro ia para pensar, a Floresta do Desfecho era aonde ia para treinar. Ela só aparecia para Merlin, quando e onde ele queria. Era onde praticava novos feitiços, pragas e disfarces, longe dos olhos curiosos...*"

Merlin e Arthur ouviram o cavaleiro antes de vê-lo, porque seus passos retumbantes sacudiram a árvore sob a qual os dois se encontravam. A névoa do amanhecer ondulava na escuridão.

"Bem na hora", disse o feiticeiro, passando os dedos pela barba.

"Foram dez tentativas até que eu encontrasse este lugar na primeira vez", disse Arthur. "Como ele sabia onde é?"

Merlin não respondeu. Os passos do cavaleiro soavam cada vez mais alto.

Por instinto, Arthur levou a mão à espada.

"O que quer que aconteça, fique de fora", Merlin ordenou ao rei, com a voz cortante. "Nossa confiança um no outro anda abalada. Você invadiu meus aposentos. Roubou minha poção gnômica para bisbilhotar Guinevere. Ao me trair, só acelerou a partida dela. Mas o que está em jogo agora é ainda mais importante. Você vai me entregar ao Cavaleiro Verde conforme os termos do acordo. Não deve desempenhar nenhum outro papel nesta situação."

Arthur pareceu angustiado. "Merlin, não pode esperar que eu fique aqui e deixe que..."

"Lembre-se de *por que* está aqui", Merlin retrucou, com os olhos duros. "Para ser um bom rei. Um bom pai. Não deixe de fazer o que é certo em nome do que *parece ser*. Prometa que vai agir como digo. Prometa que vai confiar em mim para lidar com a situação."

"Mas..."

"*Prometa.*"

O tom do feiticeiro não admitia dúvidas nem deixava margem para negociação.

Arthur já via a sombra do selvagem invencível que se aproximava, com as botas esmagando os canteiros de flores e, o machado dourado sujo de sangue. O rei segurou as lágrimas, diante da inevitabilidade do que estava por vir, da impossibilidade de impedi-lo.

"Prometo", ele disse, sem vontade.

Merlin encarou o cavaleiro.

"Nada de truques, Merlin", seu arqui-inimigo disse, as bochechas já coradas. "Você é honrado demais para me enganar. Espero que cumpra os termos do acordo." O Cavaleiro Verde olhou para Arthur. "Você também. Embora não possa dizer que também seja honrado."

Arthur fez menção de pegar a espada...

Então viu Merlin olhando.

O rei voltou atrás.

"Vamos concluir nossos negócios", o feiticeiro disse, indo em direção ao cavaleiro. "Vamos, Japeth. Ataque."

Agatha apertou tanto a mão de Tedros que quase a quebrou. O príncipe se engasgou com a própria saliva.

Japeth?, Agatha gritou mentalmente.

JAPETH?

O Cavaleiro Verde não se moveu. Manteve os olhos escuros e tristes no feiticeiro. "Como pôde escolhê-lo no meu lugar, Merlin? Como pôde apostar *nele*?" O cavaleiro apontou um dedo gordo para Arthur. "Nesse covarde. Nesse corno. Quando podia ter a mim? Quando a Floresta podia ter a mim?"

Arthur olhou para os dois. "Do que ele está falando, Merlin?"

O feiticeiro continuou olhando para o cavaleiro. "Não escolhi Arthur em vez de você, Japeth. Arthur estava destinado a ser rei."

"Não. É mentira. Não *minta*", o Cavaleiro Verde disse, com a voz mais parecida com a de um jovem, descontrolada. "Você preferiu ele a mim desde o início. Ainda que eu fosse o verdadeiro filho de Ector. Ainda que meu pai tenha trazido você para ser *meu* tutor. Sempre fui mais forte e melhor que esse... *verruga*. Era assim que todos o chamavam, lembra? *Verruga*. Uma mancha na nossa casa. Um irmão de criação que ninguém queria. Ainda assim, você o escolheu. *Só* ele. Foi por isso que ele conseguiu tirar a espada da pedra. Porque *você* o ajudou..."

"Não é verdade, Japeth."

"*Eu* deveria ser rei", o cavaleiro disse, com os olhos marejados. "Eu deveria ser ele!"

A mão de Agatha ficou fria na de seu príncipe.

Seu remedo de filho, o Verruga...

As peças se encaixaram na cabeça dela: as provocações do cavaleiro ao rei; o arquivo trocado na Biblioteca, aquele que o rato entregou como o de Japeth...

O Cavaleiro Verde não era um desconhecido. O Cavaleiro Verde era...

"Kay?", Arthur conseguiu dizer, com os olhos arregalados.

"Não me chame assim, *Verruga*", o cavaleiro desdenhou. "Não sou mais Kay. Sou Japeth. Esse é o nome que minha mãe me deu, em vez do nome empolado que meu pai achava que seria melhor para um cavaleiro. 'Sir Kay', corajoso e forte, destinado à glória. Até você roubar meu destino. Até o Storian tornar você uma lenda e me reduzir a uma nota de rodapé. Sir Kay, o irmão bufão. Mas você sabe que não é verdade. Você me ofereceu um lugar como seu primeiro cavaleiro, como oferta de paz. Só para depois zombar de mim, dedicando a Lance toda a sua atenção e todo o seu amor, da mesma maneira que Merlin fez com você em relação a mim. Eu já não era apenas Sir Kay, o idiota. Era Sir Kay, a piada. Sir Kay, o menor cavaleiro da Távola Redonda. Foi por isso que deixei Camelot. Foi por isso que esperei até o momento certo para ter minha vingança. Até que a Floresta visse o fracasso que o rei era. Aposto que foi por isso que sua esposa deixou você. Porque ela conhecia o Verruga que *eu* também conheci. E Lancelot. Ele não se contentou em roubar sua esposa: também abandonou você. Sua escolha se provou tão errada quanto a escolha de Merlin por você. Agora deve estar se perguntando por que todos te abandonam: Guinevere, Lancelot e em breve Merlin, sem dúvida. Até mesmo Sir Kay foi embora. É uma relíquia do seu conto de fadas. Agora sou Japeth. Minha mãe escolheu o nome certo. O nome apropriado para uma Cobra."

Ele se virou para Merlin.

"Quanto a você, velhote, só quero o que me prometeu quando menino. Quando Arthur tirou a espada da pedra, você me prometeu que meu destino seria ainda mais grandioso. Que teria uma vida da qual poderia me orgulhar. Que não me ressentiria de um remedo ter se tornado rei." Suas bochechas ficaram de um tom de verde mais escuro. "Você disse que, se não tivesse uma boa vida, uma *ótima* vida, se ficasse provado que você tinha mentido para mim, eu poderia reivindicar seu Desejo de Feiticeiro. O desejo que todo feiticeiro mantém escondido onde só ele pode encontrar. A garantia de realização do que quer que seja dito em voz alta, que você preferiu guardar para escolher quando deixar este mundo, como os feiticeiros costumam fazer. Só que esse desejo não é mais *seu*, Merlin. Porque você disse que, se meu destino não fosse como prometido, eu poderia ficar com seu desejo. Poderia desejar o que quisesse, para compensar aquilo de que me privou. Bem, Merlin..."

Ele avançou na direção do feiticeiro, com o machado na mão.

"Desejo uma *morte*."

Merlin não demonstrava medo ou remorso. "Eu disse que você teria uma boa vida caso se permitisse isso, Japeth. Mas você se agarrou à amargura que sentia por Arthur. A inveja é uma cobra verde, que engole o coração inteiro. Veja o que fez com você. O veneno verde se espalhou por seu corpo, devorando sua alma, consumindo sua humanidade, até que se tornasse *maior* que você. A inveja não tem limites. Não pode ser apagada, nem mesmo pela morte. Você viverá para sempre assim. Invencível, imortal... mas devorado vivo pela cobra verde no seu coração. A menos que aprenda a se desapegar. A menos que aprenda a perdoar. Não só Arthur e eu, mas você mesmo. Só então poderá recomeçar. Só então poderá ter a vida que deveria ter, a vida que eu disse que poderia ter se escolhesse isso."

"Mais mentiras! Mais desculpas!", o Cavaleiro Verde gritou, os lábios trêmulos. Sua figura imponente assomava sobre a do feiticeiro. Ele esfregou os olhos, forçando-se a manter a compostura. "Ajoelhe-se, cão. É minha vez de atacar."

"Como quiser", disse Merlin.

O feiticeiro tirou o chapéu e se ajoelhou no chão, apoiando a cabeça sobre o tronco de uma árvore caída, puxando a barba comprida para o lado e expondo o pescoço branco e fino.

Um arrepio subiu pela espinha de Agatha ao ver Merlin tão vulnerável, ao se lembrar de que ele era tão mortal quanto ela...

"Espere!", Arthur disse, avançando com a espada na mão. "Não faça isso, Kay!"

Merlin lançou um feitiço que prendeu Arthur contra uma árvore. O peito do rei parecia amarrado por uma corda invisível e o punho que segurava a Excalibur se debatia em vão.

"Faça seu ataque, Japeth", o feiticeiro disse, com a bochecha contra o tronco. "Faça o que veio fazer."

Agatha notou que o Cavaleiro Verde estremecia ao olhar para o pescoço de Merlin, com o machado instável em suas mãos.

"Por quê, Merlin?", ele perguntou. "Por que não me amou?"

O feiticeiro ergueu os olhos. "Amo você tanto quanto amo Arthur. Tanto quanto amo qualquer um dos meus protegidos. Mas o amor tem que ser recebido na mesma medida em que é oferecido."

Lágrimas rolaram pelo rosto do Cavaleiro Verde. "Diga que eu teria sido um rei melhor... Diga que cometeu um erro... Que eu deveria ser o Leão. E não a Cobra."

Merlin abriu um sorriso caloroso e amoroso para ele. "Espero que encontre paz, Japeth."

O cavaleiro soluçou. "Maldito seja, Merlin."

Ele ergueu o machado.

"Não!", Arthur gritou, tentando se livrar do feitiço.

O Cavaleiro Verde desceu a lâmina, cortando Merlin.

Com um grito, Arthur arremessou a espada pela floresta...

A lâmina se fincou no peito do cavaleiro.

O grandalhão de pele verde olhou para baixo, enquanto o sangue jorrava dele... para em seguida a ferida se fechar em volta da espada de Arthur; a pele do cavaleiro imortal já se regenerava de novo.

Mas Arthur já não olhava para o Cavaleiro Verde.

Olhava para outro ponto, para o feiticeiro no tronco...

"Agatha...", Tedros disse.

O príncipe apontava para Merlin. Merlin, para quem Agatha não aguentara olhar, porque não queria vê-lo sem cabeça...

Mas sua cabeça *continuava* no lugar.

Porque o machado não a havia cortado.

O cavaleiro não havia mirado no pescoço.

Havia mirado na *barba* de Merlin, separando os fios compridos e irregulares do queixo do feiticeiro.

Arthur ficou congelado enquanto o Cavaleiro Verde pegava a barba da terra, a ferida em seu peito fechada em volta da lâmina.

Lentamente, Merlin levantou a cabeça, surpreso ao se ver vivo. Ele viu o Cavaleiro Verde segurar a barba tosada, com um brilho de aço nos olhos. Só então o feiticeiro entendeu seu plano.

"Ouça-me, Japeth. Vamos conversar", ele disse. Pela primeira vez, Merlin parecia assustado.

O Cavaleiro Verde percebeu. "Então continua. Você me disse que tinha escondido na barba, quando prometeu me dar. Todos esses anos. Você poderia ter trocado de lugar..."

"Não faça isso, Japeth", Merlin implorou.

"Muito obrigado por me dar seu Desejo de Feiticeiro, Merlin", disse o cavaleiro, com a voz cada vez mais firme. "Sei que você queria que eu fosse feliz. Mas preciso desse desejo agora. Mais que você."

"Há outras maneiras", Merlin insistiu.

O Cavaleiro Verde levou a barba do feiticeiro ao coração. "Quero abrir mão da amargura, da inveja, do ódio. Quero sentir amor, paz e ser capaz de perdoar. Quero voltar a ser o homem que eu deveria ser." Ele olhou diretamente para Merlin. "Quero ser... *livre*."

"Não!", o feiticeiro gritou.

No mesmo instante, o verde começou a desaparecer da pele do cavaleiro. Seus músculos desincharam, suas veias se recolheram, as bochechas diminuíram, até que o Cavaleiro Verde não fosse nada além de um homem barrigudo e pálido de meia-idade, que parecia deslocado em uma floresta encantada. Sir Kay respirou fundo e seu peito subiu e desceu enquanto ele olhava para o céu.

"Então é essa a sensação...", ele sussurrou.

Kay fechou os olhos, enquanto os últimos resquícios de verde desapareciam.

A espada em seu peito estremeceu.

A ferida voltou a se abrir, e sangue jorrou de seu peito.

Kay abriu os olhos, tão claros quanto o sol.

"Adeus, Merlin", ele disse.

Então caiu morto.

O feiticeiro correu até ele e o pegou nos braços.

Mas era tarde demais.

Seu desejo havia sido concedido.

Estava feito.

Ele não queria a morte de Merlin... e sim a própria.

Merlin chorou baixo, ninando Kay como se fosse uma criança.

O feitiço que prendia Arthur foi quebrado, e o rei caiu de cara no chão.

Arthur se apoiou nos cotovelos.

O feiticeiro nem olhou para ele.

"Merlin...", o rei o chamou.

O outro levantou uma mão, silenciando-o. Quando finalmente falou, foi com a voz fria e dura. "Kay poderia ter tido uma segunda chance na vida. Eu conseguiria convencê-lo. Teria ajudado. Ele poderia enfim encontrar o caminho e se tornar o homem que deveria ser. Mas sua espada lhe ofereceu uma saída. *Você* lhe ofereceu uma saída, em vez de deixar que eu lutasse por ele." Merlin fez uma pausa, ainda de costas para o rei. "Vão dizer que você matou o Cavaleiro Verde. Que é o herói desta história. Mas nós dois sabemos a verdade, Arthur. Você quebrou sua promessa. Sua palavra de rei." A voz do feiticeiro falhou, de tanta raiva que sentia. "A confiança entre nós foi quebrada vezes demais. As coisas deram errado vezes demais."

Devagar, Merlin deitou Kay no chão e se levantou.

"Já não tenho mais meu Desejo de Feiticeiro para escolher quando encerrar meus dias. Mas *isto* eu posso escolher: vou deixar você, Arthur", ele disse, assomando sobre o rei. "É o fim de nosso tempo juntos."

A Floresta do Desfecho ficou em silêncio, imóvel.

Merlin e Arthur se olharam pela última vez...

E a cena evaporou na escuridão.

Assim como a caixa que continha Agatha e Tedros. Os dois voltaram à sala com paredes pretas, com uma estrela fraca e fria aos seus pés.

"A barba", Tedros disse, engasgado de emoção. "Foi onde Merlin escondeu seu desejo. Era isso que o Cavaleiro Verde queria. A barba de Merlin é a resposta do primeiro teste."

Agatha olhou para ele, um pouco confusa. "Temos que conseguir a *barba* de Merlin?"

"Para mostrar a meu pai que sei a verdade", explicou Tedros, '*Três testes. Três respostas a encontrar*'. Ele queria que eu soubesse que matar o Cavaleiro Verde não foi uma vitória. Foi um enorme erro. Um erro com o qual tenho que aprender."

Vozes soavam cada vez mais altas no corredor. Passos pareciam cada vez mais perto.

"O castor os viu. Disse que a menina é a rebelde Agatha", um guarda falou. "Parece que ela matou o primo do castor com um camelo. Ela está viajando com o príncipe traidor. Imagine só a recompensa se matarmos os dois..."

Tedros puxou Agatha para as sombras.

"Como vamos conseguir a barba de Merlin?", o príncipe perguntou, ainda suado e pálido. "Merlin está preso nas Cavernas de Contempo..."

"Onde as bruxas devem estar", Agatha lembrou. "Elas têm que resgatá-lo antes que Japeth compreenda tudo e chegue a Merlin..."

As vozes e os passos dos guardas ficavam cada vez mais próximos.

"Precisamos entrar em contato com elas", Tedros exclamou, ansioso. "Precisamos descobrir se estão com Merlin!"

"Primeiro precisamos sair dessa biblioteca", Agatha lembrou.

Eles procuraram freneticamente por uma porta ou janela...

Mas era tarde demais.

Cinco guardas viraram a esquina, e seus pareadores refletiram o rosto de Tedros e Agatha. Suas bestas já estavam apontadas para o pescoço dos dois.

"Não!", Agatha gritou.

Os guardas engatilharam as armas, deixando as flechas prontas para voar.

"*Fogo!*", o líder gritou.

A parede atrás dos guardas foi destruída, e os escombros caíram sobre eles.

Agatha e o príncipe ficaram boquiabertos vendo a poeira baixar, enquanto a luz do sol entrava pelo buraco gigante.

Um homem-lobo grande e peludo surgiu. Nicola e Guinevere estavam nas costas dele.

"O que perdemos?", Hort perguntou.

9

O COVEN

A caverna às duas horas

"*Onde crescem árvores feiticeiras ele encontrará!*", Dot leu no pergaminho aberto na mão. "O que isso significa?"

"Na época do Cavaleiro Verde, Merlin estava com Arthur. Talvez a resposta tenha a ver com ele", Hester sugeriu, enquanto os últimos pergaminhos caíam, passando primeiro pelos pés e depois pela cabeça. "Outro motivo para encontrar o feiticeiro logo."

"Mas Merlin está nas Cavernas de Contempo", Anadil apontou, correndo através do céu noturno de Borna Coric. "O que isso tema ver com *árvores*?"

"Ani está certa", Dot disse. "Aqui não diz para encontrar o feiticeiro. Diz para encontrar onde *árvores* feiticeiras crescem..."

"Lugar que Merlin certamente sabe", Hester insistiu, passando por baixo das últimas lojas de ponta-cabeça, entre os pés de feijão invertidos. Estavam todas fechadas, e a multidão havia retornado a suas casas ao contrário. "Já teríamos chegado a esta altura." Ela olhou feio para Dot. "Se alguém não tivesse nos obrigado a parar no TORTAS 24 HORAS."

"Desculpe se precisei comer depois do feitiçocast do casamento", Dot se defendeu. "Meu nervos estavam em frangalhos."

"Bom, pelo menos sabemos que Tedros e Agatha ainda estão vivos", disse Hester. "Eles que se preocupem com o primeiro teste. Nossa missão é tirar Merlin das cavernas."

"*Se* Merlin estiver lá", Dot lembrou. "Foi Dovey quem nos disse para ir às cavernas. Ela pode ter se enganado, para começo de conversa. Fora que as cavernas são perigosas. As pessoas entram e dez minutos depois saem com cinquenta anos. Faz *semanas* que Merlin desapareceu. E ele já era velho." Ela sacudiu alguns pergaminhos que tinham caído dentro da saia. "Imagina quando chove aqui. Todo mundo deve ficar com a calcinha ensopada."

"É só seguir o cheiro do mar", disse Hester, irritada porque uma vez na vida o que Dot dizia fazia sentido. Ela tentou se concentrar no cheiro de umidade e sol, que ficava cada vez mais forte. "É onde as cavernas vão estar."

"Precisamos chegar antes do nascer do sol, ou vão nos ver", Anadil murmurou. As bruxas se esconderam nas sombras quando dois homens de traje roxo e de ponta-cabeça passaram pelo pé de feijão acima delas, segurando pergaminhos abertos na mão e sussurrando ansiosos.

Hester os acompanhou e pegou alguns trechos do que diziam. "*Rhian nos salvou dos rebeldes de Tedros... Não podemos deixar que Tedros vença... O rei está a caminho de Putsi... Diz que a primeira resposta está lá...*"

Os dois desconfiaram de algo e olharam para baixo, mas Hester já tinha ido embora.

Putsi? Por que Japeth iria para Putsi?, a bruxa pensou, juntando-se às amigas, que se apressavam pelos chalés invertidos. *Não tem nada lá além de areia e gansos...*

"Hester!", Anadil sibilou, puxando-a.

Distraída, Hester quase caiu de um penhasco. Olhou para o céu escuro mais abaixo, que conduzia a uma neblina infinita.

"Se você morrer e me deixar com Dot, vou até o inferno só para te matar de novo", ameaçou Anadil.

"Que romântico", disse Hester. Devagar, ela se inclinou rumo à névoa branca que rodopiava, com as botas na beirada do penhasco. Nem de perto conseguia ver mais além. Agora tampouco sentia o cheiro da água salgada que as conduzira até ali.

Anadil torceu o nariz ao notar o mesmo. "Como perdemos um mar inteiro?" Ela se inclinou para o penhasco e apertou os olhos para a névoa.

Seus pés escorregaram. Uma mão a segurou.

"Você me segura, eu seguro você", disse Hester.

"Não foi Tedros quem disse isso?", Anadil perguntou. "Agora você cita príncipes?"

"Devia ter deixado você cair."

As duas notaram Dot pensativa atrás delas.

"O que foi?", Anadil perguntou.

"O anel do meu pai", Dot disse. "O homem que o queimou... Era *Bertie*. Vi o rosto dele, apesar do elmo. Fico tentando me convencer de que não era... Mas sei que era. Meu pai nunca deixaria que seu anel caísse nas mãos de Bertie. Sabia que Rhian estava atrás dele. Teria protegido o anel até o último momento. Se estava com Bertie, significa que..." Seus olhos ficaram marejados.

Hester olhou pra Anadil. Nenhuma das duas sabia o que dizer. Ambas haviam perdido os pais. Sabiam como era estar sozinha. Agora Dot era parte da tribo. Cada uma delas pegou uma mão de Dot, apoiando a amiga.

"Talvez meu pai ainda esteja vivo", Dot disse, com lágrimas rolando pelo rosto. "Talvez eu esteja errada."

Hester se esforçou para sorrir. "Pode ser."

"Vocês são minha família agora", Dot disse para as amigas, baixo. "E sei que sou a família de vocês também. Mesmo que ajam como se não fosse. Mesmo que finjam que não precisam de mim. Um coven tem três membros. Precisa ter. Eu ficaria muito sozinha sem vocês."

Agora Hester estava chorando também, assim como Anadil, o que só a primeira podia notar, porque o rosto da outra continuava impassível, mesmo quando ela chorava.

"Amamos você, Dot", Hester sussurrou, dando um abraço forte nela.

"Ainda que às vezes a gente queira te jogar em um poço", disse Anadil, juntando-se ao abraço.

"Vou parecer um guaxinim gordo", Dot murmurou, limpando o rímel e olhando para cima. "Nossa. Estava bem ali!"

Anadil e Hester acompanharam o olhar dela.

O Mar Selvagem cintilava bem acima da cabeça delas, onde o céu deveria estar, suas águas escuras se estendendo na direção da barreira da névoa.

"As cavernas devem estar *lá* em cima também", disse Anadil. "Com essa neblina..."

"Mas como vamos chegar lá?", Hester perguntou.

"Ah, isso é fácil", Dot disse, com um suspiro.

As duas bruxas se viraram para a terceira.

"Muros podem ser bem úteis", disse Dot, enquanto escalava na névoa. "Sem um muro, nem saberíamos por onde começar. Mas um muro é um desafio. É só colocar um na frente de uma bruxa que ela vai encontrar uma maneira de passar por ele."

Onde Hester e Anadil haviam visto uma lacuna impossível entre o céu e o mar, uma névoa incontornável... Dot havia visto uma oportunidade.

Com um dedo aceso, ela havia transformado o muro de neblina em chocolate: os redemoinhos enevoados agora eram feitos de suspiro de cacau, fortalecido com uma calda que ajudava as bruxas a ter aderência. Com Dot na frente, elas escalaram uma depois da outra, escondidas pela noite.

Pelo menos por enquanto, pensou Hester. A manhã se aproximava depressa. Elas vinham escalando fazia séculos e só estavam na metade. Já estavam tão no alto que o demônio de Hester estava seco, seu nariz congelado, e ela não conseguia mais ver as estrelas no céu. Por sorte, não tinha medo de altura. (Mas tinha medo do fedor açucarado do muro, que a lembrava de bebês, namorados e coelhinhos da Páscoa, coisas que Hester achava que deveriam ser proibidas ou mortas.)

"Vamos dizer que a gente consiga chegar lá", Anadil disse, arfando. "Como a gente entra no mar? Precisamos nadar para chegar às cavernas. Mas não podemos pular na água. Está tudo de cabeça para baixo. A gente não vai cair e morrer?"

Hester olhou para o mar, bem acima da cabeça delas, como um teto ondulante. "Vamos torcer para que Dot tenha a resposta para isso também."

"Não tenho", ela disse, pingando suor e calda. "Acho que depois disso vou voltar a transformar as coisas em couve."

Elas tinham problemas maiores no momento: os primeiros raios de sol cortavam o céu, iluminando a parede de chocolate.

Hester já podia ver as pessoas lá embaixo, invertidas, bem pequenininhas, saindo das casas também invertidas e dando de cara com a parede de chocolate que havia aparecido durante a noite.

"Mais rápido", Hester grunhiu, empurrando Anadil, que empurrou Dot, embora as três estivessem cansadas.

"Queria ser Tedros", comentou Dot. "Ele tem músculos."

"Eu preferiria morrer", retrucou Hester.

"Eu também", concordou Ani.

Os raios de sol incidiam sobre o muro e eram refletidos pela superfície do suspiro. As três não apenas estavam visíveis agora, como parecia haver um foco sobre elas. Hester olhou para baixo, para os guardas de ponta-cabeça, armados com espadas, avançando pela cidade em direção ao penhasco. O calor também se espalhava pelo muro conforme o sol nascia com força total, o que era ainda pior.

"Estamos quase chegando", Dot disse, vendo o mar se aproximar.

Mas a cada centímetro que subiam pareciam descer dois, o chocolate derretia sob as mãos, o suspiro começava a quebrar. Lá embaixo, os guardas de Borna pularam no muro, parecendo encurtar a distância até elas a uma velocidade alarmante.

"Como podem ser tão rápidos?", Dot perguntou.

"Eles vivem em pés de feijão! Passam a vida escalando!", exclamou Hester, empurrando a bunda de Anadil com a cabeça. "Anda!"

Cada bruxa brigava com um suspiro, os pedaços se desfaziam e caíam na que vinha logo atrás. Quando estavam a um braço de distância do mar, os guardas já tinham percorrido mais da metade do muro.

Dot estendeu a mão para a água. "Precisamos descobrir como ficar de ponta-cabeça e nadar", ela disse, olhando para o mar além da parede, envolto em neblina.

"Dizem que o mar é venenoso ao redor das cavernas", falou Ani, olhando para a mão molhada de Dot, aparentemente intacta.

"Então as cavernas não devem estar muito perto", Hester comentou com uma careta, antes de olhar para os guardas. "Eles estão se aproximando."

"Esperem aí", Dot disse, focada em algo à frente. "Olhem."

Hester olhou para a água, que cintilava ao sol.

Só que a cintilação se *movia*. Não era o sol. Eram... *peixes*. Pequenos e grandes, nadando no mar invertido.

"Como *eles* conseguem?", Anadil se perguntou.

Dot enfiou a mão na água cheia de peixes e a manteve mais tempo ali, estimando alguma coisa. Ela estreitou os olhos. "Só tem um jeito de descobrir."

Ela respirou fundo e se lançou para cima, rumo ao mar.

"Dot, *não*!", Hester e Ani gritaram, ambas preparadas para pegar a amiga em queda, mesmo que aquilo significasse a morte para elas também.

Só que Dot não caiu.

"Correntes!", ela gritou da água, com a cabeça invertida em relação à delas. "Seguram a gente aqui, que nem o ar segura os pássaros no céu. Podem pular!"

Anadil não hesitou: jogou-se para cima e caiu de barriga em cima de Dot. Um segundo depois, a cabeça das duas apontou na água, como se fossem lêmures, mas Hester continuava firme no suspiro. Calda escorria por seus dedos, e seu corpo escorregava. Abaixo, ela ouviu os homens gritando... suas botas raspavam o chocolate...

"Você precisa pular *agora*!", Anadil gritou.

Hester não sabia como colocar seus sentimentos em palavras. O medo de se soltar, sua incapacidade de confiar, a vulnerabilidade do salto...

Mas uma amiga de verdade é capaz de entender essas coisas sem que sejam ditas.

"Confie em mim", pediu Anadil.

Hester fechou os olhos e lançou o corpo para cima, então sentiu o abraço de Ani conforme as duas afundavam na água. O mar estava quente, e a corrente puxava o corpo delas como os braços de uma estrela do mar. Hester abriu os olhos e viu a queda de quilômetros até o céu lá embaixo. Ela entrou em pânico, sentindo o sangue correr para a cabeça, os membros se debatendo em meio às ondas, mas um calor a abraçava, e ela não sabia dizer se era de Ani ou do mar. Hester sentiu a cabeça leve e vazia. Água do mar desceu por sua garganta. Braços frios a seguraram com mais força. Ela olhou nos olhos de Anadil, com as correntes prensando-as juntas, os peixes roçando suas pernas.

"Desculpe interromper", Dot começou, "mas e quanto a *eles*?"

Hester olhou para os guardas se aproximando. Estavam a cerca de dez metros, com os dentes à mostra, a insígnia do Leão visível na armadura, refletindo o olhar penetrante e sombrio de uma bruxa...

"Tudo o que sobe tem que descer", Hester disse.

As três acenderam o dedo.

Uma hélice brilhante atacou o muro, em vermelho, verde e azul, cortando e queimando o chocolate. Calda caiu no rosto dos guardas, e o suspiro se quebrou como se fosse vidro. Eles continuaram subindo, com o mar já ao alcance do primeiro guarda. Com um grito sanguinário, ele se preparou para pular sobre Anadil. Hester olhou nos olhos dele e redobrou seu brilho.

O muro entrou em combustão sob as mãos do homem.

Chocolate, creme e suspiro se estilhaçaram, espirrando no ar, enquanto os guardas de Borna despencavam, e os gritos deles ecoavam antes de eles se perderem no sol.

"Vamos", Hester ordenou, remando em meio à névoa, invertida. "Não sei quanto tempo vamos aguentar o nosso sangue se acumulando na cabeça assim".

Mas Dot ficou no lugar, com os olhos fixos lá embaixo e o coração a mil, como se a sobrevivência delas tivesse vindo a um custo que não estava pronta a pagar.

"Dot?"

Ela se virou para as colegas, ambas encobertas pela neblina.

Os olhos vermelhos de Anadil ficaram visíveis.

"Eles não teriam lamentado sua perda", ela disse.

Anadil tinha levantado uma questão pertinente: se o mar em torno das cavernas era venenoso, como elas continuavam vivas?

Atravessando a neblina com a cabeça para fora da água, elas buscavam as cavernas, alertas a qualquer sinal de veneno. Mas tudo o que encontraram foi mais mar invertido, com a neblina se abrindo só para revelar mais e mais água, até que a cabeça de Hester estava tão pesada de sangue que ela começou a alucinar com coelhinhos da Páscoa. Anadil e Dot também nadavam cada vez mais devagar, seus olhos se reviravam como se estivessem perdidas nas próprias visões...

"*Parem*", Hester disse, estendendo um braço.

Ani e Dot trombaram com ela.

À frente, o mar invertido terminava em uma cascata, que caía a uma velocidade impossível...

... e dava em outro mar, lá embaixo, desinvertido.

"Quem diria que eu ficaria assim feliz ao ver que o mar está onde deveria estar", comentou Anadil.

"A cascata deve marcar o fim do reino", Dot concluiu.

Mas qualquer alívio que as bruxas pudessem ter em ver o mundo restaurado além da cascata foi perturbado pelo tom e pela densidade do mar distante, vermelho como ferrugem. No meio dele, havia uma ilha de pedra. A superfície da pedra parecia um mostruário de relógio, com uma entrada a cada hora – formando as doze Cavernas de Contempo.

As entradas estavam bem protegidas. Primeiro pelas rochas pontiagudas ao redor do perímetro de cada uma. Segundo, por um grupo de criaturas cobertas de espinhos brancos, com focinho comprido e dentes pretos, que flutuavam no mar vermelho que circundava a ilha.

"Crocodilos", disse Dot.

"Eles adoram meninas", Hester comentou, lembrando-se das feras que guardavam a antiga Escola para Meninos.

"Talvez por isso digam que o mar é venenoso", Anadil arriscou.

Uma gaivota planou sobre a água, de modo que apenas os pés dela tocaram o mar...

Em seguida o pássaro desapareceu em meio a uma fumaça ácida.

"Não, dizem isso porque está mesmo envenenado", concluiu Dot.

Hester considerou a cascata à frente, uma queda vertical, do mar azul para o vermelho, da ponta-cabeça para a posição normal, uma linha divisória entre o mundo de caos e a esperança de consertar as coisas.

Agora, elas só precisavam dar um jeito de cruzar de um para outro.

"É uma queda mortal, só para começar", Hester disse. "Depois tem a água envenenada. Os crocodilos devoradores de meninas. As pedras afiadas. E cavernas que mexem com o tempo."

"Seu demônio pode nos levar uma a uma?", perguntou Anadil, com a voz anasalada, depois de tanto tempo ao contrário. "Como fez em Quatro Pontos?"

"A distância era pequena. Aqui é de quase um quilômetro", Hester disse, enquanto seu demônio tremia, com medo de voar. "Precisamos de um casulo ou de uma jangada. Algo que sobreviva à queda."

"Feito de quê?", Anadil perguntou. "O que esses crocodilos não comem?"

"Meninos!", Dot respondeu, com o rosto perigosamente vermelho. "Foi assim que Sophie escapou deles, na escola. Ela se transformou em menino."

"Bom, não temos essa opção, ou tem algo a seu respeito que não sabemos?", Hester retrucou, rude.

"Esses crocodilos comem de *tudo*", Dot se lamentou, olhando para as criaturas cheias de espinhos brigando pelos restos da gaivota. "Bom, a não ser um ao outro."

Hester não estava ouvindo.

Ela observava uma sombra na neblina, atrás de Anadil, que ficava cada vez maior. Seu dedo acendeu, preparou para atacar...

Devagar, ela o baixou.

Era um barco.

Um bote pequeno, despontando da água invertida, feito de madeira branca.

Não, não é madeira, Hester constatou, conforme se aproximava.

"Ossos", ela disse em voz alta, surpresa.

"Ossos de *crocodilo*", completou Anadil, impressionada.

O barco não tinha passageiros ou capitão.

Como um navio fantasma, moveu-se em silêncio, de maneira deliberada, até parar diante do coven. Hester prendeu o fôlego, protegendo as amigas...

A cabeça de dois ratos surgiu na proa, como piratas furtivos.

"Meus bebês!", Anadil gritou. "Vocês estão vivos!" Ela abraçou os animais de estimação, depois notou os arranhões e os cortes em seus corpinhos, os pelos sujos de sangue seco. "O que aconteceu?", e Anadil ouviu atentamente enquanto eles falavam em seu ouvido.

"Eles encontraram Merlin nas cavernas", Anadil traduziu, sem ar. "Então um deles foi contar a Dovey onde ele estava, enquanto o outro construiu esse barco, sabendo que a reitora mandaria alguém para resgatar o feiticeiro."

"Espera. Como um rato construiu isso? Com ossos de crocodilo?", perguntou Dot, perplexa. "Como um rato mata crocodilos?"

"São ratos muito talentosos, lembra?", Anadil sorriu.

Os ratos começaram a ficar cada vez maiores, chegando ao tamanho de cães, de tigres, de elefantes, os dentes afiados como presas. Eles assomaram sobre Dot na água.

"Já entendi", ela disse.

Eles voltaram a encolher e exibiram as feridas da luta. Quando voltaram a olhar para Dot, pareceram se lembrar de alguma coisa, e a expressão deles ficou séria. Juntos, sussurraram algo para Anadil. A bruxa ficou tensa, e seus olhos rumaram para a base do barco.

Cravado entre os ossos, estava o distintivo ensanguentado do xerife, o brasão de ouro de Nottingham todo amassado e arranhado.

Dot ficou imóvel.

Um rato virou o distintivo.

O outro lado estava coberto de vaga-lumes ressecados, como se tivessem se agarrado ao máximo à vida.

Com cuidado, o rato acariciou a barriguinha dos vaga-lumes.

Uma cor laranja os encheu por dentro, formando uma projeção do passado. Era uma gravação da Floresta no escuro, com imagens que os vaga-lumes tinham feito do Xerife de Nottingham encharcado de sangue, nos braços de Sophie, dizendo suas últimas palavras.

"*Diga a Dot... que eu e a mãe dela... era amor*", o xerife concluiu.

Os vaga-lumes voltaram a se apagar.

Devagar, Hester e Anadil olharam para a filha do xerife.

"Eram feridas de scim", Dot disse, então pegou o distintivo do pai e o levou ao peito. "A Cobra matou meu pai. Japeth o matou."

Havia uma tranquilidade dentro dela. Uma fúria silenciosa.

"Tedros vai vencer o torneio. Nem que eu tenha que morrer por isso", Dot prometeu, com frieza. "A Excalibur vai cortar a cabeça daquele lixo."

Ela se virou para as amigas. "Para o barco."

Hester e Anadil obedeceram.

Impulsionado pelos ratos, o barco de ossos avançou e seguiu cascata abaixo, com Dot agarrada à proa, os dentes cerrados, os olhos em chamas.

Ela foi a única que não gritou.

Hester e Anadil se deram as mãos enquanto o barco passava pelos crocodilos, que cheiravam as bruxas, a baba escorrendo pelos dentes pretos. Alguns chegavam a abocanhar o ar, enquanto outros soltavam vapor pelas narinas, mas nenhum atacou, reconhecendo a ameaça do barco de ossos em que elas avançavam.

Hester notou que Dot desfrutava da frustração deles. A bruxa de barriga redonda fazia pose, com o pé na proa, os ratos de Anadil nos ombros e o vestido manchado de chocolate, como se fosse a capitã pirata menos ameaçadora da história. Houve momentos ao longo dos anos em que Hester se perguntou se Dot havia sido colocada na escola certa... se sua doçura, sua empatia e seu coração mole não teriam feita dela uma Sempre. Mas, vendo-a agarrar o distintivo ensanguentado do pai, com os olhos fixos nos crocodilos à espreita, em desafio, *querendo* que atacassem, Hester identificou uma perversidade que a amiga até então não havia demonstrado.

Uma mosca passou pela orelha de Dot. *Zzzz. Zzzz.*

Ela sacudiu a cabeça.

Hester e Anadil trocaram olhares.

Talvez o Diretor da Escola tenha escolhido o lugar certo para ela, no fim das contas.

Conforme o barco se aproximava da ilha, Hester percebeu que entrar nas cavernas não seria nada fácil. Primeiro, havia um aglomerado de pedras afiadas, com mais de cinco metros de altura, antes que as cavernas em si começassem – como uma torre lisa e circular, despontando em meio às rochas, com doze entradas dispostas simetricamente, tal qual um relógio, cada uma forrada de espigões muito próximos uns dos outros. Para resgatar Merlin, teriam que escalar as pedras, seguir para a base das cavernas e torcer para que ele estivesse em uma mais próxima das seis horas, embaixo, que das doze, em cima.

"Em que caverna Merlin está?", Anadil perguntou aos ratos.

Eles guincharam de volta.

"Duas horas", Anadil grunhiu.

Hester não chegou a se surpreender. O que estava em jogo era importante demais para que o resgate fosse fácil.

Quando as bruxas começaram a escalar, outra mosca rodeou Dot, mais irritante e frenética que a anterior.

"Hoje não é um bom dia para mexer comigo", ela disse, tentando espantá-la.

"Espere!", Hester gritou, segurando a mão da outra bem a tempo.

Não era uma mosca.

As bruxas ficaram de joelhos no topo de uma pedra mais plana e viram Sininho, com o rosto azedo e as asas caídas. Claramente tinha voado uma longa distância para encontrá-las e se ressentia tanto da viagem quanto da tentativa de assassinato. Arfando, a fada tirou um pedaço de pergaminho de seu vestido verde e o ofereceu a Hester, que o abriu depressa.

A barba de Merlin
Pousada de Bloodbrook

"É a letra de Agatha", disse Anadil.

"A barba de Merlin?", Dot leu. "Que tipo de mensagem é essa?"

"É a resposta do primeiro teste", Hester compreendeu. "Devia ser a barba de Merlin que o Cavaleiro Verde queria. Agatha está nos dizendo que precisam dela. Que precisam de *nós*."

"E a pousada de Bloodbrook?", Anadil perguntou.

"Fica na metade do caminho entre Camelot e Borna Coric. Eles devem passar por ali", Hester arriscou. "O lugar é conhecido por ser assombrado. Ninguém nunca se hospeda lá. Não vamos correr riscos nos encontrando ali. Certo, Sininho?" Ela se virou para a fada. "Já sabemos que Japeth é o rei agora. Ele matou Rhian e está usando o nome dele. O que significa que a Cobra também está tentando completar o primeiro teste."

Sininho retiniu, confirmando as suposições dela.

Um alívio encheu o peito de Hester. Se a barba de Merlin era a resposta, então Japeth ainda não sabia daquilo. Afinal de contas, estava a caminho de Putsi e, portanto, longe do feiticeiro.

"É por isso que nosso lado vai ganhar. Porque trabalhamos juntos. Porque concluímos nossas *missões*", Hester se gabou, diante das amigas que haviam duvidado dela. Virou-se para os ratos de Anadil. "Têm certeza de que Merlin está dentro das cavernas? E continua vivo?"

Os ratos responderam. "Eles o ouviram roncando sob a capa", Anadil traduziu.

"Então as cavernas não tiveram influência sobre ele", Hester disse, voltando a escalar. "Bom, ele é um feiticeiro." Olhou para Sininho. "Diga a Agatha que chegaremos ao cair da noite."

Hester continuou subindo enquanto via a fada se afastar. Dot e Anadil a seguiram. Todo o coven escalava as pedras depressa, animado pela mensagem de Agatha e considerando aquilo fácil em comparação à parede de chocolate. Quando chegaram à base das cavernas, as nuvens haviam se fechado, e uma chuva forte começou a cair.

"Parece que ninguém entra há um bom tempo", disse Anadil, verificando o perímetro da ilha. "Não há pegadas."

"Por um bom motivo", disse Dot. "Meu pai me contou a história da Rainha Fora de Hora, do Storian. Ela descobriu as Cavernas de Contempo, que não obedeciam ao tempo normal. Uma dessas cavernas manteve a rainha e o rei eternamente jovens. Enquanto isso, seus filhos continuaram envelhecendo, e logo estavam mais velhos que os dois. Perturbada, a rainha experimentou outra caverna, para acompanhá-los, com a ideia de que ela e o rei envelhecessem na medida certa. Só que deu errado, e ela e o rei logo voltaram à sua idade verdadeira, bem mais de cem anos, e caíram mortos. É por isso que, até hoje, as cavernas estão proibidas pelos governantes de Borna Coric, que as mantêm bem protegidas, não só para impedir intrusos, mas também para que eles mesmos não caiam na tentação."

Hester se lembrou das estátuas reais na praça: um rei e uma rainha que pareciam mais jovens que os próprios filhos, um conto de fadas apropriado para um reino invertido.

Os ratos de Anadil já subiam pela frente da caverna, esquivando-se de suas pontas letais e aterrissando nas farpas externas à entrada da caverna das duas horas, enquanto guinchavam com urgência para que as bruxas os seguissem.

Dot testou uma das pontas da parte inferior da caverna, o mero toque já tirando sangue. "De jeito nenhum que a gente vai conseguir subir tudo isso sem acabar empalada."

Hester olhou para a chuva. "O talento de Dot nos trouxe até o mar. O talento de Ani nos trouxe até as cavernas." Seus lábios escuros se curvaram em um sorriso. "Com o meu talento, vamos entrar."

O demônio no pescoço dela ficou inchado de sangue, rangeu os dentes, fechou as garras... daquela vez, pronto para voar.

Dot foi a primeira. Depois Ani. Quando o demônio levou Hester, ela sentiu o quanto aquilo havia custado a ambos. A respiração ofegante dele tirava o ar dos pulmões dela; os músculos enfraquecidos dele doíam tanto quanto os dela. Hester não sabia onde ela começava e onde o demônio acabava. Tudo o que sabia era que, entre a tortura para chegar à ilha e a sua alma sendo levada aos limites, estaria disposta a sacrificar alguns anos e tirar uma soneca dentro de uma daquelas cavernas.

Dot e Anadil já estavam mais adiante no túnel, olhando para cima.

Anadil piscou. "Não esperava que fosse assim por dentro."

"Tão bonita", completou Dot.

As paredes da caverna eram como a aurora boreal congelada no tempo, com mil tons de neon cintilando. A própria Hester se viu hipnotizada pela tempestade de cores e estendeu a mão instintivamente para o brilho...

Guinchos altos a impediram.

Ela viu os ratos de Anadil com os olhos brilhando e balançando a cabeça.

Então baixou a mão.

Depressa, as bruxas os seguiram pela caverna sinuosa, virando em bifurcações a cada poucos passos, como se estivessem em um labirinto. De alguma forma, os ratos sabiam o caminho, mesmo que as cores mudassem a cada curva – laranja atômico, verde alienígena, amarelo escaldante –, como se estivessem se embrenhando cada vez mais em um arco-íris. Logo chegaram a uma nova bifurcação, e por um momento os dois ratos discordaram, antes de olhar um para o outro e iniciar uma discussão intensa.

"Cada um deles acha que é por um caminho", Anadil murmurou.

Os ratos continuaram discutindo, sem ceder.

"Vá com Dot pela direita", disse Hester. "Eu vou pela esquerda."

"Sozinha?", Anadil perguntou, preocupada.

"Tenho seu rato", disse Hester. Ela deu uma batidinha no demônio. "E ele."

Anadil franziu a testa para a tatuagem enrugada no pescoço de Hester, que claramente não estava em condições de proteger ninguém, mas a amiga já estava indo embora, seguindo um rato.

Hester manteve a cabeça baixa, o túnel ficava cada vez mais escuro conforme avançava, as cores iam de tons pastel fluorescentes para tons de azul-aço, marrom-âmbar e cinza-névoa. Agora, só conseguia ver alguns metros adiante. Então notou uma barata caminhando no alto, iluminada pelo teto cintilante. De repente, o corpo da barata ficou polvilhado de brilho do teto e se encolheu magicamente, até se transformar em uma larva, que continuava seguindo em frente. Então um brilho de outra cor a cobriu e a envelheceu, de modo que voltou a ser um inseto adulto. A barata não parava, velha e depois jovem, jovem e depois velha, totalmente focada em seu destino. Agatha já tinha sido uma barata como aquela, Hester recordou, quando tentara ajudar Sophie a encontrar o amor. Mal sabia o trabalho que Sophie daria. Fora ela quem beijara Rhian... fora ela quem confundira o Bem e o Mal... Aquilo parecia apropriado. Que uma confusão tivesse dado início a tudo aquilo. Pois fora uma confusão que havia trazido Sophie e Agatha para este mundo: duas meninas colocadas na escola errada...

Enquanto pensava, Hester se certificava de não tocar as paredes.

Uma respiração obstruída e ritmada ecoava de mais acima. *Ffft... ffft... ffft...*

Hester ficou tensa. "Merlin?", chamou.

O rato de Ani seguia mais rápido, por uma parte mais escura da passagem, em que as cores esvaneciam. Hester não conseguia enxergar nada: nem o rato nem as paredes nem os próprios pés. Acendeu o dedo, lançando um brilho vermelho para o beco sem saída à frente, uma parede sólida coberta por um brilho cintilante.

O barulho ficou mais alto. *Ffft... ffft... ffft...*

"Merlin?", Hester tentou de novo.

Quanto mais perto chegava do fim do caminho, mais claro ficava que o brilho se desprendia e se repunha magicamente, caindo em cascata no chão de pedra da caverna.

Então ela viu.

Encostada na parede, coberta de brilho.

Uma capa roxa envolvendo um volume, de baixo do qual vinha o barulho de respiração.

Lágrimas de alívio se acumularam nos olhos de Hester.

"Merlin, sou eu", ela disse, apressando-se na direção da capa. Hester sabia que não devia tocar no brilho. Usando o dedo iluminado, conseguiu afastar o veludo com magia, jogando-o contra a parede e revelando o corpo do feiticeiro logo abaixo.

Hester perdeu o ar.

Caiu para trás, em choque, e seu demônio soltou os gritos que ela mesma não conseguia conjurar.

Não, não, não, não, não, não.

Ela se virou para correr, para encontrar as amigas, para pedir ajuda...

"Hester!", uma voz gritou mais atrás. "Hester, venha depressa!"

Ela se virou e viu Anadil correndo em sua direção.

Quando as bruxas viram o rosto uma da outra, pararam na hora.

Porque, qualquer que fosse o horror que cada uma havia encontrado em sua caverna... parecia que a outra havia deparado com algo pior.

Quando chegaram a Bloodbrook, já anoitecia.

A pousada estava no escuro, a não ser pela luz fraca em uma janela no andar de cima.

Estavam preparadas para atordoar o atendente, mas o Ingertroll na recepção dormia pesado sobre o livro de hóspedes. Havia um único nome sobre a folha de resto em branco:

Agoff de Woodley Brink

Uma placa no balcão alertava: *Não perturbe as assombrações.*

Passaram pelo troll nas pontas dos pés, a primeira, a segunda e a terceira bruxa.

Subiram a escada se esgueirando em sua formação costumeira.

A porta ao fim do corredor não estava trancada.

Agatha e Tedros pularam da cama, aliviados. Assim como Guinevere, Nicola e Hort, o quarto iluminado por uma única vela à mesa. Pareciam todos exaustos – especialmente Hort, que coçava os pelos que lhe restavam e tirava carrapichos do pé, como se tivesse carregado os outros até ali, em forma de lobo.

"Onde ele está?" Agatha avançou na direção de Hester e Anadil, sem ar. "Onde está Merlin?"

"E quem é *ela*?", perguntou Tedros, apontando a mulher que estava com elas. "Não deveriam ter trazido mais ninguém. Sabem dos riscos..."

"Sou e-e-eu", a mulher disse, com lágrimas brotando nos olhos.

Agatha e Tedros congelaram.

O príncipe e a princesa se aproximaram devagar, da mesma forma que Hester havia feito quando pusera os olhos naquela matrona barriguda de meia-idade, com pele escura, cachos grossos e o vestido manchado de chocolate.

"*Dot?*", Agatha conseguiu dizer. "Mas... você... está..."

"Velha", Dot choramingou.

Todos ficaram mudos, de modo que só se ouviam os ruídos.

Ffft... ffft... ffft...

Que vinham de baixo do braço de Hester.

A expressão de Tedros passou a horrorizada.

"Hester...", ele sussurrou, olhando para o volume que ela segurava. "Onde está Merlin?"

As mãos de Hester tremiam.

Ela colocou o que quer que segurasse na cama.

Ninguém se moveu. Ficaram todos ouvindo a respiração por baixo do veludo roxo.

Ffft...

Ffft...

Agatha foi a primeira a ter coragem de afastar a capa.

Revelando o feiticeiro tal qual se encontrava.

A resposta do primeiro teste de Tedros.

Merlin, o sábio.

Merlin, o poderoso.

Merlin, doce,

sonolento,

desprovido de qualquer barba.

Um bebê.

10

AGATHA

Pense como eu

Durante o caminho para Bloodbrook, Agatha não conseguira afastar a ideia de que estavam no caminho errado.

Olhou para Tedros, a seu lado, agarrando-se ao ombro peludo de Hort, perdido nos próprios pensamentos, sem dúvida ainda processando a história que Sader havia contado. Um Cavaleiro Verde, ligado pelo nome a uma Cobra.

Agatha sabia que não podiam se descuidar enquanto o homem-lobo avançava aos saltos pela floresta cheia de folhas vermelhas. Japeth certamente ainda tinha seu mapa mágico, que indicava a localização deles. Os homens da Cobra iam caçá-los aonde quer que fossem. Além do mais, já não podiam contar com as fadas para espionar. Ficaram tão embriagadas com o algodão-doce de Pifflepaff que Tedros tivera que se livrar delas depois que Sininho fora atrás das bruxas.

Mesmo sabendo disso, Agatha tinha dificuldade em se manter alerta. Tudo em que conseguia pensar era no que Nicola e Guinevere haviam lhe dito em Pifflepaff.

Sobre o esquilo e a noz.

"Tem certeza de que dizia isso?", ela insistiu com Nicola e a velha rainha, ambas seguras nas patas de Hort. "Que Japeth foi para *Putsi*?"

"A mensagem estava dentro da noz de esquilo", disse Guinevere, que parecia enjoada da viagem. "Um bilhete secreto da Rainha de Jaunt Jolie para a filha, Betty. Dizendo a ela que havia dado a Japeth a chave do primeiro teste. E que ele estava a caminho de Putsi."

"Roubar a noz de esquilo deu o maior trabalho." Nicola suspirou, coberta de arranhões. "Como todos os líderes estão contra Tedros, Guinevere e eu concluímos que qualquer esquilo real poderia estar carregando informações valiosas. Mas, assim que o bichinho nos viu, correu como o vento. Então a coleira real dele começou a lançar dardos envenenados, que quase me pegaram na cabeça. Mal aprendi magia na escola... só consegui atordoar as patas traseiras do esquilo. Certeza que ele viu o nosso rosto. Espero que não o encontremos de novo."

"Castores assassinos, esquilos raivosos... Qual é o problema desses roedores conosco?", Hort grunhiu.

"Mas por que Japeth vai para *Putsi*?", Agatha fez a pergunta tanto a si mesma quanto aos outros. "Se sabe a resposta, deveria ir atrás de Merlin. E Merlin não está em Putsi."

"O que significa que Japeth não sabe a resposta", disse Hort.

"Mas por que a Rainha de Jaunt Jolie deu uma chave a ele?", ela insistiu.

Tedros saiu de seu transe e olhou para a princesa, nervoso.

Ouviu-se um balbuciar tilintado. Eles se viraram e viram Sininho caída no ombro de Tedros, encharcada de suor e chiando pesadamente, como um sino na lama.

"As bruxas encontraram Merlin", Tedros traduziu, com um sorriso no rosto. "Vão nos encontrar em Bloodbrook."

Aliviada, Agatha deixou o corpo cair contra os pelos de Hort.

"Sininho não pode nos levar até lá com pó de fada? Minhas patas estão doendo", Hort sugeriu.

"O pó de fada dela não é mais o que era." Tedros suspirou. "Sininho só poderia levar um por vez."

Ao ver seu príncipe colocar Sininho, que dormia tranquilamente, no bolso, Agatha tentou sentir a mesma paz, agarrar-se ao alívio de saber que Merlin estava em segurança.

No entanto, a noz de esquilo ainda a incomodava.

"Talvez a Rainha de Jaunt Jolie esteja do nosso lado", Nicola sugeriu, sentindo que ela continuava inquieta. "Talvez tenha dado uma pista falsa a Japeth para que seguisse pelo caminho errado."

"A detetive Nic ataca novamente", Hort disse, acariciando-a com seu dedão enorme.

Agatha ficou em silêncio. A Rainha de Jaunt Jolie fizera questão de não incomodar Camelot para proteger seus filhos. Por que se arriscaria agora?

A sensação estranha voltou a incomodar. Aquela que Agatha tinha quando a história estava errada. A Cobra combinava magia e inteligência. Estava sempre um passo à frente. Como havia acabado em Putsi? Como tinha sido passado para trás como um tolo?

Se ela havia aprendido algo daquele conto de fadas foi que, na busca por um tolo, acaba-se chegando a si mesmo.

Agatha olhou para Merlin bebê, dormindo profundamente, a respiração pesada por baixo do chapéu pontudo e um meio sorriso no rosto, em algum lugar do mundo dos sonhos.

A princesa se virou e avaliou sua equipe: duas bruxas desanimadas e uma terceira envelhecida; um príncipe praticamente em coma; uma Leitora abalada e uma antiga rainha inútil; e um garoto furão enrolado em lençóis, depois de ter estragado suas roupas para levá-los até ali. Até a segurança. Até a vitória. Até o bebê.

Sem barba.

"As Cavernas de Contempo fizeram Merlin rejuvenescer", Hester murmurou, perdida como Agatha nunca a havia visto. "Ele não deve ter mais que alguns meses de idade."

"Ani e eu estávamos do outro lado da caverna. Do lado em que se envelhece", disse Dot, infeliz diante do espelho, da visão de sua papada, seus braços flácidos e seus cachos descuidados.

"Eu disse para não tocar em nada, sua idiota", Anadil disse entre dentes, enquanto os dois ratos balançavam a cabeça. "Eu *avisei*."

"Era só uma baratinha", Dot retrucou. "Dão um bom chocolate... Não vi o pó..."

"Pensamos em rejuvenescer Dot do outro lado da caverna", disse Hester, "mas ficamos preocupadas em acabar ficando com *dois* bebês."

Tedros se apoiou a uma parede. "Isso não pode estar acontecendo..." Seu rosto estava vermelho, como se tivesse acabado de levar um tapa. "COMO ISSO PODE ESTAR ACONTECENDO? Como vamos recuperar Merlin?"

"Como vamos conseguir a barba dele?", Hort esclareceu.

Agatha se aproximou de Merlin e suas bochechas rosadas, a capa roxa estrelada espalhada em volta dele, como se estivesse flutuando no mar. O chapéu havia encolhido e agora era uma touquinha, que caía em sua cabeça. Com as mãozinhas fechadas na altura das orelhas e os lábios cobertos de baba, ele estremeceu em meio ao sono. Parecia tão tranquilo, tão inconsciente. No entanto, com a aproximação de Agatha, ouviu-se um som baixo. Formas monstruosas despontaram das paredes vermelhas: cabeças com chifres e garras longas como adagas, desprendendo-se do papel de parede e assomando sobre o bebê, vindas de todas as direções.

Agatha congelou.

As paredes também.

Tedros correu para proteger sua princesa.

Hester o segurou.

"Assombrações", ela alertou. "Quanto mais rápido você se move, mais rápido elas se movem também." Hester se virou para Agatha. "Pegue o bebê. *Devagar.*"

Agatha deu um passo adiante. As assombrações voltaram a se esgueirar para cima de Merlin, seus corpos nodosos se avolumando contra o papel de parede.

Agora tanto Tedros quanto Hort fizeram menção de ajudar.

As assombrações se viraram bruscamente na direção deles, em seguida precipitaram-se sobre Merlin.

"Fiquem aí!", Agatha ordenou para Tedros e Hort, as criaturas tão projetadas das paredes que as garras de papel beijavam o rosto de Merlin. Agatha se esticou para pegá-lo...

"Cuidado", Nicola sussurrou. "Os contos de fadas estão cheios de bebês demoníacos."

Agatha hesitou. A Leitora estava certa. Desconheciam a extensão da transformação do feiticeiro. Desconheciam seus poderes. Não sabiam de que lado ele estava. As garras das assombrações, vindas de todos os lados, levantaram o bebê da cama e o aproximaram do teto, onde outro conjunto de garras se projetou do forro, para recebê-lo.

Não havia tempo para ter medo.

Agatha agarrou os braços fofinhos e curtos de Merlin.

Os fantasmas o puxaram de novo.

Agatha segurou o corpo de Merlin com mais firmeza, em uma luta silenciosa, da humana contra as assombrações. Quanto mais ela puxava, mais os fantasmas resistiam, levantando o bebê, que estava entre dois mundos. Merlin agora estava bem acima da cabeça de Agatha, cujos braços estavam completamente esticados. Ela ficou na ponta dos pés e se esforçou para trazê-lo mais para baixo. Garras duras se fecharam em torno de suas mãos, o papel de parede áspero contra sua pele. Dedo a dedo, as assombrações arrancaram Merlin de Agatha, até que ela o segurava apenas pelos polegares.

"*Não!*", Agatha gritou.

Os olhos de Merlin se abriram na hora, grandes e azuis.

O bebê viu as assombrações, e o medo coloriu seu rosto. Então seus olhos se voltaram para Agatha e brilharam em reconhecimento.

Ele peidou com a força de um canhão, uma explosão tão rápida e alta que as assombrações o jogaram nos braços de Agatha e retornaram às paredes.

O feiticeiro bebê gritou de alegria, enquanto um fedor horrível tomava conta do quarto.

Tedros resfolegava, horrorizado, enquanto os outros se escondiam para se proteger. (Sininho despontou do bolso do príncipe, grogue, sentiu o cheiro e desmaiou de novo.)

"É pior que uma bomba de bosta", Hort murmurou, embaixo da cama.

O bebê bateu palmas e abriu um sorriso sem dentes para Agatha. "Mamãe!", ele gritou.

"Estamos fritos", Tedros gemeu.

Os outros murmuraram em concordância.

Mas Agatha não se abalou. Nem com o cheiro (ela havia crescido em um cemitério) nem com a criança em seus braços. Não se tratava de um bebê demônio. Aquele era Merlin, que preferira ela às assombrações. Merlin, que havia acabado de se salvar sozinho. Agatha olhou para o feiticeiro sorridente, que fazia bolhinhas de cuspe. O bebê tivera mais coragem que seus supostos salvadores.

"Não estamos fritos", disse Agatha, virando-se para o príncipe. "Seu pai deixou três testes. *Testes*, Tedros. Isso é parte do torneio. As coisas darem errado. Pode apostar que Japeth não vai desistir no primeiro sinal de problemas."

Todos ficaram em silêncio.

Tedros olhou para ela.

Era algo difícil de dizer. Ainda mais considerando que Agatha estava tão assustada, triste e sozinha quanto Tedros. Mas ela faria o que fosse preciso, incluindo agir como o rei para forçar seu príncipe a se reerguer. Ainda que suas palavras pudessem magoá-lo.

Os olhos azuis e quentes de Tedros se fixaram nos dela, totalmente conscientes do que Agatha estava fazendo. A raiva do príncipe se transformou em culpa, depois em aço. O Leão se movia.

"Bruxas", ele disse. "Voltem para a escola. Contem aos professores tudo o que aconteceu e encontrem um feitiço de envelhecimento que possa reverter a maldição da caverna. Avisem quando tiverem um." Ele viu Dot encolhida em um canto e lhe dirigiu uma piscadela. "E aproveitem para fazer com que Dot volte a ser jovem e linda como antes."

Dot corou. Parecia constrangida, mas endireitou as costas. Agatha sabia bem do poder do charme de Tedros, mesmo nos momentos mais difíceis.

"Nicola", o príncipe prosseguiu. "Vá com minha mãe a Jaunt Jolie. Descubra o que a rainha queria dando a chave a Japeth. Quando eu era mais novo, convivi com a princesa Betty. A lealdade da Rainha Jacinda à Cobra pode ser mais leviana do que parece. Agatha e eu ficaremos aqui. Putsi é o reino mais próximo ao norte, o que significa que Japeth está por perto. Enquanto tivermos Merlin, estaremos à frente dele. Quando as bruxas descobrirem um feitiço de envelhecimento, vamos devolver a idade a Merlin, conseguir a barba dele e seguir para o segundo teste."

"Tem algo que me incomoda", Dot interrompeu, roendo as unhas. "O pergaminho dizia que a resposta do primeiro teste seria encontrada onde as árvores feiticeiras crescem..."

"Isso de novo?", Hester franziu a testa. "A resposta é a barba de Merlin. Não uma árvore."

"Então por que o teste menciona árvores?", Anadil discordou.

Agatha sentiu aquela sensação estranha de novo. A dúvida incômoda que a perturbara no caminho até ali.

"Árvores feiticeiras não existem", Guinevere garantiu, ficando do lado de Hester. "É só uma expressão. Vem de um conto de fadas. Sobre uma árvore que cresceu em Quatro Pontos."

"Achavam que a árvore tinha poderes mágicos. Que podia responder a qualquer pergunta que lhe fizessem", continuou Tedros. "Todos os líderes de Quatro Pontos queriam a árvore para si. Foi assim que a Guerra de Quatro Pontos começou. A guerra que matou meu pai. Por causa de uma árvore. No fim, descobriram que não tinha poder nenhum. Era uma bétula comum. O Storian transformou em uma história de alerta."

"Acho que já li esse conto", Nicola recordou. "Sobre um rei que fez uma pergunta a uma árvore feiticeira e tentou escalá-la em busca da resposta, mas cada ramo se transformou em outra árvore e depois outra, até que chegou tão alto que foi queimado pelo sol."

"Viu? É só uma pista falsa", Hester disse para Anadil. "Mas se quiser sair caçando árvores feiticeiras com Dot, fique à vontade. Posso voltar sozinha para a escola e descobrir um feitiço que *realmente* nos salve."

Hester parecia tão confiante que Agatha acreditou nela, deixando as dúvidas de lado.

"Podemos pegar o Campo Florido em Bloodbrook para voltar à escola?", Anadil perguntou, apaziguando a amiga tatuada. "Estações Nunca são negligentes quando se trata de segurança. Podemos fingir que somos filhas de Dot. Assim não seremos reconhecidas."

Dot gemeu em lamento.

Enquanto isso, Guinevere se dirigiu a Nicola: “Jaunt Jolie fica a alguns quilômetros ao norte. Chegaremos ao nascer do sol. Se conseguiremos uma reunião com a rainha é outra história. Os Onze protegem o reino, e são guerreiros temíveis”.

“Duas mulheres sozinhas poderiam passar despercebidas...”, disse Nicola.

“Eu vou com vocês”, Hort sugeriu.

Nicola hesitou.

“Não quer que eu vá?”, o furão perguntou.

“Claro que quero. É que um garoto pode atrapalhar nossos planos...”

“Um *garoto*? Eu sou seu namorado!”, Hort explodiu. “Não posso nem olhar para Sophie, minha *alma gêmea*, mas você pode me dispensar como se eu fosse um cara qualquer que apareceu na rua!”

“E eu aqui pensando que era sua alma gêmea”, Nicola retrucou.

Hort piscou algumas vezes, dando-se conta do que havia dito.

“Fique aqui comigo”, Tedros interrompeu, sem jeito, levando uma mão ao ombro dele. “Um homem-lobo pode ser útil.”

“Por que não arranja um talento próprio?”, Hort murmurou, mas Tedros já apressava as outras para a porta.

“Mandem notícias quando puderem”, o príncipe ordenou. “Quanto mais rápido concluirmos o primeiro teste, mais perto ficaremos de matar a Cobra.”

As bruxas saíram, assim como Nicola e Guinevere, sem que nenhuma delas se despedisse. Nicola bateu a porta atrás de si.

Agora estavam a sós: Agatha, o príncipe e o furão.

Em um quarto assombrado.

Com um bebê amaldiçoado.

“Estraguei tudo, né?”, Hort murmurou, os olhos ainda onde Nicola há pouco estivera.

Tedros o ignorou e foi para junto de Agatha. Os dois ficaram olhando para Merlin. As risadinhas infantis haviam sido substituídas por um olhar calmo e intenso.

“Como ele se manteve vivo por tanto tempo naquela caverna?”, Tedros se perguntou.

“Deve estar com fome”, Hort comentou, aproximando-se do príncipe. “Como vamos alimentar um bebê?”

Os dois se viraram para Agatha.

“Não olhem para mim”, ela retrucou.

Fez-se um barulhinho de gorgolejo. Todos olharam para baixo e depararam com Merlin segurando o chapeuzinho, do qual tomava leite, que borbulhava magicamente lá dentro.

"É mesmo um bebê feiticeiro", Tedros se maravilhou.

Merlin se agitou ao terminar, sacudindo-se nos braços de Agatha.

"Acho que você tem que fazer Merlin arrotar", disse Hort.

"Fique à vontade", disse Agatha, passando o bebê para o furão.

Tedros o interceptou, pegando o bebê no colo e dando tapinhas gentis em suas costas.

"Oi, Merlin", ele sussurrou.

O bebê arrotou baixinho, então uma mãozinha se fechou em torno do dedão de Tedros e outra, do dedão de Agatha. A princesa e o príncipe sorriram um para o outro.

"Achei que fosse preciso se casar antes", disse Hort, azedo. "De ter um bebê, digo."

Agatha olhou feio para ele.

"Graças aos céus não fui um Sempre", Hort resmungou. "Vocês não têm o menor senso de humor."

"Mamãe", o bebê disse, pedindo Agatha.

"Acho que ele gosta mais de você", Tedros disse, devolvendo-o à princesa. Ela estendeu os braços, aceitando-o.

Então o bebê desapareceu.

Tudo desapareceu.

Agatha estava sozinha no Celestium, envolta pelo céu roxo.

Havia um homem barbudo sentado ao seu lado em uma nuvem, restaurado à sua idade real.

"Merlin?", Agatha disse, perplexa.

O velho feiticeiro nem olhou para ela. Em vez disso, olhou para a frente, para o céu cheio de estrelas, que se rearranjaram em uma constelação, em um padrão que Agatha reconheceu, um símbolo que Agatha só viu por um breve momento antes de...

Merlin se virou para ela.

"*Pense como eu*", disse o feiticeiro.

Então desapareceu.

E o Celestium também.

Agatha estava de volta à pousada, no quarto úmido e escuro, o príncipe ao seu lado e Merlin em seus braços.

Só que agora o bebê feiticeiro a observava, com um sorriso cifrado no rosto.

Você fez isso, Agatha pensou.

O sorriso de Merlin se alargou.

"O que foi?", Tedros perguntou, confuso com o silêncio de Agatha. Era óbvio que nem ele nem Hort tinham sido transportados. Não tinham visto o que ela vira.

Depressa, o dedo da princesa acendeu. Ela fez um desenho no ar, com o brilho dourado, o padrão que havia visto no Flecha de Marian, e agora de novo no Celestium, a pista que tanto Robin Hood quanto Merlin queriam que ela visse.

"O que é isto?", ela perguntou, virando-se para os outros dois.

Hort e Tedros trocaram um olhar.

"Um brasão com gansos...", Hort pareceu refletir. "Putsi?"

"Sim, com certeza", disse Tedros, antes de olhar para Agatha. "Por quê?"

Ela olhou para o bebê, que continuava a encará-la.

Pense como eu.

Pense como eu.

Pense como...

O coração de Agatha bateu mais forte.

Putsi.

E então se lembrou.

O arquivo.

Aquele que eles tinham ignorado.

Fora onde tinha visto o nome do reino.

Falecido.

Jaz no cofre 41.

Banco de Putsi.

"O arquivo de Sir Kay. O que vimos na Biblioteca Viva", Agatha disse baixo. "Japeth não vai atrás de Merlin. Ele vai atrás da *barba* de Merlin." Olhou para Tedros. "A Cobra sabe a resposta."

Tedros zombou. "Impossível. Como poderia saber o segredo do meu pai?"

"Japeth e Sir Japeth estão ligados de alguma forma. A Cobra e o Cavaleiro Verde. Deve haver mais nessa história do que sabemos", disse Agatha, com Merlin junto ao corpo. "Vamos. Temos que chegar a Putsi. É lá que a barba está."

"Mas já temos a barba!", Tedros insistiu. "É só encontrar um feitiço de envelhecimento..."

"Não temos *aquela* barba! A barba que o Cavaleiro Verde cortou de Merlin! A barba do desejo! Deve estar enterrada com o corpo de Kay em Putsi!", Agatha disse, sentindo que o bebê feiticeiro a segurava mais forte, como se estivesse no caminho certo. "É essa a resposta. A barba. A barba *original*. A barba que seu arqui-inimigo está prestes a roubar!" Ela foi com Merlin até a porta. "Entendemos tudo errado. Precisamos ir para Putsi!"

"Mas é lá que a Cobra está!", exclamou Hort.

"Por um bom motivo!", Agatha disse. Ela confiava mais no bebê em seus braços que nos medos dos outros dois. Assim como devia ter confiado mais nos movimentos da Cobra que nos dela mesma. "Depressa. Se é um reino fronteiriço, podemos ir a pé!"

"O furão está certo", Tedros argumentou, sem se mover. "Não podemos levar Merlin para perto de Japeth. Ele poderia roubar o feiticeiro de nós. Estaríamos entregando nossa principal arma..."

BUM! BUM! BUM!

Ouviu-se uma sequência de trovejadas lá fora, como se um martelo cósmico atingisse o céu.

O bebê Merlin começou a gritar, com as mãos nas orelhas.

Segurando-o firme, Agatha correu para a janela, flanqueada pelos outros dois.

A leste, o luar iluminava os brotos verdes que se erguiam, mais e mais altos. Era uma árvore cintilando contra a noite; cada galho desabrochava em outra árvore, que se desabrochava em mais árvores, centenas delas, milhares, mais e mais altas, mais e mais largas..., a rede de troncos e ramos já desaparecia nas nuvens.

Por uma fração de segundo, Agatha pensou ter visto corpos sendo jogados entre os galhos, corpos *humanos*, do tamanho de bolotas ou folhas.

Um grito ecoou ao vento.

Um grito que ela reconheceu.

Nuvens entraram na frente da lua, deixando tudo a leste na escuridão.

O que quer que ela tivesse visto desapareceu na noite, como uma visão ou um sonho.

Três pares de olhos continuaram fixos no vazio do outro lado da janela.

O mesmo ocorreu com os de Merlin, cujos gritos tinham cessado.

"Hum, pessoal...", Hort engoliu em seco. "Imagino que seja só eu... mas aquilo não parecia... vocês sabem..." Ele se virou para os amigos. "...uma *árvore feiticeira*?"

Agatha prendeu o fôlego.

Com uma olhada no rosto de Tedros, ela soube que ambos pensavam o mesmo.

Sim, Hort.

Parecia, sim.

11

SOPHIE

Cofre 41

A bruxa estava de volta.

Sophie desfilava pelas ruas cheias de penas de Putsi, com o cabelo vermelho-sangue cortado na altura do queixo, o vestido branco colado ao corpo, com tachinhas vermelhas bordadas.

O velho vestido de Evelyn Sader agora a ouvia. Ajudava em seu disfarce. Moldava-se a seus desejos. Fazia exatamente o que ela queria que fizesse. Sophie não confiava nele, claro. Mas, enquanto estivesse do seu lado, tiraria proveito da peça.

Os cidadãos imundos e pálidos de Putsi a encaravam, mas não a reconheciam. Todos tinham acompanhado o feitiçocast. Até onde sabiam, Sophie continuava sendo um anjo loiro que brincava de casinha em Camelot, cuidando do marido.

Como ele ousa?, Sophie pensou, enfurecida. Como ousou tomar a mente dela como refém? Como ousou controlá-la?

Ninguém a controlava.

Ninguém.

Covarde, Sophie pensou. Com Rhian, pelo menos tinha sido uma briga justa.

Mas Japeth *trapaceava*.

Os ouvidos dela ainda latejavam por causa dos scims que havia arrancado.

O acerto de contas se aproximava.

Era por isso que ela estava em Putsi.

Para encontrá-lo.

Para olhar em seus olhos enquanto arrancava seu coração.

Até então, Sophie estivera lutando por seus amigos. Para que Tedros e Agatha tivessem seu Para Sempre.

Agora não mais.

Agora lutava por si mesma.

Japeth tornara aquilo pessoal.

Mas como ela o encontraria?

Tudo o que sabia era que ele e Kei tinham partido rumo àquele lugar imundo no dia anterior. Esperando localizá-los, Sophie havia roubado um cavalo de Camelot e chegado até Gillikin, em cujo mercado pegara um voo de fadas.

Espremido entre Kyrgios e a Montanha de Vidro, Putsi era menos um reino costeiro e mais um portal de entrada, administrado por gansos de guarda perversos usando chapéu verde-vivo, que registravam os navios que chegavam e patrulhavam as ruas lotadas, parando transeuntes para revistá-los. ("O número de estrangeiros está crescendo!", um ganso grasnava. "Não podemos confiar em ninguém!") Pelo que Sophie pôde perceber, os "estrangeiros" chegavam em navios de terras muito, muito distantes: um lado muito diferente da Floresta Sem Fim, além dos reinos mapeados, como nomes como Harajuku, Monte Batten e Tsitsipas.

"Nome. Reino. Ocupação", um ganso gritava para cada indivíduo que saía de um barco.

"Bao de Vale Vasanta", disse um rapaz musculoso, com um grifo de estimação. "Vim a negócios, em nome da Rainha do Açúcar."

O ganso colocou uma coleira de metal no pescoço de Bao. "A Rainha do Açúcar não tem nenhum poder aqui. É o Rei Rhian quem governa a Floresta. Você deve se ater às fronteiras de Putsi até sua audiência. Tentativas de seguir para outros reinos ativarão a coleira, causando morte instantânea."

"Quando será minha audiência?", Bao perguntou.

"Haverá uma audiência para determinar quando será sua audiência", o ganso respondeu. "Próximo!"

O porto empoeirado estava lotado de imigrantes com coleiras metálicas esperando liberação para ir para a Floresta, além de nativos azedos, que se ressentiam de ter que dividir sua cidade. A notícia do torneio tinha se espalhado, e os comerciantes vendiam coroas de Leão para os apoiadores de Rhian e coroas de Cobra para os de Tedros. Ninguém comprava a segunda opção. *Igual a Gillikin*, Sophie pensou. O testamento de Arthur estava sendo levado a sério. Supunha-se que o vencedor seria Rhian. Ninguém fazia ideia, claro, de que Rhian não era Rhian. De que a verdadeira Cobra era o rei. Ele traíra tudo o que Arthur representava.

Sophie revirava as ruas à procura de Japeth. Mas não havia sinal dos cavalos dele ou de Kei, nem mesmo de um palácio real, onde ele pudesse ser recebido.

Um trombetear de grasnidos irrompeu mais acima, quando centenas de gansos voaram de todo o reino em direção à costa, por causa de um navio que se aproximava.

Não, não era um navio, Sophie percebeu, chegando mais perto.

Era um *palácio*, que chegava flutuando pelo mar, verde-menta com minaretes dourados, chamuscado em alguns pontos devido a ataques recentes. Havia gansos de guarda nas galerias.

As portas se abriram e a Imperatriz Vaisilla desceu, com a coroa de cristal torta, usando uma estola de penas de ganso. Ela desfilou diante do capitão ganso, que se apressou a acompanhá-la, seu exército de guardas alados balançando atrás da imperatriz, que olhava feio para qualquer um que usasse coleira de monitoramento.

"Imprestáveis", Sophie ouviu a imperatriz murmurar. "O Conselho do Reino deixa que entrem porque assim não tem que lidar com eles. 'Vaisilla que cuide deles! Que infestem suas terras como uma peste!'" Seus sapatos pisavam sobre fezes de ganso. "Talvez o Rei Rhian tenha o bom senso de ignorar o conselho e feche nossas fronteiras de uma vez por todas..."

Ela se virou de repente e trombou com Sophie.

"Idiota", a Imperatriz Vaisilla sibilou, empurrando-a e se aproximando do capitão. "Rhian seguirá a cavalo até o banco. Vamos encontrá-lo na sala de Albemarle. Meus espiões em Camelot informaram que Sophie *desapareceu* do castelo e talvez se junte aos rebeldes. Parece que voltou aos velhos hábitos. Envie batedores para a Floresta. Se a pegarmos, podemos usá-la para negociar o fechamento das fronteiras com Rhian."

Ela arregalou os olhos. Parou na hora e se virou para a idiota com quem havia trombado.

Mas tudo o que viu foram penas e poeira.

Albemarle.

Sophie reconheceu o nome.

Tedros tinha um cartão de visitas escrito *Albemarle, gerente de banco.* Ele havia achado o cartão junto com a etiqueta de *Encantadora Camelot*, em meio às cartas do Rei Arthur para Lady Gremlaine.

Agora Sophie só precisava encontrar o gerente de banco e esperar que Japeth chegasse...

O Banco de Putsi se impunha contra o pôr do sol. Era uma fortaleza circular em verde-jade, coroada com bandeiras de toda a Floresta. Havia uma inscrição gravada em ouro na fachada do banco:

ENTRE O BEM E O MAL
ENCONTRAM-SE
A CONFIANÇA E A TRADIÇÃO

Não havia gansos afetados ou multidões caóticas ali: pelas ruas limpas, alinhavam-se homens armados com espadas, cuja cota de malha tinha o brasão de diferentes reinos, como se a região do banco fosse protegida, tal qual Quatro Pontos.

Enquanto subia os degraus depressa, Sophie olhou por cima do corrimão para um lote cercado, onde visitantes do banco deixavam seus cavalos, tapetes mágicos e outros meios de transporte. Ainda não havia sinal das montarias de Rhian e Kei. Grasnidos ecoaram. Ela se virou e deparou com a imperatriz e sua caravana de gansos se aproximando do banco. Sophie percorreu os últimos degraus e abriu um sorriso sedutor para o guarda, jogando o cabelo ruivo por cima do ombro, entrando pelas portas antes que ele pudesse olhar melhor.

Por dentro, o banco era um templo de jade, três andares com janelas do chão ao teto se elevando em torno do miolo vazio cilíndrico, os painéis de vidro cobertos de letras. O primeiro andar, onde se lia SETOR BRONZE, estava repleto de clientes fazendo fila. No SETOR PRATA, ninfas de cabelo neon serviam água de rosas para os clientes sentados em sofás. Os vidros do último andar, o SETOR DIAMANTE, que ficava tão lá no alto que Sophie quase nem conseguia enxergar, eram fumê. Enquanto isso, o átrio do banco tinha três estátuas douradas de fênix, cada uma congelada em uma pose diferente, como uma instalação de arte pretensiosa.

O gerente do banco deve estar em algum lugar nos andares de cima, Sophie pensou. Mas não havia escada no térreo. Tampouco recepcionistas ou concierges. O mármore lá de baixo se mantinha completamente vazio, a não ser por uma fila de clientes esperando alguma coisa, a qual andava bastante rápido. Sophie foi até a frente e notou três círculos brancos no chão. Um dos círculos começou a brilhar, e as palavras **PRÓXIMO CLIENTE** surgiram dentro dele.

A primeira mulher na fila, uma senhora com aparência nobre e elegante, entrou no círculo.

No mesmo instante, uma fênix ganhou vida, mergulhando e agarrando a mulher tão rápido que Sophie quase nem viu. A estátua lançou a senhora até a abertura no vidro do Setor Prata, antes de congelar no lugar, enquanto as outras duas aves já lançavam os clientes seguintes.

Parece que não era só uma instalação de arte.

No saguão, Sophie se aproximou dos círculos, então notou que os outros clientes lhe lançavam olhares ameaçadores, fossem humanos, mogrifs, elfos ou ogros.

Outro círculo brilhou.

"Desculpe, meu bem", Sophie disse, cortando um troll.

A fênix mergulhou e a pegou em suas asas douradas de metal, com os olhos cor de fogo fixos nela.

"O gerente, por favor", Sophie pediu.

A ave a lançou rumo ao Setor Bronze. Sophie aterrissou diante da recepção, onde se encontrava uma bruxa fedida com uma única sobrancelha. Ela notou o nome no crachá.

Goosha G.

NOVAS CONTAS

"Pobre, rica ou podre de rica?", Goosha perguntou, digitando no teclado mágico sobre o balcão, que Sophie nem conseguia ver.

"Gostaria de falar com Albemarle", Sophie pediu.

"Albemarle só cuida das contas Diamante", Goosha respondeu.

"Encantadora Camelot", disse Sophie. "Essa é a minha conta."

A bruxa enrugada olhou para ela. *Tap, tap, tap*, ela digitou.

Então ficou imóvel.

Goosha sorriu para Sophie. Era um sorriso falso e tenso. Do tipo que Sophie dava a todo mundo com exceção de Agatha. "Obrigada por trabalhar conosco. Vou buscar Albemarle. Aguarde aqui."

Ela digitou mais um pouco, abriu outro sorriso duro e se dirigiu à sala nos fundos.

Sophie se inclinou por cima do balcão. Contra um fundo preto, palavras gritavam em vermelho:

ALERTA DE IMPOSTOR
MATAR NA HORA

Pelo reflexo no balcão, Sophie vislumbrou guardas armados vindo da esquerda. Ela se virou e viu que mais vinham da direita.

Um alarme começou a soar pelo banco, desvairado e ensurdecedor, como batimentos cardíacos fora de controle. Os vidros fumê do Setor Diamante se transformaram em ferro, trancando tudo o que havia no andar.

"ALI!", uma voz nauseante gritou.

Os olhos de Sophie correram para a imperatriz no saguão, que apontava para ela. O capitão e os guardas gansos avançaram em direção a Sophie, seus bicos afiados como adagas.

Esquerda, direita, embaixo... ela estava encurralada em todos os sentidos.

Com uma exceção.

Sophie correu na direção do vidro, pulou e o quebrou com uma voadora. Uma chuva de cacos caía à sua volta enquanto ela passava voando pelos gansos e aterrissava no átrio...

...bem nas costas de uma fênix.

A ave de metal guinchou e ganhou vida, tentando se livrar de Sophie. Do alto, os gansos da imperatriz mergulharam sobre Sophie de modo a bicá-la, tirando sangue de seus braços e pernas. Mais e mais gansos chegavam. Sophie não conseguia acender o próprio dedo, porque estava cercada. Os pássaros cortavam a cabeça e o pescoço dela, seus grasnidos infernais se misturavam ao alarme. A multidão em pânico se encolheu nos setores Bronze e Prata quando a fênix lançou um ganso contra o vidro por acidente. Sophie não conseguia enxergar, seu campo de visão estava tomado por penas, sangue e vidro estilhaçado. Sua respiração estava rasa, de tanta dor...

Então tudo parou.

Os gansos ficaram flácidos e despencaram do alto, empalados por tachinhas vermelhas.

Tachinhas vermelhas do vestido de Sophie.

Um a um, eles caíram mortos aos pés da imperatriz, sujando-a de sangue.

Vaisilla uivou angustiada, enquanto os clientes ao redor fugiam.

Perplexa, Sophie olhou para o próprio vestido, totalmente branco, sem as tachinhas vermelhas.

Pela segunda vez, ele a salvara.

O vestido de Evelyn Sader.

Mas por quê?

Ela não tinha tempo para pensar naquilo.

Uma estátua ainda tentava matá-la.

Ou melhor, três estátuas.

Enquanto uma fênix tentava derrubá-la, as irmãs a ajudavam, golpeando Sophie com suas asas de ferro. Juntas, as três a prenderam em um mata-leão, alçando-a, mas Sophie deu um jeito de se segurar. Então ela se deu conta do plano das aves, que partiram rumo ao teto, segurando-a perto, acelerando cada vez mais, para esmagá-la contra a pedra. Sophie tentou se defender, mas a pegada das aves era poderosa. *Joguem limpo*, ela pensou, furiosa. *Ninguém joga limpo.* O medo e a raiva penetraram sua corrente sanguínea, e seu dedo se acendeu.

As estátuas a prensaram contra o teto, a toda a velocidade, e suas asas se estilhaçaram, e então os destroços começaram a ruir, criando crateras no saguão e implodindo o chão.

O alarme foi baixando de volume... até parar.

O silêncio tomou conta do banco, enquanto guardas e clientes saíam do amontoado de vidro, metal e poeira.

Devagar, as aves destruídas voltaram à vida, cambaleando para fora da cratera, seu corpo liso e dourado recuperando a forma. Elas sorriram para a imperatriz, esperando ser recompensadas por sua inteligência, por terem pego a intrusa.

Mas a imperatriz nem olhava para elas.

Olhava para o teto, onde as estátuas e a invasora haviam batido contra a pedra.

Quatro corpos tinham subido.

Vaisilla tinha visto com os próprios olhos.

Mas apenas três haviam descido.

Mogrificar-se para fugir do perigo era trapaça.

Mas, enquanto passava por baixo da entrada do Setor Diamante e avançava pelos corredores tranquilos, protegidos do caos lá fora, Sophie não se sentia nem um pouco culpada. Em todos os anos que passara na escola, o Bem e o Mal haviam seguido as regras.

Mas nos anos que passara em Camelot ela aprendera que quem seguia as regras morria.

Escolher uma borboleta azul fora um tanto insolente, mas mesmo diante do pior dos perigos, Sophie precisava encontrar uma maneira de se divertir um pouquinho que fosse. Quem começara tudo aquilo fora Evelyn Sader: a mãe perversa dos gêmeos, que havia enganado o Rei Arthur e dado à luz seus herdeiros.

Ou pelo menos foi o que Sophie vira no cristal de sangue de Rhian.

Só que, no casamento, Japeth havia dito outra coisa a Tedros. Ela ouvira a voz dele de dentro da bolha, porque o scim estava conectado aos outros dentro da cabeça dela. Japeth dissera a Tedros que não era seu irmão... que não era filho de Arthur...

Verdade, mentira, presente, passado... agora tudo se misturava.

Se tentasse resolver aquilo, Sophie não teria tempo de concluir sua missão.

Encontrar a Cobra.

O Setor Diamante era uma fantasia exuberante, mesmo para os padrões de Sophie. Enquanto seguia como borboleta, ela via clientes fazendo as unhas e recebendo massagens, comendo caviar e tomando champanhe, fazendo ioga enquanto alguém do banco lia seu extrato bancário. Plantas anormalmente perfeitas espalhavam uma fragrância de rosas no ar, enquanto um coro de lagartinhos verdes flutuava em uma bolha de sabão, em meio a uma cantoria suave. Além dos guardas enfileirados diante do vidro lacrado a ferro, sussurrando para as insígnias do Leão na armadura, em contato com os colegas lá fora, não havia qualquer sinal de que havia algum problema no banco. Sophie se aproximou deles para ouvir melhor.

"Nenhum sinal de Sophie aqui, imperatriz", um guarda murmurou para a insígnia. "Sim, imperatriz. Como desejar."

Ele sussurrou para o guarda ao lado. "Vamos esvaziar o andar. O Rei Rhian acaba de chegar. Já foi informado sobre a intrusa, e quer privacidade para falar com o gerente."

Os guardas começaram a abordar funcionários e clientes, insistindo que, por uma questão de segurança, o andar precisava ser esvaziado.

Sophie bateu as asas mais forte. Japeth chegaria a qualquer minuto. Ela precisava encontrar a sala de Albemarle, para pegar a Cobra de surpresa.

A borboleta percorreu os corredores, verificando os crachás dos funcionários: Rajeev, vice-presidente... Francesca, vice-presidente... Clio, vice-presidente... todo mundo era vice-presidente. Então Sophie encontrou uma sala diferente de todas as outras, com uma porta pesada e preta como ônix.

GERENTE, dizia a placa.

Sophie tentou passar pela fresta debaixo da porta, mas era tão apertada que ficou presa. Achou que havia destruído o vestido de Evelyn ao se mogrificar, mas agora que o sentia queimando seu tórax estava certa de que continuava ali, e reapareceria no instante em que voltasse ao normal. Sophie fez ainda mais força para passar, quase rasgando as asas... *uffff!*

Ela finalmente passou.

Albemarle, o gerente, estava em meio a uma conversa acalorada com uma cliente.

A borboleta se sobressaltou.

Albemarle! O pica-pau!

O mesmo da Escola do Bem e do Mal, responsável pela tabuleta de avaliações!

Sophie sabia o nome dele, claro, mas nunca imaginara que um funcionário de médio escalão da escola pudesse ter ido trabalhar no banco de maior prestígio da Floresta. No entanto, ali estava ele, com seus óculos brancos e o topo da cabeça vermelho, empoleirado à mesa, com um cofre de aço imenso atrás de si, discutindo acaloradamente com uma cliente.

Cliente que era outra surpresa.

Sentada à frente de Albemarle estava uma mulher esquelética com cabelo grisalho e seco, testa grande e olhos finos e cortantes.

Sophie a reconheceu no mesmo instante.

Bethna.

A terceira das Irmãs Mistrais, a que estivera ausente de Camelot.

"Não se pode congelar uma conta diamante", ela argumentou. "O ouro é nosso..."

"Mas quem administra o banco sou eu", disse Albemarle. "E está claro que a Encantadora Camelot é uma conta fraudulenta. A senhora e suas irmãs têm roubado fundos de Camelot e guardado aqui há anos. E agora, *voilà*, querem devolver os fundos a Camelot, para que o novo rei possa usá-los."

"Isso é irrelevante", Bethna disse. "O dinheiro agora é de Rhian."

"É de *Camelot*", Albemarle corrigiu. "E, segundo o testamento de Arthur, no momento Camelot não tem um rei que possa fazer uso dele. Não até que o Torneio dos Reis seja encerrado. Assim, até que a Excalibur escolha seu vencedor, a conta está congelada."

"Vamos ver o que seu superior tem a dizer", Bethna o desafiou. "Alguém que tenho certeza de que não passa seu tempo livre brincando de bedel."

"O banco escolheu uma família de pica-paus para controlar as contas pelo mesmo motivo que a escola nos escolheu para controlar seus alunos: somos planejadores por natureza. O que significa que acima de mim só está meu pai, assim como acima dele só está o pai dele, e nenhum dos dois está vivo para atender a senhora. Quanto ao período em que passo na escola, é uma sorte que minhas asas me permitam trabalhar lá em meio período, quando não tenho reuniões no banco. E tive ainda mais sorte de poder trabalhar com Clarissa Dovey, a qual seu rei achou por bem executar. Assim como eu, a Professora Dovey acreditava que dinheiro não significa muita coisa sem uma bússola moral interna que indique como gastá-lo." Albemarle ficou olhando para Bethna. "E, como Clarissa, acredito que seja mais importante me dedicar aos estudantes que aos velhos e corruptos."

Bethna se levantou. "Quando o Rei Rhian chegar, corrigirá seu *erro*."

"Minha espiã me disse que Rhian quer acesso ao cofre 41", disse o pica-pau, abrindo as penas. "Um cofre que pertence aos reinos de Quatro Pontos. Rhian pode estar planejando entrar lá, mas eu estou planejando impedi-lo. Não me importa se o povo de Putsi e o de outras localidades são escravos da palavra de Rhian. Aqui eu sou o senhor destes cofres. *Eu* decido quem entra." Albemarle endireitou a coluna, com as costas para o cofre de aço. "Apenas meu toque pode abri-los."

A porta da sala se abriu com tudo.

"É bom saber", disse uma voz.

Scims dourados avançaram sobre a mesa e empalaram Albemarle.

A borboleta de Sophie se recolheu a um canto, mal conseguindo escapar da bota de Japeth quando ele entrou na sala do gerente, seguido por Kei.

Os scims voltaram ao traje azul e dourado de Japeth, que já se ajoelhava para arrancar uma pena do cadáver do pica-pau. Enojada, Sophie deu as costas. Quando voltou a se virar, viu a Cobra se aproximar da porta de aço atrás da mesa e passar a pena pela fechadura.

A porta se abriu na hora.

"Fiquei sabendo que Sophie está no banco", disse Japeth.

Ele olhou para Kei e Bethna, depois para o cadáver de Albemarle.

"Façam parecer que foi ela quem fez isso", a Cobra ordenou.

Japeth entrou nos cofres, e a porta começou a se fechar atrás dele. Sophie voltou a si e o seguiu, passando pela abertura cada vez menor no aço. Suas asas tremularam com a brisa repentina. Ela olhou para trás e viu Kei derrubando a mobília e Bethna escrevendo mensagens nas paredes – "*VIDA LONGA A TEDROS! A BRUXA ESTÁ DE VOLTA*" –, enquanto o sangue de Albemarle manchava o chão.

Foi então que Sophie notou que Kei olhava para ela através da frestinha da porta. O capitão acompanhou a borboleta com os olhos arregalados, antes que a escuridão o deixasse lá fora e a trancasse ali dentro, com o inimigo.

Uma emboscada no escuro.

Era o que ia fazer, Sophie decidiu, seguindo a Cobra.

Tinha encurralado a fera.

Seria fácil.

Ainda assim, suas asas tremulavam.

Ela não conseguia se lembrar de ter ficado sozinha com a Cobra. Sempre houvera alguém com eles: Agatha, Tedros, Hort... Rhian. Agora, no escuro, Sophie ouvia as botas dele contra as pedras ásperas, *clac*, *clac*,

clac, o mesmo ritmo com que se livrava dos inimigos. Sem parar. Sem sentir qualquer remorso.

Sophie tinha que puni-lo da mesma maneira. Sem hesitar. Sem misericórdia. Quanto mais rápido o fizesse, mais rápido acabaria. A Floresta seria poupada. A história voltaria aos trilhos.

O Mal ataca. O Bem defende.

Era a primeira regra dos contos de fadas.

Mas não dessa vez.

Ninguém veria aquele ataque como do Mal.

Seria um ato do Bem.

Uma morte merecida.

Só que havia obstáculos.

Para começar, Sophie era um inseto. Uma borboleta não durava muito em um ninho de cobras. Ele ouviria na hora se ela voltasse à forma humana, e seus scims a atacariam como haviam feito com o pica-pau. Além do mais, estava no completo breu, ao ponto de Sophie não conseguir ver as paredes, o chão ou o teto. Era como se ela e seu arqui-inimigo flutuassem em um céu sem estrelas. Somava-se a isso os scims e os talentos mágicos da Cobra, sem contar o fato de que ele já havia matado homens maiores que ela – Chaddick, Lancelot, o xerife, o próprio *irmão* –; logo, as chances de Sophie não pareciam muito boas, não importava o quanto Japeth estivesse encurralado. Ainda que ela conseguisse derrotá-lo, ficaria presa no cofre, sem que ninguém pudesse deixá-la sair, além de um banco cheio de inimigos que seriam levados a acreditar que Sophie havia acabado de matar seu gerente.

Assim, pelo momento, Sophie continuou seguindo Japeth, mantendo distância na câmara que parecia infinita, guiando-se pelo cheiro gelado dele e por sua silhueta.

Até que ele parou.

A cabeça dos scims despontou do traje, como se fossem cobras.

"A Bruxa de Além da Floresta", ele disse. "A imperatriz insistiu que haviam dado um jeito em você, mas senti que hesitava. Sei muito bem que não morre tão fácil. Não a Sophie que conheço. Não a minha *rainha*. Na verdade, considerei voltar a Camelot quando soube que você havia escapado. Para te encontrar. Para te punir. Mas sabia que viria a mim."

Os olhos dele vasculharam a escuridão, como pedras preciosas em uma caverna. A borboleta fugiu de seu campo de visão.

Lá se foi a emboscada, Sophie pensou.

"Sua escola de magia não vai te proteger por muito tempo mais, sabia?" O traje dos scims ficou preto e desapareceu na escuridão. "Garotas têm um cheiro que não sai. Aric sabia descrever bem: de rosa apodrecendo. Sempre sinto. Mas você... receio que seja quem carrega o *pior* cheiro."

As asas de Sophie roçaram uma parede, tocando levemente a pedra.

Enguias saltaram do traje de Japeth, lançando-se na direção dela. Sophie mergulhou rumo ao chão, e conseguiu evitá-las por pouco. Os scims deram com os tijolos, suas cabeças escorregadias passando centímetros acima das asas dela. A Cobra baixou os olhos brilhantes, prestes a encontrá-la.

Sophie deslizou para a frente, sobre o tórax minúsculo. Mais enguias saltaram de Japeth, seguindo o som. Sophie mergulhou entre elas. O movimento dos scims a lançou a um canto coberto de fuligem. Ela ergueu as antenas. Onde quer que olhasse, havia scims saltando no ar, parecendo fitas pretas, caçando-a na escuridão. Em silêncio, ela submergiu da fuligem, sujando as asas de preto, contaminando-se com o cheiro denso e velho.

Japeth não se moveu.

Ela o ouvia farejando no ar.

Ele esperou um momento, como se duvidasse de si mesmo.

Por que ele não usa seu brilho? Ele me veria em um segundo, Sophie pensou. *Rhian podia acender o dedo, o que significa que Japeth também deveria poder.*

Talvez ele não tenha brilho no dedo, ela percebeu.

Mas por que o irmão dele tinha e Japeth não?

A Cobra xingou baixo. "Garota esperta. Deve ter ido embora antes que chegássemos. Foi só o fedor que ficou para trás." Os scims voltaram a se fundir a Japeth, que estava visivelmente tenso. "O cofre... se ela chegou primeiro..." Ele já estava avançando. Sophie conseguiu ver sua mão indo para o traje, tirando algo de lá... um volume peludo... mexendo-se na escuridão...

O que quer que fosse, estava vivo.

Ela voou para mais perto, para enxergar melhor. As mãos de Japeth, com suas luvas de scims, cintilaram no escuro, acariciando a forma peluda, antes que ele a soltasse no ar.

A criatura acendeu, em um azul elétrico, uma fosforescência no escuro, como a Floresta Azul à meia-noite.

O brilho neon preencheu a câmara. A criatura brilhava mais forte que uma tocha em uma mina, revelando as fileiras de portas de cofre mais à frente. Sophie procurou se camuflar à parede, enquanto avaliava o animal de pele manchada, cujo corpo parecia... uma *chave.*

A mesma chave que a Rainha de Jaunt Jolie havia dado a Japeth antes que ele partisse para Putsi. A chave de que precisava para concluir o primeiro teste de Arthur.

Cofre 41. Pertence aos reinos de Quatro Pontos, Sophie recordou. *Jaunt Jolie é um deles. A chave da rainha deve servir. A resposta do teste deve estar lá dentro.*

Fragmentos de lembranças retornaram: um pergaminho caído do céu... a chegada do Cavaleiro Verde a Camelot... ele queria algo de Arthur... que estava escondido onde as árvores feiticeiras crescem...

A chave perscrutou o corredor, conferindo os arredores. A parte de cima era a cabeça da criatura, com um olho grande sem pálpebra de cada lado, no lugar de um buraco. A haste era o focinho, cheio de dentes. A ponta era a abertura da boca.

A chave se virou para seu novo mestre e piscou para ele.

"*Bhanu Bhanu*", algaraviou.

Então voou pelo corredor, iluminando de passagem os números dourados nas portas pretas, à esquerda e à direita, completamente fora de ordem – 28, 162, 43, 9, 210 –, até que virou uma esquina e desapareceu.

"*Bhanu Bhanu*", a chave repetiu, como um sinal de retorno para que a Cobra a encontrasse.

Japeth seguia o chamado da chave, enquanto Sophie o acompanhava de uma distância segura, perdendo fuligem e tentando não tossir.

Ela queria matá-lo.

Queria assumir forma humana e arrancar cada scim de seu corpo.

No entanto...

O que Aggie faria?, Sophie pensou, espelhando-se na melhor amiga, que estava em algum lugar na Floresta. Uma melhor amiga que ela havia tentado matar no casamento com Japeth. Sophie se lembrou do horror nos olhos de Agatha, ao perceber que a amiga estava sob o controle da Cobra, que podiam manipulá-la para fazer com que machucasse as pessoas que amava. Mas agora Sophie era livre. Tinha chegado até ali. Agatha ficaria orgulhosa. *O que ela me diria para fazer?*

Siga-o, ela diria.

Siga o desgraçado até o cofre 41.

Deixe que ele encontre a resposta do primeiro teste.

Depois roube-a dele.

O que quer que houvesse no cofre, Sophie precisava pegar primeiro.

"*Bhanu Bhanu*", a chave insistiu.

A borboleta continuava caçando a Cobra, seu coraçãozinho batendo como se fossem dois. Virou para a esquerda e a direita, passando pelos cofres – "*Bhanu Bhanu*", "*Bhanu Bhanu*" –, adentrando as entranhas do banco, antes de enfim alcançar a chave, que estava parada diante de uma porta, com um número brilhando em azul.

41

A chave entrou na fechadura e abriu a porta, depois se colou ao teto para iluminar o interior do cofre, como uma claraboia.

Japeth entrou na câmara com a borboleta em seu encalço. Ela se escondeu atrás da porta e ficou vendo tudo pelas dobradiças.

Seus olhos saltaram.

Dentro da modesta câmera, quatro paredes de cobre refletiam o conteúdo do cofre 41.

Não havia ouro, joias ou tesouros ali.

Só uma árvore.

Era uma bétula branca, enraizada no chão de pedra, com quatro galhos finos e compridos e um tronco largo, marcado por talhos em preto. Havia uma caixinha branca com o selo de Camelot pendurada em cada galho, como se fossem enfeites de Natal.

Japeth passou os dedos por uma das caixinhas, procurando uma abertura.

Uma substância polvorenta se soltou, como se a caixa fosse feita de pó.

"Se eu fosse você, tomaria cuidado", disse uma voz baixa e suave. "Cinzas humanas são mais delicadas do que se imagina."

Japeth recolheu a mão. Sophie ficou olhando para as quatro caixinhas penduradas na árvore.

Cinzas humanas?

"E tem outra coisa", disse a voz.

De repente, o traje mágico de Japeth se desfez, e seu exército de scims foi ao chão, como se tivessem virado um jogo de tabuleiro. A Cobra ficou nua, a não ser por uma faixa na cintura.

"Nada de magia nos cofres", a voz concluiu.

Sophie se deu conta de que era a árvore quem falava, os talhos escuros na casca formando seus olhos e sua boca.

"Do outro lado da porta, seus poderes voltarão, quaisquer que sejam eles", prosseguiu a árvore.

Sophie se afastou na hora. Suas asas estiveram muito próximas de atravessar a soleira. Um centímetro a mais e estaria de volta à forma humana, sem ter onde se esconder.

A árvore continuou se dirigindo à Cobra. "Se chegou até aqui, deve saber que este cofre contém as cinzas de Sir Kay. Ou, oficialmente, Sir Japeth Kay de Camelot, filho de Sir Ector de Camelot e irmão de criação do Rei

Arthur. Era desejo de Kay ser cremado, e era desejo de Arthur proteger as cinzas do irmão. Ele as confiou aos líderes de Quatro Pontos, proprietários deste cofre. Nenhum deles sabe que Sir Kay era o Cavaleiro Verde. Ninguém sabe o que realmente aconteceu entre Arthur e o irmão. Mas *você* sabe. Você sabe o que o Cavaleiro Verde queria em Camelot. Arthur queria que seu herdeiro soubesse disso. Da história por trás da morte de Sir Kay. Do desejo que levou a isso. Porque conhecimento é o primeiro passo rumo ao verdadeiro poder. Só que o teste ainda não foi concluído. Você precisa achar a resposta que veio buscar."

A árvore inclinou o tronco na direção da Cobra. "Que ramo conterá a resposta? Há quatro caixas, e apenas uma chance. O verdadeiro herdeiro de Arthur saberá em seu sangue onde está a resposta. Escolha a caixa certa e o conteúdo será seu. Escolha a caixa errada e..."

Uma centena de pontas de aço surgiram nas paredes, aproximando-se do corpo pálido da Cobra de todas as direções e parando a um fio de cabelo de distância.

A árvore olhava fixo para Japeth. "Escolha com sabedoria."

Sem produzir nenhum som, as pontas retornaram às paredes.

Sophie viu Japeth se aproximar das caixinhas, inspecionando uma a uma com seus olhos azuis e frios. O fato de que eram feitas de cinzas humanas não parecia incomodá-lo nem um pouco, assim como o frio dentro do cofre. Seu corpo magro se curvava para a frente conforme ele se movia entre os galhos.

O que está procurando?, Sophie se perguntou. *O que o Cavaleiro Verde queria?*

Não importava.

O que quer que fosse, ela não podia deixar que Japeth conseguisse.

Presumindo que ele escolhesse a caixa certa, claro.

Porque se não escolhesse, bem... o problema estaria resolvido.

No momento, a segunda opção parecia mais provável. A Cobra não parecia estar mais próxima de escolher uma caixa, porque as quatro eram idênticas em todos os aspectos...

Então ele parou.

A segunda caixa.

Algo nela o fez parar.

A Cobra se aproximou, com o nariz nas cinzas.

Agora Sophie via: o brilho verde e sutil que pulsava no centro sempre que Japeth chegava mais perto.

"Ah, isso é *inesperado*", disse a árvore, com tranquilidade. "Você não é ligado a Arthur, e sim ao *Cavaleiro Verde*..."

Os dedos compridos de Arthur se fecharam em torno da caixa, derramando cinzas, fazendo o brilho verde pulsar mais forte e mais claro.

A árvore buscou algo nos olhos da Cobra. "Muito inesperado. Então *quem é você?*"

Japeth esmagou a caixa, e as cinzas se espalharam no ar.

As outras três caixas entraram em combustão também, enchendo o cofre de pó.

No galho escolhido pela Cobra havia um chumaço de pelos brancos, enrolados dentro de uma pérola transparente e brilhante, do tamanho de uma moeda.

A árvore pareceu franzir a testa. "Sua escolha foi acertada. A barba de Merlin é sua", ela disse. "Ao engolir a pérola, o primeiro teste estará concluído. Então será informado do segundo."

Japeth sorriu. O aço duro retornou a seus olhos, com qualquer dúvida quanto ao resultado do torneio agora eliminada. Ele estendeu a mão para a pérola...

CRACK!

A Cobra se virou e viu a porta do cofre ser arrancada das dobradiças e lançada lá dentro. Japeth quase foi esmagado pelo material pesado, mas conseguiu saltar a tempo. Assustado, ele saiu para o corredor.

Não havia ninguém ali.

A Cobra voltou para a árvore.

A barba de Merlin não estava mais lá.

A pérola havia sumido.

A árvore parecia sorrir ligeiramente.

Por um momento, Japeth ficou boquiaberto, como se não estivesse entendendo.

Então viu.

Nas paredes de cobre do cofre.

O reflexo distorcido da pele de uma garota.

Ele se virou.

Sophie saía do cofre, com o vestido branco de Evelyn Sader magicamente se adequando a seu corpo.

E a pérola na mão.

A Bruxa e a Cobra se olharam através da soleira da porta.

Ela olhou para o corpo despido dele.

"O imperador realmente está nu", comentou.

Scims voaram para o corpo de Japeth assim que ele passou para a porta, e atacaram Sophie em seguida.

Mas ela já estava bem à frente. Embrenhava-se ainda mais pelos cofres e virava sempre que podia, as enguias em seu encalço. Ela sabia que aquele labirinto precisava ter um fim, por isso dobrou esquinas e desviou de mais e mais scims até o barulho dos ataques se reduzir a um zumbido suave, depois um guincho solitário, quando restava uma última enguia, e então o silêncio e o som sufocado da própria respiração. Sophie segurou a pérola com a barba ainda mais firme na palma da mão escorregadia. Ela iria se esconder até encontrar uma maneira de fugir e encontrar Agatha. Ficaria ali por dias, semanas, o tempo necessário. A salvação de Tedros estava em suas mãos. Ela ganharia o primeiro teste por ele. Seria mais esperta que o inimigo. Enquanto tivesse a barba de Merlin, o príncipe estava à frente na disputa. Sophie só precisava esperar. O alívio a atingiu com força.

Com tanta força que ela nem viu o que estava vindo.

Um único golpe forte na nuca.

Ela arfou, mais por conta da ironia que de dor.

Tinha sido emboscada no escuro.

Uma bruxa morta no lugar da Cobra, caindo, caindo, caída antes mesmo de chegar ao chão.

12

SOPHIE

De volta ao início

Quando alguém tem certeza de que morreu, é estranho acordar. Principalmente ao som de dois garotos que estão claramente apaixonados.

"Olha, Willam, ela conseguiu. Está com a barba de Merlin!"

"Você não devia ter golpeado com tanta força, Bogden. Ela é uma garota!"

"Minhas irmãs me batem o tempo todo. E foi você quem disse pra parar a garota..."

"Estava pensando em *chamar* o nome dela, como uma pessoa civilizada."

"A Cobra ia ouvir!"

"Vocês nunca calam a boca?", soou uma terceira voz, profunda e séria. Sophie sentiu dedos ásperos abrindo suas pálpebras. "Pupilas dilatadas, narinas abertas... É o choque. Também acordo assim depois de uma boa noite no Flecha. Ou costumava acordar."

Sophie abriu os olhos para um rosto corado e bonito, sobre cuja testa caíam cachos castanho-avermelhados.

"R-R-Robin?", ela gaguejou.

"Belo cabelo", Robin comentou, olhando para os fios vermelhos na altura do queixo. "Bem discreto. Deve ser por isso que ninguém te notou."

Sophie se sentou em um cofre escuro. O rosto de Willam, o de Bogden e o de Robin eram iluminados pelo brilho fraco da pérola. Ela já sentia um galo surgindo na cabeça e uma dor pulsando atrás dos olhos. O que a desconcertava era o chão se movendo. Sophie olhou para baixo e viu uma montanha de moedas de ouro sob eles, parecendo areia fria e dura.

"Onde estamos?", ela conseguiu balbuciar. "C-c-como vieram parar aqui?"

"Lembra quando o Reaper nos deu missões na Terra dos Gnomos?", Willam perguntou. "Bogden e eu tínhamos que ficar de olho em Camelot."

"Quando aquela Mistral muito suspeita saiu do castelo, nós a seguimos até Putsi", Bogden completou. "Fora que Willam tem uma obsessão por gansos."

"Dou comida a um pato em Camelot *uma vez* e de repente tenho uma obsessão por gansos..."

"Você deveria ficar feliz por eu prestar atenção, Willam. Não posso dizer o mesmo de você."

"Como eu deveria saber que você é *vegetariano*?"

Totalmente apaixonados, Sophie pensou.

"Bom, eu já estava vindo para cá", disse Robin. "Não tinha como ficar em Sherwood. Não depois que o xerife e eu nos unimos. Deixei Marian em um santuário na Montanha de Vidro. Pensei que podíamos atravessar o Mar Selvagem a barco e começar de novo. Para isso, precisava de dinheiro, por isso vim ao meu cofre. Durante todos esses anos roubando dos ricos para ajudar os pobres, guardei um pouquinho para mim, caso Marian e eu precisássemos de um pé-de-meia."

"Um pé-de-meia?", Sophie repetiu, olhando para a montanha de moedas. "Isso parece mais um guarda-roupa inteiro."

Robin a ignorou. "Deixei algumas pistas no Flecha de para onde estava indo, caso vocês tentassem me encontrar. Assim que cheguei a Putsi, deparei com William e Bogden. Antes que pudesse evitar, guardas nos detiveram e nos levaram para a sala do pica-pau."

"Parecia que Albemarle precisava de ajuda. Uma espiã tinha informado que a Cobra estava querendo entrar no cofre 41, onde estava a resposta do primeiro teste de Arthur", Willam continuou. "Ele disse que ia tentar impedir. Mas, caso fracassasse, seria com a gente."

"Por isso nos escondemos no cofre de Robin. Aí ouvimos a Cobra e a árvore e descobrimos que a barba de Merlin é a resposta", disse Bogden. "Então ficamos esperando para uma emboscada..."

"Só que aí vimos você sair com a barba, em vez da Cobra", disse Willam.

"E aqui estamos", concluiu Robin. "Uma garota, uma barba, dois idiotas e eu."

"Não que você tenha feito algo para ajudar", Bogden resmungou.

"Quem você acha que distraiu os scims na perseguição?", perguntou Robin.

"Como é que vamos sair daqui?", Sophie perguntou, apontando o dedo aceso para o cabelo e fazendo com que voltasse a ser loiro. "A Cobra está atrás da gente! Sem mencionar a imperatriz, seus gansos e os guardas do banco. No segundo em que sairmos dos cofres, estamos fritos!"

"O pica-pau disse que uma espiã dele nos tiraria daqui na hora certa", Robin explicou. "A mesma espiã que avisou que a Cobra estava a caminho."

"O pica-pau está *morto*", Sophie retrucou, e viu Robin se encolher um pouco. "Não tenho dúvida de que a espiã dele também está!"

"É melhor começar a ter", alguém disse.

Atrás deles, um corpo surgiu, erguendo-se do ouro como um dragão despertando. Moedas se desprendiam da pele jovem e bronzeada, e o branco dos olhos interrompia a escuridão.

"Pica-paus estão *sempre* preparados, esqueceram?", perguntou a desconhecida.

Com o brilho da pérola, Sophie iluminou uma menina que lhe parecia familiar: cabelo castanho, nariz comprido e sorriso cheio de dentes.

Ela chupava um pirulito vermelho.

"Meu nome é Bettina. Sou editora-executiva do *Camelot Courier*", ela se apresentou, enquanto se sentava, trajando um vestido comprido em tom pastel. Virou-se para Sophie. "É um prazer te conhecer. Acho que a outra vez não conta, já que você estava sendo controlada por uma Cobra capaz de matar o próprio irmão."

Os olhos de Sophie se arregalaram.

Era a garota da coletiva de imprensa.

A que dissera que Japeth era uma fraude.

A que sabia de tudo.

"Minha mãe é a Rainha de Jaunt Jolie", Bettina explicou, falando rápido e com leveza. "Logo concluí que Rhian estava morto e que a Cobra havia assumido o lugar dele. Minha mãe não acreditou em mim até que foi visitar o suposto Rhian, deu uma boa olhada nele e percebeu que você estava sob o controle dele. A Cobra exigiu que ela lhe entregasse a chave do cofre de Quatro Pontos, e minha mãe mandou uma noz de esquilo para me alertar. A noz foi roubada por rebeldes, imagino que amigos seus. O esquilo me encontrou mesmo assim e transmitiu a mensagem dela. Eu já estava escondida em Putsi. É fácil desaparecer por aqui."

"Nem me fale. Já tentou localizar Willam em meio a um bando de gansos?", Bogden comentou. Ele percebeu o olhar do outro. "Vocês sabem, com esse pescoço comprido, o narigão... o jeito como você bamboleia ao... Ah, deixa pra lá."

"Estava com medo de que a Cobra pudesse vencer o primeiro teste, por isso fui ter com Albemarle, que tinha visto esses dois e Robin perto do banco", Bettina prosseguiu. "Então o pica-pau e eu bolamos um plano. Ele ia pedir a Robin que impedisse a Cobra de chegar ao cofre 41. Se fosse bem-sucedido, eu o ajudaria a escapar. Se não, eu mesma tentaria impedir a Cobra." Ela olhou para Sophie. "O pica-pau estava pronto para tudo, menos para você."

A cabeça de Sophie zunia de tantas perguntas. "Mas a Rainha de Jaunt Jolie disse que sua filha mais velha se chamava Betty..."

Bettina.

Betty.

Betty, que havia sido dispensada pelo Diretor da Escola.

"*Betty não precisa daquela escola ou do Storian*", a rainha havia dito. "*Encontrou sua própria maneira de contar histórias...*"

Sophie ficou indignada. "Então o *Courier* sabia o tempo todo das armações da Cobra? Dos falsos ataques?"

"Por que não fizeram alguma coisa?", Willam perguntou a Bettina. "Se você e a equipe estavam fugindo também, por que não nos ajudaram?"

"Não tem equipe nenhuma", Bettina disse, endurecendo a voz. "Os outros fugiram depois que Rhian emitiu um mandado contra nós. Quase fui pega quando entrei na coletiva de imprensa antes do casamento de Sophie. Por sorte, eu tinha alguém infiltrado em Camelot, que me ajudou a escapar por um feitiço."

"Então sua mãe deve estar do nosso lado", Sophie disse. "Ela pode nos ajudar com os Onze!"

"Minha mãe está do lado *dela*", Bettina a corrigiu. "Foi por isso que entregou a chave a Japeth, mesmo sabendo que ele é a Cobra. Ela faria qualquer coisa para proteger a família. Não importa quem seja o rei."

Willam fez menção de perguntar alguma coisa, mas Bettina o impediu. "Estamos perdendo tempo", ela disse, apontando para a pérola na mão de Sophie. "Tedros precisa engolir isso e descobrir qual é o segundo teste antes que a Cobra nos pegue. O que significa que precisamos encontrar Tedros."

"Primeiro precisamos sair deste lugar", Sophie apontou.

Bettina franziu a testa, como se não houve espaço para duas líderes ali. "Albemarle me trouxe aqui para ajudar vocês, lembra?"

"Mas não podemos passar pelo banco", Sophie a lembrou. "A Floresta inteira vai nos matar!"

"Não vamos pelo banco", Bettina retrucou, chupando o pirulito e se dirigindo à porta. "Você é uma Leitora, não é?" Ela se virou para olhar para Sophie. "Devia ter lido o primeiro teste com mais cuidado."

Willam olhou para fora do cofre 41. "A barra está limpa, Bogs?"

"Sim!", Bogden respondeu de longe.

"Grasne como um ganso se não estiver", Willam gritou de volta.

Dentro do cofre, Bettina e Sophie se viam diante da velha bétula, que parecia comum e sem graça, não demonstrando mais nenhum sinal de vida.

"A última frase da pista de Arthur", disse Bettina. "*Onde crescem árvores feiticeiras ele encontrará!*"

"Tá, mas já encontrei." Sophie franziu a testa, segurando a pérola à luz azul do cofre. "Por que voltamos aqui? Temos a resposta. Temos a barba. Só precisamos fugir. Algo que uma árvore não pode nos ajudar a fazer."

"Por que acha que esta árvore está no cofre de Quatro Pontos?", Bettina perguntou. "Por que acha que Arthur escondeu o primeiro teste aqui? Esta árvore foi o motivo da Guerra de Quatro Pontos."

"Esta é a árvore feiticeira? A árvore que pode responder a qualquer pergunta?", Robin perguntou, com ceticismo. "Achei que era só uma lenda."

"Lendas existem por um motivo", disse Bettina. "Derramou-se sangue o bastante por esta árvore para que os líderes de Quatro Pontos a tenham trancafiado aqui para sempre. Mas uma boa repórter sempre descobre a verdade." Ela deu um passo na direção da árvore. "Deixem que eu fale. O quer que façam, não perguntem nada."

"Isso é ridículo", Sophie criticou, enfiando-se na frente dela. "Uma árvore não pode nos tirar do banco!" Ela bateu na casca da árvore, ironizando. "Oiê, Árvore Feiticeira, pode nos mostrar a saída?"

"*Não!*", Bettina exclamou.

A árvore despertou com um calafrio, meio grogue. "Faz um bom tempo desde que alguém me fez uma *pergunta*", ela disse, abrindo os olhos para Sophie. "Ah. *Você*. Bem... 'Pode nos mostrar a saída?' Foi deselegante. Irrefletido. E mal elaborado. Mas, ainda assim, uma pergunta. Quem pede à Árvore Feiticeira recebe resposta. E sua resposta você terá..."

A árvore abriu bem a boca, revelando um buraco cheio de musgo verde e pegajoso.

Sophie pulou para trás.

Lá fora, um grasnido sibilante ecoou. Parecia alguém tentando imitar um ganso.

"É o sinal de Bogden!", Willam alertou. "Tem alguém vindo!"

No mesmo instante, Robin foi em direção à boca da árvore. "Vamos!", ele disse, entrando no buraco, então olhou para trás.

Ninguém o seguia.

"É perigoso demais!", Bettina apontou para Sophie. "O jeito como ela fez a pergunta... foi todo errado!"

Bogden entrou correndo, com o rosto vermelho. "Guardas! Gansos!"

"*Rápido!*", Robin insistiu, seguindo pelo musgo pegajoso e desaparecendo.

Willam empurrou as garotas na direção do tronco. "Sigam Robin!"

Antes que Sophie pudesse dizer alguma coisa, Bogden a empurrou para dentro da árvore, como alguém empurraria uma bruxa para dentro do forno. Sophie ficou com o rosto todo sujo de musgo ao passar pelo buraco quente e úmido, depois aterrissou em uma passagem apertada, que a forçava a ficar de quatro. Daria na mesma se estivesse vendada, porque não conseguia ver nada, só sentir os contornos da madeira dura sob as palmas. O ar tinha um cheiro forte de fruta podre, como se ela estivesse presa na barriga de um troll. Sophie se apressou a esconder a pérola dentro do vestido. Pouco a pouco, seus olhos se acostumaram, e a silhueta de Robin se materializou à frente, O ladrão com a pena verde engatinhava mais para dentro da árvore. Sophie ouviu grunhidos e batidas ecoando mais atrás. Eram os sons dos corpos aterrissando. Quando se virou, conseguiu identificar outros três pares de olhos no escuro.

"Me segue", Bettina ordenou a Sophie. "Você já colocou a gente na pior posição possível. Daqui em diante, todo mundo vai fazer o que eu mandar."

"Até parece. Não vou deixar nosso destino na mão de uma *jornalista*", disse Robin. "Sou de Sherwood. Sei me virar com árvores. Ninguém se distancia, pessoal." Ele seguiu em frente.

Bettina não se moveu.

Willam e Bogden piscaram para Sophie, esperando que ela escolhesse a quem seguir.

Ela escolheu Robin.

Embrenhou-se ainda mais na árvore, enquanto os resmungos de Bettina eram obscurecidos pelo barulho dos esforços de Willam e Bogden para acompanhar o ritmo de Sophie.

De repente, Robin parou, causando um engarrafamento atrás de si.

"O caminho termina aqui", ele disse. "Quase caí da beirada." Robin olhou para Sophie. "Use seu brilho."

A tensão na voz de Robin fez o coração de Sophie disparar. O medo alimentou sua magia, e a ponta de seu dedo brilhou em rosa-choque. Ela direcionou a luz além do ombro de Robin, iluminando um poço muito, muito fundo, toda a extensão coberta por trepadeiras e musgo. Também se viam botões de flores brancas, centenas deles, grandes e exuberantes, cujas pétalas ainda não tinham aberto.

"Ali! Olhem!", Robin disse, apontando. "A saída fica ali!"

Sophie direcionou o brilho para o fundo do poço, banhado pela luz. Ela vislumbrou uma miragem ondulando: as colinas secas de Putsi, distantes do banco.

Robin se debruçou sobre o poço e puxou com força uma trepadeira. "Aguenta bem. É só descermos."

"Até lá embaixo?", Willam perguntou, com os olhos arregalados.

"Willam tem medo de altura", Bogden explicou. "E de beterrabas."

"A altura é o menor dos seus problemas", Bettina resmungou.

O grupo olhou para ela.

"Árvores feiticeiras respondem exatamente à pergunta que foi feita." A jornalista olhou feio para Sophie. "E essa idiota perguntou: 'Pode nos mostrar a saída?'. Sim, tem uma saída lá embaixo. Parece ter, pelo menos. Mas a pergunta de Sophie não foi específica o bastante. Pode haver mais de uma saída. Pode haver saídas perigosas, que levem à morte. A árvore foi trancafiada por um motivo. O rei que procurou obter uma resposta de uma árvore feiticeira *morreu* por um motivo. Tudo aqui é uma armadilha."

Sophie agarrou o vestido com os dois punhos, ansiosa.

"Já viemos até aqui", Robin disse, pegando uma trepadeira e descendo. "Não toquem em nada nem façam nenhuma idiotice."

Bogden pegou outra trepadeira e quase caiu para trás antes de recuperar o equilíbrio. "Opa!" Suando, ele olhou para Willam. "Fecha os olhos e vem", disse, arfando. "Se algo acontecer, eu te pego."

Seu amigo com sardas não hesitou. Fechou os olhos e desceu pela trepadeira de Bogden.

Sophie sorriu sozinha. Agatha sem dúvida teria feito o mesmo por ela. *Quem imaginaria que dois rapazes podiam ter o mesmo tipo de laço que uma princesa e uma bruxa?*, ela pensou, procurando uma trepadeira para si e encontrando uma que parecia especialmente firme. Centímetro a centímetro, ela desceu, iluminando o poço com seu brilho, surpresa com como o musgo pegajoso se moldava a suas mãos e a seus pés descalços, auxiliando a descida magicamente. Ela olhou para Bogden e Willam, do outro lado, e para Robin, perto deles. Todos desciam depressa, tranquilamente...

Um rosto surgiu a uma polegada do dela, trazendo consigo um cheiro enjoativo de açúcar. Bettina chupava o pirulito vermelho enquanto encarava Sophie da trepadeira ao lado.

"Você tinha mil opções para escolher", Sophie disse, "mas teve que vir bem por aqui."

"Preciso garantir que você não vai fazer mais nenhuma idiotice", a outra disse, bufando e descendo depressa.

Sophie se apressou a acompanhá-la. "Como uma princesa de Jaunt Jolie acabou trabalhando como repórter em Camelot?"

"Não é preciso ir à escola para fazer a diferença", Bettina alfinetou. "Eu sabia que a Floresta devia ficar de olho no reino de Arthur depois da morte dele. Se seu conto de fadas provou alguma coisa, foi que vocês, alunos da escola, não estão preparados para liderar."

"Que pena que você não conseguiu nem *entrar* na escola. Você daria uma excelente madrasta má."

"Estou mais para Cinderela, limpando a sua sujeira."

"Há algum motivo para esse ódio todo?"

"A Cobra quase enforcou toda a minha família, e aí você foi lá e a botou no trono."

"Eu? Não foi culpa minha!"

"Você beijou Rhian, não foi?", Bettina atacou. "Caiu na armadilha dele e de Japeth. Tudo porque estava com ciúme da sua amiga se tornar rainha."

"Nem *ouse*", Sophie disse, inflamada, enquanto tentava acompanhá-la. "Você não sabe nada sobre Agatha e eu..."

"Cobri o mandato de Agatha como princesa", Bettina respondeu. "Ela me contou bastante coisa."

Sophie ficou vermelha. "Aggie... disse que eu tinha inveja dela?"

"Não, mas pelo seu tom dá pra ver que é verdade", disse Bettina, descendo. "Às vezes uma repórter tem que provocar para conseguir sua história."

"Ah, é verdade", disse Sophie, descendo atrás dela. "Agatha mencionou mesmo uma menina do *Courier* que vivia chupando um pirulito, enfadonha e cabeça-oca..."

Bettina diminuiu o ritmo, sem saber se Sophie também a estava provocando para conseguir sua história. "Pois é. Achei que me fazer de boba era a melhor maneira de me aproximar de Agatha. Considerando as pessoas que ela escolhe como *amigas*."

Sophie balançou como se tivesse levado um tapa. Quando finalmente ia retrucar, Bettina já estava bem lá embaixo. Não lhe restando nada a fazer além de admitir a derrota, Sophie suspirou. Sentia algo raro, que apenas Agatha inspirava, dada a habilidade de sua amiga de identificar seus pontos vulneráveis e ir direto neles.

Só de pensar em Agatha, já sentiu um aperto no coração. Sua melhor amiga. Sua irmã de alma. No passado, elas ficavam o dia todos juntas: caminhavam sem rumo, contavam segredos, compartilhavam um amor indestrutível. Mas Sophie quis mais. Sophie quis um príncipe. De repente, a vida que ela conhecia com Agatha chegou ao fim. Desde então, as duas vinham tentando fazer com que as coisas voltassem a ser como antes. Morreriam tentando? Ou, pior ainda, era daquela maneira que terminava? Momentos felizes juntas, depois separações violentas, repetidamente, lembrando-as do que haviam tido e perdido? Uma busca inútil e interminável em um labirinto do qual nunca conseguiriam sair?

Ela estava tão mergulhada em pensamentos que, quando os sussurros começaram, achou que vinham da própria mente.

"*Sei de uma saída... uma saída de verdade...*"

Só que era uma voz masculina, jovem e confiante.

Sophie olhou para cima. Não havia ninguém ali. Movimentou o dedo rosa-choque, iluminando a região da trepadeira, mas a rota a havia levado para uma crista serrilhada, distante dos outros. Nem conseguia mais ver Bettina, Robin ou os garotos. Sophie acelerou o ritmo da descida.

"*Sei como deixar sua vida solitária para trás.*"

A voz soou mais forte dessa vez.

Bem no ouvido dela.

Sophie se virou e viu uma flor, branca como um fantasma, as pétalas fechadas em torno de um brilho azul.

"*A saída é um nome*", a flor sussurrou, inclinando-se para ela. "*O nome do seu amor verdadeiro... Do seu príncipe eterno...*"

O coração de Sophie bateu mais forte.

"*Abra-me.*" A flor acariciava os lábios de Sophie. "*Eu mostro o caminho. Digo o nome dele...*"

O sangue dela ardia. Tudo o que Sophie tinha de racional desapareceu. Sem nem pensar, ela levou as mãos à pétala.

"Não!", uma voz gritou.

Bettina ficou visível mais abaixo, uma sombra à luz do brilho rosa de Sophie, encurvada na lateral da crista, olhando feio para ela.

"Já vou!", Sophie gritou, deixando a flor para trás.

É só um truque, lembrou a si mesma.

Como uma árvore poderia conhecer seu futuro?

No entanto, a árvore tinha lhes oferecido uma saída do banco. Tinha respondido à pergunta que fizera. Então por que aquilo não poderia ser real também? E o modo como o botão falara... a voz masculina, tão confiante clara... como se *ele* fosse seu verdadeiro amor...

Quem era?

Como se chamava?

A flor teria lhe dito. Depois de tudo pelo que havia passado, Sophie afinal saberia quem ele era. Seu único e verdadeiro príncipe. Seu Para Sempre. E, com aquilo, teria o poder de ir direto para o Fim, em vez de ficar torcendo e esperando que o Storian escrevesse. Ela recuperaria o controle. O Homem estaria no leme, e não a Pena.

Foi assim que nos metemos nessa confusão, ela pensou.

Se abrisse a flor, ela não seria melhor que os gêmeos monstruosos que achavam que *eles* deviam ter a Pena, que *eles* tinham o direito de mudar o destino de acordo com sua vontade. Sophie e Agatha estavam lutando para proteger o Storian e os contos que serviam de exemplo para o mundo. Para permitir que aqueles contos se revelassem como uma flor de verdade se revelava, em seu próprio tempo, em vez de arrancá-la por uma necessidade egoísta. Ainda que significasse enfrentar a dor e o sofrimento. Ainda que a levasse a mil finais falsos. A Natureza tinha seu jeito. O Storian tinha um plano. Um plano que a havia levado a uma melhor amiga e a um mundo além do seu, onde Sophie encontrara propósito, sentido e força. Só no reino do Storian era possível encontrar seu lugar. Seu lugar *de verdade*. Aquele era o futuro pelo qual ela vinha lutando. O que valia muito mais que os prazeres de um rapaz ou de um beijo.

Só que agora outra flor se dirigia a ela.

"*Conheço uma saída para o Mal em seu coração...*"

O brilho verde dentro das pétalas pulsava, como uma semente mágica.

"*Uma maneira de você ser tão do Bem quanto Agatha... Só me abra. Vou te mostrar...*"

Sophie passou depressa pela flor, desejando poder arrancar as próprias orelhas. Deixou os pés escorregarem pela trepadeira de modo a contornar a borda da crista, então voltou a ver seus colegas. Mas havia novas flores ali, que se inclinavam para Sophie.

"Sei uma maneira de se livrar desse vestido, o vestido de Evelyn Sader... Sei como escapar de sua magia..."

Sophie cerrou os dentes e continuou descendo.

"Conheço uma saída desse mistério... Posso lhe dizer quem são os pais da Cobra..."

"Sei a resposta à sua pergunta de por que o dedo de Rhian acende e o da Cobra, não..."

"Sei como contornar os segredos de Lady Lesso... Sei quem é o pai da criança dela. Quem é o verdadeiro pai de Aric. É só abrir."

Sophie resistiu aos novos sussurros, cada um tocando em determinado ponto em seu coração, prometendo desfazer um nó. Ali perto, Robin também parecia estar em dificuldades, com o maxilar cerrado e os músculos tensos. Por um momento, Sophie conseguiu ouvir o que as flores diziam a ele:

"Sei como superar seu sentimento em relação a Marian, como perdoá-la pelo que fez. É só me abrir, Robin..."

Ele fez uma pausa, rangendo os dentes, então balançou a cabeça e continuou descendo, mais rápido que antes. Em lados opostos, Robin e Bettina se apressavam para chegar ao fundo; a repórter do *Courier* parecia não se abalar com as flores, como se já tivesse investigado cada dúvida no seu coração. Willam e Bogden também já estavam perto da saída quando o primeiro hesitou diante de um botão fechado.

"Sei como contornar a morte do seu irmão, como trazer Tristan de volta à vida..."

Bogden puxou a perna de Willam, forçando-o a descer.

Tristan, Sophie pensou. O nome vivia surgindo quando Willam estava por perto. No entanto, o único Tristan que ela conhecera era um aluno da Escola do Bem: um menino desamparado, ruivo e sardento, brutalmente assassinado por Aric em uma árvore.

Sophie se virou para olhar para o ruivo sardento e desamparado que estava com Bogden.

Claro!

Willam era irmão de Tristan.

Aquilo explicava tudo: o ressentimento de Willam em relação ao príncipe, a insistência em que Tedros pegava no pé de seu irmão...

Ele sabe como Tristan morreu?

Sabe que a Cobra tinha amizade com o assassino de Tristan?

Que está tentando trazer o assassino de volta à vida?

Ele era o motivo pelo qual Japeth queria o poder da Pena, Sophie recordou. O motivo pelo qual havia matado o próprio irmão gêmeo.

Aric.

Para Japeth, aquilo ia além de ser rei, matar Tedros ou eliminar seus oponentes.

Tinha a ver com recuperar seu melhor amigo.

Era uma questão de amor.

Sophie conhecia bem aquela história. Ela havia saído do inferno para encontrar seu Para Sempre com sua melhor amiga, repetidas vezes, mas sempre havia um obstáculo.

"*Sophie! Corra!*"

Ela olhou para baixo, para Robin, Bogden, Willam e Bettina, que se encontravam na parte iluminada, prontos para pular e fugir para a Floresta. Tinham sobrevivido às armadilhas das flores. Só faltava ela. Sophie sorriu, aliviada, apressando-se a descer. Mais flores se dirigiram a ela, as vozes mais altas, mais insistentes, mas era como se Sophie fosse intocável, como se fosse o último lobo, indo atrás da matilha.

"*Sei como abrir mão de ser reitora, como se sentir mais realizada...*"

Sophie pensou: *Vou me sentir realizada quando a Cobra estiver morta.*

"*Sei uma maneira de ver como seu pai está, em Gavaldon, de descobrir se está vivo ou morto.*"

Stefan tem outra família agora, Sophie recordou.

"*Sei uma maneira de você ficar ainda mais bonita...*"

"Impossível", Sophie retrucou.

"*Sei como superar seu desejo por queijo...*"

"Isso foi pura idiotice."

"*Conheço uma saída do seu conto de fadas... de fazer com que você e Agatha voltem a ser como eram antes...*"

Sophie hesitou. A última flor assomava sobre ela, suas pétalas brancas envoltas em espinhos, um brilho rosa-choque preso lá dentro.

"*Duas melhores amigas... antes de Tedros, antes de qualquer príncipe... quando viviam uma para a outra...*"

Sophie disse a si mesma para continuar descendo, para bloquear aquela voz. Mas seu corpo não ouvia.

"*Posso fazer com que voltem a ser como antes... Agatha e Sophie... Sophie e Agatha...*"

Seu coração agora batia mais rápido do que Sophie era capaz de respirar. Algo lá no fundo tomava conta dela.

"Apenas duas garotas... de volta ao início..."

"Sophie!", ela ouviu uma voz masculina gritando lá de baixo.

"É a verdadeira saída... Abra-me, Sophie..."

Ela estava toda suada. Seus dedos se fecharam, formando um punho.

"Abra-me... por Agatha..."

"Sophie, *não*!", outra voz gritou.

Ela arrancou as pétalas, espetando um dedo em um espinho, como se fosse um fuso. Sangue pingou em seu vestido branco. Dentro do botão, o brilho rosa enfraqueceu. As pétalas brancas se transformaram em pó. Ficaram apenas os espinhos, mais grossos, cada vez mais compridos.

Sophie saiu de seu transe.

Ah, não.

Ela notou um movimento lá embaixo, então viu Robin e Bettina subindo até ela pelas trepadeiras, como se algo estivesse prestes a acontecer, algo terrível que Sophie não compreendia. Ela voltou a se virar para a flor.

Os espinhos a agarraram, como se fossem dedos, então a trepadeira se lançou sobre ela, prendendo-a. As amarras foram ficando mais duras e grossas, até se transformarem em madeira – como casca de árvore –, a partir da qual outra árvore começou a crescer. Sophie não conseguia respirar. Mais alguns segundos e seria fossilizada ali. Ela conseguiu soltar uma mão e cortar a madeira com seu brilho, soltando-se e caindo para trás no mesmo instante, então batendo contra um galho, depois outro, depois outro. Em torno do poço, árvores irrompiam de flores brancas, em uma explosão de galhos e folhas, que a jogavam de um lado para o outro, na escuridão. Sophie podia ouvir os amigos gritando, avançando para as árvores que surgiam, seus corpos virando sombras diminutas sob a luz do brilho dela. Mais árvores ganharam vida, lançando Sophie em um dossel branco sem fim, cada vez mais alto, até que ela viu a cobertura de terra. De repente, os galhos a alçaram, como se ela estivesse em um trono, e a empurraram contra a terra e depois contra a pedra.

A árvore feiticeira irrompeu no saguão do banco, espalhando-se pelo mármore, empurrando as estátuas de fênix para o lado, seguindo direto para o teto. Sophie se segurou firme, tentando se agachar sobre os galhos... *BAM!* A força da árvore destruiu as paredes, os galhos infinitos brotaram livremente na noite, frangalhos das bandeiras Sempre e Nunca, que antes tremulavam sobre o banco, agora pendiam nos ramos. A árvore feiticeira continuou crescendo, com novas árvores brotando de cada galho, enquanto Sophie permanecia no alto, a coroá-la como uma estrela na noite. Ela estava tão distante do chão que nem conseguia ver onde a árvore começava. Seu corpo era erguido contra a gravidade, parecendo mirar a lua. Agarrada ao topo, ela soltou um grito penetrante.

A árvore parou de crescer.

As nuvens se fecharam, deixando a terra na escuridão.

Devagar, Sophie olhou para baixo.

Uma tempestade de vida, enraizada nas ruínas da riqueza.

Ela não conseguia ver Robin, Bettina ou os garotos.

Não conseguia ver ninguém.

Como ainda estou viva?

Estou mesmo viva?

O vento soprou, balançando o galho de Sophie, e quase a derrubou.

Sim... estou viva.

Mas não duraria muito lá em cima. O vestido não a protegia do frio, e o fantasma de Evelyn Sader se mostrava inútil quando Sophie mais precisava dele.

Tremendo violentamente, Sophie começou a descer, mas o vento era forte demais. Seu pé escorregou e ela caiu no galho seguinte, que se quebrou, deixando-a agarrada com uma única mão a uma lasca de madeira. Sophie alcançou o galho inferior com os pés e desceu, mas novas rajadas de vento vieram e a jogaram contra outro galho, com a cabeça para baixo e os pés para cima. Ela viu a pérola escorregar por dentro do vestido.

Sophie gritou, debatendo-se, o que a fez tombar com mais força e quase cair da árvore de vez.

Ela tinha que escolher.

Agarrou-se a um galho.

A pérola caiu.

O primeiro teste do torneio.

A única esperança de Tedros.

Mergulhando na escuridão.

E então...

E então...

A pérola começou a subir.

Protegida por um pó verde cintilante.

Uma mãozinha branca a pegou, coberta do mesmo pó verde.

"Agatha?", Sophie sussurrou.

Devagar, a melhor amiga de Sophie aterrissou no galho dela, cintilando como um fantasma.

Lágrimas se acumularam nos olhos de Sophie. "Você... é mesmo você?"

Agatha levou uma mão à bochecha de Sophie, quente e macia.

"Mas como...?", Sophie começou a dizer.

Uma fadinha rabugenta vestida de verde saiu do cabelo de Agatha, lançando pó de fada no ar, como se para deixar claro quem era a responsável pela magia.

Agatha ergueu a pérola ao luar, verificando a barba de Merlin. Sorriu para a amiga, aliviada. "Somos uma bela equipe, nós duas."

Sophie olhou em volta, pasma.

Nada de Tedros.

Nem de Hort.

Nenhum garoto.

Só ela e Agatha, no alto da árvore.

Como tinham ficado, no alto do carvalho de Gavaldon, antes que um stymph chegasse para sequestrá-las e levá-las à Floresta. Fora em um galho mais ou menos assim que elas tiveram os últimos momentos juntas, antes que tudo mudasse.

De repente, Sophie compreendeu.

A flor que ela havia aberto.

Sophie e Agatha.

Agatha e Sophie.

Ali estava.

A árvore havia lhe dado o que pedira.

Apenas duas garotas.

De volta ao início.

Como costumava ser.

A verdadeira saída.

Duas garotas olhando uma nos olhos da outra, desfrutando de seu Para Sempre, aguardando que o Storian o escrevesse, aguardando que se tornasse real...

Mas o Homem não era Pena.

Ainda não.

Sininho deu um grito em alerta.

As duas estenderam os braços uma para outra, como se para se manter naquele momento...

Mas o tempo tinha acabado.

Seu início havia chegado ao fim.

13

TEDROS

Orgulho e princesa

"Tem certeza de que sua namorada não é meio doida?", perguntou Hort, o homem-lobo, andando de um lado para o outro da floresta escura.

Tedros o ignorou. Estava tentando fazer com que Merlin dormisse.

"Olha só as evidências", Hort continuou falando. "Primeiro ela diz que Robin Hood lhe deixou uma mensagem no pó mágico do Flecha. Uma mensagem que ninguém mais viu. Então ela diz que Merlin apareceu para ela e mandou que fosse para Putsi. Tudo isso parece bem maluco aos meus olhos."

Através do mato, Tedros viu a árvore feiticeira à distância, erguendo-se alto sobre a terra. Algo sacudiu seus galhos, mas eles estavam longe demais

para ver o que era. Putsi era uma cidade bem armada: o choque de uma árvore feiticeira irrompendo do banco atrairia imediatamente os guardas do local e os lacaios da imperatriz.

O estômago de Tedros se revirava, enquanto o bebê agarrava sua camisa. Ele não devia ter deixado Agatha ir sozinha.

"Você está preocupado que ela possa estar errada? Eu estou preocupado que possa estar *certa*", o príncipe retrucou, tão focado na árvore que nem notou Merlin escapando de seus braços. "E se for verdade que a resposta sempre esteve em Putsi?"

"Então reze para que a encontremos antes da Cobra", Hort respondeu, resgatando Merlin antes que caísse. "Quem vencer o primeiro teste vai sair na frente. E se a Cobra se distanciar demais..."

O vento castigou as árvores, concluindo o pensamento de Hort por ele. Tedros ficou vendo o furão ninar Merlin em seus pelos escuros. Os olhos do bebê começavam a se fechar. *Como pude ser tão idiota?*, Tedros pensou. Com certeza o pai não poderia esperar que ele rastreasse o feiticeiro e arrancasse a barba do velho. Em especial considerando que Arthur e Merlin haviam seguido caminhos separados. Até onde Arthur sabia, Merlin poderia estar morto fazia tempo. No entanto, Tedros havia feito o que sempre fazia: presumido coisas, sem pensar direito.

Agatha estava certa.

A barba estava em Putsi.

E Tedros só soubera daquilo tarde demais.

O que significava que o primeiro teste não dependia mais dele.

Dependia *dela*.

De Agatha, que estava lá agora mesmo, travando a batalha por Tedros. Completamente sozinha.

Enquanto Tedros ficava ali, inquieto, assim como havia sido em Camelot, quando Agatha assumira o lugar dele pela primeira vez.

Muito antes de haver um Rei Rhian ou um Rei Japeth, um agressor mascarado havia desafiado Tedros a lutar contra ele. Mas quem respondera ao chamado fora Agatha, e ele concordara em ficar para trás.

O erro que havia dado início a tudo.

Mas ele aprendera com aquilo, Tedros pensou, nervoso. Era uma pessoa diferente agora. Estava pronto para ser rei. Só precisava que sua princesa se mantivesse fora do caminho...

O sangue de Tedros esquentou. O anel do pai pareceu frio em sua mão.

O torneio deveria ser isso, não? Uma oportunidade de Tedros se provar. A própria Agatha havia admitido, na pousada. Então por que ele estava à toa ali, como uma princesa, esperando por ela, que ia atrás da resposta do primeiro teste?

Tedros havia tentado impedi-la. Na curta viagem desde Bloodbrook, ele presumira que lutariam contra a Cobra juntos. Que encontrariam a barba perdida de Merlin como uma equipe. Mas, quando chegaram aos limites da floresta e a árvore feiticeira surgiu em seu campo de visão, Agatha ordenara que ele e Hort ficassem ali.

"Como assim? A Cobra está lá!", Tedros exclamou, chocado.

"Se Japeth matar você agora e pegar seu anel, todos morreremos", disse Agatha, descendo do lombo de Hort. "Mantenha Merlin a salvo. Volto logo."

"Não seja tola", Tedros disse, indo atrás dela. "Você não vai sozinha, de jeito nenhum..."

Agatha se virou para ele. "Não estarei sozinha."

O modo como ela disse aquilo.

De maneira tão cortante e clara que, quando ele se recuperou, ela já havia se perdido na escuridão.

"Não estarei sozinha."

Não estarei sozinha?

Então ele se deu conta.

O grito.

O grito que ecoara quando a árvore feiticeira irrompeu da terra... O grito que fez os olhos de Agatha brilharem antes que ela assumisse o controle dos planos deles.

Não estarei sozinha.

O brilho em seus olhos.

A insinuação de um sorriso.

Agatha só podia estar falando de uma pessoa.

Por isso ela acelerara tanto Hort no caminho até ali.

Por isso ela havia deixado o príncipe e o homem-lobo para trás.

Agatha estava atrás de mais do que a barba de Merlin.

Agatha estava atrás de seu próprio graal.

Sophie.

Sophie, que ela ouvira gritar por ajuda, lá longe.

Sophie, a bruxa que estava sempre entre Tedros e sua princesa.

As entranhas dele se reviraram.

Para onde quer que Sophie fosse, o Mal a seguia.

Ele tirou Sininho do bolso e a sacudiu até que acordasse. "Siga Agatha e a mantenha a salvo. Se estiver em perigo, mande um sinal. Compreendido?"

Sininho bocejou e retiniu de volta.

"Não, não vou te dar um beijo por isso", Tedros respondeu.

Sininho voltou a falar.

"Não ligo se Peter beijou você", disse o príncipe. "Agora vá. Antes que eu te dê de comida para Hort."

Resmungando, a fada voou atrás da princesa de Tedros.

E fora assim que ele ficara ali: impotente e frustrado, com um bebê no colo, enquanto sua princesa ia atrás da melhor amiga dela. De novo.

"Agora você sabe como me senti durante todos os anos que passei atrás de Sophie", uma voz se queixou.

O príncipe olhou para Hort.

"Sempre em segundo lugar", o homem-lobo concluiu, suspirando.

Tedros inspirou fundo.

Hort estava certo.

Aquele era *O conto de Sophie e Agatha.*

Sempre seria.

Até que ele criasse coragem para viver sua própria história.

Uma luz brilhou na escuridão, uma labareda dourada.

Tedros e Hort se viraram.

Chamas vinham em sua direção.

Por um segundo, Tedros achou que estavam sendo atacados.

Então viu que as chamas tinham um rosto.

Era uma fada, com as asas pegando fogo.

"Sininho?", ele conseguiu dizer.

Queimando, ela só conseguiu soltar um gritinho.

Uma palavra que abalou a alma de Tedros.

"*Cobra.*"

A labareda a engoliu.

Ela se foi.

Ele estava contaminado de raiva, o que o impedia de bolar um plano.

Enquanto avançava na direção da árvore feiticeira, com as botas escorregando pela floresta, Tedros só conseguia pensar em seu verdadeiro amor, frente a frente com um inimigo que queimava fadas vivas.

Era o que o Mal fazia. Usava suas fraquezas para te humilhar, atacava diante de qualquer demonstração de clemência. Sempre que Tedros hesitava, a Cobra estava lá para puni-lo. Japeth era mais que seu inimigo mortal. Era sua sombra, como o Cavaleiro Verde fora a do Rei Arthur, uma maldição que estava com ele o tempo todo, mas para a qual Tedros estava totalmente despreparado.

Hort tinha tentado ir junto, mas Tedros ordenara que ficasse para proteger Merlin. (O príncipe não tocou no nome de Sophie. Se o furão soubesse de sua possível presença, levaria o bebê para a batalha.) Sem o homem-lobo, Tedros não tinha nenhuma arma ou escudo contra alguém que ainda não sabia como matar. Ele chutou um pedaço de pau para cima e o agarrou, depois acendeu o dedo e o transformou em uma estaca.

Logo, ouviu os sons da guerra: gritos humanos e animais, aço se chocando, os gemidos da árvore sitiada. Tedros saiu correndo da floresta, dando em campo aberto. As ruínas do banco estavam cobertas de folhas brancas como fantasmas.

Conforme se aproximou, ele viu o sangue respingado.

Gansos mortos.

Contou doze.

Então deparou com o corpo de um guarda do banco, com os membros retorcidos, como se tivesse caído de uma grande altura.

Quanto mais perto Tedros chegava da árvore, as silhuetas nos galhos ficavam mais claras. Ele viu duas pérolas brilhantes tremeluzindo no topo, uma dourada e a outra rosa-choque.

Então parou na hora.

No alto da árvore feiticeira, Agatha e Sophie se agarravam aos galhos enquanto se defendiam de uma tempestade de scims, os dedos acesos de ambas pulsando na noite. Daquela distância, Tedros não conseguia ver o rosto delas ou qualquer sinal de Japeth, mas ouviu os gritos – "*Cuidado, Sophie!*", "*Atrás de você, Aggie!*" – antes que ambas desaparecessem atrás das folhas brancas. Conforme as enguias atacavam as folhas, os gritos de Agatha e Sophie ficavam mais altos, o que fez o príncipe enfiar a estaca de madeira na calça e começar a subir.

Só então ele viu a guerra que se desfraldava no caminho.

Gansos e guardas lotavam os galhos tentando chegar às garotas, mas eram impedidos por conhecidos de Tedros: Willam... Bogden... Robin Hood? Além de uma jovem de cabelo castanho, que parecia... *Betty*? Eles costumavam brincar juntos quando crianças. O que ela estava fazendo *ali*?

As perguntas podiam esperar.

No momento, seus amigos precisavam de ajuda.

Tedros entrou na briga, tirando gansos da frente com uma cabeçada antes de se lançar sobre a primeira guarda que encontrou no caminho. Ela investiu contra ele com um grito e rasgou sua camisa, depois enlaçou o pescoço dele com as pernas e apertou forte. Mais acima, Bogden também lutava, imprensado contra um galho por dois guardas que o socavam, enquanto ele se debatia. A guarda apertou ainda mais o pescoço de Tedros. Ele tentou respirar, o que só piorou as coisas. Ela o estrangulava com os dentes arreganhados, certamente pensando na recompensa que conseguiria pelo príncipe morto. Tedros não tinha o que fazer. Príncipes não batiam em mulheres. Eram as regras. Seu corpo relaxou e ele se engasgou com a própria saliva. Sua mente começou a nublar.

Tedros cerrou os dentes.

Os tempos mudaram.

Ele deu um chute na cara da guarda, depois outro na orelha, e bateu sua cabeça contra um galho. Tonta, a mulher o atacou de novo, mas foram as botas dele que se enroscaram no pescoço dela antes que Tedros lançasse o corpo para cima, lançando-a de cabeça contra os guardas que acossavam Bogden. Eles caíram para trás, e em seguida os três despencaram da árvore. Respirando com dificuldade, Tedros se segurou a Bogden como se ele fosse uma boia, e o jovem ensanguentado piscou para o príncipe algumas vezes antes que seus olhos focassem em um ponto mais adiante. "Willam!"

Tedros se virou para o garoto ruivo mais acima, encurralado contra um galho enquanto gansos atacavam.

"Não... gosto... de gansos...", Willam conseguiu dizer, protegendo o rosto.

Tedros se lançou para cima no mesmo instante, acertando os gansos com os punhos e afastando-os de Willam. Eles se voltaram contra o príncipe, atacando-o com asas e bicos, acabando com o que restava de sua camisa, até que Bogden surgiu ao seu lado e os empurrou para fora do caminho. Tedros tentava fazer o Bem. Matar animais era coisa de vilões. Mas aqueles gansos não parariam até que estivessem mortos. Seus bicos tiravam sangue do peito de Tedros, chegando cada vez mais perto de seu coração. Ele se esforçava para se defender, ainda que não conseguisse enxergar direito, por causa das penas em sua cara, lutando inutilmente com sua estaca de madeira. Através da confusão, vislumbrou mais gansos atacando Willam, que começava a perder as forças. Ao lado dele, um pássaro prendia o pescoço de Bogden, prestes a cravar o bico em seu crânio.

"Socorro!", Bogden gritou.

Tedros arreganhou os dentes.

Era o fim do cavalheirismo.

Ele passou pelo bloqueio de pássaros, partiu para cima do ganso que atacava Bogden e, com um rosnado primitivo, usou sua estaca contra ele, separando a cabeça do corpo. Tedros se virou, preparado para matar outros, mas os gansos estavam boquiabertos, e saíram voando na noite.

Willam estava caído em um galho, com ferimentos nos braços e nas pernas, seu rosto estava uma confusão ensanguentada.

Tedros segurou o corpo magro de Willam e levou a cabeça ao peito do garoto, tentando ouvir seu coração fraco.

Bogden segurou Tedros. "Ele está...?"

"Me deixem", Willam conseguiu dizer. "Salvem Agatha."

Tedros olhou para o jovem ruivo e se lembrou de um garoto muito parecido com ele, muito tempo atrás, agarrado a uma árvore. Não fora capaz de salvar Tristan naquele dia. Aric se certificara daquilo. Mas a Pena dá uma segunda chance aos melhores homens.

"Leve Willam para a floresta", Tedros ordenou a Bogden. "Hort está lá. Diga a ele para levar vocês dois à escola. Os professores vão curá-lo."

Bogden olhou para Tedros, depois para o bando de guardas que vinha na direção deles.

"*Agora!*", Tedros insistiu.

Bogden colocou o corpo de Willam sobre o ombro e começou a descer a árvore com ele.

"*Aggie, cuidado!*", Sophie gritou lá em cima.

Tedros apertou os olhos para o alto e conseguiu ver Agatha caindo e aterrissando pesadamente alguns galhos abaixo, escondida pelas folhas. Um bando de scims acorreu no mesmo instante onde ela havia caído, seus gritos monstruosos ressonavam.

"*Aggie, você está bem?*", Sophie gritou.

Enquanto os guardas se aproximavam, Tedros aguardava pela resposta de Agatha. Ou por qualquer sinal de seu dedo aceso. Algo que indicasse que estava viva.

Nada veio.

Com o coração dilacerado, ele se transformou em um Leão à caça.

Ninguém que entrasse em seu caminho tinha chance. Tedros empurrava os guardas da frente ou os agarrava pela camisa e cravava a adaga em suas pernas ou mãos para desarmá-los, depois os arremessava da árvore. Já estava a uma altura mortal, e continuava escalando para tentar chegar aonde Agatha havia caído. De repente, ele vislumbrou movimento. Robin e Betty se digladiavam com uma sombra equilibrada em um membro, segurando uma espada dourada com as duas mãos.

Kei.

Bettina o atingiu com um galho comprido, tentando derrubá-lo, e Robin o agarrou por trás, tentando roubar sua espada. Betty notou Tedros mais abaixo. "Me ajude a subir!", ele sussurrou.

"Não! Precisamos que fique a salvo!", Betty sussurrou de volta.

"Preciso que *Agatha* fique a salvo", Tedros retrucou, olhando para ela como quando eram crianças e brigavam.

O olhar dele fez com que Bettina vacilasse, até que ela acabou baixando um galho na direção dele.

Do outro lado, Robin prendia Kei em um mata-leão.

"Ouça...", Kei tentou dizer, lutando contra Robin, que tirou a espada do capitão e apontou a lâmina dourada para ele. Kei recuou e tropeçou.

"Agatha... Temos que falar de Agatha...", Kei insistiu.

Tedros saltou do galho de Betty e aterrissou na frente de Robin, imprensando Kei contra o tronco. Antes que o capitão pudesse falar, as mãos de Tedros já estavam no pescoço dele. "O que tem Agatha?" Ele pôs ainda mais força nos dedos.

Algo nos olhos de Kei fez o príncipe parar. Ele já tinha visto aquilo antes. Na noite em que o pegara enterrando Rhian. Era um olhar que dizia que, não importava o lado pelo qual Kei lutasse, naquele momento estava do lado dele.

"Agatha tem a resposta", Kei respondeu, arfando. "Eu vi, na mão dela. A pérola com a barba. Engula antes de Japeth. Assim vai passar ao segundo teste."

Tedros ficou sem fala.

"Ele é um monstro", Kei disse. "Sempre foi, desde a escola. Matou Rhian. Meu melhor amigo. O verdadeiro rei. Foi por isso que queimei o mapa. É por isso que venho protegendo vocês. Fingi ser leal àquela Cobra pelo máximo de tempo que pude. Para poder me vingar de Rhian quando tivesse a chance." Ele olhou para o alto da árvore. "Dei uma punhalada nele antes que conseguisse pegar a barba de Agatha. Antes que as matasse. Teria acabado com ele se não tivesse fugido." Kei se virou para Tedros. "Vá. Depressa. Encontre a pérola. Vou ajudar vocês a..."

Uma espada dourada o empalou.

Kei não produziu nenhum som. Seu rosto ficou da cor das nuvens. Então ele caiu da árvore, revelando Betty logo atrás...

...refém da Cobra.

Os olhos de Japeth permaneciam frios. Sangue brilhava em seu torso, no traje rasgado, que se transformava em scims pretos. Uma mão segurava o pescoço de Betty. A outra segurava a espada de Kei, manchada com o sangue de seu dono.

A *espada*, Tedros pensou.

Estava com Robin pouco antes.

O que significava...

Ele se virou.

Robin estava dependurado em um galho, com scims enrolados no pescoço, o rosto roxo, a segundos da morte.

"Vamos jogar meu jogo preferido", Japeth disse, ainda segurando Betty. "Você só pode salvar *um* deles."

Tedros ficou tenso.

Não tinha tempo para pensar.

Ele correu para Robin e soltou seu pescoço, que caiu para um galho mais baixo, mal conseguindo se segurar a tempo. Então Tedros já correu para Bettina, estendendo uma mão para ela...

Mas Japeth a segurou mais perto.

"Regras são regras", ele disse.

Então a atirou da árvore.

"*Não!*", Tedros gritou.

Bettina caiu de costas, agitando os braços e gritando.

A escuridão a engoliu.

Tedros congelou no meio de um passo.

Uma amiga morta, de uma hora para a outra.

Como o xerife, Lancelot e Dovey antes dela.

Outra alma valiosa que ele não conseguira salvar.

Devagar, Tedros olhou para a Cobra, do outro lado do galho.

"Agora você sabe qual é a sensação", Japeth disse. "De tirarem de você alguém que ama."

"Diz a pessoa que matou o próprio irmão", o príncipe retrucou, furioso.

"Rhian mentiu para mim. Quebrou um juramento", Japeth respondeu, sem se abalar. "Onde você vê Mal, eu vejo justiça. Você acha que é o herói deste conto. Acha que é o verdadeiro rei. Mas está enganado. Só eu sei a verdade."

"A verdade de que você é um *mentiroso*? De que você é uma *fraude*?", Tedros soltou. Podia ouvir Robin mais abaixo, esforçando-se para recuperar o fôlego. "Você tem o sangue de Rhian, o que significa que é filho do meu pai. Só que não é meu irmão. Como você mesmo disse."

"Ainda assim, o torneio é entre nós dois. O torneio do seu pai", a Cobra disse, com os olhos vívidos. "Então quem sou eu?"

Tedros não tinha resposta para aquilo. Continuava perdido.

"Talvez a pergunta não seja essa", falou Japeth, olhando para ele. "Talvez devêssemos estar nos perguntando quem é *você?*"

As palavras fizeram Tedros gelar por dentro.

Ele sempre presumira que seu pai queria que assumisse o trono.

Por isso havia lhe deixado o anel.

No entanto, seu pai também havia dado uma chance à Cobra. Um monstro. Um assassino.

Por quê?

"*Sophie?*", a voz de Agatha chamou, fraca.

"*Cadê você?*", Sophie gritou de volta.

Tedros voltou a se concentrar no que acontecia lá em cima. Em *Agatha*. Ela tinha a pérola. Ele precisava chegar lá. Se vencesse o primeiro teste, poderia passar ao segundo.

Vá até Agatha, Tedros disse a si mesmo.

No entanto...

Seus olhos retornaram a Japeth.

Mate a Cobra agora e será o fim dos testes.

Japeth pareceu ler seus pensamentos. Suas pupilas cintilaram no escuro. Olhou para o anel de Tedros.

"Talvez você seja *mesmo* meu irmão", a Cobra disse. "Porque é tão tolo quanto Rhian."

Tedros se lançou contra ele, do outro lado do galho.

Japeth atacou também, os scims se desprendendo de seu traje.

Robin saltou do galho abaixo, aterrissando na frente de Tedros, como um escudo.

"Vá até Agatha e pegue a pérola", ele disse ao príncipe. "Eu o seguro."

Tedros tentou tirá-lo da frente.

"A princesa é mais importante que o seu orgulho!", Robin vociferou para ele.

As palavras atingiram Tedros com tudo.

Robin estava certo.

Se a Cobra o matasse, Agatha seria a próxima.

Nem mesmo seu arqui-inimigo valia aquilo.

Com um salto, ele já tinha deixado Robin e estava no próximo galho. O príncipe olhou para trás – scims atacavam Robin enquanto ele corria na direção da Cobra –, então mordeu os lábios e seguiu em frente, dizendo a si mesmo que Robin Hood se virava melhor que ninguém nas árvores e conseguiria sobreviver. A Cobra não mataria mais outro amigo seu... não naquele dia...

Tedros foi subindo pela árvore feiticeira, enquanto o som de Robin e Japeth ficava mais distante. Ele estava sozinho agora, sem gansos, sem guardas, sem inimigos a enfrentar. De onde estava, vislumbrava os aldeões, fora de suas casas, contemplando a árvore feiticeira que havia crescido sobre o reino, como o pé de feijão de João. Os guardas de Putsi logo estariam ali, assim como outros que eram leais a "Rhian", mas Tedros já estava quase no topo, as mãos machucadas e o corpo dolorido, mas motivado por um nome entoado em silêncio: *Agatha, Agatha, Agatha.* Muitos príncipes já haviam escalado torres para resgatar uma princesa, mas era bastante apropriado que a de Tedros exigisse que ele chegasse ao topo do mundo. Apesar de tudo o que fora perdido, ele sentia certa estabilidade, uma harmonia entre a vontade e o destino, o Homem e a Pena. Fora Agatha que o deixara para trás, achando que poderia salvá-lo. Só que agora seria ele quem a salvaria. Enfim ele era o protagonista da história. Finalmente, era o príncipe. Tedros alçou o corpo para cima...

E parou em um galho, com os olhos arregalados.

"Teddy?", uma garota loira disse, baixo.

Do outro lado do galho, Sophie segurava Agatha.

A princesa de Tedros estava coberta de folhas, com a respiração rasa. Seu rosto e seus braços estavam cortados. Sua perna estava quebrada, torcida no joelho. No entanto, mesmo em meio à dor, Agatha abriu um sorriso radiante ao ver seu príncipe.

"Você veio", ela falou.

"Diz a garota que mandou que eu não viesse", Tedros resmungou, colocando-se ao lado dela. Ele a tirou de Sophie e abraçou junto ao peito, enchendo-a de beijos. "Está machucada. É o que acontece quando prefere confiar nela, em vez de mim. É o que acontece quando luta minhas batalhas."

"No entanto, ela tem a resposta do seu teste", Sophie disse. "A resposta que *eu* encontrei. Nós duas nos saímos muito bem sem você."

Tedros cerrou os dentes. "Onde está?"

Agatha procurou no vestido. "Kei nos salvou. Ele nos protegeu de..."

"Eu sei", Tedros disse.

Agatha olhou para ele. Para as feridas em seu peito. Para as marcas e os hematomas em seu rosto e pescoço.

"Onde está Robin?", Sophie perguntou. "E Betty, Bogden e Willam?"

"Precisamos levar você para a escola", Tedros disse a Agatha. "Yuba e os professores podem consertar sua perna. Eu te levo lá para baixo."

"Não há tempo, Tedros. Eu fico com Sophie", Agatha disse. "Você tem que começar o segundo teste."

Tedros encostou o nariz no dela. "Não vou deixar você aqui."

A pérola cintilante estava na mão de Agatha. "Só *isso* importa. Vencer a corrida. Retomar a Floresta. Pelo Bem."

Tedros avaliou a pequena esfera, que parecia congelada e continha a barba de Merlin.

"Engula, Tedros", Agatha ordenou. "Descubra qual é o próximo teste."

"O que quer que seja, pode esperar até você estar a salvo", Tedros insistiu.

"Não, não pode", Sophie retrucou. "Engula agora. Lute depois."

Ela está certa, Tedros admitiu, ainda que não tivesse intenção de deixar sua princesa para trás. Ele respirou fundo, focado na pérola na mão de Agatha. Então levou a boca a ela.

O galho foi chacoalhado com força

Em uma fração de segundo, a pérola escapou dos dedos de Agatha e dos lábios de Tedros.

Assustados, o príncipe, a princesa e Sophie assistiram à barba de Merlin cair no galho abaixo e se aninhar entre as folhas.

A árvore continuou sacudindo, a pérola tremulando perigosamente e os galhos se curvando.

Alguém estava vindo.

Tedros apontou o dedo aceso para a escuridão.

"Robin?"

Através das folhas, os contornos de um rosto se tornaram visíveis.

Agatha ficou rígida nos braços de Tedros. Ao lado dele, Sophie parou de respirar.

Japeth se aproximava, esgueirando-se na direção do galho deles.

Com as mãos cobertas de sangue.

O *sangue de Robin*, pensou Tedros, gelando.

O príncipe olhou para a pérola, aninhada entre as folhas.

Japeth notou o olhar.

E viu a esfera também.

O silêncio pairou entre o príncipe e a Cobra.

Ambos saltaram.

Bateram um contra o outro, jogando a pérola para cima. Scims dispararam do traje de Japeth para pegá-la.

Sophie agarrou a barba de Merlin antes, com o corpo equilibrado a um galho, que então se quebrou, fazendo-a cair três ramos abaixo. As enguias a atacaram no mesmo instante, e Japeth foi em sua direção.

"Engole, Tedros!", ela gritou, jogando a pérola na direção do príncipe.

Ele avançou, mas perdeu a esfera de vista em meio ao brilho de Sophie. Ela bateu em seu crânio e voltou para o céu noturno.

Tedros, Japeth e Sophie mergulharam sobre ela, vindo cada um de uma direção, tendo cada um uma chance.

Mas alguém agiu mais depressa, os membros cobertos de folhas brancas, caindo na noite como um cisne em pedaços.

Agatha.

De boca aberta.

Tedros arfou.

Ela engoliu a pérola.

Agatha caiu nos braços de Tedros, e os dois bateram com força contra o tronco da árvore. Sophie e a Cobra se encontravam alguns galhos acima.

Por um momento, tudo ficou em silêncio.

Todos os olhos correram para Agatha, que se contorcia de dor.

Ela tinha vencido o primeiro teste.

O teste de Tedros.

"Aggie?", Sophie disse, baixo. "O que você fez?"

Tedros e Agatha olharam um para o outro, como se o conto tivesse sofrido uma reviravolta ao mesmo tempo inevitável e inesperada.

Então Agatha se engasgou, convulsionando, e suas bochechas coraram, como se algo fermentasse de dentro dela. A princesa abriu os lábios e soltou uma poeira prateada que se ergueu na escuridão, transformando-se em um fantasma de rosto familiar.

O Rei Arthur olhou para Agatha, na árvore feiticeira.

Uma reviravolta na história...
Dois disputam minha coroa,
E você não é um deles.
É amiga?
Ou inimiga?
Ambas podem derrubar um rei.
Você interferiu na busca
E por isso deve morrer.
Este é o segundo teste.
Quem a matar saberá do terceiro.

O Rei Arthur desapareceu.

Agatha e Tedros se viraram um para o outro.

Então começaram a flutuar, assim como Sophie. Garras de stymph os pegaram, resgatando-os na noite e seguindo a oeste, a comando de Ravan, Vex, Mona e outros estudantes de quarto ano que estavam montados nos pássaros ossudos.

Chocado, Tedros olhou para a árvore lá atrás. Japeth se mantinha imóvel contra as folhas, como uma sombra, observando o príncipe sumir em meio às nuvens, com um sorriso sombrio no rosto.

O próximo teste estava ganho antes mesmo de começar.

14

AGATHA

Fátima encontra uma amiga

Dois reis a quem fora dada a ordem de matá-la.

A pérola levara àquilo.

Ela achou que conquistaria a vitória para seu príncipe.

Em vez disso, assinara uma sentença de morte: *a dela*.

Antes que a pérola falasse com os rapazes, tinha se dirigido a Agatha.

Ela havia se lançado na noite sem nem pensar, passando por amigos e inimigos à procura de uma resposta e engolindo-a ela mesma. O vidro frio pegara em sua língua, mas descera tranquilamente pela garganta. Dissolvera-se instantaneamente e fizera subir vapores ásperos e pungentes, que invadiram o céu da boca, as narinas e atrás dos olhos.

Ela olhou para dentro de si e viu quando a névoa prateada tomou forma, solidificando-se em um fantasma.

A Cobra, usando uma máscara verde e o traje de scims.

Só que de repente não era mais a Cobra. Seus músculos cresceram, sua máscara caiu, e Agatha se viu cara a cara com o Cavaleiro Verde.

Que então voltou a ser a Cobra.

Os fantasmas iam e voltavam, Cobra, Cavaleiro, Cobra, Cavaleiro, cada vez mais rápido, até se transformar em um terceiro...

Evelyn Sader.

Sorrindo para Agatha.

Como se ela, *Evelyn*, fosse a ligação entre a Cobra e o Cavaleiro.

Um segredo escondido, revelado ao vencedor.

Mas a névoa já se movia de novo. O fantasma de Arthur, o Leão de Camelot, o pai de seu verdadeiro amor, cintilava para Agatha. Agatha, a vencedora errada; Agatha, um erro. O antigo rei se ergueu dentro dela, como um dragão.

E então ela o exalou, como fogo.

Quando Agatha acordou, estava em seu antigo quarto na escola.

Não tinha mudado nem um pouco, o Pureza 51. Era como se tivesse voltado no tempo: espelhos cravejados de joias nas paredes cor-de-rosa, murais de princesas beijando príncipes, um afresco no teto, com cupidos lançando flechas entre as nuvens. A cama tinha um dossel de seda branca, como uma carruagem real, e ao fim do colchão havia uma bandeja de vidro com mingau de aveia, dois ovos cozidos e uma banana picada polvilhada com açúcar. O cartão apoiado na bandeja dizia, na letra de Sophie:

Clareira

Agatha olhou em volta no cartão. A cama do meio estava desfeita. Nela, havia uma tigela de salada de pepino e uma cesta de cremes e poções. Agatha sentia o cheiro da nuvem de lavanda deixada para trás. Havia um livro na mesa de cabeceira, *Curas para a magia negra, nível 2*, aberto a uma página que ensinava a consertar membros quebrados.

Ela afastou o lençol, o que deixou à mostra sua perna direita, que algumas horas antes estivera toda estilhaçada.

Mas fora consertada.

Agatha se levantou, pondo o peso com cuidado na perna.

Além de uma dor interna ao osso um pouco incômoda, parecia realmente curada.

A última coisa de que se lembrava era de estar deitada em Sophie, a bordo de um stymph, enquanto sua melhor amiga sussurrava: "Está tudo bem, Aggie. Vai ficar tudo bem". Ela mesma não conseguira dizer nada, em choque. Devia ter desmaiado ou pegado no sono depois. Não se lembrava da chegada à escola ou de ter seguido para o quarto. Com certeza não recordava que sua perna tivesse sido alvo de bruxaria.

Agatha respirou fundo. Estava viva. Conseguia andar. Era hora de encarar o que vinha pela frente. Mas ela não podia. Em vez disso, comeu o que

Sophie havia lhe levado e se demorou vendo o nascer do sol violeta e lambendo todo o açúcar do dedo. Agatha encontrou um uniforme de garota Sempre no guarda-roupa e foi para o banheiro mais adiante no corredor. Ela tirou o vestido rasgado e imundo e entrou no banho. Quando a água escaldante atingiu sua pele, Agatha se perdeu em meio ao prazer e ao silêncio. Fingiu que podia se esconder ali, bloqueando o mundo exterior, como havia feito no cemitério, muito tempo antes.

Então o medo veio, trazendo o pânico e o arrependimento, sentimentos que ela vinha tentando reprimir.

Aquele tempo todo, eles vinham lutando pelo Storian.

Lutando pela Pena e pelo destino de seus contos.

Do conto de Tedros, acima de tudo.

A história do garoto que tentava se provar rei.

Mas ela havia se apossado daquela história.

Ela a engolira por inteiro, como uma baleia devorando o mar.

Queria poder dizer que fora um acidente.

Mas não fora.

Agatha vira uma saída e aproveitara, perdendo de vista quem estava sendo testado.

E agora havia um preço a pagar.

Para que Tedros se tornasse rei, ela tinha que morrer.

E morrer não bastava: ele tinha que matá-la.

Sua pele toda se arrepiou, como se a água tivesse ficado fria.

Para que seu verdadeiro amor derrotasse Japeth e permanecesse vivo, para que *todos* os amigos dela permanecessem vivos, Agatha precisava abrir mão da própria vida.

Era o mesmo sacrifício que a mãe fizera para salvá-la.

Com as palmas suadas e sentindo náuseas, ela se blindou com o uniforme cor-de-rosa, a cor pútrida compensada pela ilusão de que tinha voltado a ser apenas uma aluna comum de primeiro ano, prestes a ir para a aula. Só que ela não encontrou nenhum outro aluno no corredor. Ou professores, fadas, lobos. Só uma ninfa solitária, varrendo pó de doce que se desprendera das paredes do Refúgio de João e Maria, pilhas delicadas de restos de balas de goma e chicletes sobre as quais Agatha pisou ao passar.

No passado, ela fora a vilã de um conto de fadas. A escolha certa para a Escola do Mal, enquanto Sophie estava destinada para o Bem. Então ocorrera o Grande Equívoco. As amigas foram colocadas nas escolas erradas. Só que não era um equívoco, a Pena garantira. Agatha era a princesa. Sophie era a bruxa.

Só que agora Agatha tinha passado para o Mal.

Era a bruxa que estragava a história do príncipe.

E o mais estranho era que aquilo não parecia surpresa. Era como se ela nunca tivesse acreditado realmente que fosse uma princesa. Não como a Professora Dovey acreditava, insistindo que ela era cem por cento do Bem. Não como os outros acreditavam, ao esperar que ela sempre fizesse a coisa certa. No fundo, Agatha nunca se sentira tão do Bem quanto as pessoas achavam que era. Agora, a verdade havia sido revelada, para todos verem. O Grande Equívoco fora real: no fim das contas, ela pertencia ao Mal.

Foi só quando Agatha já estava na metade do caminho dos passadiços de vidro, ainda pensando na antiga reitora, que algo lhe ocorreu. A visão que a pérola proporcionara... o enigma que Arthur havia escondido nela... E se descobrisse do que se tratava? A ligação entre a Cobra e o Cavaleiro Verde, entre os dois Japeths e Evelyn Sader. Talvez assim ela pudesse expor a Cobra! Talvez pudesse consertar tudo!

Seus ombros caíram, e a esperança foi embora tão rápido quanto havia chegado.

Não importava quem Japeth era.

Não quando por culpa dela seu príncipe enfrentava um teste impossível.

Matar sua princesa ou entregar o trono à Cobra.

Era a armadilha em que ela o havia feito cair.

Tedros a protegeria, claro.

Abriria mão de Camelot, por amor.

Mas o segundo teste não era só para ele.

Por isso a Cobra abrira um sorriso perverso enquanto o príncipe se afastava.

Japeth sabia que Tedros nunca a mataria.

Mas *ele* sim.

Caçaria Agatha até acabar com ela e restar apenas um teste antes de a Excalibur matar Tedros.

Dois coelhos com uma única cajadada.

Agatha havia colocado a si mesma e a seu príncipe em uma armadilha mortal.

Ela era a verdadeira Bruxa de Além da Floresta agora.

Até mesmo a Professora Dovey pensaria assim.

Através da passagem de vidro, ela olhou para a Escola do Bem e do Mal, conectada pela Ponte do Meio do Caminho, o céu acima dos castelos azul cristalino...

O coração de Agatha parou.

Havia uma nova mensagem de Lionsmane brilhando a oeste.

Tedros usou sua princesa para trapacear no primeiro teste.
Agora vai pagar o preço.
Porque Agatha é o segundo teste.
Peço a ajuda da Floresta.
Aonde quer que ela vá...
Tragam-na a mim. Viva.

O coração de Agatha voltou a bater com tanta força que ela achou que ia quebrar suas costelas.

Ela sentiu que alguém a vigiava.

Seus olhos foram para a torre do Diretor da Escola, no meio do vão.

Bilious Manley e o Storian eram visíveis na janela do pináculo, a pena pairando sobre um livro aberto. Os olhos do professor se demoraram em Agatha. Ele a encarou com dureza antes que as nuvens escondessem o sol, relegando-o às sombras.

Agatha acelerou o passo. Quando chegou ao Túnel das Árvores, que dava para o exterior, já ouvia um ruído de conversa.

A Clareira estava cheia, como costumava ficar no horário de almoço. Só que, agora, não havia divisória entre o Bem e o Mal. Amigos, o corpo docente e os alunos de primeiro ano se reuniam na área para piquenique, diante dos portões da Floresta Azul. Assim que saiu do túnel, Agatha viu garotos e garotas Sempre ao fundo. Bodhi, Laithan, Devan, Bert, Beckett e Priyanka estavam ali. Em frente dos Sempre estavam os Nunca de primeiro ano: Valentina, Aja, Bossam, Laralisa e outros. Ela também viu a turma de quarto ano que a havia resgatado em Putsi – Vex, Ravan, Mona –, além de outros que haviam se recuperado de seus ferimentos, incluindo Brone, de estrutura larga e cabeça grande, cuja perna continuava engessada. (*Por que não usaram magia para curá-lo?*, Agatha se perguntou.) Em seguida, localizou seus companheiros: Hort, sem camisa, com os pés em blocos de gelo, o rosto e o braço com queimaduras de sol e o peito branco como uma flor, resmungando sozinho enquanto tomava uma sidra gelada, como se tivesse passado de homem-lobo a pirata frito. Ao lado dele estavam Bogden e Willam, ambos cheios de ataduras e com unguentos coloridos na pele. Então vinham Hester, Anadil e Dot, que continuava velha e carregava o bebê Merlin no colo. Nas laterais do campo, o corpo docente se reunia: a Professora Emma Anêmona, a Professora Sheeba Sheeks, Cástor, o Cachorro, e outros, tanto do Bem quanto do Mal. Só faltavam Yuba e a Princesa Uma. E Sophie, Agatha se deu conta. Alunos e professores olharam para Agatha quando ela entrou, seus antigos aliados, agora sua única família, silenciosa e sombria, como testemunhas em um julgamento.

No céu, a mensagem de Lionsmane cintilava como uma cicatriz dourada.

Todos voltaram a olhar para a frente: para seu líder, sentado em um toco de árvore entre dois túneis.

Tedros.

Ele estava sem camisa, o corpo cheio de ferimentos e cortes, a calça rasgada e suja de terra. Ainda havia folhas em meio a seus cachos loiros. Sua bochecha direita ostentava arranhões de scims. Agatha dormira, comera e se banhara, mas ele não. Quando seus olhos azuis e turvos se concentraram nela, o príncipe endireitou as costas.

Agatha pretendia dizer alguma coisa, mas Tedros foi mais rápido.

"Sente-se", ele ordenou.

Ela obedeceu, procurando em vão por Sophie e então se sentando ao lado de Hort.

"Oi, Fátima", Hort soltou.

Agatha olhou para ele.

"Fátima, da Terra do Nunca. O Storian contou a história dela, que tinha um monte de amigos, mas foi fazendo coisas idiotas até perder todos, um a um." Hort tomou mais um pouco de sidra. "Fátima Sem Amigos. Essa é você."

Agatha tentou ignorá-lo.

"Você *sabia* que Sophie estava lá. E *não* me contou", Hort continuou falando, coçando as queimaduras. "Em vez de protegê-la, fiquei de motorista-lobo, carregando Bilbo Bogden, o namorado dele e o bebê por toda a extensão de Mahadeva, no maior calor, isso depois de ter carregado você e Tédios pela Floresta. Sofri tanta insolação que Cástor teve que me fechar em um caixão de gelo até que eu conseguisse lembrar meu próprio nome. Mas não esqueci o que você fez. Ah, não. Quis Sophie só para si. Me impediu de ajudar." Ele olhou feio para Agatha, que podia ver que Tedros a observava com a mesma intensidade de onde estava.

"As bruxas contaram que foram elas que mandaram os stymphs para nos resgatar", disse o príncipe, sem qualquer emoção na voz.

"Sem querer ofender, mas não podíamos confiar em vocês sozinhos por aí", Hester explicou a Agatha. "Não com a Cobra a solta. Quando chegamos à escola, contamos tudo aos professores. Sugerimos que eles destacassem uma equipe para proteger vocês."

"Que bom que fizeram alguma coisa, considerando que mandamos vocês para cá para encontrar um feitiço de envelhecimento", Hort resmungou.

"E encontramos um", Anadil disse, cortante.

"Não um que funcione", Hort desdenhou. "Dot continua sendo uma velha e sinto o cheiro da fralda de Merlin daqui."

"Porque é um processo, seu roedor chamuscado", Hester retrucou.

"O nome é Contestador de Idade", Anadil explicou, com os dois ratos dormindo em seus ombros. "Envelhece ou rejuvenesce um ano por dia, enquanto a poção for tomada."

"É a mesma que minha mãe usou para me ter mesmo em uma idade avançada", comentou Hester. "A professora Sheeks nos ajudou a fazer. Leva lágrimas de rato, escamas de tartaruga e queijo mofado. Tem que tomar pelando para envelhecer, e gelado para rejuvenescer."

"Eu e Merlin tomamos um pouco hoje de manhã", Dot disse, ajeitando o bebê. "O gosto é pior que a morte."

Agatha olhou para Dot mais atentamente. Ela parecia mesmo um tantinho mais nova do que em Bloodbrooke, enquanto Merlin estava mais comprido e gorducho, usando vestes roxas de veludo e sapatinhos peludos, os olhos irradiando inteligência.

"Mamãe!", ele balbuciou, ao ver Agatha, e pulou do colo de Dot para engatinhar até ela. "Mamãe lhama! Mamãe lhama!"

Uma inteligência ainda um tanto limitada, Agatha pensou.

Ela pegou Merlin e sentiu a barriguinha macia dele contra o peito. O bebê feiticeiro agora tinha cachos quase brancos de tão loiros por baixo do chapéu pontudo, e cheirava a leite doce. Os dedos de Merlin roçaram as bochechas de Agatha. "Mamãe lhama!"

"Em questão de dias, Merlin estará falando frases coerentes e se comunicando conosco", continuou Hester. "Em algumas semanas, chegará à nossa idade e terá todos os seus poderes de volta."

"*Se* ele mantiver seus poderes", a Professora Sheeks disse, preocupada. "Não sabemos o que se perdeu."

"E NÃO TEMOS SEMANAS!", Cástor, o Cachorro, gritou, apontando a mensagem de Lionsmane com uma pata. "A FLORESTA TODA ESTÁ ATRÁS DE AGATHA!"

"Ele está certo", disse a Professora Anêmona, incomumente desgrenhada. "Não podemos proteger Agatha aqui. Não aguentaremos esse tipo de ataque."

"Claro que podemos", disse Laithan, o garoto Sempre musculoso de cabelo ruivo, levantando-se. "O Bem sempre vence. É nosso dever como Sempres. Nos manter firmes e lutar pela nossa rainha."

"Os Nuncas também", disse Valentina, cuja pele era negra, também se levantando. "Temos que defender Agatha. E a escola!"

"Como fizemos contra Rafal", disse Ravan, juntando-se a eles. "Acabamos com ele e seu exército de zumbis. Podemos fazer de novo!"

"Não podemos, não", Tedros disse. "Os zumbis de Rafal eram *zumbis*. Foi só matar Rafal que morreram com ele. Agora estamos falando de toda a Floresta, homens, mulheres e criaturas de uma centena de reinos, lutando por um líder que nem sabem que é seu inimigo. Um líder muito mais terrível que Rafal. Robin Hood não conseguiu derrotar a Cobra. Tampouco Kei, que era um assassino treinado. Japeth matou Sininho. Matou minha amiga Betty como se não fosse nada. Matou Lancelot, Chaddick, o Xerife de Nottingham, e muitos outros. E vocês acham que podem vencer a guerra por mim. Assim como Agatha achou que podia. Motivo pelo qual estamos aqui. Prestes a perder."

Agatha ficou tão vermelha como se tivesse levado um tapa.

Todos os olhos estavam nela. Inclusive os de Merlin. O bebê parecia irrequieto, mas se manteve mudo.

Tedros olhou demoradamente para ela. Não com raiva ou frieza, mas cansado, derrotado, como se, quando um príncipe não agia como um príncipe e uma princesa não agia como uma princesa, o resultado só pudesse ser aquele.

"O que fazemos então?", perguntou Bert, com seu cabelo loiro.

"Como vamos vencer?", perguntou Beckett, que era ainda mais loiro.

"Que opção temos? Tedros precisa matar Agatha", uma voz disse.

A multidão se virou para Hort.

"É o segundo teste, não é?" Ele fez um movimento com a caneca, derrubando sidra em toda parte. "O velho Teddy vai ter que matá-la para vencer. Depois é só concluir o terceiro teste e a Cobra está morta. Vamos trocar a vida de Agatha pela nossa. É o que um *rei* faria."

Agatha olhou para Hort, sem fala.

"É o que você merece, por monopolizar Sophie", Hort murmurou.

"Você tem namorada!", Agatha disparou.

"E você tem namorada e namorado!", ele retrucou. "Você beija qualquer um!"

"Chega!", a Professora Sheeks interrompeu. "Enquanto Agatha e Tedros forem alunos desta escola, ninguém vai matar ninguém!"

"Agatha não é mais aluna", Bossam, que era peludo e tinha três olhos, apontou. "E Hort está certo. Se Agatha morrer, ficaremos todos a salvo."

"Acham que o 'Rei Japeth' não vai destruir a escola na primeira chance que tiver? E tudo dentro dela?", a Professora Anêmona perguntou. "Enquanto Agatha estiver aqui, é uma *aluna*. E nossa *melhor* aluna, aliás."

"Se ela é a melhor, como foi que estragou tudo?", Bossam insistiu.

"É", Aja disse, com raiva. "Por que temos que morrer defendendo Agatha, se foi ela quem errou?"

Outros Nuncas concordaram. Sempres também.

"Porque *não foi* um erro, seus idiotas", uma voz declarou de dentro do túnel, antes que Sophie entrasse na Clareira, com o cabelo penteado, maquiada e o vestido branco transformado em um quimono cintilante com asas. "Desculpem o atraso. O feitiço para consertar a perna de Aggie acabou quebrando um dos meus próprios ossos." Ela mostrou a mão direita, toda enfaixada. "Poderia ter sido pior, claro, mas se embelezar com uma só mão é tão encantador quanto passar uma noite com Hort." Ela sorriu para o furão, como se tivesse ouvido tudo o que ele dissera a Agatha antes.

Ele ficou vermelho.

"Bom, sobre esse suporto *erro*", Sophie voltou a falar, abarcando a multidão com a mão boa. "Agatha engoliu a resposta para impedir que Japeth o fizesse. Tedros teve várias chances de vencer o teste, mas, como sempre, não concluiu o trabalho. Agatha impediu a *derrota*. Foi ela quem impediu que a Cobra saísse à frente na corrida. Foi ela quem agiu como um rei."

Agatha corou, grata. *Sophie*. Seu cavaleiro de armadura brilhante. Sophie, que havia quebrado o próprio osso para curar o da amiga. Sophie, que havia encontrado o Bem em Agatha, quando ela própria só encontrara o Mal. Sua amiga não era uma bruxa. Assim como Agatha não era uma princesa. As duas eram ambas as coisas, sempre tinham sido. O limite era tão estreito quanto o limite entre as histórias e a vida real.

Tedros lançou um olhar pétreo para Sophie. "Então a culpa é minha? Minha própria princesa interfere no *meu* teste e a culpa é minha? Se meu pai disse que tenho que matá-la, a culpa é minha?"

"Acha que teria feito isso se soubesse o que ia acontecer?" Agatha se levantou, sentindo o corpo do bebê se sacudir contra seu peito. "Estava tentando nos salvar. Não pensei direito..."

"Nisso concordamos", disse Tedros.

"E você é o modelo do raciocínio calmo e deliberado", Sophie ironizou, protegendo Agatha.

Os olhos dos alunos e professores se alternavam entre o príncipe, sua princesa e a melhor amiga dela, as três pontas de um triângulo.

"O que eu deveria ter feito?", Agatha o desafiou, encorajada por Sophie. "Deixado que Japeth vencesse?"

"Você não me deu a *chance* de vencer!", Tedros disse, ficando de pé de um salto. "Sou eu que estou disputando o trono. Preciso que me ajude. Não que se coloque no meu caminho!"

"Não estou tentando ficar no seu caminho! Quero que você *pense*!", disse Agatha.

"Isso é difícil para ele", Sophie interrompeu.

Merlin bateu palmas, feliz.

"É por isso que Japeth vai ganhar", Tedros murmurou, voltando a se sentar no toco de árvore. "Porque não tem ninguém que o atrapalhe. Porque luta por si mesmo!"

"Achei que essa fosse a nossa vantagem", Agatha respondeu. "Lutarmos um pelo outro."

Tedros só olhou para ela.

"E você está errado. Japeth não luta por si mesmo", Sophie acrescentou. "Ele quer trazer alguém de volta dos mortos. Por isso precisa dos poderes do Storian. Por isso precisa do seu anel. Por amor. Que nem você."

"Não me compare a ele", Tedros contra-atacou, ainda irritado. "Ele quer a mãe de volta. A terrível da Sader. Já sabemos disso."

"Não. Não Evelyn", Sophie disse, com dureza. "Quem a amava era Rhian. Foi por isso que Japeth o matou. A Cobra quer trazer outra pessoa. O melhor amigo dele. Seu verdadeiro amor."

As palavras de Sophie atingiram Agatha como uma pancada. Ela se virou para Tedros, cujo ardor se dissipava diante da constatação.

"*Aric?*", ele disse. "É isso que ele quer? Trazer Aric de volta à vida?"

Agatha sentiu a escola toda ficar tensa ao contemplar o retorno do filho de Lady Lesso, um sádico com um buraco-negro no lugar da alma. A única coisa pior que a Cobra seriam *duas* Cobras, unidas pelo amor.

Tedros e Agatha se encararam. A expressão do príncipe parecia sofrida, como se o momento de atribuir culpa tivesse passado.

"Não há um lugar aonde possamos ir que Japeth não a encontre", ele disse a ela. "Não há o que fazer quanto ao teste. Não temos como ambos sobreviver."

"Mas você pode sobreviver", Agatha respondeu, suada e com o pescoço vermelho. As mãozinhas de Merlin agarraram a blusa dela. "Você ainda pode vencer o teste."

A expressão de Tedros se alterou na hora. Ele se inclinou para a frente, a imagem de um verdadeiro homem. "Ouça bem, Agatha. *Nunca* vou machucar você. Nunca. Vou lutar até morrer para manter você a salvo."

Ele falou com tanta firmeza, tanta clareza, que mesmo com a morte pairando entre ambos Agatha sentiu uma onda de amor. Ela não queria morrer. Mas precisava ouvir seu príncipe dizer que estavam juntos naquilo. Que ela ainda significava tudo para ele. Que ele a amava, independentemente de qualquer outra coisa.

Tedros abriu um sorriso triste para ela. Nem mesmo o amor podia salvá-los. Estavam encurralados, não havia escapatória. Ele suspirou e olhou para Sophie, como se, uma vez na vida, estivesse disposto a aceitar uma sugestão dela. Mas Sophie também estava perdida.

Os três estavam encurralados.

Sua história chegara a um beco sem saída.

Até que uma voz profunda interrompeu o silêncio.

"Há uma saída."

Por um segundo, Agatha achou que a voz vinha do céu ou do bebê em seus braços.

Então viu o Professor Manley, dentro do túnel da árvore do Mal, com a pele pálida cheia de protuberâncias, seus olhos penetrantes refletindo a escuridão.

"Venham comigo", ele disse, voltando pelo túnel.

Todo mundo na Clareira se levantou.

"Não. Vocês." Manley apontou uma unha suja e afiada para Tedros e Agatha. "Só *vocês*."

Agatha e o príncipe olharam um para o outro. Então se apressaram para ir atrás dele, ela ainda carregando Merlin.

Sophie bloqueou o caminho e enfrentou Manley. "Aonde ela for, eu vou."

O professor fez menção de responder, mas Sophie o impediu. "Ainda sou a reitora da escola em que você leciona, *Bilious*, uma vez que não renunciei ao cargo."

A cabeça ovalada do Professor Manley estremeceu, como se fosse explodir. "Faça o que quiser", ele rosnou, avançando pelo túnel, com três pares de pés o seguindo.

E depois quatro.

"Eu não vou ficar pra trás!"

Agatha se virou e viu Hort correndo atrás de Sophie, seminu e descalço. "Dessa vez, não, Fátima! Nunca mais!", o furão vociferou.

Sophie piscou para ele. "Quem é *Fátima*?"

"Nem pergunte", disse Agatha, puxando sua melhor amiga.

Na torre do Diretor da Escola, o Storian estava parado a uma página quase em branco. O Professor Manley olhou para ele, e Agatha e seus amigos formaram um círculo à sua volta.

Não havia nada pintado. Nenhuma cena.

Havia uma única frase escrita em letras pretas e grossas, ao fim do espaço vazio.

"Havia uma saída."

Tedros franziu a testa. "É só isso? É tudo o que diz?"

"Como isso vai ajudar?", Sophie perguntou a Manley.

"De que adianta uma saída se não sabemos qual é?", Hort acrescentou.

Agatha se fazia as mesmas perguntas.

De repente, o Storian começou a brilhar.

Em um tom durado profundo e urgente.

O anel de Tedros brilhou também, no mesmo tom.

Os olhos do príncipe se arregalaram. "O que está acontecendo?"

Ainda brilhando, o Storian golpeou a página, formando uma imagem em volteios furiosos. A imagem de Agatha e Tedros naquela mesma torre. O casal aparecia de pé, na janela dos fundos, o braço dele na cintura dela, a princesa com um bebê nos braços, enquanto ambos olhavam para o sol.

A frase sob a imagem permanecia a mesma: "*Havia uma saída*".

O príncipe e a princesa olharam um para o outro, perplexos.

Agatha notou que Manley a olhava atentamente, como se ela já tivesse as respostas.

Então Agatha se lembrou.

Da última vez em que estivera na torre. Quando o mesmo acontecera. O Storian pintara algo que ainda aconteceria. Na época, ela questionara por que a pena estava fazendo aquilo. O trabalho do Storian era escrever a história tal qual acontecia. Mas, de repente, a pena se adiantava, alertando-o de perigos, dando-lhes pistas.

"*Às vezes é a história que guia você*", Yuba, o Gnomo, dissera a ela.

Agatha examinou a Pena mais de perto.

"O Storian precisa da nossa ajuda para se manter vivo", ela disse, avaliando o aço, no qual restava um único cisne. O cisne de Camelot. O último guardião do poder da Pena. "É por isso que está nos ajudando."

"Não faz sentido." Tedros apontou para a pintura. "Como isso vai nos ajudar?"

Mas Sophie parecia compreender. Sophie, que sempre tivera uma misteriosa ligação com o Storian, desde a primeira vez em que ela e a melhor amiga haviam posto os olhos nele.

Ela olhou para a Pena.

Depois olhou para Agatha.

Em um segundo, as duas já estavam agindo, empurrando Tedros para a janela dos fundos.

"Temos que reproduzir!", Sophie disse.

"O quê?", o príncipe perguntou, perplexo.

"A pose!", disse Agatha, assumindo a mesma postura da imagem, com Merlin se agitando contra seu ombro. "Me segura como na imagem, Tedros! Anda!"

Ele passou o braço pela cintura de Agatha. "Não consigo entender como..."

"Do outro lado", Sophie disse, sem paciência.

Tedros grunhiu, mas deixou que ela o posicionasse. Merlin se debatia sem parar, e acabou atingindo o olho do príncipe. "Ai! Por que você trouxe esse bebê? Se livra dele!"

"É o Merlin!", Agatha vociferou.

"Xiu, vocês dois!", Sophie os repreendeu. "Agora olhem pela janela."

Resmungando, Tedros virou na direção da Floresta, enquanto Agatha tentava tranquilizar Merlin e Sophie aguardava, à distância.

Nada aconteceu.

Hort bocejou, apoiado na parede. "Já vi bastante idiotice na minha vida, mas isso..."

Manley deu um chute nele. "Mantenham o foco", o professor disse a Agatha e Tedros. "Sigam a pena..."

O Storian estalou, produzindo uma estática azul e apontando na direção de Manley, como se ele pudesse ser punido caso interferisse mais.

Mas o professor já havia dito tudo o que precisava.

"*Quando o Homem se tornar a Pena*", Agatha recordou.

Era a teoria de August Sader.

O Homem e a Pena, em equilíbrio.

Uma calma tomou conta de Agatha, que se aconchegou em Tedros. O bebê se apaziguava, como se seguisse a deixa dela. Logo, Agatha estava tão imóvel quanto a Agatha da imagem. Com aquilo, Tedros também parou de se mexer e encontrou sua própria paz, seus entes vivos em harmonia com os da página. O destino e o livre-arbítrio em fluxo perfeito, um alimentando o outro. O silêncio na torre se aprofundou, como se a história tivesse parado para respirar.

Então Agatha ouviu.

Um som de galope lá embaixo.

Os olhos de Tedros se arregalaram.

Juntos, eles olharam para a Floresta e para os portões da escola, que se abriam para um borrão passar depressa.

Um cavaleiro mascarado e vestido de preto, montado em um cavalo.

Não. Um cavalo, não.

Um *camelo.*

A dupla parou à beira do lago, e o cavaleiro ficou de pé sobre o animal antes de dirigir os olhos atrás da máscara para Agatha e Tedros, na janela da torre.

"Os animais podem ajudar, caso vocês os ajudem também. Foi a primeira coisa que ensinei a vocês na escola!", uma voz forte gritou. "Devem ter aprendido bem a lição!"

O cavaleiro tirou a máscara.

Era a Princesa Uma, que sorria. "Porque este animal encontrou uma maneira de ajudar vocês."

O camelo sorriu também, erguendo a cabeça para Agatha.

Um camelo que Agatha *conhecia.*

Um camelo que ela salvara de uma armadilha.

E que agora vinha resgatar a princesa e seu príncipe.

"Mamãe lhama", Merlin disse, rindo. Ele apontou para o camelo. "Lhama! Lhama!"

Agatha ficou boquiaberta.

"Ele *definitivamente* vai ficar conosco", disse Tedros.

15

SOPHIE

A confiança é o caminho

"Do que acha que eles estão falando?", Sophie perguntou, vendo Hort abraçado a Tedros no alto enquanto Agatha se segurava nela em terra.

"Do que é que os garotos falam?", Agatha retrucou, com Merlin preso a suas costas.

O camelo podia carregar três pessoas, e imaginava que seus passageiros seriam Agatha, Tedros e a Princesa Uma, mas também havia Sophie, Hort e o bebê. Quando ficou claro que Agatha não deixaria Merlin, Sophie não deixaria Agatha e Hort não deixaria Sophie, a Princesa Uma invocou um stymph para levar os garotos, que acompanhariam Agatha e Sophie de cima, enquanto elas seguiam no camelo mais abaixo. ("Posso ir com Sophie", Hort se voluntariara. "E eu com Agatha", Tedros dissera na sequência. "Uma já fez a divisão", Sophie os cortou.) Eles não tinham ideia de seu destino, porque o camelo se recusava a revelá-lo. "Para que ninguém possa nos entregar ao inimigo", o animal dissera a Uma. Quando a princesa insistira que o camelo dissesse ao menos em que direção seguiriam ou como salvariam Agatha, ele respondera: "A *confiança* é o caminho".

"Ou pelo menos é o que acho que o camelo disse",

Uma confessara depois, com um suspiro. "Na língua dos camelos, há uma única palavra para 'confiança' e 'morte', mas acho que é seguro presumir que nesse caso era a primeira opção."

"Tem certeza de que podemos confiar no camelo?", Sophie perguntara a Agatha, quando Uma e os garotos foram se encontrar com o stymph.

Agatha acariciara o camelo como se fosse um animal de estimação. "O Sultão de Shazabah mandou o camelo como presente de casamento para Rhian, e salvei esta criatura das mãos do rei. Ouvi seu desejo, quer reencontrar a família. Mas não pode voltar para Shazabah, ou seria morta por desobedecer a ordens. Uma disse que o camelo estava escondido na Floresta e viu a mensagem de Lionsmane sobre mim e o segundo teste. Sabendo que eu precisava de ajuda, mandou um recado para a princesa através dos animais da floresta, torcendo para que ela pudesse trazê-lo a mim."

Sophie vira Merlin passando o rostinho nos pelos do camelo. "Da última vez que confiamos em um animal, foi naquele castor desprezível que tentou usar cobras para nos matar", ela dissera. "Não confio em bichos de modo geral. Não importa o que Uma diga."

"Falou como uma verdadeira bruxa", Agatha brincou.

Sophie franzira a testa. "Que cheiro é esse?"

O camelo havia feito xixi no sapato dela.

Com metade da Floresta caçando Agatha, eles só podiam viajar à noite, de modo que lhes restava o dia para dormir. Tedros havia atribuído novas tarefas àqueles deixados para trás. Um grupo de alunos de primeiro ano liderados por Valentina e Laithan se esgueiraria até Camelot para acompanhar todos os movimentos de Japeth, enquanto Bogden e Willam visitariam o padre Pospisil, de quem Willam tinha sido coroinha, para ver se poderia ajudar a derrotar a Cobra.

"O bibliotecário da Biblioteca Viva sugeriu que ele poderia ser um amigo", dissera Tedros.

Durante o tempo que passaram na torre do Diretor da Escola, chegara uma noz de esquilo.

"É uma mensagem de Jaunt Jolie", Tedros dissera às bruxas. "A Rainha Jacinda quer ver vocês."

"Jaunt Jolie?", repetira Hester. "Mas é território Sempre."

"Mande Beatrix ou Reena", Anadil dissera.

"Ninguém sabe onde estão", a velha Dot lembrara. "Ou Kiko."

"Isso não é problema nosso", Hester retrucara. "Nem rainhas Sempre."

"Bom, esta rainha Sempre pediu para ver *vocês*, por isso as três vão", Tedros ordenara. "Contem a Jacinda que a filha dela morreu nas mãos da

Cobra. A rainha precisa saber a verdade. E descubram o que aconteceu com Nicola e minha mãe. Elas iam pedir a ajuda da rainha. Os Onze podem ser nossa melhor chance de matar Japeth antes que ele encontre Agatha. E temos que matá-lo. Porque, enquanto o segundo teste estiver em andamento, ele não vai parar até matar Agatha."

Sophie percebera que sua amiga pensava a respeito, mas Aggie não dissera nada.

Tedros ainda ordenara que, ao longo do caminho, o coven parasse na Montanha de Vidro e descobrisse onde Robin Hood havia escondido Marian. ("Como vamos dizer a ela que Robin morreu?", Dot se queixara. "Somos mesmo as emissárias da morte", Anadil resmungou em seguida.)

O restante dos Sempres e Nuncas, incluindo professores, deveria voltar às aulas normalmente, para acabar com qualquer suspeita de que estivessem com Agatha e manter o Storian protegido. Como a professora Sheeks apontara, o camelo havia feito uma escolha sábia: como não revelara seus planos, a escola de fato não sabia de nada, de modo que nem mesmo o mais poderoso feiticeiro poderia extrair informações de seus membros.

Bem, Mal, Meninos, Meninas, Jovens, Velhos... a missão era mesma: seguir em frente, confiando que o camelo os guiaria, mesmo que não tivessem ideia de para onde estavam indo.

Agora, Sophie sentia esse movimento adiante de forma bastante literal. A jornada tinha começado, e o camelo balançava a cada passo. O nariz e a boca de Sophie estavam cobertos de seda branca. Em algum lugar entre a Clareira e a Floresta, o quimono branco dela tinha se transformado magicamente em um conjunto de montaria muito chique, com lenço de cabeça e véu. "Sabe, fico tentando me livrar desse vestido, mas quanto mais tento, mais ele se transforma em algo divino, como se soubesse exatamente como me conquistar. Nem sei mais dizer se sua magia é boa ou ruim."

"Tudo relacionado a Evelyn Sader é ruim", disse Agatha, atrás de Sophie, usando uma capa escura com capuz. O bebê dormia nas costas dela.

"Evelyn é o que liga a Cobra ao Cavaleiro Verde", Sophie lembrou. "Não foi isso que você viu na pérola?"

"Tinha uma espécie de enigma escondido nela. Um enigma que Arthur queria que o vencedor do primeiro teste visse", respondeu Agatha.

"Deve ser importante então, mesmo que não faça sentido", Sophie comentou.

"Quando investigamos o sangue de Rhian, o que temos certeza de que vimos?", disse Agatha. "Que Evelyn encantou Arthur para ter um filho dele. Que Evelyn colocou a corda no pescoço dele, e não Lady Gremlaine. O que significa que Arthur teve *mesmo* um filho secreto com Evelyn Sader. Ou dois filhos. Não há dúvida."

"No entanto, a Cobra não é filho de Arthur. Ou pelo menos foi o que disse", lembrou Sophie. "Mas Japeth é um grande mentiroso, assim como o irmão era." Ela balançou a cabeça. "Mas por que ele mentiria quanto a isso? Vai ver que a Cobra *não é* mesmo o filho que Evelyn teve com Arthur. Vai ver que o pai da Cobra é o Cavaleiro Verde."

"Mas o sangue de Rhian diz que o pai é Arthur!", Agatha insistiu.

"No entanto, o Cavaleiro Verde tem o *mesmo* nome da Cobra. Japeth. Fora que a árvore feiticeira disse que a Cobra está ligada à alma do Cavaleiro Verde. Como pode ser, a menos que os dois Japeths tenham o mesmo sangue?", Sophie insistiu também. "O Cavaleiro Verde *tem* que ser pai da Cobra."

"E Evelyn Sader a mãe? Mas por que o sangue de Rhian mentiria? E como enganou a Excalibur quando Rhian puxou a espada da pedra?"

"Talvez não tenha mentido", Sophie arriscou. "Pode ser que Rhian era filho de Arthur, enquanto Japeth era filho do Cavaleiro Verde... e Evelyn Sader era a mãe dos dois." O coração de Sophie batia mais forte. "Eles podem ser gêmeos divididos pela magia..."

"Como nós", Agatha comentou, baixo.

Sophie notou que a voz da amiga falhara. Elas nunca haviam conversado a respeito do que haviam visto na história de August Sader, muito tempo antes. Que eram irmãs, mas apenas no nome. Duas almas, eternamente irreconciliáveis, uma o espelho da outra. Uma do Bem, outra do Mal. *E se for a mesma coisa com Rhian e Japeth?*, Sophie pensou.

Agatha rejeitou a ideia. "Não faz sentido. Como gêmeos podem ter pais diferentes?"

Sophie jogou as mãos para o alto. "E quem é o pai então? Arthur ou o Cavaleiro Verde? Quem está certo, o sangue de Rhian ou o sangue de Japeth? Se o sangue de Rhian estiver errado, quem disse que Evelyn Sader é a mãe dos dois?"

Agatha suspirou. Aquilo ia dar um nó no cérebro das duas.

Elas ficaram em silêncio por um tempo. Merlin balbuciou, como se tivesse ouvido tudo. Sophie olhou para o alto, para Tedros e Hort, usando capas pretas e ainda conversando, enquanto Uma conduzia o stymph de modo a acompanhar o ritmo do camelo.

"Você quebrou mesmo o pulso para salvar minha perna?", Agatha perguntou.

"A Cobra está vindo atrás de você, não podemos te deixar mancando por aí. É claro que o feitiço de reparo poderia ter quebrado minha própria perna ou coisa pior, mas imaginei que a gente pudesse se revezar para se curar até chegar a um arranjo menos inconveniente."

Agatha riu. "Nossa, como foi que chegamos aqui?"

"Você quer dizer: a bordo de um camelo fedido, indo sabe-se lá para onde, seu príncipe com a ordem de te matar, toda a Floresta atrás de você e um bebê feiticeiro nas costas?"

O camelo cuspiu uma bola de fogo que passou perto da orelha de Sophie.

"Tudo na nossa história tem que ser tão complicado e brutal?", Sophie se queixou.

Ela olhou para Agatha, esperando a resposta torta de sempre. Mas a outra só parecia temerosa. Mais que isso. Parecia perdida.

"Não, digo, como chegamos *a esse ponto*?", Agatha insistiu. "Tão longe de um final feliz?"

"Fomos feitas para uma vida mais grandiosa, Agatha", Sophie a lembrou. "Sempre fomos. August Sader disse ao Diretor da Escola que uma Leitora seria o verdadeiro amor dele, a alma do Mal que Rafal vinha aguardando. Foi por isso que Rafal sequestrou Leitoras como nós e as levou para seu mundo. Para encontrar seu verdadeiro amor. Mas Sader *mentiu* para ele, porque sabia que nós duas mataríamos Rafal. Que nosso amor o destruiria. Quando Rafal morreu, achamos que era o fim da história. Presumimos que nosso final feliz duraria para sempre. Porque é o que os livros de contos nos ensinam. Que o Bem sempre vence. Que o Para Sempre é para sempre. Mas nosso conto de fadas mudou as regras. Abrimos buracos nas velhas definições de Bem e Mal. E agora estamos em outra história, na qual não basta mais ser do Bem. O Storian quer mais de nós. O bastante para arriscar a própria destruição. Para vencer, temos que seguir nossa história aonde quer que nos conduza. Além do Sempre e Nunca. Além do Homem e da Pena. Até o Fim dos Fins."

Agatha ficou em silêncio atrás de Sophie. Seu corpo não estava mais rígido, e uma calma parecia ter tomado conta dela. Agatha tocou o ombro da amiga.

"Até o Fim dos Fins", ela repetiu.

As palavras ecoaram pela floresta escura.

Filetes de fumaça azul desceram flutuando do céu e formaram uma mensagem diante de Sophie, na caligrafia desgrenhada de Hort: "*Diga a Agatha para trocar de lugar comigo*".

Sophie espalhou a fumaça com a mão. "Ele age como alguém que *não* tem namorada."

"Por isso me pergunto o que Nicola faz com ele", disse Agatha, em um tom mais leve, como se fofocar sobre a vida amorosa de outra pessoa fosse um tônico restaurador. "Nicola é muito inteligente. Leu nosso conto de fadas e conhece todos os detalhes de cor. Deve saber que Hort não conseguiria abrir mão de você."

"Tendo lido nossa história, ela também acha que Hort é bom demais para mim, por isso continua com ele", disse Sophie. "Nic é uma Leitora, como nós. Cresceu lendo contos em que bruxas não têm namorado. Para ela, Hort gostar de mim é antinatural. Nic acredita de verdade que ele merece alguém melhor. Alguém como ela. E que, se ficar com ele, Hort vai acabar caindo em si. Mas isso é acreditar que o amor é racional. Que, quando encurralado, o coração faz a coisa mais sensata. Só que é nisso que Hort e eu somos iguais. Nenhum de nós tem o menor controle sobre o próprio coração."

"Hum... Interessante", Agatha disse.

"Não estou gostando disso."

"No terceiro ano, Hort viu algo no lago dos peixes do desejo. Quando estávamos no esconderijo de Guinevere. Os peixes disseram que, no fim, vocês dois acabariam se casando. E ainda não estamos no Fim..."

"Sei que isso vai surpreender você, mas já pensei a respeito, Aggie", Sophie disse. "Principalmente depois que Hort tentou me resgatar de Rhian. Pelo mais breve momento, vi nele meu príncipe. Vi como nossa história poderia ser. E há momentos, agora mais que nunca, em que penso: arrisca. Namora o furão. Escolhe o garoto carinhoso e gentil, em vez do bonitão que no fim acaba tentando te matar. Pelo menos eu teria amor. Pelo menos seria beijada sem uma faca nas minhas costas." Sophie fez uma pausa. "Daí penso: mas cadê o *desafio*?" Ela sorriu para a amiga.

"E você se pergunta por que bruxas não namoram...", comentou Agatha.

Nunca entre na Floresta à noite.

Fora uma das primeiras regras que Sophie aprendera na Escola do Bem e do Mal. E por uma boa razão. Depois do pôr do sol, a floresta se transformava em um terreno assombrado. Olhos vermelhos e amarelos reluziam como joias entre a vegetação rasteira, seguidos pelo brilho de dentes afiados. Contornos sombrios esvoaçavam por entre as árvores: focinhos, garras, asas. A noite vinha com seus próprios sons, uma sequência constante de rosnados, movimentos rápidos e gritos. Quanto mais a pessoa se embrenhava na Floresta, mais a Floresta se embrenhava nela, fazendo cócegas atrás do joelho, respirando em seu pescoço. Mas, montada no camelo em segurança, Sophie via a noite com novos olhos. Os esporos verdes fluorescentes da hera venenosa. Os escorpiões pretos, brilhando como obsidianas. As cobras vermelhas e azuis, enroscadas em árvores. Havia beleza no perigo, caso a pessoa se permitisse vê-la.

Os pensamentos eram passageiros. Sophie sabia que era questão de tempo até que deparassem com alguém atrás de Agatha. Com apenas algumas horas de viagem, já haviam visto de relance dois adolescentes, um anão sozinho e uma bruxa empurrando um carrinho... todos tinham ido embora com apenas uma olhada, como se usassem a escuridão para se esconder de algo.

"A poção deve estar funcionando", Agatha disse. "Merlin está ficando mais pesado."

Sophie considerou a criança presa às costas da amiga. Seu corpo estava maior e seu cabelo estava mais cheio do que quando haviam deixado a escola. A roupa parecia crescer magicamente com Merlin. Ele tomava leite com vontade do chapéu azul, derramando tudo em Agatha.

"Molha mamãe!", o feiticeiro disse, passando leite no cabelo dela.

"Agora sei por que você odeia crianças", disse Agatha.

"Ele deve estar com uns dois anos, é uma idade terrível. Mas só vai durar uma noite", Sophie comentou. "Hester disse para dar a próxima dose da poção. Amanhã ele já vai estar com três."

"Com dois já está pesado para minhas costas."

"Deixa que eu seguro. Pelo menos um pouco."

"Ele vai fazer cocô."

"Passa a criança, Aggie."

Agatha tirou Merlin das costas com um suspiro e o entregou a Sophie que usou a mão boa para ajeitá-lo em seu colo.

A Floresta desapareceu.

De repente, Sophie estava em uma nuvem. Estrelas prateadas piscavam contra o céu roxo.

O Celestium.

Havia alguém sentado ao lado dela.

Tedros.

Tedros, sem cabeça.

Seu pescoço era um coto ensanguentado.

"Cadê?", uma voz disse.

Ela se virou e viu a cabeça decapitada de Tedros flutuando logo atrás.

"*Bu!*"

Sophie gritou.

Agora estava de volta à floresta, tão abalada que quase caiu do camelo, levando o bebê consigo. Agatha se apressou a salvar os dois.

"Está maluca?", Agatha a recriminou.

Sophie olhou para Merlin, que sorria para ela. O feiticeiro havia feito aquilo. Era uma brincadeira? Só porque ele estava em uma idade terrível? Merlin sorria, parecendo calmo e seguro de si.

"Espera aí. Aconteceu alguma coisa?", Agatha perguntou de repente, com a expressão alterada, como se houvesse tido sua própria cota de truques de Merlin. "Sophie, o que você viu?"

Seu namorado em duas partes.

"Nada", Sophie disse. "Só fiquei tonta."

A fumaça de Hort voltou à frente dela, com outra mensagem: "*Vi você caindo. Vou descer*".

Sophie respondeu com seu brilho cor-de-rosa: "*Se descer, te dou um tapa*", depois mandou a mensagem para ele.

Hort permaneceu onde estava.

Eles seguiram em frente. Sem precisar carregar Merlin, Agatha logo pegou no sono, apoiada no ombro da amiga. O feiticeiro cutucou o frasco que despontava do bolso do vestido de Sophie.

"Suco", ele disse.

Sophie pegou a garrafa de gosma verde que Hester havia lhe dado e pingou algumas gotinhas na língua de Merlin, que parecia ávido por aquilo, apesar do cheiro horrível da poção e da cara que ele fez ao engolir. Sophie tentou esquecer o que havia visto no Celestium, enquanto a criança cantarolava coisas sem sentido e brincava com o frasco. A cada vez que ela olhava para Merlin, ele parecia ter crescido mais. Sua fralda já não ficava molhada a cada hora. Em vez disso, ele puxava o vestido de Sophie com uma expressão assustada, maneira como indicava que precisa fazer suas necessidades. O tempo desacelerou, parecendo rastejar, o crescimento do feiticeiro mais rápido que a noite. Até que o céu preto começou a ficar azul. O camelo olhou para Uma, para que ela olhasse em volta e escolhesse um lugar onde pudessem se esconder durante o dia. Mas o stymph parou, e Uma pareceu hesitar.

Havia fogueiras de acampamento à frente, circuladas por sombras.

"Aggie, *olha*", Sophie chamou a amiga.

Agatha acordou. Seus olhos se arregalaram. "Piratas", ela disse, baixo, ao ver a frota de guardas de Camelot, guiados por Wesley, cujo rosto queimado de sol era visível sob o elmo.

Não só piratas, Sophie percebeu.

Lobos.

Dezenas deles, homens-lobos e lobisomens, misturados ao exército de Japeth, seus corpos enormes e rostos ferozes inflamados, enquanto todos dividiam coelhos e esquilos assados.

Sophie olhou para Uma, querendo instruções, mas a copa das árvores e a fumaça que subia agora escondiam o stymph. Ela puxou as rédeas do camelo, alterando o curso, só que mais lobos vinham naquela direção, trazendo um javali morto. O camelo avançou depressa, esgueirando-se por um caminho estreito que contornava o acampamento. Sophie ajeitou o véu e Agatha pegou o chapéu azul de Merlin para fazer de máscara. As duas mantiveram a cabeça baixa.

"Bloodbrook não tem amizade com Camelot", Wesley disse para o maior homem-lobo, enquanto o javali ia para o fogo. "O rei deve ter prometido uma boa grana para ajudarem a gente a pegar Agatha."

"Faz cem anos que o Storian não escreve o conto de um Nunca de Bloodbrook. O mais perto que chegamos foi com o patético do Hort, que foi o bufão do conto de Agatha", disse o líder dos lobos. "Não temos mais lendas ou heróis em quem acreditar. Por isso somos um cortiço, em vez do reino que já fomos. Rhian prometeu restaurar a glória de Bloodbrook caso tenha o poder da Pena."

"Com o focinho de vocês do nosso lado, o rei vai ganhar o segundo teste rapidinho", disse Wesley. "É só farejarem aquela cachorra." Ele sorriu para o líder dos lobos. "Sem querer ofender."

No entanto, com a fumaça e a carne, eles não sentiram o cheiro de Agatha, que passava por eles, nos limites do mato. Sophie tentava tranquilizar Merlin, que se contorcia para Agatha e enquanto o camelo contornava o acampamento inimigo. Já estavam quase chegando à parte encoberta da Floresta quando Merlin se debateu com mais força nos braços de Sophie, tentando chegar a Agatha.

O *chapéu*, Sophie se deu conta.

Ele queria o chapéu de volta.

Merlin começou a ficar vermelho.

Não, não, não, Sophie rezou.

Ele foi ficando mais, mais e mais vermelho.

Sophie cobriu a boquinha dele.

Mas o feiticeiro explodiu.

O choro alto e penetrante assustou até mesmo o camelo.

Agatha e Sophie congelaram. Merlin também.

Os lobos e os guardas ergueram os olhos.

A Floresta ficou em silêncio.

O camelo tentou fugir na mesma hora, mas lobos o cercaram. Cuspiu uma bola de fogo, queimando um, mas os outros o derrubaram no chão, tirando Sophie e Agatha do lombo do animal e separando-as de Merlin. Em seguida, cortaram as rédeas do camelo e enfiaram em sua boca.

Com os lobos segurando as duas garotas de véu e um guarda amordaçando Merlin, Wesley se aproximou, de espada na mão.

"Olá, belas damas. Posso perguntar aonde estão indo no meio da noite com um camelo de Shazabah?"

Sophie olhou para Agatha. Agatha olhou para Sophie. Elas sabiam quem mentia melhor.

"À ilha de Markle Markle. Hafsah e eu vamos dançar para o rei", Sophie respondeu, acenando com a cabeça para Agatha, que usava o chapéu como máscara. O véu branco que cobria o nariz e a boca de Sophie se apertou magicamente, deixando apenas seus olhos verdes visíveis. "Fomos enviadas pelo sultão em uma missão diplomática."

"Markle Markle, é?", disse Wesley. "E onde fica isso? A leste de Shangri-la e a oeste da casa do Papai Noel?"

"Na costa de Ooty", Sophie respondeu.

Wesley sorriu. "Mentira."

"A um guarda de Camelot, pode parecer", disse Sophie. "A ilha fica escondida pela névoa. É visível apenas a donzelas e piratas. Parece-me que vocês não são nem um nem outro."

Os olhos esmeralda dela eram penetrantes.

Wesley parou de sorrir.

"Mostrem os rostos", ele disse. "As duas."

As garotas não obedeceram.

"Eu mesmo faço isso", ele rosnou, apontando a espada para o véu de Sophie.

"Eu não faria isso se fosse você", Sophie disse, calma. "Quem tira o véu de uma garota é amaldiçoado e morre antes do fim do dia."

Wesley olhou para ela. Depois para Agatha.

"É uma morte terrível!", Agatha acrescentou, com um sotaque medonho.

Wesley se virou para seus homens. "É verdade?"

Ninguém discordou.

"Então já vamos indo", Sophie disse, soltando-se.

"Não antes de *dançar*", disse uma voz.

O maior homem-lobo do grupo deu um passo à frente, ficando sob a luz da fogueira. Era o líder.

"Como é?", Sophie disse, pega de surpresa.

"Toda a Floresta está atrás de uma fugitiva mais ou menos da idade de vocês. Por ordens do Rei Rhian", o homem-lobo disse. "Se forem quem são, provem. Uma dança e estarão livres para partir."

Sophie hesitou, mas Agatha respondeu. "Não tem música", ela disse, soando como uma cabra com dor de barriga.

"Exatamente", Sophie concordou. "Sem música, não dá para dançar."

Uma batida constante interrompeu o silêncio.

As duas olharam para os lobos, que batiam com gravetos nas armaduras dos guardas.

Tica tic toc... Tica tic toc...

Outro lobo começou a bater a bata a uma pedra: *duc duc dop... duc duc dop...*

Um último jogou folhas secas na fogueira, produzindo um *tsss tsss* percussivo.

O líder arreganhou os dentes para Sophie.

"*Dancem*", o lobo disse.

Sophie olhou para ele.

Se lobos e homens tinham algo em comum, era o fato de subestimarem o poder das garotas.

Sophie sentia que o vestido de Evelyn se alterava em sua pele, como se agora tivesse total controle sobre ele, como Japeth tinha com os scims. Logo, suas roupas brancas de montaria tinham se transformado em um conjunto de corpete e calça harém cintilantes, e o véu brilhava.

O lobo recuou um passo, assustado.

Sophie tirou os sapatos, já movendo os braços e o corpo. Ela dançou em volta de seus inimigos, deixando-os tontos com seus rodopios e giros, a mão enfaixada tocando de forma provocadora Wesley e o lobo, antes de arranhar suas bochechas com a mão boa, tirando sangue. Eles estavam em tamanho transe que não reagiram, continuando a ver Sophie girar com velocidade e brilho, como uma sílfide nascida do fogo, puxando o cabelo dos guardas para saltar sobre eles e agarrando o pescoço dos lobos para se lançar em arabescos sedutores. O ritmo acelerou, enquanto os lobos babavam. Muito tempo antes, uma Fera havia punido Sophie roubando-lhe a beleza. Agora, seus afins eram escravos dela. A música acelerava cada vez mais, enquanto Sophie intensificava seus passos de balé, abria o espacate e coroava cada movimento com piscadelas e trinados. Ela chegou a jogar a comida de um guarda no fogo para aumentar as chamas para o grande final... então ergueu o salto em um chute alto que atingiu a cabeça de Wesley, lançando o elmo dele na fogueira e deixando seu rosto descascado e sarapintado à mostra.

"É estranho que não conheça Markle Markle", Sophie disse, olhando para ele. "Parece mais um *pirata* que um guarda de Camelot."

Os lobos olharam para Wesley como se concordassem com ela.

"Boa sorte para encontrar a fugitiva. Vamos, Hafsah", Sophie disse, pegando Merlin de um guarda e seguindo na direção do camelo amarrado.

"Parem."

Sophie se virou.

O lobo apontava para Agatha. "Ela também tem que dançar."

Sophie pigarreou. "Hafsah só faz danças *particulares.* Para reis que pagam seu peso em ouro."

"*Dance*", Wesley ordenou, olhando para Agatha.

Um guarda tirou Merlin de Sophie.

A música retornou.

Tica tic toc.

Tica tic toc.

Agatha olhou para a copa das árvores, mas o stymph havia muito passara, depois olhou para Merlin, nos braços do guarda, como se esperasse que o feiticeiro a salvasse. Ele só chupava a mordaça como se fosse uma chupeta, olhando para a "mamãe" e batendo palma no ritmo dos lobos.

O homem-lobo bateu uma garra na terra, seus lábios se recolhendo sobre os dentes afiados.

Sophie procurou encorajar Agatha com um aceno de cabeça. *Vamos, Aggie.* Ela devia ser capaz de dançar uma valsa, uma volta ou *alguma coisa.* Tinha feito aula de dança na escola. E depois em Camelot. Além do mais, dançar era a coisa mais fácil do mundo. Só exigia estar à vontade no próprio corpo, ter movimentos graciosos e uma noção de ritmo que até uma criança teria.

Então Sophie notou a palidez fantasmagórica no rosto de Agatha e se lembrou de que a amiga não tinha nada daquilo.

Agatha ergueu uma perna e a sacudiu algumas vezes. A princípio, Sophie achou que era um aquecimento para a dança, mas não, já era a dança. Agatha girou como um flamingo antes de fazer um agachamento sofrível e balançar de um lado para o outro, com os joelhos ossudos estalando. "*Uh lali, uh lali*", Aggie murmurou, como se seguisse um ritmo que não tinha nada a ver com o que os lobos tocavam. Aggie devia ter visto a expressão de Sophie, porque começou a balançar a bunda e movimentar os braços como se acenasse para uma carruagem. Em seguida, começou a correr no lugar, como se a carruagem tivesse partido sem ela. Agatha insistiu naquilo, na corrida fantasma, e acrescentou movimentos de mão estranhos, em uma versão terrível de tai chi chuan, depois arrancou a capa e se deitou de barriga no chão, fingindo que aquilo tudo fazia parte da dança. Suas pernas se agitavam, revelando a anágua empoeirada, então ela se virou de lado, toda suja, como uma múmia trazida para a areia pela água do mar.

O véu dela caiu.

Agatha e Sophie ficaram olhando para o chapéu de feiticeiro encolhido no chão.

Merlin parou de bater palmas.

A música parou também, e o público ficou em completo silêncio.

Devagar, Agatha ergueu os olhos, seu rosto a plena vista.

"Ah. Oi", ela disse.

Foram todos para cima dela, armados de espadas e focinhos. Sophie acendeu o dedo, mas os lobos já a tinham pegado. Amarraram as duas com uma corda cheirando a porco, enquanto Merlin foi enfiado em um saco de estopa. Sophie tinha dificuldade para respirar, com o joelho de Wesley em seu peito, as unhas pretas arranhando o pescoço dela, e o rosto rançoso colado no dela.

"O rei quer sua amiga viva. Mas não disse nada sobre você."

Ele estrangulou Sophie com tanta força que o coração dela desacelerou enquanto a vida era tirada de seu corpo. Agatha era forçada a assistir à melhor amiga morrendo, enquanto gritava com a boca amordaçada.

Ouviu-se um trovão no céu.

Um lobo caiu em cima de Wesley, rugindo e quebrando seu crânio com os próprios punhos.

Uma cratera se formou abaixo, engolindo lombos e guardas, enquanto o recém-chegado colocava Agatha, Sophie e Merlin nas costas. Ele também pegou o javali no espeto e usou contra os lobos que restavam, queimando-os e atirando-os pela Floresta, antes de derrubar os últimos poucos guardas a golpes na cabeça. Foi só quando não havia mais ninguém que o lobo voltou a respirar, seus dentes manchados de sangue, seus pelos iluminados pelas brasas. Hort pegou Sophie com uma pata e ficou cara a cara com ela.

"Pode me dar aquele *tapa* agora."

Um dia depois, eles estavam acampados à margem fria das Planícies de Gelo, protegidos pelo embarcadouro congelado que se estendia pelo Mar Selvagem.

Quando a noite caiu, Uma os acordou, esperando que o camelo os conduzisse pela próxima perna da jornada.

Mas o camelo não se moveu, permanecendo encolhido sob o abrigo.

"O que estamos esperando?", ela perguntou, tremendo.

"Que nosso barco chegue", o camelo respondeu.

Dois dias depois, o barco ainda não havia chegado.

Enquanto Uma sobrevoava o mar com o stymph atrás de mais peixes, os outros se amontoavam sob o embarcadouro enquanto o sol nascia, aquecidos por uma pequena fogueira e os corpos, uns dos outros, aconchegados na barriga do camelo. Ninguém conseguia dormir, nem mesmo Merlin, que estava com cinco anos e se mantinha totalmente alerta. Ele ficava em volta do fogo, lançando nas chamas gravetos, algas marinhas e o que mais conseguisse encontrar, depois vendo queimar.

"Quando esse maldito barco vai chegar?", Tedros resmungou, olhando para o camelo que dormia. "E aonde essa criatura está nos levando?"

"O mais longe de Shazabah que conseguir", Hort arriscou, defumando pedaços de salmão e passando a Sophie, que estava sob seu braço. "Provavelmente vai nos esconder nos reinos não mapeados."

"Mas como isso vai me ajudar a vencer o segundo teste sem matar Agatha?", perguntou Tedros, abraçando a princesa contra o peito. "Aonde quer que a gente vá, a Cobra vai nos caçar. Fugir não o impede nem mantém Agatha a salvo. Meu pai não ia querer que eu fugisse. É pura... covardia."

"A *confiança* é o caminho. Foi o que o camelo disse", Agatha lembrou, com um suspiro, aconchegando-se mais nos braços do príncipe.

"Confiança também significa 'morte' em camelês", Tedros apontou.

"Até agora, essa criatura salvou nossa vida", Agatha disse. "Foi por isso que o Storian nos conduziu a ela."

"O mesmo Storian colocou gêmeos assassinos no nosso conto de fadas quando deveríamos estar nos casando."

Algo no modo como Tedros havia dito aquilo, com raiva e carinho ao mesmo tempo, fez a expressão de Agatha se alterar. "Não queria ter engolido a pérola", ela disse, baixo. "Queria ter dado a você. Aí você já estaria atrás da resposta do segundo teste. Do segundo teste *de verdade*, como deveria ter sido."

Tedros passou a mão no cabelo dela. "A confiança é o caminho, lembra?"

Sophie podia ver Agatha relaxando com o carinho do príncipe, os olhos fechados de prazer. "É melhor parar de fazer isso ou vou me acostumar", Agatha murmurou.

"Você é bem mandona", disse Tedros. "Pare de pensar e relaxe um pouco, para variar."

Agatha se ajeitou ainda mais no peito dele. Então se apoiou nos cotovelos. "Aquilo que vi na pérola tem algum significado para você? Evelyn Sader como a ligação entre Japeth e o Cavaleiro Verde?"

Tedros parou com a massagem. "Pensei a respeito disso durante a viagem no stymph, depois que você mencionou. Mas Evelyn Sader não tinha nada a ver com o Cavaleiro Verde. Tampouco Japeth, até onde sabemos. Por que meu pai esconderia isso na pérola? Não faz o menor sentido. Nem essa história toda."

Eles viram Merlin jogar outras coisas no fogo e gritar "Shazam!", como se fosse ele quem estivesse dando vida às chamas.

"Nosso menino cresceu", disse Tedros, puxando Agatha para si.

Sophie mordiscou o salmão enquanto via os dois se beijando.

"O gosto está bom?", Hort perguntou, com o bíceps sobre ela. "Tentei deixar no ponto certo."

Sophie sabia que não devia deixar que Hort a abraçasse assim. Daria a ele a ideia errada. Mas o frio era glacial. E Hort era uma delícia de abraçar, macio em todos os pontos certos. Além do mais, Agatha estava com Tedros, então ou ela ficava juntinho do furão ou dormia sozinha, perto da bunda de um camelo.

Mas havia outra coisa, claro.

O modo como ele a salvara.

Não era apenas o fato de Hort a ter livrado da morte, mas também o fogo em seu olhar, a chama ardente, como se o menino tivesse se transformado em homem. Ela sempre o vira como um fraco, um panaca apaixonado, mas agora tinha vislumbrado o macho alfa, o lobo que exigia seu amor e não voltava atrás. Sophie nunca admitiria que gostava daquilo. Tramaria a morte de qualquer garoto ou fera que ousasse reivindicá-la. No entanto, ali estava, deixando que ele a tocasse, muito embora seus dedos cheirassem a fumaça e peixe.

Virou-se para Hort. "Sobre o que você e Tedros falaram no stymph? Sempre que via, vocês estavam envolvidos em uma conversa."

Hort e Tedros olharam um para o outro.

"Dicas de malhação", Hort falou.

"Rúgbi", Tedros completou.

"Ah", Sophie disse.

Mentirosos.

"Talvez este seja o segundo teste de verdade", Agatha comentou, finalmente separada dos lábios de Tedros. "Quanto mais penso no torneio, mais estranho me parece."

"Lá vai ela", o príncipe disse. "Tendo ideias."

"O que pra você deve ser muito incomum, imagino", Sophie provocou. "Do que está falando, Aggie?"

"O torneio é uma corrida. Com três testes. E quem chegar primeiro ganha", Agatha raciocinou. "Se Tedros ou Japeth engolissem a pérola, um deles sairia na frente, enquanto o outro teria que descobrir qual era o segundo teste. Como Arthur sabia que nenhum deles ganharia? Como já tinha o segundo teste preparado?"

Tedros se sentou. "Não entendi."

"Claro que não", Sophie disse. "Mas Aggie está certa. O fantasma de Arthur fala dos mortos. No entanto, estava pronto para a eventualidade de nem você nem Japeth vencerem."

"Meu pai era minucioso", Tedros garantiu. "Deve ter se preparado para todas as possibilidades."

"Ou ele sabia o tempo todo que matar Agatha seria o segundo teste", disse Sophie. "Porque o plano era que Agatha vencesse o primeiro."

"Você acha que meu pai queria que eu matasse minha futura *rainha*?", Tedros zombou.

Mas Agatha continuou olhando para Sophie. "Aquela frase de quando ele anunciou o torneio... '*O futuro que vi envolve muitas possibilidades...*'"

"De alguma forma, ele viu o futuro", Sophie disse, concluindo a ideia de Agatha.

Tedros zombou de novo: "Meu pai não era mágico. Não tinha como ver o futuro".

"No entanto, seu pai sabia que iríamos ao arquivo dele atrás da primeira resposta. Foi por isso que fez Sader nos deixar pistas lá", disse Agatha. "Ou Arthur era bom de palpite, ou ele viu o que viria, mesmo quando August Sader não conseguiu."

A expressão de Tedros mudou. "Mas quem teria dito a ele? Quem o teria ajudado a ver o futuro?"

"São as perguntas erradas", disse Hort.

Todos se viraram para ele.

"A pergunta certa é se essa pessoa está do seu *lado*", ele concluiu.

Sophie e os outros ficaram em silêncio.

Juntos, olharam para Merlin, que agora parecia controlar o fogo, invocando formas mágicas das chamas: uma árvore, uma caverna, uma espada...

"Mamãe, Mer-Mer é um feiticeiro!", ele disse, pulando. "Viu só, mamãe?"

"Estou vendo, Merlin", disse Agatha, parecendo ao mesmo tempo aliviada por ele ainda ser mágico e desconcertada com a velocidade em que o menino crescia. Desde o dia anterior, tornara-se imprevisível: em sintonia com seus poderes, mas ainda a semanas de ter ciência de todo o seu potencial.

"Há tanta coisa que a gente não sabe", disse Tedros. "Por que meu pai escondeu o enigma... qual é a ligação entre o Cavaleiro Verde e a Cobra... se meu futuro está decidido ou se eu o controlo..." O príncipe acariciou o camelo que dormia. "É melhor que a confiança seja mesmo o caminho, Sir Camelo. Porque é o único caminho que nos resta."

"Na verdade, Sir Camelo é fêmea", disse Agatha.

O príncipe e a princesa logo pegaram no sono.

Hort também começou a bocejar, deixando Sophie de guarda enquanto o sol se erguia, tingindo o embarcadouro com sua luz invernal. Logo, Uma voltou com um estoque escasso de peixes. Ela também pegou sono, enquanto o stymph voltou a voar sobre o mar. Enquanto isso, Merlin continuava tagarelando, atirando coisas no fogo e criando formas aleatórias. Depois de um tempo, até o menino se cansou. Sophie lhe deu mais uma dose da poção, e ele se deitou entre ela e Hort.

Sophie se forçou a ficar acordada, com os olhos fixos no mar, atentos a qualquer barco que se aproximasse. Suas pálpebras pesaram, e o fogo embaçou sua vista. As chamas pareceram mais altas, ganharam cores pouco naturais, assumiram novas formas, como se Merlin as controlasse mesmo dormindo, como se fossem um vislumbre de seu inconsciente. Primeiro, uma borboleta azul... depois uma cobra preta... então um homem verde, sem cabeça, erguendo-se do fogo, o pescoço era um coto ensanguentado...

Mas ele tinha cabeça, Sophie via agora.

E a carregava debaixo do braço.

Era a cabeça de Tedros.

"*Bu!*", Tedros disse.

Sophie despertou, já banhada pelo sol.

O fogo tinha apagado, e as cinzas havia muito haviam esfriado.

Merlin dormia profundamente, aconchegado no peito de Hort. Agatha e Tedros também dormiam.

Mas havia algo de diferente.

O *camelo*, Sophie se deu conta.

Tinha sumido.

Ela ergueu os olhos.

Havia um barco no cais.

As velas, vermelhas e douradas.

Um nome estava gravado na popa.

Shazabah Sikander

Uma sombra recaiu sobre Sophie e os amigos, como se nuvens bloqueassem o sol.

Só que não havia nenhuma nuvem no céu, que estava todo branco.

Sophie se virou, devagar.

Seu sangue gelou.

"Aggie?", chamou.

Agatha se virou para onde Sophie estava olhando. Ela endireitou o corpo na hora e acordou Tedros. Hort e Uma também se despertaram, e o furão pegou Merlin.

Pelo menos cinquenta soldados olhavam para eles, todos usando armadura vermelha e dourada, com sabres curvos e lanças na mão.

Estavam com o camelo. Tinham posto uma coleira no animal e o acorrentado.

Mas o camelo não resistia. Não lutava contra seus captores.

Só *sorria.*

Sorria para Agatha e Tedros, como se aquele fosse o barco pelo qual tinham passado todo aquele tempo esperando.

A criatura grunhia, tranquila, produzindo o mesmo som repetidamente.

Um som que Sophie já tinha ouvido. O lema daquele camelo.

A *confiança é o caminho.*

A *confiança é o caminho.*

A *confiança é o caminho.*

Quando os guardas avançaram na direção dela e de seus amigos, com os sabres erguidos, Sophie de repente compreendeu.

O camelo não estava falando de "confiança".

Estava falando de outra coisa.

Porque havia uma só palavra para "confiança" e "morte" em camelês.

E eles tinham entendido errado.

16

O COVEN

Onze

"A rainha?", um criado repetiu, usando um uniforme cor-de-rosa e amarelo, à porta do Castelo Jolie. "Devo acreditar que a rainha mandou chamar *vocês*?"

Hester, Anadil e uma Dot na meia-idade piscaram para ele. As três bruxas usavam capuzes pretos imundos. Um par de guardas as segurava pelo pescoço.

"Eu as encontrei se esgueirando pela fronteira, cheirando a gambá", disse um guarda.

"Não estávamos nos esgueirando. A rainha nos convocou", Hester retrucou. "Viajamos por dias para chegar aqui. Somos *convidadas* dela!"

O criado riu. "Mande-as embora."

"Temos uma mensagem urgente! Sobre a Princesa Bettina!", Dot insistiu, agitando os braços. "Ela está m..."

"Muito apegada a nós. Como se fôssemos da família", Hester cortou Dot, olhando feio para ela, antes de se empertigar para falar com o criado. "É assim que trata os amigos da princesa? Diga à rainha que estamos aqui."

"A rainha está em reunião com seus cavaleiros", o criado disse. "Nuncas não são permitidos dentro do Castelo Jolie. Principalmente depois que piratas destruíram nosso reino, piratas com quem vocês sem dúvida simpatizam."

"Somos Nuncas, e não pilantras", Anadil retrucou.

"Você não vai deixar *convidadas* da rainha entrarem porque não gosta da aparência delas?", Hester insistiu. "Não é à toa que piratas visaram este reino e puniram sua arrogância. Não é à toa que a Cobra escolheu este reino para ocupar, com pessoas como você trabalhando por ele."

O criado hesitou, com uma carranca irritada. Então revirou os olhos e abriu a porta. "Da última vez que alguém perturbou a rainha, teve que se curvar e fazer as vezes de mesa para o jantar dos filhos dela. Vamos torcer para que vocês tenham um destino ainda pior." Ele olhou para os guardas e alertou, antes de se afastar: "Não deixe que toquem em nada".

As bruxas seguiram os guardas para dentro do castelo. "Por que não dissemos a verdade?", Dot sussurrou para Hester. "Sobre a morte de Bettina?"

"Quem ele acharia que a *matou*? Ainda mais considerando que Ani e eu estamos acompanhadas por uma adulta esquisitona, que poderia muito bem ter nos sequestrado", Hester retrucou. "Precisamos ver a rainha. Foi para isso que Tedros nos enviou. Para conseguir a ajuda dela na luta contra a Cobra. Para isso, contaremos tantas mentiras quanto for necessário."

"Que líder sábia", disse Dot.

Hester pareceu tocada.

Dot sorriu para ela. "Estou mentindo ou dizendo a verdade?"

"Já entendi", Hester grunhiu.

Dez minutos depois, as bruxas continuavam aguardando, com os dois guardas as vigiando do outro lado do saguão. Os olhos de Hester estavam vermelhos e seu nariz escorria, uma vez que ela estava sentada a um banco sob uma parede de hortênsias. As flores em tom pastel reunidas em forma de pompom cobriam cada centímetro do Castelo Jolie.

"Os ratos não estão sentindo o cheiro de Nicola e Guinevere", Anadil comentou, depois que eles voltaram aos seus bolsos. "Também não sentiram o cheiro de Marian na Montanha de Vidro."

"A Montanha de Vidro cheirava a fungo e ferrugem. E aqui os ratos não vão sentir cheiro de nada que não dessas flores", Hester resmungou, assoando o nariz.

"Pelo menos limparam bem o lugar. Da última vez que viemos, os piratas da Cobra tinham feito xixi em toda parte", disse Dot, arrancando uma flor e a transformando em chocolate. Na hora, uma música começou a tocar sem parar, vinda da parede. "*Venha para cá, para Jaunt Jolie, venha ser feliz! Venha para cá, para Jaunt Jolie, venha ser feliz! Venha para cá...*" Os guardas grunhiram. A música serviu de cobertura para que as bruxas pudessem conversar livremente.

"Deixem que negocio com a rainha", Hester sussurrou. "Vamos precisar dos Onze para matar a Cobra."

"E se a mensagem era uma armadilha?", Dot perguntou. "Nic e Guinevere deviam estar aqui, e não há sinal delas. E se a rainha as matou? E se ela estiver do lado da Cobra?"

"Não seja tonta", Hester a repreendeu, mas agora estava preocupada também.

"Acham que Robin pode ter deixado Marian em algum outro lugar da Montanha de Vidro?", Anadil perguntou, olhando para os ratos. "Em algum lugar onde não procuramos?"

"Robin disse a Sophie que escondeu Marian em um santuário", falou Hester. "Só pode ser o pomar sagrado, e ela não estava lá."

"Robin não deve ter planejado deixar Marian por muito tempo", Dot acrescentou. "Faz quatro dias desde a batalha na árvore feiticeira. Marian deve ter ido atrás dele."

"Só o cheiro de ferrugem já seria o suficiente para ela partir", disse Hester, cheirando as roupas de Dot. "Não foi à toa que os guardas nos encontraram."

"O camelo da escola cheirava pior", disse Dot. "Espero que Agatha esteja a salvo."

"Quanto mais cedo matarmos a Cobra, mais cedo estaremos todos a salvo", disse Hester.

Àquela altura, a música tinha grudado na cabeça dela. "*Venha para cá, para Jaunt Jolie, venha ser feliz! Venha para cá, para Jaunt Jolie, venha ser...*"

Um punho preto passou pelas flores. A música parou.

Devagar, as bruxas ergueram os olhos para um homem enorme, usando uma cota de malha com uma cor perolada. O capuz cobria o nariz e a boca, como se fosse um véu, deixando apenas seus olhos escuros à mostra.

"A rainha receberá vocês agora", o homem rosnou.

As bruxas se apressaram a segui-lo.

"Você é um dos Onze", Hester disse, animada. "Os mais valentes guerreiros da Floresta..."

"Selem os cavalos", o homem vociferou para um pajem que passava. "A rainha disse que os Onze partirão esta noite."

O garoto pareceu preocupado. "Mas acabei de ver os Cavaleiros. Eles não estão em condições de..."

"*Agora!*", o homem ordenou.

O garoto foi embora. A cada passo, o cavaleiro ficava mais bravo, rangendo mais os dentes, cerrando mais os punhos. Foi só quando viraram uma esquina que Hester entendeu o motivo.

Oito homens gigantescos, só de roupa de baixo, ajudavam o nono e o décimo a tirarem a armadura, antes de entregá-las ao criado com quem as bruxas haviam falado à entrada. Agora ele estava parado diante de uma porta dupla.

O cavaleiro se virou para as bruxas. "A rainha está aguardando", ele disse com desdém, apontando para as portas. Em seguida dirigiu sua ira ao criado. "Isso é loucura, Jorin. É um insulto."

"Entregue sua armadura, Sephyr", o criado diz. "São ordens da rainha."

Sephyr grunhiu e tirou a cota de malha. Ele a jogou em Jorin, que a dobrou com as outras duas antes de abrir a porta para as bruxas. Hester deixou que Anadil e Dot entrassem. O coven ficou confuso, principalmente considerando que Jorin, que as havia tratado como insetos, agora baixava a cabeça enquanto elas entravam, depois seguia. Ani e Dot se seguraram a Hester ao entrar na sala pequena, abafada e sem janelas, com o chão rangendo a seus pés.

Tochas iluminavam oito cavaleiros em torno de uma mesa, os quais usavam a mesma cota de malha perolada que os homens do lado de fora tinham sido forçados a tirar.

Havia três lugares vazios à mesa.

"Os Cavaleiros são Onze", o líder falou, da cabeceira da mesa, dirigindo-se às bruxas. "Nós somos oito. Por isso as trouxemos aqui."

As mãos brancas do líder ergueram o capuz da cota de malha, como se fosse um véu. Era a Rainha Jacinda, que olhava intensamente para o coven.

"Sejam bem-vindas, novas cavaleiras", ela disse.

Jorin passou uma cota de malha para cada uma das bruxas.

"*Como?*", Hester disse.

"N-n-não estamos entendendo...", Anadil gaguejou.

Os outros cavaleiros à mesa revelaram o rosto.

Dot ficou tão chocada que transformou sua cota de malha em chocolate.

Nicola.

Guinevere.

Beatrix.

Reena.

Kiko.

Marian.

Todas encaravam as bruxas, que já estavam vestidas e sentadas à mesa com elas. Dot sentia que notavam sua versão adulta.

Com a Rainha de Jaunt Jolie, elas eram dez cavaleiras.

A décima primeira estava sentada no outro extremo. Era uma mulher corpulenta, com o cabelo puxado para trás e preso em um coque.

"Friedegund Brunhilde", ela se apresentou. "Reitora da Casa Arbed da Escola para Garotos de Foxwood."

Devagar, tudo se revelou. Nicola e Guinevere tinham ido a Jaunt Jolie para pedir a ajuda da rainha na luta contra a Cobra, ajuda que a rainha recusara, com medo da retaliação de Japeth. Mas então Marian chegara com a notícia de Bettina, que ficara sabendo por Robin Hood. Quando Robin não fora buscá-la na Montanha de Vidro, Marian saíra atrás dele. Ela o encontrara na floresta de Putsi. Tinha sido ferido pelos scims e estava sangrando. Robin pedira a Marian que fosse a Jaunt Jolie, contasse o que havia acontecido com ele e com a filha da Rainha Jacinda e pedisse abrigo.

"Era o último desejo dele", Marian disse, com a voz trêmula. "Mas e quanto ao *meu* desejo? Nunca mais verei Robin. Não reivindicar o Storian e reescrever a história. Nenhuma magia pode trazer Robin de volta. Nem mesmo um pedido na Caverna de Aladim ou o mais sombrio dos feitiços." Ela enxugou as lágrimas. "Robin me fez prometer que eu me esconderia... mas chega disso. Ele se foi. Meu verdadeiro amor. A Cobra o tirou de mim."

"Também tirou minha filha de mim", disse a Rainha Jacinda.

"E meu pai de mim", disse Dot.

"E nossa Millicent", disseram Beatrix e Reena.

"E meu Lancelot", disse Guinevere, com o cabelo branco. "Fez de nós viúvas, órfãs, matou nossos filhos. Japeth descobre o que mais amamos e o destrói, como a pior das maldições. Mas não vou deixar que tire Tedros de mim. Arthur deixou o anel para ele por um motivo. Tedros pode nos conduzir de volta ao equilíbrio, à verdade. Se tiver a chance."

"É por isso que estamos todas aqui", disse a Rainha Jacinda. "Para defender seu filho. Para que o verdadeiro Leão tenha um *bando*."

"Então sou sua serva, Vossa Majestade", disse Guinevere.

As duas rainhas se curvaram uma para a outra, unidas pela perda.

Jacinda depois revelou como cada uma delas havia chegado àquela mesa. Ela mantivera a morte de Bettina, revelada por Marian, em segredo. Até mesmo seu marido, o rei, não sabia de nada. Ela o enviara a uma missão em Runyon Mills e mandara os filhos mais novos para ficarem com a avó.

Então se pusera a trabalhar.

"Não confiava nos Onze para vingar a morte de Bettina", disse a rainha. "Para começar, eles ainda acreditam no Rei Rhian, e não tenho provas do ardil de Japeth. Tampouco tenho qualquer prova da morte da minha filha. As perguntas que dirigi a Camelot e a Putsi foram recebidas com silêncio e barreiras. Sem contar que, na última vez em que mandei meus Cavaleiros confrontarem a Cobra, seus piratas invadiram meu reino. Foram atraídos por Japeth até um Salgueiro do Sono e dormiram antes de dar um golpe que fosse, enquanto eu e meus filhos corríamos o risco de ser enforcados. Não, desta vez eu precisava encontrar cavaleiros melhores para enfrentar Japeth, equipados com mais que armas e força bruta. Cavaleiros que tivessem algo a perder nessa guerra. Cavaleiros que conheciam profundamente o amor e a perda. Cavaleiros que persistiriam até o fim." Jacinda olhou em volta na mesa. "Tais cavaleiros não seriam encontrados entre homens."

Assim, Nicola e Guinevere tinham sido convocadas de volta ao castelo, onde se juntaram a Marian. Ao mesmo tempo, a rainha tinha ouvido falar de três princesas guerreiras que vinham atacando os caçadores de recompensas que andavam atrás de Agatha na floresta, desde que Lionsmane anunciara o segundo teste para todos. Ela também convocou as três – Beatrix, Reena e Kiko –, juntando sete cavaleiras.

A oitava viera mais fácil que o esperado: a Reitora Brunhilde da Casa Arbed, para a qual Jaunt Jolie havia mandado muitos Sempres em reabilitação. Daquela vez, fora Brunhilde quem fora a Jaunt Jolie, atrás de ajuda. Perguntou se a rainha havia notado as semelhanças entre o agressor mascarado que havia tentado enforcá-la e o novo rei, com seus olhos frios.

"Assim, faltavam-nos três cavaleiras", disse a rainha, virando-se para a bruxa. "E conheço *O conto de Sophie e Agatha* bem o bastante para ter certeza de que não há três defensoras da justiça mais corajosas que vocês." Ela sorriu para Dot. "Não importa a idade."

"É temporário", Dot garantiu.

Jacinda olhou para as outras. "Agora nosso trabalho começa, Onze."

"Mas que trabalho, Vossa Majestade?", Beatrix perguntou. "A Floresta toda está atrás de Agatha. Se uma única pessoa a encontrar e a levar até Japeth, ele vencerá o segundo teste. E ficará a um único passo de se tornar o Único e Verdadeiro Rei. De ter os poderes do Storian e nos eliminar antes que tenhamos a chance de enfrentá-lo."

"Beatrix, Kiko e eu tentamos impedir a caça a Agatha", Reena disse, concordando. "Mas todos os reinos estão atrás dela. Meu próprio pai está conduzindo a busca por Shazabah, minha terra natal. Ele acha que ainda estou na escola. Não faz ideia de que luto pelos supostos rebeldes. Se soubesse, ele me jogaria na prisão ou mandaria me matar. Ninguém está do lado de Tedros. Estamos em desvantagem, e é uma desvantagem na casa dos milhares."

"Fora que nem sabemos onde Agatha está", disse Dot. "O camelo a levou junto com Tedros e Sophie para algum lugar secreto."

"O que significa que não sabemos como protegê-la", completou Beatrix.

"Se matar Agatha é o segundo teste, imagine só o que vai ser o terceiro", Kiko comentou.

"E não podemos sair cavalgando atrás da Cobra. Japeth matou Robin *e* o xerife. Os dois homens mais fortes que conheci na vida", disse Marian, olhando rapidamente para Dot.

"A força de Lancelot era ainda maior que a deles, o que não o impediu de ter o mesmo destino", Guinevere acrescentou. "Marian está certa. Não somos guerreiras. Não vamos conseguir matar um monstro quando homens não conseguiram."

"Pelo contrário." Jacinda se endireitou na cadeira. "É verdade que não podemos vencer o segundo teste por Tedros. Conseguir com que sua princesa sobreviva à sentença de morte que lhe foi imposta é trabalho dele. Mas temos outras armas com que derrotar a Cobra. Inteligência. Resiliência. Discernimento. Armas que uma mulher empunha muito melhor que um homem. É por isso que agora usamos a armadura dos Onze."

Dot e Anadil olharam para Hester. Ambas estavam desconcertadas por ter ido até ali atrás da ajuda dos cavaleiros só para ser convidadas a se juntarem às agora *cavaleiras*... Mas Hester olhava diretamente para a rainha, intrigada.

"Quando Betty escolheu continuar escrevendo para o *Courier*, depois que todos os outros haviam fugido, perguntei a ela o motivo", a rainha prosseguiu. "Por que arriscar a vida quando ela poderia ficar a salvo? Ela me disse, muito convicta: 'Nem todo mundo enxerga a verdade, mãe. É fácil ficar cego a ela. Os que enxergam têm a responsabilidade de ajudar os outros a enxergarem também. Ainda que seja perigoso. Ainda que corram riscos. A verdade vale a pena'." A voz da rainha fraquejou. "Sabemos a verdade sobre Japeth. Todas nós. E precisamos que a Floresta saiba também. Isso requer coragem. Como minha filha teve. Como Lancelot, Robin e seu pai tiveram." E olhou para Guinevere, Marian, Dot. "Podemos não ser cavaleiros de corpo. Mas somos cavaleiros em coração. E prefiro esse tipo de cavaleiro enfrentando nosso inimigo que qualquer outro."

Daquela vez, ninguém discutiu.

A rainha se virou para a Reitora Brunhilde. "Você conhece a Cobra desde que ele era um menino. O que Japeth quer? Por que está atrás do poder do Storian?"

"Ele é odioso. Puro Mal. Sempre foi", disse a reitora, de pronto.

"Você dedicou sua vida pegando aqueles que se acreditava que fossem do Mal e trazendo para o Bem", a rainha apontou. "Essa era sua missão na Casa Arbed. Seus esforços foram em vão com Japeth, mas você deve ter conseguido vislumbrar a alma dele em algum momento. Ele é Mal, claro. Certamente detestável. Mas esse ódio pode ser a fenda em sua armadura, se conseguimos compreendê-lo."

"Japeth sempre foi um animal", Brunhilde insistiu. "Desde o momento em que ele e Rhian foram levados a mim. RJ era amargo e cruel, na mesma medida em que Rhian era intenso e caloroso."

"O que RJ significa?", Nicola perguntou. "O 'J' é de Japeth, mas e o 'R'?"

"Faz mais de uma década. Tenho a ficha dele nos meus arquivos", disse a Reitora Brunhilde.

"Procuramos por eles no seu escritório. As fichas de Rhian e Japeth", disse Nicola. "Mas só encontramos uma noz de esquilo para Merlin dizendo que você as havia escondido em algum lugar."

A reitora se endireitou na hora. "Então foram *vocês* que invadiram o escritório?"

"Agora estamos do mesmo lado, de modo que não importa", disse Nicola, impaciente. "Encontramos outros documentos no escritório. Uma carta de Aric para Japeth, prova da amizade dos dois. Mas não encontramos nada de Japeth. Onde você escondeu?"

A Reitora Brunhilde cruzou os braços. "Não vou contar nada a uma *ladra*."

"Talvez você confie em nós quando também perder alguém que ama", disse Marian.

A Reitora Brunhilde sentiu que Marian e as duas rainhas a olhavam.

"A carta de Aric para Japeth", Hester perguntou a Nicola, com delicadeza. "O que dizia?"

Nicola abriu a boca para responder, mas a Reitora Brunhilde a cortou. "Eles eram meus alunos", disse, enérgica. "Aric e RJ eram próximos. Aric era o único que conseguia controlar a fúria de RJ, até mais que Rhian. Talvez eles tenham reconhecido algo um no outro. Dois corações envenenados que eram o antídoto um do outro. Mas Rhian era irmão gêmeo de RJ. De modo que havia inveja ali. Aric tinha ciúme do laço entre Rhian e o irmão. Rhian se ressentia da amizade entre Aric e RJ. A coisa explodiu quando Aric deu uma punhalada na cabeça de Rhian, que de alguma forma conseguiu sobreviver. Quando chegou o momento, deixei que os alunos decidissem o destino de Aric. RJ implorou que o irmão perdoasse seu amigo... se isso acontecesse, os outros o seguiriam. Mas Rhian votou para que ele fosse expulso. Aric foi mandado de volta para a Floresta. Não sei o que aconteceu com ele, além do que escreveu em suas cartas para RJ."

"Ele acabou na Escola para Meninos, onde torturava todo mundo que via", Anadil murmurou. "Voltou sua fúria contra todos nós. Até que Lady Lesso o apunhalou. Sua própria mãe."

A Reitora Brunhilde absorveu aquilo. "Então Aric ainda poderia estar vivo se Rhian o tivesse perdoado."

"Pelo menos Rhian fez *uma coisa* certa", Kiko disse, com um suspiro.

Hester percebeu que Anadil e Dot olhavam para ela. Ninguém mais ali sabia o que o coven sabia. Ninguém mais ali sabia o que Sophie havia contado a elas na escola.

"Não, não foi o certo a fazer", Hester disse. "Rhian deveria ter perdoado Aric. Deveria ter seguido as regras do Bem e do Mal. Regra número um: o Bem perdoa. Rhian queria ser do Bem. Ao tirar Aric de Japeth, cometeu um erro fatal."

"Como assim?", Beatrix perguntou.

"Japeth matou Rhian. E tudo começa com a perda de Aric", disse Hester. "É por isso que ele quer ser o Único e Verdadeiro Rei. É por isso que ele quer os poderes do Storian. Por Aric. Japeth quer trazer o amigo de volta à vida."

A Reitora Brunhilde congelou na cadeira.

Suor escorria pela testa de Hester. Era como se todo o ar tivesse sido sugado da sala.

"Amor. Amizade. São as histórias mais antigas do mundo", a Rainha Jacinda acabou dizendo. "E não são apenas domínio do Bem. Um Diretor da Escola do Mal acreditou que o amor lhe dava o direito de reivindicar o Storian, assim como a Cobra acredita que o amor lhe dá o direito de substituí-lo. Não é a pena que buscam controlar. É o amor. Mas o amor não pode ser controlado. O amor exige entrega e fé. E uma confiança nos ventos do destino que os corações mais sombrios rejeitam. Se Aric e Japeth tivessem sido feitos um para o outro, isso teria acontecido. Mas o destino é um poder além do nosso alcance. É por isso que lutamos pela Pena. Porque não se pode confiar que o Homem escreva o próprio destino. E a Cobra nos mostra o motivo. Japeth acredita que o destino cometeu um erro ao separá-lo de Aric. Que sangue deve ser derramado, repetidamente, até que adquira o poder de reescrever esse suposto erro e trazer seu amigo de volta. Ainda que isso não leve a nada além de mentiras, assassinato e sofrimento por todo o caminho."

A rainha ergueu os olhos para suas cavaleiras.

"Essa rejeição do destino, essa terrível falta de compreensão, é a maior fraqueza dele", prosseguiu Jacinda. "Não podemos ajudar Tedros a vencer o segundo teste. Para ele, matar Agatha é algo impossível. Tedros não tem como vencer. Mas e se conseguíssemos que Japeth abandonasse o teste? E se conseguíssemos fazer com que ele desistisse do torneio?"

"*Isso* também parece impossível", Beatrix zombou.

As outras cavaleiras murmuraram em concordância. "Nada faria Japeth desistir da coroa", disse a Reitora Brunhilde.

"Nada a não ser a pessoa pela qual ele está lutando", Hester argumentou.

Todas olharam para ela.

"Japeth quer seu Para Sempre com Aric", a bruxa raciocinou. "Por isso, temos que fazer com que acredite que Aric nunca quis um Para Sempre com ele. Que Aric está rejeitando seu plano. Que não quer ser trazido de volta. A rainha está certa. Pode funcionar."

"Hum, Aric está *morto*", disse Beatrix. "A menos que eu esteja mal-informada, ninguém além do Storian tem o poder de trazer as pessoas de volta."

"Não precisamos trazer Aric de volta", Anadil disse, compreendendo o plano de Hester. "Só precisamos fazer parecer que ele voltou. Por tempo o bastante para entregar uma mensagem a Japeth. Uma mensagem brutal e inegável."

"Uma mensagem que vai fazê-lo duvidar", a rainha confirmou. "Com ele de guarda baixa, teremos uma chance."

Dot franziu a testa. "E dá para falsificar a mensagem de um morto?"

"Em um único lugar", Marian compreendeu, olhando para Jacinda. "Uma caverna distante, onde tudo pode ser tornar realidade, pagando o preço certo. Até mesmo uma mensagem do além-túmulo..."

"A Caverna de Aladim", disse Guinevere. "A Caverna dos Desejos, há muito perdida."

"Perdida?", Kiko repetiu. "Como encontramos uma caverna *perdida*?"

"Perguntando ao homem que a encontrou, claro", a Rainha de Jaunt Jolie respondeu.

Seus olhos estavam fixos em uma cavaleira algumas cadeiras adiante.

Com os olhos arregalados. Afundada na cadeira.

Branca como um fantasma.

"Meu pai", Reena disse.

17

AGATHA

Nunca confie em uma princesa

Nos livros de história que Agatha havia lido em Gavaldon, a terra de Aladim era um banquete de cores, fragrâncias e delícias mundanas: camelos soltos, mercados de especiarias empoeirados, palácios velados por tempestades de areia.

Mas, na vida real, não era nem um pouco assim.

Quando o *Shazabah Sikander* se aproximou de sua terra natal, Agatha, presa nas entranhas do barco, conseguiu ver pela vigia uma metrópole fértil reinando sobre o deserto. Palmeiras verde-esmeralda se curvavam umas para as outras ao longo das ruas pavimentadas. Construções compridas em vermelho e dourado despontavam no céu, e havia um tráfego controlado de tapetes mágicos transportando cidadãos pelo reino. Para onde quer que se olhasse também havia camelos, verdadeiros pelotões, com trajes militares e precisos na marcha, patrulhando a cidade e guardando o palácio imperial em seu centro, uma pirâmide de vidro vermelho e dourado.

Era nas profundezas desse palácio que Agatha se encontrava agora, presa com os amigos, olhando pela única janela da cela para o pasto dos camelos reais, onde o camelo que os havia entregado agora pastava tranquilamente, reunido com sua família.

“Ainda confia naquela coisa?”, Tedros rosnou, à direita de Agatha, os dois agachados na cela escura.

Agatha nem conseguia falar. Assim que tinham chegado ao palácio, os guardas haviam levado Merlin dela, e não fazia ideia de onde estava o feiticeiro, agora com cinco anos. A cada segundo que passava, ela sentia a pele mais suada e o estômago mais revirado. “Mamãe!”, Merlin gritara. O feiticeiro era mesmo presciente, porque ela de fato sentia como se tivesse perdido um filho.

Desesperada, Agatha apelou para o camelo do outro lado da janela, que apenas lhe dirigiu um aceno de cabeça muito tranquilo, como se tudo estivesse correndo como devia. Como se não a tivesse traído. Como se *daquele jeito* Tedros fosse vencer o segundo teste. Por um momento, Agatha se perguntou se devia manter as esperanças... se o plano do camelo continuava em andamento.

Então ela viu a cara feia de Hort do outro lado da cela. “Respondendo à sua pergunta, Tedros, ela continua confiando naquela coisa. Assim como Sophie confia em caras cujo nome começa com ‘R’.”

Sophie soltou um longo suspiro. “Sabe, Aggie, em geral defendo você contra garotos grosseiros, mas nesse caso te avisei do camelo. Animais não são nossos amigos. Muito menos animais com *corcova*.”

“Só uma Nunca para dizer algo tão tolo”, a Princesa Uma murmurou.

“Ah, é?”, Sophie retrucou, com a mão na atadura do pulso. “Então por que você não assovia ou uiva e chama seus *amiguinhos* para nos ajudar?”

“Estamos em Shazabah”, Uma disse apenas, olhando à distância.

“Bom, é melhor *alguém* nos ajudar”, Hort disse, levantando-se. “Estamos presos a milhões de quilômetros de casa, e Rhian e o sultão eram íntimos. A Cobra já deve estar a caminho para matar Agatha, vencer o segundo teste e depois matar a gente também.” O furão parou por um momento. “É com a última parte que me mais me preocupo.”

“Hort está certo”, Agatha concordou, ainda pensando em Merlin. “Talvez o camelo tenha nos traído. Talvez eu estivesse errada. Mas não podemos ficar esperando a morte.”

“Mas o que podemos fazer? Pedir a Japeth que vá embora? Enfiar agulhas em um boneco? Ele está lá fora, e nós estamos aqui dentro”, Tedros disse, claramente frustrado.

“Já escapamos de prisões antes”, lembrou Agatha.

Tedros balançou a cabeça. “Não devíamos ter tentado fugir. Sabia que era covardia. Meu pai não quer que eu fuja do meu próprio teste.” Ele se recostou na parede. “É provável que entreguem Merlin à Cobra também.”

A ideia de Merlin nas mãos de Japeth fez o sangue de Agatha gelar.

"Parece que a Caverna de Aladim é nossa única esperança", uma voz comentou.

Agatha e Tedros apontaram os dedos acesos para os fundos da cela.

Não havia ninguém ali.

"Aqui em cima", disse a voz.

Agatha apontou seu brilho dourado para um cano no teto.

Um jovem estava dependurado pelas botas. Tinha a pele lisa e marrom, as sobrancelhas grossas e um belo físico. No momento, fazia abdominais de cabeça para baixo.

"Pena que meu pai é o único que sabe onde encontrar a Caverna dos Desejos", ele disse.

A Princesa Uma se levantou devagar. "Kaveen?"

"Achei que tinha prometido não retornar a Shazabah, Uma", ele disse, dependurado como um morcego. "Isso não estava no nosso acordo de divórcio?"

"Seu pai cuidou disso, assim como cuidou de todos os outros aspectos do nosso casamento", disse Uma.

"Você tinha o hábito de não me ouvir", disse Kaveen, "ainda que sempre ouvisse o sultão."

"Se eu não ouvisse seu pai, seria jogada aqui", Uma retrucou. "Agora está claro que *você* não o ouviu."

"Bom, estamos ambos aqui agora", retrucou Kaveen, pulando para o chão. Ele seguiu na direção de Uma. "A Pena amaldiçoada nos separou. E agora vai nos reunir."

Agatha acompanhou a distância entre os dois se encurtando, sem saber ao certo se iam se matar ou se beijar.

"Espera." Tedros se colocou entre eles. "Vocês dois... foram *casados*?"

Ela é a *Princesa* Uma, Agatha recordou. Porque tinha se casado com um príncipe. O Príncipe Kaveen de Shazabah. Bisneto de Aladim. Fora o que dissera o pergaminho que ela e Tedros haviam encontrado na Biblioteca Viva. Mas Agatha já conhecia Kaveen. Anos antes, Uma tinha lhe contado sobre um príncipe por quem se apaixonara na Escola do Bem e com quem se casara logo depois. Então o Storian escolhera Uma para seu próximo conto de fadas: sobre uma princesa cujos amigos animais a resgatavam de um líder do Mal quando seu príncipe não chegava a tempo. Uma ficara famosa por sua amizade com os animais, enquanto Kaveen se tornara motivo de chacota por ter falhado em salvar seu verdadeiro amor. O casamento azedara. Mas não era o divórcio que surpreendia Agatha. Era a revelação de que Kaveen era filho do sultão. Porque se o sultão era pai dele...

"Por que seu próprio pai te colocou na *prisão*?", ela perguntou.

Os olhos pretos de Kaveen se voltaram para ela. O ardor neles fez o pescoço de Agatha ficar vermelho. Quando Tedros olhava para ela, muitas vezes havia um toque de incerteza, como se ele nunca se sentisse muito seguro de si. Mas aquele outro príncipe não duvidava nem um pouco de si mesmo, tampouco estava disposto a permitir que ela duvidasse.

"Não fazem homens assim em Gavaldon, hein?", Sophie sussurrou na orelha da amiga.

Kaveen olhou feio para Sophie. "Se estou aqui, é por causa de garotas como vocês duas."

"Como assim?", Sophie perguntou, irritada.

"Conheço o conto de vocês. Duas garotas que não precisavam de um príncipe para encontrar seu final feliz. Que nem Uma. Com o mesmo final revoltante. O Storian transforma os melhores homens em tolos. É só ver o que fez com *ele*." Kaveen apontou para Tedros. "Quer um conselho, amigo? Nunca confie em uma princesa. Nem na sua nem na de qualquer outro. Não se quiser se tornar o homem que deveria ser."

Agatha viu Tedros ficar ligeiramente tenso, como se aquilo encontrasse ressonância dentro dele.

Ela e seu príncipe certamente tinham suas questões no que dizia respeito à confiança. Terminariam daquele jeito? Como Uma e Kaveen? Tedros parecia refletir. Ele notou que Agatha o olhava. Então pigarreou e se dirigiu a Kaveen. "Hum, você mencionou uma caverna que pode nos ajudar. Uma caverna dos desejos."

"A Caverna de Aladim." Kaveen acendeu o dedo, e o brilho vermelho lançou uma nuvem de pó no escuro, que assumiu a forma das dunas vastas do deserto. "O único lugar onde qualquer desejo pode se tornar realidade."

As areias douradas se moveram como se estivessem vivas, mostrando a entrada da caverna, a luz lá dentro com um roxo radiante.

"Os desejos de que falo são atendidos pela lâmpada mágica que fica lá dentro. Desde que Aladim a encontrou, todas as almas da Floresta a querem. Aladim, um garoto pobre e comum que deparou com a caverna e a lâmpada e usou seus três desejos para que o gênio fizesse dele o Sultão de Shazabah."

O brilho de Kaveen conjurou a lâmpada mágica com um ser enorme, meio homem, meio tigre, saindo dela.

"Alguns relatos sugerem que não há mais gênio ou lâmpada mágica. Que Aladim usou seu último desejo para libertá-lo. Mas o gênio sabia o segredo do meu bisavô: que ele havia se tornado sultão através de magia e velhacaria. Ninguém libertaria o guardião de um segredo desses. Só que a gratidão de

Aladim era tão grande que ele quis garantir paz ao gênio. Ele devolveu a lâmpada à caverna, que desapareceu nas profundezas do deserto."

O gênio voltou para a lâmpada e o brilho de Kaveen se apagou. Então a luz ressurgiu, com a imagem de um sultão com vestes vermelhas e douradas, liderando um exército através das dunas.

"Depois da morte de Aladim, seu filho passou a vida procurando a caverna, sem sucesso. Então o filho *dele* assumiu essa missão. Meu pai. Dia após dia, meu pai vasculhou o deserto de Shazabah. Até que a encontrou."

A caverna reapareceu, saída das dunas, elevando-se na areia.

"Mas a caverna não permitiu a entrada do meu pai. Só lhe entregou uma mensagem."

A caverna da imagem falou, como um tigre rugindo: "*Sou o gênio da lâmpada. O senhor desta caverna. Quem deseja entrar deve me trazer algo em troca. Encontre meu verdadeiro amor e traga-o a mim. Só então poderá entrar na Caverna dos Desejos*".

Agatha viu a caverna se transformar no gênio que haviam visto antes, meio homem, meio tigre.

"Meu pai queria a lâmpada", Kaveen prosseguiu. "Por isso, consultou todos os feiticeiros de Shazabah, para descobrir *quem* era o verdadeiro amor do gênio. Mas ninguém sabia. Afinal, o gênio não era humano ou animal, mortal ou fantasma, livre ou cativo. Quem poderia ser seu par? Frustrado, meu pai envolveu minha irmã e eu na busca, contando com a inteligência e a ambição da juventude. Ele nos incentivou com um prêmio: quem quer que encontrasse a resposta e lhe entregasse a lâmpada seria o próximo sultão."

O brilho de Kaveen espelhava ele mesmo, ao lado de uma segunda pessoa: uma garota com um penteado bolo de noiva, cuja figura era alta e sinuosa e envolta em peles vermelhas e douradas, com um falcão no ombro.

"Quem é ela?", Sophie sussurrou para Agatha. "Ela é *maravilhosa*."

"Minha irmã e eu fizemos um pacto. Encontraríamos a resposta e compartilharíamos o trono", disse Kaveen. "Mas nos frustramos com o enigma tanto quanto nosso pai. Sem mencionar que éramos jovens e logo nos distraímos com outras coisas. Fui para a escola, em seguida ela foi também. Só que, depois que o Storian me humilhou no conto de Uma, fiquei determinado a me provar. Não só para o meu pai, mas para a Floresta inteira. Então, sem dizer nada à minha irmã, procurei incansavelmente o verdadeiro amor do gênio. Mas nem mesmo a mais astuta das bruxas sabia me dizer quem era. Até que, uma noite, implorei a meu pai que me mostrasse onde ficava a caverna e me deixasse falar pessoalmente com o gênio. Ele havia mantido a localização em segredo por medo de que outra pessoa descobrisse quem era o verdadeiro amor do gênio e se apossasse da lâmpada. Mas meu pai atendeu meu pedido e me levou ao deserto no meio da noite, usando um mapa que havia feito e que indicava a localização da caverna."

A silhueta brilhante do sultão conduziu a de Kaveen pelo deserto, até que ele tirou a venda que cobria os olhos do filho. À frente de Kaveen, a areia se ergueu e assumiu a forma da lâmpada mágica, cuja ponta era a abertura da caverna.

O príncipe se ajoelhou, enquanto o sultão o observava à distância:

"Venho aqui com toda a humildade, gênio", Kaveen apelou. "A Pena tirou tudo de mim. Meu nome. Minha esposa. Minha felicidade. Se olhar dentro do meu coração verá que minhas intenções são puras. Permita-me ter a esperança de uma nova vida. De uma boa *vida. Como aconteceu com meu bisavô, para quem no passado a caverna foi aberta. Posso ter perdido meu verdadeiro amor, mas me dê uma chance de obter glória ajudando-o a encontrar o seu."*

A caverna pareceu sorrir para Kaveen, como se ele tivesse dito as palavras mágicas. Então uma névoa dourada emanou da abertura e entrou pelo ouvido de Kaveen. O rugido do tigre ressoou dentro da cabeça dele:

"Encontre a princesa que é amiga de todos os animais. Ela é meu verdadeiro amor."

A névoa formou uma imagem dentro da cabeça de Kaveen, de uma garota com nariz pequeno, cabelo comprido e olhos amendoados.

Agatha se sobressaltou.

"Eu?", a Princesa Uma conseguiu dizer.

A visão se desfez. Agora a luz fraca do dedo de Kaveen só iluminava seu rosto. Ele não olhou para Uma. "Nunca contei ao meu pai o que descobri. Amava você demais para te ligar ao gênio e permitir que vivesse presa na lâmpada. Mas meu pai sabia que a caverna havia me dado a resposta. Ele a tinha visto sussurrar no meu ouvido. Então me trancou aqui, porque me recusei a dar seu nome. Todos esses anos, você manteve sua reputação com base na minha humilhação, sem nunca me procurar ou pensar em mim, enquanto fiquei aqui, para te proteger. Te *salvar.* Como o Storian disse a toda a Floresta que fracassei em fazer."

Devagar, Kaveen olhou para Uma, com a expressão dura.

"Mas agora você está aqui", ele disse, ficando de pé. "Como se o Storian não quisesse que você fosse protegida. Como se quisesse que eu desse seu nome ao meu pai. Como se quisesse que *eu* fosse livre, e não você. Finalmente, a Pena está do *meu* lado."

Ele ergueu o dedo aceso e produziu a imagem de um corvo fantasma em pó vermelho, que saiu voando da cela, crocitando para chamar os guardas.

"Kaveen, não!", Uma gritou. Agatha e Tedros entraram na frente dela. Assim como Sophie e Hort.

Uma fanfarra de trombetas teve início lá fora.

Então as portas da prisão se abriram, em algum lugar acima.

Agatha enfiou a cabeça por entre as grades.

Passos sacudiram a escada, sombras avançavam pelas paredes.

Cinco guardas chegaram, ocupando toda a frente da cela, vestidos em vermelho e dourado, com cimitarras no cinto.

Kaveen se dirigiu a eles: "Guardas, tragam meu pa...".

Outra trombeta soou acima, abafando o som de sua voz. "Apresentando a Princesa Real de Shazabah!"

Kaveen recuou, confuso.

Uma nova sombra apareceu na escada. Era a mesma silhueta que Agatha havia vislumbrado durante a narrativa de Kaveen, de uma garota alta e sinuosa, com o cabelo em um penteado alto acima da cabeça e um falcão no ombro.

Então a Princesa de Shazabah ganhou vida, terminando de descer os degraus e entrando sob a luz. A pele cor de canela, os olhos pintados com kajal e os lábios vermelhos e volumosos. Duas damas de companhia, usando vestes vermelhas e douradas, ladeavam-na, com a cabeça baixa. A princesa assumiu seu lugar diante dos guardas e olhou para a cela.

"Parece que meu pai estava certo quando prendeu você, Agatha", ela falou. "O Rei de Camelot já está em um barco rumo a Shazabah para matá-la."

"Irmã?", chamou Raveen, agarrando as grades.

"Reena?", disse Tedros, agarrando as grades ao lado dele.

"Espere, você *conhece* os rebeldes?", Kaveen perguntou a ela.

"Meu pai não tem ideia, claro", Reena respondeu. "Falei que vinha ver você, irmão. Ele disse que se eu conseguisse fazer com que você me revelasse quem é o verdadeiro amor do gênio, poderia ficar com o trono só para mim. É uma oferta tentadora, claro, dado que você andou procurando pela resposta sozinho e em segredo, violando nosso pacto. Mas, na verdade, não vim ver você."

O irmão dela balançou a cabeça. "E-e-eu não entendo."

"Eles não são rebeldes, como você disse", falou Reena. "São meus... *amigos.*"

As duas damas de companhia um pouco atrás de Reena tiraram o capuz: eram Kiko e Beatrix, que lançaram feitiços atordoantes nos guardas, derrubando-os no chão.

Em uma espécie de transe, Agatha viu Beatrix pegar a chave de um guarda caído. "Como vocês...?"

"As perguntas podem esperar. Não temos muito tempo, se quisermos manter você viva", Reena disse, destrancando a cela. "Sigam-me. Todos vocês. Incluindo você, irmão, se quiser sair dessa prisão."

Agatha sentiu o braço de Tedros em volta dela, tirando-a da cela.

"Parem", disse uma vez.

Agatha e os amigos se viraram e depararam com Kaveen segurando Uma, com o dedo aceso apontado para o pescoço dela.

Beatrix e Kiko apontaram os próprios brilhos para a cabeça dele. Mas os olhos do príncipe estavam voltados para a irmã.

"Reena, é *ela*. O verdadeiro amor do gênio. Sempre foi Uma", Kaveen disse, sem ar. "Se eu a entregar ao nosso pai, serei sultão. Voltarei a ter o respeito da Floresta. Leve seus amigos. Não tenho nada a ver com eles. Mas ficarei com ela."

Reena estreitou os olhos para o irmão. "Ela foi sua *princesa*, Kaveen. Quer entregá-la a um gênio? Trancafiá-la em uma lâmpada por toda a eternidade?"

"Seria o mesmo que eu matar Agatha para vencer o teste", Tedros o repreendeu. "Seria o mesmo que entregar minha princesa para a Cobra."

Agatha sentiu uma onda de alívio percorrer seu corpo. Independentemente das dúvidas que Kaveen pudesse ter incutido em seu príncipe em relação a ela, Tedros não estava mais sob seu feitiço.

"Mas é o que o Storian quer! É o *verdadeiro* final feliz da nossa história!", Kaveen insistiu com a irmã. "Eu viro sultão. Minha princesa é punida. Você fica livre com seus amigos."

Reena hesitou, considerando a oferta. "Uma é nossa amiga. Vamos dizer que eu a entregue a você. O preço teria que ser alto. Teria que envolver algo de que meus amigos e eu precisamos." Ela olhou para o irmão. "Me diga como nosso pai consegue chegar à Caverna dos Desejos."

Agatha se sobressaltou. "Reena, não podemos entregar Uma..."

Kaveen pressionou seu brilho com mais força contra a garganta de Uma, ainda olhando para a irmã. "Prometa que ela fica comigo."

"Vai ter que confiar em mim", disse Reena.

"Nunca confio em princesas", replicou Kaveen. "Nem nas do meu próprio sangue."

"Diz a pessoa que quebrou o nosso pacto", Reena retrucou.

Beatrix e Kiko dispararam seu brilho acima das orelhas de Kaveen. Ele apontou o dedo para a irmã, prestes a atacar.

"Cuidado. Você está em enorme desvantagem numérica, irmão", disse Reena.

As narinas de Kaveen se abriram. "Nosso pai tem uma bússola mágica no cinto. É onde fica o mapa da caverna", ele respondeu, com rispidez. "Agora vá. Deixe Uma comigo. O trato está feito."

"Obrigada", Reena disse, já indo embora. "Mas você estava certo. Em nunca confiar em uma princesa." Ela voltou a olhar para ele. "Pelo menos não em uma que não confia em você.

Os olhos de Kaveen se arregalaram.

O falcão deixou o ombro de Reena e bicou as costelas de Kaveen, fazendo com que ele soltasse Uma e se contorcesse no chão.

"Vamos", Reena disse, apressando Agatha para que deixasse a cela.

Uma olhou para Sophie enquanto seguia os outros. "Como era aquela história de animais não serem amigos?"

Sophie franziu os lábios.

"Uma professora nunca deixa de ensinar", disse Agatha, arrastando a melhor amiga consigo.

18

SOPHIE

Amor. Propósito. Comida.

Sophie sempre considerara Reena extravagante e maçante, uma nuvem de perfume frutado que sempre acompanhava Beatrix. Mas, assim como Beatrix havia provado ser mais do que um rostinho bonito, o mesmo ocorrera com sua amiga. O Storian talvez não pudesse contar a história de todas as almas, mas mesmo aquelas que não eram escolhidas por ele podiam encontrar seu lugar ao sol.

A Princesa de Shazabah os conduziu até a saída da prisão, enquanto Agatha a importunava. “Precisamos encontrar Merlin!”

“Deixe Merlin comigo”, Reena respondeu.

Agatha franziu a testa. “Mas precisamos...”

“O que *precisamos* é chegar à Caverna de Aladim”, Reena a cortou. “Faça o que eu digo e tanto você quanto o feiticeiro sobreviverão. Se tentar controlar tudo, como sempre faz, vamos todos morrer. Entendeu?”

Agatha não teve o que falar.

"Estou adorando a nova Reena", disse Sophie.

"Eu também", concordou Tedros.

Agatha olhou feio para os dois.

Enquanto isso, Reena já estava trancando a cela com o irmão e os guardas lá dentro, assim como seu falcão, que ficaria de olho neles. Beatrix e Kiko já estavam bem à frente no palácio. Sophie, Agatha e os outros seguiram Reena pelo corredor escuro. "Os desejos da lâmpada são nossa melhor chance de manter Agatha viva e tornar Tedros rei. Só temos que fazer os desejos *certos*", a princesa explicou.

"É só usar os desejos para *matar* a Cobra!", Tedros defendeu. "O primeiro, o segundo *e* o terceiro!"

"Essa não é a resposta", Agatha disse, pensativa, como se aquilo estivesse em sua cabeça desde que Tedros declarara sua intenção de matar a Cobra, ainda na escola. "Sei que você quer me manter viva. Mas, se matar Japeth, você nunca vai ser rei. Não para o povo."

"Ela está certa", Sophie concordou. "Se usar magia para matar seu adversário, a Floresta vai ter ainda mais motivos para acreditar que Japeth era o Leão e você, a Cobra."

"Deve haver uma resposta melhor", disse Agatha. "Temos que usar os desejos para encontrá-la."

"Mas de que outras maneiras os desejos podem me tornar rei?", perguntou Tedros. "O segundo teste é matar você. Não vai rolar, e a Floresta toda sabe. Como um gênio pode mudar isso?"

"Ouçam", Reena disse, parando em um corredor escuro, que levava a outra ala do palácio. "Agatha, leve Tedros, Hort e Uma para as Dunas de Pasha. Tem muitos clãs independentes lá, que não vão incomodar vocês. Encontrem um bar chamado Miragem. O restante da equipe estará à espera."

"Que equipe?", perguntou Agatha, que agora ouvia passos à distância, marchando em uníssono.

Reena se virou para Sophie. "Você vem comigo." Ela acendeu o dedo para dois conjuntos de roupas em vermelho e dourado amontoados no chão, de Kiko e Beatrix, e passou um para Sophie. "Vista isso." Reena pegou Sophie pelo pulso e a arrastou para a luz.

"Espere!", Agatha sussurrou, puxando Reena de volta. "Como vamos *sair* do palácio?"

"Do mesmo modo que entraram", Reena disse.

Agatha acompanhou os olhos dela, que estavam além das portas de vidro, focados em uma família de camelos que esperava no beco. Dois filhotes já carregavam Beatrix e Kiko, que usavam cota de malha perolada e véu, enquanto um camelo familiar sorria para Agatha, grunhindo uma frase repetidamente.

"A criatura voltou", Hort resmungou.

"Me diga que ela não está dizendo o que acho que está dizendo", pediu Tedros.

"A *confiança é o caminho*", disse Uma, com um suspiro.

O barulho de marcha se aproximava cada vez mais. Sophie via as sombras se aproximando de seu esconderijo.

"Aguarde meu sinal!", Reena ordenou a Agatha, antes de agarrar Sophie.

"Não! Não posso deixar Agatha para trás", Sophie disse, mas Reena a puxou e ela viu os doze guardas bem armados vindo em sua direção, junto com...

"Papai!", Reena cantarolou.

O sultão se aproximou da filha, vestindo uma capa dourada formidável e sapatos pontudos. Seu rosto tinha um tom laranja peculiar. Suas sobrancelhas eram bem delineadas e ele usava um bigode curvo.

"Onde estão seus guardas, minha criança? Não quero você andando sozinha enquanto há rebeldes à solta. Nem mesmo pelo palácio."

"Eles estão de olho no meu irmão, enquanto não volto. Estou perto de fazer com que conte quem é o verdadeiro amor do gênio", Reena garantiu. "Não que eu precise de guardas. Estou segura com Shefali, minha dama de companhia. Ela foi treinada para defender."

Sophie olhou em volta, procurando pela tal de Shefali, então viu que era para ela que Reena olhava.

"Shefali. Um belo nome para uma bela moça", o sultão arrulhou, avaliando Sophie. "Minha esposa tinha olhos azuis, como os seus. Agora estamos separados. De onde você é?"

Sophie olhou com frieza para ele. "Da terra do até parece."

"Fica em Ooty?", o sultão perguntou, então se lembrou dos guardas mais atrás. "Deixem-nos", ele ordenou, com vigor. Os guardas se dispersaram. "Conte-me, Shefali", o sultão perguntou, andando com ela. "O que acha do meu palácio?"

Sophie notou que, mais atrás, Reena guiava Agatha, Tedros e os outros do esconderijo para os camelos à espera. Apontando para o cinto do pai, ela pediu para Sophie, sem emitir som: *Pegue a bússola.*

Sophie prendeu o ar. Cabia a ela agora. Por sorte, tinha experiência em lidar com homens vis.

"O que acho do palácio?", ela disse, virando-se para o sultão. "Acho desnecessariamente grande e opressor, como se o propósito fosse esconder as deficiências de um líder."

O sultão piscou para ela, com o rosto ficando vermelho. Então irrompeu em risos. "Veja só, ela também faz piada! Não é à toa que minha filha desfrute de sua companhia!"

"Na verdade, não estava brincando", disse Sophie.

O sultão continuou falando. "Escreverei à Rainha de Ooty sobre seus encantos. Sua família deve ser recompensada! Talvez possamos arranjar para que se instale aqui no palácio, em vez de ficar trabalhando como uma escrava para a princesa. Posso lhe mostrar o mundo. Mas, primeiro, tenho que tirá-la das mãozinhas sujas da minha filha. Rá! Reena! Reena!" Ele fez menção de se virar em busca da filha, prestes a vê-la ajudando Agatha com o camelo.

Sophie pegou-o pelas bochechas e virou seu rosto na direção dela. "O sultão foi envenenado?"

"Envenenado?", ele repetiu, surpreso.

Ela abriu bem as pálpebras dele. "Há toxinas na sua íris... manchas de sangue... Não comeu nem bebeu nada suspeito?"

"Só o omelete de cordeiro de sempre..." Ele ficou pálido. "Mas o gosto estava mesmo diferente hoje. Salgado demais..."

"Deixe-me ver", Sophie disse, cutucando seus olhos e suas narinas com uma mão, enquanto a outra se aproximava do cinto. "Pupilas embaçadas... pele manchada... hálito ruim..." Ela se afastou dele. "Receio que não seja veneno, mas algo muito pior."

O sultão ficou olhando para ela, assustado.

Sophie retribuiu seu olhar. "*Velhice*."

"Venha, Shefali", Reena disse, pegando o braço de Sophie. "Temos que voltar para a prisão e dar outra prensa no meu irmão."

"Sim, senhora", disse Sophie.

"Deseje-me sorte, papai!", Reena cantarolou, tirando Sophie de perto do sultão de testa franzida.

"Você conseguiu?", Reena sussurrou no ouvido de Sophie.

"Seu pai é um cachorro?", foi a resposta da outra.

Sophie não teria paciência com idiotas por ninguém além de Agatha.

Agatha, que estava no deserto sem ela e com a sentença de morte de Arthur pendendo sobre sua cabeça.

Precisavam encontrar a Caverna de Aladim e usar a lâmpada mágica para ajudar Tedros a passar pelo segundo teste *sem* matar Aggie. Sophie não tinha ideia de como seria possível, mas só se preocuparia com aquilo quando chegassem à Caverna dos Desejos. Sentia a bússola do sultão chacoalhando no seu bolso, enquanto ela e Reena subiam a escada correndo até o andar de cima. Reena abriu uma porta e as duas foram banhadas por uma luz entre rosa e roxo, o sol estava se pondo e se expandindo em todas as direções. Também sentiram uma fragrância estonteante.

No telhado do palácio, um garoto magro de pele morena tocava cítara, caminhando entre fileiras de tapetes mágicos luxuosos, que se remexiam como crianças pequenas postas para dormir, enquanto incenso queimava e um aroma de camomila exalava dos incensários de latão.

Ao ver Reena, o garoto sorriu com vontade.

"Onde ele está?", ela perguntou, olhando em volta.

Sophie ouviu uma risadinha familiar. Do outro lado do telhado, um tapete mágico fazia cócegas em Merlin, que tentava fazê-lo parar.

Reena soltou o ar, aliviada. "Obrigada, Jeevan", ela agradeceu.

"O sultão estava planejando trocá-lo por ouro com Hamelin", Jeevan explicou. "Ainda faltam crianças lá, desde que o flautista levou todas. Convenci os guardas de que era um engano, e esse branquelo aqui na verdade era meu primo. Por sorte, eles são tontos demais para fazer perguntas." O sorriso dele não se abrandava. "Cumpri minha parte do acordo... quando vamos sair juntos?"

A expressão de Reena deve ter dado a pista, porque Jeevan finalmente notou a presença de Sophie.

"Ah, não", ele lamentou, com o sorriso fraquejando. "Acabei de arrumar tudo para a noite."

Ao ouvir aquilo, os tapetes começaram a chamar a atenção de Reena, agitando suas franjas e produzindo diferentes tilintares.

"Vamos precisar do Vento Noturno", Reena disse, apontando para um tapete bem escuro no canto, com estampa em prateado. "É uma emergência."

"Desculpe, princesa. Não posso deixar que saia de tapete sem um guarda", Jeevan declarou, de repente muito severo e oficioso. "Ordens do sultão."

"O que meu pai não sabe não vai te machucar", Reena respondeu. "Ainda mais considerando que eu e você vamos sair juntos amanhã." Ela deu uma piscadela para ele.

Um momento depois, Jeevan estava ajudando as garotas e Merlin a subir no Vento Noturno, as franjas da frente presas aos pulsos de Reena, as de trás, aos tornozelos de Sophie, garantindo que ela e Merlin ficassem firmes no lugar. O tapete levantou voo na noite quente e densa, o que deu a Sophie plena visão da cidade de Shazabah e do tráfego de tapetes mágicos pelas vias aéreas engarrafadas em meio às construções.

"Vá devagar, Reena", disse Jeevan. "Se for parada por excesso de velocidade, seu pai vai descontar em mim."

"Vou superdevagar", Reena prometeu, cobrindo a cabeça com o capuz. Ela sorriu para Sophie. "Pronta?"

Vento Noturno disparou do telhado de tal maneira que rasgou as vestes de dama de companhia de Sophie, que quis gritar, mas não o fez. "Vush-vush!", fez Merlin, por sua vez.

Sentindo os dedos dormentes em volta do feiticeiro de cinco anos, Sophie estava começando a recuperar o fôlego quando Vento Noturno mergulhou no congestionamento do centro da cidade, costurando e se esquivando dos outros tapetes, que obedeciam pacientemente às leis de trânsito. Em nome dos motoristas, tapetes furiosos sacudiam as franjas e sinos, o que não parecia muito ameaçador a Sophie, e sim mais um coro de protesto. Até que ela se deu conta de que não estavam protestando, mas invocando: uma frota de tapetes pretos com franjas em vermelho-vivo surgiu atrás deles, com a clara intenção de fazer Vento Noturno parar.

"Mambas", Reena murmurou.

Ela não demonstrou medo, no entanto, como se já tivesse se livrado de muitas Mambas. Suas mãos agarraram as beiradas do tapete, navegando-o por entre curvas fechadas e recantos minúsculos, quebrando vidros e derrubando duas irmãs que brincavam com seu pavão de estimação, uma mulher imponente que recitava poesia para um clube do livro, e um casal se beijando diante dos pratos de tagine de frango, ao mesmo tempo que despistava as Mambas, uma a uma. Restou uma, que se aproximava deles, com as franjas se estendendo como um tentáculo, prestes a agarrar o pescoço de Merlin. Reena arremeteu para cima, dando uma volta de trezentos e sessenta graus, que fez o vestido branco de Sophie inchar como um peixe venenoso reagindo ao medo. Vento Noturno caiu como uma pedra sobre a Mamba, empurrando-a com a cabeça, até prender o outro tapete em um minarete afiado. Em alguns minutos, eles deixavam a cidade de Shazabah e flutuavam sobre as dunas escuras. Vento Noturno reduziu a velocidade, aliviado. "Chega de vush-vush", Merlin pediu, quase caindo no sono.

"Você age como uma Sempre normal, puxa o saco de Beatrix... mas é uma princesa guerreira que se faz de idiota", Sophie disse, arfando, com o coração na boca. "Por quê? É inteligente e destemida. Isso não deveria ser segredo. Você poderia ser o que quisesse. Poderia ser a sultana."

"Mas escolhi não ser", disse Reena. "Se tem uma coisa que aprendi com minha mãe, é que a vida do palácio não é satisfatória. Não para alguém que quer viver *de verdade*. A pessoa é engolida pelos holofotes. Transforma-se em alguém que não é. Como meu pai. Ele pode parecer ter a cabeça fraca e ser indulgente demais, só que já foi um guerreiro destemido também. É por isso que deixo Beatrix ter todo o destaque. Não quero um conto de fadas. O que é irônico, já que estou arriscando minha vida para ajudar seus amigos a vencer no deles."

"Bom, a julgar pelo modo como Jeevan te olhava, diria que você pode ter seu conto de fadas quando quiser", Sophie comentou.

Reena sorriu para ela. De repente, Sophie se deu conta de que, para cada uma de suas histórias de amor, que atormentavam a Floresta com suas consequências, havia outras, pequenas e bem-aventuradas, que se desenrolavam sem muito agito.

Eles voaram sobre o deserto, traçando uma longa rota sem ver mais ninguém e se mantendo tão escondidos quanto possível. A noite se instalou, com a lua lembrando uma foice. Logo, as dunas passaram de vermelho-ferrugem a prata-cintilante, coroadas por pequenos vilarejos de tendas. Sophie viu adolescentes chutando uma bola. Ouviu música saindo das tendas, viu sombras dançando, bebendo e rindo. Mais adiante, viu também uma família de camelos a uma faixa de areia vazia, alimentando-se de baldes de grama seca que alguém havia lhes oferecido.

Sophie ficou tensa. "Aqueles camelos... Eram os que estavam com Agatha... Onde ela está?"

Reena conduziu o tapete para baixo. "Diria que ela está exatamente onde deveria."

Uma visão surgiu sobre a areia vazia: uma cabana com teto de palha, com mil luzinhas e bugigangas de todas as cores penduradas, como uma árvore de Natal caótica. Do lado de fora, havia muitos grilos, que produziam a música do deserto abafado. Um letreiro iluminado anunciava:

Reena pousou Vento Noturno. Sophie acordou Merlin e desmontou, cambaleante e ainda tonta da viagem. Seus sapatos afundavam na areia enquanto ela levava o pequeno feiticeiro na direção do bar, ansiosa para encontrar Agatha. Sophie estava desesperada para ter sua melhor amiga ao seu lado de novo, e sem dúvida a outra sentia o mesmo. Ela abriu a porta e passou os olhos pelo interior do bar bem iluminado.

Só que Agatha já estava acompanhada por outras amigas.

E não apenas amigas: *cavaleiras*. Um bando delas, pelo menos dez, vestidas como Sophie tinha visto Beatrix e Kiko, de armadura reluzente.

Por um momento, Sophie se perguntou se estava vendo direito, depois da viagem de tapete mágico. Então se deu conta de que ela também conhecia as cavaleiras, que agora faziam festa para ela, enquanto Reena segurava a bússola e apontava para Sophie, como se indicasse que era por causa dela que a tinha em mãos.

Sophie viu Agatha correndo na direção dela e de Merlin.

"Graças aos céus estão os dois vivos!", Agatha disse, abraçando Sophie.

"*Mamãe*!", Merlin gritou, abraçando a perna de Agatha.

Dot também abraçou Sophie, parecendo um pouco mais jovem em seu corpo adulto, depois Nicola, Hester, Anadil, Beatrix e Kiko. Todas as suas amigas estavam reunidas, usando armaduras iguais. Por cima do ombro delas, Sophie viu Hort sozinho a um canto e esperou que ele se aproximasse, mas o furão estava perdido em pensamentos, enquanto tomava uma bebida gasosa. Perto dele, Reena inspecionava a bússola do sultão, enquanto Tedros conversava com Guinevere, Marian, a Princesa Uma e uma matrona corpulenta que ela não reconhecia. Todas, com exceção de Uma, usavam a mesma cota de malha perolada que as outras.

"Suco!", Merlin pediu a Agatha, pegando a poção no bolso dela e colocando algumas gotas na própria língua.

"Estou sonhando ou todas as nossas amigas estão aqui?", Sophie perguntou a Agatha. "Vestidas como *cavaleiras*?"

"Olá, Sophie", disse uma voz familiar.

Sophie se virou e deparou com a Rainha de Jaunt Jolie, que também usava a armadura.

"Jacinda? N-n-não estou entendendo...", Sophie gaguejou.

"São minhas *novas* Onze", disse a rainha. "Nascidas da coragem de garotas como você e Agatha, que enfrentaram o Mal quando eu mesma tive medo. Garotas como minha filha, que teve a bravura de se juntar à sua luta. Se eu tivesse reunido coragem antes, talvez ela ainda estivesse viva."

"Betty", Sophie disse, baixo, pensando na garota que havia lutado tão bravamente por ela e por seus amigos. "Ela não precisava lutar por nós. Mas fez isso. Até o fim. Não gostava muito de mim, claro. O que provavelmente é um bom indício de seu caráter."

A rainha deu um abraço forte em Sophie. "Desconfio que você e Betty são mais parecidas do que ela gostaria. Talvez as duas pudessem ter se juntado às Onze, embora você ocupasse uma posição mais importante, claro." Ela acenou com a cabeça para Agatha. "Você é a cavaleira desta moça *aqui*."

"E eu sou o quê? O bobo da corte?", Tedros brincou, puxando Agatha em um abraço. Sophie achou que ele parecia relaxado, quase feliz, o que lhe era incomum. Cercado por seus amigos, era como se Tedros se sentisse protegido, ainda que aquela busca fosse apenas sua. O príncipe havia passado grande parte da vida sozinho: sem mãe, sem pai, sem Merlin. Tedros tinha ido para a escola atrás de amor. De um amor que pudesse salvá-lo. O mesmo tipo de amor que Sophie havia vindo ao mundo encontrar. Não era de admirar que ambos fossem tão insuportáveis. Que nunca tivessem se dado bem. Eram como duas focas presas debaixo da água, lutando para conseguir respirar o mesmo ar.

Tedros notou que Sophie o observava. "Bom, não posso ter ciúmes", o príncipe disse. "Você e Agatha têm que ficar juntas enquanto eu estiver dentro da caverna."

Sophie ergueu as sobrancelhas. Aquilo também era novidade para Agatha.

"Você vai entrar... sozinho?", Agatha perguntou.

"Eu vou", Merlin disse, já parecendo mais velho que um minuto antes. "Eu vou com Tetê."

"Não, Merlin. Ninguém vai entrar comigo. O teste é para mim", Tedros recordou. "Mas tenho um trabalho para você. Logo vai completar seis anos, acha que dá conta?"

"Um trabalho importante?", Merlin disse, esperançoso.

Tedros coçou a cabeça, depois olhou para as garotas. "Reena viu na bússola que a caverna está próxima. Disse que fica a cerca de um quilômetro daqui."

"Mas como você vai *entrar* na caverna?", Sophie perguntou. "Você ouviu a história de Kaveen. O gênio não permite que ninguém entre a menos que..."

"Deixe isso com Tedros", Uma disse, chegando com Guinevere. As duas trocaram olhares com o príncipe.

"As cavaleiras têm um plano para derrotar a Cobra", Tedros explicou a Agatha. "Ainda tenho minhas dúvidas, mas farei qualquer coisa que não envolva matar você."

"Qual é o plano?", perguntou Agatha.

"Como Uma disse, deixe comigo", Tedros respondeu.

Sophie sentiu Agatha ficando tensa.

"Cada um de nós vai ter um papel a desempenhar", acrescentou Marian de maneira cifrada, juntando-se ao grupo. Estava acompanhada da matrona que Sophie havia visto, a última cavaleira, que lhe estendeu a mão.

"Reitora Brunhilde", ela se apresentou. "Rhian e Japeth foram meus alunos na Escola para Garotos de Foxwood."

"Então Aric também", Agatha se deu conta, que acabava de conhecer a reitora também.

"Receio que sim", Brunhilde confirmou, com um suspiro.

Sophie estremeceu só de ouvir o nome da criatura. "Bem, o que estamos esperando? Estamos todos juntos agora. Não podemos ficar à toa, bebendo sidra e pedindo comida. Vamos encontrar o gênio."

"Ainda não", disse Tedros.

Sophie e Agatha olharam uma para a outra.

"Mas e se a Cobra vier?", Agatha insistiu com ele.

Sophie se juntou a ela. "Não ouviu o que Reena disse antes? O sultão já disse a Japeth que estamos aqui! A Cobra está vindo de barco a Shazabah! E quando o sultão descobrir que fugimos, também vai dar pela falta da bússola. Vai saber que fomos para as cavernas e..."

"Japeth vai nos encontrar aqui!", Agatha concluiu.

Tedros sorriu. "Exatamente."

As duas olharam para ele, confusas.

"Alguém está com fome?", uma voz cantarolou.

Uma mulher barriguda saiu da cozinha, com um lenço com lantejoulas na cabeça e uma túnica no corpo, o rosto sujo de farinha, os braços carregando pratos suntuosos: sopa de lentilha vermelha, salada de pepino, homus com cogumelos, tortas de espinafre com queijo feta, arroz frito com cúrcuma, charutinhos de uva, camarão ao alho, torrone de pistache e torres de biscoitos e bolos.

"Mãe", Reena disse, abraçando-a. "Falei para não exagerar. A última coisa de que precisamos é ir para a batalha com a barriga cheia."

"Uma vez na vida, queria que você fosse mais parecida com seu pai. Comer é exatamente o que os cavaleiros fazem antes das batalhas", a mãe fez troça, antes de vociferar com um homem muito magro, esforçando-se para passar pelas portas da cozinha com mais travessas. "Yousuf! Traga logo os kebabs, antes que sequem! O que faremos se isso acontecer? Usaremos como pedras?"

Sophie já tinha se esquecido completamente da discussão com Tedros e se enchia de salada de pepino, saboreando o molho ardido de limão, sem conseguir recordar quando fora a última vez que comera algo tão bem temperado. No canto, o príncipe conversava com Merlin, o jovem feiticeiro surpreendentemente quieto e atento, talvez por causa do bolo de chocolate que Tedros parecia ainda não ter liberado para ele.

Ali perto, Dot reclamava com Hester, enquanto comiam torta de espinafre. "Marian é a única ligação que tenho com meu pai, mas ela sempre se esquiva das minhas tentativas de puxar conversa. Sempre foi assim, desde que nos conhecemos!" Ao que Hester respondeu: "Ani e eu também te evitamos, mas você sempre nos encurrala. Por que não tenta fazer o mesmo com ela?". Até mesmo Agatha estava entretida com um bolo de mel enorme antes que seus olhos e os de Sophie se encontrassem. As duas sorriram e se aproximaram, mas Nicola as cortou e puxou Agatha de lado. Sophie parou na hora.

"Reena disse que você conheceu meu marido", a mãe da princesa disse, aparecendo ao lado de Sophie. "A julgar pela cara que você fez agora, estou vendo que ele não mudou nada."

"Espera, você era a rainha?", Sophie perguntou. Olhou em volta, para o bar lotado. "E agora..."

"Estou mais feliz do que nunca", disse a mãe de Reena, sem se ofender. "Ensinei minha filha a se fazer a mesma pergunta que me faço: o que importa? Olhe dentro de seu coração todos os dias e se pergunta: o que *realmente* importa na vida? Não importa quem você é. A resposta é a mesma para todo mundo. Amor. Propósito. Comida. É isso. É tudo de que precisamos."

A mãe de Reena agora olhava para Yousuf, que derrubava kebabs enquanto tentava servir as bruxas. Ele percebeu que ela olhava, e os dois trocaram um olhar apaixonado. De repente, Sophie compreendeu. No palácio, a mãe de Reena podia ter tudo o que queria. Mas foi só depois de sair de lá que encontrou as coisas de que realmente precisava.

Sophie repetiu aquilo para si mesma.

Amor. Propósito. Comida.

"Não sei se tenho qualquer uma dessas coisas", Sophie confessou. Ela pensou em Agatha e Tedros, comprometidos com a causa do Bem. Pensou em Reena, que sacrificara sua posição de destaque para encontrar tranquilidade com um rapaz. Pensou até mesmo em Hort, cujo amor e propósito eram evidentes. Lágrimas brotaram nos olhos de Sophie antes que ela conseguisse impedir. "Bem, pelo menos tenho comida", ela disse, com a voz fraca. "Caso você considere comida o que eu como."

"Provavelmente não considero", a mãe de Reena brincou. "Ouça, querida. Muitos de nós cometemos o erro de negar a nós mesmos o que queremos. Por medo de não merecermos. Isso é uma coisa boa. Quem tenta ter tudo acaba como meu marido! Mas as coisas que importam não podem ser compensadas ou negociadas. São nosso direito de nascença. Temos que descobrir o que são e nos segurar a elas, ainda que nos levem para as profundezas do deserto, muito longe de onde achávamos que estaríamos..." Ela deu um abraço em

Sophie, e a garota sentiu o cheiro dos temperos em sua pele. "Dê a si mesma permissão para ser feliz. Esse é o feitiço mágico. Então tudo se torna possível."

"Não sei bem como fazer isso", Sophie sussurrou, mas já estava sozinha de novo, porque a mãe de Reena havia voltado à cozinha.

Sophie enxugou os olhos, com as mãos trêmulas.

"Você está bem?", uma voz grave perguntou atrás dela.

Sophie se virou e viu Hort com dois pratos de biscoitos cor-de-rosa. O furão parecia especialmente matreiro.

"Perguntei se não tinham nada sem açúcar, leite e todas as outras coisas que você não come. Disseram que não, mas isso parecia tão bonito...", Hort continuou falando.

"Você não deveria dar para sua namorada?", Sophie perguntou.

"A gente terminou", Hort disse.

Sophie arregalou os olhos. Ela se virou para Nicola, que conversava animadamente com Agatha. "Sua namorada sabe disso?"

"Ex-namorada. E sim. Foi ideia dela." Hort respirou fundo. "Ela acha que sou imaturo, que fantasio demais e que sou triste e molenga."

"Tudo verdade, imagino...", Sophie avaliou.

"Valeu", disse Hort, magoado, e foi embora.

Sophie queria concluir a frase: *... que é por isso que gosto de você.* Mas não o chamou de volta nem saiu de seu lugar. Os pepinos pareceram empapados no prato.

"Nic parece menos preocupada com o término que você", Agatha disse, aproximando-se de Sophie com outro pedaço do bolo de mel. "Estou presumindo que era sobre isso que vocês dois estavam falando, claro. Ela parece tranquila. Acho que finalmente se deu conta de que o Hort dos livros de história é diferente do Hort da vida re..."

"Posso experimentar?", Sophie perguntou.

Ela apontava para o bolo.

Agatha olhou para Sophie boquiaberta, como se ela tivesse duas cabeças. "Hum, pode ficar com tudo."

Sophie nem pensou: tirou o bolo das mãos da melhor amiga e o enfiou na boca. Ela fechou os olhos, sentindo a consistência fofa da farinha se transformando em um mel fresco, com uma explosão de canela no meio. A cada mastigada, a alquimia se repetia. Sophie deixava as sensações dançarem em sua língua e depois descer pela garganta, entregando-se à profusão de sabores, como se, uma vez na vida, não sentisse necessidade de fazer o prazer ter *significado.* Sempre considerara bolo algo passageiro, sem sentido, mas ali, ao longo de uma única prova, compreendeu por que era importante. Porque a própria vida era passageira e sem sentido, a menos que a pessoa se permitisse desfrutar dela, saboreá-la, até os momentos mais leves e insignificantes. Sophie sentia as lágrimas rolando, como se tivesse aberto um portão proibido, como se tivesse perdido e encontrado algo ao mesmo tempo.

"Quero o mesmo que ela", Dot disse a Yousuf, que passava por perto, apontando para Sophie.

Sophie olhou para Agatha. As duas irromperam em risos.

Então Agatha parou de rir.

"O que foi?", Sophie perguntou.

Os grilos, ela percebeu em seguida.

A música havia parado.

As duas se viraram para a Rainha de Jaunt Jolie, que também havia notado aquilo. Ela e Marian estavam imóveis no meio da sala. Todo mundo pareceu perceber, e o bar ficou em silêncio.

Então Sophie ouviu.

Um clangor trovejante, como um tremor distante.

Agatha já a arrastava lá para fora, para o ar do deserto, com os outros seguindo logo atrás.

Juntas, as duas olharam para a noite e vislumbraram as chamas altas varrendo as dunas, como uma tempestade. Mil camelos de Shazabah, seus cavaleiros armados de tochas e lâminas, lado a lado com soldados montados em selas douradas sobre cavalos.

Cavalos de Camelot.

Tedros se colocou entre as duas, com os olhos fixos no rei, em azul e dourado, avançando na dianteira de ambos os exércitos.

"Hora de ir", o príncipe disse.

19

TEDROS

Arma secreta

"Essa bússola é bem estranha", Tedros murmurou. Estava acostumado a uma seta de latão que indicava o objetivo. Em vez disso, a bússola do sultão contava com uma bailarina de dança do ventre, cujos quadris apontavam para a esquerda.

"Por *ali*", a dançarina aconselhou.

No escuro, Tedros seguiu a oeste, olhando os números dourados perto da barriga da dançarina que marcavam a distância até as cavernas: *trezentos metros, duzentos e setenta e cinco metros*... O príncipe olhou para trás, para o restante do grupo, que se esforçava para seguir em frente. No alto, identificou as chamas do exército de Japeth, por cima das dunas, a quilômetros dali, mas que já encurtava a distância. O sultão sem dúvida havia contado tudo a Japeth, pensando que ele era Rhian. Também havia lhe dado soldados.

Dez minutos, Tedros calculou.

Era o quanto de tempo eles tinham. No máximo.

"Tem certeza de que sabe o que está fazendo?", Agatha perguntou, pondo-se ao lado dele.

"Isso quer dizer que você acha que não sei?", o príncipe perguntou. "Uma e Kaveen não confiavam um no outro. Você viu o que aconteceu."

"Você não quer me revelar o plano", ela insistiu.

"Tenho motivos para isso", disse Tedros. "Sei o que está em jogo. Não é só o teste. Mas sua *vida*."

"E quanto aos mil homens atrás da gente?", Agatha perguntou.

"Vush-vush!", alguém disse.

Agatha olhou para Merlin, agora cabeludo e batendo na altura das costelas dela. O jovem feiticeiro a acompanhava, sorrindo.

"Trabalho importante para Tetê", Merlin disse.

Agatha olhou para Tedros.

"Já falei, temos um plano." Tedros apressou o passo. "Siga os outros!"

Apesar da perseguição da Cobra, ele se sentia *livre*. Tinha assumido o controle, finalmente, tendo aprendido com o primeiro teste. Daquela vez, cuidaria da Cobra pessoalmente e manteria Agatha sem saber de nada. Não para puni-la, mas para protegê-la. Se soubesse o que ele e as cavaleiras estavam planejando, entraria na briga. E, com a Cobra atrás dela, era a última coisa que Agatha deveria fazer.

No entanto, Tedros ainda tinha suas dúvidas quanto ao plano das cavaleiras. Japeth abrir mão do trono por escolha própria? A Cobra se render por *amor*? Só mulheres pensariam nisso. Mas o príncipe não tinha um plano melhor, e quanto mais pensava a respeito, mais seu coração se enchia de esperança. Se jogasse as cartas direitinho, talvez...

Tedros apertou o passo, olhou por cima do ombro e viu sua princesa ficar para trás, a Cobra e seu exército escondidos, no vale de uma duna. A ideia de deixar Agatha do lado de fora da caverna quando Japeth atacasse deixava Tedros louco. A Cobra iria direto para cima dela, com o objetivo de ganhar o segundo teste. Merlin conseguiria se ater ao plano? O estômago de Tedros se revirou. Ele confiara a vida de Agatha a um menino de seis anos. Um menino de seis anos que ainda fazia xixi na calça e tinha que ser subornado com bolo de chocolate. *Não vou voltar atrás agora*, o príncipe pensou, enterrando suas dúvidas. Ele correu com mais afinco, seguindo os quadris da moça na bússola: *cem metros... cinquenta... vinte e cinco...*

Uma tempestade de areia irrompeu na frente dele, uma parede se erguendo tão alta que obscurecia a lua, que o vento atacava como se a esculpisse. Tedros cobriu os olhos, os lábios e a língua cobertos de areia quente, depois os abriu e vislumbrou por entre os dedos a forma da caverna: uma lâmpada mágica colossal feita de areia, cuja ponta era a entrada, um portal brilhando em dourado em meio à noite.

Os outros logo chegaram e o flanquearam, como um escudo: Agatha, Sophie, Uma, Hort e as Onze.

Ouvir a história de Kaveen era uma coisa, mas ver a caverna, um lugar real, com a lâmpada mágica lá dentro, a lâmpada que fizera de Aladim uma lenda... *É assim que Leitores devem se sentir,* Tedros pensou. As palmas do príncipe começaram a suar. Sua boca estava seca.

"O-oi", ele disse, aproximando-se da caverna. "Sou o príncipe Tedros de..."

Uma voz trovejou das profundezas: "Muitos homens já me perturbaram, em busca da Caverna dos Desejos. Nenhum com um exército tão *fraco*".

Tedros já ouvia o estrondo dos cavalos de Japeth. Havia pouco tempo para negociar. "Vim pela lâmpada", ele declarou.

"É o que os tolos fazem", a caverna ironizou, com a voz baixa e retumbante. "Mas, para entrar, é preciso me dar algo. E, até onde sei, o impotente príncipe não tem nem uma *espada*. Portanto, vá. Antes que me ofenda e dê um jeito em você."

A areia sob as botas de Tedros pareceu se mover, como se fosse engoli-lo por inteiro. Quando ergueu os olhos, a caverna estava voltando a se fundir ao deserto.

"Não vim de mãos vazias", Tedros disse. "Trouxe seu verdadeiro amor."

A caverna tomou forma no mesmo instante.

"Mostre-me", ordenou.

A Princesa Uma deu um passo adiante, colocando-se ao lado do príncipe.

A caverna pareceu estremecer ao vê-la. O brilho de sua entrada passou a vermelho-vivo, como um fogo atiçado.

Tedros viu que Agatha cerrava os dentes, como se achasse que aquele era o pior plano da história.

"Se me entregá-la, poderá entrar", a caverna decidiu.

"Poderá tê-la depois que eu entrar e sair da caverna em segurança", Tedros ofereceu. "De outra maneira, não terei nenhuma garantia de que me deixará sair vivo."

"E que garantia terei eu? Você pode usar a lâmpada para livrar meu verdadeiro amor do acordo. Ou ela pode fugir depois que você entrar."

"Nada disso vai acontecer", Tedros prometeu. "Ela será entregue, como prometido."

"Suas promessas não significam nada para mim", disse a caverna. "E se levar o que agora diz que é meu? E se me enganar?"

"Então poderá ficar comigo", alguém disse.

Guinevere deu um passo à frente.

"Sou a mãe dele", ela disse.

Tedros não reagiu, como se aquilo fosse parte do plano.

"Entrarei na caverna com ele", a velha rainha explicou. "Se Tedros não lhe entregar a princesa, sua punição será me perder."

O brilho da caverna iluminou Guinevere, como se verificasse se era quem dizia ser.

"E o que eu ia querer com seus ossos velhos?", a caverna zombou. "Seria melhor dá-los aos abutres."

"Por isso você pode confiar que vou lhe entregar seu verdadeiro amor", disse Tedros. "Ninguém entregaria a própria mãe à morte certa. Os termos estão a seu favor."

A caverna fez uma pausa, refletindo a respeito.

Uma fumaça nublava o céu, e o cheiro das tochas queimando era cada vez mais forte. A caverna projetou sua luz para mais longe, para os exércitos gêmeos que vinham em sua direção.

"Sugiro que tome uma decisão depressa", disse Tedros, de olho em Uma. "Teremos companhia em breve, e seu verdadeiro amor pode não sobreviver para ver o fim de nossa negociação."

A areia da caverna endureceu.

"Entre", a caverna disse, com rispidez.

Tedros pegou a mão da mãe e a puxou para a Caverna dos Desejos. No momento em que passou pelo portal, sentiu a temperatura cair, o ar frio e cortante. Lá de dentro, olhou uma última vez para trás, para Agatha. A princesa parecia impotente e assustada, como o próprio Tedros ficava quando ela se incumbia de realizar suas missões sem ele.

Areia cobriu a porta, como se uma tumba fosse selada.

Então Tedros e a mãe ficaram sozinhos.

Cinco minutos, Tedros pensou.

Mais que isso e Agatha e os outros estarão em perigo.

Guinevere tropeçou e se segurou no braço de Tedros. "Cuidado", ela disse, baixo. "Tem um degrau."

Tedros acendeu o dedo. "Tem *muitos* degraus."

Uma escada torta, feita de areia, descia em espiral na escuridão, até mais além do que o príncipe enxergava. Ele deslizou uma bota pelo primeiro degrau, fazendo areia se despegar. A cada passo, os degraus pareciam mais irregulares, como uma costa rochosa. Guinevere tropeçou de novo.

"Tudo bem?", Tedros perguntou.

"Vá na frente", ela disse, mancando. "Te encontro lá embaixo."

Tedros a abraçou e a guiou, degrau a degrau.

Era estranho estar ali com ela. Quando tinham armado o plano no bar, Guinevere parecera a escolha certa para desbravar a caverna com ele. Se Tedros estivesse com Agatha, sua princesa questionaria cada passo seu. Com Sophie seria ainda pior. Com qualquer outra, ele não se sentiria à vontade, não como se sentia com a mãe, o que era irônico, porque Tedros havia passado os últimos dez anos pensando nela como uma bruxa desleal. No entanto, agora que estava com Guinevere, havia uma estranha tensão entre os dois. Não por conta de raiva ou ressentimento. O coração dele já estava livre disso, Tedros havia perdoado os pecados da mãe. Era outra coisa. Um vácuo. Um vazio. Como se fossem dois desconhecidos e qualquer vínculo tivesse sido imaginado.

À luz do dedo aceso, Tedros vislumbrou algo em um dos degraus: uma moeda de ouro. Ele direcionou o brilho para baixo e viu por que os degraus eram tão irregulares: continham tesouros, incluindo joias polidas, anéis cintilantes, pelo menos quatro coroas e mais ouro do que Tedros já havia visto, moedas, talismãs e cálices, espalhados e fossilizados nas profundezas da areia. Por um segundo, ele ficou confuso...

Até ver os crânios.

Dezenas deles, pendurados na escada por cordas feitas de areia bem compactada. Havia alguns esqueletos completos, mas outros iam apenas até o pescoço, os ombros ou as costelas, como uma galeria com o intuito de advertir. Deviam ser de pessoas que haviam entrado na caverna e não conseguiram sair, deixando para trás os tesouros desejados.

"Eles cometeram erros", Guinevere disse, nervosa.

Como?, Tedros se perguntou. Era a Caverna dos Desejos. Era só fazer três pedidos e ir embora com seus ganhos.

Por outro lado, quando se tratava de magia, sempre havia um porém.

Eles desciam mais rápido agora, depois de Tedros desviar seu brilho dos resquícios de requisitantes do passado e o voltar a cada degrau. Finalmente, chegaram a um pequeno porão, feito de areia. Dados os esqueletos ao longo do caminho e os famosos poderes da lâmpada, Tedros estava esperando obstáculos ou pelo menos algum tipo de teste. Mas ali estava ela, caída de lado no chão da caverna, cor de cobre, embaçada e arranhada, como uma quinquilharia velha em qualquer sótão. Não havia nada mais ali além de um espelho sujo e quebrado apoiado contra a parede.

Tedros avaliou a lâmpada, cuja ponta se erguia da areia, como a tromba de um elefante. "Não parece muita coisa, não é?"

O estrondo dos cascos ecoou lá fora.

"Vamos, Tedros", disse a mãe, notando as paredes da caverna tremerem.

O príncipe pegou a lâmpada e esfregou a areia da superfície com a palma.

Nada aconteceu.

Não é isso que se deve fazer? Esfregar a lâmpada? Tedros a esfregou com mais força, contra o cotovelo, o peito, depois com as duas mãos ao mesmo tempo.

A lâmpada brilhou em vermelho-vivo, queimando os dedos dele. Tedros gritou e a derrubou na areia. No reflexo da lâmpada, ele viu que um par de olhos amarelos o encarava. Uma fumaça vermelha saiu do bico, assomando sobre Tedros e a mãe. Era uma névoa espessa, sombria, com bordas irregulares, um tronco de homem com cabeça de tigre e os olhos dourados que Tedros havia visto no reflexo, agora fixos nele e em Guinevere. Nos contos de fadas, gênios eram criaturas amigáveis e reconfortantes, de corpo sólido e espírito leve. Mas aquele gênio tinha corpo etéreo, dureza de espírito e claramente *não* era amigável.

"Três desejos", o gênio disse, com a mesma voz rigorosa que haviam ouvido lá fora. "Para sair da caverna, vão precisar da palavra secreta. Uma palavra que não posso dizer sem ser condenado ao sofrimento eterno. De modo que não podem usar um desejo para obtê-la. Se morrerem aqui, por sua própria incompetência..." Olhou para os crânios dos homens que já haviam morrido. "A princesa que trouxe para mim será minha mesmo assim."

Esse é o porém, Tedros pensou. Ele sabia que estava parecendo fácil demais.

Guinevere franziu a testa. "Mas como nós..."

"Uma pergunta. É tudo o que terão, além dos três desejos", o gênio o cortou. "Use-a com sabedoria. Quaisquer outras perguntas contarão como desejos."

Guinevere mordeu a língua para se impedir de falar.

"Diga-me o que ia perguntar", Tedros sussurrou para a mãe, tomando o cuidado de não fazer uma pergunta.

"Como descobrir a palavra secreta", disse ela.

"Então essa é sua pergunta?", o gênio confirmou.

"Não. Todo mundo deve perguntar como descobrir a palavra secreta", disse Tedros. "No entanto, tem uma centena de esqueletos pendurados nessa caverna. É uma armadilha. A pergunta tem que ser outra."

"Você é mais esperto do que parece", o gênio comentou, com os olhos de tigre brilhando. "Se essa fosse a pergunta, teria respondido que é um *segredo* e vocês não sairiam do lugar. Agora faça sua pergunta. Não me importo com o que acontecerá com vocês. Só com seus amigos lá fora. Com *uma amiga*, na verdade, que logo será minha."

Por uma fração de segundo, Tedros pensou em perguntar ao gênio o que ia acontecer com Agatha, mas então se impediu. A última coisa que sua princesa ia querer era que ele desperdiçasse sua pergunta com ela. Ele precisava focar no motivo pelo qual estavam ali: o plano para derrotar Japeth e manter Agatha viva. Tedros olhou para a mãe, torcendo para que ela descobrisse qual era a palavra.

Guinevere torcia as mãos. "O que Lance faria?", sussurrou para si mesma.

Tedros quase riu. Tinha esquecido como a mãe era. Ela havia largado o pai dele, um homem nobre, por Sir Lancelot, um bruto chauvinista. Lance a havia encantado e deixado que vivesse na fantasia, sem qualquer responsabilidade real. E a mãe continuava perdida naquela fantasia, à espera de que seu cavaleiro a salvasse.

Aquele era o motivo pelo qual Tedros havia escolhido a garota que escolhera. Ele não queria uma mulher como sua mãe. Queria uma igual.

O sentimento de liberdade que sentira nas dunas evaporara. De repente, sentia falta de sua princesa.

O que Agatha faria?

Tedros reprimiu um sorriso. Talvez ele fosse mais parecido com a mãe do que imaginava.

No entanto, Agatha não se deixaria distrair como ele. Ela pensaria naqueles que haviam conseguido sair da caverna. Pensaria em Aladim, que havia feito seus três desejos e escapado vivo.

Os desejos, Tedros se deu conta.

Agatha diria a seu príncipe para focar nos desejos.

Ele olhou para o gênio. "Quais foram os três desejos de Aladim? Pode considerar essa minha pergunta."

Os olhos do gênio brilharam, surpresos, antes de responder: "Seu primeiro desejo foi ser sultão de Shazabah. Seu segundo desejo foi que a Princesa Asifa, filha do sultão, se apaixonasse por ele. E seu terceiro desejo foi ter esse espelho aí atrás". O gênio acenou com a cabeça para o espelho rachado apoiado na parede.

O príncipe pegou o objeto, um pedaço de vidro deformado coberto de poeira. Aladim gastara seu último desejo com ele. E nem mesmo o tinha levado consigo. Não chegava a surpreender: os poderes dos espelhos mágicos costumavam ser deploráveis. A rainha que perseguira Branca de Neve só conseguia usar o dela para estimar a beleza de sua rival à distância. No entanto, Aladim tinha usado seu último desejo para ter aquele espelho. Por quê?

Tedros respirou fundo. Só havia uma maneira de solucionar o mistério. Ele soprou a areia da superfície do objeto e encarou seu próprio reflexo.

Instantaneamente, os olhos de seu gêmeo no espelho cintilaram amarelos, como o do gênio.

Então Tedros sentiu que caiu neles, como em um buraco.

Como se tivesse sido dividido em dois, ele viu um Tedros ficando para trás, na caverna. Uma luz dourada o cegou, como se ele tivesse caído no sol, antes de emergir do outro lado, flutuando por um corredor onde não havia gravidade e cheio de espelhos, cada um refletindo uma cena da vida dele.

O jovem Tedros, escrevendo uma mensagem para a mãe... depois a colocando em uma garrafa e lançando no Mar Selvagem.

Tedros chorando sozinho no dormitório da escola.

Tedros criando coragem enquanto Aric vinha em sua direção em uma cela de prisão, com um chicote na cintura.

Tedros perdido no olhar de Filip no parapeito da janela, os dois prestes a se beijar.

Tedros arrancando os olhos da estátua do pai na Gruta do Rei.

Não eram apenas cenas, Tedros se deu conta.

Eram os segredos *dele*.

De repente, ele estava de volta à caverna do gênio e dava as costas para seu reflexo, esforçando-se para respirar.

"Tedros?", a mãe chamou mais atrás.

Ele não respondeu. Nem pensou.

Só pegou o espelho e o virou para ela.

Os olhos do reflexo de Guinevere brilharam amarelos. Tedros caiu neles.

Nos segredos dela.

Guinevere vestida de noiva, cruzando a igreja na direção de Arthur... parecendo assolada pelas dúvidas por trás do véu.

Guinevere abraçada a Lancelot na floresta, os dois escondidos pela noite.

Guinevere usando um capuz escuro, esgueirando-se até o quarto do jovem Tedros, dando um beijo de despedida nele, depois o vendo acordar e fechando a porta rapidamente para deixá-lo ali.

Guinevere à beira do lago de Avalon, recebendo a mensagem de Tedros em uma garrafa e amassando-a ao ver Lancelot se aproximar, com flores recém-colhidas na mão.

Guinevere anos depois, com a expressão fechada ao ver um Tedros adolescente chegar com seus amigos ao pântano de Avalon.

Tedros se desvencilhou dos segredos da mãe e cambaleou de volta.

"O que foi?", disse Guinevere, como se tivesse ficado congelada no tempo. "O que está vendo?"

"Você não queria me encontrar, não é?", ele perguntou. "Depois que fugiu com Lancelot. Você teria ficado feliz em nunca mais me ver."

O rosto corado da mãe disse a Tedros tudo o que ele precisava saber.

O espelho revelava a verdade.

As verdades mais sombrias, trancafiadas no coração de cada um.

E a mãe era como Tedros sempre soubera que seria. Seu coração estava com Lancelot, e apenas com ele, quer o cavaleiro estivesse vivo ou morto.

Era o que explicava a sensação de vazio que Tedros sentia que a envolvia. Guinevere podia estar presente em espírito, mas nunca em alma.

Cascos avançavam pelo deserto lá fora, sacudindo a caverna.

O tempo estava acabando.

Tedros voltou a se concentrar no espelho, sem deixar que refletisse seu rosto. Para que Aladim o havia usado? Como o objeto o ajudara a sair da ca...

Claro.

Aladim tinha sido um garoto pobre, um rato das ruas, mas se tornara uma lenda por um motivo.

O príncipe enfiou o espelho atrás da calça. Então olhou para o gênio, com os olhos azuis ardendo.

"Gostaria de usar meu primeiro desejo, por favor", disse Tedros.

O gênio fez um levíssimo movimento de mão.

"Pronto", ele declarou. "Não vai durar mais que uma hora. Até mesmo minha magia tem limites."

Tedros verificou o próprio corpo, cujo exterior continuava idêntico. Por dentro, no entanto, seu sangue formigava e fervia, e era como se suas veias tivessem se alargado. Ele esticou uma mão, concentrou-se um pouco e viu os pelos ali retrocederem, a pele ficar mais clara, mais feminina... Então impediu a transformação da mesma forma que a havia iniciado, e sua mão voltou a ser dourada e vigorosa.

"Não preciso de mais do que isso", Tedros disse.

Ele olhou para a mãe, que com certeza pensava o mesmo que o filho. Que o gênio havia lhe dado precisamente o que fora pedido. Se o primeiro desejo de Tedros tinha sido bem utilizado, só o tempo diria.

"E qual é seu segundo desejo?", o gênio perguntou.

"É o mesmo que o primeiro", Tedros respondeu, então apontou para a mãe. "Só que para *ela*."

Tedros a viu cruzando os braços sobre o peito, como se tentasse bloquear o que sentia por dentro. Mãe e filho agora tinham os mesmos poderes, mas, enquanto davam coragem a ele, tinham o efeito oposto em Guinevere.

Será que ela vai conseguir desempenhar seu papel quando chegar a hora?, o príncipe se perguntou. *Cometi um erro ao escolhê-la.*

"E o terceiro desejo?", o gênio perguntou.

O coração de Tedros bateu mais forte, bloqueando os sons externos. Aquele último desejo era o mais importante. Ele manteve o rosto impassível, tentando não entregar nada.

Mas Guinevere não tinha o mesmo autocontrole. Tedros a viu mordendo o lábio e cutucando as cutículas enquanto olhava preocupada para o filho.

O gênio notou.

"Qual é o *terceiro desejo*?", ele insistiu, desconfiado.

O príncipe olhou bem nos olhos do gênio. "Meu terceiro desejo é que você se torne alérgico a joaninhas."

"Quê?" O gênio resfolegou.

Uma joaninha grande e cor-de-rosa caiu no ombro dele, vinda do alto da caverna.

No mesmo instante, erupções cor-de-rosa se espalharam pelo corpo do gênio, que levou as mãos à garganta, tentando respirar. Derrubou o inseto no chão, prestes a pisoteá-lo.

"Eu não faria isso, considerando que essa é a sua princesa", disse Tedros.

O gênio olhou para o príncipe, confuso. Então olhou para a joaninha rosa no chão, que piscou seus olhos amendoados para ele e se pôs a rodeá-lo, fazendo com que bolhas surgissem em sua pele. Em pânico, o gênio chutou a joaninha para longe. Ela caiu bem nas mãos de Tedros.

"Você disse que eu devia lhe entregar sua princesa, mas não em que forma." O príncipe sorriu, acariciando a joaninha. "Ao que parece, professoras de comunicação animal gostam de se transformar justamente no inseto de que agora você não pode ficar perto. Não parece que essa história vai terminar com um Felizes Para Sempre, concorda?"

A joaninha sussurrou no ouvido de Tedros.

"Além do mais, Uma disse que ela pode ser seu verdadeiro amor, mas você certamente não é o dela", ele concluiu.

O gênio ficou mais vermelho, e o amarelo de seus olhos pareceu venenoso. "Tínhamos um acordo! Você prometeu!"

"E cumpri o acordo", Tedros garantiu.

"Você acha que vai se livrar assim?", o gênio gritou. "Seu trapaceiro! Seu *ladrão!*"

"Diz o gênio que se diverte tirando a vida de homens", Tedros o recriminou. "O gênio que acha que pode conseguir amor trapaceando."

O gênio partiu para cima de Tedros, mas a joaninha pulou em seu rosto, fazendo com que ele recuasse horrorizado. O gênio a afastou, mas Uma continuou correndo em sua direção, encurralando-o contra a lâmpada e fazendo com que não conseguisse respirar e se contorcesse de dor com sua mera presença. Desesperado para se manter vivo, o gênio voltou para a lâmpada, deixando apenas o rosto cheio de cicatrizes à mostra. Então sua expressão mudou, com um sorriso triunfante prevalecendo. Esticou o pescoço como uma cobra e confrontou Tedros, os dois olho a olho.

"Está se esquecendo de uma coisa, príncipe fracassado. Você não sabe qual é a palavra secreta. Está preso aqui para sempre. Seu idiota. Seu tolo arrogante!"

"Não sei a palavra secreta", Tedros confessou. "É verdade."

Ele olhou para o gênio.

"Mas você também está se esquecendo de algo."

Tedros tirou o espelho de Aladim da calça e o apontou de modo que a cara atordoada de seu adversário se refletisse nele.

De repente, o príncipe caía nos olhos do tigre.

Mas só se via um segredo na alma do gênio, em sequência.

Uma única palavra, cintilando, gravada na escuridão, como um desejo na noite.

Tedros voltou para a caverna, bem quando o gênio usava o restante de suas forças para deixar a lâmpada, as garras apontadas para o príncipe...

Tedros ficou cara a cara com o gênio. "A palavra secreta é... *humano.*"

"NÃO!", o gênio gritou, puxado de volta para a lâmpada.

De repente, a areia se moveu sob os pés de Tedros, tirando tanto ele quanto sua mãe da caverna, enquanto a joaninha corria atrás de ambos. Tedros sentiu o cheiro do calor do deserto acima dele, enquanto o suor se espalhava por sua pele. Já ouvia os gritos confusos do exército de Japeth. A primeira parte do plano estava concluída.

Guinevere agarrou o espelho, que continuava nas mãos do filho.

"Deixe para trás!", ela disse. "Coisas ruins acontecem com ladrões!"

Tedros a ignorou e segurou firme o objeto conforme a superfície do deserto se aproximava. Levar o espelho não era parte do plano, mas de jeito nenhum o deixaria para trás.

Não porque fosse um ladrão.

Mas porque era o *rei.*

E o espelho era sua nova arma.

Daquela vez, contaria com segredos em vez de uma espada.

Tedros sorriu, saindo da caverna.

Ah, sim.

Ele investigaria mais almas.

20

AGATHA

Conversas com amigos

Dez minutos antes, Agatha entrava em pânico, à medida que Tedros e Guinevere desapareciam dentro da Caverna dos Desejos.

No momento em que a entrada se fechou de vez, Agatha se virou para Merlin.

"Merlin. Que trabalho importante é esse que Tedros te passou?"

O feiticeiro de seis anos cruzou as mãos atrás das costas, como se não tivesse certeza do que contar. Depois apontou para os exércitos que se aproximavam pelas dunas. "Tetê disse pra esperar os cavalinhos."

"Esperar os cavalinhos?", Sophie surgiu ao lado de Agatha e franziu a testa.

"E depois...?", Agatha tentou incentivá-lo a falar.

Merlin sorriu para as duas. "Vush-vush!"

Agatha e Sophie trocaram um olhar, enquanto Hort, a Princesa Uma e as Onze se reuniam. A Cobra e seus mil homens estavam cada vez mais perto.

"Vamos mesmo ficar e deixar que ele mate Agatha?", Sophie perguntou, com o vestido se transformando em uma armadura branca que espelhava o aço em sua voz. "Vocês não disseram que tinham um *plano*?"

"E temos", disse Marian, apontando com a cabeça para Merlin.

"Cavaleiras, assumam suas posições!", a Rainha de Jaunt Jolie ordenou, e as mulheres de armadura formaram uma linha de frente.

Sophie segurou o braço de Merlin. "Seu pestinha, conte à titia Sophie exatamente o que Tetê disse..."

"Vush-vush!", o jovem feiticeiro repetiu.

"Daria uma surra nele se não estivéssemos prestes a morrer", Sophie resmungou. Ela e Agatha acenderam o dedo, o cor-de-rosa e o dourado cintilando fraco, uma vez que o medo era a única emoção que alimentava sua magia. Por cima do ombro de Sophie, Agatha viu Japeth cavalgar na direção dela, como uma flecha rumo ao alvo. "Como Tedros pode ter deixado você aqui?", Sophie sibilou, protegendo a amiga. "Devia ter levado você para a caverna, em vez daquela mãe inútil! Que tipo de príncipe ele é?"

"Tedros disse para seguirmos os outros. Que ele tem um plano", Agatha insistiu, enquanto Japeth se aproximava. Mas, no fundo, perguntava-se as mesmas coisas em relação a seu príncipe, ao mesmo tempo em que se sentia culpada, como se não fosse trabalho de um garoto bancar o guarda-costas da garota. No entanto... se as posições estivessem invertidas, ela não teria deixado Tedros sozinho na luta. Tampouco teria confiado que ele sobreviveria a Japeth sem ela. Só que fora exatamente aquela falta de confiança que os havia colocado naquela confusão.

"Bem, ele tem um plano, e nós não", Sophie disse, voltando a olhar para a caverna. "Uma vez na vida, talvez devamos conceder a ele o benefício da dúvida."

Mas ela não parecia convencida.

Tampouco Agatha.

"Lembrem...", Hester disse às outras cavaleiras, com os olhos brilhando por trás do véu perolado. "Os cretinos não devem nem *tocar* em Agatha."

As Onze desembainharam suas espadas e as brandiram em batalha.

"Porque é assim que se acaba com uma Cobra invencível. Com *espadas*", Hort resmungou, rasgando suas roupas ao se transformar em um homem-lobo corpulento. "E não é só de Agatha que temos que manter Japeth longe. De Sophie também."

"Claro, eles que me matem", Nicola retrucou.

"Agora que não sou mais seu namorado, você ser respondona não é mais problema meu", Hort respondeu, erguendo os bíceps enormes e protegendo Sophie. "E você não me entendeu. Não podemos deixar que Japeth recupere Sophie. O sangue dela o cura."

"Não mais", disse Sophie, sentindo-se mais segura sob a proteção do homem-lobo. "Rhian me contou sobre uma profecia da pena. A respeito dele e de Japeth. Um deles se casaria comigo e seria rei, enquanto o outro seria curado pelo meu sangue. Nunca as duas coisas. Quando Japeth matou Rhian e roubou a coroa, meu sangue deixou de ser efetivo com ele."

"Profecia da pena?", Agatha repetiu, o barulho dos cavalos e camelos tão altas que ela mal ouviu a si mesma. "Que pena? Lionsmane ou Storian?"

"Não importa", Sophie disse. "O que importa é que agora Japeth é mortal. Agora pode ser morto."

"Fora que o exército do sultão ainda acha que Japeth é Rhian, por isso a Cobra não pode usar seus scims. Pelo menos não sem se entregar", Nicola acrescentou. "Essa é nossa melhor chance de vencer."

"O único porém são os mil piratas, soldados armados e camelos cuspidores de fogo no caminho", disse Dot, ainda adulta e fatalista.

"E nossa melhor arma é uma criança de seis anos", Anadil se juntou a ela, "que parecer ter *desaparecido*."

Agatha olhou em volta. "Onde ele está?"

"*Trinta segundos*", a Reitora Brunhilde gritou enquanto Japeth guiava dois exércitos diretamente para eles.

"E quanto a Uma?", Sophie disse a Agatha. "Talvez ela possa impedir os camelos..."

As duas se viraram para a princesa, torcendo para que suas habilidades com animais pudessem salvá-las. Só que Uma havia se transformado em uma joaninha cor-de-rosa, que vagava perto da porta da caverna.

"*Vinte segundos*", Anadil alertou. Os dois ratos pularam de seus ombros e começaram a crescer e a crescer, parecendo mais dois mastins.

Hort rugiu para o deserto, agachado em posição de ataque. "Pode vir, cara!"

Um camelo cuspiu uma bola de fogo e queimou a palma da mão dele, fazendo o homem-lobo gritar até conseguir apagar as chamas na areia. Os ratos de Anadil também foram atacados por bolas de fogo, disparando na noite.

"*Dez segundos!*", Beatrix gritou.

Homens e animais voaram na direção deles, prestes a extingui-los com fúria e fogo.

"Seu grito", Agatha disse para Sophie. "Seu grito de bruxa."

Sophie balançou a cabeça. "Esse era meu *antigo* eu..."

"Então traga seu antigo eu de volta!", Agatha implorou.

"*Cinco segundos!*", Reena gritou.

Sophie se abaixou, com os dentes à mostra, o peito aberto. Então ela e Agatha vislumbraram Japeth, desviando das Onze, levantando-se no lombo do cavalo, pegando a espada com os dois punhos e mirando diretamente na princesa.

O gritou pareceu parar na garganta de Sophie, como se o Mal não pudesse vencer o Mal. Não aquele Mal, mais sombrio que qualquer coisa que ela tivesse em seu coração.

Agatha recuou, aterrorizada por Japeth. Sophie não conseguiu impedi-lo. A espada brilhou ao luar quando ele a ergueu sobre a cabeça de Agatha, tal qual um machado...

Algo se pôs à frente dele.

Um menino em um tapete mágico, que olhava diretamente nos olhos de Japeth, depois se virou para Agatha com um sorriso radiante no rosto.

"Vush-vush, mamãe!"

Merlin movimentou as mãos como um feiticeiro enquanto a Cobra usava a espada com força total, cortando...

...puro ar.

Agatha tinha desaparecido.

Merlin também.

Assim como todo o exército de Tedros.

A não ser por uma joaninha cor-de-rosa, espreitando no deserto vasto e vazio, antes de começar a se enterrar na areia.

Uma vez, ainda em Gavaldon, Agatha perguntou à mãe o que acontecia com as pessoas quando morriam. "A freira da escola disse que o corpo vai para a terra, mas a alma vai para o céu, onde a pessoa se reúne com todos os amigos. Mas Sophie diz que é bobagem, e que os mortos não têm amigos."

Callis continuou fazendo a sopa de pele de sapo. "Ela é ótima, essa Sophie..."

Assim, quando Agatha se encolhera diante da Cobra, esperando a dor do aço e o choque de sua cabeça sendo separada do corpo, e em seguida abrira os olhos e se vira reunida com todos os seus amigos, em uma nuvem em meio a um céu de tonalidade estranha, ela se virou imediatamente para Sophie.

"Merlin, querido", a outra conseguiu dizer. "O que você *fez*?"

O pequeno feiticeiro deu risadinhas, sentado no tapete mágico, em meio à noite cheia de estrelas prateadas com cinco pontas, bidimensionais, como se ele próprio as tivesse desenhado.

Estavam no Celestium, Agatha se deu conta. Tedros devia ter dito a Merlin para escondê-los lá, para esperar até que os "cavalinhos" se aproximassem, e então levar Agatha e seus amigos para um lugar seguro, assim como o feiticeiro a havia levado para lá para ajudá-la com o primeiro teste.

Só que o Celestium estava diferente agora, Agatha percebeu. Em vez do céu puro e meditativo com que ela estava acostumada, via-se uma miscelânia de tons de roxo, como em uma manta malfeita, com cometas, nuvens e constelações fantásticas – de dragões, castelos, goblins e navios – se movendo a toda a velocidade, como se, em vez de um lugar onde o feiticeiro podia pensar, agora fosse um lugar onde o feiticeiro podia brincar. Juntos, tinham todos sido transportados para *dentro* da imaginação de Merlin, a paisagem dos sonhos febris de uma criança de seis anos, criada pelo próprio sonhador, que seguia em seu tapete mágico, murmurando feitiços, através dos quais novos cometas e nuvens ganhavam vida, passando com tudo por seus convidados sobressaltados.

"Merlin! Desça já!", Sophie exigiu. "Você também, Vento Noturno!"

"Mais rápido, vush-vush!" Mais rápido!", Merlin insistiu, agitando seu tapete de maneira tão descontrolada que tirou os véus da cabeça de Hester e Anadil.

"*Merlin!*", Sophie gritou.

"Não é a mamãe!", Merlin retrucou, e todas as nuvens se transformaram em Sophies carecas, com verruga e chapéu de bruxa.

Agatha lançou um feitiço que amarrou as franjas de Vento Noturno e fez com que o tapete caísse sobre a nuvem em que estavam.

Merlin olhou para ela, rabugento. "Tetê disse que eu ia poder brincar depois que terminasse o trabalho importante. Tetê prometeu."

"Você pode brincar o quanto quiser depois que explicar algumas coisinhas", disse Agatha. "Tedros mandou que você nos trouxesse para cá?"

"Era pra esperar os cavalinhos e levar a mamãe e os amigos pra um lugar secreto. Foi o que Tetê disse." Merlin confirmou com a cabeça, desamarrando as franjas do tapete voador sutilmente. "Depois eu ia poder brincar com o vush-vush, enquanto a gente ficava no lugar secreto até..." Ele mesmo se interrompeu.

"Até...?", Agatha perguntou.

"Até quando, Merlin?", insistiu Sophie, ao lado de Agatha. "A gente vai ficar no lugar secreto até *quando*?"

Merlin mordeu o lábio, e Agatha se deu conta de que ele não podia responder, porque *não sabia* a resposta.

"Até a gente não poder ficar mais?", Merlin arriscou.

"E quando vai ser *isso*?", perguntou Hort, saindo de uma nuvem, de volta ao seu corpo pálido de furão, a região do quadril coberta por pelos brancos e macios. Ele acariciou a mão direita, que estava queimada. "Quando não vamos mais poder ficar aqui?"

Mas o jovem feiticeiro já voltava ao céu, com Vento Noturno solto e o levando cada vez mais alto. Os gritos de Merlin ecoavam por sua galáxia particular.

"Uma vez, Tedros me avisou que não podemos ficar muito tempo aqui", Agatha lembrou. "Quando estávamos procurando um lugar para nos escondermos de Rafal. Ele disse que o ar era rarefeito demais. Que ficaríamos sem fôlego e teríamos que descer."

"Estamos vivos pelo momento. É o que importa." A Rainha de Jaunt Jolie suspirou e se sentou com cuidado em uma nuvem.

"Isso era só metade do plano", disse a Reitora Brunhilde, acomodando-se ao lado dela. "Teremos trabalho a fazer quando Tedros e Guinevere retornarem, se quisermos derrotar a Cobra de vez."

"Que tipo de trabalho?", Agatha perguntou, tentando descobrir o restante do plano.

"E como podemos derrotar a Cobra sem matar Aggie? Afinal, esse é o segundo teste", Sophie insistiu, mas a reitora já estava perdida em pensamentos.

"Ele é o mesmo RJ de sempre", ela disse, estremecendo. "Vi isso em seus olhos."

"Tem certeza de que não vão nos encontrar aqui?", Marian perguntou, nervosa.

"Só quem tem sangue de feiticeiro pode encontrar o local de meditação de outros feiticeiros", Jacinda assegurou. "A ideia era que eles conseguissem se reunir em particular. Mas a maior parte dos feiticeiros se mantém longe da cabeça dos outros. Foi o que meu tutor, Joffrey, me disse. Tentei encontrar o local de meditação dele em inúmeras ocasiões, mas sempre acordava no alto de uma árvore, sem ter como descer."

Em algum lugar no céu, Merlin riu.

Agatha se sentou ao lado de Anadil e Dot. As duas bruxas ainda usavam a armadura perolada e dividiam pedaços de nuvem que Dot havia transformado em chocolate.

"Não consigo acreditar que o plano do idiota funcionou", Anadil comentou, surpresa. "Quem podia imaginar que Tedros era capaz de *raciocinar*?"

Agatha arrancou o chocolate das mãos dela. "Ele não é um idiota, só para começar", ela disse, comendo a nuvem de cacau. "E você ouviu a reitora: o plano ainda está pela metade, então não se apresse. Não sei por que ele manteve o plano em segredo ou por que ninguém de vocês me conta qual é, considerando que sou eu quem a Cobra tem que matar. Nossa, que *delícia isso!*"

"Preenchi os buracos das nuvens com pasta de amendoim", disse Dot, jogando os cachos desgrenhados para trás. "E imagino que Tedros não tenha te contado o plano porque aí você ficaria apontando erros até assumir o controle e criar a maior confusão, como aconteceu no primeiro teste."

O pescoço de Agatha ficou vermelho. "Ele disse isso?"

"Não, mas é por isso que *eu* não vou te contar", Dot explicou. "Você começaria a achar que o plano é *seu* e a agir como se pudesse se sair melhor que a gente, mesmo que não possa. É o que sempre faz. Nossa, com a idade a gente fica mais sincera, né?"

"Então foi por isso que o plano de Tedros funcionou. Porque a princesa dele não pôde estragar tudo. Ele devia guardar segredos de você com mais frequência", Anadil cutucou Agatha, enquanto segurava mais nuvem branca para que Dot transformasse em chocolate.

Agatha ficou só olhando para as duas, magoada.

"Seus ratos, Anadil! Eu vi o que aconteceu!", Beatrix interrompeu, com a armadura tilintando enquanto se apertava entre Agatha e as bruxas. "Acha que ainda estão vivos?"

"Meu talento é fazer com que cresçam. O talento deles é encontrar uma maneira de voltar para mim, mesmo quando não há esperança", Anadil disse, triste. "Mas obrigada pela preocupação."

Ela abriu um sorriso quase sincero para Beatrix, e Agatha se perguntou se, no processo de união enquanto cavaleiras, velhas inimigas haviam forjado uma amizade.

"É o que eu sempre disse sobre Tristan", Kiko comentou, sentando-se ao lado de Agatha.

"E lá vamos nós", Beatrix resmungou.

"Que, mesmo depois de sua morte, ele encontraria o caminho de volta para mim. E então, de repente, surge Willam, que é tão parecido com ele. Só que sempre que tento falar com Willam, aquele outro garoto está junto, o cabeçudo, Boston, Bojangle, sei lá o nome dele. Mas sou paciente. Não seria um conto de fadas se não houvesse obstáculos. E imagine só se Willam e eu terminarmos juntos. Significaria que o próprio Tristan me mandou Willam. Ou talvez ele seja Willam. Como um fantasma amigo, em um corpo diferente, que voltou para tomar conta de mim. Então não se preocupe." Ela deu um beijo na bochecha de Anadil. "Sua história vai cuidar de seus ratos também." Kiko se levantou de um pulo, e Hester se sentou em seu lugar.

Anadil olhou para a amiga. "Contamos a ela o que Sophie nos contou?"

"Que o garoto que ela acha que é a reencarnação de seu falecido 'verdadeiro amor', que não tinha nenhum interesse em garotas, é o irmão desse mesmo garoto, e que ele tampouco tem interesse em garotas?", Hester esperou um momento. "Não."

"Combinado", disse Anadil.

Logo, todos se instalaram em nuvens diferentes. Sophie conversava com Hort, Hester com Beatrix, Reena com Anadil, e outros amigos se reuniam. Agatha estava sozinha, observando Merlin ziguezaguear em Vento Noturno, que já estava abatido. O jovem feiticeiro gravava seu nome em luzes brilhantes no céu, com a ponta do dedo. Agatha se remexia, batendo um pé sem parar. Estava tão acostumada a ser a pacificadora, a passar de um conflito a outro aproximando os lados, que ver as Onze se darem bem sem ela – Bem e Mal, velhas e jovens, amigas e desconhecidas –, enquanto Hort e Sophie conversavam em uma nuvem distante, fazia com que se sentisse incomodada, como se voltasse a ser a menina do cemitério, esquecida pelo mundo. Então ela se lembrou de que não estava em Gavaldon. De que, naquele mundo, vivia cercada por amigos, todos tão fortes e capazes quanto ela mesma, todos igualmente importantes para aquela história – incluindo seu verdadeiro amor, que naquele momento estava preso em uma caverna, tentando salvá-la da Cobra.

Dot está certa a meu respeito, Agatha pensou. Havia se convencido de que aquele conto de fadas era seu. De que ela devia conquistar a montanha. Como se desejasse que todos se voltassem para ela como líder. Por quê? Por que ela não podia deixar seu príncipe liderar? Por que precisava ter todas as respostas?

Sua alma lhe sussurrou de volta.

Se não for assim... que valor terei?

Era a mesma crise que assombrava Tedros. Quem era ele sem a coroa? Quem era o filho de Arthur senão o rei?

E ali estava Agatha, deixando que as inseguranças dela frustrassem as tentativas dele de descobrir as respostas sozinho.

Agatha sentiu um aperto no coração. Tinha colocado seu príncipe em uma situação insustentável. Ele não apenas precisava matá-la para vencer o segundo teste, mas tivera que guardar segredos dela para fazer seu dever e se provar digno.

Ela e Tedros eram muito diferentes. Mas, no fundo, sofriam do mesmo mal: ambos precisavam de provas de que eram bons o bastante. De que eram dignos de amor. Assim como Agatha havia precisado provar à Professora Dovey que podia ser bonita. Naquele momento, como agora, a cura só podia vir de dentro. E, enquanto Agatha e Tedros procurassem a resposta fora de si mesmos, continuariam se colocando um no caminho do outro. Como dois reis rivais entretidos com seu próprio torneio.

Talvez esse seja o motivo do segundo teste de Arthur, Agatha pensou.

Ele vira um futuro em que ela segurava o filho dele, em vez de ajudá-lo.

Por isso havia colocado o amor de ambos à prova.

Três testes.

Três respostas a encontrar.

Seria Agatha a rainha certa para Tedros?

Ou ela seria outra Guinevere, outra maldição a recair sobre Camelot?

Era o que o rei perguntava.

E cabia a Agatha responder àquilo.

Estou sendo testada tanto quanto Tedros, ela pensou.

Para passar, ela precisava confiar nele.

Os dois precisavam ser uma equipe.

Uma equipe de verdade.

Se Tedros saísse vivo da caverna, claro.

Agatha sentiu a garganta se fechar.

Ele ia sair. Tinha que sair.

A qualquer minuto, ele cairia do céu e aterrissaria na nuvem dela, com aqueles olhos lindos e um sorriso convencido no rosto.

No meio-tempo, para se distrair, Agatha fez o que a antiga menina do cemitério costumava fazer: espreitou na escuridão, ouvindo a conversa dos vivos.

"Ele te disse isso?", Marian estava perguntando a Dot. Marian pareceu de guarda baixa, tensa, como se a bruxa agora mais velha a tivesse encurralado. "Que com sua mãe... era amor?"

Dot confirmou com a cabeça. "É engraçado pensar que ele amava outra pessoa além de você, não é?"

Marian arregalou os olhos.

"Ah, por favor, todo mundo sabia que meu pai era obcecado por você", Dot disse. "Era o motivo pelo qual ele tanto odiava Robin. E você sempre foi tão bondosa com meu pai, mesmo enquanto ele tentava matar seu verdadeiro amor. Às vezes eu me perguntava se vocês dois não tinham uma amizade secreta. Se não houvera um momento em que tinham sido mais que inimigos."

"Houve apenas um momento", Marian disse, baixo. "A costura da sua gola está se desfazendo. Eu arrumo para você."

Marian pegou um grampo do cabelo para consertar a armadura de Dot.

"Hum, que cheiro bom o seu", Dot disse.

"De cerveja e asinhas de frango?", Marian riu. "Era a que eu cheirava quando trabalhava no Flecha."

"Não... de cobertor ou travesseiro de casa."

"Ah", disse Marian, tensa, sem parar de trabalhar.

Dot olhou para a lua do Celestium, feita de queijo, na qual Merlin dava algumas mordidas em meio a suas travessuras. A pele morena dela brilhava sob a luz do satélite meio comido. Por um momento, ela não aparentava a velhice. "Meu pai nunca disse nada sobre minha mãe. Só contou que ela morreu quando eu era nova. E algumas outras coisas aqui e ali. Que ela era tão linda que era amada pelo Bem e pelo Mal. Que tinha um bom coração, mesmo com aqueles que a tratavam mal. Que costurava bem. Pouco mais que isso. Mas não importa, não é? Se era amor, amor *de verdade*, como ele disse... é tudo o que preciso saber."

Marian soltou a gola de Dot e voltou a colocar o grampo no cabelo. Sua mão tremia. Sua garganta pulsava. Lágrimas rolaram por suas bochechas.

"O que foi?", Dot perguntou, confusa.

Marian abraçou forte a velha Dot. "Sua mãe ficaria tão orgulhosa de você."

Agatha arfou alto, então passou a outra nuvem, antes que Marian ou Dot a vissem.

As emoções vieram com tudo.

Marian é mãe de Dot.

As pistas sempre tinham estado ali, mas ela não havia juntado as peças até então. O modo como Marian ficava tensa perto de Dot e suas amigas. O modo como o xerife tratava a filha, a fúria e a crueldade reprimidas devido ao amor não correspondido. O modo como Robin tinha um fraco pela bruxa, como se soubesse o segredo de Marian. O charme caloroso de Dot, herdado da mãe, equilibrava o lado sombrio do pai. Agatha tentou olhar para ela, que agora estava com Anadil e Hester, enquanto Marian olhava para a tatuagem da última, impressionada com seu funcionamento. A pose relaxada de Dot deixava claro que ela não sabia a verdade sobre sua mãe. Ou que não *queria* saber. Jovem ou velha, Dot agora tinha outra família. Uma família com a qual, diferente da outra, sempre pudera contar.

"Se veio me mandar ser mais sociável, estou ótima sozinha", Nicola disse. "Sempre estive."

"Na verdade, nem sabia que você estava aqui...", Agatha começou, mas Nicola já tinha desandado a falar.

"Fiquei bem a princípio, no bar, porque fui *eu* que decidi terminar com ele. Hort tinha que aprender que não estava me tratando bem. Que eu merecia mais que ficar em segundo plano. Mas agora ele não parece nem um pouco chateado." Nic fez um gesto em direção a Hort e Sophie, em uma nuvem distante. "É como se nunca tivéssemos sido um casal. Ele não veio nem ver como estou. Sei que fui eu quem terminou, mas mesmo assim! Hort deveria vir ver como estou me sentindo. Foi meu primeiro namorado. Meu primeiro beijo. Mas está falando com ela. *De novo.*"

"Para ser justa, ele está falando com ela desde o primeiro dia de aula", Agatha apontou. "Se um dia Tedros terminasse comigo, eu bombardearia o castelo dele antes de perguntar como ele estava se sentindo."

"Mas Hort *gostava* de mim", Nicola argumentou. "Passamos um bom tempo juntos na Floresta de Sherwood e em Foxwood, sem Sophie por perto. Estávamos *felizes*. Mas com ela aqui é como se eu não existisse. Por causa da minha aparência. Porque não sou bonita que nem *ela*."

"Não", Agatha disse. "Não tem *nada* a ver com isso."

"Ela é loira, magra, tem nariz pequeno e a pele perfeita, enquanto eu..."

"Não tem nada a ver com a sua aparência", Agatha insistiu.

Ela foi tão cortante que Nicola interrompeu seu monólogo.

"Enquanto você tiver dúvidas quanto à sua aparência, nunca será capaz de amar alguém por completo", Agatha prosseguiu. "Pega o meu exemplo. Mesmo com um namorado amoroso e atencioso de conto de fadas, você vai rejeitar o amor dele se não acreditar que o merece. E é fácil demais culpar sua aparência ou outra coisa que você não pode controlar porque tem medo de mudar o que *pode* controlar: a maneira como se sente em relação a si mesma."

Nicola fez uma careta. "Mas..."

"Me deixa terminar", Agatha pediu. "Sim, Sophie é linda. Sim, Hort sempre gostou dela. Mas, apesar de ser um Nunca, ele acredita no amor verdadeiro. E nunca teria te beijado e namorado se não houvesse uma chance de que fosse a alma gêmea dele. Ponto-final. Hort é bondoso, sincero e verdadeiro demais para se acomodar com menos. Talvez ele não estivesse pronto. Talvez você não estivesse pronta. Talvez vocês dois não tenham sido feitos um para o outro. Mas não tem nada a ver com você não ser loira, não parecer uma princesa ou o quer que seja. Tem a ver com permitir se arriscar no amor e não desistir. É por isso que o amor é o maior teste. Ele força as pessoas a crescerem, a serem melhores, e mesmo assim às vezes não é o bastante. Entramos em nosso próprio caminho. Somos nossos piores vilões. Mas só um vilão *de verdade* acredita que pode controlar o amor. O amor não pode ser controlado tanto quanto um incêndio florestal. Reside no equilíbrio entre destino e livre-arbítrio, Homem e Pena. Fazemos nossa parte, torcendo, esperando... mas ele escreve sua própria história em seu próprio tempo, como deveria ser. Por você. Por Hort. Por todo mundo que acredita no Para Sempre. Por mim também." Agatha pegou o ombro de Nicola. "O amor faz eu e Tedros de bobos todo santo dia."

Por um bom tempo, Nicola não disse nada. Então olhou para Agatha. "Não consigo acreditar que estou ouvindo conselhos sobre garotos de alguém que pendurou crânios na praça de Gavaldon no Dia dos Namorados."

"Você sabe que fui eu?", Agatha perguntou, surpresa.

"*Todo mundo* sabe que foi você."

As duas irromperam em risos.

"Nic!", uma voz chamou.

Vinha de cima: Hester, Beatrix e Kiko estavam montadas em Vento Noturno, que havia deixado Merlin dormindo na lua e agora parecia animado em pegar novos passageiros.

"Tem espaço para mais uma!", Kiko disse.

Agatha sorriu para Nicola. "Vai lá."

Nic saiu correndo.

Agatha não podia deixar Merlin dependurado na lua, por isso foi pulando de nuvem em nuvem, como um sapo pulando de uma folha flutuante para outra, mas ao fim ainda se encontrava distante demais para pegá-lo. Então ela se deu conta de que estava diretamente acima da nuvem em que se encontravam Hort e Sophie. O furão parecia mais magro e ossudo que nunca em sua fralda de pelos.

"Desembucha logo: sobre o que você e Tedros conversavam enquanto voavam no stymph?", insistiu Sophie.

Hort olhou em volta. "É melhor eu ir atrás de roupas..."

"Acha que alguém aqui ainda não te viu sem roupa? Desde que você era professor de história... E nem pense em me enrolar", Sophie o pressionou. "Primeiro, porque você não é bom nisso, e segundo porque somos próximos demais para que guarde segredos de mim..."

"Pedi alguns conselhos relacionados a garotas, tá bom?", Hort soltou.

Sophie hesitou. "Que *tipo* de conselho?"

"Tipo... como era... você sabe."

"Não, não sei."

"Como era beijar você."

Sophie ficou olhando para ele.

"Em comparação com beijar Agatha. Tipo, como ele se sentiu beijando você, em comparação com ela", disse Hort. "Porque, quando eu beijava Nic, era muito legal e divertido, mas parecia que tinha algo faltando. Só queria saber como era para ele, que já deve ter beijado uma porção de garotas."

"Me deixa entender direito", disse Sophie. "Você perguntou a Tedros como era me beijar em comparação com beijar Agatha para tentar entender se os beijos que rolavam entre você e sua namorada..."

"Ex-namorada."

"...eram bons ou ruins."

"Basicamente isso."

Sophie pareceu tão irritada que por um momento Agatha se perguntou se ela não daria uma surra no pobre coitado. Os lábios de Sophie eram uma linha reta e ela o olhava fixamente quando perguntou: "E o que Tedros disse sobre me beijar em comparação com... na verdade, esquece. Não quero saber".

"Não que eu leve a sério o que aquele cara diz", Hort se explicou. "Já pensou em como deve ser beijar Tedros? Ele é todo babão e cheira a grama." O furão estremeceu. "Eca."

Sophie riu tão alto que acordou Merlin. "Ah, Hort. Você é mesmo um valentão."

"É melhor que ser um garoto triste e molenga", ele resmungou.

"Por que isso seria ruim?", Sophie retrucou, exasperada. "Por que um garoto não pode ter emoções? Por que não pode ser ele mesmo?"

"Porque aí garotas como você não gostariam da gente", disse Hort, inflexível.

"Já parou para pensar que é só porque você está se comportando como um garoto *de verdade*, com toda a tristeza e a ternura envolvidas, que estou tendo essa conversa com você?", Sophie perguntou. "Posso ter qualquer bonitão da Floresta, mas são todos insuportáveis como Tedros, possessivos como Rafal ou maníacos como Rhian. Tive que aprender na prática que eles não vão me fazer feliz. Assim como você teve que beijar Nicola para saber que havia algo faltando. Assim como eu tive que passar mais e mais tempo com você para entender que não é um cara bizarro e inútil, e sim um cara aberto e honesto, e triste e terno também, e fofo e constante, o garoto mais forte que já conheci."

O corpo inteiro de Hort pareceu corar. "Hum... o que você quer dizer com isso?"

Sophie cruzou os braços. "Quero dizer que... quero dizer que..." Ela olhou para Hort. "Não sei o que quero dizer."

Eles olharam um nos olhos do outro, o silêncio amplo e profundo como o oceano. Agatha se debruçou na nuvem para ver melhor...

Sua sombra recaiu sobre Sophie, que olhou para cima. "Agatha!"

Agatha perdeu o equilíbrio, surpresa, e caiu pesado sobre Hort, dando uma joelhada na virilha dele.

"*De novo!*", ele conseguiu dizer. "A bruxa ataca *de novo*!"

"Acho que você que é a bruxa dessa vez", Sophie disse para a amiga.

Um choro ecoou acima deles.

Era Merlin, ainda na lua. "Malvado! Malvado!"

"É, Merlin. Muito malvado!", Sophie gritou. "Volte a dormir."

Merlin chorou ainda mais.

"Estranho", Agatha disse. "Ele nunca chorou antes. Dorme sozinho e come do chapéu quando tem fome."

"Pessoal?", Hort chamou, baixo.

As garotas acompanharam o olhar dele.

Até o canto do Celestium.

Havia um rasgo na tela roxa, um talo na noite. Estrelas caíam do céu conforme o céu se distanciava e uma sombra surgia.

Agatha sorriu para a silhueta esguia de peito largo. Seu coração acelerou. "Tedros..."

O luar recaiu sobre a sombra. Agatha se jogou nos braços de Sophie.

Merlin chorou ainda mais, apontando para o céu. "Malvado! Malvado!"

O grito de Agatha parou na garganta.

Malvado.

Não era Hort.

Não era Tedros.

AGATHA

A segunda metade do plano

"É impossível...", Sophie disse para Agatha. "Ele não é um feiticeiro. Não pode estar aqui..."

Mas ele *estava*.

Estava dentro do Celestium de Merlin.

Japeth olhava fixo para Agatha, com o rosto ainda nas sombras, e o branco dos olhos brilhando no escuro. Ele entrou pelo rasgo do céu e pulou para uma nuvem, caindo agachado. Então se levantou, e o traje azul e dourado ondulava-se ao luar.

Lentamente, a roupa do rei ficou preta como o breu. A Cobra retornava, seus scims gritando e deslizando pelo seu corpo.

Os olhos de Japeth não deixaram em nenhum momento a princesa de Tedros.

Sophie entrou na frente da melhor amiga. "Corra. *Agora*."

Os scims miraram a cabeça de Agatha. Ela e Sophie mergulharam nas nuvens. Sophie aterrissou em uma mais abaixo, mas não havia nuvem para Agatha. Ela caiu no esquecimento...

Um chifre vermelho se enroscou em seu colarinho. O demônio de Hester salivou no rosto dela – "*eita-diapéssimo*" – antes de deixar Agatha em uma nuvem densa, onde a mestra

dele estava. "Fique atrás de mim", Hester sibilou, protegendo-a. "Se você morrer, *todos* morremos."

"Merlin!" Agatha apontou para o feiticeiro, berrando da lua. "Temos que chegar até ele!"

O demônio de Hester disparou para a lua de queijo, agarrando o menino de seis anos e levando-o mais para o alto. Só que Japeth não tinha interesse em Merlin. Mantinha os olhos em Agatha, agora com o peito exposto, de onde os scims saíram.

Scims que continuavam à solta.

Agatha se virou bem a tempo.

Eles atacaram o rosto dela, que mergulhou para o meio da nuvem, evitando-os por pouco. Agatha voltou a colocar a cabeça para fora, cuspindo nuvem. "Lá em cima!", ela disse a Hester, apontando para o rasgo no céu.

Os scims a circulavam, então atacaram Agatha mais rápido e com mais força. Hester a puxou de volta para a nuvem.

"Vou usar o portal." Agatha arfava. "Os scims vão me seguir... e vocês vão ficar a salvo... Só preciso do tapete mágico..."

Ela olhou para cima, procurando por Vento Noturno, então o viu guinando bruscamente, com Beatrix, Kiko e Nicola prestes a emboscar a Cobra, as espadas mirando o peito aberto...

Scims se despegaram do ombro de Japeth e atacaram o tapete mágico, reduzindo-o a frangalhos e derrubando as garotas nas nuvens.

"Agatha, cuidado!", Sophie gritou de baixo.

Enguias saltaram zunindo e chegaram a cortar as orelhas de Agatha e Hester antes que as duas se escondessem na nuvem, abrindo um túnel nela até chegar ao outro extremo e quase cair. Scims atacaram a nuvem de ambos os lados, abrindo buracos no branco. Agatha espiou por um deles, calculando qual seria o caminho pelas nuvens até o rasgo no céu. "Vou ter que correr..."

"Você vai morrer em um segundo!", Hester disse. "Não vai conseguir chegar nem na próxima nuvem!"

"Você vai ver", Agatha disse, determinada.

Como uma gazela, ela saltou para uma nuvem mais acima.

Scims se lançaram na direção dela. Agatha recuou no meio do pulo, girando de maneira desajeitada e voltando a cair na nuvem de Hester. As enguias por pouco não a pegaram.

"Eu vi", Hester resmungou.

Agora era a Cobra quem se movia, passando de uma nuvem a outra, enquanto scims se despegavam de seu corpo para atacar Agatha, cada vez mais de perto, rápido demais para que ela pudesse escapar. Agatha empurrou Hester para o lado, salvando a amiga, mas os scims estavam prestes a pegá-la.

A Reitora Brunhilde se lançou à frente dela, dilacerando enguias com a espada. "Em todos esses anos, fiz o meu melhor para transformar o Mal em Bem! Mas matar todos vocês me parece Ótimo!" Uma gosma preta e verde espirrava em sua armadura conforme a reitora ia à desforra cortando os scims.

Japeth pareceu mais fraco, os pedaços de pele à mostra em seu peito e em seu ombro, vulneráveis ao ataque, marcados por hematomas e sangue. Ele avançava rumo a Agatha e a reitora, deixando as nuvens para trás, mas então a Rainha de Jaunt Jolie bloqueou seu caminho, com a espada na mão.

"Como foi que Vossa Majestade fingiu ter sangue de feiticeiro?", ela perguntou. "Da mesma maneira que fingiu ter sangue de *rei*? É um belo traje, esse de cobras, aliás. E eu aqui achando que o Rei Rhian tinha matado a Cobra. Você não pode ser ele então."

Agatha fez menção de ir salvá-la, mas a Reitora Brunhilde a segurou.

"Está com orgulho de sua sagacidade?", a Cobra provocou Jacinda. "Sua filha também tinha orgulho da dela. Quase contou meu segredo para toda a Floresta." Ele endireitou o corpo, na maior parte ainda protegido por scims. "*Quase*."

"Preciso ajudá-la", Agatha insistiu, tentando se soltar da reitora. "*Precisamos* ajudá-la."

"Precisamos manter você *viva*", disse a reitora, segurando-a firme.

A Rainha Jacinda deu um passo em direção a Japeth, com a espada empunhada. "Seu irmão tinha alma. Era capaz de amar. Ninguém nunca vai amar você."

"São só palavras." A Cobra a ignorou e voltou a olhar para Agatha.

"Pois vamos falar sobre palavras", Jacinda insistiu. "Você diz que busca o poder da Pena pelo bem da Floresta, mas na verdade só quer trazer um garoto de volta dos mortos."

Japeth olhou para ela.

"Um garoto que você acha que vai admirar tudo o que você fez para trazê-lo de volta", prosseguiu a rainha. "Mas você o compreendeu mal, assim como me compreende mal. Ele vai te rejeitar. Vai condenar o Mal que fez em nome dele."

"Conheço o fim da minha história", a Cobra disse apenas, com frieza. "E o da *sua*."

"Você vai terminar sozinho, Japeth." A rainha ergueu a espada. "Todo esse Mal só vai servir para te mandar ao inferno."

A Cobra arrancou a espada da mão da rainha. Então agarrou-a pelo pescoço e apertou. "Olhei bem nos olhos da sua filha, ela sabia que ia morrer."

Agatha se soltou da Reitora Brunhilde.

Os dedos de Japeth se afundavam no pescoço da rainha. Jacinda ficou de joelhos, tentando respirar. Japeth se inclinou na direção dela enquanto tirava sua vida. "Vejo em você o mesmo que vi nela. Não coragem. Não convicção. Só *medo*..."

Um sapato atingiu o rosto dele.

Japeth cambaleou e soltou a rainha. Olhou para Agatha, mais acima. O rosto dele estava manchado de sangue.

"É de mim que você precisa para vencer o segundo teste, *covarde*", ela provocou.

Agatha começou a correr, pulando de uma nuvem a outra.

Japeth irrompeu atrás dela, suas pernas tão fortes que logo encurtou a distância entre os dois, encurralando Agatha na última nuvem.

Uma espada atravessou o ombro à mostra da Cobra.

Japeth se virou e deparou com a Reitora Brunhilde, que deu um soco no pescoço dele.

"Você matou Rhian. Sua única esperança de ser amado", ela o condenou, prendendo-o em um mata-leão. "Por quê? Porque ele era o gêmeo bom? Ou Rhian sabia o que sei? Que você é um monstro. Porque apenas monstros são capazes de matar quem os ama."

"Foi você quem tirou o amor de mim", a Cobra retrucou, debatendo-se nos braços dela. "O único monstro que vejo aqui é *você*."

"Sua mãe me disse algo quando deixou você aos meus cuidados", a reitora falou, esforçando-se para segurá-lo. "Que você não tem o sangue dela. Que deve vir tudo do seu pai." Brunhilde o prendeu mais perto. "Ela não via nada em você que quisesse de volta."

Japeth rugiu e deu uma cotovelada no rosto dela. Ele arrancou a espada do ombro e mirou o pescoço da reitora.

"Diga a ela que mandei um oi", a Cobra falou, segurando-a pela gola. "E diga o mesmo ao *gêmeo bom*."

Japeth derrubou a Reitora Brunhilde da nuvem.

O coração de Agatha deu um salto enquanto ela via o corpo caindo na noite roxa.

Antes daquele dia, Agatha nem conhecia a Reitora Brunhilde. No entanto, a mulher a havia protegido com a própria vida. Assim como costumava proteger os alunos de seu próprio Mal. Brunhilde era corajosa, forte e do Bem, tudo o que havia tentado, em vão, ajudar Japeth a se tornar. Agora, também a haviam perdido para a Cobra. Que chance o restante deles tinha?

De qualquer forma, a reitora havia deixado sua marca. Japeth nem se movia. Ele se esforçava para respirar, enquanto sangue escorria do ombro e os scims que restavam em seu corpo pareciam entorpecidos, frágeis.

Os buracos verdes e frios que eram seus olhos se ergueram para a nuvem de Agatha. As bochechas dele ficaram vermelhas, como se a mera visão dela reacendesse seu fogo. Japeth se preparou para atacá-la, como um leão...

A nuvem em que ele estava se sacudiu de repente, fazendo-o cair. Japeth se recuperou e saltou rumo a Agatha. Daquela vez, foi a nuvem dela que se mexeu, tirando a princesa do alcance dele.

Uma risadinha infantil ecoou mais acima.

Caçador e presa olharam para cima e viram Merlin, nos braços do demônio de Hester. Ele agitava os braços e movimentava com magia as nuvens de Japeth e Agatha, como se fossem peças de xadrez. "O Malvado machucou Vush-Vush! Agora vou machucar o Malvado!", o menino feiticeiro prometeu, então viu Japeth pular na direção de Agatha e fracassar. Merlin manipulou as outras nuvens de modo a cercar a Cobra. Japeth ficou preso, com nove espadas voltadas para ele. De Beatrix, Kiko, Reena, Anadil, Hester, Dot, Nicola, Marian e Jacinda. A Cobra congelou. Seus scims estavam enfraquecidos demais para protegê-lo de tantas cavaleiras.

Devagar, Japeth ergueu os olhos. Então os estreitou, determinado. Agatha percebeu o que ele estava prestes a fazer.

"Merlin!", ela gritou.

Scims dispararam do braço da Cobra, mirando o menino.

Uma mão grande e peluda os pegou e esmagou, transformando-os em gosma.

O homem-lobo de Hort olhou feio para a Cobra.

"Ninguém encosta no menino", ele vociferou, depois olhou para Agatha. "*Vá.*"

Ela compreendeu o que ele queria dizer. Correu rumo ao rasgo no céu, aquele pelo qual Japeth havia entrado, enquanto Merlin organizava rapidamente as nuvens em uma espécie de escada, para que Agatha conseguisse chegar no alto. Com o intuito de vencer o segundo teste, a Cobra a perseguiria. Seus amigos seriam poupados.

Mas Hort não pretendia deixar que a Cobra perseguisse Agatha. Não pretendia deixar que Japeth saísse vivo daquela nuvem. Por isso golpeou seu rosto com força, fazendo-o cair para trás. "Isso foi pelo xerife." Outro golpe. "Isso foi por Lancelot." E mais. "Isso foi por Dovey, pela Reitora Brunhilde, por Millicent, Betty, Robin, Sininho e pelo saco de merda mentiroso do seu irmão." Sangue escorria da boca de Japeth, enquanto o lobo de Hort o jogava para a beirada da nuvem.

Agatha já estava quase no portal quando olhou para trás.

Hort estendeu uma pata e pegou uma estrela do céu, cujas pontas de prata eram tão afiadas quanto facas. "E isso..." Ele ergue a estrela acima do peito branco da Cobra. "Isso é por *mim*."

O homem-lobo desferiu o golpe...

"Hort, cuidado!", Agatha gritou.

Um único scim voou do pescoço da Cobra, metendo-se entre os dedos de Hort, que derrubou a estrela, em estado de choque. A enguia mirou no globo ocular do homem-lobo e já estava prestes a arrancá-lo...

Mas foi impedida.

Por causa de uma chama cor-de-rosa na garganta de Japeth.

Sophie estava atrás da Cobra, a mão dela no pescoço dele exposto, sem scims. O feiticeiro de seis anos havia posicionado furtivamente a nuvem dela ali.

Agatha ficou branca. *Não, não, não, não.* Ela começou a refazer o caminho pelas nuvens para resgatar sua melhor amiga da morte certa, mas Merlin levantou a nuvem de Agatha com magia.

Japeth resistiu ao aperto de Sophie, sentindo o brilho quente contra a pele. "Eu me lembro de quando nós dois nos conhecemos", ele disse. "Em um cômodo, com nossos corpos assim próximos. Você achou que eu era Rafal. Que eu era um fantasma, que tinha voltado para ficar com você... Parece apropriado, não?" Ele se inclinou para trás para sussurrar no ouvido dela. "Logo, o fantasma vai ser você."

Como um míssil, a enguia apontada para o olho de Hort deu marcha a ré, cortando a nuvem e desviando do corpo de Japeth, prestes a se fincar no pescoço de Sophie.

"Você precisa de mim", ela disse.

A enguia parou na hora.

"Você precisa de mim como rainha", Sophie prosseguiu, com firmeza e sem medo. "É assim que vai se tornar o Único e Verdadeiro Rei. Uma pena lhe disse isso. Só se casando comigo os poderes serão seus. O poder de trazer de volta seu verdadeiro amor. Por isso você não sabe se me mata ou se casa comigo. Se me matar, não vai poder reivindicar os poderes que busca. Se me matar, nunca voltará a ter seu precioso Aric. No entanto, se me deixar viva, *eu* vou te matar. Por isso, vou te dar uma chance. Desista do torneio. Diga à Floresta que Tedros é o verdadeiro rei. Ou sinta-se à vontade para lutar por Aric e morrer. Como vai ser, Japeth? O que você escolhe? Seu amor ou sua *vida*?"

Agatha notou que Japeth hesitava, o scim diante de Sophie tremulando.

Então, devagar, retornou ao corpo dele.

O Celestium ficou em silêncio. Todos os olhos estavam em Sophie e na Cobra.

Quando Japeth falou, foi com uma voz suave: "Eu escolho...".

Seu corpo pareceu relaxar nos braços de Sophie.

"*Amor.*"

Japeth se soltou e correu pela nuvem, então subiu pelo corpo de homem-lobo de Hort aos pisões, como se fosse uma parede, saltando em seguida na direção de Agatha. A Cobra obscureceu a lua, como em um eclipse. Scims voaram de seu corpo rápido demais para que Agatha, Merlin ou qualquer outra pessoa pudesse impedir.

A princesa estendeu as mãos, horrorizada, as enguias arranhando todo o seu corpo.

Então se ouviu um grito.

Um grito tão terrível e penetrante que dilacerou os scims na pele de Agatha. Ela estremecia, com os dedos enfiados nos ouvidos. Merlin, Hort e todas as cavaleiras fizeram o mesmo para se defender do som.

Uma única pessoa nada podia fazer.

Japeth caiu diante de Sophie, a pele exposta do tronco parecendo mais agarrada às costelas, rasgando nas bordas.

Sophie gritou mais forte, dominando-o, com os punhos cerrados como pedras, os olhos injetados, as veias latejando.

A cobra estava a seus pés.

Sophie gritou com o poder de mil vidas. Suas pupilas embaçaram, como se seu corpo todo pudesse arder em chamas.

Sangue escorreu dos ouvidos e do nariz de Japeth, a pele dele esfolando contra os ossos.

Agatha só observava, em estado de choque.

Ele estava morrendo.

A Cobra estava *morrendo*.

Sophie estava matando Japeth.

Não para salvar Camelot ou para que Tedros fosse rei.

Mas por *ela*.

Por Agatha.

O Mal alimentado pelo amor.

Amor *de verdade*.

Japeth se encolheu em posição fetal, com o sangue se acumulando sob seu corpo. O grito de Sophie ficou ainda mais alto.

Agatha sentiu o coração leve.

Tinham vencido.

A história acabava como havia começado.

Sem necessidade de um príncipe.

Duas almas, ligadas para sempre.

Duas amigas, no Fim dos Fins.

Duas garotas, o Único e Verdadeiro Rei.

Mas então...

O grito de Sophie parou de soar.

Ela agarrou a garganta, como se não conseguisse respirar.

Agatha tampouco conseguia. Ela ouviu os amigos engasgando, ofegando...

O Celestium.

Estavam ali há tempo demais.

De repente, o céu roxo começou a desaparecer, como uma cena sendo apagada.

Ela sentiu uma lufada de ar quente e denso... sentiu o cheiro da areia seca das dunas.

O deserto. Estavam voltando ao deserto.

Só que Japeth ainda se movia.

Japeth ainda estava *vivo*!

Sophie olhou para Agatha, horrorizada. Tentou forçar um grito, desferir o golpe fatal...

Mas era tarde demais.

A Cobra olhou para elas, com o que lhe restava de vida...

Então o céu e todos eles se foram.

A areia castigava o rosto de Agatha, seus pés voltavam ao chão. Ela não conseguia ver, com a tempestade de areia forte demais para vislumbrar qualquer coisa além da noite azul-escura. Mas sentia cheiro de lavanda e baunilha, vindo de algum lugar por perto.

"Sophie?", Agatha chamou, sentindo a areia na garganta. "Você está aqui?"

Uma mão quente pegou o pulso dela.

As duas suportaram o vento punitivo, protegendo o rosto, até que a tempestade se dispersou. Elas baixaram as mãos das bochechas cobertas de areia.

"Agatha?", uma voz masculina chamou.

O último véu de areia foi retirado, revelando seu príncipe e a mãe dele de pé, no meio do deserto. A Caverna dos Desejos havia desaparecido.

Tedros sorriu para Agatha... então seus olhos pareceram alertas. "Espere... você não deveria estar aqui!" Ele notou os cortes e vergões nos braços dela e viu Sophie à beira das lágrimas. Atrás das duas, as outras cavaleiras se mantinham em silêncio, parecendo abaladas. As bruxas. Jacinda e Marian. Hort e Nicola. Merlin também.

"Onde está a Reitora Brunhilde? E Vento Noturno?", Tedros perguntou. "Esse não era o plano. Vocês deviam se esconder no Celestium até que eu conseguisse meus desejos e chamasse Mer..."

"Ele conseguiu entrar, Tedros", disse Agatha.

O príncipe piscou. "O quê? Quem?"

"Japeth", ela disse. "Ele conseguiu *entrar*."

Gritos ecoaram à distância.

Tedros se virou depressa para o norte. Quilômetros abaixo, os exércitos gêmeos de Shazabah e Camelot davam meia-volta. O coração de Agatha parou. Os homens da Cobra deviam ter passado por ali enquanto ela e seus amigos estavam no Celestium. Mas, agora, eles tinham sido vistos. Camelos e cavalos vinham com tudo na direção deles.

"Tedros?", Sophie chamou.

O príncipe olhou para onde ela estava olhando, na direção oposta.

Do sul, vinha uma figura solitária na noite.

Mancando, ensanguentada, com o traje azul e dourado em frangalhos.

Japeth pegou a espada da areia.

Então focou em Agatha.

"Em posição", a Rainha Jacinda gritou.

As cavaleiras entraram em formação, protegendo Agatha ao norte, enquanto Tedros lhe servia de escudo ao sul. Sophie correu para o lado da amiga e tentou invocar outro grito, mas o resultado não passou de uma tosse seca. Ela acendeu o dedo, mas seu brilho também estava fraco. O lobo de Hort colocou Sophie em suas costas. "Me coloca no chão!", ela exigiu.

"Para te ver morrer? De jeito nenhum", disse Hort. Atrás deles, uma joaninha cor-de-rosa chegou à pilha de roupas de Uma e rapidamente voltou à forma de princesa. Ela se juntou às cavaleiras.

A Cobra e seus exércitos se aproximavam, e Agatha teve um sombrio *déjà-vu*.

"Como Japeth encontrou o Celestium? Ele não é um feiticeiro!", Tedros perguntou. "E por que Brunhilde não está com..." O príncipe ficou tenso ao ler a expressão no rosto de sua princesa. "Não compreendo. Mandei vocês para lá porque ficariam a *salvo* até que eu o vencesse. A segunda parte do plano..."

Mas Agatha compreendia.

A Morte não ligava para planos.

A Cobra avançava pela areia como uma sombra, ganhando velocidade, pretendendo usar o que lhe restasse de forças para matar Agatha. Do outro lado, dois exércitos se aproximavam das cavaleiras, cada vez mais rápido, prestes a passar por cima delas...

Seis dunas irromperam sob os exércitos da Cobra, como vulcões. Eram camelos enterrados na areia que voltavam a se erguer. Camelos conhecidos. Camelos fiéis, que tinha seu próprio plano para ajudar os amigos. Os animais debandaram de imediato, gritando em aviso, fazendo os corcéis inimigos recuar, confusos. Os cavaleiros começaram a cair dos camelos de Shazabah e dos cavalos de Camelot, e os animais fugiram para o norte. Em meio ao caos, as cavaleiras aproveitaram a chance e escaparam para o sul. "Corra, Aggie!", Sophie gritou, enquanto Hort a levava embora.

Agatha agarrou Tedros, mas ele não se moveu.

Continuava observando Japeth, que vinha na direção deles. O príncipe pegou a mão de Agatha. "O que quer que você faça, não solte minha mão."

Tedros encarou a Cobra.

Não tinha uma arma.

Não tinha nada com que se defender.

Qualquer que fosse seu plano para derrotar Japeth, não tinha como funcionar.

Tedros sentiu que sua princesa resistia. "Confie em mim, Agatha."

Ela sabia que devia confiar. Aquele era o teste de Arthur. Ela precisava confiar sua vida ao filho dele. Mas não conseguia. Não assim. "Temos que correr", Agatha insistiu, puxando Tedros.

Ele a manteve no lugar. "*Confie em mim.*"

Japeth começou a correr na direção deles.

"Ele vai nos matar, Tedros!", Agatha gritou. "Não temos o que fazer!"

"Temos, sim", o príncipe disse.

Tedros tirou algo do gibão. Agatha imaginou que seria uma adaga, uma espada...

Mas era um espelho sujo.

"*Esse* é o plano?", Agatha perguntou, ofegante.

"Considere um desvio de rota", disse Tedros.

Japeth ergueu a espada para matá-los. Para matar *os dois*.

Tedros apontou o espelho para a Cobra.

Com o luar incidindo entre os olhos, o rosto de Japeth foi refletido diretamente pelo espelho.

Então Agatha sentiu que caía, abraçada a seu príncipe, os dois descendo pela toca do coelho.

22

TEDROS

Olhos de cobra

"Onde estamos?", perguntou Agatha.

Tedros, ainda abraçado à princesa, não conseguia ver nada. Daquela vez, não havia luz dourada. Eles caíram direto na escuridão, antes de aterrissar na terra seca e áspera. Predominava um cheiro oleoso e rançoso, como de peixe estragado.

"Estamos dentro dos segredos dele", disse Tedros.

Agatha se afastou. "*Quê?*"

Ela acendeu o dedo e iluminou em volta.

Estavam em um túnel.

Feito de scims.

O teto, o chão, as paredes, tudo era uma massa de enguias pretas mortas e ressecadas, espremidas como matéria vegetal.

Tedros acendeu o próprio dedo. Não havia visões ou pistas ali. Nenhuma janela para o coração da Cobra. Só mais túneis infinitos. Mais escuridão e scims.

Tem algo de errado com o espelho?, ele se perguntou, preocupado. Seria possível que não funcionasse fora da caverna? Aquela era a vingança do gênio? Manter os dois presos dentro de outra pessoa, sem que houvesse saída? Outra pessoa que, por acaso, era o arqui-inimigo deles?

"Como podemos estar *dentro* dos segredos de Japeth?", perguntou Agatha, ainda confusa.

"Peguei um espelho mágico na caverna do gênio", Tedros explicou rapidamente, disfarçando o próprio pânico. Ele não queria dizer à princesa que estavam trancados dentro da alma da Cobra. "Deveria revelar os maiores segredos da pessoa. Coisas que ela gostaria de esconder."

"*Deveria?*", Agatha repetiu, estreitando os olhos.

"Foi como me mostrou a palavra secreta para escapar da caverna do gênio, e me mostrou que minha mãe era tão feliz com Lancelot que não queria realmente que eu voltasse à sua vida", Tedros contou. "O que explica muita coisa, na verdade."

"Mas cadê os segredos dele?", Agatha insistiu. "Pelo que você disse, deveríamos estar vendo os segredos da Cobra, mas não tem nada aqui."

Tedros engoliu em seco. "Pois é."

"E como fazemos para sair?"

"Hum... não sei bem."

Agatha ficou esperando que Tedros dissesse mais alguma coisa.

Ele não disse.

As bochechas dela coraram, como se Agatha estivesse prestes a lhe dar uma bronca por sua tolice, por não ter pensado direito, irrompendo no longo discurso do tipo "eu falei!" que ela certamente estava segurando, sobre a impetuosidade e a falta de instintos dele, e todas as suas falhas enquanto homem, o mesmo discurso que Tedros esperara, tenso, que seu pai lhe dirigisse antes de morrer, o discurso que nunca viera, mas que se fazia presente na cabeça do príncipe dia após dia, e que afinal seria entoado em voz alta por sua princesa.

Mas Agatha só sorriu para ele. "Bem, ainda estamos vivos, não é?"

Tedros ficou só olhando enquanto ela investigava a caverna.

"Como você viu os segredos da sua mãe?", Agatha perguntou.

"Eles simplesmente estavam ali, claros como o dia."

Ela olhou para além dele. "O que é aquilo?"

Em algum lugar, ao fim da escuridão, uma luzinha verde brilhava.

Agatha foi naquela direção, mas Tedros a segurou. "Fique atrás de mim."

A princesa hesitou, mas depois o seguiu. Tedros notou que ela nem respirava. Se ele sabia algo sobre Agatha, era que ela não gostava de que outra pessoa tomasse a dianteira.

"Os outros..." Ela entrou em pânico. "Eles ainda estão lá em cima..."

"Das outras vezes que entrei no espelho, não perdi nenhum momento. Como no Celestium, o tempo para. O que significa que nossos amigos vão estar a salvo enquanto estivermos aqui. Falando nisso, Japeth parecia ter sido escaldado. Foi você?"

"Foi Sophie. Ele tentou me matar, e ela gritou."

Tedros ficou nervoso. Japeth havia tentado matar Agatha, e ele não estava lá para salvá-la, de modo que aquilo coubera a Sophie. Ele se forçou a falar em um tom leve: "Essa ela tirou do fundo do baú! Não me surpreende. Uma vez bruxa, sempre bruxa. O que será que aconteceria se adentrássemos os segredos de Sophie? Melhor nem saber. Talvez a gente descubra que ela continua apaixonada por mim".

"Acho que ela preferiria se casar com Japeth." O tom de voz de Agatha não foi nada leve. Na verdade, ela parecia desanimada. "Chegamos tão perto de matá-lo, Tedros. De acabar com tudo isso."

"Não seria o Fim, de qualquer maneira", disse o príncipe. "Matando Japeth, *você* seria a heroína da história. Você e Sophie seriam. Mas não me tornaria rei. Você mesma disse isso, no palácio. Preciso que o povo acredite que *eu* sou o Leão. E só há duas maneiras de fazer isso: vencer o torneio ou mostrar que Japeth é uma fraude. Achei que pudesse vencer o torneio, mas aí veio o segundo teste. Por isso, precisamos desmascará-lo. Fazer com que abra mão do trono. Esse é o plano que eu e as cavaleiras bolamos. Mas talvez haja uma maneira mais fácil... Foi por isso que nos trouxe aqui, para os segredos dele. Esperava encontrar o segredo que pudesse revelar à Floresta quem Japeth realmente é."

"Faz sentido", Agatha se ateve a dizer.

"No que você está pensando?", Tedros perguntou.

"Acho que nós dois estávamos sendo tolos quando pensamos que haveria uma saída fácil. Seu pai começou o torneio por um motivo. Ele quer que você conclua os testes, e não que encontre uma maneira de contorná-lo."

"Mas não tenho como concluir o segundo teste."

"Por que seu pai criaria um teste em que você não tem como passar?", Agatha insistiu. "Se te deu esse anel? Se você é o verdadeiro herdeiro dele?"

Tedros pensou a respeito. "E se o propósito dos testes não for apenas provar que sou o rei? E se também for me tornar um rei *melhor* que meu pai? O primeiro teste estava relacionado ao Cavaleiro Verde. Por quê? Para que a gente soubesse dos dois Japeths e que há uma ligação entre eles, tudo bem. E você ainda teve aquela visão estranha de Evelyn na pérola. Mas o teste era mais que isso: era para eu ver que o Cavaleiro Verde foi um dos *erros* de meu pai. Ele perdeu o irmão para a raiva e o orgulho. E perdeu Merlin. Meu pai sabia que posso ser tão raivoso e orgulhoso quanto ele, como quando me recusei a ouvir a história do Cavaleiro Verde. Meu pai temia que minhas emoções me controlassem. O teste era uma lição. Engolir a barba de Merlin significava engolir meu orgulho e abrir mão dos antigos rancores em relação a meu pai. Significava aceitar que ele podia falhar e perdoá-lo por isso. O primeiro teste para ser um bom rei."

"Só que eu estraguei tudo", disse Agatha.

"Estragou mesmo?", perguntou Tedros. "Ou meu pai *queria* que o segundo teste estivesse relacionado a você? Pode ser que meu pai vislumbrou nosso futuro, como você e Sophie sugeriram. Quanto mais penso a respeito, mais acho que ele queria testar você. A próxima Rainha de Camelot. Porque ele mesmo escolheu a rainha *errada*. Minha mãe o arruinou e quase arruinou o reino também. Tudo o que deu errado na história do meu pai está relacionado ao erro que foi Guinevere. Meu pai queria que ela morresse pela dor que lhe causou. Chegou a pôr a cabeça dela a prêmio. Não porque realmente desejasse que Guinevere morresse, mas porque queria que ela voltasse para ele. Colocar a cabeça dela a prêmio foi um último grito apaixonado. Agora ele colocou a *sua* cabeça a prêmio. E está nos desafiando a encontrar uma saída. Talvez assim ele possa perdoar minha mãe... *Se* eu aprender com os pecados dela. Se eu escolher a rainha certa *por causa* dela. Acho que foi por isso que ele comprometeu você. Para testar nosso amor. Para redimir Guinevere. Para pôr um fim na história dele com minha mãe."

Tedros expirou. "Só que não tenho ideia de como fazer isso. Por isso estamos dentro da Cobra, procurando por algo que possa nos ajudar." Ele endireitou o corpo e firmou a voz. "Mas, de alguma maneira, vamos vencer. Prometi isso a você lá no início. Você é a rainha, Agatha. *Minha* rainha. Somos inseparáveis, de uma maneira que Arthur e Guinevere nunca foram. O que significa que não vamos morrer agora. Vamos sair dessa mais *fortes*."

Ele esperou que Agatha dissesse alguma coisa. Quando ela não disse, Tedros se virou para ela, para sua silhueta ao brilho dourado de ambos. Agatha continuava em silêncio, pensando, com a cabeça baixa. Ela pegou a mão de Tedros e deixou que ele a levasse. Logo, o brilho dos dois se apagou, sem que nenhum deles fosse capaz de sustentá-lo. A luz verde os guiou então, piscando mais forte e cada vez maior, como uma esmeralda em uma mina.

"O que foi que você pediu ao gênio?", Agatha recordou. "Quais foram seus desejos?"

"Pedi poderes", Tedros respondeu, vago, ainda sentindo a magia do gênio nas veias.

"Poderes que vão nos ajudar?", Agatha insistiu.

Tedros não respondeu. Porque não sabia a resposta. Os poderes do gênio não durariam muito mais. Iam funcionar contra a Cobra quando chegasse a hora? Tedros ainda tinha suas dúvidas quanto ao plano das cavaleiras. Por isso precisava encontrar logo o que procurava ali... algo que pudesse usar contra Japeth.

"Será que ele pode nos ver?", perguntou Agatha, olhando para o brilho à frente. "Será que ele sabe que estamos em seus segredos?"

"Estamos seguros aqui", Tedros garantiu. "Não é real."

"Foi o que pensei quando entrei no sangue de Rhian", ela comentou. "Mas Japeth nos viu, lembra? Quase matou Sophie e eu."

O cristal de sangue, Tedros pensou. Fora dentro do sangue de Rhian que Agatha descobrira que ele e Japeth eram filhos de Arthur e Evelyn Sader.

No entanto...

"E quanto ao sangue de Japeth?", Tedros ponderou. "Para entrar no Celestium, ele precisaria ter sangue de feiticeiro. Não há outra maneira."

"Mas como Japeth poderia ter sangue de feiticeiro?", Agatha perguntou. "O sangue de Rhian disse que ele e Japeth são filhos de Arthur e Evelyn. Nenhum dos dois era feiticeiro. Deve haver outra explicação."

"Tipo?"

"Como Rhian conseguiu tirar a Excalibur da pedra da primeira vez? Por que a Dama do Lago beijou Japeth, achando que *ele* era o rei? Por que Rhian tinha brilho e o irmão não tem? Por que vi Evelyn Sader na pérola? Há tantas perguntas *sem* resposta, Tedros. É como se não apenas tivéssemos entendido errado, mas se não soubéssemos do que se *trata* a história..."

Tedros parou no lugar, e Agatha trombou com ele.

"O que foi?", a princesa perguntou, depois enrijeceu o corpo. "São... duas?"

Duas luzes verdes, grandes como globos, bastante distanciadas uma da outra.

O que significava que o túnel devia ter ficado mais largo em relação ao início.

E bastante mais largo.

Devagar, o príncipe e a princesa voltaram a acender o dedo.

O sangue de Tedros gelou.

Não eram luzes.

Eram *olhos*.

Uma cobra preta colossal os encarava, grande como uma baleia, flutuando em um poço de scims mortos, que se estendiam infinitamente por todas as direções, como a mais sombria das noites.

Agatha recuou, esperando que o animal atacasse.

Mas ele não se moveu.

Estava ao mesmo tempo vivo e morto, os olhos verdes brilhando, a boca bem aberta, mostrando os dentes afiados como facas, mas fora isso parecia sem vida, como se congelado no tempo.

Não se via mais nada.

E não havia mais por onde ir.

O espelho os conduzira até ali.

O que significava que só tinham uma opção.

Tedros respirou fundo.

Agatha soltou um grito engasgado: "Não!".

Mas o príncipe já entrava na boca da cobra.

Era surpreendentemente frio lá dentro, o ar fresco e seco, a passagem preta como breu. Tedros tentou acender o dedo, mas não funcionou. Tampouco pareceu funcionar com Agatha. Ele ouviu o vestido rasgando quando a princesa tropeçou no último dente, então a ouviu disparando palavras pouco apropriadas a uma princesa, antes que os dois se encontrassem no escuro.

"Acho que nossa magia não funciona aqui", Tedros disse.

"Talvez porque entramos na *boca* de uma cobra. Mas por que mesmo entramos na boca de uma cobra?"

Tedros apertou os olhos, voltados para a frente. "Para encontrar *isso*."

Mais para dentro da cobra, algo bloqueava o caminho.

Uma porta.

Conforme ele guiava Agatha para mais perto, mais detalhes da porta ficavam visíveis. Era lisa e luminescente, como se estivesse sob um holofote. Mas foi só quando estavam a poucos passos dela, no momento em que viram o padrão de leão na moldura e o dourado-alaranjado inconfundível da maçaneta, que Tedros e sua princesa se deram conta de algo.

"A Torre Branca", Agatha disse, olhando para seu príncipe. "Não é parecida?"

Igualzinha, Tedros pensou. A Torre Branca, onde Tedros raras vezes se aventurava no período que passara no castelo de Camelot, durante o reinado do pai e o dele. Não havia motivo para ir lá: consistia na maior parte em dormitórios de criados e depósitos. Mas havia um cômodo na Torre Branca que Tedros conhecia muito bem. Um cômodo que sempre o atraía, como um fantasma fora do túmulo. O cômodo onde tudo o que havia de sombrio naquela história havia nascido. Quando Tedros girou a maçaneta, aprofundando-se ainda mais nos segredos da Cobra, tinha quase certeza de que era naquele cômodo que estava prestes a entrar.

Ele abriu a porta.

Imediatamente, sentiu o cheiro familiar e pesado de sujeira.

O quarto de hóspedes.

A estranha suíte que seu pai havia construído logo depois que se tornara rei. Quando Tedros era pequeno, Arthur dizia que era um cômodo para abrigar amigos em visita, mas, até onde o filho sabia, nunca chegara a ser usado por hóspedes. Arthur não deixava que os criados entrassem (o que explicava o cheiro), muito menos a esposa ou o filho. Só o rei tinha a chave. *E Lady Gremlaine*, Tedros recordou. Ela também tinha a chave, já que seus aposentos privados eram conjugados àquele. Mais adiante, o pai de Tedros passou a se trancar ali durante suas bebedeiras, sem nunca explicar de verdade a função inicial do lugar. Tedros só havia entrado algumas vezes, depois que Arthur morrera, o que sempre o deixava com sensação sombria e de desleixo.

Só que o quarto estava diferente, Tedros percebeu.

O tapete marrom e laranja parecia novo, com as cores vivas, o sofá de couro não tinha manchas, as paredes bege se mantinham imaculadas. Havia até um vaso de flores em um canto, com botões se abrindo.

"Tedros?", Agatha o chamou.

Ele seguiu os olhos dela até a cama no canto.

Tinha alguém dormindo ali.

Um jovem com cachos dourados, bochechas rosadas e uma leve barba por fazer. Por um momento, Tedros achou que estivesse vendo a *si mesmo*... então percebeu que o homem era mais alto, mais esguio e pelo menos alguns anos mais velho.

Os olhos do príncipe brilharam. "*Pai?*"

Ele passou por Agatha, na direção do jovem Arthur, e estendeu a mão, que atravessou o corpo dele, como se Tedros fosse um fantasma. O rapaz continuou dormindo.

Tedros notou que Agatha cerrava as mãos em punho, que uma veia pulsava em sua garganta. Foi só então que compreendeu.

"Foi isso, não é?", ele disse, tenso. "O que você viu no sangue de Rhian."

Ouviram-se vozes no cômodo ao lado.

O quarto de Lady Gremlaine.

"São elas", Agatha disse. "Lady Gremlaine e Evelyn Sader. Estão prestes a entrar."

E, de fato, Tedros ouvia a voz de Gremlaine através da parede.

"Só Arthur e eu temos as chaves", ela disse. "Quando ele voltou da escola com aquela vagabunda, que agia como se já fosse a rainha, eu quis ir embora.

Ele me implorou para ficar. E construiu este lugar para nos encontrarmos sem que Guinevere soubesse."

Uma porta secreta se abriu na parede, e duas figuras entraram, vindas do quarto de Lady Gremlaine. Tedros começou a suar frio. Agatha já havia lhe descrito a cena, mas agora parecia real. Ele viu uma Grisella Gremlaine mais jovem, vestida de lavanda, o rosto moreno sem rugas, o cabelo castanho solto, na altura dos ombros. Ao lado dela, alguém usava uma capa preta e um capuz, segurando um pedaço de corda com um laço. Que parecia feita de carne humana.

A *corda*, Tedros pensou.

Por baixo do capuz, ele distinguiu os olhos verde-floresta de Evelyn Sader, cintilando como os de uma cobra.

A náusea subiu pela garganta do príncipe.

"Coloquei óleo de cânhamo na bebida dele como me instruiu", Lady Gremlaine disse a Evelyn. "Pegou no sono imediatamente."

"Temos que agir rápido, então", disse Evelyn. "Coloque esta corda em volta do pescoço dele."

Lady Gremlaine engoliu em seco. "E depois terei o filho dele?"

"Esse é o poder da corda", Evelyn respondeu. "Use-o e ficará grávida do herdeiro do Rei Arthur antes de Guinevere se casar com ele."

Tedros se sentiu meio tonto. Mal conseguia ouvir.

Os Males do presente tinham sido semeados no passado. *Aquele* passado. Bem ali, naquele quarto.

Ele levantou os olhos e viu Lady Gremlaine pairando sobre Arthur, que dormia, com os ombros rígidos, os lábios trêmulos.

Com um suspiro sufocado, ela se virou para Evelyn e pegou a corda de suas mãos. Sua longa sombra caía sobre o rei adormecido, os dedos dela firmes na corda. Ela olhou para Arthur, com as bochechas rosadas, a respiração acelerada, a sede dela por ele brigava contra o pecado que estava prestes a fazer. Com os dedos trêmulos, preparou-se para passar o laço por seu pescoço.

Tedros desviou os olhos, ainda que já soubesse o que viria. A mera ideia de que aquilo estava acontecendo... de que Lady Gremlaine e Evelyn Sader estavam mancomunadas... que Grisella Gremlaine, governanta e amiga de longa data de Arthur, o tivesse drogado e quisesse ter um *filho* dele...

"Não consigo", ela sussurrou.

Tedros olhou para Lady Gremlaine.

"Não consigo", Lady Gremlaine soluçou. "Não posso traí-lo assim. Eu o amo demais."

Ela largou a corda e saiu correndo do quarto.

Tedros soltou o ar... mas então Evelyn Sader pegou a corda.

O sangue dele corria tão rápido que Tedros o sentia até nos dentes.

"Não vou assistir a isso", ele disse a Agatha, virando-se para a porta por onde tinham entrado. "Temos que ir."

"Os segredos da Cobra nos trouxeram até aqui, Tedros", disse a princesa, sem se mover. Agatha o segurou no lugar, como ele havia feito com ela no momento em que a Cobra investira contra eles no deserto. Um tinha que ser forte pelo outro quando necessário.

Tedros deixou que Agatha o segurasse e sentiu suas pernas se firmarem. Devagar, ergueu os olhos para Evelyn, que tirava o capuz, e segurava as cordas com as mãos; as unhas pintadas de vermelho. Ela se esgueirou na direção de Arthur. Sua pele era morena como a de Rhian, seu olhar malicioso e frio como o de Japeth, o que deixava claro para Tedros que só podia ser a mãe dos dois. Ela sorriu para o rei adormecido. Então passou o laço pelo pescoço de Arthur.

"É aqui que a cena termina", Agatha disse a Tedros. "Chegamos ao fim."

Só que a cena não terminou.

Ela prosseguiu, com Evelyn tirando as mãos da corda e deixando-a no pescoço do rei.

Os olhos de Arthur se abriram.

Eles se fixaram em Evelyn Sader, como grandes piscinas azuis transbordando desejo.

Agatha se afastou de Tedros, com o rosto pálido.

"O que está acontecendo?", perguntou o príncipe, vendo o pai e Evelyn se aproximarem.

"E-e-eu não sei", Agatha respondeu. "Não vi nada disso!"

Tedros queria arrancar o laço do pescoço do pai, lutar contra os horrores da corda encantada, mas era tão impotente contra sua magia quanto o próprio Arthur havia sido.

Atrás de Tedros, surgiu um borrão em movimento, que passou voando por ele e golpeou para baixo... atingindo em cheio a cabeça de Evelyn.

Sem produzir nenhum som, ela caiu sobre o rei assustado, depois escorregou para o chão, inconsciente.

Arthur olhou para Lady Germaine, que estava curvada sobre o corpo encolhido de Evelyn, com um vaso de latão nas mãos.

Lágrimas rolavam de seus olhos. Ela estava branca como um fantasma. "Eu não sabia... não sabia o que ela ia fazer... tive que impedir..."

Arthur pareceu assustado por um momento, como uma criança despertada com um chacoalhão. Então ele olhou para Lady Gremlaine, com o mesmo desejo nos olhos que sentira por Evelyn...

Ela tirou a corda do pescoço dele.

No mesmo instante, Arthur saiu do transe.

O jovem rei olhou para a governanta, que chorava... depois para Evelyn, no chão.

Arthur se levantou da cama e recuou de costas até a porta. "O que está acontecendo?", ele arfou. "Guardas! *Guardas!*"

"Arthur, e-e-eu posso explicar", Lady Gremlaine gaguejou. "Fui e-e-eu... pedi um feitiço a ela... p-p-posso explicar tudo..."

A cor se esvaiu das bochechas de Arthur. Seus olhos se alternavam entre a governanta, a corda que parecia feita de carne, e o corpo jogado no chão. "Grisella...", ele sussurrou. "O que você fez?"

O quarto desapareceu, devolvendo Tedros ao frescor da passagem escura, dentro do corpo da cobra. Seu coração quase pulava para fora das costelas, seu corpo vibrava de medo... de horror... de *alívio.*

Ele viu as mesmas emoções passarem pelos olhos da princesa, que brilhavam no escuro.

"Agatha... Arthur não é o pai dele."

"Nem Evelyn é a mãe", ela disse.

Nem o príncipe nem a princesa pronunciaram em voz alta o que ambos estavam pensando, mas aquilo pairava sobre eles, como uma adaga.

Então quem são os pais de Japeth?

"Tedros, olha!", disse Agatha.

Um brilho esmeralda mais adiante os cegou. Depois dois. Outro par de olhos. Só que aquele se movia, correndo na direção deles como bolas de fogo verdes, coladas a um corpo preto. Uma cobra dentro da cobra, silvando e escancarando as presas enormes. Tedros pegou a mão de Agatha para correrem, mas o animal vinha depressa demais, e era grande demais para que pudessem desviar. O príncipe se jogou no chão e protegeu sua princesa com seu corpo. A cobra os engoliu inteiros.

De repente o clima ficou quente e abafado, como se fosse verão na mata.

Eles estavam na Floresta de Sherwood.

O Flecha de Marian se encontrava logo à frente, amparado por flores exuberantes e cheias de orvalho, crescendo tão livremente que seus galhos se enroscavam uns nos outros, permitindo apenas vislumbrar a vermelhidão do pôr do sol.

"Outro segredo", disse Agatha. "Algo que a Cobra não quer que vejamos."

"Na Floresta de Sherwood?", disse Tedros, espanando a roupa. "O que a Floresta de Sherwood tem a ver com a Cobra?"

Eles ouviram assovios e gritos mais atrás, assim como homens cantando:

Aos três alicerces do enlace:
A aliança de noivado,
A aliança de casamento
E depois só sofrimento!

Tedros e Agatha se viraram e viram um grupo de Homens Alegres carregando um Arthur de rosto jovem nos ombros, em direção ao Flecha. O rei usava uma capa de pele de jumento e uma coroa de papel com a palavra SOLTEIRO rabiscada em vermelho. Ele mastigava uma coxa de peru tostada e respondia cantando também:

Guinevere, Guinevere
Meu coração, meu amor, minha querida.
Esses homens têm inveja,
Porque a vida sem você não presta!

Os homens o vaiaram.

"Não se pode vaiar um rei!", Arthur zombou.

"Na Floresta de Sherwood, vaiamos quem quer que o mereça, *principalmente* reis", disse o líder do grupo, musculoso e de aparência jovial, com cabelo loiro-avermelhado e um sorriso confiante. *Robin Hood*, Tedros concluiu, bonito como sempre, carregando o jovem Arthur para o Flecha.

"É sua última noite como homem solteiro, Arthur!", Robin comentou. "É melhor fazer bom proveito dela!"

Tedros sorriu ao ver seu pai e Robin vivos, juntos. Um nó se formou em sua garganta. Agatha o puxou na direção do bar. "Venha. Se estamos aqui, há um motivo."

Juntos, eles entraram no Flecha. Uma festa barulhenta parecia estar no auge, com uma dúzia de mulheres para cada homem suado e de rosto vermelho, cerveja sendo servida até derramar, travessas de asinhas de frango sendo empilhadas. Ao ver o rei, todo mundo entoou: "*LEÃO! LEÃO!*". Um banda de fadas de Sherwood entrou pela janela, tocando uma melodia animada ao violino. Três Homens Alegres subiram na mesa para dançar, mas caíram em seguida, antes que outros dois se dependurassem no lustre barato, com o mesmo resultado. Um grupo de mulheres cercava a jovem Marian, a um canto. Ela abriu um sorriso para Robin que ao mesmo tempo indicava que estava feliz em vê-lo e sugeria que devia ficar longe das outras garotas. Robin fez um aceno do outro lado do bar, como um soldado obediente.

"O xerife esteve aqui mais cedo", um dos atendentes sussurrou para Robin. "Achamos que tinha vindo criar problemas, mas ele só queria falar com Marian."

"Sobre?"

"Tentei ouvir. Algo relacionado a Marian visitar os pais por alguns meses em Ginnymill."

"Maidenvale. Estou sabendo. Ela vai na semana que vem. Espere. *Alguns meses?* Isso ela não me disse. O que mais?"

"O xerife falou que queria fazer uma visita enquanto ela estivesse lá."

Robin riu. "Você deve estar ouvindo mal, amigo."

Ele avançou pela multidão e passou um braço sobre os ombros de Arthur, que dançava mal, com uma asinha de frango na boca. Robin acenou com a cabeça para as amigas de Marian. "Tem umas belas mulheres aqui, Vossa Majestade."

Mas Arthur não olhava para as amigas de Marian. Olhava para uma mulher no bar, sentada sozinha, perto de alguns Homens Alegres de capuz marrom. Uma mulher de cabelo comprido, pele morena e vestido lavanda. A expressão de Arthur se fechou. "Com licença", ele disse, dirigindo-se a ela.

Robin deu de ombros. "O bar lotado de mulheres e ele vai justamente atrás da que já conhece."

Enquanto Arthur se sentava ao lado de Lady Gremlaine, Tedros e Agatha se posicionaram atrás deles, para ouvir de perto o que diziam em meio ao barulho do bar.

"O que está fazendo aqui, Grisella?", Arthur perguntou.

A governanta, que segurava um copo cheio de sidra, não conseguiu olhar para ele.

Arthur soltou o ar. "Imagino que tenha me seguido..."

Ela se virou para ele, derramando a bebida. "Faz três meses, Arthur. *Três meses* que você não me dirige a palavra. Toda noite, fico aguardando uma batida na porta do quarto de hóspedes, mas nunca vem. Você tampouco fala comigo quando me vê no castelo. O que eu deveria fazer?"

Arthur bebeu um pouco da sidra dela. "Perdoe-me se não tenho batido na porta, Grisella. Não tenho muita vontade de entrar naquele quarto."

"Sei que me odeia", disse Lady Gremlaine, ficando vermelha. "Sei que teria me botado na cadeia, punido ou matado, se pudesse fazer isso sem que Guinevere descobrisse o que aconteceu. É por isso que vem me evitando.

Está tentando me constranger a sair do castelo. Me forçar a fugir. Mas não vou fazer isso. Não sem antes tentar consertar as coisas entre nós."

"Não odeio você, Grisella. Só não sei o que lhe dizer", disse Arthur. Ele fez uma pausa, enquanto olhava para as próprias mãos. "Não estou de má vontade. Sou grato a você. É minha amiga desde meus seis anos de idade. Desde que eu era o Verruga e você era Grise-Grasa. Você conhece meu verdadeiro eu: cheio de falhas, impaciente, impetuoso... mas nunca fez com que me sentisse indigno de minha nova posição. Se não fosse por você, não me sentiria em casa no castelo. Não me sentiria como eu mesmo, muito menos como rei. Se não fosse por você, aquela bruxa da Sader estaria grávida do meu herdeiro, em vez de estar nas profundezas da Floresta, onde quer que meus guardas a tenham deixado. Avisei a ela que, se fosse vista a menos de cento e cinquenta metros de Camelot, seria recebida com flechas. Avisei o Conselho do Reino que ela não pode entrar em nenhuma de suas terras. Evelyn Sader descobriu depressa que não é mais bem-vinda na Floresta. E não foi vista desde então."

"Mas fui eu que levei Evelyn até você! Eu que queria usar o feitiço!", exclamou Lady Gremlaine. "*Eu* queria ter o seu filho, Arthur. *Eu* estava apaixonada por você."

"A culpa foi minha." Arthur suspirou. "Porque eu também te amava."

Grisella olhou para ele. "O quê?"

"Garotos são melhores em esconder", Arthur disse, com ironia. "Eu te amei antes de saber o que era amar. Porque, no fundo, você e eu somos iguais: ficaríamos perfeitamente felizes com uma vida simples, comum, mas estamos fadados a uma vida que não é nem uma coisa nem outra. Por que acha que te escrevi toda semana durante os anos de escola? Porque você me lembrava de quem eu costumava ser e agora não posso mais. O verdadeiro Arthur. Não tem ideia do quanto senti sua falta lá, Grisella. Do quanto sentia falta dos velhos tempos, antes de eu ter tirado a espada da pedra. Talvez você tenha notado meu amor nas cartas, porque eu notava o seu, ficando cada vez mais forte, e eu continuava te escrevendo." Uma caneca de cerveja se estilhaçou em algum lugar, ao que se seguiu um coro de vaias. Arthur respirou fundo. "Então voltei, com Guinevere como noiva. Você deve ter ficado muito confusa. Tinham sido quase quatro anos de cartas. Quase quatro anos me esperando. E então eu chego ao castelo com uma Sempre bonita e obstinada, que te insulta na frente de todos os criados, logo em seu primeiro encontro. Não foi à toa que você a odiou. Não era à toa que vocês duas se odiavam. Ela devia saber que havia algo entre nós. Mas não é culpa de Guinevere, nem é culpa sua. É minha culpa, por não ter contado a verdade."

"Que você a ama mais", Grisella constatou, inflexível. "Que você não me ama como achou que amava."

"Que não *posso* te amar", o jovem rei disse. "Agora sou o Rei de Camelot. O líder do nosso mundo. Minha esposa não pertencerá a mim. Pertencerá a toda a Floresta. Uma rainha deve desempenhar seu papel. Deve ser a rainha do povo."

"E essa não sou eu", Grisella admitiu.

"E essa não é você", Arthur concordou. "Guinevere vem da família certa, teve a criação certa. Foi a primeira da classe na Escola do Bem. Você precisava ter visto como os garotos Sempre olhavam para ela, incluindo Lancelot. Todo mundo sabia que Gwen estava destinada a ser rainha. Tive que fazer dela a minha rainha. Ainda mais considerando o tanto de pessoas que duvidam de mim como rei. Mas, com Guinevere, fico à altura do papel. É como se eu merecesse tirar a Excalibur da pedra. Casando com ela, começo meu reinado do jeito certo. É dela que meu reino precisa. É dela que *eu* preciso."

"E você a ama?", Lady Gremlaine perguntou.

"Com ela, acredito que sou um rei", Arthur respondeu.

Grisella começou a chorar.

"Por favor, não chore", disse Arthur.

"Você pode ser rei, mas tudo o que vejo é o garoto que conheci. Você continua sendo uma alma tão pura quanto antes", Lady Gremlaine disse, com suavidade. "Obrigada, Arthur. Por me dizer a verdade. Por ser tão honesto quando eu mesma só menti e enganei."

"Você só é culpada de ser humana, Grisella. Algo que nem um rei nem uma rainha têm permissão de ser", disse Arthur, tocando-a. "Sua história não acabou. Um dia, você vai encontrar o amor."

Grisella balançou a cabeça. "Sua história é a minha história, Arthur. Você foi meu único amor. Talvez não fosse digna de você, mas te amar foi o bastante. Amar o verdadeiro você."

Os olhos de Arthur embaçaram. "Eu que não sou digno de você", ele falou. "Escolhi Guinevere para poder apagar quem eu costumava ser. O Verruga, que não era nada, um ninguém, completamente insignificante. Mas você o amava de todo o coração. Assim como eu a amava. E amanhã esse garoto partirá para sempre. Gostaria que nossa história tivesse um final diferente. Que nos permitisse recordar para sempre o que fomos um para o outro."

Arthur olhou para ela, perdido em pensamentos. Grisella notou a mão dele na sua, quente e macia.

Ela suspirou e afastou a mão. "Uma última noite como Verruga e Grise-Grasa. É melhor aproveitarmos o tempo que temos."

Através do copo vazio, ela viu que Arthur ainda a olhava.

"O que foi?", Grisella perguntou.

"Há algum lugar onde podemos conversar?", Arthur sugeriu.

"Já estamos conversando."

Então ela notou a expressão nos olhos dele.

"Claro que sim, amigo!", Robin interrompeu, empurrando Arthur e Grisella para a porta da frente. "Podem usar minha casa na árvore. Não tem ninguém lá!"

"Vamos atrás deles! Corra!", Agatha apressou Tedros, puxando-o para a porta, mas o príncipe não se moveu. "Tedros, o que está espe..."

E Agatha viu o que ele via.

Uma borboleta azul seguindo Arthur e Gremlaine em direção à floresta.

Devagar, Tedros e Agatha se viraram, olhando na direção de onde a borboleta tinha saído.

Havia dois desconhecidos a um canto. Os de capuz marrom, perto de onde Grisella estivera sentada. Tedros tinha pensado que eram Homens Alegres. Mas eles tiraram os capuzes, enquanto viam Arthur e Lady Gremlaine partirem juntos.

Não eram Homens Alegres.

"A gente vê cada coisa na Floresta de Sherwood", comentou Evelyn Sader, olhando para a porta.

"Todo mundo tem segredos", o companheiro dela respondeu. "Foi por isso que nós dois acabamos aqui. Na Floresta de Sherwood, todos somos pecadores."

Era um homem grande e musculoso, alguns anos mais velho que o jovem Arthur. Mas não foi por isso que Tedros o reconheceu.

Foi pelo tom esverdeado de sua pele.

Era como se Sir Japeth Kay estivesse começando a se transformar no Cavaleiro Verde.

"A corda foi ideia *dela*, claro. E agora ele age como se eu fosse a vilã, enquanto as duas serpentes se enroscam", Evelyn desabafou com Sir Japeth. "E pensar que o chamam de Leão! É pura Cobra. O covarde me baniu de todos os reinos. Consegui encontrar um lar na Escola do Bem e do Mal, porque o diretor não responde a Camelot, mas acabei sendo expulsa de lá também, graças a meu irmão, aquele traidor. Por meses, me escondi em poços e cavernas, como uma bruxa sem-teto. Então fiquei doente, muito doente, e tive que enfrentar o inverno naquelas condições..." Ela se ajeitou na cadeira, parecendo desconfortável. "Se não fosse por você, se não tivesse vindo até mim, cuidado de mim, eu teria virado comida de rato."

"Eu estava de passagem, depois de abandonar Camelot", Sir Japeth lembrou. "Para ser sincero, você ofereceu sua amizade em uma época em que eu não tinha isso de ninguém."

"Duas almas francas, igualmente amaldiçoadas", Evelyn disse.

"Temos bastante coisa em comum", Sir Japeth apontou. "Traímos nossas famílias. Fomos forçados a ver nossos irmãos roubarem nosso destino. *Nossa* glória. E dizem que o Storian é justo! Até parece. A Pena os favorece impunemente e nos deixa à míngua. Não é à toa que nossos irmãos lutam tanto por sua proteção. Enquanto não há nenhuma outra pena que lute pela nossa laia."

"August e Arthur. Até os nomes são parecidos, gotejando convencimento", Evelyn zombou. "Sem dúvida logo mais virarão melhores amigos. August sempre dá um jeito de servir ao poder."

"E pensar que todo aquele poder ficou com um *remedo*", Sir Japeth disse, sombrio, enquanto a borboleta de Evelyn retornava da floresta e sussurrava para ela. "Se houvesse uma maneira de colocar os dois no lugar deles..." Sir Japeth suspirou, com pesar. "A Floresta de Sherwood, lar dos proscritos e sonhadores."

Enquanto isso, a expressão de Evelyn se alterava, a borboleta ainda em seu ouvido...

"Meu caro Sir Japeth", ela disse, olhando para ele. "Talvez haja uma maneira."

Ela abriu a capa que usava, permitindo que a pequena espiã retornasse para seu vestido de borboletas azuis, aninhada entre as outras na região da barriga.

Tedros arregalou os olhos.

Agatha engasgou.

Ela estava grávida.

Evelyn Sader estava *grávida*.

"Sim... pode haver uma maneira, no fim das contas", ela insistiu, refletindo.

Então sussurrou algo para Sir Japeth, que a ouviu com uma sobrancelha erguida.

"Ah, adoro essa sua mente perversa", ele disse quando Evelyn terminou. "Também é o melhor sinal de que sua saúde está plenamente restabelecida."

"Tenho que agradecer a você por isso, Sir Japeth", Evelyn apontou. "Poderia ter me deixado morrer, mas você deu ao meu filho um caminho para o trono. O trono de um rei que prejudicou a nós dois."

"E você me deu uma brecha na armadura do meu irmão", disse Sir Japeth.

"Parece que ambos temos trabalho a fazer então", disse Evelyn. "Nosso tempo juntos logo pode chegar ao fim."

"Aonde quer que nosso caminho nos leve, saiba que sempre terá um cavaleiro a seu serviço", disse Sir Japeth.

"Meu Cavaleiro Verde", Evelyn o ungiu. "Meu filho saberá da sua história."

"Então me permita abençoá-lo com todo o amor que ainda me resta." Sir Japeth levou uma mão à barriga dela. Evelyn fechou os olhos. Por um breve momento, a pele dela ficou verde, então retornou à cor de leite. Seus olhos se abriram.

"Cavaleiro Verde... gosto disso", Sir Japeth disse. "Você me deu um nome. Talvez possa dar o meu ao seu filho."

Evelyn retribuiu o sorriso dele. "Talvez."

As luzes do bar se apagaram, deixando Tedros e Agatha na escuridão.

O ar gelava a pele de Tedros. Ele sentia o cheiro do interior oleoso da serpente, os dois de volta a ela. Os olhos de Agatha brilhavam na escuridão.

"Então Japeth é mesmo filho de Evelyn Sader", ela disse, segura. "Só que não de Arthur."

"Ele é filho de Sir Kay e Evelyn", Tedros concordou. "Essa é a ligação entre o Cavaleiro Verde e a Cobra. E o que você viu na pérola. Sir Kay e Arthur eram irmãos. Se Sir Kay é o pai de Rhian e Japeth, os dois têm o sangue de Arthur. Isso explica tudo."

"Não explica, não. Kay e Arthur eram irmãos de criação, e não de sangue", disse Agatha, com a confiança agora abalada. "A Dama do Lago não teria confundido o sangue de Kay com o sangue de Arthur. Isso tampouco explica por que Japeth tem sangue de *feiticeiro* e pôde entrar no Celestium. E o modo como Evelyn falou... ela disse 'meu' filho, e não '*nosso*'."

"Temos prova de que Japeth não é filho do meu pai, Agatha. Já sabemos os segredos da Cobra. *Todos* eles", Tedros argumentou. "E podemos usá-los contra ele. Só precisamos dar um jeito de sair daqui."

"Tedros?", Agatha o chamou.

"O que foi?"

Tedros viu o brilho verde refletido nas pupilas dela.

Devagar, ele se virou.

Bem a tempo de ver uma nova cobra engoli-los.

Choro de bebê.

Dois bebês.

Foi o que eles ouviram primeiro, suspensos no branco, antes que uma cena preenchesse tudo, como o Storian cobrindo uma página.

Em uma cama desarrumada, no canto de uma bagunçada casa de um único cômodo, Evelyn Sader tinha os dois filhos nos braços, com o rosto acinzentado e molhado de suor, os lençóis manchados de sangue. Os bebês eram quase idênticos: um tinha a pele um pouco mais rosada e olhos verdes como o mar, enquanto o outro tinha a pele branca como leite e olhos azuis como gelo. Uma mulher de cabelo grisalho e comprido se debruçou sobre Evelyn – a parteira, Tedros presumiu – para secar sua testa e depois envolver os bebês em cobertores limpos.

"Ele vem?", Evelyn disse, com fraqueza.

"Logo", disse uma das duas outras parteiras a um canto, enquanto lavava as toalhas ensanguentadas e fervia água. Ambas tinham o mesmo cabelo grisalho e a mesma testa grande.

Tedros se sobressaltou.

"As Irmãs Mistrais", Agatha disse, olhando para as três mulheres, que, quase duas décadas antes, pareciam ter a mesma idade de agora.

O que elas estão fazendo aqui?, Tedros se perguntou. Até onde sabia, Evelyn Sader e as Irmãs Mistrais nunca haviam se conhecido.

"Preciso vê-lo", Evelyn insistiu, enquanto tentava tranquilizar o menino de pele mais branca, que chorava, enquanto o mais corado sorria nos braços dela. "Vocês prometeram que ele viria."

"Paciência", a Mistral chamada Alpa pediu.

"Fez bem em nos escrever", disse Bethna. "Seu irmão, August, passou anos tentando frustrar nossos esforços para encontrar o Único e Verdadeiro Rei, que dará um fim ao reinado do Storian. Tivemos poucos aliados em nossa busca. Nem mesmo nosso próprio irmão acredita que o Único e Verdadeiro Rei exista, apesar de sua busca contínua por controlar o Storian."

"Mas, agora, podemos trabalhar todos juntos pelo mesmo objetivo", completou Omeida, perto dela, servindo uma xícara de chá fumegante e a levando para Evelyn. "Beba tudo, querida. Vai te dar força para amamentar." Ela levou o chá aos lábios de Evelyn, que tomou um gole, enquanto ainda tentava acalmar o menino mais agitado.

"Eles ficarão a salvo aqui em Foxwood, certo?", Evelyn perguntou, ninando ansiosamente os recém-nascidos. "Eu não podia mais ficar em Sherwood. Há líderes de alto escalão demais chegando e partindo. Precisava de um lugar onde não me destacasse. Ainda mais com esses *dois*."

"Não chega a surpreender que sejam gêmeos", Omeida comentou. "Vem de família."

"Já pensou em como vai chamá-los?", perguntou Alpa.

"*Eu* pensei", uma voz disse.

Uma voz de homem.

O coração de Tedros parou.

Era uma voz que ele conhecia.

Devagar, o príncipe e Agatha se viraram para uma sombra à porta. Atrás dele, folhas secas esvoaçavam pela rua vazia, a não ser por alguns chalés, como se o homem tivesse sido trazido pelo vento. Ele entrou na casa, uma figura magra usando vestes prateadas e capuz. Uma máscara também prateada cobria seu rosto, com exceção dos olhos azuis endiabrados e dos lábios cheios, que sorriam com malícia.

"*Não pode ser...*", Agatha ofegou.

Ele olhou na direção do príncipe e da princesa, como se, mesmo do passado, soubesse que os dois estavam ali.

"Olá, Evelyn", ele disse, então se voltou para os gêmeos. Seus dedos ágeis tocaram a cabeça do que não parava de chorar. O bebê sossegou no mesmo instante. "*Dois* meninos. Imagine só."

"O passado é o presente e o presente é o passado", disse Evelyn, olhando para ele.

"De fato." Os olhos do homem passaram ao menino corado e sorridente. "Você só precisa de um para o seu plano. Me deixe levar este para a escola. Para poupá-lo da indignidade de crescer em Foxwood. Olá, pequeno. Vamos fazer de você um aluno oficial?" Ele tocou o bebê com um dedo, como se para desbloquear um feitiço. O dedinho do menino de repente brilhou dourado, repleto de magia. "Boa disposição, sorriso charmoso e agora tem seu brilho. Meu precioso Sempre logo estará andando pelos corredores da Torre da Honra. Prova de que sou tão do Bem quanto as pessoas pensam." Ele piscou para o bebê.

"Conheço você bem o bastante para saber que está brincando", disse Evelyn, embora tenha puxado o bebê para mais perto, tirando-o do alcance do homem. "Se eu ainda lecionasse na sua escola, você poderia vê-lo sempre que quisesse. A escola me recebeu quando Arthur me baniu da Floresta. Você me salvou em um momento de necessidade. Você, meu verdadeiro amor. Então meu irmão te convenceu de que eu não era seu verdadeiro amor. E você ouviu àquele tolo mentiroso e me expulsou como se eu não fosse nada, apesar da minha lealdade. Bem, quando me rejeitou, rejeitou também meus filhos. Depois de hoje, nunca mais os verá. Nem a mim."

Os olhos do homem brilharam. "No entanto, uma parte de mim viverá para sempre em vocês..." Ele puxou o lençol e levou uma mão ao peito dela. Um brilho azul sutil surgiu no coração do vestido de borboletas dela. "Nunca questionei sua sinceridade, Evelyn. Acredito que tenha me amado. Mas também acredito no seu irmão: que amarei *mais* outra pessoa no futuro. Ainda assim, não posso descartar a possibilidade de que você esteja certa. Foi por isso que compartilhei uma parte de minha alma com você antes de te expulsar da escola. Se você estiver certa quanto a ser meu verdadeiro amor e August Sader representar minha destruição... então um dia você poderá usar essa parte de minha alma para me trazer de volta à vida. Não seria incrível? Nós dois juntos de novo?" Ele olhou para os meninos. "Dessa vez, como uma família."

Evelyn olhou para o homem mascarado, olhos nos olhos. Por um breve momento, seu rosto corou, esperançoso. Então ela se endureceu e se afastou. "Vá e tenha *sua* família. Quase morri na Floresta por causa de sua traição. Porque me mandou embora, como Arthur fez. Se não fosse por um cavaleiro bondoso chamado Japeth, esses meninos nunca teriam nascido. Meu verdadeiro amor deveria ser um homem como ele."

"Só que não é. Se fosse, *ele* estaria aqui, e não eu", disse o visitante. "Seu coração só ama a mim, Evelyn. Ambos sabemos disso."

Evelyn ficou furiosa. "Não preciso de você. Nem meus filhos precisarão. Eles são meus."

"Foi você quem me chamou aqui, Evelyn. E imagino que não apenas para me insultar", disse o homem, com frieza. "Sua carta propunha um plano que me pareceu interessante. Um plano para governar Camelot. Um plano que exige minha ajuda."

"Para ser justa, irmão, você será tão beneficiado quanto ela", Alpa interrompeu. Estava a um canto, ao lado de Bethna e Omeida.

"Assim como vocês, irmãs. Todos nos beneficiaremos", disse o homem mascarado, sem nem olhar para elas. "Está certa do que disse, Evelyn? Arthur e uma mulher que não é sua esposa..."

Uma borboleta flutuou do vestido de Evelyn para as mãos do visitante. As asas dela transmitiram magicamente uma cena para ele. Seus olhos se arregalavam cada vez mais enquanto assistia.

"Certeza", disse Evelyn.

O homem deixou que a borboleta voltasse a ela.

Ele voltou os olhos para a criança mais branca, que o avaliava em silêncio. Ao lado dele, o irmão mais animado se concentrava no próprio dedo, fazendo-o acender e apagar.

"Muito bem. Os meninos podem ficar com Evelyn", disse o homem, como se aquilo ainda não tivesse sido decidido. "Podem crescer juntos, como eu e meu irmão Rhian crescemos. Só um deles poderá ser Rei de Camelot, claro, mas os dois poderão disputar o título entre si, o Bem contra o Mal, irmão contra irmão. Como aconteceu com dois diretores da escola, antes que um ascendesse ao poder. Só que, dessa vez, o vencedor será rei. Um rei que assegurará que Camelot fique nas mãos de nossa família, assim como a escola. As duas grandes forças da Floresta estarão totalmente sob nosso controle."

"Desde que você se mantenha vivo", Evelyn observou. "Sua aliança com meu irmão certamente limita as chances."

"Se isso acontecesse, você me traria de volta à vida, não?", o homem mascarado insistiu. "Meu irmão era um oponente muito mais mortal, e o levei à cova mesmo assim. Tenho sangue de feiticeiro nas veias. Um vidente cego não tem chance contra mim. Além do mais, até onde sei, seu irmão não fez nada além de me dizer a verdade: que ele não vê em você meu verdadeiro amor."

"Quem quer ele veja como seu verdadeiro amor vai matar você", Evelyn discordou. "Conhecendo meu irmão, vai me matar também. E aí quem vai te trazer à vida? Meu irmão é uma ameaça maior do que você acredita. Pode se fazer de amigo do Bem e do Mal, mas certamente está do lado do Bem, assim como seu irmão estava. August não vai descansar até que eu e você tenhamos o mesmo destino de Rhian. Por que acha que ele foi lecionar na sua escola, para início de conversa?"

O homem via que Evelyn estava convencida daquilo. A dúvida passou por seus olhos.

Ele se virou para as Mistrais. "No caso *improvável* de que tanto Evelyn *como* eu venhamos a morrer, caberá a vocês guiarem os meninos até o trono de Arthur. Fazer com que acreditem que são filhos do rei, para que possam controlar a Floresta. Com uma ajudinha minha, claro..."

Ele se abaixou e tirou uma única borboleta do vestido de Evelyn. No dedo dele, ela se transformou em uma enguia preta, pequena e escamosa. O homem a levou até o ouvido e deixou que ela entrasse. Então fechou os olhos, como se compartilhasse seus pensamentos com a criatura, antes de tirá-la com cuidado do outro ouvido.

"Tudo o que eles precisam saber está aqui."

A enguia estava de volta a seu dedo, contorcendo-se e brilhando à luz fraca da casa.

"Inclusive como me trazer de volta se eu morrer?", perguntou Evelyn. "Inclusive como tomar o poder do Storian?"

O homem mascarado hesitou.

Em seu canto, as Irmãs Mistrais sorriram. "Ela acredita no Único e Verdadeiro Rei, irmão", disse Alpa. "Foi por isso que *nos* trouxe aqui também."

"Deixarei esse tipo de teoria para minhas irmãs", o homem disse, com amargura. "Mas, mesmo que o mito do Único e Verdadeiro Real seja real, não seria o bastante para reivindicar os poderes do Storian. Esses meninos têm meu sangue. A Pena *rejeita* meu sangue, desde que matei meu irmão. Mesmo que meus filhos consigam que todos os reinos queimem seus anéis, mesmo que rompam os laços entre o Homem e a Pena, os poderes do Storian não serão deles. Pelo mesmo motivo que sou incapaz de controlar a Pena. O Bem é forte demais. O equilíbrio continua intacto. Mas há uma cura, diz

August Sader. Me casar com uma rainha cujo sangue é tão do Mal quanto o meu. Uma rainha cujo sangue pode se unir ao nosso e desequilibrar o jogo. Uma rainha que seu irmão prometeu encontrar para mim."

"E se meu irmão trair você? E se, em vez disso, essa rainha o *matar*?", Evelyn insistiu. "O que vai acontecer então?"

O homem mascarado levou isso em consideração. Ele sussurrou para a enguia, um feiticeiro fazendo uma profecia: "Então meu filho vai me vingar... tornando *sua* essa mesma rainha".

Ele deixou que a enguia voltasse a se transformar em borboleta e se juntar às outras no vestido de Evelyn. "Caso ambos venhamos a morrer, irmãs, deem esse vestido a eles. Vai guiá-los rumo à pena capaz de lhes mostrar seu futuro. Uma nova pena. Uma pena que garanta que nem mesmo a morte possa impedir nosso sangue de governar a Floresta."

"Que pena?", Evelyn perguntou, incerta.

"Seria melhor perguntar: que filho?", o homem disse, olhando para os bebês. "Qual deles será bem-sucedido se fracassarmos?"

Ele se concentrou no menino mais corado, mais animado, que ainda brincava com o dedo aceso, enquanto Evelyn tentava segurá-lo firme no braço. Então o homem notou que o outro menino sorria para ele. Em um lampejo, a pele do rosto do bebê pareceu coberta de escamas, como a de uma cobra, antes de voltar a ser lisa e leitosa. O menino viu que os olhos do homem se arregalaram e riu, mas sua mãe nem percebeu.

"Tenho um palpite...", disse o homem.

O menino corado começou a choramingar, mostrando incômodo pela primeira vez. "Shhh... meu bebê", Evelyn sussurrou. "Meu querido Rhian."

Ela não olhou para o homem mascarado, mas seus olhos se curvaram, como se soubesse que o nome o havia impactado. Como se soubesse que devia estar olhando para ela.

"E este?", o homem perguntou, apontando para o bebê mais pálido.

Evelyn segurou o outro menino mais perto e beijou seu rosto, que no momento antes parecera com o de uma cobra. "O nome do meio dele será Japeth, por causa do cavaleiro que o salvou. Vou chamá-lo assim."

"Mas qual será o primeiro nome?", o homem perguntou, com frieza.

Evelyn finalmente olhou para ele. "Rafal", ela sussurrou. "Como o pai."

Ele tirou a máscara e o capuz, revelando sua pele jovem e clara, seu cabelo prateado e um sorriso largo como o do diabo.

Tedros se ouviu gritar, em seguida o grito de Agatha cortou o dele.

Então os dois caíram na escuridão, o interior gelado da cobra se abrindo em um estranho e vasto céu.

23

AGATHA

Carne e osso

O passado é o presente e o presente é o passado.

A Cobra.

Filho do Diretor da Escola.

Filho de Rafal.

Sangue completamente Mal.

Seguindo-os através do tempo. Além da morte.

Ao Fim dos Fins.

Eles não tinham mais tempo para pensar.

Agatha sentiu os pés afundarem, então seus olhos se abriram para uma nuvem verde fluorescente, enquanto Tedros aterrissava em outra nuvem verde, abaixo dela. Um céu preto se estendia em volta, cintilando como uma superfície molhada. Havia estrelas, não de cinco pontas, infantis, e sim flocos de neve feitos de aço, suas bordas mortalmente afiadas, como lâminas, o centro de cada uma brilhando em mármore verde, como um olho que tudo vê. No breu da noite, Agatha vislumbrou inscrições no céu preto, como entalhes nas árvores, mas não conseguia distingui-las, de tão densa a escuridão.

"Me ajude a subir", ela disse, estendendo os braços para seu príncipe.

"O Celestium", Tedros concluiu, puxando-a para sua nuvem. "Deve refletir o humor de Merlin, onde quer que ele esteja..."

Agatha já estava na ponta dos dedos, iluminando com o dedo as inscrições na noite.

Sua pele se arrepiou. "Não. O humor de Merlin, não." Ela iluminou o céu.

"Japeth e Aric." Tedros recuou. "Agatha... Este é o local de meditação da Cobra."

"O sangue de Rafal...", ela disse. "Sangue de *feiticeiro*..."

"O que significa que ele sabe que estamos aqui", Tedros disse. "Que ele nos *trouxe* para cá."

Em pânico, olharam em volta, para o Céu da Cobra, mas encontraram apenas mais nuvens verdes, estrelas afiadas e rabiscos apaixonados.

Eles ouviram um barulho mais atrás e se viraram...

Guinevere e Merlin apareceram a uma nuvem.

"Vovó!", Merlin disse, apontando para Guinevere.

A mãe de Tedros olhou para o filho. "Avisei que o espelho traria problemas, Tedros. Japeth deve ter descoberto que você acessou os segredos dele. Assim que o fez, Merlin sentiu o espírito de Japeth vir para cá. Por sorte, feiticeiros conseguem acessar o local de meditação de outros feiticeiros."

"Tetê precisa da Vovó pro trabalho importante", Merlin disse, piscando para Tedros.

Agatha notou que Tedros e a mãe dele se entreolhavam, como se soubesse o que Merlin queria dizer. Qualquer que fosse o plano que Tedros e as cavaleiras tivessem bolado para derrotar Japeth, devia envolver a velha rainha.

Poderes, Agatha lembrou. Era o que Tedros havia pedido ao gênio. Foi por isso que entrara na Caverna dos Desejos. *Mas que tipo de poderes?*

"Se aqui é o local de meditação de Japeth, onde ele está?", Tedros perguntou. "Sem dúvida nos vigiando, aquela aberração." Ele gritou para o céu: "Sua fraude rastejante! Rhian realmente acreditava que era filho do meu pai. Mas você? Você sabia a verdade. Sabia que era filho de Rafal e daquela bruxa...".

"*Quê?*", alguém exclamou.

Tedros e Agatha se viraram.

Sophie estava sozinha a uma nuvem, com o rosto pálido.

"Não lembrava se Tetê precisava da Vovó ou da Não Mamãe, então trouxe as duas", Merlin explicou para Tedros.

Agatha já estava pulando para a nuvem de Sophie.

"E-e-eu não entendo", Sophie gaguejou, nos braços da amiga. "Japeth é filho de *Rafal*? E de Evelyn Sader?" Seus olhos expressavam seu terror. "RJ. Não era assim que a Reitora Brunhilde o chamava? R de Rafal, J de Japeth... Rhian e Rafal... O nome dos Diretores da Escola gêmeos, o nome passado do pai para os filhos... É por isso que ele tem sangue de feiticeiro. Seus olhos... são iguais aos do pai... e aquele toque gelado... Ah, Aggie... A resposta esteve bem na nossa frente o tempo todo!"

"Por isso você era capaz de curá-los. Por isso eles tinham que se casar com você", Agatha disse. "Porque seu sangue dava poder ao sangue de Rafal. Assim como dá poder aos filhos dele."

"É certo que os dois não são filhos de Arthur?", Guinevere perguntou. "Então Arthur deveria saber que Tedros era seu único filho. Por que criaria um torneio dando uma chance a um impostor? Por que colocaria seu verdadeiro herdeiro em risco?"

Agatha e Tedros olharam um para o outro, ainda sem saber a resposta para aquela pergunta.

"Mer-Mer sabe a história", o feiticeiro disse. "Rafal velho, uga-buga, depois jovem, ainda uga-buga, beija Não Mamãe, machuca Mamãe e Tetê, aí Rafal morre, depois não morre", ele imitou os braços duros de um zumbi. "Depois morre de novo. Agora pequeno Rafal. Com cobras."

Tedros piscou para ele.

"Isso, Merlin, Rafal pequeno com cobras", disse Agatha, olhando ansiosa para o céu. "Onde ele está, Tedros?"

"O grito de Sophie o deixou gravemente ferido. Talvez ele não consiga ficar muito tempo aqui", Tedros arriscou.

Sophie ainda se lamentava. "Antes queria me casar com um príncipe. Agora sou noiva do Rei do Mal e dos dois filhos dele!"

"Você não se casou com Rafal, não se casou com Rhian e não se casou com Japeth", Agatha argumentou. "Todos acreditavam que seu sangue era perfeito para eles. Mas não é, porque você está do *nosso* lado."

"E quanto tempo *nós* vamos durar?", Sophie perguntou, fatalista. "Ele nos transformou em vilões. Voltou a Floresta contra nós. Sem maiores consequências."

"As maiores consequências virão de nós", disse Tedros. "O Storian acredita em nós. Nossa escola acredita em nós. Meu pai acreditava em nós. É por isso que uso este anel. Sou o filho de Arthur. *Eu* sou o rei, e não a prole de Rafal. O único lugar onde essa escória poderia reinar é no *inferno*."

"Bem-vindo ao inferno então", veio a resposta.

O medo subiu pela espinha de Agatha.

Devagar, ela e Tedros se viraram.

Japeth aguardava em uma nuvem no céu.

Usava seu traje real azul e dourado, com a espada na bainha. Seu rosto estava manchado de sangue, a pele esfolada nas protuberâncias, como uma máscara prestes a cair.

Tedros lançou um feitiço, que atingiu a bainha da espada de Japeth e a fez cair na escuridão. Quando a Cobra voltou a erguer os olhos, o príncipe já o empurrava pelas nuvens, com os punhos erguidos. Com um aceno, Japeth desfez magicamente a nuvem em cima da qual Tedros estava e ele caiu na nuvem onde estavam Sophie e Agatha, derrubando as duas.

Agatha se levantou, esperando que a Cobra fosse atacar.

Mas Japeth nem se moveu. "Vocês deram um jeito de acessar o sangue do meu irmão. Bisbilhotaram meus segredos. Me atacam e me odeiam, quando eu defendo e luto por quem amo. Quem é o Mal agora? Não há limites para as perversidades que estão dispostos a fazer para vencer. Chegam ao ponto de vasculhar minha alma. É apropriado então que morram dentro dela." Ele fez uma pausa. "Mas ainda não."

Japeth se sentou em uma nuvem verde fosforescente.

"Na maior parte, vocês estão certos, não importa o que aquele espelho barato tenha revelado", disse Japeth. "Rhian sempre acreditou que o Rei Arthur era nosso pai, mas eu sabia a verdade. Porque eu que encontrei a pena de que meu pai falou. Aí vocês vão perguntar: 'Que pena?'. Vou mostrar." Ele olhou para Sophie. "Depois da morte da minha mãe, as Irmãs Mistrais nos trouxeram esse vestido que você está usando, e que era dela."

O vestido branco de Sophie ficou azul e deu à luz mil borboletas também azuis. Agora estava igualzinho ao que a reitora costumava usar. De uma só vez, todas as borboletas levantaram voo, iluminando o Céu da Cobra com seu brilho azul. Elas se juntaram como peixes do desejo, formando cenas em um mosaico brilhante, conforme suas asas mudavam de cor.

"As borboletas do vestido da minha mãe nos levaram até o Jardim do Bem e do Mal. A um túmulo sem nome. As Irmãs Mistrais disseram que lá encontraríamos o testamento dela."

As borboletas formaram a imagem de dois gêmeos com cabelo cor de cobre cavando em um túmulo.

"Em vez disso, encontramos algo bastante inesperado..."

O túmulo se abriu, revelando dezenas de espetos de metal, compridos e finos como agulhas de tricô, mas afiados dos dois lados.

Agatha arregalou os olhos.

Penas.

Um túmulo cheio delas.

Idênticas ao Storian, mas douradas, em vez de prateadas. Cada uma era ligeiramente diferente das outras, em tamanho, formato e corte.

"Era o que nossa mãe queria que tivéssemos: penas que haviam pertencido ao Rei Arthur, como as Irmãs Mistrais explicaram. Minha mãe e elas tinham ficado amigas. As Irmãs Mistrais foram aconselhar o rei depois que Guinevere e Merlin o deixaram. Arthur tinha se voltado para a bebida, estava com a mente entorpecida e o julgamento fraco. As Mistrais se infiltraram na corte, dizendo o que ele queria ouvir. Que não era culpa dele se a rainha havia ido embora. Que o culpado era o Storian. Que Arthur estava predestinado a ser o Único e Verdadeiro Reino, nascido para assumir o lugar do Storian. 'Destrone a Pena', elas insistiram. 'Reivindique seus poderes. Torne-se o Único e Verdadeiro Rei'. Então ele poderia escrever seu destino como quisesse. Então poderia trazer Guinevere de volta! Tudo o que precisava fazer era colocar a Floresta sob uma nova Pena. Uma rival do Storian, controlada por ele. A Pena do Rei. 'Precisa de um nome melhor', Arthur pensou. '*Lionsmane*.' Tedros talvez gostasse daquilo. No entanto, quando as Mistrais tentaram dar vida à 'Lionsmane', Arthur rejeitou todas as penas que fizeram para ele. Eram finas demais. Grossas demais. Pomposas demais. Humildes demais. Ele dava qualquer desculpa para não seguir em frente."

Mais e mais penas eram jogadas na cova iluminada pelo céu, todas Lionsmanes descartadas.

"Não importava o quanto ele amasse sua mãe: não estava disposto a destruir o Storian para tê-la de volta. Era um rei fraco. E um homem ainda mais fraco", disse Japeth.

"E você finge ser *filho* dele", desdenhou Tedros.

"Por um bom motivo", retrucou Japeth, sem se abalar. "Depois que Arthur bebeu até morrer, Rhian e eu ficamos sabendo da morte de nossa mãe. Ela tinha planejado nos dizer que éramos filhos do rei quando atingíssemos a maioridade. Mas, com a morte dela, cabia às Mistrais nos encontrar e nos entregar o vestido. As borboletas nos diriam o que precisávamos saber. Borboletas que continham o espírito da minha mãe."

No Céu da Cobra, as borboletas formavam mais imagens.

"As borboletas contaram a versão dela da história. Que Arthur nos abandonou. Nos disseram como assumir seu trono. Tínhamos passos a seguir. Um plano havia sido cuidadosamente bolado. Sabotar Tedros, o falso rei. Tirar a Excalibur da pedra. Usar a Lionsmane para conquistar o povo e fazer com que outros líderes queimassem seus anéis. Casar com uma rainha chamada Sophie, cujo sangue estava ligado ao nosso. Se fizéssemos tudo isso, se queimássemos os anéis e nos casássemos com Sophie, íamos nos tornar o Único e Verdadeiro Rei. Imortal, invencível, com o poder de trazer nossa mãe de volta à vida. Mas só um de nós podia se casar com Sophie, claro. Só um de nós podia ser rei. Mas, desde que Rhian e eu nos amássemos, podíamos compartilhar os poderes do sangue de Sophie. Um de nós seria rei. O outro seria magicamente curado por ele. O vestido da minha mãe ia amarrá-la e mantê-la leal. Rhian e eu só precisávamos ficar juntos. Dois irmãos, o Leão e a Águia, contra Tedros, a Cobra."

Japeth olhava para as borboletas no céu. "Rhian acreditou em cada palavra. Ele amava nossa mãe. Confiava nela. Queria tê-la de volta. Mas eu não. Sabia que ela havia renunciado aos filhos no dia em que nos largara na Casa Arbed. Porque queria se livrar de mim. Porque queria encontrar nosso pai e ficar com ele. Mas nosso pai era o Rei Arthur? Arthur, todo certinho e bondoso, com a víbora que era minha mãe? *Pfff.* Eu não acreditava nem um pouco naquela história. No cintilar das asas das borboletas, comecei a vislumbrar segredos escondidos no espírito da minha mãe... um Cavaleiro Verde, que era irmão de Arthur... uma trama para roubar o trono..." Ele estreitou os olhos azuis. "Então eu vi."

Todas as borboletas no céu escureceram, com exceção de uma.

"A borboleta a que todas as outras obedeciam. A líder entre elas. A borboleta que eu sabia que encontraria."

A borboleta flutuou para as mãos de Japeth. Na palma dele, o inseto começou a encolher e a murchar, com escamas pretas cobrindo seu corpo, até que não era mais uma borboleta.

Era uma enguia.

Seus dois extremos se afiaram, como uma pena cor de carvão.

A pena viscosa escapou da mão de Japeth e entrou por seu ouvido.

"Essa pena me contou toda a verdade. Que o Rei Arthur não era nosso pai. Que éramos filhos do Diretor da Escola. Filhos de *Rafal.* Que o sangue de Sophie estava ligado ao nosso porque estava ligado ao sangue do nosso pai. Que, se eu estava ouvindo aquela mensagem, era porque a rainha de Rafal o havia matado, e provavelmente matado minha mãe também. Que devíamos puni-la. 'Siga as instruções de sua mãe', a pena disse. 'Assuma Camelot e traga sua mãe de volta'. Assim, poderíamos vingar minha mãe *e* meu pai. A pena, feita do espírito do meu pai, ia me ajudar. Seria minha arma, mais que qualquer espada. Mas a pena também avisou que eu não devia deixar que Rhian descobrisse a verdade sobre nosso pai. Que ele precisava acreditar que era filho de Arthur. Porque, por dentro, era do Bem. Enquanto eu era do Mal. Devia colocar meu irmão sempre em primeiro lugar. Aquela tinha sido a maldição de Rafal. Ele matara o irmão gêmeo acreditando que encontraria um amor mais verdadeiro. Um amor do *Mal.* Mas acabou morto por esse mesmo amor. Não podia repetir a história do meu pai. Até o fim, tinha que ser o fiel suserano de Rhian. Foi por isso que meu pai deixou aquela mensagem para mim. Para que, apesar de seu fracasso em encontrar o amor, ele pudesse ser redimido por seu filho. Assim como desconfio que o Rei Arthur deixou três testes para seu filho para redimi-lo."

A pena saiu do ouvido de Japeth e voltou a ser uma borboleta.

Ela aterrissou no ombro de Tedros.

"Só que meu pai calculou mal", Japeth continuou, ficando de pé. "Ele acreditava que meu amor por meu irmão seria o suficiente para mim. Que nossa linhagem governaria a Floresta junta. Mas não foi o suficiente para meu pai, foi? E não foi para mim. Porque eu também encontrei um amor maior. Alguém que se importava comigo mais que minha própria família."

O fantasma de Aric apareceu no céu, feito de borboletas. A que estava no ombro de Tedros foi se juntar às outras, compondo o brilho violeta em um olho de Aric.

"É estranho que Tedros e eu sejamos inimigos, quando temos tanto em comum", disse Japeth, enquanto a silhueta de cabelo espetado caminhava em sua direção. "Fomos abandonados por nossas mães. Nossos pais nos destruíram, por amor. Não me surpreende que ambos busquemos amor. Amor de verdade. Mas Tedros confia seu destino ao Storian. Mas o destino *roubou* o amor de mim, assim como do pai de Tedros. Mas, ao contrário de Arthur, não vou me isentar de consertar os erros do destino. Logo serei seu mestre e terei o poder de trazer o amor de *volta*."

Aric aterrissou na nuvem de Japeth, que o abraçou. O contorno de Aric se desfez quando as borboletas se dispersaram.

Japeth estava sozinho outra vez.

Ele abriu um sorriso amargo e seu traje de rei ficou preto como as enguias. "Mas, primeiro, tenho um torneio a vencer", a Cobra disse. "Um último anel a queimar."

Seus olhos foram direto para Agatha.

"O que implica matar *aquilo*."

Os scims se atiçaram, prestes a atacar.

Todas as luzes se apagaram no céu.

Todos os sinais de brilho verde foram engolidos por um preto duro e plano.

Agatha se virou, esperando ser apunhalada no escuro.

Então a princesa percebeu que Tedros não estava mais ao seu lado. Ainda conseguia ver o brilho do traje de Japeth, que estava congelado a uma nuvem mais no alto, como se tivesse sido pego de surpresa. Agatha prendeu a respiração, tentando não se mover. Se ele não havia apagado as luzes, então quem? O brilho das enguias se movimentava, como se Japeth estivesse se movendo, caçando sua presa. Ficou evidente que ele não enxergava Agatha em sua capa. Ela estava distante demais, e o céu estava escuro demais.

Agatha sentiu o cheiro de uma fragrância sedosa quando asas suaves se fecharam à sua volta: era Sophie, seu vestido antes branco transformado em penas pretas. Ela tirou a amiga da nuvem e a desceu em silêncio para outra mais baixa, mais distante de Japeth. "Foi o vestido", Sophie sussurrou no ouvido de Agatha. "Ele apagou as luzes, para que Japeth não pudesse nos matar. O vestido está me ajudando, Aggie. Já faz um tempo."

O vestido?, Agatha pensou. *Mas Evelyn o deixara justamente para ligar Sophie aos filhos. Por que ela ajudaria Sophie?*

"Tedros. Onde ele está?", Agatha sussurrou, sem conseguir enxergar no escuro.

"Achei que estivesse com você", Sophie disse.

O estômago de Agatha se revirou.

Mãos pequenas agarraram as duas e as puxaram para dentro da nuvem. Era Merlin, que levou um dedo aos lábios. Ele abriu um buraco na nuvem para que Agatha e Sophie conseguissem ver lá fora.

Por um momento, o Céu da Cobra ficou em completo silêncio.

Então a noite se abriu, despejando uma luz celestial, radiante e dourada.

Uma sombra apareceu em meio ao brilho, de uma figura imponente.

A luz refletia em seus olhos roxos, sua pele cor de mármore, seu cabelo espetado. Ele usava uma blusa de couro vermelho sem mangas e calça preta, tinha braços e pernas musculosos.

Agatha começou a suar frio.

"Impossível", Sophie sussurrou.

Ele estava morto.

Elas tinham *visto* ele morrer.

Mas ali estava ele.

Como se nunca tivesse morrido.

Agatha procurou por Tedros e Guinevere, mas o céu estava vazio.

A não ser pela Cobra e pelo garoto.

"Japeth", o garoto falou, com a voz forte e profunda.

A Cobra lhe lançou um olhar morto, frio, depois continuou a vasculhar o céu. "Chega de truques, Merlin", Japeth disse, concentrando-se em olhar para qualquer ponto onde o garoto não estivesse. "É um feitiço de imitação? Ou uma transmutação?"

Agatha olhou para o menino de seis anos entre ela e Sophie, que mordia a ponta do chapéu, nervoso. O máximo que Merlin podia fazer era conjurar formas e fazer pegadinhas. Não podia ser um feitiço dele.

"Ou talvez seja apenas a boa e velha magia negra", disse a Cobra, pousando os olhos na nuvem em que estavam Agatha e Sophie.

"Imaginei que fosse dizer isso", o garoto respondeu, pulando tranquilamente de uma nuvem para outra, até chegar à que estava bem diante de Japeth. "Foi por isso que escondi nosso encontro dos outros. Eles não podem nos ver, e nós não podemos vê-los."

"Sei. Além de ter voltado dos mortos você também adquiriu o poder de entrar no local de meditação de um feiticeiro, apesar de não ter sangue de feiticeiro", Japeth zombou. Seus scims se despegaram do traje e circularam o garoto, ameaçadores. "Não. Diria que você é apenas uma criação dos meus inimigos. Inimigos que acham que eu acreditaria em um falso fantasma."

"Bem, sou um fantasma. Isso é verdade. Estou tão morto quanto estava ontem", reconheceu o garoto, acariciando as enguias, sem medo. "O que significa que tenho o poder de assombrar qualquer lugar que eu quiser, e como quiser, incluindo o local de meditação de um feiticeiro. Para ser sincero, achei que fosse ficar feliz em me ver."

Japeth finalmente olhou para ele. "Até soa como ele." As enguias testaram os músculos do garoto. "E a sensação do toque é a mesma. Qualquer idiota pode falsificar um fantasma. Mas simular um garoto morto em um corpo de verdade... Devo dizer que estou impressionado, Merlin. Só pode ser você por trás disso. Ou um dos seus amigos assumiu a tarefa? Sabia que devíamos ter matado o feiticeiro quando tivemos a chance, para evitar exatamente esse tipo de joguinho. Mas Rhian achava que, se conseguisse fazer com que Merlin voltasse a ser criança, sua lealdade poderia ser transferida." Os scims abriram os olhos do garoto, verificando as pupilas roxas. "É um excelente trabalho. Pena que vou ter que matar você para confirmar de quem se trata. Talvez seja Sophie, agora pensando melhor. Ela gosta de brincar com fogo." As enguias desceram para a garganta do garoto, prestes a acabar com ele.

"Vá em frente. Não vou sentir nada. Estou morto, lembra?", disse o garoto, sem se abalar. "No momento em que me matar, *puf*! Desaparecerei para sempre, e nossos inimigos vão estar exatamente onde os deixou, prontos para a luta. Eu os escondi para te ajudar, Japeth. Para alertar do que Tedros está prestes a fazer."

"Entendo", Japeth disse, de repente interessado. "E que plano secreto você conseguiu descobrir? O que o idiota do príncipe pretende fazer, hein?"

"Se passar por mim", o garoto de olhos roxos respondeu. "Ele entrou na Caverna dos Desejos. O gênio lhe deu o poder de se transformar em quem quiser. A magia do gênio ficará no sangue de Tedros por tempo o bastante para que ele assuma meu corpo e distorça sua mente. Para te enganar de modo que você acredite que ele sou eu. Vê? Ele está bem ali, esperando o momento certo." Um foco se acendeu, iluminando um clone do garoto, no alto de uma nuvem distante, parecendo inquieto e ansioso, depois se apagou abruptamente. O garoto voltou a se virar para Japeth. "Quis falar com você antes que Tedros tente fazer isso. Para que você recorde da verdade."

O sorriso de Japeth fraquejou. "Me deixe entender direito: você vai desaparecer e ser substituído por outro você, que na verdade é Tedros disfarçado. Por isso devo matá-lo?" Ele riu, mas sem muita vontade, parecendo cada vez mais alerta. "Bem, qualquer que seja a magia que ele está usando, não pode ser melhor do que a que vejo diante de mim."

"Não é magia", o garoto respondeu. "Sou eu, Japeth. Tanto quanto um fantasma pode ser."

A Cobra o inspecionou mais de perto, tentando ver através dele, sem conseguir.

"Não é você se não for feito de carne e osso", Japeth retrucou.

"Verifique", disse o garoto.

Japeth olhou fixamente para ele. Devagar, um de seus scims subiu pela garganta do garoto até sua boca, então o picou. Sangue escorreu de seus lábios. Ele não se moveu.

Os olhos de Agatha se arregalaram.

Os da Cobra também. "Você... você... é *real*?"

"Mais real que o verdadeiro eu", disse o garoto.

O rosto de Japeth ganhou cor. Ele pulou na nuvem do outro. "Aric?" Japeth levou o nariz ao pescoço de Aric, cheirando sua pele, depois tocou o nariz e as bochechas antes de abraçá-lo apertado. "É você. É mesmo você." Lágrimas rolaram dos olhos de Japeth.

De seu esconderijo, Agatha viu a Cobra assassina abraçando um selvagem assassino, os dois tão próximos, tão ligados, seu amor quase... humano. A emoção fez sua garganta coçar, mas ela logo reprimiu aquilo. Não podia se permitir sentir. Não por aqueles dois. Nem mesmo ela, cujo coração insistia em ser do Bem.

"O que aconteceu?", Aric sussurrou, abraçando a Cobra com força. "Mudou para ficar mais parecido com Rhian. Finge ser seu próprio irmão. O Japeth que eu conheço não teria feito isso. Matar Rhian até pode ser. Mas não se *transformar* nele." Aric abriu um sorriso torto. "Deixar que o belo e selvagem Japeth se perdesse no processo."

"Fiz isso por você", Japeth respondeu, tenso. "Tudo o que faço é por você. Para te trazer de volta."

"Mas e depois? Terei que ficar com 'Rhian' pelo restante de minha nova vida? Com esse corte de cabelo horrível e esse bronzeado falso? Terei que me juntar à sua farsa?", perguntou Aric.

"Direi a verdade. Sobre quem eu sou. Você será meu novo suserano."

"Ah, sim. Japeth, a Cobra, que atacou os reinos, assassinou o próprio irmão e depois se *passou* por ele, será perdoado e recebido como novo rei de Camelot... Mais que isso: o Único e Verdadeiro Rei, que controla a vida de todos com sua nova Pena. Ah, e ele vai trazer do mundo dos mortos seu verdadeiro amor, que por acaso é um garoto."

"Então abrirei mão da coroa..."

"Vão te matar, Japeth. Vão matar nós dois. Não quero ser trazido de volta à vida só para ter uma morte ainda mais ignóbil que a primeira."

Japeth tremia. Aquilo era demais para ele. "Você não sabe o que fiz por você. Vai mesmo recusar a oportunidade de voltar à vida? De ter uma segunda chance comigo? Não pode terminar assim. Com você simplesmente... *indo embora*."

"Não é o Fim", Aric prometeu. "Mas estou em paz agora. Se me ama, Japeth, tem que me deixar ir. Vai chegar o momento em que nos reuniremos. Mas não assim. Primeiro, você tem que voltar a ser quem é. Quem realmente é, e não uma Cobra buscando vingança em meu nome. Entregue essa coroa que não é sua. Admita sua fraude diante do povo. Mesmo que seja punido por isso. Mesmo que a Excalibur tire sua cabeça. Diga a verdade e ambos seremos livres. Então ficaremos juntos para sempre. Mas se lutar com afinco demais contra o destino, seu espírito nunca vai encontrar o meu. Porque não se pode escapar do destino, não importa no que deseja acreditar. Aprendi isso da pior maneira."

Japeth se aconchegou nele. "Por onde andava esse Aric enquanto você estava vivo? Tão atencioso e amoroso? Que fala de maneira tão terna comigo?"

"Faça o que digo, Japeth", Aric insistiu. "Dê-nos uma segunda chance além deste mundo. Estarei esperando por você."

Japeth agarrou a blusa dele. "Não. Ainda não. Por favor... fique comigo."

"Não tenho esse poder, meu amigo."

"Então me deixe pedir uma coisa. Antes que você se vá." Japeth levou a mão com delicadeza à ferida na boca de Aric e limpou o sangue com os dedos. "Aquilo que preciso obter de você para ter paz."

"O que quiser", disse Aric.

Japeth olhou nos olhos dele. "Posso te beijar? Como costumávamos fazer?"

Aric hesitou, surpreso. Ele endireitou a coluna, com os lábios pressionados um contra o outro. "Ah." Então assentiu, sorrindo. "Claro."

A expressão de Japeth endureceu. "Nesse caso..." Ele deu um passo para trás, enquanto Aric se inclinava para a frente. "Devo reconsiderar tudo. Porque nunca nos beijamos quando você estava vivo. Regras *suas*." O sangue de Aric brilhava nos dedos dele. "O verdadeiro Aric saberia disse. O verdadeiro Aric tinha vergonha do nosso amor. O que significa que você não é ele. É exatamente aquilo contra o que me alertou. Tedros, com o poder de se transformar em quem desejar. E o segundo Aric ali é só um truque para que eu acreditasse no que você está dizendo. Sua mãe, eu diria, a julgar pela postura desajeitada. Ela deve ter recebido esse poder do gênio também, para me enganar a acreditar em seu plano. Você chegou perto, Tedros. Muito perto de me fazer desistir. Há só um problema no seu plano, seu príncipe arrogante. Tenho seu sangue nos meus dedos. Sangue enfeitiçado por um gênio, com o poder de mudar de forma..."

A Cobra mordeu o próprio lábio, abrindo-o. Então lambeu os dedos, fazendo com que seu sangue se misturasse ao de Aric.

"E agora esse sangue está *no meu*", concluiu Japeth.

De repente, a íris de Aric ficou azul, como a de Tedros. Os olhos do príncipe foram tomados pelo pânico.

A Cobra sorriu para ele. "Que a brincadeira comece."

A luz se apagou no céu, como se a porta tivesse sido fechada.

24

O STORIAN

O quarteto de Agathas

Tedros tinha um plano.

Mas todo mundo tem um plano, até falhar.

Aí o plano passa a não ter muita utilidade.

E o príncipe não era o único que se encontrava em perigo.

O Céu da Cobra estava completamente escuro. Agatha e Sophie permaneciam escondidas dentro de sua nuvem, com Merlin protestando entre as duas. Não conseguiam ver Tedros em lugar nenhum. Ou a Cobra. Só as formas irregulares das nuvens e o brilho das estrelas com pontas de

aço. Japeth estava ali, em algum lugar. E agora, com o sangue de Tedros em suas veias, tinha absorvido o poder do gênio... o poder de se tornar quem desejasse.

"Tetê precisa de ajuda", Merlin disse, com os olhos úmidos.

"Xiu", fez Sophie, mas o menino estava aflito, e falou ainda mais alto.

"Tetê!", Merlin chamou, enfiando a cabeça pelo buraco da nuvem. Agatha o puxou de volta.

"Merlin, fica quieto!"

Mas o pequeno feiticeiro já estava saindo do esconderijo, apesar dos esforços de Agatha e Sophie, e movimentando descontroladamente a mão.

Uma luz branca e forte inundou o céu, como se uma tempestade tivesse sido congelada durante a queda de um raio.

"Tetê!" Merlin sorriu, aliviado.

Então seu sorriso se desfez.

Porque havia *três* Tedros no céu iluminado.

Em três nuvens diferentes.

Todos armados com uma estrela de pontas afiadas, tirada do céu.

"Aggie... O que está acontecendo?", Sophie perguntou.

"Um deles é Tedros. O outro deve ser Guinevere", respondeu Agatha, pálida e aterrorizada. "Então o terceiro deve ser..."

Merlin olhou para as duas e imitou o barulho de uma cobra.

Os três Tedros olharam uns para os outros.

Depois para Agatha.

No mesmo instante, correram na direção dela.

"Agatha, sou eu!", chamou o primeiro.

"Não, sou *eu*!", gritou o segundo.

"Não ouça os outros!", alertou o terceiro.

Três príncipes com olhos azuis como pedras preciosas, o cabelo em ondas douradas, a capa preta rasgada. Um tão parecido com Tedros quanto o outro.

"Qual é o verdadeiro?", Sophie perguntou.

Mas Agatha já estava correndo, pulando de sua nuvem e mergulhando em uma mais abaixo. Em meio ao verde frio, ela fechou os olhos e tentou se concentrar. Em uma fração de segundo, vira os Tedros de perto. O modo como se portavam, como avançavam rumo a ela... O verdadeiro Tedros queria protegê-la, o Tedros da Cobra queria matá-la, e Guinevere havia assumido a forma de Tedros para confundir a Cobra. No entanto, pareciam todos *iguais*. O caos ecoava mais acima. Sem dúvida, eles haviam visto onde Agatha tinha aterrissado. Ela precisava continuar fugindo. Mas para onde? Sua única esperança era escolher um Tedros: tinha duas chances de ficar a salvo, e apenas uma de acabar morta.

Um corpo mergulhou ao lado dela na nuvem. Agatha se virou para fugir.

"Sou eu", Sophie disse, arfando piscando os olhos cor de esmeralda, com o vestido de penas pretas todo embolado. "Fique comigo. Não se mova."

Agatha soltou o ar. Então seu coração acelerou. "Espera... como vou saber que..." Ela recuou. "Qual é o nome do meu gato?"

"Aggie..."

"Qual é o nome do gato?"

"Reaper."

"E do que ele é rei?"

"Dos gnomos. Agatha, me escuta..."

"Qual é o nome do garoto baixinho e dentuço que era obcecado por você, em Gavaldon?"

Sophie ficou olhando para ela, confusa. "Hum..."

"Não se aproxime", Agatha disse, já se afastando, antes que a pegassem pelo braço. Agatha se virou com o dedo aceso, prestes a disparar um feitiço...

Então viu Guinevere onde Sophie estivera até então.

"Sou eu, Agatha. Achei que confiaria mais em mim se eu assumisse a forma de Sophie. Olha, a Cobra está lá fora, com a aparência de Tedros. Temos que ficar juntas ou ele..."

Mas Agatha estava em pânico, sem saber se Guinevere era mesmo Guinevere. Seu corpo já deixava a nuvem e se lançava em plena luz, sem direção ou plano. Guinevere a perseguiu. "Agatha, espere!"

"Você deveria protegê-la, mãe!", um dos Tedros gritou para Guinevere, também indo atrás de Agatha.

A princesa se virou para seu príncipe, o *verdadeiro* Tedros... então viu o outro Tedros se aproximando da direção oposta, diminuindo cada vez mais a distância entre eles, com uma estrela de pontas afiadas na mão. Ambos os Tedros estavam prestes a saltar para a nuvem dela, Agatha encurralada entre eles.

Um terceiro corpo saltou com as pernas encolhidas de uma nuvem mais acima: era Sophie, com o jovem Merlin de mochilinha em suas costas. Eles caíram em cima de Agatha. Quando a princesa se recuperou, o vestido de penas de Sophie levantou voo, carregando as duas para longe dos Tedros, como um cisne negro. Os dois príncipes recuaram, indistinguíveis. Com outro aceno, Merlin voltou a apagar as luzes.

Mais uma vez, a escuridão reinava.

O vestido preto de Sophie se expandiu magicamente, escondendo tanto ela quanto Agatha em um casulo flutuando no ar, com Merlin empoleirado em cima dele, de vigia.

"Por favor, diz que é você", Agatha pediu a Sophie, envolta em suas penas. "Que é a Sophie real."

"Sou tão real quanto os biscoitos integrais que eu fazia generosamente em Gavaldon e que você atirava no cemitério quando eu não estava olhando. Olha, tem dois Tedros. Um é o Teddy. O outro é a Cobra. Só que não consigo diferenciar os dois. Teddy fez um ótimo trabalho como Aric, e agora está fazendo um péssimo trabalho no papel dele mesmo. Se ele tivesse mais personalidade ou conteúdo, talvez fosse mais fácil de reconhecer..."

"Agora sei que é mesmo você", Agatha comentou. "Merlin não consegue diferenciar os dois?"

"Tetê. Tetê. Dois Tetês", ouviu-se a voz dele.

"Ou seja, não. Aggie, diz alguma coisa que só Tedros saberia. Algo que Japeth não tem como saber."

"A Cobra leu *O conto de Sophie e Agatha* atentamente. Tudo o que você sabe, Japeth também sabe, e você sabe tudo." Agatha fez uma pausa. "A não ser..."

"A não ser?"

"A não ser como Tedros me pediu em casamento."

Os olhos grandes de Agatha brilharam com tanta intensidade no escuro que Sophie teve que se virar. "Ah, nossa, não é *nada* estranho que sua *melhor amiga* não saiba como seu príncipe te pediu em casamento! Parece algo que *qualquer* melhor amiga contaria! Mas, como você não me contou, pode usar seu segredinho para descobrir quem é seu noivo", reclamou Sophie. "Assim que você souber quem é o Tedros de verdade, vamos saber quem é a Cobra, e precisaremos atacar. Não quero saber se o Bem não mataria Japeth ou se com isso Teddy não vai ser rei. Se ele é filho de Rafal, quanto antes estiver morto, melhor. Vou ficar aqui até você descobrir quem é quem. Assim posso lançar feitiços contra quem quer que se aproxime de você, já que sou a única que tem certeza de que você é você."

O pescoço de Agatha ficou vermelho. "Não posso te deixar aqui..."

"Se estivermos juntas, vamos chamar a atenção da Cobra. Não vou deixar que te mate, Agatha. Não vou deixar que ele vença. Encontre Tedros. Mate o vilão. Entendeu?" O vestido de Sophie se abriu como uma flor, e ela pegou Merlin nos braços. "Vou cuidar deste rapazinho aqui, para que fique em segurança. Agora *vá*."

Antes que Agatha pudesse falar, Sophie a empurrou para fora do casulo. A princesa caiu em uma nuvem mais abaixo. Acima dela, Merlin fez outro aceno.

A luz voltou ao Céu da Cobra.

Agatha se preparou, pronta para diferenciar Tedros do impostor, confiante que daria certo. Então ela viu que tudo tinha mudado.

Porque, onde Agatha esperava ver dois Tedros entre os quais escolher, agora não havia *nenhum*.

Em vez disso, três Agathas a cercavam, em outras nuvens, todas com o mesmo vestido cor-de-rosa e a mesma capa preta com capuz que ela própria estava usando.

Um quarteto de *Agathas*, incluindo a Agatha real. As outras três olhavam para ela e umas para as outras, sem saber quem era quem.

Até este momento, contei esta história pelos olhos de Agatha, como se a história fosse dela para contar. Mas, embora Agatha sem dúvida acredite que é a personagem principal de sua história, como qualquer pessoa com a vida em jogo, a Pena tem uma visão mais ampla das coisas. Por isso, agora vamos nos voltar para Sophie, que está no alto de uma nuvem, incumbida de proteger sua melhor amiga, mas de repente confusa quanto a quem é a Agatha real e quem são as falsas.

"Merlin, qual delas é a Aggie?", Sophie perguntou ao menino.

Mas o feiticeiro também estava confuso.

Tudo o que Sophie sabia era que precisava encontrar a verdadeira Agatha antes de Japeth.

Pense, Sophie insistiu consigo mesma.

Por que todos tinham assumido a forma de Agatha?

Eles tinham seus motivos.

Tedros e Guinevere queriam confundir a Cobra, que a estava caçando, por causa do segundo teste. Ao mesmo tempo, a Cobra queria confundir Tedros, que estava determinado a proteger sua princesa.

A princípio, Sophie pensara que a Agatha de Japeth ia atacar os outros, acreditando que acabaria matando a Agatha de verdade e vencendo o teste. No entanto, aquilo também entregaria quem era Japeth, permitindo que Tedros, Agatha e Guinevere se unissem contra ele, e que Sophie o atacasse com um feitiço lá de cima... motivo pelo qual a Agatha que era a Cobra não atacava ninguém, mas se segurava como todas as outras, esperando que alguém tomasse a iniciativa.

Sophie sabia que alguém tinha que ser ela.

"Atenção, amigos e *escória*", ela gritou, enquanto seu vestido de penas pretas a sustentava no ar, como se fosse uma ave extraterrestre. Quatro Agathas olharam para cima. Do nada, um holofote iluminou Sophie (era Merlin, tentando ser útil). "Vou fazer algumas perguntas. Considerem um teste. Um Torneio de *Aguilhões*. Vocês vão se revezar para responder. Se eu sentir um tom serpentino na resposta, vai levar um *aguilhão*." Sophie acendeu o dedo, que brilhou em um rosa bem forte. "Um feitiço de atordoamento bem na cabeça, reservado para Cobras que fingem ser minha melhor amiga. E não tenho certeza de que vai voltar a acordar, porque, não importa o quanto Japeth queira minha amiga morta, meus amigos e eu queremos muito mais que *ele* morra. Vamos começar?"

Ela olhou para o quarteto de Agathas, que se encontrava alinhado. Ainda esperava que Japeth fosse acabar se revelando, mas as quatro Agathas só olharam de volta, dispostas a entrar no jogo.

Muito esperto. Japeth está procurando por Agatha tanto quanto procuramos por ele, Sophie pensou.

Ela precisava ser muito cuidadosa com suas perguntas.

"Qual é a comida preferida de Agatha?", Sophie perguntou, começando pela Agatha mais à esquerda.

"Doce", disse a Agatha nº 1.

"Bolo de mel", disse a Agatha nº 2.

"Rolinhos de canela", disse a Agatha nº 3.

"Jujuba", disse a Agatha nº 4.

Sophie franziu a testa. Ao que parece, todo mundo sabia que Agatha adorava um docinho. Pior ainda: Sophie achava que fosse manteiga de amendoim crocante, porque Agatha se enchia disso em Gavaldon, mas não era, já que nem a verdadeira Agatha, fosse ela qual fosse, não tinha respondido isso. Contudo, as respostas não tinham sido completamente inúteis. Só Guinevere, Tedros e Agatha tinha estado no Miragem, onde Agatha tinha descoberto o bolo de mel, o que significava que a Agatha nº 2 não era a Cobra. E a Agatha nº 4 não era a Agatha real, porque quem a conhecia sabia que ela considerava jujubas coisa de criança. Mas quem era quem? Parecia um problema de matemática, e Sophie sempre considerara matemática um desperdício de tempo. Ela não insistiu naquilo, preferindo fazer outra pergunta.

"Quem é o Único e Verdadeiro Rei?", Sophie perguntou.

Revele-se, Cobra.

"Tedros", disse a Agatha nº 1.

"Tedros", disse a Agatha nº 2.

"Tedros", disse a Agatha nº 3.

"Quem vencer o Torneio dos Reis", disse a Agatha nº 4. "Segundo a vontade de Arthur."

As Agathas nº 1, 2 e 3 olharam para a Agatha nº 4. Assim como Sophie.

Tem que ser a Cobra, ela pensou. *Não suporta a mera ideia de dizer o nome de Tedros.*

Sophie mordeu o lábio. *Ao mesmo tempo, a Cobra se entregaria tão facilmente? Japeth não era esperto demais para fazer tal coisa?*

Ela notou que a Agatha nº 3 avaliava a nº 4, seus punhos se cerrando como se pensasse em atacar, mas parecia ter as mesmas dúvidas de Sophie.

Sophie refletiu a respeito.

A Agatha nº 2 não é a Cobra.

A Agatha nº 3 é Tedros ou Agatha.

A Agatha nº 4 não é Tedros nem Agatha.

Ela estava chegando mais perto.

Mais uma pergunta.

A pergunta.

"Agora me digam: como foi o pedido de casamento de Tedros?", Sophie perguntou.

A Agatha nº 4 olhou timidamente para a Agatha nº 3, o que Sophie não deixou de notar. A Agatha nº 1 também notou, e olhou para a Agatha nº 4 com interesse. Enquanto isso, a Agatha nº 2 olhou feio para Sophie, que não sabia se aquilo era porque estava ofendida ou se porque não sabia a resposta. No fim das contas, Sophie ficou mais confusa do que nunca.

"E aí?", Sophie insistiu. "Como o príncipe pediu vocês em casamento?"

"É segredo", respondeu a Agatha nº 1.

"Tenho meus motivos para não contar para mais ninguém", disse a Agatha nº 2.

"Não é da conta de ninguém", retrucou a Agatha nº 3.

"Em Camelot", disse a Agatha nº 4. "Na noite em que chegamos da escola. Tedros planejou um jantar romântico e fez o pedido durante a sobremesa, exatamente como seria de esperar."

Todo o ar pareceu deixar o céu. Um silêncio denso pairou entre Sophie e as Agathas, como uma cortina prestes a cair.

A Agatha nº 1 e a Agatha nº 3 deram um passo à frente e olharam para a Agatha que havia respondido.

A Agatha nº 4.

Então, ao mesmo tempo, como se fossem uma só, a Agatha nº 1 e a Agatha nº 3 tiraram algo da capa. Algo que vinham escondendo.

Uma estrela de pontas afiadas.

A Agatha nº 4 começou a recuar, conforme as outras duas se aproximavam.

De repente, Sophie compreendeu.

As Agathas nº 1 e nº 3 eram Tedros e Japeth. Ou Japeth e Tedros.

Ambos tinham intenção de matar a Agatha nº 4.

Porque ambos pensavam que sabiam quem ela era.

Tedros achava que era Japeth.

Japeth achava que era Agatha.

A Agatha nº 4 recuou mais, com as mãos para cima, até que chegou à beirada da nuvem. Olhou para as duas Agathas armadas com estrelas. "Vocês me pegaram", disse.

As duas Agathas ergueram as estrelas como se fossem adagas.

Sophie sabia o que estava prestes a acontecer. Assim como a Agatha nº 2, a única que restava. "*Não!*", as duas gritaram.

A Agatha nº 4 se virou para pular.

As estrelas de aço se fincaram em suas costas e em seu pescoço.

Ela caiu da nuvem.

As duas Agathas correram até a beirada, ambas achando que tinham vencido, ambas acreditando que haviam matado o inimigo...

...só para se retrair, em choque.

Guinevere estava caída a uma nuvem, seu sangue ensopando a maciez de algodão a suas costas.

A Agatha nº 3 voltou a ser Tedros, que se lançou ao lado dela.

A Agatha nº 1 voltou a ser Japeth, que se virou, atordoado, para a Agatha nº 2, a Agatha *de verdade*, mas ela já estava longe no céu, resgatada pelo vestido mágico de Sophie.

"Mãe...", Tedros sussurrou.

"Falta um único teste." A mãe se segurou a ele. "Você matou sua princesa."

Os olhos de Tedros se arregalaram.

Guinevere abriu um sorriso fraco. "Você tinha seu plano, e eu tinha o meu."

"Não pode ser o fim...", Tedros se lamentou.

"Não se engane: *você* ganhou o teste, Tedros", a mãe dele disse. "Ao nos trazer até aqui. Ao amar tanto Agatha. Onde quer que esteja, Arthur devia saber. Que seu amor libertaria a todos nós." Seus braços perderam força. "Seu pai e eu voltaremos a nos reunir. Ele vai me perdoar. Porque fizemos você. Nosso filho. O rei. É assim que deveria terminar. Sempre foi assim. Comigo enfim sendo sua mãe... Lance está esperando..."

Ela respirou fundo e o soltou. A nuvem a engoliu, manchada de vermelho, como uma rosa tingida. Tedros se debruçou, com a cabeça nas mãos, soltando um uivo desolado. Soltando fogo pelas ventas, ele ergueu os olhos para a Cobra. A expressão de Japeth endureceu e seus scims se transforam em pontas afiadas. Os dois garotos avançaram um na direção do outro, inimigos preparados para a guerra.

Uma fumaça vermelha subiu pelo céu, saída de dentro da nuvem, e separou os dois. Ela continuou aumentando e ficou mais espessa, como se o sangue da antiga rainha tivesse se tornado ar, expandindo-se em uma nuvem de tempestade sobre o Celestium, que assumiu a forma do Leão. A voz de Arthur soou, trovejante:

Fizeram o que pedi,
Ambos.
O segundo teste está concluído.
Resta apenas um,
E dois reis permanecem na disputa.
O julgamento final virá.

Atrás das nuvens em que Tedros e Japeth se encontravam, o céu se abriu como um portal, revelando uma paisagem familiar.

Os jardins reais de Camelot.

Com uma montanha de destroços onde a estátua antes estava.

E a espada de Arthur fincada na pedra.

O rei voltou a falar:

A Excalibur.
O graal do Leão.

A lâmina brilhou dourada com a magia e vibrou cada vez mais rápido, com cada vez mais força, antes de estilhar a pedra com um *crack!* estrondoso e voar alto na noite, iluminando tudo como um farol. Então outra Excalibur apareceu ao lado dela... depois outra... brilhando igualmente dourada, igualmente forte, depois mais e mais apareceram, repetindo-se infinitamente pelo céu, de novo e de novo, até que a galáxia se reduzisse a espadas e Arthur ordenasse:

Encontrem o graal.
Encontrem a Excalibur.
Libertem-na de uma vez por todas.

Quem o fizer será rei.
Quem fracassar perderá a cabeça.

Um milhão de Excaliburs brilhavam no escuro, todas perfeitas, todas iguais.

Governando cinco sombras diminutas.

Um deles seria rei.

O Leão rugiu.

As espadas caíram, como Penas tocando uma página, cortando o céu como sua luz ofuscante e engolindo assim o destino do Homem.

25

TEDROS

O jogo das espadas

"Como você vai fazer o pedido?", Lancelot perguntou a ele.

Estavam nadando no mar gelado, a alguns quilômetros do castelo, só os dois, enquanto Guinevere acompanhava Agatha, que experimentava vestidos para a coroação. Fazia poucos dias que tinham chegado a Camelot, vindos da Escola do Bem e do Mal. Fazia poucos dias que a guerra contra Rafal havia terminado, o Diretor havia morrido e uma nova aliança entre Camelot e a escola, os dois detentores de maior poder da Floresta, havia se estabelecido. O futuro parecia promissor e cheio de esperança. Tanto que, quando Lance aparecera nos aposentos de Tedros ao nascer do dia, exigindo que o príncipe fosse nadar com ele, uma vez na vida Tedros decidiu ser simpático e topou.

"E aí?", Lancelot insistiu. Estavam em águas profundas e congelantes, que o sol de inverno não aquecia em nada. "Se vai pedir Agatha em casamento, precisa ter um plano."

"Prefiro guardar esse plano para mim mesmo, obrigado", o príncipe respondeu, tentando não bater os dentes de frio, uma vez que Lance parecia bem à vontade ali. "Espero que não comece a pensar que me importo com sua opinião, só porque você e minha mãe agora vão morar conosco. Você não é meu pai, e nunca será."

O sorriso de Lancelot era malicioso. "Você ainda não pensou no que vai fazer, né?"

Tedros olhou para o homem bruto de juba desgrenhada e peito peludo, com músculos rígidos, enquanto ele mesmo era magro e flácido, e cuja pele estava rosada por causa do frio. "Por que se importa? Você *nunca* pediu minha mãe em casamento."

"Sua mãe podia ter se casado comigo, mas escolheu Arthur. No fim, não era o que ela estava procurando", Lancelot respondeu. "Então tivemos que encontrar outro nome para o que Gwen e eu temos."

"E qual é?"

"Amor."

Tedros só olhou para ele.

"É por isso que importa o jeito como você faz o pedido de casamento", disse o cavaleiro. "Porque, se só quer convencer Agatha a se casar com você, bem, aí fica fácil. O dever e a honra, a promessa de fortuna e fama, a possibilidade de escrever o nome na história... Foi por isso que Gwen não conseguiu dizer não ao seu pai, e é por isso que nenhuma garota dirá não a você. Mas, se é *amor* que você está oferecendo, um amor maior que o casamento, um amor que vai durar para sempre... bom, isso é uma coisa completamente diferente. Porque uma garota só pode dizer sim para isso uma vez. Como sua mãe disse para mim."

Tedros absorveu aquilo, tão perdido em pensamentos que não viu a mãozorra de Lancelot pegá-lo por trás e afundar sua cabeça na água.

"Por que você tem que ser *tão* babaca?", Tedros ralhou, cuspindo água do mar.

"Alguém precisa ensinar o filhote a se tornar um leão, não acha?", Lance retrucou, rindo.

Quando voltaram à costa, Tedros já tinha esboçado um plano para pedir Agatha em casamento. Logo seu coração começou a aventar um pedido diferente, do qual não teve dúvidas. Ele não o contou a ninguém. Nem a Lance. Nem a Merlin. Nem mesmo à mãe. Ninguém soube antes de sua princesa, no dia escolhido por Tedros. Desde então, nem ele nem Agatha haviam tocado no assunto um com o outro, ou com qualquer outra pessoa. O que havia acontecido era sagrado demais, particular demais, de modo que só podia residir no coração deles.

Foi por isso que, quando Tedros viu que a Agatha nº 4 mentia sobre o pedido, contando uma versão que não tinha nada a ver com a verdade, sentira-se tão ofendido, tão violado... que confundiu sua mãe com Japeth, como ela havia previsto.

"Tedros?", a voz da mãe chamou.

Ele abriu os olhos para a escuridão úmida e glacial, como se estivesse preso nas profundezas do mar.

"Tedros?", a voz repetiu.

Não era a mãe.

Era outra pessoa.

Um corpo montou nele, leve mas ossudo, então dedos finos e quentes tocaram seus olhos, afastando o véu gelado. O sol o cegou, embaçando tudo que não sua princesa, que arfava suavemente, coberta de neve, com as bochechas, normalmente rosadas, agora azuladas e a capa com uma camada de gelo, como se ela tivesse sido enterrada nele. A neve continuava a cair, acumulando-se sobre os olhos de Tedros, os quais Agatha havia acabado de limpar. O príncipe virou o pescoço e viu que montes de neve bloqueavam sua visão, como se ele também tivesse sido enterrado até sua princesa desenterrá-lo.

Pouco antes, eles estavam em meio ao ar quente do deserto. Movendo o anel do pai, ele via que estava bronzeado. Ainda tinha areia no peito e nas axilas, sob a camisa de amarrar, incapaz de protegê-lo daquele frio. De uma coisa Tedros estava certo: não estavam mais em Shazabah.

Ele olhou para sua princesa. "Que lugar é esse?"

Um movimento foi visível na garganta de Agatha, que desviou os olhos do príncipe, como se ele tivesse feito a pergunta errada.

Tedros se pôs de joelhos, tentando olhar além dos montes de neve.

Então caiu para trás, surpreso.

Aonde quer que olhasse...

Só via espadas.

A *mesma* espada.

Excalibur, a lâmina fincada na neve, em sequência, o leão gravado no punho acima da paisagem branca a cada seis ou sete passos, milhares e milhares de espadas, até onde a vista alcançava.

Tedros se pôs de pé e se dirigiu à Excalibur mais próxima, pegando-a.

Então a espada se desfez, transformada em terra.

Ele tentou outra. E outra. E mais outra.

Todas se desmancharam.

De repente, Tedros compreendeu. A visão no céu noturno. A profecia de Arthur, a Excalibur escondida, para que ele ou a Cobra encontrassem...

Ali.

O terceiro teste tinha começado.

"Onde está?", perguntou Tedros, puxando mais espadas, a camisa e a calça já sujas de terra. "Onde está a verdadeira?"

Agatha olhava para a neve iluminada pelo sol, como se aquelas também fossem as perguntas erradas. Então olhou para seu príncipe.

"Onde está Sophie?", Agatha perguntou.

O silêncio pairou entre eles.

Um raio cor-de-rosa cortou o céu, e foi seguido por uma nuvem de fumaça da mesma cor, em algum lugar à distância.

Tedros e Agatha olharam um para o outro.

Então começaram a correr.

Nenhum dos dois disse nada enquanto corriam pela neve, Tedros passando a mão pelo punho da espada e transformando todas em terra. Em seu coração, ele sabia que o último teste não seria vencido na sorte, mas, ainda assim, tocava tantas espadas quanto podia, então as via se desfazerem e tentava acompanhar sua princesa, que seguia na direção de onde tinha visto a fumaça rosa. Tedros percebeu que Agatha perdia o fôlego, o que o lembrou de continuar respirando, ainda que cada respiração trouxesse pensamentos relacionados a Rafal, Japeth, Aric e a como ele havia desempenhado o papel do último, disposto a beijar seu inimigo para enviá-lo ao inferno, mas só acabara matando outra pessoa.

Minha mãe.

Matei minha mãe.

Ele enterrou sua culpa e seu sofrimento, apegando-se à paz que vira no rosto de Guinevere quando ela o soltara.

"Lance está esperando..."

A mãe conseguira o que queria. Reunir-se com seu cavaleiro.

Mas não antes de proteger o filho. Não antes de se sacrificar para levá-lo ao último teste.

A Excalibur.

O graal do Leão, como o pai havia chamado.

A espada que rejeitara Tedros como rei.

A espada que ele agora precisava encontrar e reivindicar.

Não que tivesse a menor ideia de como fazer isso. Tedros nunca conseguiria tocar todas as espadas falsas que estavam à vista, nem sabia até onde o tabuleiro de Excaliburs se estendia, se Japeth tinha um plano melhor para vencer, ou mesmo onde ele estava.

Ou onde eu estou, Tedros lembrou a si mesmo, ainda confuso pela paisagem. Seriam as Planícies de Gelo? Mas a neve era macia demais, e o terreno era acidentado demais... Ele considerou outras opções – Maidenvale, Altazarra ou mesmo a Floresta de Baixo –, mas não tinha nada para se orientar... nenhum castelo, mar, *qualquer coisa* que pudesse dar uma pista de onde estavam... só mais espadas e mais neve, como se estivessem nos limites do mundo, no Sem Fim da Floresta Sem Fim.

"Rápido, Tedros!", Agatha pediu, à frente dele.

"O que acontece se *você* tocar uma espada?", ele perguntou.

"Nada! O teste é seu!"

"Experimenta!"

Agatha pegou uma espada pelo punho, que resistiu e manteve-se fincada na neve, como se fosse pedra. "Viu? Podemos nos preocupar com isso depois! Precisamos encontrar Sophie!" Ela correu ainda mais rápido.

"Precisamos encontrar minha *espada*!", disse Tedros.

Mas, a menos que a espada real acendesse como um farol, mandasse um sinal de luz ou cantasse para Tedros como uma sereia, aquela busca ia levaria um belo tempo.

E se, de alguma forma, eu a encontrar?

A Excalibur já me rejeitou como rei.

Vai me rejeitar de novo?

Outro raio cor-de-rosa sacudiu a terra à frente deles, fazendo uma onda de luz da mesma cor se espalhar por uma faixa de espadas, desintegrando-as. Tedros e Agatha adentraram a névoa cor-de-rosa. Ele seguiu as tossidas dela até encontrá-la, pegar seu braço e dispersar a fumaça, até que finalmente conseguissem ver.

Um garoto olhava para eles.

Tinha cabelos bastos, desarrumados e oleosos, usava veludo roxo e segurava uma esfera de luz cor-de-rosa nas mãos.

Tedros protegeu sua princesa e pegou a espada mais próxima, por instinto, mas ela se desintegrou. "Droga!" Ele acendeu o dedo e o apontou para o desconhecido. "Não se aproxime, quem quer que seja!"

Mas Agatha já se movia na direção do garoto de cabelo castanho, sobrancelhas cheias, maçãs do rosto pronunciadas e olhos verdes por trás dos óculos.

"Merlin?", ela chamou.

"Já estava me perguntando quando vocês dois iam acordar", o jovem feiticeiro falou de um jeito meio cantando, antes de lançar outra bola de luz e se livrar de mais espadas.

Os olhos de Tedros estavam esbugalhados. "Mas... você... está *alto*..."

"Esse é o Tedros de que me lembro. Finalmente passei da idade de molhar a cama e te chamar de Tetê, mas a primeira coisa que você nota é minha altura", disse o garoto. "Talvez porque a maior parte dos príncipes sobre os quais o Storian escreve são altos, e você... não."

Foi como se Tedros tivesse levado um tapa na cara.

"Ah, Merlin, senti sua falta", Agatha disse, dando um abraço nele.

"Ainda sou o mesmo menino que achava que você era minha mãe. Só que agora minhas frases são mais longas", o jovem feiticeiro brincou, alisando a roupa roxa. "A primeira noite foi horrível. Um menino de seis anos por conta própria? Morri de medo. Cresci uns trinta centímetros e senti que meu corpo ia rasgar no meio. Fiquei tentando acordar vocês, mas a magia que deixou a gente aqui afetou vocês muito mais que eu. Depois de um tempo, fiquei entediado, só esperando vocês acordarem. Então aproveitei para recuperar minha magia. Acabei de aprender esse feitiço das espadas. Acho que vou entrar na puberdade amanhã. Nossa. Nem lembro como foi a sensação de me apaixonar pela primeira vez. Ainda bem que só vai durar alguns dias, em vez de alguns anos."

Tedros ainda olhava embasbacado para ele. "Mas como você...?"

"A poção de Hester", Agatha concluiu, com a mão no bolso. "Onde está?"

O chapéu azul de Merlin se levantou da neve, esfarrapado e amassado, para cuspir o frasco.

"Peguei nas suas coisas e tomei todo dia, na hora certa. Vocês perderam a pior parte: aos oito anos, tive catapora e passei a maior parte do dia dentro da neve para não me coçar. Aos nove, me rebelei contra esse chapéu implacável e a insistência para que eu comesse legumes e quase acabei com ele. Depois, com dez, todos os meus dentes de leite caíram", disse o feiticeiro, apontando para uma pilha de dentes brancos na neve. "Amanhã serei oficialmente um adolescente. Aposto que o chapéu está animado com isso." (O chapéu só fez *pllllrrrr* para ele.)

Agatha ficou pálida. "Isso significa que estamos dormindo há..."

"Seis dias, oito horas e vinte e três minutos", o jovem feiticeiro completou.

"*Seis dias?*", Agatha disse.

"Espera!", Tedros interrompeu. "Se você tem quase treze, deve se lembrar da sua antiga vida! Pode nos dizer por que meu pai está fazendo o torneio. Pode me ajudar a vencer o terceiro teste. Pode consertar tudo!"

"Tenho *doze anos*, Tedros. Mal consigo me concentrar em alguma outra coisa que não as dores do crescimento, o fato de que preciso de um banho e essa primeira espinha que me apareceu uma hora atrás e que nem por magia consigo fazer desaparecer", disse Merlin, soprando o cabelo para longe da cara. "Me lembro da maior parte da minha vida antiga antes de virar um bebê, e mantive minhas habilidades verbais, graças aos céus, porque se tivesse que falar como um adolescente, usaria o chapéu para me enforcar. Só que meu controle da magia é juvenil e meus melhores feitiços sumiram da minha memória. Talvez eu vá lembrando mais dia a dia, mas como saber? E não, não tenho ideia de onde está a verdadeira Excalibur, como encontrá-la ou no que seu pai estava pensando quando criou este torneio, porque, até onde me lembro, ele manteve os detalhes em segredo. Não sei muito sobre os testes deles, além do fato de que seu inimigo parece estar enfrentando tanta dificuldade quanto você."

Tedros seguiu o olhar do garoto até o sol cegante, então protegeu os olhos e conseguiu distinguir letras douradas que não havia visto antes. Eram pequenas e estavam distantes, como se Tedros e sua princesa estivessem em outro planeta em relação às palavras vagas da Lionsmane no céu.

Seu rei retornou a Camelot só para descobrir que a Excalibur sumiu. Ela está escondida na Floresta, no último teste do Rei Arthur. Ajudem-me a encontrá-la. Ajudem o Leão a vencer, para que a Excalibur corte a cabeça de Tedros, a Cobra. Todos vocês são minhas águias agora. Quem encontrar a espada verdadeira será recompensado.

"Faz cinco dias que a mensagem apareceu. Claramente ninguém encontrou Excalibur ainda", disse Merlin.

"Japeth está em Camelot?", Agatha perguntou. "Deve ter sido enviado para lá."

"Espera. Ele é enviado para Camelot. O filho de *Rafal*. Para o *meu* castelo. Pelo *meu* pai", Tedros resmungou, "e enquanto isso nós estamos congelando aqui no meio do nada?"

"Não é exatamente nada", disse Merlin. Estalou os dedos e fez a neve sob seus pés e os de Agatha subir magicamente, elevando-os mais e mais, até que estivessem quase cinco metros acima do chão.

"E quanto a mim?", Tedros gritou lá de baixo.

"Opa." O jovem feiticeiro voltou a estalar os dedos rapidinho.

A neve se abriu aos pés de Tedros, fazendo-o afundar três metros no gelo. "MERLIN!"

"Ainda estou enferrujado!", o feiticeiro gritou, dando uma piscadela para Agatha antes de fazer Tedros subir com uma montanha de neve.

"Qual é o sentido disso? Só vejo mais espadas", Tedros resmungou, ensopado, olhando para o branco infindável.

Só que não era infindável, ele se dava conta agora.

À distância, Tedros viu uma casa em uma colina.

Um pequeno chalé, irrompendo em meio à neve.

O mesmo lugar onde ele e sua princesa uma vez tinham se escondido do mesmo Diretor da Escola cujo filho agora os ameaçava.

"Agatha?", ele chamou.

Mas ela estava olhando para cima, para o céu cinza, onde, vendo de perto, aparecia um brilho ondulante, como se uma parede de vidro escondesse ondas de água do outro lado.

E não apenas água.

Algo mais.

Um rosto.

Um rosto que os espionava lá de cima, então voltou ao lago de onde vinha.

"Quando a Dama do Lago estava feliz, era sempre verão aqui", disse Merlin. "Mas parece que o humor dela mudou."

"Por que estamos aqui?", Tedros perguntou a Merlin. "Por que meu pai nos deixaria em Avalon, e Japeth no castelo?"

"Como sabe que foi seu pai, e não *você* quem decidiu vir para cá?", retrucou Merlin, erguendo uma sobrancelha. De repente, ele parecia muito com o feiticeiro que Tedros conhecia, apesar de seu corpo. "Japeth deve ter preferido voltar para o castelo e pedir a ajuda do povo para vencer o último teste. Vai ver que, lá no fundo, você sabia que sua melhor chance de encontrar a espada era vir para cá."

Tedros cruzou os braços. "Não faz sentido. Por que eu viria até a Dama do Lago? O que ela tem a ver com a Excal..."

Ele arregalou os olhos.

Merlin abriu um sorriso torto.

"Ela tem tudo a ver com a Excalibur, Tetê. Afinal, foi ela quem a *fez*."

O príncipe engoliu em seco. "Vamos ter que falar com ela, não é?"

"*Você* vai ter que falar com ela", frisou o feiticeiro. "Não lembro os detalhes, mas tenho a vaga sensação de que ela me odeia. Minha versão mais velha, digo."

"Ela tentou me matar enquanto você estava sumido", lembrou Tedros.

"Hum. Então talvez seja melhor Agatha ir", Merlin murmurou.

Os dois se viraram para a garota entre eles.

Ela continuava olhando para o céu.

"Queria entender uma coisa...", ela finalmente disse. "Japeth quis voltar a Camelot. Tedros preferiu vir a Avalon..."

Ela olhou para os dois rapazes.

"Então para onde *Sophie* quis ir?"

26

SOPHIE

Nunca fale com estranhos

"Ei! Meninos!", a Reitora Rowenna cantarolou à beira da escada, batendo uma régua contra a palma da mão. "Corram, ou alguém vai encontrar a espada antes de vocês!"

Sons de comoção ecoaram no andar de cima.

"Emilio! Arjun! Pierre-Eve! E o restante de vocês, cujo nome ainda não aprendi!" Ela bateu a régua contra o corrimão. "Desçam já aqui!"

Oito garotos desceram correndo os degraus da Casa Arbed, com a camisa do uniforme abotoada pela metade, as botas desamarradas e o rosto de cada um com diferentes estados de sujeira, mas todos com o broche do Leão na lapela. Arjun tropeçou no último degrau, trombando com os outros como em uma fileira de dominós.

"Agora entendo por que os meninos de Arbed são mantidos separados do restante da escola", disse a Reitora Rowenna.

"Desculpe, Reitora Rowenna." Arjun arfava. "A Reitora Brunhilde disse que temos que rezar, escovar os dentes e ficar no chuveiro pelo menos cinco segundos todas as manhãs, para não deixar o Mal entrar."

A Reitora Rowenna baixou os óculos no nariz, mostrando melhor seus olhos cor de esmeralda, que combinavam com o batom. Ela usava um coque no cabelo, preso com um lápis, e seu nariz era coroado por uma verruga marrom bem grande.

Vestia saia preta e uma blusa verde com babados, e calçava botas verdes e envernizadas de cano longo, que contrastavam contra as meias pretas. "Bem, a Reitora Brunhilde não está aqui, não é mesmo? Foi ajudar o Leão a encontrar sua espada. Foi convocada pelo próprio Rei Rhian, que foi um aluno desta mesma casa. Por isso Rhian me enviou, sua amada prima, para assumir o lugar dela como reitora. E agora nós também vamos ajudar o Leão a vencer o último teste do torneio." Ela se inclinou para a frente, com os olhos verdes brilhando. "Porque tenho certeza de que a Excalibur está em algum lugar de Foxwood. O que significa que vamos encontrá-la, não é mesmo?"

Um menino de rosto sombrio pareceu desconfiado. "A Floresta está coberta de espadas. Como sabe que a verdadeira Excalibur está em Foxwood? Se fosse verdade, não estariam *todos* procurando por aqui?"

"Emilio tem razão. Como a senhora saberia onde o Rei Arthur escondeu a espada?", perguntou um menino que era ao mesmo tempo careca e cheio de caspas.

"Ninguém tem *como* saber onde a espada está. Todas parecem iguais", disse outro menino, de pele morena, ainda molhado do banho. "E não é como se fôssemos saber caso encontrássemos. Sempre que tento pegar uma, ela permanece fincada no chão."

"Fora que, se a gente encontrar *mesmo* alguma coisa e escrever avisando, o rei vai enviar seus guardas para investigar, e eles já devem ter recebido milhares de pistas falsas", completou Emilio.

"E por que o Rei Rhian pediu à Reitora Brunhilde que o ajudasse, em vez de um feiticeiro?", Arjun insistiu. "E por que a Reitora Brunhilde não se despediu da gente? E por que essa verruga no seu nariz fica de um tamanho diferente a cada dia?"

"Vocês são muito arrogantes de questionar sua nova reitora! E falam com muita grosseria com alguém que é prima de sangue do rei! Todos vocês!", a Reitora Rowenna os repreendeu. "Dá para ver por que a família de vocês os mandou aqui para serem regenerados. Mas não importa. Expurgarei o Mal de vocês muito em breve. Quanto a saber onde está a espada, vamos dizer que é minha intuição de reitora. Considerando que sou prima de Rhian, não haverá necessidade de envolver os guardas. Tenho acesso direto ao Leão! Vamos, queridos. Quem encontrar a Excalibur vai comigo contar ao rei!"

"Eu vou encontrar", Arjun gritou, disparando para a porta.

"Não, eu vou!", gritou o menino careca.

"Esperem por mim!", gritou outro, e depois outro, até que os oito tinham saído, incluindo Emilio, que não parecia aprovar aquilo.

A Reitora Rowenna ficou olhando para eles, com o sorriso mais tenso agora, então os seguiu para o pátio, que estava forrado de folhas secas e espadas caídas do céu que os meninos tentavam sacar, em vão.

Eles estavam certos.

Não *tinham* como encontrar a Excalibur.

Mas ela era uma bruxa.

E bruxas sempre dão um jeito.

Sophie não tinha certeza de por que viera a Foxwood, mas tinha um bom palpite.

Por causa daquele momento no Celestium.

Depois de Arthur revelar seu terceiro teste, quando mil Excaliburs cortaram a noite e o céu. Assim que ela caiu, dois portais surgiram: um para o castelo de Camelot, para onde foi Japeth, e um para o lago de Avalon, que engoliu Agatha e Tedros.

O primeiro impulso de Sophie foi seguir Japeth, matá-lo e concluir o trabalho de uma vez por todas, e ela foi puxada para o portal de Camelot. Então seu coração mudou de ideia, e ela desejou ir com Agatha, de modo que seu corpo deu uma guinada na direção do portal de Avalon. Ela teve uma fração de segundo para decidir aonde ir, para escolher a quem seguir.

E foi assim que acabou caindo nos arbustos, perto de alguns rapazes jogando rúgbi, um segundo antes que espadas chovessem do céu noturno, fazendo com que corressem para salvar a pele.

Sophie recuperava o fôlego, ainda em meio aos arbustos, camuflada magicamente pelo vestido de Evelyn Sader. Seria de imaginar que tinha sido exatamente para lá que ela pedira que o universo a enviasse – um harém de jovens atléticos –, mas não era o caso.

Para surpresa da própria Sophie, ela tinha abandonado a ideia de matar Japeth e a de ir com Agatha e desejado algo diferente.

Ajudar Tedros a vencer o último teste.

Naquele instante, um novo portal se abrira, e ela tinha sido mandada para lá.

Foxwood.

O que significava que a resposta para o último teste devia estar ali.

A Excalibur devia estar em Foxwood.

Só que havia espadas em *toda parte*, como Sophie constatou ao deixar os arbustos, enquanto olhava para as lâminas que cobriam o campo e as ruas mais além. Algumas corujas botaram a cabeça para fora de casa e, ao ver a nova paisagem, recolheram-se rapidamente. Escondida nas sombras, Sophie tentou pegar algumas espadas, que não cederam. E não iam ceder mesmo, claro, a menos que o verdadeiro rei puxasse a verdadeira Excalibur.

Ela tinha que garantir que esse rei fosse Tedros.

Mas havia obstáculos. Em primeiro lugar, ela estava sendo procurada. Os homens de Japeth com certeza a caçavam, agora ela era famosa na Floresta, e a maior parte dos reinos ainda achava que ela era Rainha de Camelot. No momento em que a vissem à espreita, a notícia correria até chegar à Cobra. Fora que Foxwood era enorme, e havia inúmeras espadas dentro de suas fronteiras. Para encontrar Excalibur, ela precisaria de ajuda. De gente que pudesse supervisionar até que tivesse uma pista do graal de Arthur...

Foi então que ela percebeu onde tinha caído.

Um castelo cinza ser erguia mais à frente, com letras douradas gravadas na pedra.

ESCOLA PARA GAROTOS DE FOXWOOD

Meninos, Sophie pensou.

Um castelo cheio deles.

Será que alguns deles não estariam sentindo falta de uma *reitora*?

Seis dias depois, Sophie vagava pela grama seca dos vales de Foxwood, inspecionando com desânimo outro grupo de espadas enquanto a voz dos alunos chegava das alamedas entre as casas.

"Esta aqui parece suspeita!", disse Arjun. "O punho está marcado!"

"Com cocô de corvo, seu idiota!", Pierre-Eve gritou.

"Emilio, aonde você vai?", perguntou Arjun. "A diretora mandou a gente não falar com estranhos!"

Uma boa reitora verificaria aonde Emilio ia, Sophie pensou, mas ela continuou andando na direção oposta dos alunos. Seus olhos passaram por mais espadas, uma se sucedendo à outra, enquanto seus punhos se fechavam em frustração. De repente, ela chutou uma lâmina, depois a chutou com mais força, arranhando o aço. Aproveitou e também lançou um feitiço de atordoamento, que ricocheteou no punho e a fez cair de bunda. Sophie piscou para o céu escuro. A mensagem da Lionsmane ainda pediu a ajuda da Floresta. Pelo visto, Japeth estava tendo tanta sorte quanto ela.

O filho de Rafal...

E pensar que ela havia beijado aquele demônio no "casamento" deles.

Não por vontade própria, mas ainda assim. Um beijo é um beijo.

Onde quer que Rafal estivesse no inferno, devia estar rindo.

Tinha conseguido sua vingança.

Pelo momento.

Mas a hora dela estava chegando.

Primeiro, ela precisava se levantar, apesar da dificuldade e do fato de que seu corpo ainda doía. Estava cansada de olhar para a mesma espada repetidamente, sem ter ideia do que procurava. Estava cansada de ficar de babá de meninos fedorentos, de ler histórias para eles em que o Bem sempre vencia e de comer a comida horrível deles, que a Reitora Brunhilde os ensinara a preparar para que fossem "responsáveis". Estava cansada de ficar esperançosa toda vez que um aluno lhe mostrava uma espada, insistindo que era aquela, só para encontrar uma colmeia no punho, o aço cheirando a gambá ou a lâmina enroscada em ervas daninhas. Estava cansada de ficar disfarçada de reitora, do vestido de Evelyn esconder sua beleza, da verruga em seu nariz. Acima de tudo, estava cansada de sentir saudade de Agatha.

"Isso é *idiotice*", Sophie gritou, como se esperasse que alguma voz cósmica garantisse que ela havia feito a coisa certa indo para lá, que por causa disso estava mais perto de encontrar a espada.

Então uma corneta soou à distância.

Era o sinal da diretora, mandando o restante dos meninos de Foxwood atrás da espada. A corneta em geral soava à uma da tarde, quando começava a caçada, depois voltava a soar às três, para indicar para os meninos voltarem às aulas. Todos os dias, Sophie ficava de olho neles, para chamar Tedros em Avalon caso encontrassem a Excalibur. Ninguém encontrava, claro, nem mesmo os meninos que haviam comprado "detectores de Excalibur" no mercado, nem os filhos de ferreiro que garantiam que reconheceriam a espada de um rei se a vissem, nem os mais convencidos e falastrões, que alegavam ter uma gota de sangue de Arthur nas veias. Sophie fazia questão de mandar seus alunos para casa durante essas duas horas, para poder vigiar os outros sem ser perturbada. (O fato de que os rapazes de Foxwood tendiam a ser extremamente bonitos não tinha nada a ver com aquilo.) Até então, Sophie havia conseguido evitar a Diretora da Escola, o que significava evitar perguntas indesejáveis sobre onde estava a Reitora Brunhilde. Mas, naquele dia, a corneta da Diretora soara muito antes do normal. Não eram nem dez e meia.

Sophie sabia que devia encontrar seu grupo e escondê-lo na floresta até que a segunda corneta soasse, para evitar que a Diretora ou algum garoto intrometido se metesse em seu caminho. Mas ela não tinha energia para discutir com Arjun, que era irritante, com Emilio, que era insolente, ou com

Jorgen, que era imundo e incapaz de usar o banheiro sem errar o alvo. Por que ela sempre voltava a ser babá de almas sombrias e misantropos? Estaria o Storian tentando lhe dizer alguma coisa? Que não importava como gostaria que sua história corresse, ela sempre acabaria sendo reitora de *algum lugar*? Talvez aquele fosse o pecado original: ter abandonado seu posto como Reitora do Mal para se casar com Rhian. Porque, se ela não tivesse deixado a escola, se tivesse se mantido fiel a seus Nuncas e recusado Rhian, nada daquilo teria acontecido. Ela ainda estaria andando pelos corredores da antiga torre de Lady Lesso e Tedros estaria no trono.

Mas ela não queria mais ser reitora, Sophie lembrou a si mesma. Nem ali nem em nenhum outro lugar. Não queria ser como Lesso, Dovey ou Brunhilde...

Por quê?

Eram todas mulheres formidáveis, inteligentes, fortes. Todas líderes que Sophie admirava, honradas, sábias, convictas. O que mais Sophie queria da vida? Por que não podia ser feliz como reitora? O que faltava?

Lágrimas fizeram seus olhos arderem, porque a resposta era óbvia.

Amor.

O primeiro item da santíssima trindade.

Amor. Propósito. Comida.

Como reitora, ela teria propósito. Também poderia ter comida e outras delícias. Mas, como acontecera com Lesso, Brunhilde e Dovey antes dela, não poderia ter amor. Porque a regra era aquela, não? Para ser uma boa reitora no mundo, era preciso renunciar a qualquer apego e se dedicar exclusivamente aos alunos. A ideia não era que fosse uma punição. Era para a pessoa já ter se divertido bastante quando chegasse à posição de reitora. Devia estar pronta para colocar as necessidades dos outros antes das suas, como uma mãe faria por um filho.

Mas a vida de Sophie tinha acabado de começar. Ela não estava nem um pouco pronta. É verdade que tinha Agatha, mas Agatha tinha Tedros, com quem provavelmente ia se casar e ter filhos (eca). Então o que aconteceria com Sophie? Seria a melhor amiga solteirona dela? A eterna vela? Sophie já podia se ver dando banho no bebê e amassando as batatas para o purê dele, enquanto Agatha e Teddy compareciam a um baile na corte. À noite, ela abraçaria um travesseiro para dormir, substituto de seu amor. Mas o problema nem era ficar sozinha. Sophie não temia a solidão. Seria perfeitamente feliz vivendo sozinha em uma casa até o fim dos seus dias, banqueteando-se com caviar e pepinos, tomando banhos de leite na banheira e recebendo massagens vigorosas. Era o que a maioria das pessoas esperava dela. Sophie que não respondia a ninguém. Sophie que havia aprendido a ser feliz sozinha. Mas não havia nenhuma surpresa naquele final. Nada que a desafiasse, que a fizesse crescer. Poderia haver outro fim? Outra chance de um Para Sempre, mesmo que ela tivesse fracassado até então?

Enquanto as lágrimas e os sentimentos rolavam, Sophie olhou para a floresta escura. Há quanto tempo estava caminhando sozinha? Onde havia deixado os meninos? Seu estômago se revirava, sua testa estava úmida. Ela sentiu uma tontura repentina. Podiam ainda ser efeitos do feitiço que a havia derrubado? Ou da quiche de brócolis horrorosa que os meninos haviam feito na noite anterior? Ela sabia que devia voltar antes de se perder ainda mais, mas viu uma semente de luz em meio às árvores, uma abertura na floresta. Talvez encontrasse erva-estrela ou dente-de-leão para acalmar seu estômago. Sua pulsação desacelerou, seu corpo ficava mais fraco a cada passo. Sua mente começou a desligar, mas ela não se permitia desmaiar. Não ali, onde ninguém a encontraria. Sophie se arrastou por entre troncos e galhos emaranhados, com a respiração cada vez mais rasa, antes de finalmente sair mancando da floresta e dar com a luz.

Então parou no lugar.

Um campo dourado de trigo se estendia à sua frente, banhado pelo sol, chegando à altura de suas orelhas. Uma brisa bateu, fazendo o trigo se curvar rumo ao chão e revelando dezenas de espadas entremeadas, com o Leão gravado no punho, cintilando. Ali no meio, debruçado, verificando cada uma das espadas, estava...

Um garoto.

Com o cabelo castanho-claro, a camisa da escola Foxwood jogada por cima do ombro, o peito largo e forte suado. Ele sentiu a presença de Sophie e ergueu os olhos grandes e cinzas.

O coração de Sophie disparou. Sua cabeça girou.

"Chaddick?", conseguiu dizer.

O garoto correu na direção de Sophie.

Mas ela já tinha caído.

"Beba isto", uma voz ordenou.

Sophie abriu os olhos para uma silhueta embaçada, que levava um copo de alguma coisa cremosa aos lábios dela. Estava na cama, com a cabeça apoiada em travesseiros, a blusa suja de trigo. Suas têmporas pulsavam, estreitando sua visão. Lentamente, o garoto entrou em foco, com sobrancelhas grossas, nariz pronunciado e os lábios contraídos típicos de Chaddick. Mas era alto.

E Chaddick *não era*. Portanto, não podia ser ele. Quem a resgatara era outra pessoa, e o mero pensamento de quem era fez Sophie se sentar com um sorriso sedutor no rosto... até se lembrar de que não era Sophie, mas a Reitora Rowenna, com roupas feias e uma verruga gorda no nariz.

"O que é isso?", ela perguntou, apontando para o copo.

"É uma mistura de banana, iogurte e coco", o garoto respondeu. "Vai te botar de pé rapidinho."

Sophie não gostava de nenhum daqueles ingredientes, mas virou o copo, ignorando o gosto de xarope enquanto olhava em volta. Havia um mural azul de um cavaleiro lutando contra um dragão, um armário cheio de roupas e botas masculinas e a cama onde ela agora se encontrava, com lençóis azul-marinho nada macios. "Onde estou?"

"No quarto do meu irmão. Carreguei você até aqui", respondeu o garoto. "O andar de baixo não está exatamente habitável no momento."

"Então você conhecia nosso irmão?", outra voz perguntou.

Sophie se virou e viu um garoto mais novo à porta, com cabelo loiro-acinzentado bagunçado e olhos tristes e azuis. "Cedric disse que você achou que ele fosse Chaddick", o garoto explicou, acenando com a cabeça para o mais velho.

Cedric sorriu. "Este é Caleb", ele disse, fazendo sinal para o outro entrar e o abraçando de lado. "Chaddick é o do meio." Seu sorriso perdeu força. "Quer dizer, era."

"Aqui é a casa de Chaddick?", Sophie perguntou, surpresa.

O retrato escolar do menino arrogante de olhos cinza lhe veio à mente: *Chaddick de Foxwood.*

"É na cama dele que você está", Cedric confirmou, com a voz baixa. "Mamãe quis manter o quarto como ele o deixou."

Os olhos de Caleb lacrimejaram. "Nem sabemos quem o matou."

A Cobra, Sophie queria dizer. Matou Chaddick a sangue frio. *Enquanto a Dama do Lago assistia a tudo, sem fazer nada para salvá-lo.*

"A última notícia que tivemos foi de que Chaddick seria o líder dos cavaleiros de Tedros. Era o que ele ia fazer depois de terminar a escola", disse Cedric. Ele cerrou os dentes, tentando controlar a emoção. "Ele não merece ser rei, aquele Tedros. Um rei de verdade protege seus cavaleiros. Chaddick diria que devo perdoá-lo. Que devo ficar ao lado do Rei Tedros, e não do Rei Rhian. Mas não tenho o coração tão puro quanto o dele. Foi por isso que Chaddick conseguiu entrar na Escola do Bem."

Outra família dividida pela Cobra, Sophie pensou. Outro conto de fadas encurtado. "Chaddick era muito leal a Tedros", ela disse, olhando para o mural. O cavaleiro retratado parecia muito com ele: de cabelo loiro-escuro e peitoral amplo, perseguia dragões sem medo. "Era charmoso e bastante corajoso. Todas as meninas o adoravam. Os meninos também. Ele era como uma rocha. Alguém com quem se podia contar."

Ela voltou a olhar para os garotos, que olhavam para ela.

"Hum, de onde você conhecia Chaddick?", Cedric perguntou.

Sophie piscou. "Da escola..." Ela pigarreou e se endireitou na cama, ainda sentada. "Da Escola Foxwood, digo. Sou reitora de lá. Nossos caminhos se cruzaram uma vez. Em um mercado de peixes em Abu-Abu. Agora, se me derem licença, tenho que voltar para meus alunos."

Ela saiu correndo da sala e desceu as escadas aos tropeços.

Então congelou.

O andar de baixo da casa estava destruído, com telhas azuis estilhaçadas cobrindo toda a sala de estar. Sophie olhou para o buraco no telhado azul. A poeira era visível à luz do sol que entrava. A culpa do buraco no telhado estava no centro da sala: uma espada com o Leão no punho, cravada em um monte de pedras quebradas.

Sophie contornou o estrago para chegar à porta da frente da casa e abri-la. Ao pisar na varanda, ela vislumbrou as ruas tranquilas de Foxwood, cheias de Excaliburs, que alguns alunos corriam para verificar. Casas coloridas se alinhavam, todas intactas.

"É muita falta de sorte", alguém disse, com um suspiro.

Ela se virou e viu Cedric à porta.

"Nossa casa foi a única a ser atingida", ele disse.

Uma corneta soou à distância.

Sophie levantou os olhos e viu uma mulher usando turbante pink vindo na direção deles.

"Caleb! Mamãe está chegando!", Cedric gritou para dentro, antes de voltar a olhar para Sophie. "Primeiro Chaddick morre, então uma espada cai aqui... Caleb está com medo de ir para a escola. Minha mãe tem que ficar vindo ver como ele está. Você disse que é reitora da Escola Foxwood? Então vocês devem se conhecer. Ela vai ficar feliz por termos ajudado a restabelecer sua saúde."

"É melhor eu ir. Tenho que reunir meus alunos", Sophie respondeu rapidamente, já prestes a sair na direção oposta.

"Achei, Diretora Gremlaine!", um jovem gritou para a mulher de turbante, apontando para uma espada. "Tem um rato morto bem ao lado. Tem que significar alguma coisa!"

"A corneta soou, Brycin. De volta à escola", a Diretora Gremlaine retrucou, rígida, e continuou seguindo em direção a Sophie, que não se movia.

"Gremlaine? Chaddick era um Gremlaine?", Sophie perguntou a Cedric. "Parente de Grisella Gremlaine?"

"Espera aí. Como você sabe?", Cedric perguntou, de olhos arregalados. "Que Chaddick era filho de tia Grisella?"

O coração de Sophie pulou. "Grisella Gremlaine. A governanta de Arthur e Tedros de Camelot? *Aquela* Grisella Gremlaine? Ela era mãe de Chaddick?"

"Ah, então você não sabia." Cedric soltou o ar. "Caleb e eu não fazíamos ideia, mamãe só nos contou depois da morte dele. Ela achou que ficaríamos menos tristes com a morte dele se soubéssemos que não era nosso irmão de verdade. Mas só piorou as coisas. Não sei por que tia Grisella não o criou. Mas foi sorte nossa. Chaddick era mesmo como um irmão. A gente o amava muito." Ele pareceu emocionado. "Hum, como você conhece minha tia? Faz meses que não tenho notícias dela..."

Sophie não respondeu. Observava a mulher que vinha em sua direção, com a pele bronzeada e as bochechas encovadas.

Arthur...

Rafal...

Sader...

Gremlaine...

Sophie perdeu o ar.

Ela sabia onde a Excalibur estava.

Sabia como Tedros podia vencer.

"Cedric, quem é ela?", a Diretora Gremlaine gritou, protegendo os olhos do sol. "Já disse para não falar com estranhos!"

Cedric se virou para sua hóspede. "Você não disse que era..."

Mas Sophie já estava correndo.

Para longe da casa.

Para longe de Foxwood.

Ela passou depressa pelo vale onde deixara os alunos e entrou na floresta, seguindo para norte, rumo a Gillikin, onde poderia pegar um voo para Avalon.

Então parou no lugar.

"Emilio", disse, arfando.

O menino de rosto sombrio estava sentado a uma pedra, sozinho, no meio da Floresta.

"Estava procurando por você, Reitora Rowenna", ele disse. "Eu e alguns amigos."

"Volte para a escola", Sophie ordenou, arfando. "Eu vou logo mais."

Emilio levou os dedos à boca e assoviou.

De trás das árvores, sombras apareceram, entrando sob a luz entrecortada.

Todos tinham o brasão do Leão no peito.

"Amigos do Rei Rhian, na verdade", disse Emilio. "Escrevi a seu respeito, e eles quiseram te conhecer."

Emilio ficou olhando para Sophie, enquanto soldados de Camelot a cercavam.

"Você sendo *prima* dele e tudo o mais..."

27

TEDROS

Pergunte à Dama do Lago

Tedros não era o maior fã do Merlin adolescente. Depois de caminhar mais de três quilômetros na neve, chegou a hora de outra dose da poção de envelhecimento do feiticeiro, a passagem dos doze aos treze anos condensada em uma única gota. O Merlin de treze anos era tão imperioso e pomposo quanto o Merlin de oito anos, mas também era um sabichão de humor instável, apesar de aparentemente não saber nada de útil.

"Aonde estamos indo, Merlin? A Dama do Lago já nos viu", perguntou Agatha. "Está na cara que não quer falar conosco, muito menos ajudar."

"E ela é a única que pode nos tirar daqui", Tedros acrescentou, usando as mãos e as botas para transformar mais espadas em pó. "Estamos presos, Merlin."

"Que bom que foram as *bruxas* que me salvaram. Vocês dois teriam desistido na primeira lufada de ar", Merlin respondeu, atirando raios cor-de-rosa e extinguindo espadas bem quando Tedros ia pegar uma delas. "Já estou com fome *de novo*", resmungou o feiticeiro. "Não é à toa que os pais de João e Maria não davam conta de botar comida o suficiente na mesa. Os filhos provavelmente não paravam de comer, que nem na casa da bruxa. Chapéu! Quero algo com queijo!"

"Isso é ridículo, Merlin. Você tem que saber onde meu pai escondeu a Excalibur! Foi você quem ajudou August Sader a deixar as pistas do primeiro teste!", Tedros exclamou, enquanto a luz diminuía nos campos de espadas. "Vimos suas estrelas brancas na Biblioteca Viva. Você *deu* a Sader a magia delas..."

"Porque o Professor Sader me pediu", Merlin retrucou, comendo pipoca com queijo do chapéu, seu corpo magricela agasalhado pelo traje roxo.

Tedros aguardou que ele falasse mais. Merlin só parou diante de uma espada na neve. O coração do príncipe se encheu de esperança, então ele viu o feiticeiro fazer uma careta para ele através do reflexo na lâmina. "Nossa. Como a pele jovem é flexível, né?"

"E o Professor Sader não disse *por que* precisava da sua magia?", Agatha perguntou, exasperada.

"Sim, ele me contou todos os detalhes do torneio de Arthur, é que adoro as consequências mortais de não contar nada a vocês." Merlin bufou, depois soltou um arroto alto. "Como eu disse, Arthur manteve seu segundo testamento escondido de mim. Por um bom motivo. Se tivesse me contado sobre o torneio para encontrar seu sucessor, eu teria perguntado por que ele tinha dúvidas quanto a quem era seu herdeiro. Arthur claramente tinha segredos. Segredos dos quais Rafal e Evelyn Sader se aproveitaram."

"E foi você quem ajudou o Rei Arthur a ver o futuro?", Agatha perguntou. "O testamento dizia: '*O futuro que vi envolve muitas possibilidades*'..."

"Se eu pudesse prever o futuro, acha que estaria aqui, décadas mais novo do que deveria, brigando com meus próprios hormônios e ouvindo suas perguntas inúteis, em vez de estirado nas praias de Samsara? Porque é lá que gostaria de *passar* meu futuro."

Merlin voltou a enfiar o chapéu na cabeça. "Depois que nosso trabalho estiver feito."

"E quando vai ser isso?", Tedros perguntou.

"Com vocês, o trabalho nunca termina", retrucou o feiticeiro.

Aquilo pôs um ponto-final nas perguntas do príncipe.

Eles entraram em um aglomerado de carvalhos, entre os quais se encontravam mais espadas enterradas na areia, e passaram pelos túmulos do pai e do cavaleiro de Tedros para chegar à antiga lagoa dos peixes do desejo.

"Está congelado", disse Agatha, batendo na superfície sólida, que obscurecia os peixes.

Tedros já começou a reclamar. "Merlin, o que estamos fazendo aqui?"

O jovem feiticeiro tinha enfiado o braço até o cotovelo no chapéu e procurava algo. Até que tirou de lá um único morango, um morango perfeito.

Ele o colocou no gelo, suas sementes refletiram os últimos raios de sol.

Tedros e Agatha trocaram um olhar. Antes que pudesse dizer algo, uma mão ossuda atravessou o gelo, apanhou o morango e o puxou para debaixo d'água. Dois olhos escuros olharam para o menino feiticeiro através do buraco. Ao reconhecê-lo, arregalaram-se. Merlin deu uma piscadela. A Dama do Lago continuou olhando para ele... depois desapareceu, e o gelo se recompôs.

O príncipe e seus amigos estavam a sós de novo, cercados por espadas, a neve dura e úmida sob seus joelhos. O silêncio predominava em todo o entorno.

"Bem", Tedros começou a dizer, "isso foi extremamente ú..."

Antes que completasse a frase, os três já estavam em outro lugar.

Um túnel de pedras brancas.

Tinham reaparecido magicamente entre paredes frias e estreitas.

"Conheço este lugar. É o castelo dela", Agatha recordou. "Sophie e eu ficamos presas aqui uma vez."

Tedros nunca tinha entrado no refúgio da Dama do Lago. Nem Merlin, a julgar pelo modo como esquadrinhava o túnel. As poucas vezes em que havia visto o castelo dentro dos muros de Avalon, Tedros notara a pedra branca e lisa, parcialmente coberta pelos galhos de trepadeiras carregadas de maçãs bem verdes, e a falta de portas ou aberturas. Só a Dama do Lago podia permitir a entrada. No entanto, ela não estava ali.

"Para que lado vamos?", perguntou Tedros.

Estavam em uma encruzilhada. Havia quatro direções em que podiam seguir.

"Para este", Merlin disse, agachado no chão.

Agatha acendeu o dedo e o apontou na direção que ele indicava.

Sumo de morango escorria do leste. Eles seguiram o rastro até um labirinto com corredores úmidos e frios, então deram em uma parede. Só que não era um beco sem saída, Tedros constatou. Na verdade era uma porta secreta, que estava entreaberta e permitia que luz e fumaça escapassem lá de dentro.

Agatha respirou fundo, como se soubesse exatamente para onde estava sendo conduzida. Tedros e Merlin a seguiram.

A Dama do Lago estava agachada contra a boca de uma caverna, que se abria para a costa de Avalon. Espadas pontilhavam a costa coberta pela neve, e o brilho dourado da mensagem da Lionsmane era refletido pelo Mar Selvagem. A Dama do Lago olhava para as ondas, com as mãos sob o queixo, as pernas junto ao peito. Seu cabelo branco estava todo emaranhado, e seu rosto era uma máscara enrugada.

"Todo rei ou rainha que queria alguma coisa de mim me trouxe ouro, sedas e as mais raras joias. Mas não você, Merlin. Tantos anos atrás. Você me trouxe um morango. Para mim, a feiticeira mais poderosa da Floresta, que vive do orvalho ao vento."

O jovem feiticeiro sorriu. "Não é porque você não precisa de outra coisa para viver..."

"...que não vale a pena provar", a Dama do Lago concluiu, virando-se para ele. "Você foi muito corajoso. Achei que tivesse vindo me libertar. Me amar por quem sou, e não pelo que poderia lhe oferecer. Eu só queria um beijo, um beijo de amor verdadeiro... Mas você também queria algo. Pediu que eu ficasse de olho no seu jovem protegido, que havia se tornado rei. Que ajudasse Arthur, se ele viesse atrás de ajuda." Ela olhou para o cabelo bagunçado e as bochechas coradas do feiticeiro. "Agora olhe só para você. Ainda mais jovem que o rei era, com a velha sabedoria intacta. Não sei como conseguiu, mas eu seria capaz de fazer um pacto com o diabo."

"Você já fez. Com o diabo que a beijou e roubou sua magia", Merlin respondeu. "Ele é o responsável por meu estado. E você sabe muito bem disso, Nimue." Merlin olhou feio para ela. "O trato que fez com ele deve ser desfeito."

Nimue. Era a primeira vez que Tedros ouvia alguém chamando a Dama do Lago pelo nome.

Ela abriu um sorriso falso e decadente. "Não posso desfazer nada, lembra? Me falta magia. Ainda tenho alguns poderes, claro. Afinal, nasci feiticeira. E continuarei sendo uma até usar meu Desejo de Feiticeira e deixar este mundo. Esse dia está chegando... Mas, até lá, não tenho como ajudar você ou qualquer outra pessoa. É um alívio. Nada de visitantes me pedindo para ver o futuro. Nada de príncipes ou feiticeiros espreitando meu reino para conseguir algo de mim."

"Não foi por isso que viemos", Tedros disse.

"Mentiroso", a Dama do Lago respondeu, inflamada. "Vocês querem encontrar a espada. A espada que fiz para seu pai. A espada que ele deixou para o rei. E querem saber se você é *mesmo* o rei. Só que não posso lhe dizer, meu caro príncipe. O futuro que mostrei a seu pai envolve muitas possibilidades. Mas só isso. Possibilidades. O resto cabe a você."

As pernas de Tedros fraquejaram. Ele notou que Agatha prendeu a respiração. Merlin também pareceu sobressaltado.

"Possibilidades", o príncipe disse, com cautela. "Possibilidades que *você* mostrou ao meu pai."

A Dama olhou para as nuvens entre o vermelho e o laranja. "Quando olhei nos olhos do seu pai, encontrei uma alma afim. Uma alma abençoada com imenso poder, no entanto sedenta de amor verdadeiro. A princípio, achei que ele seria a pessoa a me libertar. Mas, assim como Aladim via o gênio apenas como degrau para o trono, Arthur me via apenas como alguém que poderia proteger o seu. No entanto, acreditei na bondade dele. Por isso lhe dei a Excalibur, para que ele pudesse derrotar qualquer inimigo externo. Só que não imaginava que seus verdadeiros inimigos seriam internos."

Ela fez uma pausa, enquanto o sol mergulhava ainda mais no mar.

"Uma noite, depois que Guinevere e Merlin o tinham deixado, Arthur veio até mim, muito mudado. O cabelo desgrenhado, os olhos frenéticos, o hálito cheirando a álcool. Tinha cometido um erro, ele me disse, muito tempo antes. Um erro que achara que não traria consequências. Mas alguém havia ido à corte e sugerido que se equivocara. Um Cavaleiro Verde, que depois ele matara. Mesmo assim, Arthur tinha medo de que outros soubessem o que o cavaleiro sabia. De que seu segredo viria à tona e o destruiria, assim como seu reino e as pessoas que amava. Arthur precisava ver o que aconteceria. Precisava ver o futuro, para evitar qualquer mal que pudesse vier a ser feito. Ele já tinha ido à Escola do Bem e do Mal, onde encontrara seu amigo August Sader, mas um vidente não pode responder a perguntas sobre o porvir sem perder décadas da própria vida como punição. Desesperado, Arthur recorrera ao Diretor da Escola. Ele perguntara ao renomado feiticeiro se não havia um feitiço que revelasse o futuro, ou uma bola de cristal. O Diretor não oferecera nenhuma saída, mas parecera desfrutar daquilo, de acordo com Arthur, como se soubesse exatamente o que o perturbava. Então o rei notara o Storian, atrás do Diretor da Escola. O Storian que, na época, narrava o conto do Rei Arthur, a pena que ele e seus novos conselheiros acreditavam ser responsável pelos revezes em sua vida. O rei vinha inclusive considerando banir o Storian e assumir seus poderes, como o Único e Verdadeiro Rei. Só que agora a pena encantada escrevera algo pelas costas do Diretor da Escola, algo que Arthur conseguia ler: '*Pergunte à Dama*'. Quando o Diretor da Escola se virou, as palavras já haviam desaparecido. Arthur ficara surpreso, claro. O Storian não se dirige ao Leitor. O Storian não dá saltos no conto. No entanto, tinha feito aquilo como se tentasse *guiá-lo*. Por isso Arthur viera a mim, como a Pena havia ordenado, e pedira para ver o futuro. Não questionei as ordens do Storian, porque sabia que a Pena não escrevia fora de hora sem um bom motivo. Tirei uma maçã do seio, a mais verde de todas, e disse ao rei que qualquer pergunta que ele tivesse seria respondida com uma mordida. Não sou vidente, claro. Mas o Storian sabia do meu poder: ver todas as rotas que uma história pode seguir, como uma águia no céu. Arthur fez sua pergunta em voz alta: '*Quem será meu sucessor?*'. Então mordeu a maçã. O futuro se passou em sua mente. *Todos* os futuros. Todas as possíveis respostas para a pergunta, como uma árvore feiticeira nascida de um único fruto. Por seus olhos passaram surpresa, arrependimento, terror... e esperança. Foi o que mais me marcou. A expressão delicada em seus olhos, as duas pérolas cintilantes de esperança."

A garganta de Tedros tinha ficado seca. Foi Agatha quem conseguiu falar primeiro. "Vocês dois sabiam que tudo isso ia acontecer?"

"Que *poderia* acontecer", disse a Dama do Lago. "Por isso Arthur organizou um torneio. Por isso beijei o rei que beijei. Ambos queríamos nos certificar de que o rei *certo* terminasse no trono." Seu rosto entrou nas sombras, com a luz deixando a caverna. "Mas havia outras possibilidades no futuro que vimos. Futuros dos quais achávamos que podíamos escapar. Esse foi nosso maior erro. Acreditar que poderíamos escolher nosso destino. Porque a teia do destino é tão vasta quanto inescapável."

Ela se encolheu ainda mais em sua posição.

"Nimue", Merlin falou, com a voz baixa e urgente, "certamente você sabe onde a espada verdadeira está."

"Você *fez* a Excalibur. Ela contém *sua* magia", Tedros insistiu.

"Você pode salvar Tedros", Agatha pediu, com fervor. "Pode salvar todos nós."

A Dama do Lago não olhou para eles. Seus olhos permaneciam nas lâminas cravadas em seu reino, acima da neve, cada uma delas era uma cópia da que forjara para o rei, muito tempo antes. Lágrimas encheram seus olhos, seus dedos finos tremiam. Ela finalmente se virou, parcialmente encoberta pela sombra.

"Por que vieram a mim? Para pedir que eu salvasse um rei? Sendo que falhei da primeira vez?"

A princípio, Tedros não compreendeu. Então ele notou a expressão dela. Era a mesma que havia visto na bola de cristal, da última vez que haviam estado em Avalon. Ele e Agatha tinham entrado nas lembranças da Dama do Lago. Viram-na beijando a Cobra, e o corpo morto de Chaddick estirado na costa. Tedros vira a Dama do Lago com Japeth, o amor corara seu rosto. Então os lábios dos dois tinham se separado e ela olhara nos olhos dele, com a expressão alterada. O amor se transformara em medo, pânico, *culpa*, como se ela soubesse que havia feito algo errado.

Tedros sentiu o suor descendo pelas costas.

Hort havia alertado que a questão não era quem havia ajudado Arthur a ver o futuro. "A *pergunta certa é se essa pessoa está do seu lado*", ele dissera.

"Você cometeu um erro", Tedros disse à Dama do Lago. "Quanto ao rei que beijou. E soube disso logo em seguida. Soube que ele não tinha o sangue de Arthur. Vi isso no seu rosto."

Merlin ficou indignado. "É de Nimue que você está falando, e não de uma aluna desastrosa de primeiro ano. Ela é a mais confiável defensora do Bem. A maior feiticeira da floresta. Não sentiria o cheiro do sangue de Arthur sem moti..." Ele engoliu as palavras. Seus olhos estremeceram. "A menos que..."

Agatha lançou um olhar penetrante para Merlin, como se estivesse na cabeça dele. "A menos que...", ela repetiu, baixo.

"A menos que o quê?", Tedros perguntou, olhando para eles.

A Dama do Lago baixou o rosto para as mãos. Lá fora, a chuva começou a cair com força, gotas penitentes, como se o céu chorasse. A escuridão tomou conta de Avalon. O apelo dourado da Lionsmane pela espada era a única fonte de luz.

"O que foi?", Tedros perguntou a Agatha.

Ela nem olhou para ele.

"Fala!", ele insistiu.

"Havia dois garotos." Agatha o encarou. Pela voz, estava aflita. "Havia dois garotos aquele dia na costa."

O coração de Tedros parou na hora.

Chaddick.

Seu cavaleiro havia seguido a Cobra até Avalon. Ignorara todos os chamados para que voltasse para casa, acreditando que mataria Japeth sozinho. Mas fora a Cobra que o atacara, espalhando seu sangue pelo reino da Dama do Lago. Chaddick mancara até a beira da água, gritando por ajuda, implorando para que ela o salvasse de Japeth.

Mas ela não o salvou.

Ela escolheu a Cobra.

A Dama do Lago chorava, ainda com o rosto nas mãos. "Senti o cheiro do sangue de Arthur nos dois. Mas um tinha uma aura mágica, uma beleza impressionante. Ele me prometeu amor, liberdade, tudo o que eu queria. Seu amigo não me ofereceu nada. Só queria proteger você. A escolha pareceu óbvia. Mas era uma armadilha. Devia ter salvado seu amigo. Só então me lembrei do futuro que havia mostrado a Arthur. De todos os futuros. E, em todos eles, eu fazia a escolha errada. Salvava o garoto errado, e soltava a Cobra na Floresta. Não podia deixar que aquilo acontecesse! No entanto, não sabia *qual* dos dois era a Cobra. Uma águia no alto não vê os detalhes, só os possíveis caminhos. Tive que fazer uma escolha. O medo tomou conta de mim, o medo de fazer a escolha errada... o medo de ser tentada pelo amor, mas também de abrir mão da minha chance de tê-lo... Meu coração e minha cabeça discordavam, o tempo estava contra mim... Então mudei de curso. Escolhi salvar o menino que me prometeu amor. Mesmo contra meus instintos. Vocês entendem, não é? Tentei fazer a coisa certa. Tentei evitar o destino que estamos vivendo agora. Mas, ao fazer isso, garanti que ele acontecesse." Ela se recolheu ainda mais nas sombras. "Ele roubou minha magia e me deixou assim... Foi uma punição merecida. O verdadeiro descendente de Arthur estava morto. *Morto*. Por *minha* causa, sendo que eu deveria ter sido sua leal guardiã."

"E-e-eu não entendo. Como Chaddick está relacionado ao sangue de Arthur?", Tedros perguntou, com as palmas das mãos suadas.

"Foi por isso que ainda não usei meu Desejo de Feiticeira." A Dama do Lago chorava. "Porque não podia deixar esta vida... sem que alguém soubesse a verdade..."

"Chaddick era meu cavaleiro. Meu colega de escola", disse Tedros. "Não tinha nada a ver com meu pai..."

"Fiz o que pude para compensar. Enterrei o garoto perto de Arthur. Onde é o lugar dele..."

"Como assim? Não faz sentido..." Tedros relutava, sentindo um aperto no peito.

"Dois reis, lado a lado", a Dama do Lago se lamentou.

Tedros engasgou. "O que você está dizendo?"

"Ele era o herdeiro, Tedros."

A voz de Agatha o atingiu com tudo.

"Chaddick era o herdeiro de seu pai", disse a princesa.

Tedros balançou a cabeça. "Mas... isso... isso não pode ser verdade", ele insistiu, virando-se para Merlin.

O olhar do jovem feiticeiro parecia distante. "Foi assim que Rhian conseguiu sacar a Excalibur, não foi? Japeth sabia que Chaddick era herdeiro de

Arthur. Rhian deve ter escondido uma gota do sangue do garoto. A espada sentiu o sangue do filho de Arthur, de seu *primogênito*... Foi por isso que permitiu que Rhian a retirasse da pedra. Foi por isso que se negou a Tedros durante todos aqueles meses, antes que a Cobra aparecesse. Chaddick ainda estava vivo. Tedros não era o herdeiro."

"A poção de envelhecimento deve estar fundindo o seu cérebro", Tedros o atacou. "As coisas que você diz..."

Mas a frase morreu no ar quando uma lembrança voltou ao príncipe.

Uma lembrança que ele havia visto no cristal do tempo.

O dia em que Chaddick partira atrás de cavaleiros para a Távola Redonda de Tedros. Chaddick havia passado uma semana em Camelot, com Lady Gremlaine o tempo todo atrás dele, muito mais do que ficava atrás de Tedros ou de Agatha, como se ele fosse o verdadeiro senhor do castelo. Enquanto o garoto preparava o cavalo para a viagem, Lady Gremlaine o enchia de provisões de comida, alisava a camisa que havia feito para ele, cinza, para combinar com seus olhos, e com um C dourado no colarinho, e não saía de perto dele, perguntando-lhe repetidamente do que mais precisava. Agatha tinha comentado que só via Lady Gremlaine sorrir quando estava com Chaddick.

Agora Tedros sabia o motivo.

Ele era filho dela.

Chaddick era filho de Lady Gremlaine.

E do Rei Arthur.

Um segredo concebido na Floresta de Sherwood, na noite anterior ao casamento dele.

Um segredo de que Rafal e Evelyn Sader tinham conhecimento.

Tedros não era o primogênito de Arthur.

Chaddick era.

O verdadeiro herdeiro do trono.

Tedros olhou para a própria mão. O anel prateado em seu dedo. "Foi meu pai quem me deu. Por quê?", ele perguntou, num sussurro.

"Pelo menos motivo que deu início ao torneio. Ele viu o futuro e todas as possibilidades", disse a Dama do Lago, cujas lágrimas tinham cessado. Atrás dela, a chuva caía sobre a costa de Avalon. Ela se virou para Tedros, com os olhos brilhando cada vez mais. "E, apesar das trevas, Arthur viu uma esperança. A esperança de que *você* se tornasse rei. Não Chaddick, mas outra pessoa. *Você*. Porque você era o Leão. Só você poderia ter a força e a vontade necessárias para apagar os erros de Arthur e construir uma Floresta melhor. Foi por isso que Arthur não lutou contra a morte quando ela veio. A história dele foi o começo da sua, e a sua foi o fim da dele. Pai e filho. Rei e rei. Dois destinos entrelaçados. O verdadeiro Fim dos Fins. Era nesse futuro em que Arthur acreditava. E ele estava disposto a apostar tudo nele." No brilho da mensagem da Lionsmane, a Dama do Lago olhou para Tedros, como uma chama na noite. "Mas agora é sua vez. Você deve completar o último teste. Antes, a Excalibur não via em você o rei. Verá agora?"

Tedros encerrou seus sentimentos, como um cavaleiro se protegendo do fogo de um dragão: a explosão de raiva, horror e vergonha, o fato de que seu pai não era quem pensava, o suserano que descobria ser seu irmão, o trono em que acreditava que fosse legitimamente seu e não era. Embora cercado por esses sentimentos, ele sentiu que uma onda, leve e fresca, levava tudo embora.

Alívio.

Como se enfim soubesse o que fazia dele um rei. Não o sangue. Não o direito de nascença. E sim algo mais profundo: fé. A fé que seu pai tinha nele. A fé que ele mesmo nunca teve em si. Até aquele momento. Porque Tedros era um homem melhor que seu pai, leal a sua princesa, leal a seu coração. Porque Tedros seria um rei melhor, tendo escolhido não uma rainha que compensaria suas deficiências, mas uma que o amaria por causa delas. Por causa de quem ele era, no fundo de sua alma, e não de quem ele achava que deveria ser. Tedros estava livre. Finalmente. Como se, ao descobrir que não era o rei, encontrasse um motivo para ser.

Seu sangue ardeu. As veias de seu pescoço pulsaram, como se um rugido lambesse sua garganta. Ele olhou para a Dama do Lago.

"Estou pronto."

A mão de Agatha pegou a dele. Sua princesa estava a seu lado. O jovem Merlin se pôs do outro lado e levou uma mão a suas costas.

A Dama do Lago sorriu para Tedros. Era um sorriso inescrutável, como seus sorrisos de antes.

De repente, o rosto dela escureceu, como se uma vela tivesse sido apagada.

A Dama do Lago se virou para o céu noturno.

A mensagem da Lionsmane.

Tinha sumido.

Por um momento, ninguém pareceu compreender.

Então o príncipe soube.

Seus olhos azuis cortaram a escuridão.

"Ele encontrou."

28

SOPHIE

As Feras e a Bela

Arthur certamente não fora muito sutil.

Fizera uma espada atravessar o telhado da casa, como Zeus faria com um raio.

A casa do verdadeiro herdeiro de Camelot.

Sophie se lembrou da primeira vez que viu Chaddick de Foxwood, todo pomposo no dia das Boas-Vindas, com os outros garotos Sempre, exibindo seu manejo de espada com o peito aberto e os olhos sedutores. Muito embora Chaddick fosse bonito, charmoso e capaz, ela tinha concentrado sua atenção em Tedros. Porque Tedros era o príncipe. O futuro Rei de Camelot. Motivo pelo qual todas as garotas o queriam. Motivo pelo qual todos os garotos queriam ser como ele. O que teria acontecido se soubessem a verdade? Onde Chaddick e Tedros estariam? Onde *Sophie* estaria?

A carruagem encontrou algum obstáculo, fazendo Sophie bater a cabeça no teto. Ela baixou os olhos para as mãos atadas e a coleira de metal que tinha no pescoço, ligada a uma corrente cuja ponta era segurada pelas três mulheres sentadas à sua frente, com cabelo grisalho comprido, olhos de falcão e pés descalços, despontando das roupas cor de laranja. Um único scim pairava diante do coração de Sophie, com uma ponta extremamente afiada. Através da janela, ela via pelo menos cinquenta guardas de Camelot protegendo a carruagem. Usavam armadura e carregavam bestas enquanto acompanhavam o veículo pela floresta escura, repleta de cópias da Excalibur.

"Precisa mesmo de tudo isso?", Sophie resmungou.

"Você já escapou uma vez, quando estava sob nossos cuidados", Alpa apontou. Com um torcer de dedos, a enguia se aproximou do peito de Sophie. "Vamos voltar a Camelot e trancafiar você na masmorra, até que chegue a hora de se casar com o Único e Verdadeiro Rei."

"Sempre me perguntei como vocês controlam as enguias", Sophie comentou, tranquila. "Até que me dei conta de que vocês têm o mesmo sangue. São irmãs de Rafal. Tias de Japeth. Têm acesso à magia dele. Pena que essa magia não possa salvá-las. Não do quc está por vir."

Ela abriu o sorriso mais perverso de que foi capaz, mas não foi o bastante para convencer as Mistrais.

"Mandamos informar ao rei que você foi encontrada em Foxwood, rondando uma casa atingida por uma espada", Bethna disse. "Ele não demorou muito para descobrir de que casa se tratava."

Sophie viu que a mensagem da Lionsmane desaparecera lá fora.

"Ele está a caminho agora mesmo", disse Omeida. "É bastante apropriado, não? Tedros costumava achar que a Excalibur era dele por direito. E agora terá a cabeça dele cortada por ela. O que faremos com a cabeça?"

"Pode ir a leilão", Bethna propôs.

"Pode ficar exposta nos aposentos do rei", Alpa sugeriu.

"Podemos enviar a Agatha, em uma caixa", concluiu Omeida.

Sophie teve que controlar a náusea.

"Depois que Tedros morrer e o último anel estiver nas mãos do rei, o casamento será realizado", declarou Alpa. "O Rei Rhian e a Rainha Sophie finalmente estarão unidos. Rainha por uma noite, pelo menos, até voltar para a masmorra e nunca mais ver a luz do dia."

"Não haverá casamento, seus trolls com pés de hobbit", Sophie retrucou. "Sem casamento, não pode haver Único e Verdadeiro Rei. Sem isso, a Cobra não terá os poderes do Storian. Sem o meu sangue. Sem mim como sua rainha. Ele precisa de mim, como Rafal precisava. E, como Rafal, ele nunca *me* terá."

"Acho que o que você quer não vai contar muito", Alpa disse.

O scim foi do peito à cabeça de Sophie, então se dividiu em dois, depois três, quatro, prontos para entrar por suas orelhas, sua boca, seu nariz...

"Dessa vez, vamos usar mais que apenas dois", disse Bethna.

Os scims voltaram a ser um só, mirando no coração de Sophie.

Ela franziu os lábios e voltou a se concentrar no lado de fora da janela, procurando transmitir uma calma inabalável. Mas gelara por dentro. Japeth estava a caminho da casa de Chaddick para vencer o terceiro teste. Tedros estava em Avalon, com Agatha, provavelmente sem ter ideia de onde a espada se encontrava. Sophie era a única esperança deles. No entanto, ali estava ela, de volta às mãos de suas antigas captoras. *Pense, Sophie.* Estava presa em uma carruagem, com um scim apontado para ela, soldados dos dois lados. Eram cem contra uma. Mas todos os contos de fadas tinham um momento como aquele, em que o Bem era superado pelo Mal... até encontrar uma saída, graças ao amor verdadeiro. Mas Sophie não era do Bem. E ninguém viria salvá-la, porque ela não tinha um verdadeiro amor. Sophie olhou para o próprio vestido, rezando para que a ajudasse, como tinha feito tantas outras vezes, mas o scim o continha, como se o espírito de Evelyn estivesse do lado do filho.

Então por que a havia ajudado antes?

Sophie pensou nos momentos em que o vestido viera em seu resgate: na fuga de Camelot; quando se escondera na Floresta; e no momento em que enfrentara os gansos da Imperatriz. Em todas aquelas vezes, a Cobra estava longe. Então pensou nas ocasiões em que o vestido falhara com ela: quando a Cobra matara o xerife; no ataque que ela sofreu pela Cobra na árvore feiticeira, e naquele instante, com um scim mantendo-a refém. Em todas as vezes, a Cobra estava perto.

De repente, Sophie compreendeu.

O vestido de Evelyn só a ajudava quando não podia ser pego.

Porque o espírito de Evelyn tinha medo do filho dela.

Daquele filho.

Quando Rhian era rei, o vestido de Evelyn era um capanga fiel, que manipulava Sophie como uma marionete. Porque Evelyn amava Rhian. Queria que ele se tornasse o Único e Verdadeiro Rei, ainda que aquilo exigisse que ele se casasse com Sophie, a garota que foi noiva do verdadeiro amor de Evelyn, e que também foi a responsável pela morte de Evelyn. Isso porque, com Rhian como rei, Evelyn sabia que teria uma segunda chance de viver. Ela acreditava que o filho a traria de volta.

Rhian.

E não Japeth.

No momento em que Japeth *matara* Rhian... o vestido mudou de lado. Evelyn sabia o que Japeth era. Sabia o que ele havia feito com o irmão. E, por isso, Japeth precisava ser punido. Mas ele não podia desconfiar do que o fantasma da mãe pretendia. Por isso, ela não se apressara. Devagar, com cuidado, o vestido começara a ajudar a noiva, sempre longe da vista da Cobra, até que enfim chegou o momento em que Sophie podia ver que a mãe de Japeth não era leal a ele, e sim à garota que tentava matá-lo.

As pregas brancas do vestido se suavizaram, acariciando Sophie como pétalas de rosa... antes que a enguia sentisse que havia algo de errado e perfurasse a seda, roçando a pele de Sophie. No mesmo instante, o vestido ficou duro como uma camisa de força, temendo por sua própria preservação.

A lealdade só ia até certo ponto, ao que parecia.

A partir dali, Sophie estava por conta própria.

Eles se embrenharam ainda mais na Floresta, passando pelos limites sempre verdes da Floresta dos Stymphs para chegar aos tons outonais da floresta de Camelot. O castelo do rei estava a poucos quilômetros de distância. A alvorada se anunciou, as brasas do sol se alargavam e lançavam sombras escuras sobre os punhos das espadas enterradas. As árvores começaram a tremer. Um ruído de metal chegava do leste. Pela janela, Sophie vislumbrou mil homens que passavam a cavalo, paramentados, com capacete vermelho e preto, portando espadas e escudos de Camelo, seguidos por outro batalhão, de ninfas de mais de dois metros de altura, cujos cabelos coloridos flutuavam sobre a terra em belas linhas, todas também portando armas de Camelot.

"Frotas de Akgul e Rainbow Gale", constatou Alpa. "A caminho de Foxwood."

"Camelot ofereceu armas para os reinos que ajudassem o Leão a vencer o terceiro teste", continuou Bethna. "Eles vão proteger o rei enquanto ele estiver em Foxwood..."

"Para o caso de Tedros ousar se *aproximar* da espada", completou Omeida.

Mais exércitos se seguiram, as silhuetas atravessando as árvores: os goblins de chifres vermelhos de Ravenbow; as gigantas de Gillikin, com nuvens de fadas em seus cabelos; os soldados de gibão azul de Pifflepaff, usando máscaras da mesma cor.

O ar pareceu deixar os pulmões de Sophie.

Mesmo que ela conseguisse sair da carruagem, não teria tempo de encontrar o caminho para Avalon, localizar Tedros e percorrer com ele centenas de quilômetros até Foxwood, para chegar à casa de Chaddick antes de Japeth. Ainda mais com todos aqueles soldados que haviam sido deslocados para matá-lo. O príncipe não tinha salvação. Nem ela.

Então Sophie notou um dos soldados de Pifflepaff.

Ele olhava para ela através da máscara azul, seus olhos brilhavam no escuro. Seu dedo se acendeu levemente, em azul. Então ele soprou um rastro de fumaça na direção da carruagem de Sophie.

CANTE

Sophie se virou para não o perder de vista, mas a carruagem já tinha virado para oeste e entrava no coração da floresta de Camelot.

Ela se conteve. Enquanto a copa das árvores escurecia o céu, as Mistrais a observavam através do reflexo no vidro. Lá fora, os guardas de Camelot não passavam de contornos. Sophie já havia cantado mil músicas na vida, músicas de amor que não tinham dado em nada, de modo que não conseguia se lembrar de nenhuma. Ela não tinha tempo para pensar. *Cante! Cante alguma coisa!*

"Sou Uísque Woo, a rainha pirata!"

Não aquilo.

De novo, a fumaça apareceu do outro lado da janela.

ALTO

"Sou Uísque Woo, a rainha pirata!", ela gritou.

"Chega", Alpa a cortou.

"Uísque Woo! Uísque Woo!", Sophie cantou, em um tom infernal. *"Sou Uísque Woo, a rainha pirata! Não tenho nem dezoito, mas me garanto na bravata!"*

"Chega!", Bethna vociferou.

"Sou Uísque Woo, pirata sem igual! Antes conhecida como a Reitora do Mal!"

Ela cantarolou tão alto que a carruagem pareceu se sacudir. Sua voz parecia iniciar um estranho farfalhar do lado de fora. *"Sou Uísque Woo, a rainha do mar! Sem autógrafos, por favor, ou vou invocar!"*

"Já dissemos que *chega*!" Omeida retorceu a mão, e o scim perfurou a pele de Sophie.

Ela não desistiu, enquanto a carruagem seguia aos solavancos, em meio aos sons abafados das flores. O scim a cortou mais fundo, e a música se tornou um grito de dor: *"Uísque Woo! Uísque Woo!"*.

A carruagem parou com violência, lançando Sophie na direção das Mistrais, o scim esmagado entre as cabeças de Alpa e Bethna, as irmãs e a prisioneira jogadas no chão.

Lá fora, a floresta se encontrava em silêncio, agora que a carruagem tinha parado.

As Mistrais pareceram confusas. Então abriram a porta e saíram, arrastando Sophie consigo.

Havia alguns guardas no chão, nocauteados, com o rosto cortado e o capacete esmagado. Sophie já tinha visto aquele tipo de massacre. Então viu o restante dos guardas reunidos em torno da carruagem, com os olhos assombrados, espadas e bestas apontados para o que quer que tivesse atacado na escuridão. As Mistrais também revistaram a noite, segurando a prisioneira pelas correntes. A cantoria de Sophie as havia distraído da força que havia acabado de destripar metade dos guardas.

Uma coisa era certeza.

Quem quer que tivesse feito aquilo estava com raiva.

Com *muita* raiva.

Sophie sorriu sozinha.

Ela provocava mesmo aquele efeito nos homens.

Das árvores, veio uma forma maciça, cheia de dentes e pelos, rosnando. Ela caiu sobre a carruagem e a destroçou, antes de pegar Sophie em suas garras e se lançar de galho em galho pela escuridão, começando com o mais próximo.

Sophie relaxou no peito da fera, que atravessava a floresta enquanto tentava soltar a coleira que tinham posto nela.

"Meu príncipe." Sophie suspirou. "Só que mais peludo."

"Você gosta de mim assim, não é?"

"Se ao menos você não cheirasse a cachorro molhado..."

"Se ao menos você não vivesse se metendo em perigo, me fazendo suar para te salvar..."

"Eu e os problemas somos como você e..."

"Você?"

"Sou uma loba *solitária*, muito obrigada."

"Uma loba solitária que tem que ser resgatada o tempo todo."

"Está dizendo que não posso cuidar de mim mesma?"

"Estou dizendo que você pode cuidar de si mesma se deixar que *eu* cuide de você."

"Ah, meu bem. Quando você voltar a ser o furãozinho pelado, vamos fingir que essa conversa nunca aconteceu."

O focinho dele roçou a orelha dela. "A Bela e a Fera. O final é feliz, não é?"

"Se você acha que uma garota beijar uma fera é um final feliz... Eu não acho."

"Estou bem tentado a te largar agora mes..."

Ele gritou de dor. Sophie se virou e viu os guardas de Camelot se aproximando, com as bestas apontadas, acompanhados pelos soldados mascarados de Pifflepaff, que disparavam suas flechas. Uma atingiu as costelas do homem-lobo, outra, o ombro. O terror era visível nos olhos dele. Mais flechas foram lançadas na direção da árvore em que se encontravam...

Sophie acendeu o dedo e transformou as flechas em flores – flores com dentes afiados, devoradoras de homens, que choveram como piranhas sobre os soldados aos gritos. Ela se virou para o lobo, que estava todo ensanguentado, sua pegada cada vez mais fraca na árvore.

"Precisamos descer", Sophie ordenou, com a bochecha contra a dele. "Ponha o braço à minha volta. Vamos juntos."

Ele balançou a cabeça, sem dizer nada.

"Por favor", Sophie implorou. "Precisamos encontrar ajuda."

Ele olhou para ela, um garoto assustado em um corpo de homem-lobo. "Eu te amo, Sophie", disse. "Amo tudo em você. Mesmo as piores partes. São tão lindas quanto as partes boas. No momento em que te conheci, soube que não poderia amar outra pessoa. Não como amo você. Eu tentei, Sophie. Tentei abrir mão de você. Mas o amor não permite esse tipo de escolha. Não o amor verdadeiro. Pelo menos agora você sabe. Que sua história sempre teve um final feliz. Que você teve amor verdadeiro. Sempre."

Lágrimas rolaram pelo rosto de Sophie, misturadas ao sangue dele. "Não fale assim. Você é minha Fera. E essa história tem um final feliz, como você disse. Vamos dar um jeito. Fique aqui. Comigo. Não me deixe, está bem? Não desista de mim."

Mas a vida já se esvaía dos olhos dele. Em seu reflexo, ela viu mais guardas chegando, centenas deles, empunhando arcos e espadas.

Um mar branco começou a chegar, como neve varrendo um campo, e arrastou os exércitos mais abaixo. *Estou vendo coisas*, Sophie pensou. Cisnes fantasmas que vinham salvar os dois. Quando a onda branca chegou mais perto, cercando a árvore em que se encontravam, ela viu que não eram cisnes.

Eram cabras.

Inúmeras delas, lideradas pelo velho bibliotecário da Escola do Bem e do Mal, com seu bigode grisalho. Sophie sorriu para o bando de anjos mandados pelo céu... depois voltou a olhar para seu lobo e viu que os olhos dele tinham se fechado, que o corpo dele estava caído contra uma árvore, que sua pegada enfraquecia.

"Não!", Sophie gritou.

Ele a soltou, e Sophie tentou segurá-lo enquanto seu corpo caía, gritando seu nome como uma canção de amor, *Hort, Hort, Hort*, até que sentiu o abraço de pelos brancos e macios muito diferente do abraço da fera que ela deixava para trás.

Algo quente e fofinho roçou a bochecha dela.

"Hort?", Sophie sussurrou, despertando do sono.

Seus olhos estremeceram ao se abrir para um banho de luz e para uma mama cor-de-rosa pressionada contra seu rosto. Ela estava presa à parte de baixo de uma cabra, seu peito colado à barriga gorda do animal, seu rosto próximo ao traseiro. Estava prestes a gritar...

...até que viu duas outras cabras correndo atrás da dela, no meio de um mercado lotado, com Willam e Bogden presos à barriga de cada uma.

Os dois levaram o dedo à boca, mandando-a ficar quieta.

Por um momento, Sophie não entendeu como tinha ido parar embaixo da cabra, até que se deu conta de que seu vestido tinha aderido magicamente à barriga do animal. Ela virou o pescoço e viu mais cabras à frente, conduzidas por um pastor usando capa e capuz verde em meio às barracas movimentadas, cheirando a romã, pêssego, sândalo, óleo de rosa, canela e cardamomo. Habitantes locais em vestes caras se locomoviam por entre as cópias de Excalibur, preocupados demais com as compras para prestar muita atenção, enquanto os becos próximos ao mercado estavam lotados de camponeses pobres que usavam as espadas de Arthur como mastro para suas barracas.

Sophie conhecia aquele lugar.

Estavam no Mercado dos Produtores, o principal ponto da cidade de Camelot. O vestido de Sophie a prendeu com mais força contra a cabra, camuflando-a contra a pele cor de pêssego do animal. Estavam saindo do mercado. A multidão se dispersou e o pastor continuou conduzindo suas cabras pelo caminho que levava ao castelo do rei.

Sophie se virou para os outros. "Onde está Hort? O que está acontecendo? Precisamos ir a Foxwood."

Bogden tampou o nariz enquanto sua cabra fazia cocô. "Conte a ela, Will."

O outro explicou rápido. "Enquanto vocês estavam em Shazabah, Bogs e eu viemos a Camelot. Foi o que Tedros nos pediu: para vir até o velho padre, de quem eu costumava ser coroinha, para ver se ele podia nos ajudar. Então Hort chegou de Shazabah, com duas cabras que tinha encontrado ao longo do caminho... dois bibliotecários, na verdade. Um da escola e um da Biblioteca Viva, que conhecia Pospisil e queria ajudar a encontrar a Excalibur. Então ouvimos dizer que você tinha encontrado a espada em Foxwood e estava sendo levada para a masmorra de Camelot. Hort pirou e insistiu que fôssemos te resgatar. Por sorte, os bodes tinham amigos. Hort te rastreou e nos disse para esperar na floresta de Camelot, com as cabras, até ouvirmos o sinal."

"Que sinal?", Sophie perguntou.

"Uma cantoria horrível", respondeu Bogden.

Sophie ficou vermelha. "Mas onde ele está?"

"Hort nos disse que, não importava o que acontecesse, Bogs e eu devíamos te levar embora assim que te encontrássemos. Que *você* era nossa missão. Ele nos encontraria no lugar combinado depois", respondeu Willam.

Bogden viu o pânico na expressão de Sophie. "É o *Hort*. Nada de ruim pode acontecer com ele."

"Hort vai estar no ponto de encontro", Willam garantiu. "Depois vamos todos ajudar Tedros."

Sophie reprimiu uma sensação ruim. Aqueles garotos eram jovens e estavam apaixonados. Acreditavam no Para Sempre. Acreditavam nas regras. Mas o mundo havia mudado. Regras não significavam nada agora, ou Lesso, Dovey e Robin Hood ainda estariam vivos. Naquela história, coisas ruins aconteciam com pessoas boas. E algo de ruim tinha acontecido com Hort. Mesmo assim, Sophie não podia perder as esperanças. Ainda não. Hort sempre mantivera suas promessas. E, se dissera que estaria no ponto de encontro, ele daria um jeito.

"Vocês disseram que estamos indo para o ponto de encontro." Sophie olhou para os garotos. "Por que o ponto de encontro seria no *castelo da Cobra*?"

Então os animais viraram para o leste, distanciando-se do castelo e descendo uma estrada que Sophie conhecia muito bem.

A igreja.

Mas aquele tampouco podia ser o ponto de encontro. Porque, à frente, ela avistou o pináculo da capela de Camelot, cuja porta estava bloqueada, a entrada protegida por dois guardas armados.

"O padre é prisioneiro de Japeth. Meu antigo capelão, Pospisil", Willam sussurrou para Sophie. "A Cobra não confiava nele depois do discurso que fez na sua Bênção."

Ela se lembrava bem daquilo. O padre sabia que o casamento dela com a Cobra era uma fraude. Tinha usado seu discurso para alertar que, em uma guerra entre o Homem e a Pena, a Pena sempre venceria: "*Com o tempo, a verdade será escrita, não importa quantas mentiras alguém conte para escondê-la. E a verdade vem com um exército*".

Mas a verdade também trazia consequências, e o padre agora era prisioneiro em sua própria igreja. A Cobra havia dado um jeito em outro aliado de Tedros.

Os homens diante da capela abriram os elmos, revelando os rostos sujos enquanto o pastor passava com as cabras, sem demonstrar qualquer interesse por aquilo.

"Isso é o máximo de ação que temos aqui", o primeiro guarda resmungou.

"Anime-se. Depois vamos para a masmorra, não é?", disse o segundo. "É para onde Sophie vai ser mandada."

O primeiro guarda abriu um sorriso sórdido. "Pena que teremos que manter a garota viva até o casamento."

"Acidentes acontecem", o segundo comentou.

Sophie memorizou o rosto dos dois.

Um dia, iria atrás deles.

As cabras seguiram em frente, passando pela igreja e pelos campos cultivados na direção dos estábulos de Camelot. Alguns porcos enlameados enfiaram a cabeça por entre o cercado e ficaram olhando. À frente, a porta do galinheiro estava aberta, e um bando de galinhas confusas foi para o sol. Havia algumas mortas também, sem a cabeça, como se os porcos tivessem escapado. *E dizem que porcos são vegetarianos!*, Sophie pensou. O pastor conduziu as cabras para dentro. Assim que Sophie e os garotos, que estavam escondidos nos últimos animais, entraram, ele fechou a porta e a bloqueou com um pedaço de madeira. Estava escuro e o cheiro era forte lá dentro. As cabras estavam cansadas, e as galinhas remanescentes, que cacarejavam com estridência, logo pararam.

"E agora?", Sophie sussurrou.

Em algum lugar, uma chama se acendeu, iluminando o local.

Willam e Bogden desceram da barriga das cabras e sacudiram as mãos e pernas tensos, enquanto o vestido de Sophie a derrubou em meio aos seixos do chão. Ela se levantou e viu que o pastor, cujo rosto continuava escondido pelo capuz, segurava uma tocha.

"Há uma razão para as cabras gostarem de mim", disse uma voz seca e ofegante.

O pastor tirou o capuz.

"Eu mesmo sou um bode velho", Pospisil gracejou.

Sophie arregalou os olhos para o padre perigosamente velho e de nariz vermelho de Camelot. "Mas os guardas... como você...?"

Pospisil acenou para as cabras. "Muito bem, meus filhos! Vamos fazer a chamada? Bossman! Ajax! Valhalla! O restante! É só dizer seus nomes e tudo certo!"

Sophie conteve um gemido. Ela não tinha mesmo sorte. O único adulto disponível para ajudar era um velho senil.

Ouviram-se baques por toda a sala.

De corpos caindo no chão.

Foi então que Sophie se deu conta.

Não eram apenas três cabras escondendo passageiros.

Eram todas.

“Em primeiro lugar, é Bossam, e não Bossman”, disse um garoto Nunca peludo e com três olhos.

“Eu sou *Valentina*, não Valhalla. E ele é *Aja*”, disse uma garota Nunca de sobrancelhas finas.

“Ajax parece nome de gorila”, resmungou um garoto Nunca com cabelo cor de fogo e cara de desamparado.

Sophie viu dois bodes velhos dando risadinhas em um canto – um era o bibliotecário da escola, o outro usava um crachá com o nome GOLEM. Era como se a falta de aptidão de seu amigo padre com nomes fosse uma piada interna. Sophie começou a listar os nomes mentalmente: Valentina, Aja, Priyanka, Bossam, Laithan, Bodhi, Devan, Laralisa, Ravan, Vex, Brone, Mona, Willam, Bogden...

“Hort?”, Pospisil chamou. “Onde está Hort?”

Sophie olhou em volta, para o espaço lotado de amigos e alunos de primeiro ano, para muitos dos quais costumava dar aula.

Hort não estava ali.

“Ele era o líder”, disse Laithan, com preocupação. “O que fazemos agora? Como vamos ajudar Tedros?”

Todos os olhos se voltaram para Sophie.

Ela continuava olhando para a porta, à espera de que Hort entrasse.

Seus pensamentos foram para a árvore, para Hort ferido por flechas...

Ela procurou ser forte. Não podia pensar naquilo. Ele estava vivo. Hort ainda estava vivo.

“De onde vocês vieram?”, Sophie perguntou a um grupo, depois se virou para o padre. “Como você escapou da igreja?”

“Todo padre sabe que não pode depender da boa vontade de um rei”, Pospisil respondeu. “A igreja tem rotas de fuga secretas desde sua construção. Por sorte, Willam foi um coroinha atento e sabia onde me encontrar. Com Hort e meus velhos amigos, elaboramos um plano.”

“Quanto a nós, a Princesa Uma foi à escola depois que escapou de Shazabah”, Ravan respondeu. “Ela ficou sabendo pelos amigos animais que você tinha sido capturada. Professores não podem interferir em histórias; por isso, Manley e Anêmona nos enviaram: para resgatar você.”

"Encontramos com Hort na Floresta", concluiu Vex, que tinha orelhas pontudas.

"E quanto às Onze?", Sophie perguntou.

Valentina ignorou a pergunta. "Olha, *señora* Sophie, a *serpiente* está a caminho de Foxwood, para vencer o terceiro teste. Os amigos animais da Princesa Uma vão tentar segurar Japeth, mas é só uma questão de tempo até que ele chegue à Excalibur e aí *bum, bum, bum!*, estaremos todos mortos e enterrados debaixo de um pé de graviola. Você precisa guiar a gente, como Hort guiou. Somos seu exército, como fomos o dele. Sempres e Nuncas. Inteligentes, talentosos e *elegantes*. Ou pelo menos a maior parte de nós." Ela olhou feio para Aja. "Vamos fazer o que pedir, *señora* Sophie. O que podemos fazer para ajudar Tedros a vencer?"

Era naquele tipo de situação que Sophie brilhava. Assumindo o comando. Bolando planos. No entanto, ela só conseguia pensar em Hort. Nos olhos dele se fechando. Em suas patas se abrindo.

Ela balançou a cabeça. "Japeth tem a seu lado milhares de homens, exércitos do Bem e do Mal, e o Rei de Foxwood. Os garotos que vivem na casa onde a espada se encontra, Cedric e Caleb, são apoiadores do 'Leão'... Japeth não vai ter nenhuma dificuldade em entrar." Ela olhou para Pospisil. As brasas da tocha que o padre segurava estalavam ruidosamente, iluminando a ele e seus amigos bodes, todos parecendo perdidos, como se já tivessem feito tudo o que podiam. Sophie recorreu ao vestido, que tampouco parecia ter respostas. "Não há o que fazer. Não com toda a Floresta do lado dele."

"Isso é ridículo. Você é *Sophie*, a rainha bruxa *suprema*", Aja comentou, com as mãos na cintura. "Você liderou uma escola de Nuncas em uma revolução glamourosa. Você ganhou o Circo de Talentos e inventou o Sem Baile. Você matou Rafal, beijou Tedros como menino *e* menina, transformou a torre do Diretor da Escola em seu hotel particular, e parecia uma bruxa totalmente no controle enquanto fazia tudo isso. Você não dá desculpas. Não desiste. Sempre encontra uma maneira. É *por isso* que você é você."

Sophie olhou para Aja, para Valentina, para todos os alunos que a olhavam, como se ela ainda fosse a reitora, mestra da injúria e da manipulação. Só que ela não era mais isso. Era só uma garota. Uma garota que finalmente tinha se aberto para o amor, para o amor verdadeiro, só que tarde demais. "É Tedros quem tem que sacar a espada. E ele está longe", ela disse, tentando engolir o nó em sua garganta. "Ele e Aggie nem sabem onde Excalibur se encontra..."

As brasas da tocha do padre estalavam mais alto, cortando as palavras de Sophie. De repente, mais brasas eram cuspidas das chamas, como se a tocha fosse se desfazer. Por uma fração de segundo, Sophie achou que o lugar todo ia virar fumaça, mas então notou que as brasas pairavam estranhamente no ar, como se tivessem vida própria, como se fossem pequenas pérolas âmbar, zumbindo e cintilando tal qual...

Vaga-lumes.

No mesmo instante, os insetos piscantes formaram uma matriz laranja, como tinham feito na Terra dos Gnomos. Na tela mágica, Sophie viu a imagem granulada de Tedros e Agatha em meio à neve, montados em um animal, afastando-se do castelo de Avalon. Então Sophie notou que Agatha a encarava, com os olhos brilhando, como se conseguisse ver a amiga em uma tela de vaga-lumes do outro lado.

"Sophie? É você?"

"Aggie!" Sophie perdeu o ar. "Encontrei a espada!"

"Na casa de Chaddick", Tedros a cortou.

"I-isso!", Sophie confirmou, surpresa. "Como vocês...?"

Tedros virou o rosto para a tela. "Encontre a gente na cabana da Branca de Neve. Em Foxwood. Depressa!"

"Não! Foxwood é perigoso demais!", Sophie disse, enquanto a tela falhava, como se a conexão estivesse instável. "Vão ter exércitos lá! Milhares de homens! Vocês não podem ir para lá!" Os vaga-lumes se apagaram. Seus amigos sumiram. "Não! Não posso perder os dois também!", ela gritou. Todo o medo que ela vinha reprimindo extravasou. O luto tomou conta, ela levou o rosto às mãos, respirando com dificuldade. "Ele morreu. Sei que morreu... Tentei salvá-lo... Fiz tudo o que pude... Mas ele me soltou... Eu disse para não fazer isso..." Sophie soluçava tanto que seu corpo todo se sacudia. "Eles não podem ir a Foxwood... Por favor... Não posso perder mais ninguém... Não depois dele..." Devagar, o choro foi se abrandando. "Só que vou perdê-los de qualquer jeito, não é?" Sophie ergueu a cabeça, com as bochechas molhadas. "Se deixarmos que a Cobra vença, todos perderemos. De modo que tudo o que Hort fez para me salvar terá sido em vão. Ele me diria isso, se estivesse aqui. Para ser corajosa por ele. Para concluir seu trabalho." Sophie endireitou o corpo, enxugando os olhos. "Mas como? Aggie e Teddy estarão mortos no segundo em que se aproximarem de Foxwood. A menos que haja outro modo de entrar no reino... outro modo de colocar os dois lá *dentro*..."

"Tem o modo como dei conta dessas galinhas todas, claro", disse uma voz jocosa.

Sophie se virou para o canto.

Os dois bodes bibliotecários se separaram, revelando um gato sem pelos e enrugado, mexendo em uma pilha de cabeças de galinha com a pata.

"Agi como se fosse *amigo* delas", ele explicou.

Os vaga-lumes formaram uma coroa sobre as orelhas dele.

"Bruxa de Além da Floresta", o gato a cumprimentou, com os olhos amarelos brilhando.

"Rei Teapea", Sophie sussurrou.

Ela voltou a pensar em Hort.

Daquela vez, não houve lágrimas.

Em vez disso, seus olhos também brilharam no escuro.

29

AGATHA

Mansão do Açúcar do Leste

Ela nunca tinha visto aquele tipo de dor nos olhos de Sophie. Nem em Gavaldon, nem na escola, nem nos anos que se seguira,

Algo havia acontecido à amiga desde que haviam se separado. Algo que a mudara.

Pelo menos Sophie estava viva.

E não só isso: ela tinha um exército.

Também encontrara a Excalibur.

Como Agatha e seu príncipe.

Claro que sim, Agatha pensou.

Ela não esperava menos da melhor amiga.

Como se *O conto de Sophie e Agatha* nunca tivesse acabado, a Pena ainda escrevia seus destinos em uma sinfonia inextricável, mesmo quando estavam separadas, com harmonia e melodia na mesma medida.

O rato preto gigante avançava depressa pelas Planícies de Gelo, contornando as espadas, chutando a neve gelada da frente, forçando Agatha a se agarrar à cintura de Tedros e se encolher às suas costas, como se ele fosse um escudo. O príncipe segurava a coleira do rato e pressionava seu flanco com os calcanhares, para

que fosse mais rápido, absorvendo todo o impacto do ar gelado. No segundo rato, que vinha atrás dele, estavam Anadil, Hester e Merlin. O jovem bruxo estava vomitando para o lado quando o rato de Anadil pareou com o de Tedros.

"Isso é porque você comeu aquele monte de porcaria do seu chapéu", o príncipe o repreendeu.

"Você... não... é... meu pai", Merlin retrucou, então vomitou de novo.

"É por isso que não gosto de meninos", Hester resmungou. "Eles são incapazes de passar pela puberdade sem causar."

"Para ser justa, você não gosta de meninos por um monte de outros motivos também", disse Anadil.

"Como vocês nos acharam?", Agatha perguntou às bruxas.

Hester acenou com a cabeça para seu demônio, que estava no alto, em meio ao céu azul da noite, procurando possíveis perigos à frente. "Depois de Shazabah, pedi a ele que sobrevoasse a Floresta atrás de vocês dois."

"Falei pra ela não fazer isso. Se o demônio morrer, ela também morre", Anadil comentou, azeda.

"Ele encontrou os dois, não foi? E senti quando isso aconteceu, assim como você sentiu que seus ratos estavam por perto antes que os encontrássemos na Floresta. Um pouco detonados", disse Hester, acariciando uma parte sem pelo do corpo do animal, onde ele havia sido atingido pelo fogo do camelo, "mas não estamos todos assim?" Ela se virou para Agatha. "Vocês têm certeza de que a espada está na casa de Chaddick?"

"Tem que estar", disse Tedros, quase que para si mesmo, ainda pensando no que havia acontecido na caverna da Dama do Lago. "É a única opção."

"E Sophie confirmou", Agatha disse para as bruxas, que pareciam desconcertadas com tudo o que ela e Tedros haviam contado depois de seu reencontro em Avalon.

"Chaddick, o rei", Anadil disse, baixo. "Não parece certo."

"Por isso Chaddick nunca se tornou rei", Hester comentou. "O Storian dá um jeito de consertar as coisas, mesmo que pareça errado."

As bruxas e Agatha olharam para Tedros, procurando entender como se sentia, mas o príncipe manteve os olhos no caminho congelado.

"Estamos... chegando?", Merlin conseguiu perguntar.

Então vomitou de novo, despertando os vaga-lumes pousados no rato. Eles piscaram brevemente, depois voltaram a dormir, exaustos da viagem e do esforço que haviam feito para que Agatha pudesse ver Sophie.

"Vaga-lumes da Terra dos Gnomos... Deve haver alguns com Sophie também... Só assim para ela ter nos visto", Tedros disse, olhando para Agatha. "O que significa que os gnomos sabem onde ela está."

Agatha viu aonde ele queria chegar.

Reaper.

O gato dela era *rei* dos gnomos.

O vento ficou mais forte. Os ratos grunhiram alto, esforçando-se para avançar em frente. "Sophie encontrou a espada. O que significa que ela sabe onde fica a casa de Chaddick, coisa de que não faço ideia", Tedros gritou para Hester. "Pedi a ela para nos encontrar na cabana da Branca de Neve, em Foxwood. Foi o primeiro lugar em que consegui pensar. Está vazia desde que os zumbis de Rafal mataram os anões. Se Sophie sabe mesmo onde Chaddick morava, pode nos levar até lá."

Agatha notou que Hester e Anadil se entreolharam. "O que foi?"

"Japeth deve saber que a espada está em Foxwood", respondeu Anadil. "Foi por isso que a mensagem da Lionsmane desapareceu."

"Estes ratos são tão velozes quanto os cavalos dele", Tedros afirmou.

"Mas Japeth é só um dos nossos problemas", Hester o cortou. "Toda a Floresta está mandando exércitos para protegê-lo e garantir que vença o terceiro teste. Vimos esse deslocamento, logo depois que a mensagem desapareceu. Se a espada está na casa de Chaddick, deve ter milhares de soldados indo para lá também."

"O que significa que levar você para qualquer lugar *perto* de Foxwood vai ser... um desafio", concluiu Anadil.

Agatha pensou nas últimas palavras de Sophie, transmitidas pelos vaga-lumes: "*Não! Foxwood é perigoso demais!*".

Ela sentiu os músculos de Tedros se enrijecerem sob seus braços. "O que quer que nos aguarde, vamos dar um jeito", ele disse, seguro.

Agatha não disse nada.

O que era estranho.

Estava acostumada a temer por seu príncipe, o que a fazia se meter nas buscas deles e tentar sempre protegê-lo. Mas algo havia mudado em Tedros desde que ouvira a história da Dama do Lago. Suas antigas dúvidas haviam desaparecido, substituídas pela certeza de sua missão. Agora Agatha confiava nele. Porque ele confiava em si mesmo. Por cima do ombro de seu príncipe, ela podia ver o ardor em suas bochechas cobertas pela barba por fazer, o azul cristalino de seus olhos. Ele mantinha o peito aberto, orgulhoso; seus cachos dourados voavam ao vento. Agatha permaneceu em silêncio, deixando-o sossegado, assim como havia se mantido à distância enquanto Tedros se despedia da Dama, à margem do lago. Agatha só observou a silhueta de ambos, a dele, forte e ereta; a dela, encolhida e assustada, enquanto o príncipe sussurrava para a Dama, cuja expressão de repente se alterou. Tedros dissera algo que a afetara, e as sombras e a dor já se esvaíam. Atrás dos dois, o lago começara a descongelar. De suas águas prateadas, a Dama retirou uma maçã, tão verde quanto possível, que entregou ao príncipe, como se fosse um presente. Não podia ser mágica, Agatha concluíra, porque tinha perdido seus poderes de feiticeira, mas Tedros não parecera se importar. Ele a beijou no rosto, perdoando a Dama do Lago por seus equívocos. Já não havia raiva, agora que os segredos tinham sido revelados. Seria a última vez que os dois se veriam. Agatha tinha certeza. A Dama do Lago estava em paz. Seus dias logo terminariam, por vontade própria. Mas Tedros ainda tinha muitos dias de luta pela frente. Uma luta com um fim incerto. Agora, Agatha o abraçava forte, com uma mão em seu peito, a maçã dentro do gibão, firme contra o coração do príncipe.

"Vamos dividir", Agatha falou. "A maçã, digo. Não comemos nada desde Shazabah."

Tedros tirou a mão dela do peito e a beijou.

"Onde está Dot?", ele perguntou às bruxas.

"A mãe a levou a uma médica bruxa na Floresta de Sherwood, para tentar rejuvenescê-la", disse Hester.

"A mãe de Dot conhece muito bem a Floresta de Sherwood", Anadil acrescentou.

Surpresa, Agatha olhou para as duas. Hester deu uma piscadela para ela. As bruxas também tinham descoberto.

"A *mãe* dela?", Tedros perguntou, sem tirar os olhos do caminho. "Quem é a mãe de Dot?"

"Não se preocupe. Não é a sua", Merlin respondeu, enfim se endireitando no rato.

Tedros virou a cabeça para o jovem feiticeiro. Por um segundo, Agatha achou que ia bater nele. Então uma risada irrompeu do príncipe. "O mesmo Merlin de sempre..."

A noite se aprofundou, deixando o céu preto. Os ratos seguiam em frente mesmo assim, com os olhos brilhando no escuro, enquanto Merlin se livrava das espadas à frente usando raios cor-de-rosa, que ficavam maiores e mais fortes conforme o jovem feiticeiro aperfeiçoava o controle sobre eles. A luz cortava as planícies geladas em todas as direções com estalos furiosos, conforme o caos da adolescência dava lugar à maturidade, e as cinzas das espadas de Arthur emanavam uma fumaça cor-de-rosa. Então, de repente, árvores se fecharam sobre eles, cada vez mais próximas, prendendo-os na escuridão da floresta. As folhas farfalharam com um movimento, e o brilho de ossos brancos e órbitas vazias acompanhava os invasores. Os pássaros recuaram, deixando que passassem. Ali, na Floresta dos Stymphs, não haveria forças inimigas, uma vez que era território da Escola do Bem e do Mal, e ninguém se aproximava dela sem sofrer as consequências. Os zumbis de Rafal e os piratas de Rhian haviam aprendido a lição do jeito mais difícil. Agora, era a única parte da Floresta intocada pelas espadas falsas, como se Arthur também soubesse que a escola estava além de seus domínios, igual e separada de Camelot como era. O demônio de Hester voltou para o pescoço dela, tendo concluído seu trabalho, e os ratos puderam avançar mais rapidamente pelo caminho desimpedido. O rato em que Tedros estava seguiu à frente, deixando as bruxas e Merlin para trás. O caminho agora parecia tão suave e as costas de Tedros se apresentavam tão quentes e firmes contra o peito de Agatha que ela sentiu as pálpebras pesarem. Quando seu príncipe falou, sua princesa não tinha certeza se era um sonho ou não.

"Agatha, preciso que me prometa uma coisa."

"Hum?"

"Se algo acontecer comigo em Foxwood, não chore por mim."

Agora ela estava totalmente desperta. "Tedros..."

"Me escute. Você precisa seguir em frente. Tem que continuar lutando. Fazer o que precisa ser feito. Não deixe que o que acontecer comigo nos impeça de chegar ao Fim. Estarei com você na vida e na morte."

"Não deixarei que nada aconteça com você."

"Me prometa que vai seguir em frente. Me prometa que vai lutar."

"Tedros, você e eu... somos um só. O que quer que aconteça com você acontece comigo."

"*Prometa*, Agatha." Ele levou a mão à coxa dela. "Por favor."

Sua voz era firme, como se não pudessem seguir em frente sem que Agatha prometesse. Como ela poderia dizer a ele que nunca concordaria com algo do tipo? Que a morte dele representaria a morte dela? Tedros não deixava espaço para os sentimentos dela. Era o rei ordenando algo a sua princesa. Por seu reino. Pelo Bem maior. E o Bem era sagrado para Agatha, mais sagrado que o amor.

"Prometo", ela disse.

Tedros exalou devagar. Seus ombros relaxaram, como se a promessa dela o libertasse.

"Pode fazer a mesma promessa?", Agatha pediu. "Caso algo aconteça comigo?"

Agora o segundo rato os acompanhava, com Merlin e as bruxas brigando.

"Vocês não podiam ter encontrado uma poção de envelhecimento melhor? Uma que não funcionasse no ritmo de uma *lesma*?", o jovem feiticeiro dizia. "Podiam ter ido a qualquer bruxa..."

"Essa receita é da minha mãe, que era uma bruxa", Hester retrucou. "Os professores da escola não tinham nenhuma opção melhor."

"Era só ter ido à *biblioteca*", Merlin insistiu. "Tem milhares de poções de envelhecimento mais eficientes que esta. O antigo eu poderia recitar várias dormindo!"

"Então faz uma você!", Anadil exclamou.

"Sua poção é tão inútil que nem me lembro dos meus feitiços!"

"E eu achando que você ficaria grato por tudo o que fizemos", Hester resmungou, como uma mãe magoada.

"Se não fosse pela gente, você ainda seria um bebê em uma caverna, em vez de um adolescente encrenqueiro enchendo a paciência com suas mudanças de humor", Anadil acrescentou.

O jovem feiticeiro gemeu. "Não aguento isso, ter que ficar na companhia de duas garotas que não querem saber de nada além de defender uma à outra."

"Isso porque somos companheiras", Hester retrucou.

"Ah, então agora sou sua *companheira*?", Anadil disse, olhando para ela, logo atrás. "Isso não precisa ser conversado?"

"No sentido de colegas", disse Hester.

"Não foi o que pareceu", insistiu Anadil.

"Por favor, meu Deus, que eu não seja adolescente por muito tempo mais", Merlin implorou.

"Você quer que eu diga *te amo*, como os meninos Sempre fazem?"

"Se fizer isso vou cortar sua garganta", Anadil retrucou.

Agatha ouviu Tedros rir. A seriedade da promessa anterior havia passado, e a pergunta que ela fizera foi esquecida. Ela sabia que não devia insistir. A voz das bruxas sumiu quando os ratos seguiram cada um para um lado de modo a contornar um aglomerado de árvores, deixando Agatha e seu príncipe sozinhos.

"No que está pensando?", Tedros perguntou.

"Ah, só nos diferentes tipos de amor", Agatha respondeu.

"Tipo, o que aconteceria caso Hester e Anadil se casassem? Se terminaria em massacre em vez de baile?"

"Só no massacre de príncipes de mente fechada."

"Eu já beijei garotos, virei uma menina e vou me casar com você. Ninguém pode dizer que tenho a mente fechada."

"É engraçado, não é? Há tantas maneiras de amar", Agatha disse, melancólica. "Eu e você, Sophie e eu, você e... Filip."

"Não me envergonho disso. Só de quem Filip acabou se revelando."

"Sophie virou um garoto bem bonito."

"Sem dúvida. Mas de que vale a beleza quando se baseia em uma mentira?"

"Às vezes, o mundo *todo* parece uma mentira."

"Do que está falando?"

"Só que nada é o que parece. Sempre acho que entendi a história, aí percebo que não é o caso."

"Não era assim no Mundo dos Leitores?"

"Aqui, tudo é possível. Na vida real, as pessoas temem o que não entendem." Agatha pensou na mãe, Callis, perseguida pelos que achavam que era uma bruxa. "É por isso que, no lugar de onde venho, apenas crianças leem contos de fadas. Em algum momento, as pessoas ficam com medo dos mistérios da vida. Com a idade, a vida em si fica cada vez mais reduzida. As pessoas julgam com base nos medos, e não no coração. No seu mundo, nem todos podem ter um final feliz. A Pena não permite. No meu mundo, todos acham que merecem isso. Quando as coisas dão errado, as pessoas se viram umas contra as outras. Tentam mudar seu destino. E quando não conseguem... o Mal nasce. O verdadeiro Mal. Do tipo que matou minha mãe."

"Parece que Japeth se daria bem lá", comentou Tedros.

Agatha pensou a respeito. "Tedros..." Ela olhou para seu príncipe. "E se Japeth trapacear? E se usar o sangue de Chaddick de novo, como usou com Rhian? E se a Excalibur achar que ele é o herdeiro?"

Tedros sorriu para ela. "Estou contando com isso."

Agatha não fazia ideia do que ele queria dizer, mas a tranquilidade nos olhos de seu príncipe impediu que fizesse mais perguntas. Era como se, pela primeira vez, Tedros estivesse à frente dela. A floresta se abriu para um campo de salgueiros, suas folhas cintilavam, prateadas, como enfeites numa árvore de Natal, e o brilho da alvorada já afastava a escuridão. Agatha olhou para trás, para o segundo rato, bem distanciado deles, que só agora saía da Floresta de Stymphs. Ela sentiu um buraco no estômago, de fome. Não podiam parar, e o chapéu de Merlin estava fora de alcance.

"Acha que Chaddick teria dado um bom rei?", Tedros perguntou.

"Não. Acho que não", respondeu Agatha. "Ele sempre recorreria a você."

"Você só está querendo me agradar."

"Estou faminta demais para isso. Chaddick nasceu para ser um cavaleiro."

"Um cavaleiro leal", completou Tedros.

Ele ficou pensando em seu amigo e suserano.

"Mas não foi feito para liderar", admitiu.

Os dois ficaram quietos.

Agatha beijou a nuca de Tedros. "Posso comer sua maçã?"

Ele suspirou. "Acho que vou guardar para mais tarde."

Sua voz soou distante. De repente, Agatha sentiu a cabeça pesada e lenta. O sono a tomou de assalto, mais forte que antes, com uma sensação de impotência que não era desconhecida a ela. A princesa olhou para os salgueiros, para as folhas prateadas no alto, que pareciam estrelas... *Salgueiros do Sono*... Ela levou a mão ao peito de Tedros para avisá-lo, seus olhos já se fechavam, mas ele não dava sinais de fraquejar, seus músculos estavam rígidos, seus olhos, alertas, sua determinação e avidez rebatiam o feitiço. Agatha procurou se manter acordada, com os punhos cerradas, decidida a protegê-lo.

Quando abriu os olhos, já era manhã, e o sol brilhava forte sobre Foxwood.

Seu príncipe havia desaparecido.

Assim como o rato.

Agatha estava encolhida sob uma magnólia, o cheiro doce de mel invadindo seus sentidos, o burburinho da multidão e o tilintar do metal soando ao redor. Ela afastou um ramo de flores e avistou no horizonte as torres finas do castelo real de Foxwood. Antes do castelo havia uma muralha de soldados, de milhares de homens, vestindo armaduras e portando escudos variados, reunidos sob bandeiras de diferentes reinos: o verde-ervilha de Kyrgios, o roxo brilhante de Floresta de Baixo, o xadrez amarelo e laranja de Hamelin, o vermelho e preto de Akgul. Então Agatha ouviu vozes atrás dela: dois guardas de Akgul, usando armadura e elmo, cortavam os arbustos com suas espadas, vindo em sua direção.

"Vi com meus próprios olhos. Era o Príncipe Tedros", grunhiu um. "Montado em algo que parecia um rato gigante."

"Ele deve ter vindo com suas amigas bruxas", conjecturou o outro.

Eles cortaram mais arbustos, chegando cada vez mais perto de Agatha. Ela se levantou para fugir...

...então foi puxada de volta.

Agatha se virou e deparou com Hester e Anadil, com o dedo nos lábios. Agatha fez menção de dizer algo, mas os ratos de Anadil fizeram "shiu!", de dentro do bolso dela. Hester apontou adiante, para Tedros e Merlin, camuflados em meio a um arbusto. Sem produzir som, seu príncipe sussurrou: *Não se mova.*

Os dois guardas continuaram cortando os arbustos, e agora estavam a poucos passos de Agatha. Tedros contou nos dedos, virado para Hester: *três... dois... um...*

Merlin e Hester saltaram e lançaram um feitiço em cada um dos guardas. O de Hester derrubou um homem; o de Merlin fez o elmo do outro aumentar dez vezes de tamanho, encobrindo sua visão e fazendo com que golpeasse às cegas. Então Merlin lançou outro feitiço, que transformou a espada do guarda em um furão. Ele tentou de novo, mas só fez a calça do homem desaparecer.

"Pelo amor de Deus, Merlin", Tedros grunhiu.

Ele derrubou o guarda com um soco.

"É a poção. Eu avisei", Merlin se queixou.

"Nem começa", disse Hester, soltando o furão em meio aos arbustos.

Alguns minutos depois, dois soldados de armadura vermelha e preta se juntaram ao exército. Todos os outros procuravam se manter alertas à presença de Tedros de Camelot.

"A cabana da Branca de Neve fica a leste", Tedros sussurrou através do elmo.

"Vai estar bem guardada. O reino todo está", Agatha sussurrou de volta. "Vamos direto para a casa de Chaddick..."

"Não sabemos onde fica! Por isso precisamos de Sophie!", disse Tedros.

Através da viseira, Agatha viu Merlin, Hester e Anadil seguindo a passos rápidos para o posto de controle de cidadãos, onde guardas procurando por Tedros voltaram pareadores para eles e permitiram que passassem. O nome Merlin fizera com que olhassem duas vezes para o adolescente bem-vestido, mas então eles deram de ombros e deixaram que seguisse em frente. Tedros sabia que ele e Agatha não passariam pelos pareadores, por isso sugerira se misturar aos exércitos e encontrar as bruxas e Merlin na cabana da Branca de Neve. Mas agora o plano parecia tolo.

"Não consigo me mover", Tedros disse por entre os dentes, apertado entre dois trolls.

"Nem eu", disse Agatha, bloqueada por um bando de ninfas de Rainbow Gale.

Tambores rufaram à distância.

"Pare de empurrar", um troll vociferou para Tedros. "O Rei Rhian já está vindo. Todos vamos conseguir vê-lo."

Tedros e Agatha abaixaram a cabeça, torcendo para que o troll não os tivesse visto muito de perto.

Os tambores rufaram mais alto, seguidos pelos floreios das cornetas.

"Deve ser Japeth!", Agatha sussurrou para o príncipe. "Precisamos nos apressar."

Uma fanfarra irrompeu atrás deles, com as trombetas de uma procissão real. As árvores e os arbustos nos limites de Foxwood começaram a tremer. A folhagem se abriu, e um desfile de cavalinhos de brinquedo teve início, cada um deles do tamanho de um elefante, cada um deles completamente coberto de mosaicos de... *doce*. Havia um cavalo de jujubas, um cavalo de pirulitos, um cavalo de marzipãs, um cavalo de pés-de-moleque, um cavalo de trufas, um cavalo de macarons e até mesmo um cavalo coberto de caramelos. O maior cavalo de todos, duas vezes mais alto que o restante, era todo de alcaçuz vermelho-vivo. Em cima dele, se erguia uma figura coberta da cabeça aos pés por um véu também vermelho, seus olhos brilhavam através da seda diáfana, e uma coroa enorme de fios brancos de açúcar despontando de sua cabeça, como chifres. A fanfarra parecia vir de dentro do cavalo, e a figura desconhecida mudava de pose a cada alteração na batida – fazendo a postura da árvore, a postura da ponte e até praticando uma invertida sobre a cabeça na sela, em uma espécie de ioga equestre, antes que os cavalos de brinquedo e os tambores parassem. Com as mãos na cintura, a mulher de vermelho apoiou o pé na cabeça do cavalo e olhou para as centenas de exércitos abaixo dela.

"Quem ousa exercer a autoridade aqui?", ela perguntou, com um estranho sotaque, ao mesmo tempo refinado e popular.

Um mar de homens olhava boquiaberto para a mulher.

"Perguntei quem alega ser a *autoridade* aqui", ela insistiu.

"Eu! Eu!", gritou uma voz à distância, antes que um homem baixo que já ficava careca e usava uma coroa torta na cabeça se destacasse dos exércitos, abrindo caminho. Tinha o rosto corado e suado, usava uma túnica amarelo-ovo e um lenço marrom horroroso que o deixava um pouco parecido com Humpty Dumpty. "Sou o Rei Dutra de Foxwood! Este é meu reino!"

"Incorreto, homenzinho", retrucou a desconhecida em vermelho. "Este é o *meu* reino. A Floresta *inteira* é o meu reino. Sou a Rainha do Açúcar, diva suprema e senhora dos reinos ao longo do Mar Selvagem. Vim reivindicar o trono de Camelot, como é meu direito."

O rei pareceu tão perplexo quanto os soldados à sua volta. "M-m-mas é o território do Rei *Rhian*... do Rei Rhian de Camelot..."

"Até onde sei, Camelot *não tem* um rei no momento", a Rainha do Açúcar retrucou. "O testamento de Arthur especificava *dois* concorrentes ao trono. Pouco me importa quem é o outro, mas um dos concorrentes sou *eu*. O Torneio dos Reis ainda está em andamento, não? Uma espada presa na pedra *decidirá* quem é o próximo rei. Bem, quando a Excalibur sentir meu toque, posso garantir... que *eu* serei rei."

Tedros apertou o braço de Agatha. "Mas o quê..." Só que ela estava avaliando a Rainha do Açúcar, que parecia olhar diretamente para a princesa.

Enquanto isso, o Rei de Foxwood jogava a barriga para a frente e endireitava as costas para parecer mais alto. "Minha lealdade está com o Leão. Como a de todos aqui. Você não tem jurisdição deste lado do mar. É hora de voltar para o pântano de açúcar de onde saiu!"

Através do véu, a Rainha do Açúcar olhou para ele. "Você é baixinho e incompetente. Uma combinação imperdoável em um homem. Se disser mais uma palavra, abrirei meus cavalos, espalhando uma névoa de açúcar envenenado que matará não só você, mas também seus exércitos na primeira respirada. Então poderei conquistar suas terras como conquistei todas as outras: em silêncio e em paz." O rei pareceu horrorizado, mas a Rainha do Açúcar continuou falando. "Dito isso, sou conhecida por ser justa e generosa. Se o Rei Rhian acredita que tem direito à espada, que venha a mim e se explique, antes que tenhamos nossa chance aos olhos do povo."

O Rei de Foxwood suava tão profusamente que chegava a molhar sua boca. "O Rei Rhian ainda não chegou... está atrasado devido a um ataque de mangustos traidores na floresta..."

"Então seguirei para minhas acomodações, na cabana da Branca de Neve. Branca e eu nos conhecemos anos antes de sua triste morte. Ela cruzava o Mar Selvagem para ficar comigo, na Mansão do Açúcar. Éramos boas amigas. Ela me deixou sua cabana em testamento, que acabou se tornando meu palácio real *deste* lado do mar", declarou a Rainha do Açúcar. Sua procissão de cavalos seguia na direção de Agatha, conforme soldados perplexos abriam caminho. "Levem o Rei Rhian até mim no instante em que chegar. Se falharem, acabarão todos mortos, incluindo ele próprio. E, como não confio nem um pouco em vocês, levarei dois reféns, que serão os primeiros a morrer caso me desobedeçam."

De repente, duas mãozinhas saíram da boca do cavalo de caramelos e puxaram Agatha e Tedros para dentro.

Agatha ouviu Tedros gritar, surpreso. Os dois ficaram de mãos dadas no escuro, até que foram separados, quando ela foi pega por corpos quentes que não conseguia enxergar. O cheiro de doce era enjoativo demais, e ela teve que tirar o capacete. Por entre os caramelos da carcaça, ela conseguiu ver o Rei de Foxwood perseguindo o cavalo. "Você sequestrou soldados de Akgul! Isso é ilegal! Não tem esse direito!"

"Leve o Rei Rhian a mim ou o sangue de ambos manchará as suas mãos!", a Rainha do Açúcar gritou. Sua procissão acelerou o passo ao passar pelos últimos soldados. O Rei de Foxwood deu alguns passos incertos na direção deles, acompanhado de seus guarda-costas, gritando coisas que Agatha não conseguia mais ouvir, enquanto seu corpo era contido por alguém que ela ainda não sabia quem era.

Alguém arfou atrás dela.

Agatha se virou e deparou com Tedros, sem elmo, com o dedo aceso. "*Gnomos!*", ele disse.

À luz do brilho de seu príncipe, ela pôde ver uma frota inteira de anões corados e com chapéus pontudos dentro do cavalo, os pezinhos fincados no chão para empurrar a procissão de doces adiante. Eles protegeram os olhos do brilho de Tedros, até que uma gnoma velha e desdentada cerrou o punho em torno do dedo do príncipe, fazendo com que todos voltassem a mergulhar na escuridão. Já estavam se aproximando da cabana da Branca de Neve, que ficava em uma clareira. Arbustos com flores coloridas tinham crescido em volta da casa decrépita feita de madeira estufada, que tinha dois andares e telhado abobadado, lembrando o chapéu de uma princesa. "Ah, não, não, não. Isso não vai funcionar", Agatha ouviu a Rainha do Açúcar dizer, com um suspiro, então uma leva de feitiços cor-de-rosa foi disparada contra a cabana, transformando-a em um chalé refinado, com beiral de biscoito de gengibre, revestimento de chiclete e janelas polvilhadas de açúcar. Agora havia uma cerca letalmente afiada de pirulitos em volta da casa, e uma placa com os seguintes dizeres piscando:

Mansão do Açúcar do Leste
Nada de visitas
(A não ser de Rei Rhian)

Os cavalos avançaram, e a porta da Mansão do Açúcar do Leste se abriu magicamente. Os animais cobertos de açúcar passavam um a um, até que, quando o de alcaçuz o fez, por último, a porta se bateu logo atrás, enquanto os gritos beligerantes do Rei de Foxwood ainda ecoavam lá fora.

Agatha sentiu que o busto do cavalo se abria no mesmo instante. Os caramelos se espatifaram, e os gnomos se dispersaram, agachando e comendo os detritos. O mesmo ocorreu com os outros cavalos, em uma carnificina de doces, mas não foram apenas gnomos que saíram (incluindo uma banda marcial completa): ali estavam também seus amigos e alguns alunos de primeiro ano, como Willam, Bogden, Valentina, Aja, Laithan, Ravan, Vex, Brone... Agatha nem conseguiu contar todos, porque uma pilha fantasmagórica de seda vermelha avançava em sua direção e imprensava ela e Tedros contra uma parede. A Rainha do Açúcar tirou o véu e revelou a ambos seus olhos verde-esmeralda.

"Vou matar aquela Cobra suja e podre, e vou explicar como", disse Sophie.

O plano era brutalmente simples.

Primeiro passo, que já estava em andamento: atrair Japeth para lá. No momento em que chegasse a Foxwood, ele ficaria sabendo de sua nova rival e iria direto para a Mansão do Açúcar do Leste.

Segundo passo: agir como se fosse amiga dele, uma colega governante que estava ali para esclarecer um mal-entendido.

Terceiro passo: fazer com que entrasse na casa sozinho.

Quarto passo: encurralá-lo com uma centena de gnomos e alunos da escola e livrar a Floresta da Cobra de uma vez por todas.

"Estará tudo resolvido em questão de minutos", Sophie disse, enquanto seu véu vermelho se transformava magicamente no vestido branco de Evelyn. "Então, sem Japeth... Tedros aparece, tira a espada da pedra e pronto! O Leão se revela. É um plano infalível. O Fim dos Fins. À prova de idiotas."

"Vocês sabem que não sou fã dos planos de Sophie, em especial de um em que fico presa em uma imitação da casa da minha mãe", disse Hester, saindo de outro cômodo com Anadil, uma vez que as duas já estavam lá, "mas esse não parece ruim."

"Mas não precisava de todo esse circo", Anadil resmungou, enquanto os gnomos em volta se enchiam de doce.

"Nossos espiões avisarão quando ele estiver vindo", Sophie acrescentou, olhando através das cortinas para Bodhi e Laithan, vestidos com as armaduras, e os elmos, que Tedros e Agatha haviam roubado dos soldados de Akgul, estavam postados aos portões de pirulitos. Sophie fechou as cortinas, para que ninguém visse dentro da casa. Então se virou para a melhor amiga. "O que acha, Aggie?"

Havia algumas partes do plano que Agatha odiava.

Convidar a Cobra para entrar.

Deixar que Sophie corresse todo o risco.

Mas também havia partes de que gostava. O caminho de Tedros para vencer o terceiro teste estaria livre. Não importava que Japeth lutasse injustamente, era uma emboscada grande demais para que ele conseguisse se livrar. A Cobra provaria de seu próprio remédio ao morrer.

Tedros era o único que parecia discordar.

Tinha uma expressão pensativa, com as costas apoiadas à parede, os olhos fixos nas cortinas fechadas.

"É um bom plano, Teddy", disse Sophie. "Mas não posso levar todo o crédito. Um amigo serviu de inspiração."

Ela olhou por cima do ombro de Agatha, que se virou.

"Reaper!", a princesa exclamou.

O gato foi levado até ela em uma almofada de veludo azul, carregada por dois gnomos. Ele curvou a cabeça para Agatha, o que fez sua coroa escorregar da cabeça careca e enrugada. "Os gnomos pouco se importam com o mundo dos humanos. Mas se importam com seu rei", ele disse. "Por isso, quando descobri que você e seus amigos estavam em perigo, eles se mostraram dispostos a abandonar os confortos de sua terra e me seguir até a batalha."

Agatha o tirou da almofada e o abraçou forte. Reaper fez uma careta. "Na presença dos meus súditos, prefiro uma abordagem mais distante."

"Na presença do *meu* gato, não posso evitar ser amorosa", retrucou Agatha, apertando-o. "Achei que você só conseguisse falar com humanos quando enfeitiçado."

"Aprender a língua humana não é muito difícil", explicou Reaper, "com suas construções simplórias e falta de finesse."

A cabeça de Brone despontou da porta de outro cômodo, nos fundos. "Se alguém quiser comida de verdade, o chapéu de Merlin está cozinhando!"

De uma vez só, todos os alunos foram na direção dele, embora os gnomos estivessem satisfeitos com os doces. Reaper se aproveitou do burburinho para se soltar dos braços de Agatha e fugir.

"É melhor estarmos de barriga cheia quando a Cobra chegar", Sophie disse, puxando Agatha consigo.

A princesa beliscou o braço dela, brincalhona. "Gosto dessa nova Sophie, que come bolo de mel, é a rainha do doce e acha que comer é uma prioridade diante do perigo."

"Sabe quando um dia você acordou e descobriu que os garotos não eram o veneno tóxico que sempre achou que fossem? Bem, garotos e doces são muito parecidos, na verdade", Sophie disse, com uma piscadela.

Agatha soltou a mão dela. "Sophie... está tudo bem? Quando te vi através dos vaga-lumes, você parecia..."

O sorriso da outra desapareceu. Ela evitou os olhos de Agatha e assoviou para Tedros. "Teddy, querido, o que está esperando? Quando foi que você recusou comida?"

Mas o príncipe se manteve no lugar, fazendo apenas um gesto que indicava que logo iria também, então foi encurralado por algumas garotas de primeiro ano, Valentina, Laralisa e Priyanka, que começaram a fazer perguntas sobre seus tempos de escola. ("Em que cama você dormia?", "O que você mais gostava de fazer na Sala de Embelezamento?")

Agatha olhou para Sophie. "É melhor esperarmos por Tedros."

"Sempre vai ter alguém em cima dele, querida. Afinal de contas, é Teddy. Mas ele sempre vai amar só você", Sophie disse, puxando-a para a sala de estar. "Agora me diga, quem é *esse*?" Ela olhou para um garoto alto e estiloso que servia um banquete em uma mesa de madeira.

"Esse é Merlin", disse Agatha.

"Perdi o apetite", disse Sophie, com um suspiro.

A sala de estar estava bem movimentada, os corpos se amontoavam em torno das cadeiras aconchegantes de musselina e iam de um lado para o outro no tapete fofo marrom-avermelhado para se servir de opções bastante coloridas – pakoras de couve, raízes assadas e condimentadas, cogumelos fritos com chutney de alho, macarrão à provençal, rabanete com beterraba, curry de abóbora com quiabo, favas com tomatinhos amarelos, arroz com canela e coco, churros com chocolate –, como se o chapéu de Merlin estivesse determinado a se certificar de que seu jovem mestre e seus colegas adolescentes comessem legumes.

Enquanto isso, entre um e outro churro, Ravan e Vex comparavam os atiçadores de ferro da lareira suja de fuligem, à procura da melhor arma para emboscar a Cobra. Já Bossam, Devan e outros garotos de primeiro ano procuravam por facas de cozinha que pudessem fazer as vezes de adaga. Agatha viu Beatrix, Kiko e Rena perto dos garotos, usando as armaduras das Onze, enquanto ferviam uma panela grande de óleo.

"Vocês estão *aqui*!", Agatha exclamou, correndo até elas.

"Depois de Shazabah, Marian levou algumas de nós para a Floresta de Sherwood", disse Beatrix, acelerando a fervura com seu brilho. "Encontramos uma médica bruxa, que tinha uma bola de cristal."

"Foi assim que ficamos sabendo que vocês estavam viajando para cá, e viemos o mais rápido possível", disse Reena.

"Chegamos ontem à noite", Kiko acrescentou, olhando para Agatha com cara de quem não tinha dormido. "As camas foram feitas para *anões*."

A princesa endireitou as costas. "Espera. Se vocês foram com Marian, isso significa que estavam com..."

"Oi, queridas", cantarolou uma voz.

Todo mundo se virou para ver Dot descendo por uma escadinha, de novo uma adolescente de rosto redondo, mastigando um prato de legumes transformados em chocolate.

"Acho que vou ser uma bruxa médica quando crescer", ela comentou.

Perto de Agatha, Hester resmungou. "Bem quando já estava me acostumando com a Dot velha."

"Pelo menos a outra era deprimida em vez de falante", Anadil concordou.

Mas Dot já estava abraçando e beijando as duas, que se contorciam e reclamavam, mas não faziam nada de efetivo para se soltar.

"Marian também está aqui?", Hester perguntou.

"Ela e Nicola foram ajudar Jacinda em Jaunt Jolie", respondeu Dot. "Os antigos cavaleiros se viraram contra a rainha depois que os substituímos. Tentaram dar um golpe e assumir o castelo. Foram desleais com a própria rainha... Nunca vi Marian tão determinada a colocar os homens em seu lugar. Talvez queira ser lembrada na história como mais que a donzela de ladrões e xerifes." Dot deu uma piscadela. "É o que a filha dela quer."

Hester e Agatha olharam uma para a outra.

"Ah, não lhe deem crédito *demais* por ter descoberto", Anadil resmungou. "Não é como se tivesse resolvido o enigma da esfinge."

"Isso significa que metade de mim é Sempre", Dot disse, parecendo tensa. "Não sou totalmente bruxa." Olhou para Hester e Anadil, nervosa, como se pudesse ser expulsa do coven por conta disso.

"Bem", Hester deu de ombros, "ninguém é perfeito."

Willam se aproximou por trás das bruxas. "Querem ficar de vigia lá em cima com a gente? Podemos pular como bombas em cima de Japeth quando ele chegar."

"A ideia foi minha, embora Will esteja ficando com os créditos", Bogden acrescentou.

Agatha sorriu enquanto via as bruxas e os garotos subirem. Havia tanto amor entre eles que quase se esqueceu de que a cabeça de seu próprio amor corria risco e que o inimigo estava a caminho. A princesa se virou para procurar Tedros...

Mas Sophie a interceptou, mordiscando um churro. "Lembra que Merlin sempre tinha um cheiro de malha velha guardada por tempo demais? O jovem Merlin não cheira nem um pouco assim. Não que pareça muito animado em me ver. Mas você sabe que gosto de um desafio. Por que não está comendo, Agatha? Vou ter que fazer um prato para você?"

Algo no tom dela, maníaco e forçado, incomodava Agatha, lembrando-a da antiga Sophie. A fingidora. A atriz. Foi então que a princesa se deu conta. "Sophie", ela olhou para a amiga, "onde está Hort?"

A fachada caiu. A dor extravasou, e os olhos de Sophie se encheram de lágrimas. Agatha perdeu o fôlego e levou a mão à boca na hora.

Duas cornetas soaram lá fora, urgentes e mal tocadas.

"É o sinal!", Sophie chamou, forçando-se a manter a compostura. Ela deu meia-volta. "Todo mundo em seu lugar! Ele está chegando! A Cobra está chegando!"

Todo mundo se pôs em movimento, como convidados de uma festa surpresa bizarra, empunhando armas improvisadas: cadeiras, talheres e pratos de porcelana. Agatha olhou por entre as cortinas. Diante dos portões de pirulitos, vislumbrou Bodhi e Laithan, soprando cornetas apropriadas ao tamanho de gnomos enquanto milhares se aproximavam da Mansão do Açúcar do Leste: soldados de outros reinos, cidadãos de Foxwood entoando "Leão! Leão!" e uma legião de soldados de Camelot, portando escudos dourados. Diante deles, seguia um garoto de azul e dourado, sobre um cavalo branco. Agatha fechou as cortinas e se virou, procurando por Tedros. Então Sophie a empurrou para trás do sofá, enquanto a Rainha do Açúcar voltava a seu véu vermelho, dando ordens ao próprio exército dentro da casa.

"Todo mundo se esconde! Fora de vista! E silêncio completo a partir de agora!", ela disse. "Quando ele bater, vou deixar que entre. E aí ataquem o cretino!"

A casa mergulhou em um silêncio ansioso, com todos escondidos atrás de uma parede, cadeira, poltrona ou sofá, ou metidos na cozinha ou no andar de cima. Sophie ficou sozinha, de pé no meio da sala. Agatha se levantou e pegou o braço dela.

"Vai se esconder, sua tonta!", Sophie sibilou, tentando empurrar sua amiga para um grupo de gnomos, armados com doces pontiagudos. Agatha, no entanto, segurou firme o pulso dela.

"Onde está Tedros?", a princesa perguntou.

"Escondido em silêncio, como você deveria estar!", Sophie disse. Ela se soltou de Agatha e seguiu na direção da porta, usando suas vestes vermelho-sangue.

Então parou no lugar.

"Teddy?", ela sussurrou.

Agatha se pôs de pé.

Tedros estava à porta. Com a mão na maçaneta.

Ele olhou para sua princesa.

"Lembre-se do que me prometeu", disse.

Sophie olhou para o amigo. "O que ela prometeu?"

Tedros já tinha aberto a porta.

Sophie e Agatha foram atrás dele, tropeçando na confusão de doces. A primeira tirou o véu, mas a segunda saiu ao sol primeiro. "Tedros, não!", ela gritou.

O príncipe estava desarmado nos portões, com milhares de espadas, flechas e lanças apontados para ele.

O cavalo branco parou a poucos passos dele. A floresta ficou em silêncio enquanto Japeth desmontava, ainda disfarçado como o irmão morto.

Japeth olhou para Sophie e Agatha, congeladas à porta da casa.

Então se concentrou no príncipe.

"Cada um tem uma tentativa de puxar a espada", Tedros declarou. "A Excalibur vai decidir quem é o rei."

O príncipe estendeu a mão.

Por um momento, seu inimigo não disse nada.

Os dois só ficaram se olhando, dois rivais querendo o mesmo trono.

Verdade contra Mentira. Presente contra Passado. Pena contra Homem.

Toda a Floresta segurou o fôlego.

Os olhos da Cobra cintilaram.

"A Excalibur vai decidir quem é o rei", Japeth repetiu.

Então apertou a mão de Tedros.

O acordo estava feito.

Entre o filho de Arthur e o filho de Rafal.

As pernas de Agatha fraquejaram, mas a amiga estava lá para ampará-la. Sophie lhe perguntava repetidamente o que a princesa havia prometido a Tedros, o que havia dito a ele, mas tudo o que Agatha conseguia se lembrar era da última vez que havia tocado seu príncipe, no escuro, em meio ao cheiro de doce velho.

30

AGATHA

A Cobra e o Leão

Quando se faz um acordo, é preciso ser específico.

Era tudo em que Agatha conseguia pensar, enquanto atravessava as ruas de Foxwood, acorrentada e com a boca amordaçada. Assim que os termos foram acertados entre Tedros e a Cobra – a Excalibur decidiria quem era o rei –, a Mansão do Açúcar do Leste foi atacada por uma centena de exércitos e todos os aliados de Tedros foram capturados e amarrados. O príncipe não disse nada, só ficou observando enquanto seus amigos desfilavam de algemas, como prisioneiros, enquanto Reaper e seus gnomos eram deixados para trás, trancados dentro da casa, enquanto sua princesa era mandada para o fim da fila, com Sophie. Milhares de soldados os flanqueavam, conduzindo todos juntos, fossem do Bem ou do Mal, cutucando-os com espadas e lanças, enquanto o povo de Foxwood atirava lixo nos rebeldes e gritava: "*Rhian é o rei! Rhian é o rei*!". Na frente de Agatha, um trapo sujo acertou Dot no rosto, enquanto um pêssego podre batia na orelha de Agatha e molhava sua bochecha.

Ela se lembrou de uma das primeiras vezes em que havia deixado o castelo de Camelot como sua nova princesa, quando o povo do vilarejo a atacara com comida, por rejeitar o reinado de Tedros. Na época, Agatha também tinha suas dúvidas em relação a ele. Mas muita coisa havia acontecido desde então. Uma Cobra fora desmascarada. Um Leão fora trazido à luz. No entanto, o povo da Floresta continuava sem saber daquilo.

Agatha ouvia a respiração engasgada de Sophie mais atrás. Sua amiga era a última da fila. Tinham enfiado o lenço marrom de Dutra na sua boca. O rei baixinho a acompanhava, chutando-a sempre que ela diminuía o ritmo e escarnecendo: "Rainha do Açúcar! Rá!". Mais adiante, as bruxas também estavam acorrentadas, o demônio de Hester contido pela coleira de ferro no pescoço de sua mestra, os dois ratos de Anadil amarrados com cordas à barriga dela. Agatha teve um *déjà-vu* desagradável: lembrou-se da última vez que ela, Sophie e as bruxas estavam acorrentadas juntas, prisioneiras de piratas que os levavam ao líder.

Foi quando conheceram a Cobra.

Agora estavam de novo sob seu controle. Tinham magia à disposição e a intenção de reagir, mas resistir era inútil. Estavam em menor número, e a disputa seria irrelevante, porque o resultado do torneio se resumiria à disputa entre Tedros e a Cobra, como o Rei Arthur pretendera. Até mesmo Merlin seguia na fila obedientemente, olhando para Agatha com uma expressão taciturna, como se, o que quer que tivesse incentivado o príncipe a desafiar Japeth, tivesse acontecido à sua revelia.

Tedros era o único que continuava livre, andando em frente a seus amigos acorrentados, com o gibão preto bem abotoado, enquanto Japeth seguia próximo a ele, em seu cavalo branco. Doze soldados de Camelot andavam de costas pelos paralelepípedos acidentados da praça, com as bestas apontadas para Tedros. Agatha morria de medo de que um passo em falso pudesse desencadear em um disparo. Ainda assim, o príncipe parecia impossivelmente calmo, como se tivesse visto o futuro e escolhido aquele caminho, já sabendo aonde levaria. Só que Japeth tinha a mesma expressão serena enquanto assomava sobre o príncipe. Tinha prendido os amigos de Tedros como prevenção, como se a Excalibur na verdade só tivesse uma escolha.

Não podiam estar ambos certos.

Agatha desejava desesperadamente confiar nos instintos de Tedros. Sem dúvida ele imaginava que, em condições justas, à vista do povo, a espada de seu pai o ungiria como rei. Mas Japeth estava sempre um passo à frente, como seu próprio pai, e seguir as regras ao jogar com ele era o modo mais certeiro de perder.

Com o intuito de se acalmar, Agatha olhou para Sophie, mas a amiga parecia desanimada em seu vestido branco, calada e com os olhos baixos. Sentiu que Agatha a observava e fez menção de erguer o rosto, mas então a outra se virou para deixá-la em paz. Era o mesmo pesar profundo que ela vira em Sophie na casa de Branca de Neve. Agatha quase podia ler a mente da amiga: Hort não teria aceitado aquilo, muito menos em silêncio. Ele teria se transformado em um homem-lobo furioso, esmagado soldados com os próprios punhos e tocado o terror e o apocalipse, não importasse o acordo que Tedros tivesse feito. Muito embora não fosse adiantar de nada e só acabasse piorando as coisas, Sophie o teria amado ainda mais por aquilo.

Era ao mesmo tempo natural e surpreendente que Sophie tivesse se apaixonado por Hort. Por um lado, Agatha não conseguia acreditar que tinha acontecido; por outro lado, não acreditaria se *não* acontecesse, mesmo depois de Sophie ter rejeitado a possibilidade inúmeras vezes. Com Hort, ela era Sophie ao extremo, e com Sophie, ele era Hort ao extremo, cada um a versão mais intensa de si mesmo, expondo-se ao outro sem qualquer vergonha, medo ou arrependimento. E não é isso o amor? A força mágica que torna você mais você? Agatha tornava Tedros mais Tedros, e Tedros tornava Agatha mais Agatha. Sophie havia tentado encontrar outra equação para o amor. Todos os garotos que amara eram lindos, irascíveis ou misteriosos, mas ou a tolhiam ou a pressionavam a ser algo que ela não queria ou não podia ser. Hort amava Sophie tal qual ela era. E qualquer garoto que pudesse amar a verdadeira Sophie, em todas as suas encarnações, era o único príncipe merecedor de seu amor. Hort precisara morrer para que Sophie visse aquilo.

Lágrimas fizeram os olhos de Agatha arderem. Era assim que a história acabaria? Com Sophie e ela própria despojadas de seu Para Sempre? Duas amigas sozinhas de novo, depois de terem encontrado e perdido o amor? Por um momento, foi como se estivessem de volta a Gavaldon, ela e Sophie puxadas pelas ruas repletas de casinhas simples e tulipas.

Então ela viu a casa com um buraco no telhado.

Tinha dois andares e paredes amarelo-claras, e parte das telhas azuis tinha sido destruída. Havia guardas posicionados em volta da cratera, cujas bestas apontaram para Tedros quando ele se aproximou. No chão, um círculo de guardas protegia a localidade, os mais fortes soldados do Bem e do Mal, uma força de elite destacada para proteger o terceiro teste. Agatha mal conseguia ver Tedros. Guardas vindos de todos os lados se fecharam sobre o príncipe, que parou diante da casa.

Japeth parou o cavalo.

Tedros o aguardava, como se fossem amigos.

Dois garotos de uniforme escolar os observavam da varanda, diante da porta aberta. Ambos usavam broches do Leão. O mais velho devia ter por volta de dezoito anos e era um pouco parecido com Chaddick; o outro tinha cabelo loiro-acinzentado e não podia ter mais de oito ou nove. À porta, aguardava uma mulher usando vestes pink. Tinha a pele bronzeada e o rosto anguloso de Grisella Gremlaine. Lady Gremlaine devia ter deixado o filho ali para ser criado pela tia, onde Arthur não saberia de sua existência. Por que Grisella escondera o verdadeiro herdeiro dele, nunca saberiam ao certo. Mas Agatha desconfiava que o objetivo era que a história de Arthur e Grisella se encerrasse na fatídica noite que tinham passado juntos, na Floresta de Sherwood. Para Grisella, aquele era seu Para Sempre. Um segredo que nunca revelariam. As consequências daquele segredo teriam que ser escondidas, não só para proteger Arthur e Camelot, mas para que a criança tivesse uma vida independente, um começo livre de amarras, distante da teia intrincada tecida por seus pais.

Japeth desceu do cavalo. Deixou a espada para trás e se juntou a Tedros no gramado diante da casa.

O príncipe acenou com a cabeça e abriu passagem para seu rival.

Em silêncio, a hierarquia foi estabelecida.

Japeth seguiu para a varanda, onde os dois garotos Gremlaine se curvaram para ele. Quando chegou à porta, não entrou: só fez um sinal para a multidão, fazendo com que os líderes do Conselho do Reino – o Rei Dutra de Foxwood, a Imperatriz Vaisilla de Putsi, a Marani de Mahadeva, o Rei Lobo de Bloodbrook e mais uma dúzia de governantes – dessem um passo à frente. Todos seriam testemunhas do teste, e seguiram para a casa um a um, em uma espécie de desfile real.

Japeth aguardou à porta e assentiu para Tedros.

O príncipe foi se juntar a ele, suportando solenemente os olhares frios dos Gremlaine. Da varanda, Tedros olhou para os prisioneiros acorrentados e sinalizou que desejava que fossem suas testemunhas. Os guardas que os ladeavam olharam para Japeth, que não fez objeção, então guardaram suas armas.

Vex e Ravan, que estavam à frente da fila, seguiram primeiro, puxando todos os outros para dentro de casa, passando pelo príncipe e por Japeth, que só os observaram entrar: à frente, os alunos de quarto ano e de primeiro ano, depois, Merlin, as bruxas, Agatha e, por último, Sophie. Ao subir na varanda, Agatha olhou com urgência para Tedros, que não olhava para ela, e sim para o próprio peito, onde as mãos da princesa haviam estado pouco antes. Teria sido a última vez que ficariam assim perto um do outro? Por que ele não a encarava? Tinha medo? Estava arrependido do acordo? Com a sobrecarga de sentimentos, Agatha se virou para dirigir à Cobra um olhar ardente e dolorido, mas era tarde demais, e foi puxada para dentro pelas correntes.

Então Agatha viu o colarinho de Japeth.

Balançando à brisa, pequeno o bastante para que ela só conseguisse vislumbrar o que havia debaixo dele. Um pedacinho de tecido cinza, da cor dos olhos de Chaddick.

Com um C dourado bordado.

Todo ele coberto de sangue seco.

Ele está trapaceando!, Agatha queria gritar.

É o sangue de Chaddick!

Ela precisava alertar Tedros, só que não conseguia mais vê-lo, conforme seu corpo era puxado para a casa lotada. Tampouco podia gritar, porque a corda estava apertada demais em sua boca. Mais para a frente, Merlin olhava para ela, com uma expressão estranha, mas então Agatha foi puxada de novo e seus pés titubearam sobre os destroços de telhas azuis. Agatha ficou espremida entre os líderes reunidos: o Gigante Gelado das Planícies de Gelo, a Fada Rainha de Gillikin e a Rainha Ooty. Todos se encolheram ao toque dela, até que Agatha foi puxada para a escada que levava até o andar de cima, de onde vislumbrou a casa dos Gremlaine por cima do corrimão.

Os aliados de Japeth ocupavam todo o andar de baixo, reunidos em volta da Excalibur, a lâmina cravada em uma pilha de pedras estilhaçadas, caídas do andar de cima. O sol do meio-dia entrava pelo buraco no telhado e iluminava a espada de Arthur, lançando faíscas douradas na pedra de cor safira, que combinava com o tom do traje de Japeth. Os dois rivais entraram pela porta, bem próximos um do outro enquanto assumiam um lugar diante da espada. Apoiada no corrimão, Agatha viu que Sophie a olhava, sem dúvida reconhecendo a ironia de lotar sua Mansão de Açúcar com amigos para proteger Tedros da Cobra só para terminar em uma casa cheia de inimigos e com os dois lado a lado. Como Tedros estava bem embaixo dela, Agatha não conseguia ver nada além do topo de sua cabeça, e o contato visual entre os dois era impossível. Como ia lhe dizer o que havia visto no colarinho de Japeth? Que Japeth ia enganar a Excalibur assim como havia acontecido com Rhian, motivo pelo qual a espada rejeitara Tedros da primeira vez? Como ia dizer a Tedros que a Excalibur estava prestes a negá-lo de novo? E que, daquela vez, ia *matá-lo*?

Ela tentou falar, mas ele não teria como ouvi-la lá de cima, com a casa lotada de gente se movendo, os olhos do príncipe focados na lâmina do pai.

Devagar, um silêncio se espalhou pela casa, conforme o que estava em jogo ficava claro. Era o último teste do Torneio dos Reis. Em questão de momentos, a espada seria sacada por um dos dois e o outro morreria. Agatha podia ver seus amigos ao longo da escada, todos acorrentados e com o mesmo rosto pálido e petrificado, principalmente os alunos de primeiro ano, que ainda acreditavam em um mundo em que o Bem sempre vencia, em que o verdadeiro herdeiro de Camelot se tornava rei. Fez-se ainda mais silêncio, e Agatha aproveitou sua chance: puxou o ar e forçou um grito através da corda, um grito que Tedros saberia que era dela.

Mas ele nem a olhou.

Só pigarreou. "Temos nossas testemunhas, Rhian. Temos nosso teste. Agora só nos restam nossas últimas palavras, pelas quais seremos lembrados pelo povo, quer acabemos no trono, quer na cova."

"Então fale primeiro, jovem príncipe", Japeth concedeu, com um sorriso afetado. "Da última vez que fez um discurso como rei, foi digno de nota."

Agatha percebeu que Tedros hesitava. Ela se lembrava bem daquele momento. Do discurso que o Rei Tedros tivera que fazer para reunir seus exércitos contra a Cobra, que fora um fracasso tão retumbante, com palavras tão incertas e tímidas, que outro tivera que assumir seu lugar. Naquele instante, Tedros abrira a porta para que seu trono lhe fosse roubado. E ali estava ele, enfrentando um rapaz que tinha o mesmo rosto que aquele que o humilhara. *O passado é o presente e o presente é o passado. A história anda de um lado para o outro...*

Mas Tedros pode ter aprendido com aquilo, pensou Agatha, ao ver o príncipe se virar para a multidão. Porque a história podia ser a mesma, mas ele havia mudado. Seus olhos pareciam despreocupados, sua postura era de orgulho. Quando Tedros falou, sua voz saiu séria e autoritária, acompanhada por uma respiração baixa e profunda, como se estivesse reprimindo um rugido.

"Ninguém se torna rei, é preciso nascer como um. Essa é a lei na nossa terra. É o que nos ensinaram", ele disse. "Nem o mais poderoso ou o mais digno pode ascender ao trono se não tiver o sangue de seu antecessor. Sangue é a magia de que são feitos os reis. Apenas sangue. Por isso meu rival e eu nos encontramos diante desta espada. Ambos alegamos ter o sangue de meu pai. Meu pai, que criou este torneio para encontrar seu herdeiro." Tedros fez uma pausa. "No entanto, por que dividi-lo em três testes? Por que não devolver a espada à pedra e esperar que cada um tente tirá-la, como ele mesmo fez para se provar rei? Por que iniciar um torneio para que corrêssemos atrás de respostas e arriscássemos a vida atravessando o mar e voltando, só para terminar aqui, com a mesma tarefa em que meu pai foi bem-sucedido, graças à magia de seu sangue? Talvez porque ele tenha aprendido que sangue *não foi* o bastante para torná-lo rei. O que o tornou rei foram os testes de liderança que enfrentou inúmeras vezes. Testes que fizeram dele rei não só pelo sangue. Teste de humildade. Clemência. Sacrifício. Amor. Os *verdadeiros* testes. Aqueles em que falhei quando fui rei pela primeira vez. Porque eu também acreditava na magia do sangue. Que ele me tornaria rei mesmo que não me *sentisse* como um rei, mesmo que não soubesse agir como um. Governei com medo no coração. Medo de não ser digno do meu sangue. Medo de não ser bom o bastante. Encolhi-me diante dos desafios, preocupado comigo mesmo e não com meu povo, desesperado para proteger um trono que não me achava merecedor. Culpa. Vergonha. Dúvida. Era o que me guiava. Não é à toa que um usurpador roubou meu trono. Fui eu que dei existência à Cobra. No entanto, foi essa mesma Cobra que me deu uma segunda chance de passar nos testes em que havia falhado. Foi por isso que meu pai deixou os três testes. Para que eu pudesse provar a humildade, o amor e a coragem que no passado me faltaram. Mas há mais em jogo que uma coroa. Um de nós luta para proteger o Storian. O outro pretende destruí-lo e substituí-lo. Homem contra a Pena. Entretanto, sem a Pena, estamos perdidos. Pois é o Storian que conhece verdadeiramente nosso destino e dá a cada um de nós a chance de cumpri-lo. É por isso que o Homem não pode governar a Floresta sozinho. É por isso que o Único e Verdadeiro Rei não deve substituir o Storian. Porque o Homem não tem a coragem de enfrentar seus piores medos, de se elevar à sua melhor versão, não sem a ajuda do destino. O destino e o livre-arbítrio devem trabalhar juntos. Homem e Pena em perfeito equilíbrio. Somos todos objetos de nosso destino, mas nossa vontade decide se superamos os desafios que ele nos traz. O Storian só inicia nosso conto. Somos nós que devemos terminá-lo. E o meu fim é superar meus fracassos e me tornar mais que meu próprio sangue. É por isso que me encontro aqui hoje, fortalecido por meus equívocos. Porque a Pena sempre dá uma segunda chance aos melhores homens. E aos melhores reis."

Ele endireitou o corpo e falou com força total. "Talvez a Excalibur me escolha agora. Talvez não. Mas não recuarei do desafio. Não desta vez. Arriscarei perder a cabeça reivindicando a verdade de quem sou. Um líder que reunirá todos nós, o Bem *e* o Mal, em um novo reino. Em que a Verdade vence a Mentira, em que o Passado não dita o Presente, em que o Homem e a Pena compartilham o poder. Um futuro em que um rei não menospreza seu povo, sendo ele mesmo um membro do povo. Serei seu Leão. Serei seu protetor. Serei seu *rei*. Não por minha própria glória, mas por todos nós. *Todos nós*, inclusive as cobras. Por isso meu pai fez desse o terceiro teste. Não é um teste de sangue ou de nascimento. Ambos podem ser falsificados." Tedros olhou para Japeth. "Mas a verdade, não. O que está sendo posto à prova é a verdade. Só um de nós vai encarar este teste com coragem, e não covardia."

Ninguém se movia na casa, tanto líderes quanto alunos cativados pelas palavras do príncipe. Por uma janela no andar de cima, Agatha viu uma multidão de gente lá fora, hipnotizada pelas palavras cuja voz estrondosa de Tedros fizera chegar lá fora. Olhou para seu príncipe, cujo rosto estava corado e convicto. Embora permanecesse acorrentada e sem poder falar, embora Tedros continuasse sem olhar para ela, Agatha nunca se sentira tão esperançosa. Seu verdadeiro amor já não pertencia só a ela, mas a toda a Floresta. O Leão. O Rei.

Japeth rompeu o silêncio com uma risada.

O estômago de Agatha se revirou quando a Cobra ergueu os olhos semicerrados para o rival.

"Está me chamando de covarde?", Japeth perguntou.

Tedros o encarou. "Estou te chamando de mentiroso *e* covarde."

"Bem, você é versado no assunto", Japeth disse, com malícia. "Diga-me o que fiz, além de obedecer ao testamento de Arthur. Diga-me o que fiz além de honrar a quem eu amo." Ele ardia em fúria, como se ainda visse em Tedros a fraude envolvendo Aric. "Você tem sua verdade, e eu tenho a minha. O povo acredita em mim. Todos queimaram seus anéis por mim. Por mim, o Único e Verdadeiro Rei." Ele sibilou no rosto de Tedros. "*Essa* é a verdade."

Tedros apenas olhou para a Cobra. "A verdade não pode ser dita. Deve ser vista. E seus crimes serão vistos."

A tensão congelou a casa. Japeth se afastou de Tedros, com um sorriso pervertido no rosto.

"E se não forem, caro profeta?", Japeth indagou. "E se eu tiver o sangue do herdeiro, o sangue do rei?"

Tedros hesitou. As veias de seu pescoço estavam saltadas. Ele olhou para a Cobra. "Sendo verdade, desejo que a Excalibur corte minha cabeça."

Japeth sorriu. "Assim seja." Ele endireitou o colarinho, tocando-o apenas por tempo o suficiente para garantir que Tedros visse o sangue de Chaddick escondido embaixo. Agatha viu que o corpo de seu príncipe enrijecia, que seu pescoço ficava tenso.

A Cobra se virou para a espada. "Não vejo motivo para mais palavras vazias. O teste para definir quem é o rei está bastante claro. Basta escolher quem terá sua chance primeiro."

"Podemos tirar na moeda quem escolhe!", disse o Rei de Foxwood, destacando-se do grupo, com uma moeda dourada nas mãos. "Cara para o Rei Rhian e coroa para... o outro." Seus dedos estavam trêmulos quando ele lançou a moeda desajeitadamente no ar, quase atingindo a Imperatriz de Putsi. "Deu cara. Rei Rhian?"

"Vou depois", disse Japeth.

Um calafrio úmido percorreu o corpo de Agatha. Suor pingava de suas mãos algemadas. Sophie ficou mais junto dela, de modo que seus braços se tocassem. Ambas prenderam o fôlego.

Tedros adentrou a arena de sol sob o telhado quebrado, só ele a espada do pai ali. Apoiou a bota desgastada no volume de pedras e pôs uma mão no punho com o Leão gravado, depois a outra. Não havia qualquer som em toda a casa. O peito do príncipe subia e descia, sua respiração pesada como as ondas do mar. Ele segurou bem a espada. Depois a puxou com toda a força.

A Excalibur não se moveu.

Tedros apertou ainda mais os nós dos dedos e puxou uma segunda vez, os músculos dos antebraços saltaram, as bochechas ficaram vermelhas.

A espada continuou no lugar.

Todo o ar deixou os pulmões de Agatha, enquanto Sophie a abraçava mesmo acorrentada. Agatha ouviu a amiga tentando dizer algo por cima da mordaça para reconfortá-la, mas o som foi abafado pelos murmúrios dos líderes, que tinham ficado tão calados depois do discurso de Tedros que pareciam ter reconsiderado sua escolha para rei, mas agora se viam aliviados, com a espada silenciando suas dúvidas.

Tedros deu um passo para trás, os olhos fixos na espada de Arthur.

Ele não disse nada.

"Minha vez", disse Japeth.

Ele contornou a espada e ficou frente a frente com Tedros. Suas mãos bronzeadas cobriram o Leão gravado no punho, enquanto o sol iluminava seu colarinho. Com a respiração rápida e superficial, ele firmou a pegada no punho e puxou a espada.

Ela deslizou da pedra, e a Cobra a ergueu.

"Não!", Agatha gritou, apesar da mordaça.

Mas os líderes já estavam apoiados em um joelho, curvando-se para o rei, assim como os alunos, forçados pelos guardas, e Agatha e Sophie também. A princesa enfiou a cabeça pelo corrimão a tempo de ver Japeth sorrir para Tedros, com a Excalibur firme nos dedos finos, a lâmina brilhando magicamente em dourado. Devagar, a espada se soltou das mãos de Japeth e ficou ao sol, suspensa sozinha no ar.

O espírito de Arthur ressoou dela:

Meu sangue ainda vive.
É o fim do terceiro teste
E do torneio.
O rei foi encontrado.

A coroa de Camelot apareceu como um fantasma sobre a cabeça de Japeth e se encaixou em seu cabelo cor de cobre.

A Excalibur se voltou para Tedros.

A voz de Arthur voltou a soar, mais cortante agora.

E o perdedor também.

A espada brilhou vermelha, para a punição.

Agatha tentou descer a escada, mas as correntes a impediram. Foi só então que os olhos de Tedros encontraram os dela, e ele finalmente viu sua princesa, finalmente se concentrou nela, com a mesma força e a mesma verdade de quando lhe pedira que fizesse uma promessa. De que seguiria em frente sem ele. De que continuaria lutando.

Tedros voltou a olhar para a espada do pai.

Agatha gritou.

A lâmina mirou no pescoço do príncipe.

A luz refletiu nela.

Então Tedros foi ao chão, cortado em dois.

31

MERLIN

Retorno à Floresta do Desfecho

Quase dez anos atrás, Tedros e eu nos reunimos para uma aula na Floresta do Desfecho.

Mas minha intenção não era de que fosse uma aula.

Era para ser uma despedida.

Arthur havia matado Kay, e eu decidira deixar Camelot, mas não sem antes ver o jovem príncipe uma última vez.

Enquanto esperava sob o carvalho roxo, as lágrimas embaçaram meus olhos, atrás dos óculos, e minha mão agarrou ansiosamente meu queixo sem barba. Como eu poderia deixar o garoto? Quando ainda estávamos só começando? Minha intenção era ficar com o pai e depois com o filho até o futuro distante, quando meu trabalho estivesse completo. Mas as coisas haviam

mudado. Arthur se tornara inconstante e vivia cheio de segredos. Em vez de seu mentor, eu agora era um incômodo contra o qual ele podia se revoltar. Lá no íntimo, Arthur havia perdido a fé em mim ou, o mais provável, em si mesmo. A única cura era partir, deixando-o para encarar seu destino sozinho. Quanto a Tedros, eu ficaria de olho nele, mas à distância, como um falcão no alto, até que chegasse o dia em que mais precisaria de mim. Eu não podia lhe dizer aquilo, claro, ou ele passaria a vida me procurando e esperando pelo meu retorno, em vez de aprender a se virar sozinho. Não, tinha que ser um rompimento direto, não importava as lágrimas que derramássemos.

"Merlin!", uma voz entoou.

Eu me virei e o vi se aproximando por entre as lavandas, os cachos dourados cobertos de folhas, as vestes de príncipe rasgadas. Ele era tão pequeno, e estava sempre corado e em movimento, como uma raposa impetuosa.

"Merlin, só precisei de cinco tentativas para entrar! Fiz tudo o que você me ensinou! Fechei os olhos e pensei em encontrar o portal, então me concentrei em relaxar o cérebro e permiti que meus pés me levassem, aí abri os olhos e ali estava! Tentei entrar rápido demais, aí respirei fundo algumas vezes, o que não funcionou, mas pelo menos me acalmei e *puf*! A floresta se abriu. Foi a primeira vez que consegui sozinho, sem você precisar ficar com pena de mim e me deixar entrar. Só cinco vezes! Não está orgulhoso de mim? Merlin?" Ele olhou para mim e inclinou a cabeça. "Você fica tão estranho sem barba. Não pode fazer crescer?"

Naquele momento, quaisquer planos que eu tivesse de contar a ele que era nossa última aula evaporaram.

Ele tinha acabado de fazer nove anos, e como eu mesmo estava com nove anos uma semana atrás, sei em primeira mão como se é sensível nessa idade, como se está carregado de energia de ambição, e Tedros mais ainda. Ele costumava ter uma postura muito ereta, como se ficasse na ponta dos pés, como se não aguentasse esperar para crescer. Fazia apenas algumas semanas que tinha perdido a mãe, e eu já perdia a coragem de admitir que também estava prestes a deixá-lo. Então jurei a mim mesmo que faria com que ele nunca se esquecesse de nossa última aula.

"Diga-me, futuro rei", comecei a falar, tirando as folhas de seu cabelo. "O que gostaria que eu lhe ensinasse, mais do que tudo no mundo? Esta é sua chance. Não há limites. Pode ser qualquer coisa que desejar."

"A morrer e voltar à vida", o príncipe disse no mesmo instante, como se já tivesse pensado bastante a respeito.

Eu me ajoelhei diante dele. "Bem, isso é impossível, a menos no caso de um mago, que tem seu Desejo de Feiticeiro."

"Não é, não", Tedros discordou. "Papai cortou a cabeça do Cavaleiro Verde, e depois ele a botou de volta sobre o pescoço. Todo mundo no castelo está comentando. Ele fez isso bem aqui, na frente do papai! *Slash! Pluc! Bu!* Quero ser capaz de fazer isso! Quero ser forte e nunca morrer! Quero ser como o Cavaleiro Verde!"

"Mas o Cavaleiro Verde morreu", apontei.

"Tá, então me dá seu Desejo de Feiticeiro. Você acabou de dizer que assim vou poder morrer e voltar à vida."

"Não o tenho mais."

Tedros cerrou as mãos em punho, sentindo as bochechas esquentarem. "Você me perguntou o que eu queria que ensinasse, sem limites, e agora está voltando atrás." Parecia prestes a chorar.

Mesmo então, Tedros já se aferrava a um profundo senso de justiça. Olhei para seus olhos azuis e trêmulos e vi que não adiantava discutir. É claro que não tinha como ensiná-lo a morrer e voltar à vida – a imortalidade de Kay se devia a uma maldição única –, mas talvez pudesse lhe dar a *sensação* de que havia morrido, para que não visse mais a morte como inimiga e acabasse se esquecendo de seu desejo.

"Venha", chamei, aprofundando-me em minha floresta, com abetos lilases, pinheiros roxos e dragoeiros cor de ameixa curvando seus galhos para mim, sentindo minha tendência a repaginar a folhagem da Floresta do Desfecho a qualquer momento e esperando se manter nas minhas boas graças. Ouvi Tedros saltitando atrás de mim, falando de maneira cifrada sobre sua mãe e Lancelot ("*Quando eu for um cavaleiro sem cabeça, vou caçar outros cavaleiros! Cavaleiros de que não gosto*!"), escalando animadamente pedras e troncos que eu colocava em seu caminho ("Merlin, dificulta mais!") e assustando todos os pássaros e esquilos que encontrava ("Bu! Bu!").

Logo a floresta se abriu e chegamos a um espelho d'água, cercado por um belo gramado roxo, como um oásis. O céu estava limpo, e não se via nada além da água que não a extensão do gramado ametista. Os esquilos, as flores e os insetos favoritos de Tedros estavam ausentes da paisagem conjurada para que ele não se distraísse, concentrando-se totalmente no que estavam prestes a fazer.

"Nunca estive nesta parte da floresta!", o menino comentou, ficando de joelhos na margem e enfiando um punho na água.

"O que eu te disse sobre *olhar* antes de *fazer*, Tedros? Até onde você sabe, pode ser um lago de piranhas."

"É mesmo?", Tedros perguntou, com os olhos arregalados. Ele pôs as duas mãos e o rosto todo na água, para procurar nas profundezas. "Ouvi dizer que elas têm dentes afiados e comem gente!"

Balancei a cabeça. Tedros era teimoso, imprudente, orgulhoso, emotivo e tinha um péssimo instinto... Ah, como eu sentiria saudade dele. "Vamos começar", eu disse.

Algo veio à tona, cuspindo água na cara dele.

"Peixes dos desejos!", o príncipe concluiu, vendo as criaturas prateadas se revolvendo na água. "Papai diz que na Escola do Bem tem um lago cheio deles! Vou para lá quando fizer treze anos, se continuar comendo legumes e deixando tudo arrumado. Foi o que papai me disse. Mas não sei o quanto acredito nele ultimamente..." Tedros olhou para mim. "São *mesmo* peixes dos desejos?"

"Mergulhe seu dedo na água e vai ver", eu disse. "Se morrer e voltar à vida é seu maior desejo, é isso que os peixes vão te mostrar."

Tedros enfiou um dedinho na água.

Os peixes se dispersaram, como fogos de artifício, então voltaram a se unir, criando uma imagem... Guinevere. No mesmo instante, o príncipe retirou o dedo, com o rosto pálido. "Que peixes idiotas!"

Ele fechou os olhos, como se quisesse apagar a imagem da mãe, e voltou a enfiar o dedo na água.

Daquela vez, os peixes formaram a imagem de Lancelot, abraçando-o com amor.

Tedros se levantou e chutou a água, o que fez os peixes irem mais para o fundo. "Odiei isso", ele disse, então se deitou de barriga na grama. Não percebia, claro, que o que havia visto era o que mais desejava de fato.

Eu me sentei ao lado dele. "Por que você quer morrer e voltar à vida?"

Tedros não olhou para mim. "Parece incrível."

"Mas por quê, Tedros?"

Ele pensou a respeito por um momento, então levantou a cabeça. "Se eu puder morrer e voltar à vida, ninguém vai poder me machucar."

"Ah, meu menino", eu disse. "Receio que ser capaz de voltar da morte não impeça ninguém de se machucar. Na verdade, viver mais significa sofrer mais. Porque viver também é se abrir para todas as emoções, mesmo as ruins."

Tedros me deu as costas. "Não gosto que me machuquem."

"E quem machucou você?"

"Ninguém." Ele engoliu em seco. "Estou bem."

"Então você tem sorte, porque eu mesmo estou bastante machucado."

Ele olhou para mim. "É mesmo? Onde?"

"Aqui", eu disse, com a mão no coração.

"Ah." Ele assentiu. "Quem te machucou?"

"Alguém que eu amava muito", eu disse.

Tedros assentiu de novo. "Eu também." Ele fungou e se encolheu todo, assumindo uma posição fetal, de costas para meus joelhos. "Quando a dor vai passar?"

"Quando fizermos as pazes com ela. Quando virmos a dor não como algo a temer ou de que fugir, mas como uma parte importante da gente. Tão importante quanto o amor, a esperança e a felicidade. Tudo isso constituiu seu coração e é igualmente importante. Ignorar a dor ou fingir que não dói não resolve nada. Só indica que não estamos usando todo o nosso coração. Essa parte pode até se secar e quebrar. E ninguém quer isso. Um rei forte precisa de *todo* o seu coração. O mais engraçado é que, quando você reúne coragem o bastante para receber a dor, abraçá-la e encará-la sem medo... de repente, ela passa."

Tedros ficou em silêncio, os olhos azuis fixos no próprio peito, onde o coração devia estar. Ele se virou para mim. "O que aconteceu com seu Desejo de Feiticeiro?"

Eu me inclinei para a frente e suspirei.

"Vai, dá seu Desejo de Feiticeiro pra mim", ele insistiu.

"Não o tenho mais, Tedros."

"Se tivesse, você me daria?"

"Não."

"Vou encontrar e roubar de você. Ou de outro feiticeiro. E não vou te contar", ele disse. "Pelo menos me diz o que você ia *pedir*. Para morrer e voltar à vida? Como eu?"

"Ah, não. Quando for minha hora, não vou precisar voltar", respondi.

Tedros se sentou. "Por que não? Você não quer viver para sempre?"

Baguncei o cabelo dele. "Porque meu trabalho estará feito, meu menino."

"Você nunca diz coisa com coisa", o príncipe resmungou, antes de se inclinar para a frente e voltar a enfiar o dedo na água.

"Agora se concentre", pedi. "Pense no que deseja..."

Os peixes entraram em formação, com as cores dançando por suas escamas brilhantes, aço azul, ouro dourado, pêssego seco, em uma visão rica que refletia o jovem príncipe... sua própria cabeça, de olhos fechados, separada do corpo e sendo carregada sob o braço.

"Merlin, eu consegui! Estou morto! Como o Cavaleiro Verde!", ele gritou, olhando para a água. "Tornei realidade! Olha, Merlin! Olha!"

"Estou vendo, Tedros."

Ele assoviou, orgulhoso, pulando e apontando para seu gêmeo decapitado. Então, de repente, ficou quieto, como se absorvesse a cena de sua morte, a realidade além do desejo. Seu sorriso desapareceu, e uma ansiedade se tornou visível em seu rosto. Ele olhava para a imagem mais de perto, para a tranquilidade de seu eu imaginado, a paz nos olhos fechados, pois fora aquilo que ele quisera, a morte que *escolhera*, para provar algo a si mesmo, para poder voltar mais forte. O medo o deixou, e uma nova sensação de poder inflamou...

Seus olhos se abriram na imagem, e a cabeça ganhou vida. "*Bu!*"

Tedros gritou e saiu correndo.

"Você disse que queria voltar à vida, não foi?", perguntei quando o encontrei.

Ele só me abraçou forte, agarrando minhas vestes, muito depois que o medo tinha ido embora, como se em algum lugar, lá no fundo, soubesse que estávamos prestes a ter nossa própria morte, com nossos dias juntos chegando ao fim.

Deixei Camelot com o coração pesado, perturbado pelas dúvidas quanto ao que aconteceria com Arthur e com o filho dele nos anos que se seguiriam. Mas, depois da última aula na floresta, eu tinha certeza de duas coisas em relação ao príncipe.

Quando a hora chegasse, ele não teria medo da morte.

E ele roubaria um Desejo de Feiticeiro na primeira chance que tivesse.

A maçã.

Que a Dama do Lago havia lhe dado.

Guardada no gibão de Tedros, perto do coração.

Tinha me parecido um estranho presente de despedida, uma vez que não podia conter magia, com ela desprovida da maior parte de seus poderes. Mas, pelo que eu tinha visto, Tedros havia insistido, sussurrando no ouvido da Dama do Lago, evocando um sorriso de amor e gratidão, até que ela tirara a maçã da água, um símbolo de seu afeto por ele. Eu presumira que o príncipe havia dito a Nimue que seus pecados estavam perdoados, que ele ainda a amava e admirava, para que ela pudesse ter a paz de que precisava. Mas agora, olhando em retrospecto, vejo que foi mais que isso.

Ele queria algo dela.

Queria seu *Desejo de Feiticeira*.

E o que quer que tivesse dito à Dama do Lago, fizera com que ela o cedesse.

Esses são os pensamentos que me ocorrem ao ver a cabeça de Tedros separada do corpo, como eu havia visto na imagem dos peixes do desejo, tanto tempo atrás. Preso à escada, faço cálculos rápidos, com as mãos algemadas aos outros prisioneiros, minha mente acelerada com a adrenalina adolescente.

Para que Tedros tivesse o desejo da Dama do Lago, precisaria tê-lo colocado em palavras. Precisaria tê-lo dito em voz alta.

Claro!

Ele *disse*.

Depois que a Cobra o provocou quanto a ter o sangue do herdeiro, o sangue do rei.

Tedros olhou diretamente para Japeth e disse: "Sendo verdade, *desejo* que a Excalibur corte minha cabeça".

Sendo verdade.

Sendo o *quê* verdade?

Que Japeth tinha o sangue do herdeiro.

Que Japeth tinha o sangue do rei.

Mas o herdeiro era Chaddick.

O que significa que Japeth tem o sangue de Chaddick nele.

E Agatha *sabe* disso.

Por isso pareceu tão abalada quando viu a Cobra ao passar pela porta.

Por isso gritou, apesar da mordaça, com o intuito de alertar Tedros.

Por isso o príncipe olhou diretamente para ela antes que a Excalibur cortasse sua cabeça.

Porque ele *sabe* que ela sabe.

Está contando que ela saiba.

Só que Agatha ainda não entendeu. Viro a cabeça para ela e entendo o porquê. Agatha está chocada, com o rosto branco, o corpo todo trêmulo, perdida no horror de ver seu príncipe dividido em dois. Enquanto isso, Japeth permanece triunfante em meio ao caos de líderes bajuladores, com a Excalibur de volta a suas mãos. Preciso que Agatha olhe para mim, mas Sophie e as bruxas estão em cima dela, todas banhadas em lágrimas. Os guardas virão a qualquer momento nos levar para a masmorra. *Olhe para mim, Agatha*, penso. *Olhe para mim. Olhe para...*

Meu chapéu sai do bolso, ouvindo meus pensamentos.

Não você. Agatha.

Ele se lança escada abaixo e bate na cabeça de Agatha.

Bom menino.

Ela olha para mim.

Por uma fração de segundo.

A magia já está se formando entre minhas mãos acorrentadas, meus dedos se distanciando apenas o bastante para lançá-la no ar... uma esfera de luz cor-de-rosa sai das minhas palmas... na forma de...

...uma *maçã*.

Agatha olha para ela, através das lágrimas, depois olha para mim, confusa.

Eu a encaro com firmeza, querendo que pense como eu.

Agatha volta a olhar para a maçã.

A maçã que Tedros não deixou que ela comesse na viagem, apesar de sua princesa ter pedido.

Seu olhar se torna cortante como uma faca.

A maçã.

A Dama do Lago.

A magia.

Agatha compreende.

As lágrimas secam.

Uma expressão determinada toma conta de seu rosto.

Sophie vê a mudança nela e segue seus olhos, direcionados a mim...

Só que Agatha já está pulando por cima do corrimão, mergulhando como uma fênix rumo à Cobra, com os braços algemados abertos.

O único problema é que estamos todos acorrentados a ela.

Sophie é puxada por Agatha, que cai com um grito rumo ao andar de baixo, antes que as bruxas e eu seguremos a corrente, suspendendo as duas no ar, de cabeça para baixo, balançando. Japeth se vira, surpreso. Agatha está bem na cara dele. Ela o golpeia com as mãos algemadas, fazendo com que perca o equilíbrio, então o agarra pelo colarinho e tira algo de lá. Com o dedo aceso, Dot lança um feitiço e transforma a corrente em chocolate. Agatha e Sophie se soltam, caindo sobre o Rei de Foxwood e a Imperatriz Vaisilla, que gritam e tentam tirá-las de cima com tapas, ao mesmo tempo que chamam pelos guardas. Com os punhos ainda algemados, Sophie usa seu brilho para tentar soltar Agatha, que faz o mesmo com ela. As algemas se rompem ao mesmo tempo. Sophie rouba um broche de Vaisilla e o usa para cortar as mordaças dela e de Agatha. Os soldados correm para as duas, liderados por Japeth, com as espadas empunhadas para atacá-las.

Então eles param, assustados.

Porque a coroa de Japeth está se movendo.

Sem produzir nenhum som, ela deixa a cabeça dele.

Atravessa o cômodo, com suas cinco pontas douradas, brilhando ao sol que entra pelo buraco no telhado, passando pelas cabeças dos líderes embasbacados, antes de pousar em outra cabeça.

Na de *Agatha*.

Japeth vai para cima dela, mas Sophie o impede, com o dedo brilhando em cor-de-rosa.

"Pode se curvar, *verme*", ela sibila.

Então ela olha para o Rei Agatha e pergunta, sem produzir som: *O que está acontecendo?*

Agatha não tira os olhos de Japeth.

Perplexos, os guardas não sabem para quem apontar as armas.

Quando Agatha fala, sua voz é puro fogo.

"Eis seu mentiroso. Eis sua Cobra. Ele roubou o sangue do herdeiro e fingiu que era rei esse tempo todo." Ela revela um pedaço de tecido, manchado de sangue. "A Excalibur nunca o escolheu. Nem da primeira vez nem agora. Foi *isto* que a espada escolheu. Sem isto, ele não seria rei. Ele não é ninguém. Não é *nada*."

"Mais truques rebeldes", Japeth zomba, pensando nos líderes.

"Ah, é?", diz Agatha.

Ela passou o pedaço de tecido a Sophie, que se vê envolvida na história. Com o sangue de Chaddick nas mãos, ela sorri imperiosamente enquanto a coroa passa da cabeça de Agatha para a dela. Seu vestido branco se transforma magicamente em um vestido apropriado a uma coroação.

"Poderia me acostumar com isso", Rei Sophia diz.

O Rei Dutra de Foxwood se põe de pé. "Explique isso, Rhian!"

"Não estou entendendo", diz a Imperatriz Vaisilla. "Por que a coroa iria para elas, Rhian?"

"*Rhian?*", Sophie bufa. "Ah, não. Não, não, não. Rhian está *morto*." Ela voltou seus olhos cor de esmeralda e cortantes para a Cobra. "Este é *Japeth*. Ele matou o irmão gêmeo e tem se passado por ele desde então. Fez todos vocês de bobos."

A princípio, todos acham que ela está brincando. Então veem o olhar férreo de Sophie, além da coroa em sua cabeça. Uma comoção irrompe na sala, exigindo que Rhian responda às acusações e puna as mentiras das garotas.

Vejo que a casca de tranquilidade de Japeth foi afetada. Ele quer se transformar na Cobra, crucificar as duas com mil scims. Mas não pode se entregar. Está fingindo que é o irmão. O irmão do Bem, o irmão que parece um rei.

Japeth se vira para os soldados. "*Matem as duas!*"

Mas eles não se movem. Até os piratas de Camelot estão atordoados com a coroa na cabeça de Sophie.

A fachada de Japeth se desfaz. Ele ruge, como um assassino, seu rosto monstruoso e retorcido. Então saca a Excalibur e investe contra Sophie, contra o tecido com sangue que ela tem na mão. Sophie recua, surpresa, deixando o tecido cair no ar, prestes a ser alvo da espada de Japeth.

Então o brilho de Agatha queima o tecido, incinerando-o até que não reste nada.

As cinzas flutuam à luz do sol, como poeira.

Então se vão.

Assim como a coroa de Camelot.

A Excalibur se desvencilha das mãos de Japeth e volta para a pilha de pedras.

Ninguém se move. A casa fica em silêncio total.

Japeth olha para a Agatha, com o dedo ainda brilhando em dourado.

"Há um único herdeiro agora. Um único rei", ela diz, com a voz estrondosa. "Um rei que te alertou de que a verdade não pode ser dita, só *vista*."

A princípio, Japeth não vê a verdade.

Então ele ouve a surpresa geral.

Devagar, a Cobra se vira.

Tedros se levanta. O Leão, o Rei, com a coroa de Camelot brilhando na cabeça.

Os líderes voltam a ficar de joelhos, deslumbrados, vencidos, finalmente humildes e leais.

"Longa vida ao rei!", Agatha proclama.

"*Longa vida ao rei!*", os líderes ecoam.

Tedros adentra a luz e saca a Excalibur, e a pedra se estilhaça com sua força.

Tudo isso sem que seus olhos se desviem de Japeth.

A espada de Arthur deixa as mãos de Tedros.

Ela flutua sobre a Cobra, brilhando em vermelho-vivo.

Japeth arregala os olhos de um azul reptício.

"Tal pai, tal filho", diz o rei.

A espada cai.

Dessa vez, no lugar certo.

32

O STORIAN

Samsara

Quando se trata da organização de um casamento, uma bruxa só aguenta até certo ponto.

Por isso Sophie estava na rede de esgotos fria e úmida, o salto dos sapatos pretos com tachinhas ecoando pelo caminho que margeava o rio de dejetos. Quando era reitora, Sophie havia tentado tornar a Escola do Mal mais atraente, enchendo os esgotos de incenso de sândalo, alterando a cor dos dejetos para azul resplandecente, e até transformando a masmorra em uma casa noturna aos sábados, para os Nuncas com as maiores notas. Mas, durante sua ausência, o Professor Manley havia tomado conta da escola e devolvido tudo a seu antigo e decrépito estado.

O vestido de Evelyn Sader estava colado a seu corpo, transformado em uma bainha de couro preto. No passado, Sophie fizera de tudo para tirá-lo do corpo; agora, era seu leal companheiro, adequando-se a seus humores e desejos, como sua própria versão da tatuagem de Hester. No que dependesse de Sophie, ela transformaria o vestido em um longo preto de vampira para o casamento, que poderia completar com botas até as coxas, uma capa vermelha brilhante e colares pesados, cheios de rubis e cruzes.

Mas o noivo não queria saber daquilo.

Garotos, ela pensou, com um suspiro, passando os dedos pelas paredes e tentando ver mais adiante. Logo a pedra sólida dava lugar a grades enferrujadas. Sophie encontrou a fechadura e usou sua antiga chave de reitora para abrir a porta. Ela só pretendia escapar um pouco da organização do casamento, recuperar o fôlego e ficar sozinha com seus pensamentos, mas acabara se deixando levar para a Sala da Condenação, muito embora não tivesse a menor ideia do motivo. Tinha só lembranças ruins daquela câmara de tortura para Nuncas rebeldes, e do homem-lobo grande e peludo que buscava fraquezas que pudesse transformar em pesadelos. Sophie ainda se lembrava do modo como cheirara seu cabelo e a acariciara com suas patas. No fim, ele pagou por aquilo. Tinha sido empurrado para os dejetos e se afogara. Por ousar tocar nela. Por despertar o Mal nela. Desde então, a Sala da Condenação não contava com nenhuma fera. A punição aos alunos ficava por conta dos professores.

Agora, tantos anos depois, Sophie se sentia chamada pelo lugar. Sozinha no escuro, olhou para as paredes nuas, como se ainda houvesse algo ali para ela, algo que não conseguia ver. Fechou os olhos e ficou ouvindo o silêncio, o ranger das grades, o voo de uma mariposa. Seu coração acelerou para um ruído contínuo, monótono e tenso, como se estivesse se esforçando para manter o controle. Sophie tentou se concentrar no barulho do rio, um correr denso e tranquilizante. Mas agora ele tinha vida própria, e corria mais rápido, com mais força, seu rugido ecoando no peito dela, engolindo-a. Algo roçou a orelha de Sophie, um beijo peludo. O calor arranhava seu corpo, a ameaça do toque de um animal. Ela sentiu o gosto das lágrimas. "Desculpe", disse. Aquele era o motivo pelo qual tinha vindo: para encontrar suas feras, para fazer as pazes com elas. Com a que havia matado. E com a que não pudera salvar. Ambas tinham que perdoá-la para que Sophie pudesse ser livre. Ela as sentia agora, as duas feras dentro de si, envolvendo seu coração, puxando-a para o fim. Se da vida ou da morte, não tinha como saber.

De repente, Sophie sentiu frio.

Aquilo a alertou.
Havia algo ali.
Na escuridão.
Dois olhos cor de carvão.
"Sophie? É você?", uma voz ecoou.
Ela se virou e viu uma sombra esguia vindo pelo túnel em sua direção.
Sophie voltou a se virar para a escuridão, com o dedo aceso.
Mas não havia nada ali, a não ser a memória dos fantasmas.

Pouco tempo antes, a noiva havia feito a última prova do vestido, em cima de um pedestal no Salão do Bem, enquanto ninfas altas flutuavam, usando alfinetes, prendedores e fitas métricas nela. O noivo ficara deitado de costas no mármore azul, suado e sem camisa depois do treino, comendo batatinhas da cartola de Merlin e lendo o *Podres do Castelo*.

"Você não deveria estar aqui, sabia?", Agatha o alertou, enquanto as ninfas de cabelo neon pairavam em volta dela. "Dá azar ver o vestido antes do casamento."

"Ter a cabeça cortada também dá azar, mas aqui estou eu", respondeu Tedros, com o nariz enfiado no jornal. "Além do mais, não consigo ver nada com todas essas pixies gigantes à sua volta. Ouve só quanta bobagem: *Esta noite, o Rei Tedros e a Princesa Agatha vão se casar na Escola do Bem e do Mal, por escolha própria, muito embora todos os reis de Camelot tenham se casado no castelo desde a fundação do reino, milhares de anos atrás. Em uma entrevista exclusiva, o Rei Tedros insistiu que quer 'mostrar unidade entre a escola e Camelot', depois que Rhian e seu irmão tentaram derrubar a escola e o Storian. Em particular, fontes indicaram que o Rei Tedros mudou o local do casamento porque o castelo está sendo reformado. O rei teria ordenado uma 'descobritização', para expurgar até o último vestígio do reinado de Rhian e Japeth em Camelot.*"

"Hum, é tudo verdade", disse Agatha, mas Tedros continuou lendo.

"*Nós, do* Podres do Castelo, *vamos ficar de olho nos gastos do rei, agora que os fundos da Encantadora Camelot foram descongelados. Dizem que ele também vai gastar uma bela quantia revivendo o* Camelot Courier, *que contará com uma nova equipe, para que o* Podres *não fique sem opinião contrária*", Tedros concluiu, bufando.

"Isso também é verdade", disse Agatha.

"Não encoraje esse pessoal", Tedros resmungou. Ele pegou mais batatinhas do chapéu e voltou a ler.

A noiva suspirou. “Sempre vai ter gente nos vigiando. Foi por isso que preferi fazer o casamento aqui”, ela disse, enquanto as ninfas concluíam seu trabalho. “Este mundo é movido por suas histórias. Histórias que são reais para quem as vive, mas que também inspiram, ensinam e pertencem a cada alma da Floresta. Este casamento é parte da *nossa* história, a história de um príncipe deste mundo e de uma garota do outro, que foram unidos por uma educação improvável.” Agatha olhou para a tarde dourada do outro lado da janela. Minha borda de aço cintilava no alto da torre do Diretor da Escola, escrevendo as palavras conforme ela as pronunciava. “Camelot pode ser nosso Para Sempre”, disse Agatha. “Mas é aqui que nosso conto de fadas começou.”

“Viu? Por que eles não escrevem isso?”, Tedros perguntou, de boca cheia, finalmente olhando para ela.

Ele deixou o chapéu de Merlin cair, com os olhos arregalados.

Agatha sorriu e as ninfas abriram passagem. “Porque eles só falam com você.”

O vestido era branco como uma nuvem de verão, com manga três quartos, decote profundo e uma cascata de tule cintilante que saía da cintura e ia até o chão, refletindo a luz das tochas do salão e fazendo o rosto de Agatha brilhar. O cabelo dela estava preso em um coque delicado por uma fita larga de seda branca. Sua maquiagem era leve e viçosa, seus lábios tinham um leve brilho pêssego. Ela usava brincos de diamantes e uma pulseira combinando. Quanto aos sapatos...

“As ninfas tinham lá suas sugestões”, disse Agatha, erguendo o vestido e revelando dois sapatos iguais aos que sempre usava, mas prateados, cobertos de cristais. “E eu tinha a minha.”

Tedros não tinha palavras. Seu pescoço e seu peito estavam tão rosados que Agatha achou que ele fosse entrar em combustão.

Por sorte, as ninfas precisavam ficar com o vestido para fazer os ajustes finais, de modo que Agatha teve que tirá-lo, assim como a fita de cabelo, as joias e os sapatos, ficando apenas com a túnica azul simples que tinha por baixo. Ela tirou o batom e desceu do pedestal.

“Você pode usar o vestido de noiva todo dia, por favor?”, Tedros pediu.

“Você pode usar roupas em público, por favor?”, Agatha retrucou e se deitou com ele, a cabeça apoiada em seu peito.

Estavam sozinhos no enorme salão, o rei seminu e a princesa descalça, como dois alunos de primeiro ano que tivessem escapado depois do toque de recolher. Nenhum dos dois disse nada por um bom tempo, enquanto Tedros passava os dedos pelo cabelo dela e a respiração dos dois entrava em sincronia.

“Faltam só algumas horas”, disse Agatha. “Daqui a pouco os convidados vão começar a chegar.”

Tedros não disse nada.

Agatha se virou, com o queixo no peito dele. "Tem algo te incomodando."

"Não, não. É só que... é meio estranho, não é? Não ter ninguém que nos acompanhe ao altar?", disse Tedros. "Nada de mãe ou pai, nem meus nem seus. Meu pai está em paz agora, seu fantasma finalmente pode descansar. Mas mesmo assim... Não temos nem Dovey nem Lesso. Robin, o xerife ou mesmo Lance. Ou Sininho. Nenhum deles sobreviveu para ver o fim. Só nós. De alguma forma, conseguimos. Passamos pelos testes. Passamos pela escuridão. Só queria que os outros também tivessem passado."

Agatha viu a emoção nos olhos deles, a alegria e a tristeza com tudo o que havia acontecido. Ela também tinha um nó na garganta. "Queria o mesmo, Tedros", disse, recostando-se e abraçando-o. "Pelo menos temos Merlin."

Tedros sorriu. "O Merlin de dezenove anos, que vamos ver envelhecer dia a dia."

"Onde ele está? Não o vejo desde que chegamos à escola."

"Na Galeria do Bem", disse Tedros, mexendo no anel. "Estão expondo os livros de feitiço antigos dele e coisas do tipo. Imagino que vá quebrar os vidros e pegar tudo de volta."

Agatha riu. "Ele não parece feliz em ser jovem de novo, não é?"

"Para Merlin ficar feliz, precisa de um pupilo para atormentar e censurar", disse Tedros. "Por sorte, vai ter a mim para atormentar por um longo tempo."

Ele ficou quieto, virando o anel no dedo, estudando as gravações. "No caminho para cá, Merlin me perguntou o que eu vou fazer com isso. Com o último anel do Storian. Ele disse que todos os líderes me consideram o Leão agora. Se eu queimasse o anel de Camelot, seria o Único e Verdadeiro Rei, e teria o poder de escrever o destino dos outros. O poder de reivindicar a magia do Storian e reconstruir o mundo tão do Bem quanto eu desejasse."

Agatha se sentou. "E o que você disse a ele?"

"Que nunca serei o Único e Verdadeiro Rei", Tedros respondeu, com calma. "Porque um verdadeiro rei sabe que há mais de um rei. Serei seguido por outro e depois outro, e cada um deles protegerá este anel, cada um deles governará a Floresta, pelo resto da vida. Durante o meu reinado, serei o melhor líder que puder, sabendo que o Storian é o verdadeiro mestre do nosso destino. Não posso impedir que novos testes surjam, mas posso me esforçar para vencê-los. Homem e Pena em equilíbrio. Eu e a Pena. O Storian tem um plano maior para todos nós. Sou apenas parte dele."

Agatha segurou o fôlego enquanto olhava para Tedros, o menino que conhecera no passado agora transformado em homem.

No alto da torre, escrevo isso no livro deles: Agatha e o rei. O último cisne em meu aço se tranquiliza, meus dias de escrever fora de hora chegam ao fim, a Pena volta a seu ritmo familiar.

Tedros deu de ombros. "Então o chapéu o mordeu, insistindo que era hora de Merlin dormir. Ele disse que não era mais criança e os dois começaram a brigar. Foi assim que fiquei com o chapéu. Merlin disse que queria ficar um pouco sozinho, para variar."

O rei notou que Agatha ainda o encarava. "O que foi?"

Ela passou o dedo pela vaga cicatriz cor-de-rosa em seu pescoço, a marca da Excalibur. "De todas as histórias, em todos os reinos, em toda a Floresta, você tinha que entrar na minha..."

"Agora você está simplesmente roubando minhas falas", ele disse, tentando imobilizá-la. "Você achou mesmo que eu estava morto?"

"Ainda não te perdoei por aquilo", Agatha disse, tentando em vão se soltar. "E se *eu* tivesse morrido com o choque e depois você voltasse à vida?"

"Sei lá. Talvez me casasse com Sophie."

Agatha bateu nele. Tedros a segurou. Os dois se beijaram apaixonadamente sobre o chão de mármore frio.

"Ah, pelo amor de Deus...", alguém resmungou.

Agatha e Tedros se viraram e viram Beatrix entrando com Reena e Kiko.

"Ficam se pegando que nem coelhos enquanto a gente cuida de tudo", disse Beatrix.

"Vocês?", Agatha perguntou. "Achei que Sophie estivesse no comando."

"Ela se mandou no meio da decoração", disse Reena. "Quem nos ajudou foi a Professora Anêmona."

"E as bruxas", Kiko acrescentou.

"Bruxas", disse Tedros, a expressão se alterando. "Ajudando com decoração de *casamento*..."

"Mas por que Sophie foi embora?", Agatha insistiu. "Alguém viu aonde ela foi?"

"A última vez que a vi, estava indo na direção da Sala da Condenação", disse Reena.

Agatha se sentou. "A *Sala da Condenação*?"

"Você está bem?", Agatha perguntou, ofegante, enquanto tirava Sophie da cela da masmorra. "Por que veio aqui?"

"D-d-desculpa, não queria que você...", Sophie começou a responder. Sua pele estava úmida.

Agatha não olhava mais para a amiga, e sim por cima do ombro dela, para a Sala da Condenação. Seus olhos se estreitaram antes que ela batesse o portão e se certificasse de que estava bem fechado.

"O que foi?", Sophie perguntou.

"Vamos", Agatha disse, arrastando-a pelo túnel. "Este lugar me dá arrepios."

Sophie esperava que a amiga insistisse em perguntar por que havia ido à masmorra ou pelo menos repreendê-la por ter abandonado a organização do casamento, tarefa para a qual ela se voluntariara. Mas Agatha ficou em silêncio, como se, ao resgatar Sophie de seus fantasmas, tivesse visto um fantasma também.

Finalmente, Agatha se virou para ela. "Que horas são?"

"Quase quatro, acho", disse Sophie.

"Tenho que me aprontar às cinco", disse Agatha. "Vim pelos túneis do castelo, então não vi a decoração. Talvez a gente devesse dar uma conferida. Ouvi dizer que as bruxas estavam envolvidas..."

Os olhos de Sophie brilharam. "Pode se preparar para a guerra."

Elas emergiram dos esgotos e saíram na margem da baía, no gramado banhado pelo sol dourado diante do castelo do Bem.

Então pararam na hora.

O Grande Gramado tinha sido transformado em um festival de cores. Aonde quer que olhassem, bolhas vermelhas, azuis e douradas flutuavam no ar, como lanternas, algumas com sapos de smoking dentro, tocando uma valsa animada em violinos minúsculos. A Professora Emma Anêmona criava mais e mais esferas brilhantes, a professora de Embelezamento usando um vestido amarelo coberto de espelhinhos. Era auxiliada por um grupo de Sempres – incluindo Bodhi, Laithan e Priyanka, que vestiam suas melhores roupas para o casamento –, os quais conduzia na arte de criar bolhas com o dedo aceso. "Encham o coração de amor e dos melhores votos para nosso rei e nossa rainha, e isso vai aparecer em seu trabalho! Bert, Beckett! É melhor que não sejam bombas de estrume!"

Um altar com vitrais cintilava no alto, no qual Aja e Valentina haviam imbuído belas cenas de contos de fadas: Agatha e Tedros enfrentando a bruxa Sophie no Sem Baile, Sophie decapitando Rafal, Sophie como a Rainha do Açúcar...

"Mas o que é isso?", a Professora Sheeba Sheeks gritou. "É o casamento de Tedros e Agatha! Não a despedida de Sophie!"

"Mas Sophie é a melhor", disse Aja.

Mais abaixo, havia fileiras de assentos vermelhos, azuis e dourados, pelos quais Willam e Bogden perambulavam, de traje azul com babado na camisa, colocando cartõezinhos com os nomes dos convidados. Eles guardaram os melhores lugares para C. R. R. Teapea da Terra dos Gnomos, a Rainha Jacinda de Jaunt Jolie, a Marian de Nottingham e o Golem das Colinas de Pifflepaff. Em seguida vinham os lugares do corpo docente da Escola do Bem e do Mal. Mais atrás ficava uma seção para os gnomos de Teapea, em agradecimento por sua ajuda na luta contra a Cobra, depois fileiras e fileiras para os alunos da escola, Sempres e Nuncas. Então vinham os assentos para jornalistas e artistas, que documentariam o casamento, para as famílias dos alunos e para criados e funcionários de Camelot. Bem lá no fundo, na parte mais baixa, já à beira do lago, encontravam-se as cadeiras dos líderes do Conselho do Reino.

"COM LICENÇA!", Cástor vociferou, avaliando a disposição de lugares do alto da Torre da Honra. "VOCÊS ESTÃO COLOCANDO REIS E RAINHAS DA FLORESTA, OS NOVENTA E NOVE LÍDERES DOS REINOS FUNDADORES, ATRÁS DE ALUNOS DE PRIMEIRO ANO, SERVIÇAIS E UM BANDO DE GNOMOS? AS CADEIRAS DELES ESTÃO QUASE CAINDO NO LAGO! NÃO VÃO CONSEGUIR VER NADA DO CASAMENTO E AINDA VÃO SE MOLHAR!"

Willam e Bogden olharam para cima. "Pois é", disseram em coro.

Cástor sorriu. "Boa ideia."

Entre as fileiras de assentos passava um corredor de seda branca com mais bolhas coloridas flutuantes, dentro das quais passarinhos cantavam com a sinfonia dos sapos. Hester estourou uma bolha. O passarinho que estava dentro dela piou e voou para longe da bruxa de preto.

"Não consegui evitar", Hester disse, enquanto seu demônio produzia uma escultura de gelo de Agatha como uma guerreira destemida.

"O que acha disso?", Anadil perguntou, do outro lado do corredor, também usando preto. Seus ratos trabalhavam em uma escultura de gelo de um garoto baixinho com cabelo de palhaço e um sorriso tão amplo que chegava a ser grotesco.

"Parece um anão entusiasmado demais", disse Hester.

"É a cara de Tedros", Anadil insistiu.

Um raio brilhante atingiu a escultura, cobrindo-a com uma calda branca, leitosa e lisa, que obscurecia seus piores detalhes.

"Chocolate resolve qualquer problema", disse Dot, usando um vestido pink volumoso, com uma infinidade de laços. Ela também cobriu a estátua de Hester com chocolate branco. "Assim combina com o restante do casamento. Diferente das roupas de vocês. Quem usa preto em um casamento?"

"Bruxas com alguma dignidade", disse Hester.

"Bruxas que não querem dar a impressão de que acabaram de atacar um flamingo", disse Anadil.

"Bom, agora que sou jovem outra vez, quero *aproveitar*", Dot disse. "Já tenho o bastante de trevas e cinismo gratuito só de conviver com vocês. Ah, olha! Aggie! Sophie! Por que estão se escondendo?"

Dot foi atrás das duas, que estavam ao pé da colina.

Como as coisas evoluem rápido das trevas para a luz, Agatha pensou. O sol fazia os vidros dos pináculos do castelo do Bem cintilarem. Ela absorveu a cena suntuosa, o casamento pronto. Não havia mais trevas à espreita. Não havia mais testes a superar. Era tudo cores, caos e amor.

Sophie pegou a mão da melhor amiga.

"Você vai se casar, Aggie", ela disse, baixo.

Agatha não via nada além de alegria e felicidade nos olhos da amiga, como se aquele Para Sempre fosse o bastante para as duas. O que era uma prova do quanto Sophie a amava, Agatha pensou. Porque ela própria havia perdido seu final feliz, enquanto Agatha ainda tinha o dela.

"Ah, não. Até *você* vai usar preto?", Dot perguntou a Sophie, intrometendo-se.

"Cada um deve usar o que quiser", Agatha disse. Fazia dias que Sophie se vestia de luto. "O importante é estarmos todos juntos aqui."

"Por enquanto", disse Hester, que chegava com Anadil. "Ani, Dot e eu estávamos pensando no que vai acontecer depois do casamento."

"Agatha e Tedros vão morar em Camelot, claro", Anadil comentou. "Os alunos de primeiro ano e os professores vão ficar aqui na escola, incluindo Nicola, Bogden e Willam. Willam foi oficialmente convidado pela Professora Anêmona para ser um Sempre."

"Muitos dos nossos colegas de turma querem voltar a suas buscas, como Ravan, Vex e Brone", Dot acrescentou. "Beatrix, Reena e Kiko estão planejando cruzar o Mar Selvagem com o *Igraine,* para registrar reinos ainda não mapeados."

"Então só sobramos nós", disse Hester, olhando para as colegas de coven.

"Vocês seriam Reitoras do Mal perfeitas", Sophie comentou, e estava sendo sincera. "Poderiam patrulhar os corredores, cuidar do currículo escolar, disciplinar os alunos... Vocês se divertiram quase tanto quanto eu jogando as Irmãs Mistrais de volta nas masmorras de Camelot. *Quase.*"

As bruxas olharam para ela. Agatha também olhou.

"Mas, se elas virarem reitoras... o que vai acontecer com você?", Agatha perguntou.

Sophie sorriu para a amiga. "Pensei em morar no castelo com você e Teddy."

Agatha hesitou, parecendo tensa. Sophie ficou vermelha na hora. Hester interferiu, acabando com o constrangimento.

"Obrigada por nos considerar para a posição, mas não fomos feitas para trabalhos formais. Além do mais, o reitor agora é Manley, e imagino que vá ser preciso arrancar o título de seus dedos gelados."

"Ele e a Professora Anêmona já trouxeram feiticeiros para desmontar a suíte de Sophie na torre do Diretor da Escola", disse Anadil. "Parece que têm tudo sob controle aqui."

"O que vocês vão fazer então?" Agatha se virou para Dot. "Ainda está pensando em ser uma bruxa médica?"

"A gente tem outra coisa em mente." Dot olhou para Hester e Anadil, que assentiram para que ela continuasse falando. "Bem, agora que meu pai se foi, não há mais xerife na Floresta. Não tem ninguém protegendo a lei e a ordem. Como rei, Tedros vai ter seus cavaleiros, mas, se aprendemos alguma coisa, foi que o Bem tem um ponto cego, que é o pior tipo de Mal. Mais Cobras podem surgir. A Floresta precisa de um xerife de verdade. Como meu pai foi. Então pensamos que talvez... *nós* pudéssemos fazer isso. Sermos as novas xerifes. Representar a lei e a ordem."

"Ir atrás de vilões que não seguem as regras", Hester acrescentou, enquanto o demônio se contorcia em seu pescoço. "E fazer com que sejam levados à justiça, da *nossa* maneira."

"O Inferno não é nada em comparação com a fúria de três bruxas que acham que alguém está maculando o nome do Mal", concluiu Anadil, enquanto os ratos despontavam de seu bolso e silvavam.

Agatha sorriu e olhou para Sophie, mas ainda havia alguma tensão entre elas, de modo que a noiva logo se virou para as bruxas e deu sua aprovação. "É uma excelente ideia. Tedros vai oferecer todos os recursos de que precisarem."

"Não, não, não. Covens não trabalham para reis", Hester disse. "Somos bruxas independentes, sem mestre, patrono ou qualquer afiliação, trabalhando nas trevas em missões definidas por *nós* mesmas. Vocês colherão os benefícios do nosso trabalho, mas não vão ficar sabendo dele, e queremos que seja assim."

Dot sussurrou para Agatha. "Te mando uns cartões-postais."

"Ficaram sabendo?", Kiko perguntou animada, já interrompendo. "O namorado de Reena está vindo de Shazabah!"

"Jeevan não é meu namorado", Reena corrigiu, por trás dela.

"Se um cara vem te encontrar em um tapete voador, é seu namorado", disse Beatrix. "Falando nisso, quem é *aquele?*"

Do portão sul, vinha um garoto provocante, de traje cinza, com cabelo azul e topete, um brinco de ouro em uma orelha e olhos puxados e intensos.

"É o Yoshi", Kiko disse, cobiçando-o. "Um cara que ela achou em Jaunt Jolie."

"*Ela?*", perguntou Beatrix.

Só então notaram a garota de braço dado com ele, que atravessava o portão: Nicola, usando um vestido do mesmo tom cinza do traje de Yoshi.

"Esses caras que aparecem depois que se termina um namoro são os melhores", Dot comentou, maravilhada.

"Como *eu* consigo um desses?", Kiko perguntou. "Descobri que não tem como dar certo entre mim e Willam." Ela fez uma pausa. "Ele gosta de garotas altas."

As outras gemeram.

Toda aquela conversa sobre garotos lembrou Agatha da época em que ela não acreditava em príncipes, castelos ou conto de fadas.

Ela, a nova Rainha de Camelot.

Ela, que sonhara ter uma vida comum, acabara tendo uma extraordinária.

Enquanto as outras garotas se dispersavam em grupos menores, Agatha notou Sophie. Sua melhor amiga hesitava, como se não tivesse para onde ir. Agatha conhecia a dor de Sophie, porque, no fundo, sempre seria a menina do cemitério.

O sino do relógio do castelo badalou cinco vezes, forte e nitidamente.

Agatha suspirou aliviada e tocou o pulso de Sophie.

"Você me ajuda a me arrumar?", ela pediu.

Como as coisas mudam, pensou Sophie, seguindo Agatha pela Torre da Coragem.

No passado, era Sophie quem tinha um príncipe e vivia louca para se livrar de Agatha, que só segurava vela. Agora, Agatha tinha um rei e deixava Sophie de lado. Não haveria triunvirato, ela não poderia se ocupar com a amiga no castelo, não teria como escapar da solidão profunda. Nunca quisera terminar em Camelot, claro. Mas não se sentiria amada em nenhum outro lugar. E achara que Agatha, entre todas as pessoas, compreenderia aquilo. Até ver a maneira como a amiga hesitara diante de sua sugestão.

Não que Sophie a culpasse. Claro que a Rainha Agatha não ia querê-la no castelo, tirando o foco dela e do Rei Tedros. Sophie teria sido uma boa garota e feito de tudo para ceder o palco aos dois, mas Agatha a conhecia bem demais. Os holofotes sempre a encontravam, em especial quando Sophie se sentia perdida e assustada, como naquele momento.

Para onde ir? O que fazer?

Sophie estava tão envolvida em seus pensamentos que mal notou que Agatha a guiava por uma escada e entrava com ela em uma sala, cuja porta já estava entreaberta. Agatha fechou a porta atrás delas, enquanto Sophie olhava para o cômodo bagunçado com uma única janela, um armário de vassouras e uma confusão de livros, pergaminhos com garranchos e migalhas de alimentos mofando.

"A antiga sala do Professor Sader? Você vai se arrumar para o casamento *aqui*?", Sophie perguntou.

"Não quero que Tedros veja meu vestido. Dá azar." Agatha olhou em volta. "Mas parece que não tem espelho aqui."

Sophie franziu a testa. "Onde estão as ninfas? Quem vai te ajudar a se arrumar?"

Agatha tirou um espelhinho do vestido. "Eu trouxe um, para garantir", disse, entregando-o a Sophie. "Você me mostra como estou?"

Sophie olhou para ela.

Agatha costumava evitar espelhos.

E agora carregava um consigo.

Sophie balançou a cabeça. *Como você mudou*, ela pensou, refletindo a amiga no espelho.

Só então Sophie o observou mais de perto.

Ela já havia visto aquele espelho, em uma terra distante.

Os olhos de Agatha brilharam em amarelo.

Então Sophie mergulhou neles.

Os segredos de Agatha.

Ela estava dentro dos segredos de Agatha.

Aquilo era tudo o que Sophie sabia do espelho. Que revelava aquilo que as pessoas queriam esconder.

Mas agora ela se encontrava em um lugar familiar, túneis úmidos tomando forma à sua volta, um rio de dejetos passava correndo...

O esgoto.

"É você, Sophie?", uma voz chamou.

Ela se virou e deparou com Agatha, que corria em sua direção, de pés descalços e usando seu vestido azul.

"Aggie! Por que estamos aqui?", Sophie perguntou, tentando segurá-la.

Mas sua mão atravessou o corpo de Agatha como se ela fosse um fantasma, e a amiga seguiu em frente, na direção de uma garota loira de vestido de couro preto, mais adiante no túnel.

Eu, Sophie percebeu.

Isso não está acontecendo agora.

Aconteceu *antes*.

Quando Agatha a encontrara na masmorra.

Sophie foi atrás dela depressa e a alcançou bem quando a amiga tirava a Sophie do passado de sua cela.

"Você está bem?", Agatha ofegava. "Por que veio aqui?"

"D-d-desculpa, eu não queria que você...", começou a dizer a Sophie do passado. Sua pele estava úmida.

Mas Agatha já não olhava para a amiga. Olhava por cima do ombro dela, para a masmorra. Seus olhos se estreitaram antes que ela batesse o portão e se certificasse de que estava bem fechado.

Só que agora a cena se alterou magicamente, como uma projeção que girasse sobre seu eixo, permitindo que Sophie visse o que estava acontecendo do outro lado do portão, *dentro* da cela.

Uma sombra, agachada no chão, pegou o pulso dela e lhe entregou um espelho através da grade.

Havia uma mensagem escrita na poeira do espelho.

MINHA SALA
17H

Agatha escondeu o espelhinho no vestido antes de dar meia-volta e conduzir Sophie para fora do esgoto, com aquela expressão estranha e assombrada de que a amiga se lembrava no rosto.

Então a cena se desfez, depois que o segredo fora exposto. Sophie sentiu que era puxada de volta para a sala do Professor Sader. Levemente tonta e com a pulsação acelerada, seus olhos voaram para a mesa, as migalhas, os livros e a caligrafia ruim nos manuscritos que não eram dele, e sim do garoto que havia assumido como professor de história depois que o velho vidente se fora.

Minha sala.

Minha.

Devagar, Sophie se virou para Agatha, com o coração em chamas, o corpo tremendo tanto que ela nem conseguia ver direito.

Agatha acenou com a cabeça na direção do armário de vassouras.

As palmas de Sophie estavam suadas. Cada passo que dava parecia oito para trás, como se ela estivesse despertando e tentasse se agarrar a um sonho. Não conseguia respirar quando a mão roçou a porta do armário. Hesitou na maçaneta, virou-a para o lado errado e só depois para o certo. A porta estava emperrada, e ela teve que recorrer a um feitiço, que a arrancou das dobradiças, fazendo com que a luz inundasse a escuridão no interior.

Sophie deixou cair o espelho, que se estilhaçou.

Cada caco o refletia.

Estava mais magro que antes, parecia pálido e fraco usando camisa e calça preta, o cabelo escuro e irregular, os braços e pernas com cortes, bandagens brancas despontando nos ombros e no peito. Mas seus olhos estavam firmes, cheios de vida e concentrados em Sophie, como se ele tivesse medo de piscar.

"É um truque...", Sophie sussurrou. "É impossível..."

O garoto saiu do armário.

"Toda boa história precisa de um toque do impossível", disse Hort. "Ou ninguém acreditaria nela."

As pernas de Sophie fraquejaram. A distância entre os dois parecia tão ampla quanto um oceano.

"Vou deixar vocês a sós", Agatha disse, já à porta.

"Aggie?", Sophie a chamou.

Agatha olhou para ela; as lágrimas de felicidade faziam seus olhos brilharem, extravasando amor. De repente, Sophie percebeu que tinha entendido errado. Agatha faria qualquer coisa por ela. Sempre tinha feito. Sempre ia fazer. Mesmo no dia de seu casamento, não era seu próprio final feliz que ela estava determinada a fazer acontecer. Era o da melhor amiga.

Agatha deu uma piscadela para Sophie, depois fechou a porta.

Sophie engoliu em seco, precisando se esforçar para focar em Hort, como se olhasse para o sol. "Como?"

"Me mantive vivo por tempo o bastante para ser resgatado", ele explicou. "Um velho amigo me encontrou, que por acaso é um especialista em sobrevivência na floresta. E me trouxe de volta à vida."

"Um velho amigo? Quem?", Sophie perguntou.

"Um amigo velho, quero dizer. *Bem* velho", disse Hort, apontando com a cabeça para a janela.

Sophie viu um gnomo enrugado e de barba na grama, que apontava a bengala para alguns garotos Nunca e gritava com eles. "Comendo o bolo? Seus baderneiros! Yuba está de volta! Comportem-se! Comportem-se!"

"Esse tempo todo, Yuba esteve procurando os arquivos perdidos de Rhian e Japeth na Biblioteca Viva", Hort contou. "Nunca os encontrou, mas encontrou o espelho de Aladim em uma loja de penhores nas Dunas de Pasha. Tedros deve ter perdido o espelho no deserto, e um dos soldados do sultão deve tê-lo vendido, sem saber o que era. Eu pretendia usar o espelho para revelar meus segredos a você, mas então Agatha apareceu e estragou tudo, como sempre. Aí tive que improvisar..."

É de verdade, Sophie pensou.

Está realmente acontecendo.

Ela se virou e observou Hort, finalmente se permitindo acreditar. "Achei que tivesse te perdido. Achei que estivesse morto", Sophie disse, aproximando-se dele. Ela estendeu os braços.

"Espere", Hort pediu, recuando. Ele deu as costas para ela, trêmulo. "Tem algo que preciso contar."

O estômago de Sophie se revirou.

Ela já estava esperando por aquilo.

Seu final feliz sempre vinha com um porém.

Lágrimas rolaram pelas bochechas de Hort. "Minha parte lobo", ele disse, baixo. "O lobo que foi atingido na árvore..." Hort não conseguia olhar para Sophie. "Ele... morreu."

Sophie ficou imóvel.

"A parte de mim de que você gostava. A parte forte. A fera. Os ferimentos eram graves demais para que sobrevivesse", Hort confessou, com a voz falha. "Agora sou só eu. O velho furão. Sei que isso não é o bastante para você."

Por um momento, Sophie não disse nada. Então endireitou a coluna. "Não, não é o bastante para mim."

A cabeça de Hort pendeu.

Ao vê-lo, lágrimas se acumularam nos olhos de Sophie. "É *mais* que o bastante."

Ele ficou paralisado, a não ser pela cabeça que se erguia lentamente.

"Você sempre foi o bastante, Hort de Bloodbrook", disse Sophie. "Você, que é forte o bastante para morrer pela garota que ama e ainda dar um jeito de voltar para ela. Você, corajoso, de bom coração, lindo. Eu é que não era o bastante. Eu que vivia atrás de uma fantasia, em vez do amor verdadeiro. Eu que não te merecia." Tocou o rosto dele. "Até abrir meu coração e encontrar você ali, esperando com paciência, sempre um pedaço de mim."

Ela o beijou, abraçando-o com força, os lábios de Hort tão macios e perfeitos que a faziam se sentir em casa. Para onde iriam depois ou quem iam se tornar, Sophie não sabia. Os dois não estavam ligados por nada além de seus sentimentos um pelo outro e da gratidão por aquele momento. Pela primeira vez, Sophie não precisava saber o futuro para ser feliz. Não precisava de promessas, de príncipes ou de uma vida de livro. Tudo o que queria era o fim mais comum que havia: amar com todo o coração e ser amada da mesma maneira.

Seus lábios se distanciaram quando Sophie precisou respirar. "Vamos contar aos outros?", ela perguntou, já indo para a porta.

"Ainda não", disse Hort, trancando-a. "Eles podem esperar."

Sophie sorriu enquanto ele se aproximava. "Quem disse que a fera morreu?"

Tedros ficou tentado a ir espiar a sala de Sader para ver Hort em carne e osso, mas a julgar pela cena que Agatha havia lhe descrito e a intensidade que se instalara entre Sophie e o furão... preferiu deixar para depois.

Só Agatha poderia executar uma trama amorosa perfeita no dia do próprio casamento, Tedros pensou, enquanto seguia pelo passadiço de vidro, vestindo um traje branco e dourado e botas brancas, o cabelo dourado perfeitamente penteado e o coração explodindo de felicidade. Felicidade porque tinha beijado sua noiva antes de deixá-la com as ninfas que iam arrumá-la. Felicidade porque Hort estava vivo e se recuperando. Felicidade porque ele e Agatha iam se casar sabendo que a melhor amiga dela havia encontrado o amor. E felicidade por Sophie, em que ele não pensava mais como um espinho em seu flanco, mas como uma amiga verdadeira e insubstituível. O castelo estaria sempre aberto para ela, que já fora sua inimiga e agora era parte de sua família. Sem dúvida, novos desafios surgiriam ao longo de seu reinado, de modo que era bom saber que o Rei de Camelot podia contar com a ajuda da Bruxa de Além da Floresta.

Através do vidro, Tedros via os convidados chegando: Marian, com alguns dos antigos Homens Alegres de Robin Hood; a Rainha Jacinda, resplandecente depois de controlar o golpe que se iniciara em seu palácio, acompanhada de onze novas cavaleiras, como se elas fossem guarda-costas; Boobeshwar e sua tropa de mangustos, que receberam todos um beijo da Princesa Uma na cabecinha peluda, pelo trabalho que haviam feito retardando os exércitos de Japeth; Caleb, Cedric e a Diretora Gremlaine, a quem Tedros havia visitado alguns dias antes para contar sobre Chaddick de Foxwood, seu suserano, amigo e irmão; e João e Maria, a Rosa e o João, o matador de gigantes, antigos membros da Liga dos Treze.

Todos chegavam ao gramado, tomando chá com especiarias e provando musse de açafrão e biscoitos de pistache da mãe de Reena, que insistira que ela e Yousuf cuidassem da comida e da bebida do casamento, incluindo o banquete elaborado que se seguiria e o bolo de doze camadas de cardamomo e água de rosas.

Então Tedros notou Pólux subindo a colina às escondidas, sua cabeça oleosa sobre o corpo de poodle, tentando se manter distante de Cástor, que já havia visto o irmão e olhava feio para ele. Pólux não tinha sido convidado, claro, mas sempre que tinha a chance aproveitava para puxar o saco dos poderosos. Mais convidados chegavam: a Fada Rainha de Gillikin, o Gigante Gelado das Planícies de Gelo e a Rainha Ooty, além de alunos e professores da escola. Pospisil também tinha vindo. Vestindo dourado, o velho padre foi levado ao altar, onde conduziria a cerimônia. Estavam todos ali, Tedros pensou, as velhas divisões e os pecados prévios esquecidos, a Floresta unida sob o Leão, todos os amigos presentes.

Menos um.

Tedros seguiu depressa para a Galeria do Bem. Teria se esquecido completamente de Merlin se o chapéu dele não estivesse fazendo o maior escândalo por ser mantido separado do feiticeiro e acabara enfiado sob os travesseiros do quarto em que as ninfas vestiam sua noiva.

A princípio, Tedros achou que o jovem de dezenove anos já estava no gramado, mas não o vira, e não se podia esperar que ele fosse um modelo de pontualidade e responsabilidade. Provavelmente tinha perdido a noção do tempo na Galeria do Bem, praticando feitiços antigos e determinado a voltar a ser o grande mago de antes. Tedros desceu a escada aos pulos, atravessou os corredores depressa e empurrou as portas duplas para entrar, pronto para dar uma bronca em Merlin.

Mas ele não estava ali.

Tedros olhou para a galeria deserta, com seus itens expostos celebrando os melhores de seus ex-alunos. Merlin tinha seu próprio canto no museu, um tributo a seu humilde início como aluno da escola, muitos anos antes. Continuava tudo no lugar na seção sobre ele, tanto as vitrines com seus antigos livros de feitiços quanto suas tarefas do primeiro ano e a medalha que recebeu por ter vencido a Prova dos Contos, como se Merlin nem tivesse ido para lá, como havia dito.

Então ele deve estar mesmo com os outros convidados, Tedros pensou, com um suspiro, já voltando.

Então algo atraiu sua atenção.

Um dos livros de feitiços.

Estava aberto em uma pintura recente de uma praia radiante ao pôr do sol, a areia rosa e a água roxa, o mar se desdobrando em ondas calmas e brilhantes... até parar abruptamente. A água, as ondas, tudo ficou em branco, como se a cena não tivesse sido concluída.

Mas foi o título que chamou a atenção de Tedros.

Samsara.

Tedros já tinha ouvido falar daquele lugar.

O feiticeiro adolescente o havia mencionado em Avalon, quando estava irritado com ele e com Agatha.

"Acha que estaria aqui, décadas mais novo do que deveria... em vez de estirado nas praias de Samsara?", ele havia resmungado. *"Porque é lá que gostaria de passar meu futuro."*

Tedros voltou a olhar para a imagem, para as águas roxas e vibrantes interrompidas.

Onde o tempo termina.

Ele sentiu o corpo gelar.

"Tedros?"

Então se virou.

Agatha.

Ela estava com o vestido de noiva, acompanhada de Sophie e Hort. Com o rosto pálido, todos olhavam para algo nas mãos de Agatha.

O chapéu de Merlin.

O veludo azul desbotava, as costuras se desfaziam. Ele envelhecia diante de seus olhos.

Ele cuspiu uma nuvem de poeira: "*Câmara da Honra*".

Tedros já estava correndo.

Quando chegaram, o cabelo de Merlin já tinha ficado grisalho, e as rugas marcavam seu rosto antes liso.

Ele estava recostado no sofá, as velhas vestes de veludo se espalhando ao seu redor como um mar roxo. A lareira estava acesa, iluminando murais com sereias e reis.

Todos se reuniram em volta dele, e Tedros se ajoelhou.

"Meu menino", Merlin disse.

"O que está acontecendo? Você tem que impedir", Tedros implorou, vendo-o ficar cada vez mais velho, com quarenta, quarenta e cinco, cinquenta anos na melhor das suas hipóteses. As bochechas dele descoravam, a pele se soltava dos ossos. "Por favor, Merlin."

"Ninguém volta a ser jovem sem um custo, Tedros", o feiticeiro falou. "No passado, o Rei e a Rainha de Borna Coric aprenderam essa lição, quando tentaram se manter jovens para sempre. Eles descobriram que seu tempo era apenas emprestado. E é o mesmo comigo. Vivi dezenove anos em dezenove dias. Mais anos do que ainda me restavam. Agora o Tempo veio cobrar seu preço."

"Mas é claro que você pode lutar contra isso", Agatha insistiu. "É claro que pode fazer alguma coisa."

"Tudo o que quero é ficar bem aqui, com vocês", disse o feiticeiro, com o cabelo agora branco. Ele olhou para Tedros em seu traje branco e para Agatha em seu vestido de noiva, para o batom borrado de Sophie e o cabelo bagunçado de Hort. "Ah, as coisas que vocês farão. Há tanto amor entre vocês."

Seus ombros se curvaram, manchas pontuaram sua pele.

Sessenta. Setenta. Setenta e cinco.

Lágrimas molharam o rosto de Tedros. "Fique comigo, Merlin... Podemos ficar juntos... Podemos ver o mundo..."

Os olhos do feiticeiro pareceram opacos atrás dos óculos. "Já vi o mundo em você, meu menino. Agora é hora de ir para onde o tempo termina. De atravessar o limite entre a visão e o silêncio..." Suas palavras ficavam cada vez mais lentas. "Diga-me... o que você falou à Dama do Lago? O que disse para fazer com que ela lhe oferecesse seu Desejo de Feiticeira?"

Tedros viu que ele ficava mais ossudo e flácido. "Merlin..."

O feiticeiro agarrou a mão dele. "Diga-me, meu menino."

Tedros segurou as lágrimas. "Contei como pedi Agatha em casamento."

O peito de Merlin subiu e desceu.

Agatha olhou para Tedros e acenou com a cabeça para que ele contasse a história.

"Acordei Agatha no meio da noite", Tedros disse, segurando firme a mão de Merlin. "Estávamos em Camelot. Não fazia muito que tínhamos voltado da escola. Ela dormia em seu quarto. Disse que precisava da ajuda dela. É claro que Agatha veio na mesma hora. Passamos despercebidos pelos guardas, pelos jardins e seguimos até a costa do Mar Selvagem. Expliquei que havia encontrado um vidente que me dissera que meu reino poderia ser protegido do Mal por um talismã mágico. Uma joia secreta que aparecia uma vez por ano, quando a lua encontrava o mar. Disse a Agatha que aquela era a noite certa e apontei para uma rocha ao luar, em meio às ondas distantes. A água estava gelada e a corrente era forte. Mas prometi a ela que, se conseguíssemos a joia, estaríamos protegidos para sempre do Mal. Ela mergulhou antes mesmo de mim, o que não me surpreendeu. Nadamos juntos, enfrentando a ressaca. Ela me trouxe à tona quando afundei, cortei com os dentes as algas marinhas que a prendiam, ambos congelados, nossas forças diminuindo conforme avançávamos pela água. Bem quando achávamos que não aguentávamos mais, com os pulmões falhando, os olhos ardendo tanto com o sal que nem conseguíamos enxergar, vimos a superfície da rocha refletindo o luar, e o talismã lá em cima. Foi então que Agatha viu o anel de diamante que eu havia deixado ali. Foi então que compreendeu. O talismã era o pedido. Nossa jornada até ali era a prova de nosso amor. Eu estava lhe pedindo para ser seu marido, para ela ser minha esposa. E a resposta era o fato de que tínhamos arriscado nossa vida um pelo outro, no mar invernal. A morte nunca seria um obstáculo para o nosso amor, mas apenas um desafio a superar. Disse à Dama do Lago que aquele era o motivo pelo qual precisava do Desejo de Feiticeira. Para não me separar do amor que eu lutara tanto para encontrar. Um amor que a Dama do Lago ainda poderia encontrar, mesmo sem seus poderes. Disse que ela tinha que dar uma chance à sua própria história. Que precisava confiar no destino. Um destino que havia nos unido. Disse que ainda não era a hora de ela morrer. Nem era a minha. Disse que éramos parte da história um do outro, assim como ambos tínhamos sido parte da história do meu pai, e que estávamos unidos pelo amor, pela dor e pelo perdão, mas principalmente pela esperança. A esperança de que todos pudéssemos ser tão valentes quanto ela, a ponto de encarar nossos erros, aceitar nossas fraquezas e seguir em frente, aonde quer que sejamos levados, não rumo ao Bem ou ao Mal, não rumo à glória, mas rumo à verdade de quem devemos ser."

Merlin olhou nos olhos de Tedros.

"Meu rei", ele sussurrou.

O cômodo ficou em silêncio. Os quatro jovens estavam ajoelhados diante do feiticeiro.

Ele olhou para todos.

"O Fim dos Fins... as histórias contadas... Que almas extraordinárias as de vocês..."

Ele soltou Tedros e se afundou no veludo roxo.

"Por favor, Merlin", pediu o rei. "Fique um pouco mais."

Merlin conseguiu sorrir. "Não está vendo?" Ele fechou os olhos, já seguindo para novas praias. "Meu trabalho está feito."

Leia também:

A Escola do Bem e do Mal 1

Soman Chainani

Tradução de Alice Klesck

Há mais de dois séculos, no povoado de Gavaldon, ocorre, a cada quatro anos, na décima primeira noite do décimo primeiro mês, o sumiço de dois adolescentes. Na temida ocasião, os pais trancam e protegem seus filhos, apavorados com o possível sequestro, que acontece segundo uma antiga lenda: os jovens desaparecidos são levados para a Escola do Bem e do Mal, onde estudam para se tornar os heróis e os vilões dos contos de fadas.

A linda e meiga Sophie torce para ser uma das escolhidas e admitida na Escola do Bem. Com seu vestido cor-de-rosa, sapatos de cristal e devoção às boas ações, ela sonha em se tornar uma princesa. Sua melhor amiga, Agatha, porém, não se conforma: como uma cidade inteira pode acreditar em tanta baboseira? Com suas roupas pretas desengonçadas, seu pesado coturno e um mau humor permanente, ela é o oposto da amiga, que, mesmo assim, é a única que a entende. O destino, no entanto, prega uma peça nas duas, que iniciam uma aventura que dará pistas sobre quem elas realmente são.

Este best-seller é o primeiro livro de uma saga que mostra uma jornada épica em um mundo novo e deslumbrante, no qual a única saída para fugir das lendas sobre contos de fadas e histórias encantadas é viver intensamente uma delas.

A Escola do Bem e do Mal 2

Um mundo sem príncipes

Soman Chainani

Tradução de Alice Klesck

Nesta esperada continuação de *A Escola do Bem e do Mal*, as melhores amigas Sophie e Agatha estão de volta ao seu lar, em Gavaldon, para viver seu desejado *final feliz*, certas de que seus problemas terminaram. Mas a vida não é mais o conto de fadas que elas esperavam. Quando Agatha escolhe um fim diferente para sua história, ela acidentalmente reabre os portões da Escola do Bem e do Mal, e as meninas são levadas de volta para um mundo totalmente modificado. Agora, bruxas e princesas moram juntas na Escola para Meninas, na qual são inspiradas a viver uma vida sem príncipes. Tedros e os meninos estão acampados nas antigas Torres do Mal, onde os príncipes se aliaram aos vilões, e uma verdadeira guerra está se armando entre as duas escolas. O único jeito de Agatha e Sophie se salvarem é procurando restaurar a paz. Será que as amigas farão as coisas voltarem ao que eram antes? Sophie conseguirá ficar bem com Tedros nessa caçada? E o coração de Agatha, pertencerá a quem? O *felizes para sempre* nunca pareceu tão distante.

A Escola do Bem e do Mal 3

Infelizes para sempre

Soman Chainani

Tradução de Alice Klesck

Sophie e Agatha estão lutando contra o passado para conseguir mudar o futuro, em busca de um final perfeito para seu conto de fadas.

Elas acreditavam que sua história havia chegado ao FIM no minuto em que se separaram, quando Agatha foi levada de volta para Gavaldon com Tedros, e Sophie ficou para trás com o lindo e renascido Diretor da Escola. Mas nada no mundo dos contos de fadas é tão simples.

Agora inimigas, elas tentam se acostumar com suas novas vidas, mas a história das duas pede para ser reescrita... E isso pode afetar quem elas menos imaginam.

Com as garotas separadas, o Mal assume o poder e os vilões do passado ressurgem das trevas em busca de vingança, sedentos por uma segunda chance de transformar o mundo do Bem e do Mal em um reino de escuridão, com Sophie como rainha.

Agora, apenas Agatha e Tedros podem apelar ao poder da amizade e do amor do Bem para impedir a dominação do Mal e evitar que todos sejam infelizes para sempre.

Mas... qual é a linha tênue que separa o Bem do Mal?

A Escola do Bem e do Mal 4

Em busca da glória

Soman Chainani

Tradução de Carol Christo

Uma nova era. Um novo vilão. Se o Bem e o Mal não se aliarem, nenhum dos lados sobreviverá.

A cada final vem um novo começo, e no quarto livro da série A Escola do Bem e do Mal, Em busca da glória, não poderia ser diferente. Sophie, Agatha, Tedros e os Sempres e Nuncas começam uma nova era além dos limites da escola para as maiores e mais ousadas aventuras de suas vidas.

Os alunos da Escola do Bem e do Mal pensaram ter chegado ao seu "felizes para sempre" quando derrotaram o malévolo Diretor da Escola. Agora, nas missões de quarto ano, eles enfrentam obstáculos tão perigosos quanto imprevisíveis, e as apostas são altas: o sucesso traz adoração eterna, e o fracasso significa obscuridade para sempre.

Agatha e Tedros estão tentando devolver Camelot ao seu antigo esplendor como rainha e rei. Como reitora, Sophie busca moldar o Mal à sua imagem e semelhança. Mas logo todos se sentem cada vez mais isolados e sozinhos, e quando tudo mergulha no caos, alguém precisa assumir a liderança.

A Escola do Bem e do Mal 5

O cristal do tempo

Soman Chainani

Tradução de Carol Christo

Um falso rei tomou o trono de Camelot, sentenciando Tedros, o verdadeiro regente do reino, à morte. Enquanto Agatha tenta se salvar do mesmo destino, Sophie cai na armadilha do Rei Rhian.

O casamento com o falso líder se aproxima, e ela é forçada a fazer parte de um arriscado jogo, já que a vida de seus amigos está em perigo. Ao mesmo tempo, os planos sombrios do Rei Rhian para Camelot estão tomando forma. Agora, os alunos da Escola do Bem e do Mal devem encontrar um jeito de ajudar Tedros a reconquistar o trono antes que suas histórias – e o futuro da Floresta Sem Fim – sejam reescritas... para sempre.

Este livro foi composto com tipografia Electra e impresso
em papel Off-White 70 g/m² na Formato Artes Gráficas.